爱 在穿行中沉淀

物欲时代，你的爱情还好吗？

——夏永玉 著

天津出版传媒集团

天津人民出版社

图书在版编目(CIP)数据

爱在穿行中沉淀 / 夏永玉著. -- 天津：天津人民
出版社, 2017.12
    ISBN 978-7-201-12723-1

    Ⅰ.①爱… Ⅱ.①夏… Ⅲ.①长篇小说-中国-当代
Ⅳ.①I247.5

    中国版本图书馆 CIP 数据核字(2017)第 291419 号

爱在穿行中沉淀

AI ZAI　CHUANXING ZHONG CHENDIAN

出　　版　天津人民出版社
出 版 人　黄　沛
地　　址　天津市和平区西康路 35 号康岳大厦
邮政编码　300051
邮购电话　(022)23332469
网　　址　http://www.tjrmcbs.com
电子信箱　tjrmcbs@126.com

责任编辑　赵子源
封面设计　明轩文化·王　烨
　　　　　TEL:23674746

印　　刷　高教社(天津)印务有限公司
经　　销　新华书店
开　　本　787×1092 毫米　1/16
印　　张　23.75
插　　页　1
字　　数　380 千字
版次印次　2017 年 12 月第 1 版　2017 年 12 月第 1 次印刷
定　　价　59.80 元

自 序

在公园里，看见热恋中的男孩女孩旁若无人地相拥相吻，我脑海里突然闪现出一个非常奇怪的念头："他俩能白头偕老吗？"我正担心着他们的幸福表情是否能够保持永恒，身旁一对满头银发的老年夫妻牵手走过，安然的神情似乎击碎了我的担心，证明着永恒的存在。

这一场景仿佛实现了时代的穿越，让我看到了这对小情侣的未来，也看到了两位老人的过去。那么，中间该经历点什么呢？在不算短的岁月里，爱如何才能撑得住？

耳边似乎有个声音在嘲笑我："省省吧，想多了吧？"说的也是，我本就对时代变化反应迟钝，再去思考这样一个时代难题，确实荒诞不经。

我害怕时代变化，不是怕智商跟不上时代步伐，而是怕时代跑得太快，爱就掉队了。

这个时代，光怪陆离的物质变化催生着形形色色的观念。爱，就像被旋风卷起的一幅水墨画卷，美丽而变幻，时而凌空飘逸，时而坠地染尘。更多的时候，爱在挣扎，在平衡，在努力寻找合适的落脚点，避免被破坏、被改变。

当然，爱是广义的，不仅仅指男欢女爱。

伴随着这份惶恐，在时代鞭子的催促下，我小心翼翼地生活着，也小心翼翼地去爱着。蓦然回首，其实爱就是爱，简单真实，可触可觉，如影随形。我越来越觉得：爱是时代的行囊，掉队的肯定不是爱；只要有爱的能力，那就是健全的人生，对爱的忠诚度决定着人生的热度。

爱在时代中穿行，爱在穿行中沉淀。我坚信，无论时代如何发展变化，爱都是沉底的金子，永远是时代最珍贵的铺垫，作为时代的底色永远闪烁着最灿烂的光辉。

我微笑着，把这份信念，送给小说里的每个角色，也送给现实中的每个人。

关于爱，生活会告诉每个人答案。

夏永玉

1

恋爱是人生的必修课,或早或迟。直到今天,袁励武也记不清楚自己最早是什么时候开始与恋爱这两个字扯上关系的。

这种意识似乎产生于他五六岁刚刚懂事的时候。那天袁励武的一个堂叔结婚,按照当地风俗,在闹洞房前得先由一个小男孩充当道具,让新娘子抱着他转三圈,意味着来年生个大胖小子,袁励武就被母亲拖来充当这个道具。在人们的哄笑声中,袁励武极力挣脱想溜之大吉,哪知母亲的手像钳子似的紧紧夹住了他的腋窝,一下子就把他扔到了炕上。这个袁励武该叫婶子的新娘子笑吟吟地拉过他,用干净的手绢在他脏兮兮的脸上抹了几下,随即一股异样的芬芳气息涌入了袁励武的鼻孔——舒服且诱人。在袁励武愣神时,新娘子又不失时机地将一块剥好的糖塞进他嘴里,接着抱起他开始转圈。袁励武身体贴在新娘子酥软的胸膛上,这种感觉跟被母亲和姐姐抱着完全不一样,他嘴里是甜的,心里也希望新娘子抱着他多转几圈。新娘子似乎理解袁励武的心情,抱着他足足转了九圈,当然是想拖延被闹洞房的时间。炕下那些急着闹洞房的半大小子们不干了,纷纷嚷着:你转这么多圈难不成想累死你丈夫,要生一堆儿子?新娘子放下袁励武的时候在他脸上轻轻亲了一下,袁励武恋恋不舍地离开了新娘子的怀抱,众人一哄而上,开始闹洞房了。

袁励武想留下来多看几眼新娘子,却被母亲强行拉回家,说小孩不应该看大人闹洞房。袁励武心里直埋怨母亲,气得一连好几天不愿和母亲说话。后来,每每想起被新娘子抱着在炕头上转圈时的甜蜜激动,袁励武的脸就发红。他问母亲,新娘子为什么要抱着他转圈?正忙得不可开交的母亲随口说了一句:"还能为啥?为了想生一个和你一样的大胖小子。"袁励武又问,为什么姐姐经常抱着他却生不出大胖小子？母亲反手给了他一巴掌，袁励武哭了，姐姐袁励霞惊叫一声跑过来哄他，擦干他脸上的眼泪悄悄地对他说："傻弟弟，姐姐只有和别人结婚了，才能生出大胖小子。"

袁励武这才明白：原来结婚的人本不是一家人，要凑一块儿过日子，还要生大胖小子啊！过去和村里的男女小伙伴们光着屁股疯玩儿的时候，他还真没有想过这个问题。自此，他开始有了心事，他留恋起被新娘子抱着的感觉。

而抱着袁励武转了九圈的新娘子却一直没见到大胖小子的影子，她一连生下了三个女娃子。堂叔脸上挂不住了，惊心动魄的吵架经常发生，最后总是以新娘子被堂叔打得不能动弹而收场。有时袁励武恰好遇到这种情境，他感到血液上涌，真想冲上去把堂叔揍一顿，不为别的，就为新娘子曾经抱着他转了九圈这事。后来堂叔因喝醉酒骑车摔进河里呛死了，母亲在评论这事时说："该！打老婆造的孽。"旁边的袁励武觉得这是母亲说过的为数不多的正确话之一，并暗自发誓自己将来一定不能打老婆。

袁励武刚上初中时，突然对坐在自己前排的一个小女孩产生了异样的感觉，倒不是因为这女孩子有多俊俏。与当时其他灰头土脸的农村女孩不同，她的脸总是洗得干干净净的，脑袋上的马尾辫也特别讲究，调皮地在袁励武眼前晃来晃去，特别能撩动他的心思。这小女孩有一天深夜突然闯进了袁励武的梦里，冲他甜甜地笑，一张白净的脸生动形象。从做梦的第二天起，袁励武就不大敢拿正眼看她了，但又很希望她在自己眼前晃悠，还毫无逻辑地想象着将来与她在一起的一些场景。这种感觉一直持续到有一天这个小女孩与另外一个男孩子发生了争执。

争执很激烈，先是两人对骂，一句句难听的脏话从小女孩的嘴里喷出来，听得袁励武大惊失色。紧接着，战争进入互相朝对方脸上吐唾沫的阶段，小女孩白净的脸上沾满了对方吐来的唾液，而她嘴里喷射出的混浊口水也蹿向对方。最后，在大家的起哄声中，双方胸腔里各自发出了一声沉闷的野兽般的低吼，然后迅速冲向对方，厮打在一起。

此时的袁励武正承受着偶像形象轰然倒塌所造成的巨大心理崩溃。这种痛苦不亚于今天的铁杆粉丝因所钟爱的球队遭遇惨败，因所钟情的明星被曝吸毒等造成的心理伤害。他冲出教室，居然在校园里的一棵大树下独自哭了，好在大家都在关注教室内的这场战争，没有人注意到他。

若干年后，袁励武放暑假回到老家，偶然看到这个曾经在自己的梦里绽放出花一样美丽的笑容,而今已经嫁给袁励武同村一个养猪专业户的女人,正在猪圈旁毫不掩饰地解开上衣衣扣,掏出肥硕的乳房,将奶头塞进怀里孩子的嘴里。旁边的猪圈内,一头老母猪正哼哼唧唧地侧卧着,十几头猪崽正在寻找奶头,然后贪婪地吮吸着,空气中弥漫着一股臭臭的味道。至此,关于这个女孩的所有幻想在袁励武心头全部破灭,袁励武的第一次恋爱经历在他心里彻底画上了一个句号。

在袁励武幼小心灵里留下恋爱印象的还有本村的另一个女孩。如果说前一个女孩还使袁励武主动动了那方面心眼的话,那么后一个女孩在袁励武的感情世界里则是完全被动出现的。这源于一次无伤大雅的玩笑,那时袁励武才刚刚从"梦中女孩"形象倒塌的心理阴影中走出来。有一次袁励武的父亲碰见同村好友带着与袁励武年龄相仿的女儿去赶集,在打招呼时顺口说了句"你看孩子都成大姑娘了,俊模俊样的,要不咱们做个儿女亲家吧",问题是女娃子的爹顺口说了句"那敢情好啊",再出问题的地方就是这番对话偏偏被袁励武班上一个淘气小子听到了。他如获至宝,随即在班上大肆宣扬这女孩就是袁励武将来的媳妇,还有鼻子有眼、有根有据。结果在班级乃至在学校的舆论里,就形成了袁励武正在和这个女孩谈恋爱这一铁的事实,搞得袁励武百口莫辩、狼狈不堪,每次见到这个女孩都低头躲着走。这样做的后果更是欲盖弥彰,心里头没鬼怎么会不敢光明正大地看人家呢?时间一长,谣言传得更欢了。有时袁励武一跟别人吵架,人家就搬出这事羞辱他,而一提这事,袁励武立马休战。那女孩见了袁励武,眼神里也是恨恨的表情,好像袁励武真的怎么惹了她似的。这女孩长大后嫁到很远的地方去了,与袁励武的生活没有半点交集。

这两件事情,都对袁励武幼小的心灵产生了重大影响,使他在此后很长时间内对异性不敢再动半点心思。尽管这两次不算美好的感情经历,使他对自己未来的恋爱道路产生了某种悲观主义情绪,但这不妨碍随着年龄的增长他对恋爱问题进行一些关注和思考。

其实要恋爱,必须得懂得什么是爱情。按最通俗的解释,爱情起码得是一种感情,是因为恋爱了而产生的一种特殊感情。爱情恐怕是最能吊人胃口也最能体现人性的话题了,它甚至可以关乎国家兴衰存亡。可爱情又偏偏是个模糊得不靠谱的主儿,似有还无,看无却有。人们常用"神龙见首不见尾"来形容某一事物高深莫测,可爱情这玩意儿是既无首也无尾,属于典型的改进版神龙,能够钻天入海的人类到今天为止，就"什么是爱情"这个问题也没能给出个痛快答案。全人类都解释不了这种感情，袁励武自然也解释不了。

虽然袁励武在某个年龄段上正值娱乐生活贫乏、传媒手段单调的年代，但小时候看过的有关这方面内容的电影，以及上学后学过的有关这方面的文学知识，也都狠狠撞击过袁励武的心灵，并在他心田上杂乱无序地散落下了关于恋爱乃至爱情的一些种子。

有时，袁励武托着腮呆呆地想：大自然中的万物之间，是否都具有爱情故事？在课堂上，化学老师在讲不同物质之间的化学反应时，袁励武突然理解到两种物质发生反应其实就是在恋爱，生成的新物质就是它们的孩子；有的物质放在一起就是不产生反应，和两个人在一起就是不来电一个道理。语文老师在解释"水滴石穿"这个成语时，袁励武的头脑中居然也加入了爱情元素，认为这可能是个爱情悲剧：水爱上了石头，就去凑近乎，哪知石头无动于衷，时间一长，由爱生恨，水就把石头给祸害了，这里面蕴含着丰富的爱情哲理，完全可以给人类爱情提供绝好的警示。至于老师讲到"满园春色关不住，一枝红杏出墙来""在天愿做比翼鸟，在地愿为连理枝"这一类诗句时，自然拦不住袁励武在这方面的思维延伸。生物课简直就是天然的爱情必修课，植物之间传粉、动物之间从眉来眼去到最终交配成功，背后难道没有必然的行为逻辑？只能全部简单归结为本能？袁励武想不明白。目前只有人类将爱情挂在嘴上、写在纸上、编在书上，但距离爱情的真面目似乎越来越遥远，没有无机物之间的默默无闻，没有植物之间的秋波暗送，没有动物之间的义无反顾，有的只是浮躁、虚伪、矫情和夸张，甚至发展到了将爱情当作明码标价的商品的地步，这又是怎么回事？书看得多了，袁励武越想就越糊涂。

的确，上初中时有那么一段时间，袁励武的脑子被这些问题搅得迷迷瞪瞪，还常常出现一些模糊不清的女孩子形象，学习成绩出现了一定程度的下滑。眼见一个原本很优秀的学生的学习成绩莫名其妙地下滑，班主任老师不得不把这个问题告诉家长。袁励武的父亲知道儿子成绩下滑的事情后，愁得闷头抽烟不作声。袁励武的母亲不干了，直接指着袁励武的姐姐袁励霞说："你看见没有，为了供你上学，我把你姐的学业给停了，你如果学习不好考不上大学，那就得在家种地务农。就咱家这穷日子，那就得你姐给你换媳妇，你姐到人家里去那就得受气，就为了你这个没出息的东西！"母亲说完就哭了，说得袁励霞低着头直搓衣角。

母亲的这句话直接戳中了袁励武的心理要害。他心疼姐姐，他就这么一个姐姐，自小姐姐就待他好，什么事都让着他。如今为了他，姐姐小学毕业后就辍学帮父母干活了，自己是亏欠姐姐的。所谓一语惊醒梦中人，为了姐姐，他暂时要舍弃心中关于爱情的乱七八糟的想法。自此，袁励武下定决心，排除干扰用心学习，将来坚决不用姐姐给自己换媳妇。

爱情的话题还得继续。在进入某个年龄段后，每个人都有过对自己未来恋爱生活的想象与向往，每个人头脑中或清楚或模糊地都有一幅恋爱对象的素描画，袁励武自然也不例外。那次被母亲训过后，他虽然不再成天想这类问题了，但这类问题还会时不时地钻进脑子里来。如同许多读书人一样，袁励武至今依然想穿越到古代，享受一把"才子佳人"式的爱情，没有汽车刺耳的喇叭声响，没有街市喧闹的人流，没有林立的高楼大厦和坚硬的水泥路，没有股市的红绿交替，有的只是花前月下小桥流水。在静谧的空间里一男一女，男的就是自己，必须是才高八斗风度翩翩；女的必须是貌美如花且能与自己对答应和，两情相知。屋里必须有古典的八仙桌和圆凳，笔墨纸砚俱全，自己正在作画赋诗，女的则在旁边用欣赏乃至崇拜的眼光看着自己，不时就作品提出自己的参考性意见。室内必须要有一架古筝，作画累了，女的则弹一曲《春江花月夜》，悠扬的琴声必须传到轩窗外；轩窗外则必须是一座花团锦簇、杨柳依依的花园，拱形门外必须延伸着一条落着零落花瓣和红色枫叶的石径，琴声就随着这条石径悠扬外传。自己和那个她整日两情相悦，无需柴米油盐，不用吃喝拉撒，没有吵架对骂……

袁励武突然想起来了，这是年画上或某部古代戏曲电影里应有的场景，自己怎么那么熟悉呢？他一直觉得自己如果穿越到古代很可能就是某个朝代的"才子"，只有才子才能配佳人嘛！至于是唐朝、宋朝，还是明朝，就不得而知了；但肯定不是清朝，袁励武讨厌清朝男人额头上面那片光秃秃的地带和脑袋后面那条尾巴似的辫子，他觉得再英俊的男子折腾成这副模样也会缺乏飘逸感，佳人肯定倒胃口不喜欢。

好在今世无论是在智商方面还是在情商方面，袁励武觉得自己跟幻想的古代才子都有某些相似之处：他的感情世界丰富，文学素养较高，尤其是喜欢读爱情题材的书籍，有时还富于幻想……

由于认识的限制，他首先觉得爱情这东西很荒唐，比如他高中时读过梁晓声写的《这是一片神奇的土地》，里面的主人公"我"因为妹妹未婚流产而打她的时候，副指导员李晓燕出于保护同性的角度挺身而出，狠狠地扇了"我"两耳光，而"我"从此就爱上了人家。被人家扇了耳光还爱上了人家？简直不可思议！其次他觉得爱情这东西很神秘，比如有的时候一个动作、一个眼神、一句话就可能产生爱情或失去爱情，并影响人的一生。他后来看过电视剧《大宅门》，里面的白景琦就是年轻时因为红妓杨九红的回眸一笑而一发不可收拾地爱上了人家，并引出了后面的一系列是是非非。再就是他觉得爱情这东西也很自私、很残忍，比如陆游和唐琬爱得死去活来，后来陆游迫于母命不得已休掉唐琬，唐琬命运算不错的了，最终嫁给名士赵士程。人家老赵待唐琬不薄啊，唐琬却终日心猿意马郁郁寡欢，可怜老赵还不知道爱妻已经精神出轨了。你唐琬还爱着陆游那就别嫁人啊，你在感情方面已经背叛了人家老赵，还一瞒再瞒，这不是坑人家老赵嘛！

无论是电影《天仙配》还是《梁山伯与祝英台》，爱了半天都以悲剧收场；语文课本上的《长恨歌》和《孔雀东南飞》都是悲悲戚戚的格调；自己课外读过的诗句，从"曾经沧海难为水，除却巫山不是云"到"伤心桥下春波绿，曾是惊鸿照影来"，也都是相爱却不能相守的写照。同时，他看到村里结了婚的两口子动辄互相破口大骂大打出手，全无半点才子佳人之踪迹，再加上小学时的两次不成功的感情体验，这使得散落在袁励武心田上的爱情种子都有了某种程度的悲情主义情结，迟迟不敢发芽。

爱情这东西，麻烦哪！

"考上大学之前坚决不许谈恋爱，因为你根本就没有谈恋爱的资格！考上大学有的是恋爱可谈！考不上大学回家种地，整天面朝黄土背朝天，还谈什么恋爱？"这是袁励武上高中时老师常挂在嘴边的一句话，直接以教育的名义扼杀了学生们的感情萌芽，甚至直到大学毕业，袁励武都觉得自己的人生缺少了恋爱这门必修课。

小时候的两次感情受挫经历根本算不上恋爱经历。中学老师所描绘的大学恋爱美景，并没有在袁励武身上投射。没有恋爱经历的青春是不完整的，至少在袁励武看来是这样。

袁励武大学读的是军校，并且是军校中的政治学院。大多数指挥类或工程技术类军事院校的学员是清一色的男性，政治类军事院校虽然不至如此，但女学员也是屈指可数。袁励武学的专业是军事思想史，单从这个专业名称就可以看出女学员肯定不多。女孩子虽然心细如发,但军事谋略领域基本上还是男人的天下,数数历史上的军事家,包括只能留下只言片语的军事家,哪有几个女人？还不错,袁励武这一届学员中还有三名敢于蹚过男人河的女学员,尽管只占总人数的百分之五,但上届的师兄们早已愤愤不平了,要知道袁励武的上届和上上届,此专业的女学员人数均为零。

学员们都苦笑着说,军校是爱情的沙漠。

先别说爱情,单就生活方式的巨大转变就让这些地方高中毕业生一时难以适应。踏入军校大门,转变的第一步就是理发:按照当时的规定,男学员帽墙下发长一律不能超过一厘米,但负责剪发的师兄们普遍下手比较狠,第一次基本上能把刚入学的师弟们弄成半秃子状态。至于屈指可数的女学员那就更不用说了,因为太招眼,所以以前无论留着多长的辫子,披着多美的秀发,一剪刀下去,统统变成齐耳短发;有的女学员甚至一狠心,要求剪发的师傅将自己弄成和男孩子差不多的发型,从后面看与男学员无异。

"啧啧,可惜了这么好的头发,"剪发的胖大婶每次拿起剪刀准备"摧残"女性美丽标志前总会说,"唉,没了长发,也就没了女孩子气。"

转变的第二步是整理内务,主要任务是叠被子,那被子要叠成标准的方块形,尤其那棱必须是直线。为了做到这一点,无辜的新被子不知道要遭受多少蹂躏,学员们能用的招都用了,比如用两块木板夹着叠,在有褶皱处打上水再反复拉扯,这样使得被子的保暖功能大为降低,观赏功能却随之提升。有的新学员甚至晚上不盖被子睡觉,睡前将白天叠好的被子偷偷放在床底,早上起来再搬到床上稍加整理就算搞定,这还不能被队干部发现,否则摊开重新叠。被子叠得不合格的,对不起,休息时间缩水,人家休息你叠被子,不光是一个累字,一个大老爷们受到格外照顾独自哼哧哼哧地叠被子,那种屈辱感就让人受不了。

转变的第三步是队列练习,以前的站相、坐相、走相统统不规范,学员们活了近二十年后要重新学习站立、走路等最基本动作。第四步是吃饭要列队去食堂,吃饭前要唱歌,吃饭后要列队回宿舍。第五步是严格的作息制度,早上必出操,晚上必点名。第六步是遵守严格的军事管理制度。小伙子和姑娘们的内在思想意识和外在言行举止被一步接一步地改造,像一把大剪刀毫不留情地将多余的想法修剪掉。

至于谈恋爱,在第一次全队集合时队干部就这个问题反复强调:"学员在校期间,不得在军内谈恋爱,更不得跟地方的群众谈恋爱,一句话,不得谈恋爱!违者'斩立决,杀无赦'。一句话,'格杀勿论'!"后又补充了一句:"当然了,我们是人民的军队,不搞旧军队的格杀勿论那一套,但要严厉处分,直至开除军籍!"

这话对学员们具有极强的威慑力,在那个高考如同千军万马过独木桥的年代,能考上军校是自己褪了三层皮换来的,谁敢拿这个开玩笑?况且,明显的僧多粥少,就三名女孩子,连见个面都难,哪够得上谈恋爱?至于男学员想跟地方的女同志谈恋爱,那更是天方夜谭!一学期下来,每个学员顶多能够出校门三次,每次顶多三个小时就必须归队,半年内踏上地方土地的时间不足十个小时,再传奇的一见钟情也架不住这样的望眼欲穿呀!当然队干部的意思也包括女学员不得跟地方的男同志谈恋爱,其实这个根本不用强调,同样不具备实现条件。

至于所学的课程,几乎都和爱情绝缘。从亚历山大到汉尼拔,从恺撒到拿破仑,从孙武到巴顿将军,一路刀光剑影,学员们接触的全是男人世界里的征战杀伐和尔虞我诈,根本嗅不到丝毫属于女人的温柔体贴。

小伙子们在严格的禁欲管理、残酷的体力训练和紧张的课业学习中,雄性激素分泌却越来越旺盛,有的嗓音才渐渐变声,有的下巴和脸颊两旁才开始长出茸茸胡须,有的还噌噌蹿个儿。在这个青春之花绽放的年龄里,尽管小伙子们旺盛的生理需求遭到压制,但强烈的心理欲望则节节攀升。

当然,恋爱终归不是个严谨的法律用词,行动上不许恋爱并不能阻止思想上的恋爱。那是一个国门渐开的年代,邓丽君的缠绵情歌已如仙乐般飘进了青年人的耳朵,《射雕英雄传》中翁美玲那娇滴滴甜酥酥的"靖哥哥"也叫得青年人整天魂不守舍,男欢女爱无处不在,连军校这个几乎被爱情遗忘的角落也自然不能被忽略过。

每当熄灯号吹过,学员宿舍里看似寂静,硬床板上躺着的这些家伙们内心却都不安分,喘着粗气,劳累了一天沉寂下来后,异性的身影就偷偷溜进了他们的脑海,千姿百态。

在这个难得的时间里,袁励武想起初中时荒唐的感情体验,也想起了自己心中挂念的一个高中女同学——那是一份懵懂情愫,连袁励武自己也不能确定那到底算不算爱情,但至少算是一个终生难忘的片段。

2

　　袁励武尽管出身农村，但心气儿不低，由于自小聪颖好学，具有自己幻想中的才子气质，所以学习成绩一直很突出。袁励武小学毕业后以优异的成绩考入当地初中的重点班，除了有一段时间因为陷入爱情问题的思考出现过成绩下滑的情况外，初中三年他的学习成绩一直名列前茅，并于一九八四年顺利考入县一中，那可是县里唯一的重点中学。那个年代的农村学生观念保守得很，直到初中毕业时，很多男生女生之间甚至没有说过一句话。男生间顽皮打闹和女生间游戏嬉笑都属正常，但一旦突破男女界限进行交往，哪怕是进行一些再正常不过的交往，也会被很多别有用心的眼睛敏锐地捕捉到，并可能很快被编排成一些子虚乌有的情节。孩子们的内心没有太多是非观念，物质生活和精神生活的双重匮乏使得他们对这种发生在别人身上的刺激性事情极有兴趣，而且这种事情一旦被传播，会成为很多人"孜孜不倦"的谈资。不久，老师严肃的谈话和家长愤怒的反应就会可怕地降临，尽管他们也不了解事情的真相，但流言的传播已经使他们觉得有无真相并不重要，重要的是要扼杀一切危险的苗头。袁励武所在的初中也被这种压抑的气氛笼罩着，类似事情的双方当事人都被搞得灰头土脸甚至寻死觅活，但类似的人间悲喜剧仍在反复上演。野火烧不尽，春风吹又生。

　　当然，这种悲喜剧没有发生在袁励武身上，刚上初中时的两次感情挫折经历，加上母亲要拿姐姐给他换媳妇的威胁，使得袁励武比较抵制跟女同学交往这种事情，初三时几个羞涩地想和他套近乎的女同学被他毫不留情地用冷眼瞅走了，甚至没用一句话。他拼命地压抑着自己的情感，将全部注意力集中到学习上来，以维持长期以来"好孩子"的光辉形象。

健康丰富的业余爱好支撑着袁励武的内心世界，与同年的其他男孩子相比，他有较高的音乐和体育天赋。上小学时全班男生唱歌不跑调的只有他一个人，过六一儿童节表演节目，他一个人要唱好几首歌。当时简单常见的便宜乐器如口琴、笛子，他一学就会；当时农村家家户户安装的炕头喇叭里播放的"每周一歌"，袁励武都能唱全歌词唱准音调；至于风靡一时的电影插曲和电视剧主题曲，村里的高音喇叭和家里的收音机一播放，袁励武就能迅速捕捉到它的主旋律并很快加以翻唱。在应试教育年代，中小学的体育课被全盘压缩，农村学校的体育教学器材和设施又非常简陋。袁励武中学时代就靠几个旧篮球和快散了架的篮球板，和几个伙伴玩得风生水起；中午休息时他和几个男孩子把书桌一拼，用自制的球拍将乒乓球玩得滴溜溜转……物质条件再匮乏也阻挡不了青春活力的散发。

进入高中的袁励武已长成一个帅帅的小伙子，高挑的个头，白净清秀的面庞上镶嵌着一双明亮忧郁的眼睛，嘴角倔强微翘，一笑起来便露出洁白整齐的牙齿，平时即使穿着灰旧的衣服也掩饰不住他浑身散发出来的那股英气。更为重要的是，袁励武聪明勤奋，悟性高，学习好，乐于助人，业余爱好丰富，什么都能摆弄起来。因为学习好，他还是班里的学习委员，按照当时的审美观点，他绝对算得上是很多女孩子心中的白马王子。事实上，在袁励武上高一的时候，有几个女孩子，包括城里的女孩子都偷偷给他塞过纸条。袁励武收到后总是平静地一笑，然后千篇一律地回复人家表示感谢，但自己目前不想把时间和精力浪费在这些事情上。女孩子脸皮都薄，收到袁励武的回复后默默地难过两天甚至哭两天，也就没有下文了。

其实袁励武收到这些纸条后内心不是没有翻腾过，但早期的经历及刻骨铭心的困苦生活使得他坚定了一个想法：在考上大学之前绝对不谈恋爱，他要心无旁骛地向大学目标迈进。他很现实地认识到：农村学子在没有跳出农家门槛之前是没有资格向任何女孩子——包括自己喜欢的女孩子——承诺什么的。在那个年代，能否考上大学是一件谁也不敢拍胸脯打包票的事情，即使是他所在的县一中，每年至多考上一百人左右，连同复读班在内平均每个班考中的不到十人，有的乡镇普通高中忙乎一年，能否送出去个大学生都还是个未知数。在这个问题上，袁励武有着理智而清醒的认识，自己虽然平时学习成绩突出，但在白热化的竞争下，稍不注意就可能会失手，因此他要确保万无一失。

物以稀为贵，那时的大学生被称作"天之骄子"，一旦考上大学就意味着鲤鱼跳龙门,身份立马变为国家干部,上学期间国家发津贴发粮票,毕业后国家给分配工作。这不仅对农村子弟,就是对城市孩子来说也具有极大的诱惑力,因此竞争的残酷程度也超乎想象,很多人为求那一纸大学录取通知书接连复读了好几年,因为考不上大学而变得精神不正常的人也屡见不鲜。

在这样的环境下,袁励武将这种坐怀不乱的修为坚持了下来,保证将全部的心思用在功课上,不为功课之外的事情尤其是男女之事所扰,高中阶段的学习成绩优秀而稳定。

袁励武就像一个修行的和尚,坚守着不与女孩子交往的戒律,却最终还是因为一个女孩而破了自己的戒律。

高一学年结束后,高二面临着文理分科,袁励武权衡了一下利弊,决定舍理从文,这倒不是因为他的数理化成绩不好,主要是文学对他具有太大的诱惑力了。与当时许多同龄人一样,他梦想成为诗人,梦想当作家。进入文科班后,袁励武继续着优异的学习成绩和不近女色的定力,直到分科后第一次期中考试的到来。

县一中教室紧张,高一高二同时进行期中考试,为防止考试作弊,高一和高二学生分别隔开坐。第一科考语文,袁励武刚把最后作文题的最后一句话画上一个满意的句号时,从坐在旁边的高一小师弟手中传来了一张字条。袁励武大吃一惊,打开一看,上面用娟秀的字体写着:"袁励武同学,我没复习好,怕考砸了丢人,请你把第四题到第七题的答案写给我。谢谢!"没有落款。袁励武的眼光往传来纸条的方向看了一下,隔座坐着一个女孩,没有正眼看他,只是给他一个侧面:马尾辫,睫毛忽闪着,像荡边的芦苇机警地护卫着一泓秋波。那阵势好像是告诉袁励武:帮不帮,你看着办。

袁励武并不认识这个女孩,也不知道她叫什么名字,甚至连她是不是和自己一个班都不能确定;可以肯定的是,这个女孩子也是从别的班转到文科班来的。给不给她答案呢?他正在犹豫着,忽然看见女孩面颊侧过来,正好和自己打了个照面,袁励武的眼睛如同照相机的镜头,一下子就把一个洁白、五官端正、略带幽怨的女孩脸庞摄进了自己的大脑。他一激灵,毫不犹豫地把她要的答案写在纸条上,末了还写了"仅供参考"四个字,然后偷偷地将纸条塞给旁边传纸条的高一小师弟,纸条顺利地转到了女孩手中,相安无事。

后面的五科考试,同样的剧情在持续上演着。女孩似乎在监视着袁励武,每当袁励武答完试卷准备检查时，纸条便如约而至。为保证答案质量，袁励武在仔细检查后才将她所要的答案写下传出。最后一科答案传出后，一会儿袁励武收到了女孩的纸条，上面写道："非常感谢你，袁励武同学，我能够向我妈交代了，希望我们能够成为朋友。左晓梅。"

此时，袁励武才知道这女孩叫左晓梅。

当时女孩子上到高中的少，县一中的女孩子就更少，文科班的女孩子相对多一些，安排座位时基本上被安排在前三排，后面五排全是男生。男生们只能看到女生们的后背和发髻而浮想联翩，彼此又不交流，过了两三个月互相不认识很正常。考试之后，袁励武所做的第一件事就是要掌握这个左晓梅的资料，经过几天的摸底，他掌握了左晓梅的基本情况：左晓梅，女，第二排从左边数第四个，学习成绩中等偏下，夏天常穿一套白上衣蓝裤子，常扎一马尾辫，不住校，住在县城里。

"住在县城里？那就意味着和我们不是一路人。"袁励武想，还莫名忧伤了一下，同时又感到了一丝敏感的自卑。

几天后，期中考试成绩出来了，从第一名到最后一名的完整名单被写在教室的后黑板上，袁励武总成绩是班级第二名，左晓梅是第十三名。就在袁励武还想继续搞清楚左晓梅的基本情况时，语文老师宣布：因语文课代表转学，鉴于左晓梅同学本次期中考试语文成绩进步较大，由左晓梅同学担任班里的语文课代表。

语文课作业本有普通作业本和作文本两种，都是由语文课代表发放和收取。就在左晓梅担任语文课代表的第二天，袁励武打开自己的语文作文本，在老师当期作文批改评语处，一张写有熟悉的娟秀字体的纸条映入眼帘："袁励武同学，祝贺你考试取得好成绩。明天早上六点在学校门口往左拐二百米处的城东公园门口见。"

袁励武的心突突直跳，额头上渗出了细汗，怕被同桌看见，他马上把纸条收起，连平时最关注的老师作文评语也没有细看，就装作若无其事地听课了。平时最喜欢听的讲评作文课，今天他一个字也没听进去。

县一中每四周放假一天半，不住校的学生可在第四周的周六上午回家带点钱、干粮或粮票，周日下午返校。明天就是那个宝贵的周六，在自行车还是奢侈品的年代里，若在平时，归心似箭的袁励武早早起来，和同乡同学步行三十里有说有笑地就赶回家了。可这次有约在先，袁励武只好跟其他同学撒谎说有点事需要处理，让他们先走，自己则跟做贼似的五点钟就起来，到室外的水龙头下顶着冷水洗了一下头，用小梳子按照三七开的标准梳好；他还找出自己平时舍不得穿的最好的一套涤卡布料的蓝衣裤穿上，没有皮鞋，只好找出自己唯一的白色运动鞋，用抹布揩净上面的泥巴和尘土后穿上。大约五点半时，他偷偷地溜出校门，生怕身后有人盯梢，一步三回头地向校门口左边的城东公园走去。袁励武没有手表，但他确定是在六点前到达了公园门口。

时值深秋十月，天刚蒙蒙亮，公园的大门锁着，门口两侧的灌木叶上已见微霜。袁励武到门口左侧的那棵弯曲的老榆树下，拢了拢自己还未干的头发，定了定神。这是他平生第一次和女孩子约会，尽管他从小说中读过男女约会的片段，但真正要亲自实践时，心里还是忐忑不安。会不会被别人发现？学校可是明文规定，男女生谈恋爱一经发现立即开除，自己坚守了这么多年的男女交往底线，怎么就这么轻易被突破了呢？是走，还是留？

"叮铃铃，叮铃铃"，两声清脆的自行车铃铛声在袁励武背后响起。袁励武一回头，左晓梅的脸庞立即映入了他的眼帘，只是这次换成了笑吟吟的表情。

"早来了？刚六点啊！"左晓梅停好自行车，大方地向袁励武伸出了右手。袁励武迟疑了一下，也伸出右手，象征性地捏了一下左晓梅的手，柔软细嫩。利用这个工夫，他端详了一下左晓梅，洁白的衬衣扎进乳白色的长裤，朴素而得体，与考试那天不同的是头上多了两个俏皮的蝴蝶结。她不是一个特别美艳的女孩子，但长得很顺眼，白净的面庞洋溢着温柔善良，这种表情投射出女性应有的传统美，充满蓬勃的青春活力。

"你……我，我也刚来。你叫我来有什么事吗？"话一出口，袁励武就觉得自己失口了，怎么能这么说话呢？他不自觉捂住了自己的嘴。

左晓梅发出了咯咯的笑声，然后从书包里拿出两双鞋垫递给袁励武说："给你的。"蓝底上绣着一颗红红的心形图案，针脚并不十分细密，显然是左晓梅一针针绣出来的。当时女孩给心仪的男孩送鞋垫，就跟今天男孩给心仪的女孩送花一样流行。

袁励武拿着鞋垫不知所措，左晓梅则低着头说了声"再见"就骑车扬长而去，留下袁励武站在原地发呆，准备了一晚上的话一句也没说出来，他有些懊丧。鞋垫上似乎还散发着左晓梅的手香，他不自觉地嗅了嗅，惆怅地离开了。

在以后的日子里，袁励武的语文作业本中时常会夹有左晓梅的纸条，没有缠绵的言辞，都是些励志的话语，纸条中还特别强调：如果袁励武想回复，就把纸条所在的那一页折起来。袁励武照着纸条中说的给左晓梅回复了第一张纸条，大意是：感谢关心，希望我们为了共同的理想而共同提高。左晓梅第二天则回复：收到了，非常感谢，好好学习并注意劳逸结合等等。两人就像革命战争年代地下谍报人员通过秘密交通站传递情报一样，依靠语文作业本和作文本这两个秘密渠道进行着两颗年轻心灵的交流，做得神不知鬼不觉，滴水不漏。

纸条传递得很频繁，有时左晓梅甚至为了上一张纸条有一个错别字怕被袁励武笑话，而专门传递一次纸条予以纠正，弄得袁励武也哭笑不得。反正左晓梅手上有收发作业的权力，多传一次两次无所谓，这权力如同今天的手机包月流量一样，不用作废。袁励武那颗沉静的心开始躁动，有时在教室里看不到左晓梅就有点儿惆怅，他不知道这种感觉是不是恋爱。他学习比以前更加努力了，因为他觉得考上大学不再是学习的唯一目标，他要学给她看，他要优秀给她看。

转眼就是期末考试，袁励武在左晓梅的心灵滋润和精神鼓励下，一举夺得班级第一名，而考场上缺少了袁励武关照的左晓梅则滑落到三十名开外，共同提高的结果没有出现。袁励武似乎觉得亏欠了左晓梅什么，他所能做的只有给予她学习上的补偿。寒假前的几天时间里，他根据自己的经验，编写了一些典型复习题，并把自己的学习体会也添加进去，好让左晓梅利用假期提高一下，他觉得自己所能做的也只有这些了。寒假前一天他约她出来，满怀希望地把凝结着自己几天心血的劳动成果交给左晓梅，谁知左晓梅接过来后淡淡地说："谢谢你，但我感觉我不是考大学的那块料。"袁励武劝她别灰心，毕竟高中才上了一半，完全有时间进一步提高成绩，他说这话时完全没有注意到左晓梅眼中的泪花。

寒假本是袁励武最快乐的时光，过年加休闲，好日子总是过得飞快。但这个寒假却显得有些冗长，无法和左晓梅联系使得袁励武感觉春节也过得索然无味。左晓梅的脸庞和娟秀字体老在脑海里闪动，袁励武真想知道左晓梅到底生活在什么样的家庭，生活是否快乐，假期干什么。他想知道她的一切，他开始关心她的一切。这些想法有时也令袁励武一惊：莫非自己真的爱上她了？

寒假结束后新学期又开始了，袁励武迫不及待地赶到学校，但他的作业本中再也没有左晓梅留下的字条，袁励武按照约定方式给左晓梅留了纸条，她也毫无反应。当袁励武偶尔经过左晓梅座位时，看见左晓梅苍白的脸上已失去了往日的从容,目光相遇时她只是对他淡然一笑。袁励武有种说不出的担心,但又猜不出可能会发生什么。

终于有一天,袁励武的语文作业本里出现了左晓梅的纸条:"海内存知己,天涯若比邻。我会为你的成功祝福,为你的未来祝福。记住千万不要回信。"袁励武预感到自己的担心可能要变为现实,果然第二天老师宣布左晓梅将不来上学了,语文课代表另换他人。

一个学习成绩平平的左晓梅离开,在班里没有激起任何波澜,但在袁励武的心中却激起了轩然大波。在他看来,左晓梅就是个谜,像一阵风倏忽吹来,又像一阵风飘忽而去。来自哪里,不知道;去往何方,不知道。

袁励武陷入痛苦之中,也第一次品尝到了懵懂恋爱的甜与苦。左晓梅送给他的鞋垫,他没有舍得穿,而是珍藏在自己的行李箱底,他怎么能够将她绣的心踩在脚下呢?左晓梅留给他的字条,他张张珍藏,他怎么可以轻易抛弃她的笔迹呢?

这段时间袁励武的学习成绩出现了轻度的下滑,但其中的原因没有引起任何人的注意。好在袁励武的自我调控能力强,短暂的心灵沉沦后他又迅速地恢复到认识左晓梅之前的状态。有了这次经历,袁励武变得更加心无旁骛,左晓梅这颗石子在他心湖中激起的涟漪已经扩散,湖面又恢复了平静,直到迎来高考。

与今天不同,那时学生们高考前就要填报志愿,高考完毕就在家里等分数,成绩超过分数线的就等录取通知书。以袁励武的成绩报考重点大学是很有把握的,但他在填报志愿时选择了军校。一方面,军人具有崇高的社会形象,军营对广大青年具有极大的吸引力;另一方面,军校不收学费、吃穿免费等优厚待遇也吸引着家境并不富裕的袁励武。体检合格后,袁励武取得了报考军校的资格;高考成绩下来,他以超过本科线三十多分的成绩如愿拿到了某政治学院的录取通知书。拿到军校录取通知书的喜悦心情渐渐掩盖了因左晓梅神秘消失而在袁励武心头造成的心理阴影,他的心开始飞翔。

如今,飞翔的心在现实面前逐渐降落,对左晓梅的牵挂和思念又占据袁励武的心头。"她去了哪里呢?"袁励武一遍遍地问自己。

往事如梦,周围鼾声四起,袁励武也渐渐分不清梦境与现实的区别了。

3

军校生活继续着，单调而艰苦。

每天起床军号一响，从紧张急促地整理内务到全副武装列队集合出早操，仅有十分钟的间隔，学员们以最快的速度穿衣服、叠被子、打背包，背上背包抄起枪就向外冲，早操队列训练结束后还要进行雷打不动的三千米越野和三十个俯卧撑。学员们带着一身臭汗回宿舍赶快洗漱，然后列队到食堂吃早饭，吃完早饭马上列队到教室上课，一上就是四节课，中间有十五分钟的课间操；午饭后照旧上课，晚饭后要列队上晚自习，然后点名、洗漱、睡觉。时间被安排得满满当当，学员们像一架高速运转的机器上的零件，身不由己。

军校生活也是富有生机的，朝阳映衬下一队队矫健的绿色身影在操场上闪动，威武嘹亮的军歌声和整齐划一的步伐声响彻云霄。树是绿的，草是绿的，军装是绿的，绿色占据了这片天地，烘托出的不是单调，而是蓬勃的生命力、无限的想象力和激昂的活力。

军校生活也是丰富多彩的，它为热血青年提供了施展自身才华的广阔舞台。除了学习上的竞争外，各种文学、艺术和体育类的组织遍地开花，军营文化活动蓬勃开展。军校本是卧虎藏龙之地，来自祖国各地的优秀青年各施技艺，为艰苦单调的学习训练生活平添了许多绚丽的色彩。

袁励武的才干也在政治学院得到了充分的施展。

袁励武良好的文笔使得他在队内很快脱颖而出，被推荐进入校宣传队和记者站。阅读成了袁励武课余的一大爱好，他如饥似渴地阅读着校图书馆里的各种书籍，迅速丰富着自己的思想，写作能力日渐提升。政治学院新闻系是公认的秀才扎堆的地方，文气与傲气甚浓，而袁励武凭借自己在几次重要征文比赛中的突出表现，得到了这帮自命不凡的秀才们的认可和尊重，并在校宣传队和记者站中站稳了脚跟。大学三年级时，在迎国庆四十周年征文比赛中，袁励武的一首长诗《共和国丰碑上的足迹》不仅获得了校一等奖，还被刊登在军内某知名杂志上；大四时在纪念抗战胜利四十五周年系列活动中，袁励武作为校内记者采访了驻地数名抗战老兵，撰写的长篇通讯《勇士血，神州魂》破例被驻地广播电台配音并连续播出。

那是一个痴迷诗歌和为文学而狂热的时代，北岛、舒婷、杨炼、席慕蓉的作品在社会上广为传播，大陆各种文学派别接踵登场，金庸的武侠小说和琼瑶的言情小说也开始占据那些留着波浪头和穿着喇叭裤的青年人的大脑，政治学院里也悄悄兴起了"文学沙龙""写作公社"等社团组织，也有了"豪放派"与"婉约派"的划分与争论。袁励武则是兼容并蓄，豪放得气吞山河，婉约得春花秋月。他的写作思维越来越开阔，文笔越练越精篙，题材从军营逐渐向社会延伸，散文、诗歌、小说他都涉足，上军校期间他共有十余篇稿件在军内外刊物上发表。

军校又是歌声的世界。营区里整天飘荡着雄壮激昂的军歌，饭前课后歌声如潮。二十世纪八十年代前期，中国的音乐界复苏了，流行音乐的能量全力释放，那是以施光南、谷建芬、蒋大为等人为代表的一大批才华横溢的音乐人横空出世的年代，那是全国人民共唱《十五的月亮》和《血染的风采》的年代，那是崔健的《一无所有》和西北风《信天游》久唱不衰的年代，那是音乐能使人激情澎湃、歌曲能催人奋进的年代。

袁励武的音乐才能也得到了淋漓尽致的发挥，他虽然没有经过专业的乐理和声乐训练，但丝毫不影响他成为学院文艺宣传队的骨干成员。大型的合唱表演总少不了袁励武的身影，文艺晚会中的独唱表演总能听到他的歌声。他还参加了校军乐队的训练，虚心向教练请教乐理知识，掌握的演奏乐器也从口琴、笛子转向了手风琴、电子琴。他感到自己的歌声正从野路子逐渐向正规靠拢，因而表演起来愈发自信和从容。

军校更是体育活动的天地。小伙子们旺盛的精力在球场上尽情发泄，汗流浃背只为博得观众席上的掌声和喝彩声。袁励武在中学时玩熟了篮球、乒乓球，现在足球成为他的新爱，他感到足球更自由奔放，更能挥发个性。军事训练加体育活动，袁励武把身体锻炼得气血畅行、筋骨刚劲，青春的活力在周身洋溢。

原本单调艰苦的军校生活在袁励武看来却是向上、充实、快乐的,对充斥着阳刚气息环境的适应也使他渐渐淡忘了对异性气息的渴求,只是左晓梅还会偶尔溜进他的梦中,形象时而清晰时而模糊。

军校是男人的世界,班里仅有的那三个宝贝般的女学员,个个变得跟假小子似的,毫无女人味。袁励武印象最深的是一个叫张萍的女学员,嗓音中性,一头短发经常潇洒地甩一甩。每次袁励武他们进行篮球或足球比赛时,她总是在场边玩命地呐喊助威,有时还凶巴巴地跟对方啦啦队的男学员争吵,寸土不让。

有一次袁励武打完比赛,张萍冲上去给袁励武送上一壶水,竟然还当着那么多人对袁励武说:"嘿,哥们儿,你文章写得挺好,没想到球打得也不错,我如果是聊斋里的狐狸,我就嫁给你。"

在众人的哄笑声中袁励武被闹了个大红脸,心里却想:"就你这假小子,我还不想要呢!"接过水后竟然不知道喝还是不喝。

只有寒暑假回家休整时,袁励武的感情才被真正勾起来。袁励武与中学同学相聚时,他们有的谈起大学爱情生活的浪漫,有的聊起某某同学跟某某同学正在谈对象,这一切让袁励武感到既遥远又新鲜。他多么希望能从中得到哪怕一丝关于左晓梅的消息啊,但是没有,一点儿也没有。

在家里,母亲也拉着他的手,自豪地说:"小时候看你长得那瘦样,真担心长大了娶不上个媳妇,准备让你姐给你换一个。现在不用担心了,前天邻村你表姑还说,要把她那个上中专的妮子介绍给咱呢,当即被我拒绝了。咱大学生军官怎么也得娶个大专生媳妇,中专生配不上咱!"袁励武摇摇头笑着说:"妈,我才多大?这些事您不要操心,您多为我姐操操心就行了。"

回到学校,有时大家也一起谈论男女问题,有一次同学给袁励武看手相,拿着他的手端详了半天煞有介事地说:"嗯嗯,看你的感情线嘛分布得错综复杂,中间有交叉有分离,好几股呢!你小子将来肯定情路不顺,恋爱经历一波三折,婚姻生活也多坎坷,搞不好还会结好几次婚。"众人听罢哄笑起来。

"去你的,你这是唯心主义,咱是革命军人,还信这个?"袁励武满不在乎地甩开同学的手说,"是不是把你的将来移植到我这里来了,告诉你,咱这人除非不结婚,结婚就一次。"

"嘿,还急了,告诉你,在这个社会里,有本事的人才结几次婚呢!"同学继续起哄。

其实,在感情方面,袁励武对自己的将来是没有自信的,有时甚至是惶恐的。别看他写文章在行,但在对女孩的认知方面一点儿天赋也没有,左晓梅的事情更是弄得他一头雾水,他觉得女人真是一种不可思议的动物。至少到目前为止,他连喜欢哪种类型的女孩子都没有个准头,他有一种预感:可能真如同学所说的,自己将来的感情之路不会一帆风顺。

从战友们平时的谈话聊天中,袁励武大体能摸到他们对将来追求的异性的定位:有的人就是简单两个字——相貌,有的也是简单两个字——身世,有的是学历,有的是性格。渐渐地,袁励武也开始有了自己的标准:相貌不求太靓但至少要看着顺眼,为人要通情达理、心地善良,学历至少大专,否则两人就会没有共同语言。还有最重要的一点,就是与自己的家庭出身相差不能太悬殊,他对自己的农民出身有着天然的敏感与自卑,他不想借助女方的家世来博取自己的前途,那样会牺牲自己的做人原则。但未来另一半的影像在袁励武心里依然是抽象的、模糊的、不确定的。

袁励武读过很多经典的有关爱情的书,也向往浪漫的爱情故事。他同时又感觉爱情不能太现实,缺乏浪漫与激情那还叫什么爱情?转念一想,如果两人情意相投,即使门第出身有差距,也未必不能获得真正的爱情。这样一想,另一半的影像就更加扑朔迷离。

虽然没有爱情生活的滋润,但军校生活对袁励武而言是充实快乐的。转眼间到了大四的最后一个学期,临近毕业了。袁励武感觉军校生活还没有过够,就快结束了。

此时学员们纷纷考虑自己的毕业分配问题,家里有点儿关系的就走走关系,没有关系的就耐心地等。袁励武家里自然没有关系,闲来无事他就静心梳理军校四年的生活,觉得这四年自己的成长进步是非常明显的:除了内在素质提高了一大截外,还入党了,并荣立了三等功,军校学员该有的荣誉他几乎都得了,也算是功德圆满了。只是袁励武心里总觉得缺了点儿什么东西。

对,缺了恋爱经历。

大学生本来就被视为天之骄子,军校学员更能得到很多人的青睐,找个对象本不成问题,不少学员利用寒暑假休整期间与自己的心上人确立了恋爱关系,就连本班三个野小子似的女学员据说也都名花有主了。按说像袁励武这种条件的人也该进入恋爱圈子了，但袁励武寒暑假的主要任务就是尽可能地帮助父母和姐姐干农活——他觉得亏欠父母和姐姐太多，根本没有时间谈对象。再说，中学同学中能联系上的基本上是那些考上大学的，这个圈子里的女孩子很少，长得顺眼的就更少了，袁励武根本就没动过这方面的心思。至于相亲这种方式，袁励武内心是坚决排斥的，都八九十年代的新青年了，难道还要受"父母之命，媒妁之言"的束缚？再说了，相亲哪叫恋爱？他内心知道自己在等左晓梅，尽管他知道这种等待根本就是徒劳，除非奇迹出现。

在袁励武老家，像他这样年龄的男青年，有的都有娃了。而袁励武对女性的了解，基本上还停留在与左晓梅交往时的水平。随着时间的流逝，对左晓梅的感情，他已埋在心底，只能时不时地拿出来温习一下。目前，他要接受左晓梅不能出现的现实，去接受命运的另一次安排。

毕业的日子终于到来了！在庄严的毕业典礼上，在雄壮的军歌声中，袁励武和其他学员一样怀着激动的心情，穿着笔挺的军装，精神抖擞地从首长手中接过毕业证书和学位证书，庄严地向军旗军徽敬礼，意气风发，豪情满怀。

军校学员的毕业分配结果必须在毕业典礼仪式结束，学员喝完毕业送行酒后才能公布，包括袁励武在内的每个学员都在揣测自己的分配去向。对于分配问题，袁励武的心态比较平和，他觉得军人以服从命令为天职，即使分配到边远地区他也会感到无上光荣。本身就是农家子弟，能成为军官已经是命运眷顾，对于毕业分配他已没有更多非分的要求。

在毕业会餐的酒席上，袁励武与战友们喝得昏天黑地。兄弟们一起相处了四年，风里来雨里去，泥里滚沙里爬，平时的酸甜苦辣此时都在酒中化解了。战友感情就是这样，尽管无法体验战争年代为对方挡子弹的那种生死情谊，但同在八一军旗下成长，同在严寒酷暑中摸爬滚打，一旦面临分别，那种豪放的战友情怀还是会毫不保留地挥洒出来。

袁励武的身体素质好，考上大学前父亲禁止他沾一滴酒。拿到军校录取通知书的那天他第一次开了酒戒。当他接过父亲亲自端到自己面前的一盅酒，在父亲鼓励的目光下闭上眼睛一饮而尽的时候，他感到一股热流顺着自己的喉咙进入腹腔，腹腔欢快地接受了它之后又提出了欢迎再来的要求，第二杯下肚后情绪开始亢奋，神经激昂而欢愉，然后就有了第三杯、第四杯……第一次喝酒袁励武就干掉了半斤家乡的白干儿,脸色发红,头脑中有一股莫名的兴奋与冲动,话也多了起来。父亲用惊诧的眼神看着自己的儿子,觉得儿子喝酒简直是无师自通、天赋使然,第一次喝酒就打破了自己的平生纪录。万事开头难,有了第一次之后,袁励武的酒量越练越大,一发不可收拾。

军校平时的会餐学员可以喝点儿酒,但有严格限制。今天的毕业会餐酒管够,袁励武和战友们也就有了充分发挥才能的机会,酒喝得挥洒恣肆、豪情万丈。喊声、唱歌声、吼叫声此起彼伏,平时想说又不能说、不愿说、不好意思说的话都毫无保留地吐了出来,什么花前月下、什么毕业分配,在浓烈酒精烘托出的阳刚气氛下都已经被抛之脑后了。

世上的事情往往就是这样,当你把即将到来的某个事情想得太过美好时,结果往往会让你大失所望;而当你用一颗平常心坦然面对一切可能的结果时,往往会有意外的惊喜在等待着你。最终毕业分配结果下来,袁励武被分配到驻扎在龙海市的一所海军院校,这是令很多毕业学员羡慕的一个分配指标,最后落到了没有走任何上层路线,只靠平时优异表现的袁励武头上。袁励武感到,命运对他还是很公平的。

在歌声与泪水中,袁励武背起行囊,向培养他的母校和各位战友行了一个标准的军礼,怀揣着军校开出的各种函件,怀揣着对未来生活的无限憧憬,奔赴龙海市。身后,母校大门庄严的军徽凝望着他。

　　龙海市位于袁励武老家所在的 S 省,是全国著名的沿海开放城市、港口城市和旅游城市,也是 S 省的经济中心城市,距离袁励武的老家不过两百公里路程,袁励武非常满意能来这里工作。袁励武工作的海军院校位于龙海市市区,袁励武来报到时毫不费力地就找到了。如同袁励武上学的军校一样,门口依旧是威严肃静;所不同的是,门口站岗的是站得笔直的身着水兵服的海军士兵,镶嵌在校门中央的是庄严的海军军徽,硕大的五角星下部的铁锚闪着金光。这里将是袁励武未来工作和生活的地方,袁励武放下行李,深深地吸了口气,又向着军徽行了个标准的军礼。

　　身着陆军军服的袁励武到卫兵面前放下行李,卫兵向他行了持枪礼,袁励武还礼后掏出自己的介绍信给卫兵检查后,就进入了校园。校园内一条笔直的大道直接通向一栋白色的四层楼,大道两旁绿树成荫、蝉鸣阵阵,与袁励武就读的政治学院布局和气息都很相像,这给了袁励武一种非常熟悉的感觉。

　　一路上袁励武遇到了一些身着白色上衣和蓝色军裤的海军官兵,他们对这个身着国防绿的学员不时投以好奇的目光。当时部队刚刚授完衔,袁励武边走边向迎面走来的佩戴海军军衔胸章的人敬礼,对方马上还礼,袁励武又感到了军人的自豪与责任。迎面走来一列列水兵和学员,他们刚刚训练完毕,稚嫩的脸上还挂着汗珠,行进步伐整齐划一且铿锵有力,一片蓝白相间的海魂衫穿行在绿荫中,别有一番生气。目睹此景,袁励武不由得想起了四年前的自己,他会心地笑了。

　　办完报到手续,营房部门的助理给袁励武安置好了宿舍。宿舍是两栋四层高的楼房,单身干部每人一间十几平方米的宿舍,宿舍全部靠阳面,阴面只有楼道,袁励武被分在二楼205房间。营房助理向他交代完有关事情后就走了。袁励武趁机环视了一下房间,窗明几净,床、柜橱、桌子、椅子、书架等设施比较齐全,他感到非常满意,二十多岁了,终于有一个完全属于自己的工作、学习和生活环境了!

他将房间简单打扫了一下,铺好被褥,挂好蚊帐,刚坐到床上,就听见有人敲门,他喊了一声"请进"。先是从门口探进来一个脑袋,接着进来了整个人,这是一个与袁励武年龄相仿的小伙子,身着便装、个头不高、其貌不扬。他见到袁励武后热情地打招呼:"你是今天刚来报到的吧?我是昨天报到的,我住206房间,以后咱们就是邻居了!"小伙子厚厚的嘴唇,说话慢条斯理,两只小眼睛意味深长地眯着,似乎能看透你在想什么。

袁励武赶忙起身自我介绍,两人就算认识了。小伙子叫王进军,毕业于地方某院校,学政治学的,老家也在S省的农村。两人通过交谈得知,因为两人都是文科专业的大学生,很可能都要被分配到政治理论教研室当教员。王进军因为是地方院校的毕业生,为了实现从民到兵的转变,从八月底开始还要到基层部队进行军事化训练,半年后才能回来。最后,王进军神秘地告诉他,第一年见习期他们这些本科毕业生只能按照少尉正排标准拿工资,每月也就不到二百块钱。

果然,第二天干部部门宣布,今年新来的袁励武和王进军到政治理论教研室报到。两人到政治理论教研室报到后,先跟教研室领导和老教授们谈话,接着跟同事们见面互相介绍。他们很快就和教研室里其他同志混熟了,而为期一个月的暑假休整期也开始了。

暑假里,袁励武拿着自己人生中的第一份工资回家,给父母各买了一件衣服,给了姐姐袁励霞一百块钱让她自己买件新衣服,手里拿着一百块钱的袁励霞当即感动得掉下了眼泪。袁励武自己只留下十块钱,剩下的钱全给了父亲。在姐姐感动地抹眼泪时,父亲则扬起带着皱纹的脸乐呵呵地说:"家里有钱,你上军校这四年没怎么花钱,以后挣钱了自己攒着娶媳妇吧,我和你妈还能动弹,还能养活自己。"

由于姐姐在建筑队里打小工,家里缺劳动力,整整一个暑假,袁励武就待在家里帮父母劳动,没有参加任何同学聚会。偶尔母亲会谈起他的婚姻大事,还想托媒人说说亲,父亲就深吸一口烟后收起烟斗抬起头,慢条斯理地斥责母亲:"你操那心干啥,他在龙海工作,将来要在那里安家的,你不白费那心思?"

袁励武总是笑着不说话。对爱情,他还是一如既往地无知和迷惘,只是,他对接触异性开始有了一种莫名的渴望与冲动。

暑假结束回到院校后，袁励武被临时抽调到学员队担任区队长，又回到了他原来熟悉的环境，所不同的是此时他不是以学员的身份，而是以管理干部的身份开展学员工作。袁励武在母校的工作激情又被激发起来了，从指导学员学习训练到组织学员的文体活动，从处理学员日常事务到撰写各种文字稿件，袁励武整天忙得不亦乐乎，工作干得有声有色，各方面关系处理得也比较好，深得队干部和学员们的欢迎。这一干就是大半年，袁励武也感到自己提高了不少，从言谈举止到工作开展，他都具备了一名军官应有的素质。

重新回到教研室后，袁励武和刚从部队军训回来的王进军等人又一起参加了紧张的教学集训，经过三个多月的紧张培训和严格考核后，他们都取得了教学资格。在不间断的忙碌中，转眼间一年又过去了，繁忙的工作充实了袁励武的精神世界，他几乎没有时间和精力来思考个人问题。

新学年开始后，袁励武准备在三尺讲台上大干一场，没想到领导给他安排的任务是去龙海市晶泰化工厂开展政治教育工作，为期三个月。加强国有企业职工的思想政治教育工作是市委宣传部多次强调的问题，晶泰化工厂与袁励武所在的海军院校已结成军民共建单位，请部队院校的教官来帮助开展政教工作是非常好的一种共建形式。负责这次牵线工作的是比袁励武大十几岁的一位男同事苏振德，原因是苏振德的妻子李红卫是晶泰化工厂的工会主席。工厂里青年工人多，文化层次普遍不高，在文化生活还不很丰富的年代里，如何提升青年的文化素养是厂领导非常重视的一件事情。最后厂里决定营造学习型工厂氛围，通过各种形式的学习教育活动让无产阶级的健康思想占领他们的头脑阵地，将资产阶级的非健康思想从他们头脑中赶出去，并责成李红卫通过搞好政教工作实现这一目标。

二十世纪九十年代，年轻人的思想如同爆响后在空中炸开的烟花，虽然飞不远但也散落四面八方。思想的多元化增加了厂里管理青年职工的难度，单就那些花里胡哨的服饰穿戴就让一些受过典型红色教育的厂领导们头晕目眩，他们也搞不清楚到底是古典点儿好还是现代点儿好，毕竟都年轻过，谁的内心没有狂野过？现在总不能拿着鞭子训斥年轻人吧，所以还是加强教育为主。

最初李红卫是想让苏振德亲自出马的，结果让苏振德一下给顶了回去，理由很简单，老婆是负责此事的领导，他一个堂堂的中校团职干部去那里听老婆安排，在老婆单位同事面前抛头露面的,像什么样子?没办法,李红卫让他重新推荐一个人,他毫不犹豫地在领导面前推荐了袁励武。他欣赏这小伙子——质朴可靠,尽管年轻但有能力,潜力无限,做事持重周到,理论功底也不浅。领导考虑到袁励武已经取得教学资格,到工厂开展政教工作也可以继续锻炼一下授课能力,多接触一下地方事务,对他从事政治理论教育也有好处,再加上其他业务骨干教员因授课任务重抽不开身,这事就这么定下来了。

袁励武接到任务后,按照学院领导要求试讲了一堂课,题目是"新民主主义革命的基本纲领",结果获得了满堂彩,一个理论味很浓的题目让袁励武给讲活了,寓史于理,寓情于理,翔实的史料、严密的推论和激情的讲解完美结合,完全不像是一个还未正式登上讲台的年轻教员的作品。苏振德得意地跟参加听课的领导介绍袁励武,顺带着吹嘘一下自己的眼力如何了得。领导在做出满意的评价后,又就此次开展政教工作做了几点指示,不光是让袁励武去简单完成共建任务,除了讲好课之外,还要多与厂里人接触,使军民共建活动开展得更加深入。最后,学院领导当着袁励武的面半开玩笑半认真地对苏振德说:"告诉你家老李,顺便在那里把小袁的个人问题也解决一下,这也是一项重要的政治任务!"

领导的指示让袁励武充分认识到此项任务的意义,至于什么个人问题,袁励武只是一笑而过,根本没有放在心上。

在袁励武去晶泰化工厂之前,苏振德两口子在家做了一桌子菜宴请袁励武,一为感谢,二为饯行。席间李红卫端着酒杯说,希望袁励武对自己的工作多支持多帮助,为了这份辛苦干杯。苏振德则不屑一顾地说:"这种事对我们小袁来讲简直是小菜一碟,少说虚的,前几个月的工作重点还是要把领导最后的指示落实好,把个人问题解决好了也是支持领导工作,今天的工作重点就是喝酒。"袁励武半推半就的喝酒风格激发出了苏振德试探一下这小子酒量的欲望,结果一场温馨的家宴以苏振德滑落桌底而告终。袁励武见状赶忙与李红卫联手将他抬到床上,已经烂醉如泥的苏振德还迷迷糊糊地说:"我没醉,再来一杯……"为此,李红卫半个月没有给苏振德好脸看。

5

在李红卫的引导下，袁励武首先来到晶泰化工厂厂长办公室，见到了厂长马志浩；后又来到常务副厂长办公室，见到了常务副厂长钱有朋。两位厂领导对袁励武的到来均表示欢迎和感谢。随后，李红卫又领他来到了副厂长办公室，令袁励武奇怪的是，这位副厂长竟然是只比自己大三岁的女性，叫吴淑倩。在两人目光相对的一刹那，脸上均露出惊异的表情，袁励武惊讶于对方的年轻韵雅和举止干练，吴淑倩惊讶于对方的高大挺拔和清秀帅气。握手寒暄后，袁励武很得体地奉承了吴淑倩一句："吴副厂长，我觉得您长得特像我喜欢的一个电影演员岳红。"吴淑倩脸上闪过一阵红晕后随即哈哈大笑："是吗，那你以后就把我当岳红喜欢吧！"

走出吴淑倩办公室，李红卫悄悄对袁励武说："别看吴副厂长不到三十岁，人家能力超强。中专毕业后就来我们厂工作，一来就主动要求下车间劳动，在车间里一个姑娘家一干就是三年哪！在车间干出成绩后又被分配到人事处，她制定的'职工业绩激励及创新奖励方案'得到了市工业局的高度重视，被作为化工系统的典型推广。后来我们才知道，她老爷子原来是市人大常委会的副主任吴明启，她一直隐瞒着这一点。吴副厂长今年刚被提拔到厂级领导岗位，我们厂的半年产量就跃居全市同行业第一位，过去都没进过前三名啊！"李红卫顿了顿又说："我比她大十多岁，但我服她，她做人直爽痛快，办事周到直接，工人们都夸她，人家可不是靠关系才当上领导的。对了，她还是单身呢！"

袁励武忙岔开话题，问："那马厂长和钱副厂长怎么样？"李红卫告诉他："马厂长为人比较厚道，但能力一般，缺乏魄力。这不，吴副厂长上来后，马厂长基本上把产供销的权力都交给了她，这才有了咱厂今天的成绩。至于钱副厂长嘛，年龄大了，喜欢玩点权术，不过这个与你我都没关系。再说了，钱副厂长再过几年就退休了。"随后，李红卫又说："他也时不时地给别人找点儿麻烦，我们的工作只要不违反原则，就没事，不用担心。"袁励武若有所思地点了下头。

李红卫领袁励武来到工会，工会位于一栋破旧的红色三层楼的一楼，一共有五间办公室和一个杂物间。李红卫推开阴面的一间办公室的门，一股浓烈的霉味扑面而来，李红卫对袁励武说："小袁，将就点儿吧，这门一个月没打开过了。这里就是你办公备课的地方，还有一位干事叫赵蕾，外出学习三个月，现在这个房间只归你一个人使用。"袁励武仔细打量了一下房间，白色的墙皮已经被潮气浸得斑斑驳驳，木地板也破损得厉害。屋里的陈设只有两张桌子和一排沙发，沙发的黑色皮套有一处破了，一块白白的海绵毫不客气地翻了出来，像从暗洞里伸出一个脑袋。桌子和沙发上胡乱堆着一些杂物，有杂志、奖状、相册、红纸、浆糊、胶带、剪刀等。

随后，李红卫又领袁励武来到隔壁的工会副主席办公室，对正在埋头写东西的一位穿着工作服的姑娘说："舒琴，这是我们从部队请来的袁励武教官，帮助我们开展政治教育工作。"这个叫舒琴的姑娘抬起头，与袁励武打了个照面。袁励武感到身体一颤，姑娘长得很漂亮，微红的脸庞透着白净，两只眼睛一眨就像在说话，乌黑长发从头部倾泻到双肩，微翘的嘴角微微显示着她高傲的个性，全蓝的工作服穿在身上也显得那么素雅。姑娘的目光也有点发呆，眼前的这个青年军官身穿上白下蓝的海军夏季服装，那么得体，清秀的面庞透着书卷气。

李红卫用眼睛扫了一下两人的眼睛说："发什么呆啊！小袁，我介绍一下，这是我们的工会副主席舒琴同志，也是去年刚毕业的大学生。你们以后就要一起工作了，舒琴，要多照顾照顾小袁啊！"

"请多多关照。"袁励武边说边友好地伸过手去握住舒琴的手，那股曾经熟悉的女性手掌的软绵劲儿又顺着胳膊传到了心口。舒琴笑了起来，从一口洁白的牙齿间溜出一句略显调皮的话："袁大教官啊，你长得真帅，请多多指教。"说完眼睛就盯着袁励武，两人都不由自主地笑了。

随后舒琴把袁励武办公室的钥匙和一些办公用品给了袁励武，并给了他一瓶苏打水，让他喷洒一下消消霉气。回到办公室，袁励武就开始整理房间，凭借在部队整理内务的功夫，不一会儿就把一个凌乱不堪的房间整理得井然有序，并把沙发的破处用黑胶布粘好了。打扫完之后喷洒上苏打水,房间的气息立马为之一新。过了一会儿,舒琴过来送暖水瓶,发现房间在半小时内大变样了,很惊奇地说:"你收拾的? 不愧是军人啊,干净利索。不好意思啊,太乱了,一直没顾得上收拾。"袁励武客气地请舒琴落座,两人就开始交谈起来。

这次袁励武没有恭维舒琴,他觉得那样有点儿肤浅。如果说吴淑情给人的直觉是端庄干练的话,舒琴则不是那么简单,她是一个博采众长的复杂结合。在袁励武看来,她既有山口百惠的奔放,也有林芳兵的妩媚,那脸上的棱角甚至还有点像巩俐。交谈起来,袁励武发现舒琴性格不好把握,开朗和文静并存;虽然她毕业于思想政治教育专业,但文学素养不低。

就在袁励武盯着舒琴的时候,舒琴笑着问:"袁大教官,这样盯着女孩子看容易把女孩子吓跑啊。"

袁励武不好意思地岔开话题:"我觉得中国女性的优点都集中在你那儿了,既有电影演员的漂亮,又有张爱玲的才气,还有琼瑶笔下女主角的多情浪漫,另外,还有一股吕四娘的侠气。"

舒琴被袁励武逗得哈哈大笑:"你干脆说我是多变的白骨精得了。"

其实袁励武头脑中对舒琴还真有白骨精这么一个倏忽而过的印象。

"舒副主席在这屋吗?"一个男中音从门外飘了过来,接着传来砰砰的敲门声。

舒琴拉开门,一个梳着乌黑铮亮的三七开发型、满脸堆笑的男子把脑袋伸了进来,眼睛滴溜溜转了一圈后,整个身体才挤进来。他进来看到屋内有另外一个男人后,脸上的笑容立马收敛,并用警惕的目光瞅着袁励武。

舒琴说:"我来介绍一下,这是我们厂劳资科的岳奉秦副科长。岳副科长,这是到我们厂帮助开展政教工作的袁励武袁教官。"

岳奉秦脸上马上又堆起笑容,袁励武伸出手与他简单握了一下。岳奉秦的个头与袁励武一般高,面貌也挺俊朗,但袁励武的第一感觉是这个人像电影中的反面人物,因为他的笑里透着虚伪,眼光游离,且眼睛里眼白部分居多。

在军校里,教导员曾经跟他说过,虽说人不可貌相,但"相由心生"还是有一定道理的。观察一个人要先从他的目光和笑容开始,对目光游离不定、不正视别人的人,还有笑容凑合、皮笑肉不笑的人要格外注意,因为他们内心的不专一造就了外在表情的不自然,这样的人一般不可信。

岳奉秦从包里掏出几本装潢精美的书，带有几分炫耀神色地对舒琴说："上次你说喜欢看欧洲文艺复兴时期的书，我到省城出差给你带了几本。喏，都是文艺复兴时期的名著，这是薄伽丘的《十日谈》，这是拜伦的《唐璜》，这是《莎士比亚戏剧选》。"然后，他用蔑视的眼光扫了一眼袁励武，眼光里似乎传出一个意思：别看你是什么教官，从部队出来的无论是士兵还是军官，都是大老粗，文艺复兴是啥，恐怕你都没听说过。

袁励武则微微皱了皱眉头，嘴角向上翘了翘，心想：这都哪儿跟哪儿啊，拜伦都是十八世纪末十九世纪初的人了，怎么成了文艺复兴时期的作家啦？

舒琴接过书说："谢谢，出个差还惦记着我说过的话啊。"岳奉秦说："但愿你喜欢这些书。"舒琴掏出钱给岳奉秦，岳奉秦赶忙推辞，把钱塞回舒琴口袋里，然后跟舒琴说："能不能到你办公室，我单独跟你说个话？"

舒琴和岳奉秦一起到了隔壁办公室，袁励武则继续整理自己的物品和书籍，并坐下来开始考虑自己的政教计划。他拿出一摞稿纸，草拟着自己的授课计划和活动计划，突然感到一阵莫名的情绪烦乱，起因在哪儿说不上来，他把写了几个字的稿纸揉成一团扔进了废纸篓，起身倒了一杯水，沏上茶叶慢慢喝着，好让心绪慢慢平静下来。

十几分钟后，门外传来岳奉秦向舒琴说再见的声音，舒琴又来到了袁励武办公室说："袁教官，根据安排，咱们部门的午餐跟一车间搭伙吃，都在一食堂，你跟我一起去吧。"她把一摞饭票递给袁励武，亲切地说："这有五十元，基本上够你吃三个月的午餐了，晚餐一食堂不供应，机关人员和你都回家吃，晚上如果加班就和一车间的人都到二食堂吃。"

袁励武掏出五十元钱给舒琴，舒琴笑着说："你傻呀，你来我们这里帮忙是有报酬的，伙食费从报酬里扣。"

跟着舒琴走出办公室，袁励武这才有机会全景地观察了一下晶泰化工厂。厂区空气中弥漫着一股淡淡的酸味，道路通达，绿化很好，草坪和树丛错落有致。厂房和办公室都是半旧的，少说也有三十多年的历史了，厂区蒸汽管道和水管道密布，几座高耸入云的烟囱向外冒着白烟，显然这是一个传统型化工企业，还没有进行过产业升级。

一食堂在一栋旧平房里，平房周围飘荡着微酸加油爆葱花的味道，袁励武和舒琴刚到食堂门口，就听见里面乒乒乓乓的敲饭盆声和工人的嘈杂声："饿死了，饿死了，快开饭，快开饭！"

袁励武和舒琴走进食堂，只见两个买饭窗口前排起了两条长队，岳奉秦也在排队，见舒琴进来了，给了她一个笑脸，然后一本正经地训斥起其他人："别喊了，注意点素质行不行，什么素质！"

岳奉秦的话立即引来了一阵嘘声，嘘声主要来自排在另一条队伍前面的人群，其中一个身板硬朗浓眉大眼的小伙子回头扫了一眼说："这又是哪位管人事的不说人话了，让他来车间连干五个小时的活，你再看他叫唤不叫唤，还张口闭口素质素质的。"旁边一个单眼皮小个子马上附和："就是就是，真有素质的人才不张口闭口讲素质。"几个人一起哄笑起来，中间还有一位姑娘也掩嘴而笑。

岳奉秦脸上红一块白一块的，刚想发作，突然人群骚动起来："打饭了，打饭了。"接着就看见窗口打开，厨房的热浪和饭菜香气一下子就传遍了食堂大厅，随着大师傅的吆喝声和勺子敲打饭盆的咣当声响起，排起的队伍开始缓慢向前移动。

舒琴和袁励武打好饭后找到一张空桌子慢慢吃起来。伙食还行，两荤一素，都给盛在一个饭盆里，主食是馒头和米饭，汤免费供应。岳奉秦这时凑了过来，边吃边跟舒琴说话。袁励武一直感觉背后有人盯着自己看，一回头果然发现就是那几个排在窗口最前面被岳奉秦斥为没素质的人，边吃饭边对自己指指点点，挤眉弄眼。

袁励武对他们并无恶感，反而觉得刚才岳奉秦有点儿哗众取宠了，他人的素质高低是你在公众场合能够评判的吗？充什么正人君子？袁励武回头见他们冲自己笑，友善地也回了他们一个微笑。他隐约觉得，在厂里工作这段时间，少不了和这几个人打交道。

果然，这几个人吃完饭来到了袁励武饭桌旁，带头的那位似乎无视岳奉秦的存在，随手拉过一张椅子就坐到了舒琴和岳奉秦的中间，开口说："大学生，介绍一下这位军官吧，是你男朋友？"

舒琴杏眼怒睁，生气地说："吃饭没噎死你，净胡说八道，这是到咱们厂帮助开展政教工作的袁励武袁教官，海军院校的。"

"袁大教官，欢迎欢迎，你们部队我小的时候还进去玩过呢。自我介绍一下，我叫赵玉峰,一车间二班三组副组长。"袁励武站起来握住他的手,感觉对方的手刚劲有力,自己也暗暗加上了劲,握手瞬间变成了角力。赵玉峰的个头跟袁励武一般齐,刚毅的面庞中透着一股顽皮与玩世不恭,工作服裹着的强健躯体似乎冒着热气,两只炯炯有神的眼睛直盯着袁励武。袁励武也毫不客气地用眼光回敬着,对峙了一会儿,二人都朗声大笑了起来。

赵玉峰拉过那个个头不高的单眼皮工人说:"他叫李进宝,是个破嘴篓子。"李进宝调皮地向袁励武眨了下眼睛,笑着说:"哥们儿除了个头和文化低点,其他啥都高;除了钞票和美女缺点,啥都富裕。袁教官,以后咱们在一个锅里吃饭,你可得替我好好整整赵玉峰这小子,这小子……"赵玉峰毫不客气地打断他的话:"行了行了,破嘴一张开就刹不住闸。"接着他又介绍了郑海涛、崔庆礼等几个工人,然后指着一个扎马尾辫戴红发夹满脸带笑的姑娘说:"这是我们一车间的绝版大美女杨艳茹。"那姑娘嗔怪地瞪了赵玉峰一眼说:"袁教官,别听他胡说,我叫杨艳茹,在车间搞统计工作。"杨艳茹抿着一张小嘴,红润的面庞下隐藏着女性应有的羞涩,娇小的身躯不自觉地靠向赵玉峰。

被挤在旁边的岳奉秦胡乱扒了几口饭,吃完后站起来经过他们身边时皱了皱眉头,并旁若无人地请舒琴出来说有事要谈。李进宝鄙夷地瞅了他一眼说:"瞧见没有,白眼狼又在献殷勤了。这小子一肚子坏水,我们的舒大主席要是让他给套住了,那可就白瞎了!"然后又坏坏地瞅着赵玉峰说:"哥们儿,别老腻着杨大美女了,咱使个美男计,让白眼狼阴谋落空怎么样?"杨艳茹羞了个大红脸,骂了李进宝一句。

赵玉峰拉过袁励武的手说:"咱没那本事,不过袁大教官,既然咱们是一个锅里吃饭的,弟兄们这个忙你不能不帮。你不知道,我们让岳奉秦这小子害惨了,他在劳资科里眼睛净盯着那些领导干部子弟,在他的鼓捣下晋职调级全没我们的份。如今他又在打我们舒大主席的主意,这说什么我们也不答应。舒琴同志对我们不错,咱不能看着她往火坑里跳对不对?因此,袁大教官,你在这里吃饭咱们就是哥们儿了,赶快出手俘虏我们的女大学生,气死白眼狼,怎么样?"

袁励武哭笑不得:"这都哪儿跟哪儿啊?"在旁边桌吃完饭的人听到他们在这里毫无顾忌地谈搞对象的事,都饶有兴趣地转过脸来听,李进宝冲他们摆摆手说:"别听了别听了,我宣布,白眼狼从今天起就彻底歇菜了!"人群中顿时发出一阵哄笑。

袁励武一顿饭还没吃完,就似乎莫名其妙地卷入一场由众人设计的醋意浓浓的多角关系中,他红着脸快速地吃完剩余的饭,逃跑似的离开了这群人。

袁励武回到办公室刚坐下,舒琴就敲门进来把政治教育授课的时间安排表交给他。授课时间都在晚上,一周两次,具体授课题目和内容由袁励武自己定。这个袁励武早就准备好了,他迅速地把授课题目填到空白处交给舒琴。舒琴接过后大赞袁励武的字体漂亮,并说部门里人手少自己实在忙不过来,请袁励武帮自己多做做文字材料工作和文体活动的组织工作,还半开玩笑半威胁地说,袁励武在工厂开展政教工作的表现情况她是有发言权的,帮不帮忙自己掂量掂量。袁励武笑着点头说尽力而为,同时感到自己来工厂的第一天就像被绑架了一样,被迫做一些自己都不知道的事情。

本来袁励武想问一下岳奉秦的事情,还没张嘴,岳奉秦那张非正面人物的脸又伸进来了,还是请舒琴出去有事要谈,袁励武又苦笑着摇了摇头。

第二天,袁励武就下车间考察,为自己的备课积累素材。在一名干事的带领下,他来到了一车间,正碰上赵玉峰和李进宝他们热火朝天地干活。一股热气扑面而来,一桶桶的化工原料被吊车吊到工作区,工人们或滚着桶,或用中型铁皮桶向反应釜中投放着原料,原料搭配适中后,随着电源开启,反应釜内发出巨大的声响。袁励武第一次见到车间工人劳动的场面,尽管机械化程度不高,整个工作流程就是在流汗拼力气,但无论男女都干得很欢,加上机器的轰鸣声,场面显得强劲壮观,催人奋进。袁励武被深深感染了。

"怎么样,袁大教官,别光站着看呀,来填两桶?"脸上汗珠和灰尘黏在一起的赵玉峰边搬桶边招呼道。

"干就干!"袁励武说完脱掉夏季军装,只穿着白背心,顺手抄起赵玉峰递来的一铁桶原料,很轻松地就提起来投到反应釜中。袁励武感觉这与干农活差不多,在家里他可以轻松搬起一袋一百斤的化肥,这一铁桶原料约八十斤,袁励武搬起来还是不费力的。由于很长一段时间没有劳动过了,加上不适应这种劳动节奏,投了几桶之后,袁励武的动作明显慢下来了,喘气也粗了,汗也开始从身体渗出来。但袁励武简单调整后很快就适应了这个劳动节奏,一直干到班组中间休息。

因为劳动强度较大,所以每个班组干完一小时要歇一班,另一班组顶上。中间休息时赵玉峰递给袁励武一大缸茶水，拍了拍他的肩膀说："行啊袁教官，一看你就是干过活的。"

袁励武咕咚咕咚喝完水，接过杨艳茹递过来的毛巾擦了下汗，说："我老家是农村的，不怵体力活。在我们老家，人们都羡慕你们当工人的。"

在袁励武的询问下，赵玉峰向袁励武简单介绍了他们都生产什么类型的碱和酸，包括农村的氮肥他们厂也生产，这更增加了袁励武的兴趣和好感，原来自己撒向家乡土地的化肥也可能是从这里生产出来的。通过劳动，他不仅获得了第一手备课资料，更重要的是和赵玉峰等工人的关系又拉近了一步。要不是舒琴过来喊他帮忙起草材料，他真想在这里干完一上午。

带着这份感情，袁励武有时间就过来干一段活，就跟京剧玩票一样。劳动除了让他获得了宝贵的第一手资料外，还使他对这个工厂和工人师傅们产生了一种特别的感觉。每当下午下班袁励武骑自行车离开厂区前，他都认真端详一下厂区全貌，这是一个尚未输入变革程序的老企业，一切都在按部就班地运转着，下班的人群汇成了一片灰色的海洋和自行车的洪流，这股洪流溢出厂门后伴随着马路上的建筑机械轰鸣声和汽车马达声，分散到这座正在加快现代化建设进程的城市中的每条街道、每个角落。

6

经过几天的下车间调研和备课,袁励武迎来了在晶泰化工厂的第一次授课。

过去,到场的听众干啥的都有:睡觉的、看小说的、聊天的、织毛衣的、打闹的,搞得整个讲堂千姿百态,组织者不得不一次次过来维持纪律。关于这一点,舒琴已经提前告诉了袁励武,让他对课堂秩序有个心理准备。毕竟是第一次在人家的讲台上授课,袁励武对自己授课会出现什么情形心里也没底,尽管他已做了充分准备。

晚上六点到六点半之间,夜幕尚未完全笼罩,厂工人俱乐部礼堂里已是灯火通明、人头攒动,入口处有一个签到本,在现场工作人员的监督下,每个人签上自己的名字后入场。六点半全体人员入场完毕,常务副厂长钱有朋首先就这次政治教育的目的和意义做了一场味同嚼蜡的小报告。秘书写的稿件在钱副厂长一板一眼的诵读中显得格外冗长,台下的翻书声、窃窃私语声,甚至呼噜声早已经响成一片,当袁励武坐上讲台时,大家因对他那身军装产生了兴趣才暂时安静了下来。

袁励武清了清嗓子说:"我想问大家一个问题,你们对现在的生活满意吗?"此言一出,下面一阵骚乱,趁着大家情绪被调动起来的机会,袁励武采取满意的请举手的方式简单统计了一下,接着说:"看来大多数人对自己现在的生活水平并不满意。据我所知,咱们龙海人的平均生活水平在全省乃至全国都算是比较高的,我们都不满意,其他地方就更不用说了,那么造成我们不满意的原因是什么呢?一句话,那就是家底子薄!家底子为什么薄呢?这就是我们今天所要讲的。"

接下来袁励武根本不用看讲稿,扳着手指头如数家珍般地将中国近代的屈辱、现代的抗争及当代的曲折发展,用通俗的语言、鲜明的事例、严密的推理简要地叙述了一遍;并与同时期的外国发展状况进行了比较,什么年份发生了什么事,哪些人参与,结果和影响如何,像说评书般准确无误且妙趣横生地讲了出来,又充分结合了工厂工作的实际,一堂特色鲜明的"中国革命和建设简史"课就这样展开了。

依现在人的教育水平来看,这些知识都是再普通不过的了,但当时工人的学历层次普遍偏低,思想认识还停留在改革开放初期阶段的水平,袁励武所讲的这一切对他们而言相当新鲜,跟过去领导在台上长篇大论地做政治教育报告相比,简直是两种完全不同的风格,原来政治教育可以这样生动、可以这样接地气啊!台下几个理工科出身的大学生也听得津津有味,即使像舒琴这样学思想政治教育专业的大学毕业生,对袁励武在讲课中展示出的丰富知识积累和大开大合的知识架构也是佩服有加。

台下听众的嘈杂声越来越小了,偶尔发出一阵阵会心的笑声,显然大多数听众都听进去了,这给了袁励武极大的信心,他越讲越自信、越讲越放松,时而引经据典,时而慷慨陈词,原本深奥的道理被他通俗风趣地娓娓道来,满堂的听众渐渐地被他吸引住了。坐在前排的马厂长时不时地边称赞边向钱副厂长竖起大拇指,钱副厂长脸上则是红一块白一块的,要知道以前钱副厂长进行政治教育的效果可是不怎么样的;坐在旁边的吴淑倩认真地听着袁励武的授课,一向以性格沉稳著称的她听到精彩处也不由得频频颔首。

袁励武当然不可能知道,台下还有两位年轻女性听众同样被吸引了,以后的授课她们都是每场必到的忠实听众,因崇拜而生爱意,这样袁励武就有意或无意地闯入了她们的感情世界。

台下的听众听得饶有兴趣,两个小时的授课不知不觉地就快结束了,临结束时袁励武还把他们急于想听到但一时半会儿讲不完的理论留作下一堂课的包袱,为本次授课留下了袅袅余音,有点"欲知后事如何,且听下回分解"的意思。随着台下一片热烈的掌声,袁励武向台下的听众行了个标准的军礼,标志着第一次授课圆满结束。

散场后,钱有朋对袁励武说:"唉,我老了,讲了半辈子课,今天才知道什么叫后生可畏啊!"袁励武谦虚地说:"钱厂长过奖了,您是老前辈了,我还得请您多多指教呢!"钱有朋担心地问:"小袁哪,你这样讲,不会在工人中产生什么不好的影响吧?不会闹出什么乱子吧?"

听到"不会闹出什么乱子吧"这句话，袁励武马上想到契诃夫笔下那个著名的"装在套子里的人"别里科夫，他笑了笑对钱有朋说："钱厂长，放心，没事，我的观点一点儿也没偏题，在军队里都可以这么讲，我们领导都审查过的。对一些理论问题我只不过换了一种形式，换了一种说法，目的就是吸引听众，其实都没有超出您以前讲的观点。"钱有朋连声说："没事就好，没事就好！"

舒琴过来一边帮助袁励武收拾讲台上的东西，一边说："讲得不错，我都被你说感动了。"袁励武心中刚泛出一丝得意，还没来得及说话，就看见岳奉秦幽灵般的身影又出现在舒琴身后，谄媚地说："舒副主席，时间不早了，我送你回家吧！"舒琴答应说："好吧，先等我一会儿。"舒琴帮袁励武收拾好教案，柔声对他说："辛苦了，非常感谢你，回去好好休息吧。"身后的岳奉秦又催促了："快点走吧，外面快下雨了！"

看着舒琴和岳奉秦在路灯下骑车并排驶出厂门，袁励武刚才高亢的情绪突然有点低落。

袁励武回到自己宿舍时已经九点多了，发现王进军的宿舍亮着灯，就敲门进去了。王进军正躺在床上看书，见袁励武进来赶忙起来让座，袁励武则把自己在晶泰化工厂这几天的经历简单向王进军说了一下，王进军边看书边笑着说："袁励武同志，你可能要交桃花运了。"

袁励武笑着说："别逗了，我现在哪有工夫想这个，整天忙死累活的。不过，刚开始我还觉得困难挺大的，讲了这一次课后我感觉自己喜欢上了这项工作。"

王进军的嘴一撇，书依旧没有放下，嘴里哼了一句："什么是喜欢上了这项工作，恐怕是你喜欢上了那里的人吧！爱情滋生的征兆都出现了，你还没感觉出来？"

袁励武摇了摇头说："没看出来。你是怎么推断出来的，我作为当事人怎么一点儿感觉都没有？"

王进军把书一放，身子坐端正了，小眼睛一转悠，开始长篇大论："那我就帮你分析一下。这么说吧，在你没去晶泰化工厂之前，舒琴的心思可能在岳奉秦与赵玉峰之间徘徊，岳奉秦还略占上风，因为根据她目前的爱情观分析，她还没有足够勇气奋不顾身地和一位没有太多教育背景的普通工人结婚，她只是喜欢赵玉峰的性格和为人；同时，她对岳奉秦的人品持怀疑态度，但对岳奉秦的假意殷勤她又感觉很受用，岳奉秦身上又有一点儿赵玉峰所没有的风雅，这又使得人品问题不足以完全颠覆他在舒琴心目中的感觉。一句话，她现在心思游离于二人之间并稍偏向于岳奉秦。但你这一掺和，情形就大不一样了，只要你不放弃，我觉得他俩基本没戏。"

袁励武说："没想到她的爱情观竟如此迷乱？实在不可理解！那我还得好好考虑考虑呢。"

王进军做睥睨一切状，继续说："我说你是真傻还是假傻呢，你以为如今女孩子的爱情观会是什么样？为了一见钟情而不顾一切的时代已经过去了！我的大兄弟，我虽然不了解实情，但根据你的叙述我可以断定，你说的那个舒琴，绝对不会是那种仅凭一种感觉就将爱情位置固定下来的人，她的爱情观肯定是多元的。你目前符合了她爱情观中的某一部分，所以不出意外的话，你赢了。当然了，如果出现一个更能符合她爱情观的人，那你又输了。"王进军又顿了顿，直截了当地讲："我要告诉你啊，你有一个弱项，那就是你来自农村。"

袁励武一怔，感觉王进军这话说到点子上了，但他依然用不以为然的态度问："农村怎么了，农村人就低人一等？"

王进军说："那我告诉你啊，爱情不仅是两个人的事情，这里面的水深了去了，双方的爸妈兄弟姐妹七大姑八大姨都得考虑进去，这些人说不定哪一天就会影响你的爱情，影响你将来的生活。皱什么眉头？不信?！算了算了，今天太晚了，咱不谈这个了，你回去好好琢磨琢磨吧，改天你请我撮一顿，我好好帮你这个榆木疙瘩提高提高认识。"

王进军的话简直就是舒琴的内心直白。舒琴自进入晶泰化工厂以来，凭借女人的感觉，她认定岳奉秦和赵玉峰都喜欢她。舒琴对岳奉秦不能说没有一点儿好感，尤其是他的嘴很会说，而且能主动帮她做很多事情，这让她感觉很受用，只是他的为人和在职工群众中的威信令舒琴心生芥蒂。同时，她对浑身野性且性格直爽的赵玉峰也颇为欣赏，但只是停留在欣赏层面上，离以身相许还是有相当大差距的，毕竟学历差距摆在那里。但她感觉袁励武把他俩都比下去了。袁励武的学历、才华、相貌与人品都符合舒琴的内心要求，她隐约感到自己心中的白马王子已经悄悄来到她身边了。所以，今晚舒琴回家途中对岳奉秦的殷勤显得比较麻木和冷淡，连以往客气性的"谢谢"也没有了。依岳奉秦的智商，自然会隐隐猜出几分原因，他的脸愈发阴郁。

另外，王进军所说的"不出意外"中的"意外"，也准确地言中了一个人，一个女人。

这个女人叫侯玉英，是厂宣传科的干事，高挑的个头，人长得妖媚漂亮，俘虏男人的心是她最大的追求。时间长了，厂里人就取她名字的谐音作为外号，叫她"狐狸精"。袁励武早就进入了她的视线范围，袁励武的一堂课更令她觉得这个男人值得她去追求，但她要等待时机。自从自己在岳奉秦面前非常耻辱地主动脱下衣裤的那一刻，她就发现已经找不回过去的自己了。当类似的事情接连发生，而面对的不仅是岳奉秦，还有那些道貌岸然的大小领导时，她突然发现自己性格中扭曲的一面被不断放大，她开始相信男人没有不喜欢偷腥的，即使是表面上再正经的男人，面对漂亮女人都包藏着一颗躁动不安的心：袁励武是男人，自然也不能免俗。而女人所要做的，就是要让这些藏着的心思从怀里跳出来，从脸上露出来，从行动上展现出来。

根据侯玉英的经验，像袁励武这样的男人喜欢的应该是知识型女性，自己在这一点上没有任何优势可言，至少跟舒琴相比是这样，上学期间获得的那点儿学问这几年几乎被自己抖落光了，连唐诗恐怕都背不出几首了。既然这样，就要从扮相上入手，袁励武到底喜欢浓妆还是淡妆呢，是喜欢摩登型还是素雅型呢？根据她的判断，袁励武应该喜欢淡妆素雅型的，装扮得太浓太俗，应该不适合一个学问人的胃口。

那天晚上，侯玉英在自己卧室的立镜前换了好几次妆，试了多套衣服。在换妆试衣的过程中，面对镜子她又开始伤感起来，想当初自己也是一名有理想有追求的时代青年，也是充满梦想渴望真爱的花季少女啊，是什么时候开始变成人人掩鼻而视的"狐狸精"了呢？想着想着，她的眼泪掉下来了。她也相信相由心生的说法，以自己目前的心态，无论哪种造型都很难令自己满意，袁励武会不会满意呢？

那晚躺在床上的袁励武思考的自然也是这方面的问题，他一边琢磨王进军的话一边渐渐地进入了梦乡。其实，这一阵袁励武不是没有想过自己和舒琴将来结合的可能性，两人都是大学生，在别人眼里那可是郎才女貌；两人都对文学有爱好，志趣相投，可谈的话题多；几次接触下来，他感觉舒琴心地善良，处事干练得体，性格率真，渐渐地，舒琴与他心目中的理想配偶标准越来越吻合了。

但是，他还是在想左晓梅，她到底在哪里？她咋样了？她结婚了吗？接着，他又想起舒琴，并渐渐地把两人的形象进行了对比：舒琴身上洋溢着典型的城市女性气质，洋气而高傲；左晓梅则兼具古典的温存细腻与时尚的脱俗大气。平心而论，袁励武更喜欢后者。但左晓梅至今杳无音信，舒琴则是实实在在地摆在自己眼前的一个大美人，渐渐地他迷糊了，这次梦中出现的是舒琴。

第二天，当他早早地骑着自行车进入厂区时，旁边突然冲出一辆自行车来，袁励武一个急停，两辆自行车的前轮还是碰在了一起，一个女子则夸张地摔倒在地上。袁励武赶忙支起自行车，蹲下来察看倒地的女子，并连连道歉。

骑车女子正是侯玉英，她一改平时涂脂抹粉的打扮，今天特意穿了一身平时不常穿的工作服，脸上也没怎么化妆，跟在车间里干粗活的普通女工没有什么区别。她娇滴滴地坐在地上哼哧着，袁励武也不好意思碰她，只是问她受伤没有。

侯玉英本来想借摔倒的事在袁励武面前腻歪一番，好让袁励武对自己有印象，为她今后进一步接触袁励武打下基础。谁知袁励武对自己的装束打扮并不上心，只是傻呆呆地问她是否受伤，眼睛里并没有流露出多少垂青的神色，这让侯玉英很失望，她决心将戏继续演下去，继续坐在地上不起来，她希望袁励武扶她起来。

该死的岳奉秦此时又出现了，他也是骑车刚到工厂，见此情景凑了过来，没有跟袁励武说话，而是以一副领导的派头问侯玉英是怎么回事。好好的一场戏突然插进个岳奉秦，侯玉英自然就没有继续演下去的兴致了，她悻悻地站起来，慌乱地揉了揉自己的腿，满脸通红地跟袁励武说："没事了，没事了。"袁励武这才奇怪地离开了。

一段小插曲并没有影响到袁励武的心情，他甚至连刚才那个女人的容貌都没有记清楚。他到办公室后打扫完卫生，打好水泡好茶，刚要开始备课，门吱呀开了，舒琴没有敲门就进来了。跟过去相比，今天的袁励武见了舒琴，心突然跳得厉害，他还没来得及开口说什么，舒琴拿过来一包"胖大海"递给他，柔声说道："这是我从家里带来的，这东西泡着喝对嗓子有好处，你上课用得着。"她说完低下了头，羞赧的面庞让袁励武感到周身沸腾。

7

世界上的事情就是这样，当局者迷旁观者清，旁观者对别人的事情可以振振有词地提出多条见解和意见，但当事情轮到自己头上时，就没有那么超脱了。就在王进军给袁励武传授恋爱经验时，他自己其实也陷入苦恼中。

别看他小眼睛、厚嘴唇，相貌平平，但恋爱敏感度极高，猜女孩子心思这方面的能力尤其突出，这属于天赋使然。刚进入大学校园，他就被城市女孩高雅的气质所倾倒，感觉乡下女孩跟城市女孩根本没法相比，单就身上散发出的那股土腥味就令人受不了。大学期间他也试图追求过一两个城市女孩，无奈他的条件巧妙地避开了"高、富、帅"这几个字。其实"高富帅"男孩在任何时代都是女子心仪的对象，而王进军自身的条件摆在那里，即便再能花言巧语，一次两次可以，时间长了聪明的城市女孩肯定不买账，而他又不甘心追求农村来的女学生，所以他所谓的恋爱更多的是单相思，整个回忆都是苦涩无奈的。

如今毕业了，恋爱很快就要和婚姻问题挂钩，社会上的城市女孩比学生妹的想法更加现实，对他而言，娶一个中意的城市女孩几乎成为奢望。现在一回家探亲，父母和亲属就催促他赶快找对象结婚，有时甚至还自作主张地为他张罗好了，就等他回去相亲，他确实不胜其烦。他完全能想象得出，这些生在老家长在老家的相亲对象，即使有点儿文化，也是些皮肤粗糙土里土气的傻妞，一张嘴就会冒出生硬难听的老家土话，与这样的异性朝夕相处同枕共眠一辈子，他感觉实在对不起那十年寒窗。想到这里，王进军心里一阵阵发痛，眼见袁励武这家伙在晶泰化工厂大走桃花运，他也是羡慕又嫉妒。

袁励武接下来讲的几次课效果越来越好，课间休息时向他请教问题的人也越来越多,听众在不知不觉中接受了教育。同时,袁励武还帮助化工厂开展了丰富多彩的文体活动,如组织工人合唱团和体育俱乐部等。当时工人们的业余文化生活还比较单调匮乏,这些文化活动有效地填充了工人的心灵空虚,在一定程度上减少了赌博、酗酒等不文明现象的发生。鉴于袁励武在晶泰化工厂的政教工作取得了明显成效,厂领导还专门以感谢信的形式向袁励武所在的海军学院的首长表达了对袁励武工作的肯定。苏振德知道此事后又让李红卫把袁励武叫到家里来喝酒,结果又一次滑到了桌子底下。

吴淑倩也是袁励武讲堂上的忠实听众,尽管在工厂的生产经营上得心应手,但她总感觉自己的理论知识需要补课。当年中专毕业后就扎根化工厂,没有腾出更多的时间和精力来阅读和思考,她也逐渐感觉到一个缺乏理论功底的管理者是不会走得太远的。与厂里的其他老领导不同,她有理想有抱负敢于创新,而在接受新事物的过程中,她也体会到了理论和知识的重要。

面对台上这个青年军官,她首先佩服他的才华,年纪轻轻,引经据典却信手拈来,他的头脑中似乎有无尽的宝藏。"自己如果有什么问题能随时向他请教就好了,一方面可以促使自己提高,另一方面……"想着想着,她不禁脸红了,不得不重新回过神来,认真地听他的课。

袁励武和赵玉峰他们几个混得越来越熟了。有一次午饭后,赵玉峰忽然对袁励武说:"老弟,咱俩比比力气咋样,敢不敢跟哥哥掰掰手腕?"

在众人的起哄声中,袁励武微笑着说:"没问题呀!"

"三局两胜啊!"赵玉峰说完坐到一张餐桌旁,张开了宽大的右手手掌。袁励武坐到对面,同样伸出右手。随着李进宝开始的口令,在围观人群的目光注视下,两个男人的力量比拼开始了。

袁励武感觉到对方的手跟钳子似的夹住了自己的手,不由得手上也加了劲。赵玉峰的胳膊和手腕都很粗壮,用力时胳膊上的肌肉在抖动,袁励武感觉到的是一股雄浑的力量在压制自己的手掌;袁励武则不同,胳膊和手腕显得精瘦,用力时胳膊上青筋突出,赵玉峰感觉到的是一股干硬的压制力量。

双方进入对峙状态。赵玉峰平时拎起个一百多斤的原料桶跟玩儿似的,袁励武在老家搬个一二百斤的麻袋也毫不费力,力量上两人半斤八两,此时比的就是耐力。两分钟后,袁励武耐力好的优势就发挥出来了,在感觉到赵玉峰腕部微颤的刹那,袁励武猛一用力,将赵玉峰的右手压在桌面上,围观的人群随即发出一阵喝彩声。

左手比赛如同刚才右手比赛的翻版,两人僵持了一番后,赵玉峰的左手又被压在桌面上,他大度地握住袁励武的手说:"袁教官,厉害,我过去掰手腕可是打遍车间无敌手,今天心服口服!"

袁励武则说:"承让承让,彼此彼此!"

还有一次,为了迎接即将到来的中秋佳节,工会在一食堂举办了一个小型联欢会,其中有一个击鼓传花的节目,就是十几个参与者围成一个大圈,在鼓声中大家迅速传递红色塑料花,鼓声停的一刹那花在谁手中谁就表演节目。第一轮中招者是岳奉秦,他用标准的男中音自信满满地演唱了一首流行歌曲,博得了阵阵掌声。第二轮中招者是袁励武,他用更加标准雄浑的男中音也演唱了一首,观众能明显地听出袁励武的音色和唱功比岳奉秦要高出一筹,报以更加热烈的掌声,岳奉秦刚才志得意满的面部表情顿时僵住了。第三轮中招者本来是站在袁励武旁边的赵玉峰,没想到赵玉峰在鼓点停止后的一刹那,将红塑料花迅速塞进了袁励武怀里,并和李进宝等人鼓动大家让袁励武继续表演节目。袁励武明知赵玉峰在作弊,但在众人的起哄声中百口难辩,只好再次表演节目。

舒琴在台下,微笑着盯着袁励武,看他还要表演什么节目。同时,台下另一双女性的眼睛也在盯着他,用狐媚的眼光。

袁励武用愠怒加威胁的眼光看着赵玉峰,赵玉峰则得意地将袁励武推到台上,并提议大家鼓掌。袁励武定了定神,心里有了主意,他接过话筒说:"愿赌服输,这次我不唱歌了,给大家讲一个我们身边的故事吧。"他清了清嗓子,接着说:"最近赵玉峰和李进宝、郑海涛、崔庆礼等几个人在外面揽了一个私活挣外快,不知大家知道不?"此语一出,赵玉峰与其他人面面相觑,在大家惊异的目光中,袁励武接着说:"这个活是赵玉峰从外面承包的,他拿到图纸后就召集大家干活。那可是累死累活地干哪,我们赵玉峰同志累得脑子都糊涂了,有一次洗澡时脑袋一发懵差点进了女澡堂子;我们李进宝同志就更惨啦,累得有一次裤子穿反了都不知道。但是为了挣到钱,大家还是在玩命干哪!"在大家的哄笑声和赵玉峰等人无力的反驳声中,袁励武接着说:"最后终于干完了,我们赵玉峰同志就去要工钱,结果人家死活不给。赵玉峰就急了,欠钱还债天经地义,这还无法无天了,告他去!一张状纸将人家告到法院，结果人家法院连庭都没开，直接判决赵玉峰同志败诉。这下我们赵玉峰同志急眼了，领着李进宝同志就冲进了法院找到法官要个说法，声称不给个说法就要在法院门口上吊，或者剖腹。人家法官笑眯眯地拿出图纸来，让我们赵玉峰同志好好看看。结果赵玉峰同志看完图纸后像个泄气的皮球，红着脸耷拉着脑袋拉着李进宝就溜了，大家猜这是为什么？"

在众人诧异的表情中，袁励武紧接着说："人家图纸上要求赵玉峰同志盖一栋十米高的烟囱，可我们赵玉峰同志带领大伙给人家挖了一口十米深的井！"

众人一愣，接着一阵不可抑制的哄笑声在人群中爆发并传播，舒琴没咽下去的半口水也直接喷了出来，哄笑声持续了有半分钟，赵玉峰和李进宝则在大家戏谑的目光下哭笑不得，待袁励武走下台来赵玉峰朝他的胸口狠狠捣了一拳，李进宝则跳起来揪袁励武的头发。

节目在大伙的哄笑声中结束。

掰手腕和演节目，赵玉峰被袁励武接连整治了两次，却跟袁励武的关系更加密切了，一直嚷着要跟袁励武喝一次酒，要在酒桌上将袁励武放倒以解心头之恨。

同时，袁励武也逐渐成为厂里体育比赛的活跃分子，由于袁励武和一车间搭伙吃饭，厂篮球比赛他就代表一车间出场。过去一车间打篮球根本不是其他车间的对手，但袁励武一上场就基本扭转了场上态势。凭借充沛的体力、良好的意识和娴熟的技术，袁励武往往通过其一己之力就能确保一车间获得胜利，他的得分往往占到全队得分的一半以上，篮板球和抢断等数据也遥遥领先于其他人。几场比赛下来，向来不被看好的一车间居然获得了厂篮球比赛的冠军。

舒琴在场下看见袁励武在场上腾挪躲闪和频频得分，她激动地大声尖叫，呐喊助威，一改平时的矜持形象，内心的那股冲动劲儿全被激发出来了，她感觉运动中的男人是最迷人的。

被袁励武迷住的不光是舒琴，当然还有侯玉英，虽然尚未婚配的她早早地品尝了做女人的滋味，但那都是为了利益而逢场作戏，袁励武的到来让她的心里荡起了涟漪，她是从内心喜欢这个兵哥哥。见袁励武一直跟舒琴亲密地混在一起，侯玉英觉得自己不能再被动等待机会了，前面设计的故意撞车事件显然没有达到预期目的，她还以为袁励武之所以对自己没有太在意，是因为当时自己素面朝天，没有做过多的修饰，导致没有充分展示出自身的魅力。侯玉英觉得应该再好好装扮一下，找个机会主动接近袁励武，她想了一阵子，终于琢磨出了个一箭双雕的主意。

一天下午刚上班，侯玉英得知舒琴和袁励武都在办公室，她就精心打扮了一番，身上喷了香水，嘴唇上涂了口红，带着科里的相机来到袁励武办公室，见到袁励武后就用火辣辣的眼神直盯着他的脸。袁励武被这名不速之客盯得心头很恼火，同时被她身上散发出的香水味熏得喘不了气，对她并没有什么好感。

见袁励武没有什么反应，侯玉英用她娇滴滴的声音说："真是贵人多忘事啊，袁教官，怎么，不认识我了？我叫侯玉英，是厂宣传科的，哎，前些天早上上班，你还把我撞倒了呢，不会这么快就不认账了吧？"

袁励武一怔，他认真地看着侯玉英，想起那件事来了，但当时光顾着紧张了，那个女工的模样如今确实已经没有太多印象了，眼前这个打扮得很入时的女子跟那个素颜女子相貌差别确实挺大，但细细端详，他发现确实是同一个人。袁励武站起来问："侯玉英同志，那天的事对不起啊，怎么样，伤着哪里没有？"

"怎么没有，伤着人家的心啦！"侯玉英依旧用娇滴滴的腔调说，"把人撞着了还把人给忘了，你说让人伤心不伤心！不过，我没有那么娇贵，也不会赖上你的。"

见袁励武没有说话，侯玉英接着说："算了，不说这个了。久闻袁教官大名，您的课讲得太好啦。我就佩服军人，就佩服有学问的人，有什么不明白的事还得多向袁大教官请教呢！"

袁励武强忍着不快问："您找我有什么事情吗？"

"看您说的，没事就不能到袁大教官这里来坐坐吗？您不会把我撵出去吧？"侯玉英索性继续发嗲下去。

"需要我做什么事情吗？"袁励武继续冷冷地问。

"我来可是为工作啊，是这样的，我们科里需要您的几张工作照，好替您宣传宣传呢，科长派我来给您照几张相片。您在座位上坐好，拿起笔写字，眼睛看着稿纸，我看看姿势怎么样。"侯玉英边说边摆弄相机。

一听是为工作，袁励武便顺从地坐到办公桌旁，拿起了笔像要写什么，目光转向稿纸，神情严肃。

"嘿，表情自然点，别那么严肃，还有，您这军装有点皱巴了，这样照出来影响您的形象，来，我来给您整理整理。"说完，侯玉英放下相机，走到袁励武眼前，身体凑近袁励武，双手顺势就搭在袁励武肩上，右手在摆弄袁励武的衣领。袁励武躲闪不及，只得任其摆布，妖媚的脸庞和浓重的香水味弄得袁励武眼冒金花。

恰在此时，舒琴拿着一摞材料推门进来，看见眼前的场景，怔了一下，然后尴尬地说："袁教官，这是你要的调查问卷。"说罢眼皮也不抬，将材料扔到了袁励武桌子上，转身就走了。

袁励武赶忙挣脱侯玉英的双手，起身对舒琴说："那个，舒主席，我……"舒琴头也不回地走出了办公室。

至于后面自己是怎么被侯玉英拍的照片，侯玉英又说了什么、何时走的，袁励武全不记得了，只觉得自己像丢了魂一样坐在那里任侯玉英摆布了半天。一会儿，他走出门想到办公室外面透透气，走到中厅的立镜旁他突然发现自己脖领处多了两个红色唇印，他心里骂了一句该死，立即到厕所将红印记洗干净。然后，袁励武来到李红卫办公室谈了一些工作上的事，并就刚才舒琴可能误会他了的事提出了自己的担忧，请李红卫就刚才的事向舒琴解释一下。但自己脖子上多了两个红唇印并被自己洗掉了的事，他没好意思跟李红卫说，他觉得说出来不合适。

李红卫笑着说："小袁哪，跟嫂子说实话，是不是喜欢上我们舒琴了？"

袁励武脸红着说："嫂子说笑了，咱对人家底细都不了解，哪敢高攀呢！"

李红卫就把舒琴的基本情况向袁励武介绍了一下。舒琴的父亲原来是龙海市公安局某区分局的副局长，多年前在一次执行任务中光荣牺牲；她母亲是一名小学教师，丈夫牺牲后没有再婚，拉扯着舒琴一直到现在。舒琴大学毕业时完全可以被分配到公安部门，但她却选择了基层的工厂作为实现自己人生价值的阵地，经过两三年的吃苦锻炼，工作已经很有成绩了。李红卫说着，眼圈也红了起来。

袁励武这是第一次听说舒琴的身世，不由得对她敬重了三分。

李红卫又告诉袁励武，侯玉英是厂里出了名的浪荡女人，人送外号"狐狸精"，品行不端，关于她的作风问题厂里面风言风语，让袁励武尽量不要跟她接触。

袁励武说他有这方面的感觉。

第二天，袁励武主动与舒琴谈工作时，发现舒琴对自己的态度冷淡了很多，他也用不自然的眼光看着舒琴,想就昨天的事做一下解释,话到嘴边又生生咽了下去,说了一些不着边际的话就离开了。

而岳奉秦则明显感觉到袁励武已对自己构成巨大威胁,决定先下手为强,免得夜长梦多。在下午和舒琴一起回家的路上,他向舒琴大胆地表白了,说了一些露骨的话。舒琴正为昨天的事郁闷,刚好在气头上,当即毫不客气地拒绝了岳奉秦,岳奉秦讨了个大大的没趣,一时间情绪也低落到了极点。

8

令岳奉秦烦心的事不光是舒琴拒绝了他的表白,连赵玉峰这个老冤家都上门来找麻烦了。

事情的起因很简单,按照厂里规定,赵玉峰与其他七位在车间一线工作的青年职工今年应该晋升一级工资,个人申请表填好后交到劳资科,由劳资科做出晋升方案报厂委会研究决定。赵玉峰是最后一个交的申请表,但没有超出劳资科要求的期限。前面七位青年职工的申请表交上后岳奉秦先交给厂办了,当岳奉秦看到最后交来的赵玉峰的申请表时就气不打一处来,那潦草的字体就如同赵玉峰那张对自己不恭的脸一样直扎岳奉秦的眼睛,他随手将申请表放在一边而没有送厂办。结果,时间一长、事情一多岳奉秦把这茬给忘了,待厂领导会议通过了那七个人的工资晋级申请并下发通知后,赵玉峰发现工资晋级名单中没有自己,便怒气冲冲地找到厂办。厂办工作人员告诉他:岳奉秦只送来了那七个人的申请表。这下赵玉峰心头的火蹿了上来,咣咣敲开岳奉秦办公室房门并质问此事,岳奉秦这才慌了神,赵玉峰的那张申请表正端端正正地摆放在办公桌左上角的一摞材料上面。

岳奉秦马上镇静了下来,坚持说赵玉峰交材料时已超过规定的时间,但赵玉峰说材料上填写的申请日期比规定的时间要早三天,自己填完表马上交过来的,谁对自己晋升工资的事情不上心?但岳奉秦坚持说:赵玉峰没有证据证明申请表是按期交来的,他所说的纯属诬陷,在机关办公室大吵大嚷是低素质人的表现。赵玉峰不跟他客气,一拳抡向岳奉秦的面部,岳奉秦顿时惨叫着倒在地上,一颗牙齿和着鲜血从嘴里吐出,赵玉峰随后被厂保卫科控制了起来。

事情闹大了。

其实打岳奉秦那一拳赵玉峰有意虚晃了一下，并没有用上全力，岳奉秦除了被打掉一颗牙齿加上面部有些肿胀外，颧骨等面部骨头都没有什么损伤，也就算个轻微伤，完全可以作为一般的纠纷做内部处理。厂保卫科经过调查将事情的来龙去脉写成了详细的书面报告，但此事在厂里闹得沸沸扬扬，厂领导尤其是钱有朋高度重视，明确表示这是一起性质非常恶劣的行为，一定要严惩。

对钱有朋如此坚决的处理态度，厂里很多人都心知肚明：岳奉秦经常在钱有朋面前竭尽阿谀奉承之能事，深得钱有朋的赏识。另外，据说岳奉秦还曾经唆使乃至逼迫侯玉英为钱有朋提供过不正当服务，有把柄落在岳奉秦手里。

厂务会研究处理赵玉峰打人问题时想听取工会的意见，李红卫出差在外，舒琴出席会议。会上形成了两派意见，大多数人认为应该按照厂里内部纠纷处理，依据厂里有关规定降低两级工资待遇；钱有朋认为应按社会上一般的伤害案件处理，移送公安机关，该拘留就拘留，该判刑就判刑，然后厂里直接开除。马志浩厂长一直没有明确表态，听完其他人的意见后，马志浩厂长将目光移向同样没有表态的舒琴，问道："你们是什么意见哪？"

舒琴站了起来，慢条斯理地说："赵玉峰打人事件性质是很恶劣的，影响也是很坏的，我们工会的意见是按照社会上的伤害案件来办，送公安机关处理，但厂里如何处理要尊重公安机关对问题的定性和处理意见。"

与会的不少人对舒琴所做的表态大为惊讶，因为舒琴和赵玉峰私交不错，感情上甚至还有点儿暧昧的意思，没想到在如此关键问题上舒琴竟然把赵玉峰往死里整。厂里处理毕竟是关起门来打自己的孩子，家长能掌握好轻重；如果将赵玉峰送进公安局意味着什么谁心里也没底，包括马志浩厂长在内的不少人都对舒琴的意见提出质疑，但舒琴据理力争，将这些反对意见一一驳回。在钱友朋的坚持下，厂务会采纳了舒琴的建议，最后形成决议，将赵玉峰从厂保卫科送交派出所。

会议结束后，参会的好事的人马上就将会议的详情捅了出来，一时间，舒琴成为"最毒莫过妇人心"的最好例证，甚至有人恶毒地认为舒琴喜欢上了岳奉秦，为摆脱赵玉峰的纠缠，也为了给岳奉秦报仇而故意整治赵玉峰；还有的说舒琴已经是岳奉秦的人了，见到心爱的人被打自然心疼，不拿赵玉峰开刀怎么对得起爱情等等，一时间流言四起。

李进宝是这事的最大义愤填膺者,他在袁励武面前痛斥舒琴,说大家好歹一个锅里吃饭一把勺子舀汤,嘴里嚼的是同一头猪的心肝,做人怎么就这么没有心肝呢?杨艳茹更是急得直掉眼泪,提到舒琴的名字她也罕见地骂了句粗话。

对赵玉峰的事袁励武也很着急,他越来越喜欢赵玉峰这个人,但自己是外来人,对厂里如何处理赵玉峰问题帮不上什么忙。当听说舒琴在赵玉峰问题上的所作所为时,袁励武起初也不相信舒琴会这么做,但当第二天他亲眼看见赵玉峰被派出所的警察带走时,他才意识到关于舒琴故意整治赵玉峰的流言并非空穴来风。难道她是为了替岳奉秦报仇而故意整治赵玉峰吗?她怎么可以这么做呢!自己对舒琴刚刚树立起来的敬重之情,甚至包括刚刚露头的爱慕之情突然动摇了,这种感觉很糟糕!袁励武满怀愤懑地在办公室里憋了半天。

舒琴对这两天的流言一笑了之,今天李红卫也向她解释了那天袁励武跟侯玉英的事,消除了误会,舒琴的心情随之变好,她在袁励武满脑子都是赵玉峰和舒琴的时候,推开袁励武办公室的门进来了,还面带戏谑地向袁励武请教一个关于友情与爱情的问题。

"那我告诉你,不管是友情还是爱情,都要把友善和真诚放在第一位。比如你和赵玉峰之间,大家相处这么长时间应该有友情吧,赵玉峰是什么样的人你也应该了解吧,这件事说到根上错还在岳奉秦那里。为什么要在赵玉峰有困难时不但不帮他一把,反而落井下石?他进了公安局,如果有个三长两短,你能安心吗?这是友善和真诚吗?你还有资格谈友情吗?"对于舒琴满不在乎的发问,袁励武盯着舒琴质问道。

舒琴猝不及防挨了袁励武一顿抢白,她惊愕地睁大了眼睛,袁励武可从来没有用过这种口气跟自己说话啊!刹那间,泪水盈满双眼,她一甩手回到自己办公室,趴在桌子上抽泣起来。

这边,袁励武也为自己刚才的不冷静言语感到懊悔,他想到舒琴办公室道个歉,犹豫了一下又退了回来。而那边,舒琴抽泣了一会儿后,若有所思地抬头看了看外面明朗的天空,突然又笑了起来。

事情在第二天下午又有了重大转机,赵玉峰居然从公安局毫发无损地回来了。

上午各种流言还飘荡在厂区上空,赵玉峰下午回来使得流言如同日出后的薄雾,消失得无影无踪了。

赵玉峰首先到舒琴办公室坐了一会儿,接着来到了袁励武办公室,两个人先来了个结结实实的拥抱,接着袁励武问:"老哥,你怎么出来的,快跟我说说,没吃苦吧?"

赵玉峰端起茶杯咕咚咕咚喝了几大口水,嘴巴一抹说:"这事还得感谢人家舒琴,厂里如果降我两级工资,我得需要多少年才能攒上来?我问过办案民警,哥们儿这点儿事不严重,一是岳奉秦没有受太大的伤,二是他不占理,在处理上是从轻还是从重由派出所依法判断。昨天我进派出所之前舒琴就向派出所所长反映了事实,不但把我的情况说明了,还为我说了不少好话,事情的前因后果也都说了。结果我进去后人家没问几句就做出了处理意见,处理意见盖上分局的章后马上会送到咱们厂,但我知道处理意见的内容,就是说我虽然将人打伤了,但考虑到事出有因,且我没有什么前科,态度也很好,应以批评教育为主,训了哥们一顿,罚了点儿款,同时建议厂里进行严肃批评教育。别忘了,舒琴要求厂里尊重公安局的处理意见,光批评教育,工资不降级,咱还怕被批评教育?"说完后,赵玉峰又得意地补充道:"舒琴这么做是为了不让我降工资。怎么样,哥们儿工资也没降,罪也没受,是不是该狠狠地感谢人家舒琴呀!"

袁励武恍然大悟,他振奋地接着赵玉峰的话头说:"对,是该狠狠地玩命地毫不留情地感谢一下。"

赵玉峰走后,袁励武突然心情大畅,他不由自主地走到舒琴办公室门口,刚要敲门,突然觉得不妥。唉,他昨天拿话伤到人家了!

整个下午,袁励武心神不宁。舒琴的所作所为,让袁励武看到了她侠骨柔情的一面,这使得他对舒琴的敬重又陡增了几分,这份敬重又增加了爱慕的分量。他一下午都在拿舒琴与自己心中的配偶标准进行比较,越比较越觉得挺吻合。

当然,并不是完全吻合,袁励武虽然读过很多浪漫的经典爱情作品,但出身农村,长期缺衣少食和寒窗苦读的经历使他对婚姻问题既敏感又现实:他对自己的出身敏感,总觉得即使自己现在已经是军官了,但依然改变不了出身农家的事实,与城里姑娘结合就是高攀了。同时,他一直感觉在有些方面把握不了舒琴,她虽然率真勇敢,但与自己理想中善解人意的女孩标准似乎还有点儿距离。

晚上,他买了一瓶酒,做了几个小菜请王进军到自己宿舍里来小酌,酒至半酣袁励武就这个困惑问王进军:"比方说,你对自己未来的配偶有十项满意标准,但一个姑娘目前有八项符合标准,有一项是门第不符合,我低她高;还有一项是我觉得在有些方面把握不了她,但又说不准是哪方面,那你看这姑娘我能不能追?"

王进军抿了一口酒，慢条斯理地说："那么拐弯抹角干什么，直接说是你那位舒琴不就得了！你又不是什么白马王子，凭什么要求人家姑娘百分之百地满足你的择偶标准？别说八项，有五项符合就值得追！"

袁励武向王进军伸出大拇指："不愧是爱情专家，此言颇合我意。"

王进军摆了摆手说："你先别夸，我话还没说完呢，我刚才说的是一般规律，具体到某个人就不一定完全适用。比方说你老袁，你有才有貌有一定身份地位，对另一半的标准要求自然就高，对未来的婚姻质量要求也不会低，这一般规律对你可能就不适用了。对一个农民而言，在另一半能有一两项，甚至一项也没有的情况下，他们的婚姻也可能维持一辈子，因为生活境况决定了他没有那么多想法，娶媳妇就是为了做饭、干活、洗衣服、生孩子。但对你来说情况就不一样了，有一项你不满意的就足以颠覆你们的爱情和婚姻，因为你的爱情会很脆，没有韧性。"

"愿闻其详。"袁励武向前弓了弓身子说。

王进军摇头晃脑地说："索性豁出去了，本座就再给你这个生瓜蛋子启蒙一下。比如你说的出身问题，你的学识等优势可以弥补你出身的劣势，但谈恋爱时你的学识是对方崇拜你或者说是爱你的重要参考，她就为你的一两首诗甚至一两句话而爱你；但将来过日子就不一定了，家庭出身不同会带来很多连锁性的差异，时间长了你和对方不一定都能忍受得了这些差异。更何况，你还说你有些方面把握不住她呢，二者一结合可能就会使前面那八项符合标准的条件荡然无存！后面怎么发展，一切要看天意，天意难测啊！"

袁励武瞪着微醺的眼睛说："别弄得神神道道的，有那么玄乎吗？按照你的说法，我还真不能追了？"

"不是不能追，我要说的是，你要首先放下架子，以最平凡最世俗的态度去对待爱情和婚姻，说通俗点，要塑料爱情，不要瓷器爱情，要经得起摔打的爱情。我相信你老袁在这方面应该问题不大，问题的关键是你俩将来在这方面是否都能保持一致，需要注意，是你俩而不是单独你自己。你能管住自己，但你管得了别人吗？别人怎么变化不是你所能左右的，这就得靠天意。在你的生活中出现舒琴，是缘是劫也全靠天意，如果你感觉有缘，这个姑娘就完全值得追，她可能会是你一生的幸福；如果感觉把握不住她，我劝你还是算了，她可能会是你生命中的劫。"王进军继续说。

袁励武举起酒杯："什么缘啊劫啊的，一个简单的问题让你搞得这么唯心主义,怎么可能是劫呢,一定是缘!老王,我服你了,有一定见地,冲你这话,我明天就把自己的架子降低一尺,这姑娘我追定了,干!"说完,一饮而尽。

王进军依旧眯着小眼睛,依旧轻抿了一口酒,依旧慢悠悠地说:"你明天要降低架子,很容易;你降得了一天,你能降得了一世?事情都是说起来容易做起来难。再说了,你降低了架子,对方呢?人类最持久的战争就是男女之间的战争,你降下架子,对方就会端起架子,时间长了,你的架子再端起来可就难了!我这可都是至理名言哪,一般人我还真不告诉他。"

袁励武捣了王进军一拳,骂道:"你小子,说你胖你还真喘了啊,把杯里酒干了,快点!"

袁励武从王进军这个"爱情专家"那里多少也悟出了点儿道理,决定暂时放下身价主动追舒琴了。问题是,因为他那天在舒琴面前替赵玉峰说了句话,惹恼了舒琴,现在舒琴可能对他已经有很大意见了,前天他骑车到工厂门口,正好遇见骑车来上班的舒琴,他主动向她打了个招呼,她却板着脸一言不发,骑车一溜烟钻进了车棚,是没听到招呼呢还是故意不跟他说话呢?袁励武估计后者的可能性更大。

果然,袁励武来找李红卫盖章,正碰上舒琴和其他两位来办事的青年女工聊天,袁励武打趣道:"三个女人一台戏,好热闹,唱的什么剧目啊?"其中一个女工认识袁励武,说道:"袁大教官啊,我们在唱《三女争夫》呢,您这里有啥指示?"

就在袁励武笑眯眯地将目光移向舒琴时,舒琴看也不看他一眼,扭头就走出门去。

还有一天,袁励武正在政教办公室装订宣讲资料,舒琴进来取东西,袁励武说:"舒主席,帮我数数订了多少份了?"舒琴表情木然,理都没理他,取走东西,扬长而去。

更过分的一次是,舒琴有一天从家里带了一包糖炒栗子,热情地给在袁励武办公室谈问题的其他人每人分了一份,唯独把正在看书的袁励武晾在了一边。

当天晚上袁励武垂头丧气地把情况汇报给了王进军,王进军哈哈一笑说:"老兄好本事啊,她喜欢上你了,追吧。"

袁励武奇怪地问:"怎么可能,有什么依据,我怎么丝毫看不出来?"

王进军嘴里只蹦出了俩字:"傻瓜!"

袁励武摸了摸脑袋,略有所悟。

9

吴淑倩最近也是心事不断。

首先是厂里的工作问题。马志浩厂长将厂里的生产经营权几乎全部下放给了她这个不满三十岁的姑娘,这既是一种信任,也是巨大压力。她毕竟年轻,还是个女人,厂里的产供销、人财物等事情一股脑儿堆在她身上,对心智尚不完全成熟的她来说的确是个考验。

其次是自己的婚嫁问题。像她这个年龄的女人,大多数孩子都会跑了,而她至今连正儿八经的对象都没有,许多热心人想给她介绍对象都被她拒绝了,想追她的她根本连眼皮都不抬。时间一长,流言也就隐隐四起,什么缺乏雌性激素,什么心理有问题,这些话传到吴淑倩耳朵里,她表面上付之一笑,但内心的酸楚只有她自己知道。

再次是袁励武和舒琴的关系。袁励武的到来在吴淑倩平静的内心中掀起了微澜,而且是扩散不止的微澜。单从感情方面讲,她是喜欢袁励武的,但这种感觉只能在夜深人静时自己品味。她知道自己人生的主流是什么,自己的追求是什么,人前人后她的言行可以流露出对袁励武的欣赏,却绝不可以表露出对他的感情,因为她的事业追求决定了无权无职的袁励武不可能成为她的未来伴侣。但眼见袁励武和舒琴走得很近,吴淑倩心里既隐隐作痛又无可奈何,这就如同一个人在餐桌上面对自己喜欢的菜,却因吃药忌口不能下筷,眼见别人大快朵颐盘底见空,而自己只能两眼发直。

袁励武当然不知道吴淑倩所想的一切,他把全部的心思都放到了舒琴这边。随着工作期限的逐渐临近,袁励武知道自己不能再等下去了,他决定放下最后的自尊，该向舒琴说点儿什么了。

机会终于来了。有一天，舒琴正在办公室写材料，办公室里并无其他人，袁励武推开门蹑手蹑脚地进来，舒琴斜了他一眼没有理会，又继续写她的材料了。

袁励武站到舒琴面前，搓了搓手说："舒琴同志，忙着呢？"舒琴眉角上扬了一下，没有说话。

"我有几句话想对你说说，不知现在有没有时间？"袁励武继续笑着说。

舒琴眼皮往上翻了一下，依旧没有说话。

"舒琴同志，我是来给你解释一下，或者说向你道歉来了。那天我说的话是在我不明白真相的情况下信口胡说的，很不合适，你别往心里去啊。"袁励武小心翼翼地说。

"哪天？"一周内舒琴终于开口向他说了两个字。

"嗨，就是我说你不该提出将赵玉峰送公安局的那天，我后来知道了你的所作所为，赵玉峰什么都跟我说了，你在这件事情上做得完美无缺，我觉得你很了不起，当时只考虑老赵这方面了，我为我说的话很后悔，我向你道歉。"袁励武继续讨好。

"哼，你倒是挺能为朋友两肋插刀的啊！"舒琴斜视了他一眼说。

"当时我也着急了，这不一下子就误会你了嘛，通过这事我觉得你很够朋友，考虑问题也很周全，请你不要误会，我诚恳地向你道歉，我说话太冲了，我……"不知怎么，袁励武说话开始结巴起来。

"哟，堂堂的大军官也有错啊，我还以为真理始终掌握在你的手里呢！"舒琴站了起来，高傲地抬起了头。

"舒琴同志，我看这样吧，为了表达我的歉意，今晚我请你吃饭好吗？"袁励武用征询的眼光看着舒琴的脸，试探性地问。

舒琴没有作声，只是昂着头噘着嘴，眼睛斜视着天花板。

"按照我的理解，不作声就是同意了啊！晚上六点，三清楼门口见，不见不散啊！"袁励武说完后，又重复了一遍："晚上六点，三清楼，不见不散啊！"然后推门出去了。

看着袁励武出门的背影，舒琴的嘴角露出一丝得意的微笑。

三清楼是龙海市较有名的饭店，菜价很贵，在当时人们的收入普遍偏低且餐饮服务业还不是很发达的条件下，能在三清楼吃顿饭是很有面子的事情。袁励武之所以选择在三清楼请舒琴,一是这里品位高,就餐环境好;二是这里离舒琴家较近,餐毕可以送舒琴回家,顺便在路上可以跟她多说会儿话;三是在这里不太可能碰上熟人,可以避免尴尬。

袁励武从舒琴办公室出来,骑自行车一溜烟直奔三清楼,在中午到来之前他就把晚上吃饭的座位预订好了。本来袁励武希望订个单间,但工作人员告诉他没有两人的房间,单间都是大房间。袁励武发现大厅里的餐桌之间都是用屏风相互隔开的,不影响就餐和谈话,他就在大厅里订了一个位置较好的餐桌。

下午袁励武没有去工厂,而是先到澡堂洗了个澡,回到宿舍后寻思今晚该跟舒琴说点什么。先表达歉意是肯定的了,那么然后呢,是否向舒琴表达自己想和她交朋友的意愿呢?袁励武考虑了半天觉得这样做有点儿操之过急,不妥,得慢慢来。

袁励武平时对自己的装束是很随便的,上班就按规定穿军装,休息时衣着也不太讲究,但这一次他却费了不少心思来装扮自己。四点钟左右,袁励武将自己刚买的没舍得穿的皮鞋从床底的鞋盒中拿出来,新皮鞋显得油光锃亮。袁励武认为一个人的品位很大程度集中在鞋上,他平时观察一个人首先看其鞋,只有对鞋子下足了功夫的人才是内心讲究的人。他自小在农村长大,在他的记忆里,农民的鞋历来都是破烂脏兮兮的,即使是有钱的农民企业家,穿着西装脚下依然踏着一双品质不高的脏皮鞋,一看就是个土包子。本来袁励武想穿军用皮鞋,但他又觉得军用皮鞋样式太古板。这双皮鞋是两周前袁励武咬牙用了自己半个月工资买下的,一百多块呢,好钢要用在刀刃上。

接着,他将自己平时舍不得穿的那套乳白色西服找出来,用电熨斗认真熨烫了一遍,将白衬衣的衣角塞进西装裤腰后扎好腰带,又挑出自己最漂亮的那条鲜红领带细心扎上,然后到宿舍走道中间处的立镜前,对着立镜端详自己,将领带结的位置纠正了一下,将一丝散乱的头发归拢了一下,又回到了宿舍,拿起梳子对着圆镜子将头发梳理整齐了。

"可惜没有发胶,"袁励武想,"自然些更好。"他甩了甩头,头发不长不短,乌黑的发丝按照三七开的标准像忠诚的士兵匍匐在各自的岗位上,整个脸庞在发型的映衬下显得英俊刚劲。袁励武对自己的造型很满意。不知怎么的,此时他心里突然想起自己跟左晓梅第一次约会前的那次打扮,心突然颤了一下。唉,时过境迁,都与爱情有关,只是针对的人变了。

五点半,袁励武骑车赶到三清楼,停好车后他快步赶到店内的镜子旁,看自己的发型有没有被风吹散,脸上、衣服上尤其是鞋子上有没有散落太多灰尘,他用随身带的手帕轻轻抹了抹脸,又轻轻地掸了掸衣服,轻跺了一下脚,然后半转身看了一下镜中的自己,还可以。袁励武坐到上午预定好的座位上,拿出香水在自己身上轻喷了一下,过来倒水的女服务员笑吟吟地说香水味道真好,袁励武冲她微笑了一下,慢慢等待六点钟的到来。

　　舒琴为赴袁励武的邀请,对打扮自己的精心程度丝毫不亚于袁励武。下午她提前了一个半小时回家,洗漱完毕后开始挑选衣服,她装扮的基调就是简单素雅:太复杂了会显得她对袁励武的邀请太重视,千万不能让他看出她很在乎他;太艳丽了显得俗气,也不符合袁励武的欣赏标准,凭感觉她觉得袁励武的审美标准应该是这样的。九月份的龙海市,天气依旧不凉快,她决定穿裙子去。她挑了一件洁白的衬衣和一条粉红色的裙子,腰间扎一条蓝色裙带,这样从上到下白、蓝、红颜色搭配较顺眼;同时,她又在白衬衣的领口扎了一条黑白相间的丝带;鞋子问题也让舒琴思量了一番,最终她决定穿一双白色皮凉鞋去,鞋跟不是太高。

　　装束完毕后,舒琴在自家衣橱镜子前转了几圈,镜子里照出了一个清纯但又不失妖媚、朴素但又不失高雅的青春女孩,她对自己的装束满意极了。

　　舒琴抬起手表一看,五点五十。三清楼离她家骑车也就十分钟的路程,她决定六点过后再走,预计六点十几分到达,让袁励武多等十几分钟。这是规矩嘛,男女约会时女的万万没有先到或按时到达的道理,迟到个十几分钟,既不失礼,又能考验一下对方的耐性,让对方轻微等待一下,煎熬一下,胜利的天平就会向女方稍微倾斜一下。

　　事实上,这十几分钟颇让袁励武煎熬。袁励武在舒琴装束完毕的五点五十就在酒店门口等,他这一身像迎娶新娘一样的庄重打扮,加上他挺拔的身材和俊朗的外貌,引起了不少过往行人的注目,搞得袁励武很窘迫,生怕有熟人认出他来。快到六点十分了,太阳刚刚落山,马路上的路灯也已亮起来了,正值下班高峰时间,街上行人渐渐多了起来,穿梭的人群搅得袁励武心神不定:"她不会不来吧,上午她可是没明确答应要来啊!"

　　但凭感觉,袁励武觉得舒琴应该能来。

　　在袁励武等到第二十四分钟的时候,一个熟悉的身影朝这里走来。袁励武心里一震,是她!他马上迎上前去,想拉舒琴的手,舒琴却避开了他伸来的手,眼光故意不正眼看他,带着高傲的微笑走向饭店门口。

"欢迎欢迎,您能来赏光我倍感荣幸,请请请,这边这边!"袁励武殷勤地做手势引导。

"咦,你怎么知道我是来找你的,我是自个来吃饭的!"舒琴哼了一声说。

"好了好了,别闹了,是我不对是我不对,咱们坐下吧,座位都订好了。"袁励武拉住舒琴的手在自己预定好的座位坐下,自己坐到对面。

俩人互相端详了一下,彼此眼睛一亮,都笑了起来。平时上班袁励武大多穿军装,舒琴穿工作服,今天的穿着打扮彼此都是第一次见,也都见到了对方不一样的一面:袁励武显得更潇洒,舒琴显得更娇媚。

在征求了舒琴的意见后,袁励武点了几个符合舒琴口味的荤素搭配合理的菜肴,并要了一瓶红酒。一开始舒琴推却说不会喝酒,在袁励武的坚持下,舒琴杯子里倒了大半杯红酒,袁励武随后在自己杯子里也倒了大半杯。

袁励武举起酒杯,跟舒琴的杯子轻轻碰了一下,歉疚地说:"这第一杯酒呢是道歉酒,我为前两天说过的话向你道歉,这杯算罚我的酒吧。"说完一饮而尽。

"你慢点喝,就算罚酒也没这喝法呀!"舒琴嗔怪道,自己轻轻呷了一口。其实,舒琴是希望今晚袁励武把他俩之间的这层窗户纸捅破,她不知道袁励武的酒量有多大,怕他喝大了影响到这事。她要让袁励武用最真实的声音说出来,而不是带着酒精刺激的冲动说出来。

随后,两个人从厂里的事谈到这座城市的事,又谈到国家大事,渐渐地又谈到文学和诗歌上去了。边吃边喝边谈,两人把这段时间因误会没说的话全补上了。

大厅里,播放着一些流行的港台歌曲。袁励武说:"大陆的西北风刚吹完了,港台的爱情旋风来了。"接着,二人谈论的话题转向了爱情。

"我说袁大教官,袁大诗人,关于爱情的诗歌,你能说出哪几句?"喝了点儿酒,舒琴的脸上红扑扑的,眼睛盯着袁励武问道。

袁励武略加思索之后说:"那可太多了。太经典的就不说了,卓文君的'愿得一心人,白头不相离'、张籍的'还君明珠双泪垂,恨不相逢未嫁时'、李之仪的'只愿君心似我心,定不负相思意'、纳兰容若的'相思相望不相亲,天为谁春'等等。古代的我还喜欢《红楼梦》中的两句:'遮不住的青山隐隐,流不断的绿水悠悠。'现代的我挺喜欢徐志摩的那句：'一生至少该有一次，为了某个人而忘了自己。'当代的我比较喜欢舒婷的《神女峰》，尤其是最后两句：'与其在悬崖上展览千年，不如在爱人的肩头痛哭一晚。'它反映了当代女性对传统爱情价值观的颠覆与背叛。"

"国外的呢？"舒琴继续问。

袁励武不紧不慢地说："我最喜欢歌德的这一句：'外貌美丽只能取悦一时，内心美丽方能经久不衰。爱情的散步就是天国的跳舞。'他在某种程度上道出了爱情的基本含义。"

"行啊，比我了解得多！感情很丰富嘛，背诵了那么多爱情诗，想必是为了将来谈恋爱准备的吧！"舒琴故意将话题向这方面转移。

按说话说到了这个份上，袁励武应该乘势将俩人的关系提高一下。袁励武此时也有了这个想法，但话到嘴边了，却被自己给生生咽了下去。在柔和的灯光下，加上喝了点儿酒，舒琴的脸色变得愈加娇美，袁励武也从舒琴的眼光中读出了点儿什么，但关键的话还是没有说出口，这令舒琴略感失望。

时间在愉快的时光中溜走，转眼快九点了。袁励武与舒琴碰了一下杯，喝干了杯底的最后一点酒，问舒琴："吃好了吗？"

舒琴微笑着点了点头，用手绢轻轻擦了擦嘴角说："这一瓶酒我喝了半杯，你全喝完了，看不出来，酒量不小啊！醉没？"

"嗨，这才到哪儿啊，再来一瓶我也没事！"袁励武竖起大拇指朝向自己，"对军人来说，这点酒就是塞牙缝。"

"就吹吧你，"舒琴笑着站起来，一边背上挎包一边说，"我可是喝醉了。"

"没事，我送你回家。"袁励武说完也站了起来。

袁励武和舒琴分别从停车点将自行车推出，袁励武说："时间还不算晚，天太黑，我们就不骑车了，推着走吧。"

舒琴同意了。路上很静，偶尔有行人骑车经过和机动车辆驶过，路灯光穿过夜晚的氤氲，洒在俩人身上，映出两个年轻的身影缓缓向前移动，两人的横向距离很近，但始终是平行着。沉默着走了一会儿，他们延续着刚才的话题继续交谈，舒琴时不时地拿暧昧的话题刺激揶揄袁励武，但袁励武始终没有说出舒琴希望听到的那句话。

不知不觉走到了舒琴家楼下，袁励武说："送君千里，终有一别，我就送你到这儿了。"完了袁励武又说："我在厂里的政教工作快结束了,国庆节快到了,我想利用这个假期请你和赵玉峰、杨艳茹等几个好朋友到我那里去聚一聚,不知你有没有时间？"

舒琴说："再说吧,国庆节后我要到团省委培训一周,这段时间还要准备一下。对了,迎国庆的文艺节目你要好好准备啊！再见。"可能对袁励武迟迟没有说出那句话心存愠怒,舒琴连请他上去坐坐的客套话都省了。

舒琴回家后,对袁励武今晚的宴请很满意,但心里一直犯嘀咕："他为什么不主动捅破这层窗户纸呢,莫非还有其他想法？"

袁励武则在骑车回宿舍途中,正琢磨何时何地向舒琴表达自己的意思为好,既要浪漫温馨,又要稳妥保密。袁励武认为,恋爱初期必须只能是二人自己的事情,不能让其他人知道,这是爱情之所以神圣的首要原则。得知舒琴要到省城学习,袁励武想出了一个可行的办法。

　　和舒琴的误会解除后,在筹备迎国庆四十三周年的过程中,袁励武表现得积极主动,一方面这也是他工作的一部分,更重要的是要在自己离开工厂前的有限时间内抓紧和舒琴套近乎,联络感情,为自己计划的实施做好铺垫。

　　在节目内容的设计过程中,袁励武可以说拿出了自己的看家本领,他利用政治教育的时间尽量发掘厂里青年职工中的文艺人才,并劝说鼓励他们献节目,自己则利用一切时间编内容,合唱、独唱、相声、小品、戏曲、乐器演奏甚至舞蹈等,袁励武都征集来并亲自进行内容上的修改完善,几天工夫,一个内容丰富多样的节目单就呈现在了舒琴面前。

　　舒琴大吃一惊,自己发愁了很长时间的事情,没想到袁励武在这么短的时间内就基本搞定了,节目单看起来确实是内容丰富、形式多样。在审看具体的节目内容时,舒琴更加惊奇了,袁励武对每个节目的内容,甚至语言类节目中的每一句话、主持人的每句台词都进行了修改和完善,天知道他有多么旺盛的精力和多么丰富的文艺细胞。在她眼里,袁励武就是个大才子,几乎无所不通,无所不能。她开始由崇拜到担心,担心自己掌控不了袁励武,感觉别人会把他抢去。

　　她仔细看节目单,发现袁励武有两个节目,一个是担任合唱《四渡赤水出奇兵》的指挥,一个是他和吴淑倩的男女声二重唱《今天是你的生日》。舒琴对音乐没有特殊的爱好,第一首合唱舒琴在电视节目中听过,没有太深的印象,倒是他和吴淑倩的男女声二重唱引起了舒琴的重视,这首歌她从来没有听说过。其实这首后来被广为传唱的主旋律歌曲早在几年前就创作完成了,只不过当时大陆歌坛先刮西北风,又刮港台风,很多人把这首好歌给忽略了。但袁励武和吴淑倩这两个歌曲发烧友听到这首歌后，就被其质朴的歌词和优美的旋律感动了，心中都对这首歌有较深的印象，袁励武还专门到音像店买了这首歌的盒式磁带和盒式伴奏带。当袁励武邀请吴淑倩进行男女声二重唱时，二人一拍即合。由于二人在音乐方面的天赋，加上彼此间默契的配合，只经过几次忙里偷闲的合练，这首男女声二重唱就成型了。

吴淑倩觉得，这几次忙里偷闲的合练，却是她最近一段时间以来少有的愉悦的时光，有时候人与人之间在音乐方面的交流比起语言上的沟通，更能提升对知音的认知程度。对音乐的高度认同感以及几乎没有障碍的配合，使她对袁励武更为欣赏。她的内心更加矛盾，但她也只能控制自己的情感，始终把握住跟袁励武的交往分寸。她时刻提醒自己，人生中的一切包括终身大事，都是要和自己的事业挂钩的。

在筹备国庆联欢会的过程中，袁励武是忙并快乐着的，唯一让他不快乐的事情就是侯玉英的骚扰。

自从上次以拍照之名接近袁励武之后，侯玉英就变得越来越放肆，作为厂宣传科的工作人员，在筹备国庆联欢会的问题上她是可以找出很多借口找袁励武的。在节目的筹备过程中，工会负责群众尤其是青年群众的宣传发动工作和节目的征集排练工作，宣传科负责节目的审查把关和道具舞美的协调使用工作。当然，节目的审查是轮不上侯玉英的，但在节目单和具体节目内容的呈报过程中需要她做一些组织联络工作，侯玉英就是利用手中的这一点儿职权，尽可能地接近袁励武并展示自己的妖媚，一会儿因为一句半句话不通顺，一会儿因为一个标点符号没点对，侯玉英不厌其烦地穿梭于宣传科和袁励武的办公室之间。

自从跟侯玉英第一次接触后，袁励武对侯玉英就采取了回避的态度，在跟侯玉英的工作对接中，他把舒琴推到了前台，凡是侯玉英来找的事情，袁励武都很客气地说这事要找舒琴，自己不了解情况，让侯玉英碰个软钉子。但侯玉英也不是傻瓜，她也尽可能地在舒琴不在的时候来找袁励武谈所谓的工作，使袁励武无法推辞掉，其业余的文艺水准和没事找事的腻歪心理令袁励武大伤脑筋却又无可奈何，因此在国庆晚会的筹划制作过程中，侯玉英还是狠狠地将袁励武折腾了一番。

侯玉英对袁励武的百般殷勤与讨好已经让舒琴够闹心的了，这又加上一个吴淑倩。吴淑倩欣赏乃至喜欢袁励武的事舒琴也有所察觉，因为吴淑倩在公众面前提起袁励武就不吝赞美之词,加之他俩都是唱歌的好手,万一唱出感情来……舒琴不愿往下想了。从职务上讲,吴淑倩是自己的领导,真要有这种可能自己也是无可奈何的。

袁励武迟迟不向自己表露感情,莫非和这两个女人有关?袁励武啊,你到底在想什么?舒琴在此期间也承受着心理折磨。

在袁励武的大力帮助下,所有节目的设计和排练都进行得很顺利,舒琴也对这次演出效果充满信心。九月三十号下午,晶泰化工厂迎国庆联欢会在工人俱乐部礼堂正式开始,果然,台上节目精彩纷呈,台下观众掌声如潮,气氛热烈,坐在第一排的厂领导对节目也是频频颔首,舒琴作为总策划人和现场导演,虽忙前忙后但心中很是欣慰:到底没有白忙活。

男女声二重唱《今天是你的生日》被当作压轴节目,当主持人报完幕后,袁励武和吴淑倩精神抖擞地走向了台前,袁励武的穿着和那天请舒琴吃饭时一样的衣服,这令舒琴不太痛快;吴淑倩也是特意将自己打扮了一番,二人高挑的身材并排站在台上显得熠熠生辉。在台下掌声和偶尔传来的尖叫声中,伴奏带响起,吴淑倩用那浑厚而不失清脆的女中音深情地先唱第一段:"今天是你的生日,我的中国……"她唱毕第一段,袁励武用响亮富有底气的男中音唱第二段,第三段前半段一人唱一句,后半段两人对视着合唱,二人目光中表露出对彼此演唱能力的认可和对演唱效果的满意,看得舒琴心中直泛酸。

合唱完最后一个拖音时,表演戛然而止,台下一片叫好声,观众沸腾了,舒琴的心却酸透了。

化工厂国庆节放假一天,袁励武提前几天就邀请了舒琴和赵玉峰、李进宝、杨艳茹、郑海涛、崔庆礼等厂里几个要好的朋友,在国庆节这天一起来自己宿舍聚聚,也算为自己离开工厂而小范围地搞一个结束仪式。舒琴本来想找个借口不来的,但经不住赵玉峰和杨艳茹他们的再三纠缠,她想了想对赵玉峰他们说:"我去可以,但必须答应我一个条件。"

"哥们儿登天摘月,入海抓龙都没问题,啥条件你尽管说!"赵玉峰将胸脯拍得啪啪响。自从在打岳奉秦的事情上得到舒琴的帮助后,赵玉峰对舒琴的话是言听计从。

"去袁励武那儿喝酒时,以你为主,联络李进宝他们几个暗中帮助,试试袁励武的酒量有多大，最好将他放倒。"舒琴不动声色地说。

"我当啥事呢，这真是口渴了被逼着喝水，正中下怀了。我早就有这个想法，放心，不用他们帮忙，一对一单挑，我一个人就能把那小子放倒，免得过后他说我胜之不武。"赵玉峰信心满满。

"不可大意啊，就你逞能，我听说他喝酒跟喝水似的，你能行？"旁边的杨艳茹白了他一眼。

其实，舒琴这"借刀杀人"之计是希望在酒桌上给袁励武一个下马威，让他当众出出丑，杀杀他的傲气，看看他平时表现不出来的丑态，缩短他和她之间的那看不见的距离，同时解解恨。

喜欢一个人，或者说想追求一个人，尤其当这个人还不完全是自己的囊中之物时，其实并不希望对方处处精彩处处完美。出于某种目的，有时希望对方在某些方面倒霉一下，这样自己的身价就相应抬高了一下，就有可利用的机会，这是一种很奇怪的恋爱心理。

十一那天，袁励武早早就起来到附近菜市场准备中午的食材，采购了满满两大袋子，回来后迎面碰到许多住单身宿舍的战友回家探亲。那时的国庆节军校教员一般放三天假，时间足够距家较近的往返一趟了，加上出去游玩和有其他活动的，教员的单身宿舍楼在十月一日上午就显得冷清了许多。

单身宿舍楼过道处挺宽敞，有几个人买了小型液化气罐以备偶尔开小灶用，尽管这是学院所不允许的，但学院对此事查得不是很严格。袁励武宿舍门口也有一套液化气罐和煤气灶具，炒锅、铁勺、菜板、菜刀及油盐酱醋等做饭用的家伙一应俱全，宿舍里还有一个电热锅。袁励武先到水房将买来的生鸡和生肉清洗干净，到案板边将洗好的生鸡剁成块状放到电热锅里熬煮，将洗好的生肉切成细丝状放在盆里用保鲜膜罩好，再将蔬菜拿到水房里洗好，切好后分别装入盘子中，均用保鲜膜罩好，再一遍遍清洗鱼和海鲜……有多次在部队帮厨的经历，袁励武做这些活轻车熟路。到上午十点前，所有准备下锅的食材统统准备完毕，除了鸡在电热锅里正冒热气之外，其余备好的食材一盘盘排列在煤气灶旁边的桌子上，如同要接受检阅的士兵。

快十点了，袁励武将宿舍收拾干净利落后，就到门口迎接他们。这里虽然是宿舍区，但也属于军事管辖区，哨兵对外来人员的盘查还是很严的。

十点半左右，袁励武将他们接到自己宿舍，忙不迭地招呼他们就座，拿出水果、瓜子等招待他们。床头柜上放着一台二十一英寸旧彩电，这是袁励武从旧货市场买来的，当时有线电视还是个稀罕物，还没有普及到单身宿舍里，两根室内天线呈V字形撑在电视机顶上。宿舍不算宽敞，一张方桌既是书桌又当饭桌，袁励武昨天从其他宿舍借了几把凳子摆在桌子周围，大家落座后袁励武说："你们可以看电视，也可以打牌，我当大厨去了。"

杨艳茹环视了一下宿舍说："地方不大，收拾得挺利索。怎么，你还会做饭，要不要我们两个女的帮忙？"

袁励武指着备好的食材说："做不好，各位原谅。这是我早就准备好的了，下锅后一会儿就得，你们玩，不用帮忙。"然后转身走到楼道，将宿舍门关上，防止油烟吹进宿舍。一分钟后，楼道里马上响起刺啦刺啦的油煎声和唰唰的翻菜声。

舒琴进来后一直没有说话，但却注意观察着宿舍里的一切，尤其注意观察袁励武书架上陈列的书，有军事著作，也有文学著作，有几本杂志引起了舒琴的兴趣，抽下来一看，原来每本杂志里面都有袁励武发表的学术论文，共有三篇；还有几本本市作家协会主办的一个刊物，叫《银海点帆》，抽下来一看，里面居然也有袁励武发表的几首诗歌和一篇散文。舒琴看完后不声不响地把书放回书架。

大约四十来分钟后，袁励武喊了声："各位，开饭喽！"然后变戏法似的端进来一个又一个的盛满菜肴的盘子，十几个菜肴荤素搭配合理、色泽鲜亮，尤其是糖醋鲤鱼，看上去烧得很有专业水准，宿舍里的其他人都瞪大了眼睛，啧啧称赞着。

"别忙，还有一个炖鸡汤。"袁励武用一个大汤盆把电热锅里的鸡汤连同鸡肉盛好，放在桌子中间，然后手一挥："菜齐了！"

李进宝啧啧道："袁教官，真有你的，菜烧得这么好，我发现世界上就没有你不会干的事！"

"是吗？那可不一定啊，有一样我肯定不会！"袁励武将头转向了舒琴和杨艳茹问道，"是吧，两位女同志？"

舒琴和杨艳茹一怔，然后羞红了脸，几个男的则一起哈哈大笑了起来。

袁励武解下围裙坐到主陪位置问道："喝点什么酒？"

"白的，当然白的！"赵玉峰首先提议，其他男的随声附和。

"这样吧，客随主便，男的统统喝白的，两位女士喝啤酒，在伟大祖国生日里谁也不许不喝酒，没意见吧？"袁励武当场拍板。

舒琴和杨玉茹没有太推辞，就一人倒上了一杯啤酒。袁励武从床底下拖出一箱从老家带来的五十六度的老白干，共六瓶，说："今天咱就不喝龙海的龙春特曲了，尝尝我家乡五十六度的老白干吧，绝对不亚于龙春特曲。"几个男的都同意，袁励武将五个玻璃杯子一字摆到自己跟前，将每个杯子倒满白酒后送到在座的各位男士跟前，然后举起酒杯站起来说："首先，我表达三个意思，咱们男的三口就要把杯里的白酒干掉，女同志随意喝。第一个意思，作为炎黄子孙，作为中华人民共和国公民，咱们一起庆祝伟大的共和国四十三岁华诞！"说罢，将杯中酒的三分之一倒入了口中饮进。

赵玉峰愣了一下，喝了一大口，感觉这酒味很冲，劲儿很足，确实是高度酒应有的力道，自己喉咙很强烈地反应了一下，好在及时控制住了。同样的感觉蔓延在李进宝他们几个人中间。

袁励武招呼大家吃菜，大家举筷吃了第一口，纷纷嚷着鲜美好吃。袁励武用公用筷子分别给舒琴和杨艳茹夹了菜端到她们跟前，然后说："既然觉得还可以，那就别客气，敞开吃！"

吃了一小会儿菜，袁励武再次举杯说："第二个意思，为我们这几个月的愉快相处，为我们兄弟姐妹间的情谊，喝一个！"说罢又将杯中酒喝得仅剩三分之一。

赵玉峰他们也跟着喝完了第二口，但明显杯里剩余的酒都要比袁励武杯里剩得多。

吃完第二轮菜，袁励武又一次举起了杯子说："第三个意思，我在咱们厂的工作任务已经完成，咱们今后就不在一起工作了，但今后要常来常往，祝友谊天长地久！"说完，将杯中酒一饮而尽。

袁励武的祝酒辞和喝酒的示范性表现都无可挑剔，赵玉峰等人只好很吃力地将各自杯中酒饮尽，李进宝甚至还分两次才喝完最后一口。

舒琴看出来了，她布置给赵玉峰的任务今天有点儿悬。袁励武是在很轻松的状态下喝完这杯酒，而赵玉峰他们则明显很吃力。即使是人多搞车轮战术，鹿死谁手都很难说。

赵玉峰当然不会忘记舒琴交给他的任务，袁励武刚敬完酒，他就迫不及待地向袁励武发起了冲锋,对旁边杨艳茹的劝阻,赵玉峰只当耳旁风。

袁励武似乎看穿了他们今天来的另一个目的,他挥洒自如地应对着,酒喝得滴水不漏,一边吃喝还一边诡异地向舒琴这边微笑着。舒琴则有鬼把戏被别人戳穿的感觉,如芒在背。

几轮下来,赵玉峰几个男的快要招架不住了,说出的话越来越有漏洞,而袁励武似乎越喝越清醒,能迅速准确地抓住赵玉峰他们的话柄并施以罚酒。见此情景,舒琴将自己的杯子倒满啤酒端起来说:"袁教官,我敬你一杯,感谢这段时间你对我们工作的支持与帮助,杯中酒全部喝掉吧!"说完,将啤酒一气喝完,被呛得咳嗽了两声。

袁励武笑着说:"舒大领导太客气了。"说完,将自己杯中大半杯白酒哗地咽了下去,空杯朝着舒琴一亮,笑吟吟地盯着舒琴。

赵玉峰在头昏脑涨中发现,本来是舒琴布置给自己的任务反而需要舒琴来亲自完成,他哪里肯让,也端起自己杯中酒说:"袁教官,这酒我陪你喝了。"喝完后又向自己杯中倒了半杯酒,袁励武见状也向自己杯里倒了多半杯酒,二人同时很男人地举杯相碰一饮而尽,就像之前二人很男人地掰手腕一样。最后的结果也是一样,赵玉峰喝完这杯酒后,身体就像掰腕子那天自己的手掌一样,很悲壮地趴在了桌子上。

杨艳茹首先惊叫了一声,袁励武见此情景马上招呼喝得不太多的崔庆礼帮自己和杨艳茹一起将赵玉峰抬到床上头朝外侧卧,同时放一个脸盆在床下对着头部以备赵玉峰呕吐,自己继续招呼其他人喝,杨艳茹则过去轻轻地拍着赵玉峰的后背。主将倒下标志着较量结束,李进宝他们也无心恋战,各自喝了一点儿就宣布收兵。一个小时多一点的时间,四个白酒瓶见了底,第五瓶也喝了近一半。

袁励武是第一次和赵玉峰对桌喝酒,他佩服赵玉峰的人品,也佩服他的酒品,他知道赵玉峰今天喝得不比自己少多少,他看出赵玉峰不屑于用车轮战术,明摆着就是一对一较量不投机取巧。酒品见人品,他敬重赵玉峰。

舒琴则为自己的事先安排颇为后悔,好好的一个朋友聚餐最终以一场惨烈的拼酒收场,责任全在她自己,她始终不明白自己到底是怎么了。袁励武这家伙太厉害了,似乎从一开始他就识破了舒琴精心安排的阵局,然后凭着自己的实力慢条斯理地破解掉了。舒琴突然有一种莫名的失落,此时她多想看见喝醉的是袁励武,也见识一下他的狼狈相,而自己来亲自照顾他。

为了掩饰这种情绪,舒琴殷勤地帮忙收拾饭桌残局。杨艳茹则心痛地抚慰着赵玉峰:"好点了吗?想吐就吐吧。"

赵玉峰缓缓地睁开眼睛,忽然,张开嘴哇地将腹内物吐得脸盆内外都是,还溅到了杨艳茹的裤子上。杨艳茹顾不上这些,赶忙招呼李进宝端过一杯凉开水:"来,漱漱口,再往外伸头,别吐人家袁教官的床上。"说完扭过头,怨怨地看了舒琴一眼。

袁励武则准备好了一大杯蜂蜜茶递给杨艳茹,它是解酒的好方子。赵玉峰在杨艳茹的帮助下挣扎着坐起来,把蜂蜜茶喝了,使劲晃了晃头,醉眼朦胧地说:"这是怎么回事,我怎么在床上啊?"此话一出,大家一起笑了起来。

杨艳茹一个劲儿地埋怨说:"还说呢,你都喝昏迷了,可把我们吓死了。"

赵玉峰使劲眨了眨眼睛,突然用手抽打起自己的面部来:"该死,该死,喝大了,丢丑啦,丢大丑啦!"双眼不敢看舒琴,好像亏欠了舒琴什么似的。

郑海涛喝得舌头也大了,结结巴巴地说:"袁教官那个、那个酒量可了不得,赵哥是我们酒中那个、那个老大,可还是喝不过你啊。"

袁励武摆摆手,"哪里哪里,这喝酒的速度和节奏很重要,今天喝得有点快,我适合喝快酒,在部队都这样,杯一碰就干,我练出来了;赵哥适合不快不慢地喝,喝快了就不适应了。还有,这是我老家的酒,我喝习惯了,你们没喝习惯。其实,我也醉了,只是硬撑着罢了。赵哥,你现在感到舒服多了吧?"确实,袁励武喝了一斤多,他也感到自己酒劲儿上涌。

赵玉峰伸出手,使劲握住袁励武的手说:"兄弟,海量,没说的,无论哪方面,哥服你!"在酒劲儿撺掇下,他本来想把舒琴给他布置任务的事说出来,但顿了顿没说。

因今天宿舍里人少,水房里很空,杨艳茹和舒琴很快把碗筷洗出来,大家一起聊了会儿天,直到赵玉峰的四肢活动灵便了,舒琴等就起身向袁励武告辞。辞行前郑海涛告诉袁励武他十月十六号结婚,请袁励武务必赏光,就不给他发请柬了,并把他家的地址和酒店名称告诉了袁励武,袁励武很痛快地答应了。

袁励武把他们送出学院宿舍区门口,嘱咐大家照顾好赵玉峰,目送他们骑车回去。望着他们的背影,袁励武心头莫名地生出一丝失落感。

袁励武回到宿舍一下躺倒床上,他也喝得不少。他觉得自己今天在酒场上胜利了,不过情场上却没有丝毫进展的迹象。他看得出,今天舒琴是想把他灌醉,她为什么要这么做呢?她如果真爱他的话,应该为他的健康为他的一切着想,喝酒时应该站在他的立场上说话呀,这可是女人爱一个男人最起码的标志啊!像杨艳茹,见到赵玉峰喝醉了,就跟母亲似的关心照顾,而舒琴呢?袁励武真的搞不懂女人到底是怎么回事了,他对自己缺席了爱情必修课而感到懊恼。

"再去请教王进军?这家伙回老家了。算了吧,这家伙别看嘴上爱情理论一套一套的,自己呢,不还是光棍一条吗,言论的巨人,行动的矮子!"袁励武想。

他哪里知道,王进军就是利用这国庆三天假期回老家探亲的机会,将自己的婚姻大事定下来了。

11

舒琴回家后心情也不平静。在她看来，袁励武文能吟诗诵章，武能摧城拔寨，长相帅气，言行得体，在那个贫富差距不是很大，人们的物欲不很膨胀的时期，袁励武简直就是个完美的男人，是很多女孩子心中的白马王子。这是舒琴所愿意看到的，也是她所不愿意看到的；这是舒琴所高兴的，也是她所害怕的。眼见袁励武在厂里的工作已经结束，二人见面的机会越来越少了，在这个问题上他到底是什么态度呢？

国庆节过后，袁励武回到晶泰化工厂工会办公室收拾自己的物品，李红卫告诉他舒琴已经到省团委培训去了，并神秘地问袁励武："小袁，跟嫂子说实话，你看舒琴人怎么样？"

"什么怎么样？"袁励武故作漫不经心地问。

"装糊涂不是，少在嫂子面前装！我觉得你俩挺般配的，怎么样，需不需要嫂子牵个线儿？"李红卫紧接着问。

"嗨，人家能看上咱？"袁励武边收拾东西边说。

"行，有你这句话就成，这事包在我身上！"李红卫说，"不过小袁，我可告诉你，舒琴可是名门出身，大家闺秀，她对你也评价很高，你可不能辜负人家啊！"

"嫂子，谢谢您。不过这事您别忙活了，顺其自然吧，我会处理好的。"袁励武边收拾东西边说。其实，早在舒琴出发到省城前，一封从袁励武手中发出的信件已经寄往省城了。

信是袁励武在国庆节的第二天写的。按说以袁励武的文采，写封信不算难事，但这封信却用了他足足一个上午的时间，这还不包括酝酿的时间。为了写个称呼袁励武就费了半天脑筋,光稿纸就撕掉了三张,先是写"舒琴同志",感觉太刻板,撕掉;再写"亲爱的舒琴",感觉太肉麻,撕掉;又写"亲爱的舒琴同志",感觉刻板又肉麻,撕掉……

用什么称呼好呢?想了半天,袁励武决定称呼就写一个字:"琴",反正是情书了,是要表达自己对她的爱慕之意了,干吗遮遮掩掩的?称呼确定下来后,袁励武感到下笔就顺畅多了,但每句话、每个用词甚至每个标点符号他都小心斟酌,仿佛舒琴就在他面前盯着他,要让她感到他既不是个不解风情的呆瓜,又不是个轻浮浅薄的浪子;既要体现出他的文采飞扬,又不能让她感到他在有意舞文弄墨,这个劲道很难拿捏。午饭时间到了,袁励武才完成一篇他认为热烈但不失庄重、奉承但不失真诚的书信作品。信的篇幅不长,略显青涩,全文如下:

琴:

你好,请原谅我以一个冒昧人的身份冒昧地给你写信。怀着忐忑的心情,我的笔徘徊在提与放之间,最终还是选择了提起。之所以以这种方式来向你表达我的想法,主要是因为有些事情确实只能是两个人的事情,而这种方式是最出其不意的,也是最稳妥的。

短短三个月的政教工作已经结束,我人虽已离开了晶泰化工厂,但心还留在这里,原因是和厂里那么多朋友的情谊割舍不下,但这颗心更重要的还是因为你而留下的。

经过几个月的交往,你的一切都给我留下了美好的印象,我有一种渴望,而且这种渴望越来越强烈,那就是,我渴望我们之间成为朋友,而且是将来可能成为终生伴侣的朋友。

可能在你看来,我只是你生命中的一个过客;但在我看来,你可能是我生命的全部。

我期待着……

祝心情愉快,学有所成!

此致

敬礼

袁励武

邮递地址：某某市(省城)某短期培训班。收件人：舒琴。袁励武觉得舒琴肯定能收到。她要培训一周，信足以在培训结束之前送到她手中；即使培训期间信到不了她的手上被退回来了，还是会退在自己的手里，不会被厂里任何人知道。

自从给舒琴的信寄出去之后，袁励武就真如信中所说的"期待着"了，不过信中的省略号需要拖多长，他心里没底。凭感觉，他知道舒琴是爱他的，至少是喜欢。唉，他也不知道她接到信后会是什么反应！

反正，在袁励武看来，结果应该不会悲观。

世界上的事情往往就是这样，当你对某个事情预想得很称意的时候，那就准备好迎接心理打击吧！

漫长的七天终于过去了，袁励武这边是度日如年，舒琴那边则是风平浪静。袁励武想如果舒琴有意思的话会打电话给他，他在信中已经把自己单位的电话号码给了她，当时袁励武所在的教研室正搞社会办学，招收部分地方学生参加函授等学历教育，为了办学需要经上级批准安装了电话。按说舒琴已经培训结束回来了，家里和办公室里都有电话，要联系自己很方便呀，为什么连个信儿都没有？

或许她会亲自来找我，或许她根本就没有收到信？那可就糟了，万一退回来被别有用心的人截留，或者被认识他字迹的人发现，那样就……袁励武心里乱糟糟的。也奇怪了，平时总有电话找他，现在怎么一个找他的电话也没有？他不敢随便离开办公室，怕有错过的电话，甚至上厕所都支棱着耳朵听有没有同事喊他接电话！

一直没有！

随着时间的推移，那封寄托着袁励武巨大希望的书信如石沉大海，没有激起丝毫反应，袁励武满腔的热情被一点点耗尽，甚至到了寝食难安的地步，几天工夫，脸也变消瘦了，真可谓"为伊消得人憔悴"。

给舒琴的信发出快半个月了，袁励武的期待也在一点点地消退。十月十六号是郑海涛结婚的日子，袁励武抱着最后一丝希望骑车来到了郑海涛的家，他希望能通过这个场合见到舒琴，无论如何都要当面向她解释一下。这是一个由十几栋四层楼组成的家属院，在五号楼一单元门洞的上方已挂上了"祝贺郑海涛孙雪梅喜结良缘"的横幅,门口停着两辆车头拴着红绸带的桑塔纳轿车,准备去迎接新娘,这在当时已经是很有排场的待遇了。门口簇拥着一些来帮忙和看热闹的人,袁励武发现没有自己认识的人,就先按照红色箭头的引导,推着自行车来到停车棚,低头把自行车停好后刚一抬头身子就震颤了一下,是舒琴!她正推车过来准备停车,袁励武只好红着脸问道:"舒琴,你,还好吧?"

舒琴停好车后,潇洒地将车钥匙一拔,面无表情,就当袁励武不存在似的转身走了,只留下皮鞋的噔噔声和一个靓丽的背影给站在原地发呆的袁励武。

过了好一会儿,袁励武才从刚才的窘境中醒过来。他又回到了五号楼楼下,正好发现赵玉峰、李进宝、杨艳茹和舒琴四个正在聊天,李进宝发现了袁励武,忙招呼道:"走走,袁大军官,一起赶紧上去道喜去!二楼201!"袁励武跟他们打了声招呼,他们三个都应答了,只有舒琴别过脸去,看都不看袁励武。

上楼后,袁励武和他们四个分别给新郎官郑海涛道喜,并各自将贺金给了总管。房间是小套二的,客厅面积不大,里面人来人往,喜气洋洋。平时五大三粗的郑海涛今天西装革履,傻傻地笑着。杨艳茹说:"别傻笑了,攒攒精神,一会儿去接新娘子!"趁他们说话的工夫,袁励武偷偷瞟了舒琴一眼,想从她脸上得到点儿答案。哪知舒琴眼睛根本不看袁励武,只管和其他人眉飞色舞地聊,袁励武讨了个没趣,只好灰溜溜地下楼了。

尽管楼下人来人往热闹非凡,到处充满着喜气,但袁励武却无心分享这种快乐,趁着这点儿时间,袁励武做出了两个基本的判断:一是舒琴已经收到了书信,否则不会对自己不理不睬;二是她可能不愿意和自己交朋友,因为从她的表情中不但看不出丝毫的欢喜,甚至还有极度厌恶自己的意思。自己魂牵梦绕了十多天,竟然盼来这么一个结果!

在喜庆的气氛下,袁励武的心情却糟透了,他后悔自己为什么要写这样一封信,自作多情,典型的自作多情啊!他感到自己脸上在一阵阵发烧。

"接新娘子去喽!"随着赵玉峰的一声招呼,大伙儿七手八脚把刚下楼的郑海涛按进轿车,伴郎崔庆礼和厂里一位当伴娘的女职工进车陪伴,两辆桑塔纳轿车缓缓向新娘家驶去。舒琴和杨艳茹等也下楼了,袁励武的眼睛却再也不敢向舒琴这边瞟了,生怕受伤的心口上再被撒把盐。

"嗨,大军官,直接跟我们去饭店吧。"李进宝搂着袁励武的肩膀说,"对了,忘了告诉你个事,中午一顿晚上一顿,都在这家饭店,晚上喝完酒还要闹洞房呢,别溜了啊!"

袁励武缓过神来说:"那什么,晚上我就不参加了,还有点事。"他实在不愿意再继续煎熬下去。

"那怎么行!你是主力,对了,赵哥说了,今天要不是看在郑海涛结婚的份上,两场酒得让你趴下,报仇!"李进宝攥起拳头在袁励武眼前晃了晃说,"报仇,懂吗?"

袁励武苦笑了一声,跟着赵玉峰和李进宝他们步行一起来到了婚宴酒店。酒店属于中等档次,门口也挂着"祝贺郑海涛孙雪梅喜结良缘"的横幅,由十几个退休老人组成的锣鼓队排成两列,他们身着红色绸缎服,头裹红巾,跟当年义和团团民的装束差不多,正耐心等待着新人到来表演开始的那一刻。

袁励武像个木偶似的被赵玉峰和李进宝他们牵着来到了酒店婚宴大厅,大厅内张灯结彩,香气扑鼻,一共有十几桌,每桌上面摆放着花花绿绿的糖果点心,还有酒水。按照贴在墙上的座次表,李进宝引导着袁励武走到第二桌上落座,袁励武发现自己和工厂的几个领导在一个桌上,好在这桌没有舒琴,舒琴被分派到五号桌去了,专门负责招待新娘单位的女同事,工厂的男工则被安排在六号和七号桌。李进宝坐到六号桌座位上,自己剥开一块糖津津有味地嚼着,不时朝五号桌的女宾不怀好意地瞟着。

袁励武庆幸自己没有和舒琴一桌,要不然自己得羞愧得钻桌子底下去。厂领导们还没来,袁励武一个人孤独地坐在桌旁发呆,偶尔漫无目的地环视一下。

突然,酒店外面锣鼓喧天,鞭炮齐鸣。赵玉峰和李进宝从椅子上弹起来,从二号桌拉起袁励武,边跑边喊:"看新娘子去喽!"宴会厅里不少人呼啦挤了出去。

袁励武跟着他们来到门外,看见西装革履的郑海涛挽着披着洁白婚纱的新娘子,在众人的注目下,在锣鼓声和鞭炮声中款款走来,伴郎崔庆礼和伴娘跟在后面。突然"嘭"的一声,花枪射出片片彩纸屑,新郎新娘头上顿时万紫千红,围观的人一阵欢呼。不远处,袁励武看见舒琴也在人群中表情愉悦地欢呼着,情绪高昂,跟刚才判若两人。袁励武呆呆地看着,恍惚间他觉得新郎换成了自己,新娘换成了舒琴……

千篇一律又烦琐无比的婚礼仪式在宴会厅按部就班地举行着,袁励武还没回过味来,发现领导们都在二号桌就座了,他赶忙挨个打招呼问好。吴淑倩眼睛直盯着他,打趣道:"袁教官,想什么呢,该不是触景生情想娶媳妇了吧?"这句话引得其他厂领导开怀大笑。

袁励武心事被猜破,脸刷地红了,连忙摆摆手说:"吴副厂长取笑了,咱年龄不够,再说了,谁愿跟穷当兵的结婚啊?"

"小袁,你要乐意,咱厂的未婚女子任你挑!"李红卫也加入了调侃袁励武的行列,"就怕你眼高看不上啊!"

"我看咱们桌也就袁教官和吴副厂长是单身了吧,是不是啊?"平时一脸严肃的钱有朋也改风格了,袁励武和吴淑倩的眼光恰好对视到了一起,二人脸红地低下了头,引得众人又是一阵大笑。平时看惯了厂领导严肃面孔的工人们,纷纷转来奇怪的目光。

二号桌的谈论主题成了袁励武的个人问题,搞得袁励武如坐针毡。他强装微笑,心里面却是万马奔腾。

仪式在喜庆气氛中结束,当司仪宣布婚宴开始时,丰盛的菜肴一批批被端上来,各种酒水嘭嘭被开瓶,接着是乒乒乓乓的碰杯声和咕噜咕噜的下咽声。袁励武赶紧站起来给每位领导敬酒,他喝的是啤酒,敬到每位领导时他让对方随意自己必干,一会儿工夫八杯啤酒下肚,他的脸略显微红。

"袁教官,别光喝酒,吃点菜。"吴淑倩关心地看着袁励武,边说边夹了半个四喜丸子放他眼前的盘子里,"袁教官,不知道我说得对不对,我感觉你今天有心事。"

袁励武连忙掩饰说:"没有没有,今天老郑大喜的日子,我怎么好意思带着心事过来呢?"

吴淑倩哼了一声说:"没有就好。"

新郎新娘敬完酒后,桌与桌的座位界限就被打乱了,各桌之间开始了交流敬酒和轮番攻击。趁着这个工夫袁励武溜出了宴会厅,他要清醒一下自己的头脑,理顺一下自己的情绪。他从车棚默默地推出自行车,骑上后才发现自己不知道要到哪里去,干脆就信马由缰地骑到了离酒店不远的一处海边的松树林里。

说是松树林,只是由一小片稀疏的松树组成的阴凉区域。龙海市的海边多被开发成为裸露的沙滩地带,较少绿荫和植被覆盖地带,这里既靠海又防晒,加之这里夏秋季节均凉风习习,确实是一个夏秋纳凉的好去处。盛夏已过,加之是中午,除了不远处可见的几个游人外附近几乎没有其他人,袁励武将自行车停下锁好,独自走到海边临沙滩处的一棵歪脖松树旁,右手扶着松树干,左手掌张开放到眼眉上面遮住阳光,望着向沙滩一波波涌来的轻浪和远处轻微波荡着的蔚蓝色海面,他的心也随之波荡。蓝天映衬着大海,大海反射出天空的湛蓝,整个世界都是蓝色的,但袁励武眼睛里呈现出的则是灰色,他无心欣赏这静谧美妙的蓝色。

婚宴此时已进入高潮,在酒精的刺激下,来宾的说话声音越来越高,场面越来越嘈杂,新郎郑海涛甚至被厂职工挟持到他们桌灌起了酒,新娘被撇在她的女同事中间。男的喝得红光满面,说话逐渐不利索,女的则互相半委屈半自豪地控诉着各自男人或男友的种种不是:什么天天有人请吃饭,跟朋友喝酒就忘了家啦;什么花一百多块钱给自己买了件衣服,光为了老婆好看也不心疼钱;男人有钱就变坏的教训,婚后一定要管住男人的钱袋子……

"咦,袁大军官呢?"李进宝眯着的醉眼四处扫荡,目光偶尔落到女人脸上总要停一两秒钟,得到的是对方的怒目而视或扭头不理,"邪了门了,刚才还见他呢,躲哪儿去了?"李进宝将杯里的酒一饮而尽,嘴里嘟囔着。

而此时的袁励武正坐在一块岩石上,面对大海浮想联翩。他想起了自己的中学时代和军校时光,他想到了自己在农村艰苦生活的父母,他想到了左晓梅,他想到了吴淑倩,他甚至想到了他讨厌的一个女人,最后他的思维活动半径还是围绕着舒琴画起了圆圈。

是啊,如果说爱情是一张试卷,那么猜透女人心思就是这张试卷里最难的题,这道题大多数男人是得不了满分的。舒琴现在就给袁励武出了这样一道难题,喜怒完全在袁励武的掌控之外,以袁励武在爱情方面的智商,他是没法得到准确答案的,他只能自己胡思乱想,各种可能都想到了。

难道自己的情路真如看手相的师兄说的那么曲折吗?左晓梅不辞而别,舒琴现在又对自己不理不睬,袁励武想着想着,也不知过了多长时间,他发现自己的眼睛有点儿湿润,他赶忙用手擦了一下,叹了口气,转过身子准备返回。

刚转过身,他的身子突然一震!不知什么时候舒琴正站在他身后,两眼直勾勾地盯着他。

"舒琴,你,你怎么在这里?"袁励武语无伦次地问。

"兴你在这里躲清闲,就不许我来这里看躲清闲的人?你站在海边看风景,我在后边看你,有意思吧!"舒琴用嘲笑的目光瞅着他说。

袁励武不好意思地用手挠了一下后脑勺，试探性地问："小舒，我给你写的信，你收到了吗？"

舒琴爽朗地笑着问："还大爷呢。你信上是这么称呼我的吗？"

袁励武脸唰地红了，刚才心中的阴霾立马随着舒琴的笑声一散而光。

"还大军官呢，有什么话直接说就行了，还写信，亏你想得出！"舒琴噘起了嘴，眼睛斜视着袁励武，说道。

"那，你同意我的……意见？"袁励武迅速调整了一下情绪，试探性地问。

舒琴盯着袁励武，迷人地微笑着。

袁励武豁然开朗，他迅速抱起舒琴，双手分别托住舒琴的后背和双腿，兴奋地在海边旋转起来。此刻，袁励武感觉到，大海是美好的，蓝天是美好的，整个世界都是湛蓝明朗的！

袁励武开心的笑声和舒琴的阵阵尖叫声划破了海边刚才的宁静，引得不远处的几个游人奇怪地向这边张望。

二人骑自行车一同回到了郑海涛结婚的酒店，尽管天色渐阴暗，有要下雨的意思，但袁励武的心情此时却是晴空万里。晚上参加郑海涛婚宴的都是中午帮忙的哥们儿，由于婚礼中午已经结束，晚宴要随便得多，小伙子们酒喝得也疯狂。袁励武更如同一个武林高手，见杯碰杯，见瓶吹瓶，全无丝毫醉意，再次将赵玉峰、李进宝他们几个喝得满地找牙。旧仇未报，又添新恨。

舒琴则用温柔的目光瞅着他，脸上充满幸福。

酒足饭饱后就是闹洞房环节，袁励武则是花样百出，创意连连，厂里一拨小青年在他的带领下，在酒精的刺激下，疯狂而又不失文明地将郑海涛两口子折腾得既狼狈又高兴，这个洞房闹出了水平。

舒琴还是用温柔的眼光欣赏着袁励武的活跃表演。

快半夜了，宾客散尽，袁励武送舒琴回家，还是上次同样的夜色，沿着上次同样的路线。不同的是，到舒琴家楼下时，两人将自行车往树下一放，便迫不及待地拥抱在了一起，并深情地吻着对方，全然不顾偶尔有行人投来异样的目光，也全然不顾手腕上的表针已经指向了第二天的一点。

12

　　侯玉英最近的心情糟到了极点。她烦恼的不是袁励武对她的不理不睬，对此她有充分的耐心来消磨袁励武，她则可以在这种消磨过程中感受乐趣；她烦恼的也不是袁励武已经离开晶泰化工厂，毕竟都在一个城市，以她的脸皮厚度完全可以做到随时去袁励武单位找他。她不能容忍的是这场游戏角逐呈现出一边倒的态势：袁励武将自己的心完全献给了舒琴，而她的种种努力没有在袁励武心海中掀起丝毫的涟漪，整个大海都是舒琴的！这是侯玉英最伤心的地方。女人的自尊和嫉妒使得她坐卧不安，尤其是当她在厂区看到袁励武来找舒琴时，舒琴脸上那眉飞色舞的样子，那简直就是一把戳她心窝的刀子。

　　她也知道，她腹中那点儿墨水根本无法与袁励武进行深度心灵沟通，她的黏人风格也是袁励武所不喜欢的，出现这样的结果本来也是她能够预料到的，但她就是不甘心自己心仪的人对自己竟然是这种态度。有时，侯玉英自己在家里脱得精光，站在衣橱的立镜前反复端详，乌黑的秀发，娇媚的面容，白皙的肌肤，细长而又凸凹有致的身段，漂亮女人该有的资源一样不缺。虽然自己宝贵的第一次已经无可挽回地失去了，但这丝毫不影响自己的外在啊！为什么袁励武就对自己如此麻木不仁呢？她甚至想象，如果此时袁励武站在身边，她会毫不犹豫地把一切都献给他。想到这里，她的脸不由得微微红了。

　　渐渐地，侯玉英的心理挫败感转变为心理失衡：我哪里不如舒琴了，凭什么好事都是她舒琴的？既然我不能得到袁励武的喜欢，那么别人也不应该得到，即使暂时得到了我也要给搅黄了！

　　为此，侯玉英就像《白雪公主》中那个疯狂的王后一样，整天搜肠刮肚地寻思着下三滥的主意。突然，她想到了岳奉秦，袁励武和舒琴发展成恋人关系他也是失败者啊，同病相怜的两个失败者联合起来去破坏胜利者的果实那是再合适不过的了！想到这里，侯玉英涂满粉脂的脸上露出了一丝狞笑。

岳奉秦被赵玉峰打伤后，本想借此事狠狠整治一番赵玉峰，没想到关键时刻舒琴救了赵玉峰一马，而且舒琴此举明显无误地显示了他在她心中的分量是多么轻微，关键时刻舒琴的感情天平丝毫没有倾向他，他对舒琴曾经的种种殷勤与努力不过是徒劳。如今，既伤了身又伤了心的岳奉秦就像一头受伤的恶狼，正在用舌头恶狠狠地舔舐着自己的伤口，眼里放射出凶狠的光芒。

颧骨治愈后，还镶上了一颗新牙，现在岳奉秦一张嘴说话，那颗银灰色的新牙就拼命地展示自己，再配上岳奉秦那张不显真诚的脸，使得他更像影视作品中的阴谋家或特务。如今，他因伤在家休养，父亲和母亲都上班去了，无聊加郁闷，正对着镜子端详着自己形象的岳奉秦心情简直糟透了。

"砰砰砰"，急促的敲门声使岳奉秦从愤懑中走出来，他开门后见是侯玉英，便没好气地说："你怎么来了?!"

"呦，岳奉秦同志，想你了呗，过来安慰安慰你受伤的那颗心呀！我就知道，你一个人闷在家里吧？"侯玉英语气酸酸地说。

岳奉秦猛地将侯玉英抱到客厅沙发上，将沙发摊开形成一张单人床，随即熟练地将她的衣服扒光，任由侯玉英怎么反抗，岳奉秦还是用他惯用的手法慢条斯理地将她制服了，然后轻车熟路地进入了她的身体。侯玉英也慢慢由反抗变成了配合，扭动的身躯似乎表明她在排遣自己的郁闷，她在享受这一切。岳奉秦也记不清跟侯玉英这是第几次了，反正这女人身体的每一部位他都熟悉得不能再熟悉了，通过体香甚至都能猜出她喷的什么香水，喷了多少。一番折腾后，两个失败者抱成了一团，滚在了一起，旁边案桌上母亲供奉的弥勒佛像正挺着肚咧着嘴慈祥地注视着他们。

一会儿工夫，岳奉秦像个斗败了的公鸡似的瘫倒在侯玉英身旁，嘴里喘着粗气，侯玉英鄙夷地说："看来你真是不行了，哪方面都不行了。"岳奉秦铁青着脸没有说话，俩人都穿好衣服后，侯玉英整了整自己凌乱的头发说："怎么样，受挫了吧，人家舒琴如今跟袁励武好上了，没你什么事了吧？"岳奉秦烦躁地说："你别哪壶不开提哪壶好不好啊！"

"德行！刚才怎么不烦，跟头饿狼似的，一转眼就冲我吼开了，想过河拆桥卸磨杀驴啊！"侯玉英鄙夷地对岳奉秦说，"我最瞧不上的就是你这一点，一个大老爷们儿经不起失败！怕什么，说，想不想把他俩给搅黄了？"

岳奉秦怔了一下，说："怎么，你有招？"侯玉英说："暂时没有，这不向你请教来了嘛！"

岳奉秦叹了口气说："如今舒琴跟袁励武腻乎在一起了，拆都拆不开，我能有什么招啊！我倒不是真喜欢谁，我就是气不过，我不可能输给袁励武那个乡巴佬。"

侯玉英马上声色俱厉地说："收起你那一套吧，他是乡巴佬，我看你什么也算不上，被人家揍了，你的心上人还帮揍你的人开脱罪责，人活到这个份上我就没法再说你什么了。"见岳奉秦又要动怒，她随即拿出一叠照片放在岳奉秦面前，继续讽刺："是啊！跟袁励武比，你成色确实差了点，人家是大学生，你是个破中专生；人家是大军官，你是个小办事员。这是国庆联欢会上你在台上唱歌的风采，看看，这是人家袁励武的风采，我刚把几个胶卷上的照片全洗出来了，你的一共四张。说实话，袁励武没来之前你还行，人家一登台你那就不叫歌了。喏，这是袁励武跟吴副厂长唱歌的照片，你看人家在台上一站，真是那意思啊！"侯玉英故意用戳心窝子的话来刺激岳奉秦，岳奉秦脸上青筋暴起。

岳奉秦随便翻看着侯玉英洗出的照片，突然有几张照片使得岳奉秦眼睛一亮，他从里面挑出来，一共有五张，仔细端详后他眉毛一扬，激动地说："有了，有招了！根据我对舒琴的了解，这招准行！"

两颗脑袋迅速地凑到了一起。

龙海市十一月上旬的气候不冷不热，周日那天天空晴朗，袁励武便约舒琴出去郊游。这是他们早就计划好了的，穿上运动衣，带上零食和饮料，二人骑着自行车就出发了。挂龙山就不去了，他们决定去位于郊区的一座无名小山。其实山是有名字的，而且还有一个非常浪漫的名字：念情谷。

自行车沿着一条通向郊区的公路行驶，那时的机动车比较少，宽阔的柏油路面上偶尔有几辆卡车疾驰而过，更多的是骑自行车的行人和蹬三轮车贩卖农副产品的农民。晴空万里，和煦的阳光笼罩着整个世界，路两边芳草萋萋，黄色野菊花拼命地展示着这个季节最浓郁的芬芳，远处青山隐隐可见。袁励武和舒琴欢快地蹬着自行车，不时响起丁零零的车铃声。袁励武的头发迎风竖起，舒琴更是长发飘飘。袁励武穿着全白色运动服，更显青春活力；舒琴穿着橘红色运动服，尤显英姿妩媚，二人一前一后骑车疾驶在公路上，如同一朵白云引导着一团火炬前行。

骑车到了山脚下，俩人将自行车停放在指定停车处，袁励武和舒琴分别拿起自己的挎包，抬头仰望了一下。秋天的山体显得更加成熟而有韵味，一片片大面积的绿色植被和一片片小面积的红色枫叶带错落有致地覆盖在山体表面，显示出秋天特有的气质，一座红色的亭子孤傲地立在山顶上，使整座山有了人文气息。袁励武和舒琴互相看了对方一眼，袁励武直夸舒琴穿上运动服让他见识了她与平时不一样的俊美，而舒琴则奉承着白色运动服的袁励武更像个白马王子了。

二人有说有笑地沿着伸向山里的一条狭窄石路前行，一路上，山林中新鲜的空气夹杂着野花的香气扑面而来，游人很少，整座山几乎成了二人世界。越往上道路越陡峭，这种体力考验对长期经历军事训练的袁励武来讲根本不是问题，但舒琴的喘气声明显加粗，不时发出娇软的喊累声，额头上也渗出了一层细汗，袁励武只好时不时地扶她坐下来休息。趁此机会，袁励武拿出舒琴带的相机，从不同的风景角度给舒琴拍摄了几张照片，舒琴也为袁励武拍摄了几张。

"如果有个人过来就好了，给我俩照张合影。"看着这么好的风景，袁励武惋惜地说。

"美得你！"舒琴笑着说，"你是谁啊，就想和我合影，哼！"

"说什么呢，咱也是尊贵之躯，一般人求着跟我合影我还不干呢！"袁励武也毫不示弱地说。

舒琴问袁励武："我虽然从小在龙海长大，却从没有来过这座山，你知道这山为什么叫念情谷吗？"袁励武说："这个难不倒我，我听一些老同志讲过。传说有一对青年男女因逃婚而私奔到了这座山里，相誓白头偕老，日子也过得幸福甜蜜。后来男的到山下买东西时，从河里救起了一名老员外的独生女儿而被她看中，愿以身相许。老员外的女儿年轻漂亮，老员外家境殷实，那男的经不住美色和财富的诱惑，就谎称自己未婚并和老员外的女儿入了洞房。可怜那结发妻子在山里苦等丈夫归来而不得，就爬到山顶日夜呼唤丈夫的名字。此举感动了上天，于是就有神仙点化她成仙，并许可她可以随时到凡间惩罚她那负心的丈夫。成仙后，她飘落到山顶上，正想如何惩治那负心汉，但与丈夫往日一起生活的点滴勾起了她的恻隐之心，同时考虑到员外女儿的幸福，她并没有为难她的丈夫，只是托梦给她丈夫，让他好生对待员外女儿，不可再生异心，然后朝山谷瞥了最后一眼翩然飞走。因她心地良善念及旧情，此山就叫念情谷。你瞧，山顶上有块石头，像一位翩翩欲飞的仙女，就是那位女子。"

舒琴听得出神，问道："那男的就没有得到惩罚？"袁励武说："这个倒没有听说，如果他心有良知，良心的谴责就是对他的惩罚了；如果他依然麻木不仁，那倒便宜他了。"

舒琴说："看来你们男的自古以来就没有什么好东西，往往是吃着碗里的还瞧着锅里的；看我们女的，既专一又豁达。"袁励武笑着说："如今时代变了，妇女解放了，不光男的，女的在诱惑面前变心的也不少见了。前几天我看了一本书，书上说有的人视爱情为欲望，有的人视爱情为理想，前者容易变心，而后者容易殉情。"舒琴说："看来这座山还颇富有爱情哲理呢，那你视爱情为欲望呢还是理想呢，在诱惑面前你会不会变心？"

袁励武笑着说："人世间最容易的事情就是承诺，最难的事情就是坚守承诺。我如果回答不变心很容易，但人都是这样，现在的自己把控不住将来的自己。所以，这种承诺还是不说为好，做人不仅要察其言，更要观其行。你现在能确定将来的你是个什么样的人吗？"舒琴撇了撇嘴，没有说话。

两人走走停停，停停走走，边走边聊，偶尔触景生情嘴里蹦出几句名诗佳句来。走到景色阴暗处，舒琴害怕地依偎在袁励武身旁；走到景色明朗处，舒琴则把袁励武抛在后面，欢快地奔跑向前。一路上，如画的风景和诗意的心情相伴，二人兴致盎然。

走了一个多小时来到了山顶亭子里，舒琴已经累得不行了，而袁励武则没有丝毫疲态。亭子位于山顶一处面积不大的平地中央，太阳悬挂在头顶，阳光均匀地洒在地面上，除了盘山道路向下延伸外，平地下面就是山涧。山涧里郁郁葱葱，根本看不到山底，潺潺的流水声和细微的风声夹在一起，山涧里偶尔传来野鸟的啼鸣声，好一个休闲去处，真是别有洞天。

亭子里安放着四张石凳绕着一张石桌，仿佛特意为他俩准备的。二人到亭子里的石凳上坐下，袁励武拿出包里的饮料打开递给舒琴，舒琴还大口喘着气，表示一会儿再喝，而袁励武则打开一瓶啤酒"咚咚咚"喝下去一大半。

"慢点慢点，跟野狼似的，没人和你抢！"舒琴白了他一眼。

"这就对了,男人,尤其是军人身上就应该流着野狼的血液。"袁励武说着干脆把剩余啤酒一饮而尽,看得舒琴目瞪口呆。

两人在亭子里对着明媚阳光和畅意微风,慢慢品尝着所带的食品,餐毕将垃圾装回到包装袋重新塞到挎包里,舒琴又用卫生纸将石桌擦得干干净净。

"人饱暖而思淫欲,怎么办哪!"袁励武邪笑着看着舒琴。

"你敢!"舒琴也用同样的目光对视着袁励武说。对视了一会儿,舒琴闭上了眼睛,似乎在享受阳光滋润带来的惬意。

袁励武慢慢靠近舒琴,双手捧起她的脸,在她洁白的额头上轻轻吻着,舒琴身体则慢慢向袁励武靠近,袁励武顺势将舒琴抱在自己的腿上,嘴唇轻轻吻着她的面颊。

此时的太阳正微微偏西,刚好穿过亭子看见这一对幸福的男女。

不知过了多长时间,舒琴睁开双眼,看见袁励武正柔和地看着自己。天似乎有点儿阴暗下来,太阳也躲进了云层里,她突然感到了一丝凉意,身体打了个冷战,对袁励武说:"咱们回去吧?"

袁励武点了点头,二人沿着来时的路线又回到了山脚下,此时已是下午四点多。

当二人骑车赶回市区,到舒琴家楼下时,已经是华灯初上,路灯下的街道上车水马龙。袁励武刚想要回去,舒琴说:"我妈去外地调研去了,得两三天后回来,你上去坐会儿吧!"袁励武说:"我想等伯母回来后再正式登门拜访一下。"舒琴说:"哪有那么多讲究,上来吧!"

袁励武跟着舒琴来到楼上,舒琴家在二楼,复式结构,一看就是高干家庭的住房,窗明几净,布局别致典雅,装修高雅讲究,电话、彩电、冰箱、洗衣机等高档家电一应俱全。袁励武平生第一次见到如此豪华的城市居民住宅,一时适应不过来,眼睛都看呆了。

舒琴端过饮料递给袁励武,笑着说:"发什么呆啊,那边是盥洗间,折腾了一天了,去冲个澡吧。"见袁励武有点儿难为情,她索性把袁励武的外套脱了下来,浴巾和拖鞋都给他放在眼前。

袁励武犹豫着进了盥洗室脱衣,他一直在集体浴室里面洗澡,独自在这么大一间设施齐全的盥洗室里洗澡还是头一次,他越来越感到不真实。

袁励武简单洗完后,舒琴又进去洗了半天才出来,身着粉红色浴袍来到袁励武身边坐下,暧昧的灯光下她与白天相比又是另外一番风韵。袁励武突然感到很局促,一时不知所措,舒琴则轻轻拉起袁励武的手,目光里充满深情与期待。袁励武却没有做出舒琴所希望的反应,他只是柔声说:"我想把我们最美好的第一次给我们最美好的时刻,好吗?"舒琴有点尴尬地抽回手,同时羞涩地点了点头。

在舒琴家简单吃了点儿饭,袁励武与舒琴告别,嘱咐舒琴睡觉前关好门窗,睡觉不要害怕等事宜。舒琴幽怨地说:"我又不是小孩子了,还会害怕?我们这是公安局的家属区,楼下面就是派出所,怕什么?再说了,害怕又能怎样?"

袁励武没再说什么,与舒琴告辞后匆匆下楼,外面已下起了小雨,偶尔还能听见天空中传来一阵阵闷雷声。

回到单位宿舍,跋涉了一天的袁励武反而睡不着了。望着单身宿舍的天花板,一股莫名的惆怅缠绕着他的大脑,至于为什么,他说不清楚。

13

吴淑倩正在拼命用工作转移自己的注意力，厂里的生产工作在她的主持下有声有色地开展着，繁忙的工作使她暂时消解了对袁励武的关注，她渐渐地觉得，事业才是引领她人生方向的指南针，工作成绩是使她兴奋的主要动力。如今，马志浩厂长基本上将事务交给她处理，只是在一些问题上给她出出主意把把关；倒是钱有朋，时不时地提出一些和吴淑倩的想法相左的指示意见，令吴淑倩大伤脑筋。工作经验告诉吴淑倩，得罪任何一尊菩萨，在实现自己理想的道路上就可能会多一个潜在的障碍，这些人工作能力可能平庸，但和上头的关系盘根错节，在关键问题上给你使个绊子要个坏还是轻而易举的。所以，对钱有朋的话她没有选择阳奉阴违，而是当面锣对面鼓地解释清楚，这在某种程度上惹恼了钱有朋，他时不时倚老卖老地拿话训起了吴淑倩，而吴淑倩只好强装笑脸尽量应付。

吴淑倩一方面承受着巨大的工作压力，另一方面还要受来自钱有朋的气，她暗地里不知道委屈地哭了多少次。此时的她跟很多女人一样，多想找个理解自己的男人诉个苦，多想找一个宽厚的肩膀靠一下。但是她知道自己不能够这么做，任何不满的情绪一旦让厂内别有用心的人知道了，会无限扩大甚至上纲上线，她不想触这个霉头。如果想找人倾诉，袁励武无疑是最好的选择，他不是厂里的人，而且经过一段时间的接触，吴淑倩感觉只有袁励武才能听懂她在说什么、想什么，他是个通情达理善解人意的人。

有好几次，吴淑倩已经下决心请袁励武一起吃个饭谈谈心，但最后时刻她还是忍下了，一是考虑到舒琴的感受，二是她怕到时自己把持不住，流露出对袁励武感情方面的意思，她还是不想让袁励武知道自己对他的感情，她需要在任何人面前掩饰这份感情。在这件事情上，吴淑倩正痛苦地纠结着。

吴淑倩的这一切，处于热恋中的袁励武和舒琴当然不知道。厂里的某个会议即将召开，筹备工作让舒琴疲惫不堪，她既要准备领导的发言稿、总结报告等文字材料，又要协调场地使用和物品购买等具体事项。好在袁励武给了她全方位的支持与帮助：重要的文字材料几乎都是舒琴将领导意图等基本情况告诉袁励武，袁励武加班加点拿出初稿，舒琴再根据领导的意思修改；晶泰化工厂办公条件落后，文字材料几乎全靠手抄，袁励武组织了好几个会操作打字机的学员，将材料通宵达旦地打印出来；为了保证舒琴的营养，他还隔三差五地在舒琴加班时给她送去自己亲手做的饭菜。当忙碌中的舒琴接过袁励武递过来的带有墨香的铅字打印稿和热乎乎的饭菜，看到袁励武布满血丝的双眼时，她觉得自己是这个世界上最幸福的人了。

其实袁励武自己的工作也很忙，从晶泰化工厂回到自己的工作岗位后，教学和学术研究等大量任务压在他的肩头上，但他从不向舒琴诉一句苦，利用休息时间尽可能地帮助舒琴熬过她这个最忙的阶段。

让百忙中的舒琴感觉不爽的是，为了会议组织的需要，她不得不经常与侯玉英进行一些工作上的对接，因为宣传科相关的文件和照片都由侯玉英负责保管。尽管平时侯玉英见着舒琴总是姐妹长姐妹短地故作亲热状，但舒琴总是用不冷不热的态度敷衍着她，这一点侯玉英心里非常清楚。舒琴对侯玉英是鄙视的，而侯玉英对舒琴是敌视的，不光是因为袁励武的事。侯玉英对自己在厂里的口碑如何心里是清楚的，破罐子破摔的她对所有漂亮女人都怀有敌意，对舒琴当然也不例外，更何况近期还有一个袁励武的因素掺杂在里面。

"哟，舒副主席来啦，需要啥材料尽管说。本姑娘别的没有，厂里边角旮旯里的奇闻逸事和秘闻照片咱这里都不缺。"面对侯玉英娇滴滴的腔调，舒琴只能无可奈何地摇头苦笑。她知道，侯玉英就是用这种腔调在故意气她；而她，则强忍着心头的不快，告诫自己犯不着和这个外号叫"狐狸精"的女人生气。

而这次，当侯玉英在舒琴面前摆出一些照片的时候，让舒琴生气的就不仅是侯玉英了，还有袁励武。这次不仅是生气，而且是愤怒、崩溃乃至绝望了。

会议召开的前一天，舒琴又硬着头皮来向侯玉英要一些关于思想教育和军民共建等方面的照片，准备张贴在厂宣传栏里为会议的召开营造氛围。侯玉英早有准备,她慢条斯理地拿出早已冲洗好的厚厚一沓照片给舒琴说:"喏,都在这里,随便挑吧。"

舒琴静下心来开始挑选,前面几张是厂领导和部队首长座谈的照片,当她翻到第六张的时候心就静不下来了,照片上侯玉英容光焕发地和袁励武紧挨在一起,后面是挂龙山瀑布的背景,而且是二人合影,没有其他人!舒琴的手开始颤抖了,她强压住内心的不平静继续翻看,第七张,第八张,第九张……足足有五张是侯玉英与袁励武的二人合影照!背景都是挂龙山景点,但角度各不相同。照片上,袁励武的表情依旧是一本正经,而侯玉英则是一如既往地卖弄风骚。

"一般人求着跟我合影我还不干呢!"袁励武爬山时对舒琴说的话立时在耳边响起,舒琴脑袋轰的一下,瞬间感觉心要炸了!

舒琴的内心变化当然逃不过侯玉英的眼睛,她不失时机地对舒琴说:"这是今年十月三号,就是上个月国庆节假期,袁教官约我到挂龙山去玩,让游人拍的照片,不专业,这属于私人照,算不算军民共建啊?"说完,她又变戏法似的掏出几张照片放在舒琴面前,矫情地说:"这些是那天我给袁教官在办公室里拍的工作照,你那天也见到了,你看袁教官穿着军装多帅气!来看这张,我在给他整理衣领时不小心口红还蹭到他脖子上了,哈哈,多鲜艳,他也没让擦,说这样拍挺好看,嘻嘻,真逗!"

舒琴也记不清自己是怎么离开侯玉英办公室的了,她只记得让小赵在宣传栏里张贴了两张厂领导与部队首长座谈的照片,然后就为了一点儿小事冲小赵发了一通莫名其妙的火,委屈的小赵当然不知道平时待自己跟姐姐般的舒琴今天是怎么了。

当晚舒琴失眠了,闭上眼睛就是袁励武脖子上那红红的印记,睁开眼睛就是二人在挂龙山的合影照。第二天舒琴脸色苍白地组织会议的各项服务保障工作,李红卫则在主席台前就座并负责主持会议,其他工作都是舒琴脸色阴沉地指挥几个人在做。

为期一天的会议胜利闭幕,厂领导对各项筹备工作很满意,晚上要请工作人员吃饭,舒琴则以身体不舒服为由向李红卫请假。按说这种场合舒琴请假不合适,但看着舒琴脸色确实难看,李红卫心疼地说:"我给你向领导请假,你回家好好休息吧,看这一阵子把你累的。"

舒琴像丢了魂似的回到家里，随便吃了点儿饭就回房间躺下了。母亲马原琪正在备课，只是用眼睛扫了一下舒琴，没有太在意舒琴的情绪变化。

舒琴躺在床上，渐渐地由心痛变为情绪上的愤怒：现在看来，自己是被袁励武骗了，这个伪君子，这个流氓，他居然隐藏得那么深，掩饰得那么好，完全把自己当傻子了，自己还差点儿让他得手！舒琴想起那天在念情谷，亏他还有脸绘声绘色地讲述那个爱情传说，她又想起袁励武说过的现在不能承诺将来之类的话，自己居然傻到没有从他的话里听出弦外之音来！

她突然想起侯玉英说的是十月三日那天二人去的挂龙山，袁励武给自己写信的落款日期是十月二日，当时自己正在省团校学习，自己收到信后还笼罩在甜蜜中，他却和侯玉英在见缝插针地苟且鬼混，天知道他们二人究竟做出了多少肮脏的事情！舒琴感到自己的肺已经快要爆炸了，如果袁励武现在站在眼前，舒琴撕了他的心都有。她气冲冲地从床上起来，翻出袁励武给自己写的信，发疯般地撕成了碎片，狠狠地扔进垃圾桶里。

恋爱中的人智商为零，此言不虚。

袁励武哪里知道这中间发生了什么事情，第二天中午他特意做了点儿好吃的要给舒琴补一补，结果恰恰撞到了枪口上。

当他像往常一样骑着自行车赶来，将一饭盒自己精心烹制的饭菜递给舒琴时，舒琴没有伸手去接，没有只言片语，甚至连眼皮都没有抬一下子，只是从嘴角里挤出来两个字："恶心！"

袁励武似乎没理解舒琴的意思，他压根就没往这方面想，他以为舒琴是这两天累得恶心呢，说："看你脸色也不好看，感觉恶心可能是病了，我试试发烧不？"说着拿手就要往舒琴额头上放。

舒琴猛地拨开袁励武的手，用手指着门口冲袁励武大声说："你给我滚！"

袁励武大吃一惊，不解地问："你这是怎么了？"

舒琴扭头就走，将办公室门"咣"地摔了一下，头也不回地走了出去，将袁励武一个人晾在那里。

袁励武默默地收起饭盒，满腹疑虑地走了。一路上他还在想：或许舒琴碰到了什么不顺心的事冲自己发发脾气呢，女孩子嘛，谁没点儿小脾气？她这段时间太累了，自己应该多体谅一下。

想到这里,袁励武紧张的神经又放松了下来。

第二天中午,袁励武照常来给舒琴送好吃的,还特意带了点儿防治感冒之类的药,结果舒琴毫不客气地连饭带药一起扔了出去,不给袁励武任何说话的机会。多亏当时没有其他人看见,否则袁励武的面子可就丢大了。

这下袁励武傻眼了,前几天天气还好好的怎么突然间就疾风暴雨了呢?他从舒琴仇恨的眼光中隐约感到可能发生了什么大事情,到底是什么事情直接影响到了他们之间的关系?袁励武一时找不出原因来,问题是,舒琴一句话不说直接扔东西,自己也无法再说什么了,只好怀着委屈再次灰溜溜地回避了。

按照舒琴的性格,她是不会拿照片的事直接向袁励武质问的,那样不就显得自己太在意他了吗?自己做的丑事自己心里清楚,她要让袁励武从她的态度表现中自觉地反省并交代自己的所作所为,他如果一味装傻不交代,那么足可以证明他就是一个十足的伪君子,纯粹的骗子!

袁励武则像个被敲了两闷棍而受伤的豹子,龇牙咧嘴却又无可奈何,只好带着重重疑问躺在床上,盲目地寻找着种种看似合理的解释。他决定先让舒琴冷静两天,然后再去找她问明白情况。

然而舒琴这两天并不冷静,袁励武这两天不来找她恰恰被舒琴理解为做贼心虚,她已下定决心和袁励武一刀两断。

而此时岳奉秦又不失时机地凑近舒琴,在向舒琴大献殷勤的同时又故作漫不经心地编造了一些袁励武与侯玉英关系的花絮,用以佐证侯玉英话的真实性,舒琴对此更是深信不疑了。

其实就舒琴的真实想法而言,即使和袁励武断了,她也不会把自己降低到向岳奉秦投怀送抱的水准,她实在瞧不上岳奉秦的人品。只不过,在袁励武惹恼了自己的时候,可以适当地缓和一下与岳奉秦的关系,都在一个单位,没必要搞得疙疙瘩瘩。

过了三天,袁励武又趁中午休息的时间来找舒琴,发现岳奉秦在舒琴办公室。见到袁励武进来,也许是故意气袁励武,舒琴与岳奉秦聊得更欢了,而且语气上明显加重了亲热的成分,理都没理袁励武。袁励武尽管尴尬,但还是耐着性子请舒琴出来说点儿事,舒琴则根本不为所动,似乎袁励武这个人根本就不存在一般,继续越发亲热地和岳奉秦交谈着。岳奉秦嘴角现出得意狞笑的同时,那颗刚镶上两个来月的银灰色牙齿也时不时从嘴唇边缘露出来看光景。

袁励武再一次大溃逃,岳奉秦的在场及舒琴的表现让他感到自尊心受到了极大的侮辱,他牙齿咬得咯咯响。

但袁励武决定还是认真地找舒琴再谈一次。两天后的中午,他再次来到舒琴办公室,只有舒琴在,那冷漠但又显凛然的脸上少有地凸显出了棱角,整个人显得像个斗士而不像个姑娘,这种表情和面庞在袁励武看来是相当陌生的,甚至有些扭曲。见此情形,袁励武还是耐着性子柔声说道:"好了好了,生什么气呢,这几天我也比较忙,没顾得上来看你,对不起啊!"他尽量看着舒琴的眼睛说:"朋友之间我觉得应该坦诚相待,我如果有什么地方做得不对,你尽可指出来,我一定改正,可你得让我明白我到底错在哪里了,你这一下子冲我这样我实在是不知道为了什么!"

舒琴咬着嘴唇,轻蔑地哼了一声,然后从嘴里挤出几句话:"送你几句话吧:一、做人不要太假,要想人不知除非己莫为;二、做了的事不要掩饰,否则越描越黑,我不欢迎这样的人;三、记住聪明反被聪明误,我眼里容不下耍小聪明的小人。我不理解你所说的坦诚相待,你好好考虑一下你的坦诚再跟我说吧。"

袁励武顿感丈二和尚摸不着头脑,难道自己还做了什么不该做的事情吗?没有啊!在他愣神思考的工夫,舒琴再次毫不留情地将他一个人撂在了办公室扬长而去。她感觉向袁励武射出了这几句话,心里有一种报复后的畅快。

可袁励武心里就没那么通畅了。凭感觉,他知道舒琴一定是在什么地方误会自己了,可误会在哪里呢?他决定再用更柔和的方式试探一下。

第二天中午,袁励武又来到舒琴办公室,见舒琴一个人在写东西,他就凑上前去,用手搭住舒琴的肩膀,将脸凑近舒琴的脸,讨好地说:"这是怎么啦,脸拉那么长,告诉我错哪儿了我干什么都可以啊,写检查,背三字经,你随便挑,干吗非得……"

话未说完,舒琴猛地站起来,抢起手臂,朝袁励武脸上重重地扇了一耳光,声音清脆而响亮。刹那间,二人都呆了。

袁励武在被打得眼冒金花的同时,看到了舒琴那张扭曲变形的脸。脸上不再是细腻的洁肤,一个个汗毛孔因为愤怒而毫无顾忌地张裂着,这张脸袁励武是完全不认识的。袁励武几乎傻了,这一巴掌让所有的担忧和疑虑都得到了证实,所有的温情与幻想也都被这一巴掌扇得粉碎。

舒琴也惊呆了,她没想到自己会突然做出这样一个举动。眼看无法收场,她只能用恶狠狠的眼光盯着袁励武以示自己的决心,四目交集间一片沉寂。

袁励武低下头,捂着自己的右脸颊,强忍着自己的所有情绪,默默地离开了……

舒琴也傻了,她突然觉得自己过分了,在自己可控的意识里面是没有抽袁励武耳光这个准备的,这完全是刹那间的冲动。她呆呆地立在原地,也突然觉得应该向袁励武说点儿什么,或者听袁励武解释点儿什么……

14

　　医院的病房里依旧是那冷冰冰的来苏水味道,早晨袁励武的脑袋从病床边上艰难地抬起来,几天没刮脸的他已是胡子拉碴,眼圈发红,脸色发灰,母亲已经坐起来了,心疼地说:"看你,胡子长了,脸瘦成什么样啦!"

　　"没事,"袁励武淡笑了一下说,"我挺得住,您感觉怎么样了?"

　　"好多了,唉,我这病拖累你了。"袁母叹了口气说。

　　袁励武赶忙说:"妈,说啥呢,您还没享到儿子的福呢!"正说着,姐姐袁励霞提着暖水瓶和饭盒来到了房间,看见弟弟这个样子,她说:"自行车在门口,你快回家休息休息吧,刮刮脸,洗洗澡,换换衣服,今天我伺候妈。"见袁励武还在犹豫,袁励霞把自行车钥匙塞到他手里,一边将他推出病房一边说:"回家去吧,爸也想你了,你已经连着陪了三天床了,妈也好得差不多了。好在家里秋收完了,让姐多陪妈几天,姐马上要出嫁了,以后伺候妈的机会就少了。"说完用衣角擦了擦眼圈。

　　看着姐姐清瘦的面庞,袁励武也想掉泪,但他忍住了。

　　在路上,他一边骑车,一边将这几天记忆的片段连接起来:舒琴的耳光将自己的心境打落到谷底,就在自己还沉浸在失魂落魄的痛苦中时,突然接到姐姐发来的电报,只有八个字:"母病速归人民医院。"他脑袋轰地一下,险些跌倒,头脑马上清醒了许多。办完请假手续,他先到银行取出了自己所有积蓄,以最快的速度赶到老家县城的人民医院,好在母亲已经脱离生命危险,正在恢复治疗中。母亲得的是急性脑溢血,送医院时四肢已经开始麻木,幸亏抢救及时。他将父亲和姐姐撵回家,自己承担起照顾母亲的责任。待母亲睡了,自己困了就坐在凳子上身体倚着墙或者干脆趴在病床上睡一会儿,病房里的嘈杂声丝毫影响不到他的睡眠,一连三个白天加两个晚上。

他骑车回到家里，院子里堆积着收获的玉米和玉米秸，秋天的气息扑面而来。父亲正在喂牛，看见头发半白的父亲他又是一阵心酸，父亲看他满脸倦容让他先去睡个觉，他扑通一声倒在炕上就睡过去了。这一觉睡得很美，甚至梦见了自己领着媳妇来家见父母了，梦中的媳妇居然是个他不认识的人。

醒来后他洗漱一番，然后炒了几个菜，父亲拿出一瓶酒，父子二人对酌起来。父亲说："收成不错但粮价太便宜，种地挣不了几个钱；你姐姐年前要出嫁，嫁妆太薄让婆家人看不起，你妈这一病嫁妆都成问题了；你不用担心家里，攒点儿钱娶媳妇要紧，我和你妈还能养活自己。"袁励武只是默默地听着，一杯接一杯地喝酒，嘴里狠狠地咀嚼着菜，脸上青筋突出。听父亲说完，他掏出口袋里的钱，拿出一大部分给父亲，让父亲无论如何要给姐姐买份好嫁妆，姐姐为家操劳这么多年，苦没少吃，学没捞着上，做弟弟的帮不了多少实在是难过。

父亲咧开嘴笑道："没啥，做人要知足。我们家算是烧高香了，出了你这么个人才，你姐姐一直很知足。她说有的姐姐在家干活供养弟弟上学，最后弟弟就是考不上大学，在家务农娶不上媳妇，姐姐还要为他换媳妇；有了个争气的弟弟，她没白疼你。你有出息，你姐姐婆家对咱也高看一眼。"

袁励武在家待了一晚上就回到了医院，姐姐高兴地告诉他："母亲身体恢复得很快，后天就可以出院了，你就不用回家了，直接从县城乘车回龙海市就行了，别耽搁了工作。"袁励武征求了医生的意见，确定母亲病情已无大碍时，就又塞给姐姐一些钱，嘱咐姐姐为自己买件衣服，给母亲买点营养品。告别了母亲和姐姐，他乘车赶回了龙海市。

袁励武因前一阵对母亲病情的关注，暂时搁置了舒琴对自己内心造成的伤痛，回到单位后，这个伤痛又隐隐发作，他只能用拼命的工作和体育锻炼来转移注意力。恰好学院组织各单位参加篮球比赛，袁励武报名代表政治部参赛，这样工作——训练——工作的时间循环，使袁励武的体力消耗太大。在下午进行的第二场篮球比赛中，他因体力透支，在带球高速突进时不慎被对方球员绊倒，毫无防备的他一头栽倒在地，就听"嘎巴"一声，一阵钻心的疼痛袭来，接着是脑袋"咚"地触地，他一下子昏了过去。

当他醒来时已经是晚上，医院来苏水的味道刺鼻难忍，他开始意识到这次住院的人换成了自己。他刚要翻身，发现已经动弹不得，自己的左脚面至整个左小腿都被打上了石膏，缠上了厚厚的绷带，左手臂也被打上了石膏，头部也被缠上了绷带，整个人都被固定得动弹不得，疼痛顿时弥漫全身。王进军正坐在病床前，眯着小眼睛笑吟吟地看着他。

"哥们儿栽啦！"看着王进军，袁励武艰难地从嘴里蹦出几个字来。

"哪里，大丈夫当马革裹尸，你这还没死，就被绷带裹着，够悲壮的！"王进军打趣道，"说说，是不是感情受挫了，想不开了，自己作践自己了？"

"瞎说。"袁励武有气无力地辩解。

说话之际，一位长相朴实端庄个头不高的姑娘端着饭进来了，王进军站起来介绍说："这是我女朋友曹金秀。我俩初中同学，她在老家那边的医院工作，昨天来看我，恰好赶上了你小子倒霉，一起来看看你。"

袁励武艰难地冲她点了点头，脸上露出笑意，算是打了招呼。曹金秀笑眯眯地坐到病床前，端起汤饭说："来，我喂你吧！"

袁励武很窘迫，但动弹不得，只好乖乖地张嘴接受曹金秀的喂饭，嘴里还连说谢谢。旁边的王进军撇着嘴说："哎呀，你小子真有福，这是我的女朋友，先给你喂上了饭，这算什么事啊！啥时喂喂我呀？"

曹金秀白了他一眼说："去去去，你如果瘫在床上我立马将你拖出去，还想喂你，美的你！"王进军依旧在耍贫嘴："你不喂我？那好啊，将来我不能动弹了，你就给我端尿倒屎吧！"

一语成谶，若干年后的王进军果真享受到了这个待遇。

吃完饭，袁励武当着曹金秀的面将王进军夸奖了一番，王进军很是受用，得意之情溢于言表。三个人聊了一会儿，临走时袁励武嘱咐王进军转告领导和其他同事，千万不要让家里人知道自己受伤的事。王进军伺候袁励武解决了一下个人问题后，就和曹金秀乘着夜色离开了医院。

看着他们离去的背影，袁励武突然觉得王进军的生活很踏实，很幸福。

来医院探望袁励武的人络绎不绝，有学院的，也有化工厂的。吴淑倩除了和厂领导一起来探望外，单独来过两次，心疼地问这问那，为袁励武煲了猪蹄汤亲自喂他。袁励武更加窘迫，他不希望让吴淑倩看到自己如此狼狈的一面，而吴淑倩则毫不避讳地像大姐姐般伺候着袁励武，袁励武也只能羞惭地接受这份照料。

侯玉英也来过一次,袁励武不知道她在舒琴面前捣的鬼,虽然反感她,但人家毕竟是来探望他的,所以对她的态度也很客气。较以往相比,侯玉英这次显得规矩了许多,或许是觉得心里有愧,这倒让袁励武看到了她不一样的一面。

赵玉峰和李进宝及杨艳茹他们来就不一样了,整个病房里充满了江湖的味道。除了杨艳茹还能帮袁励武做点儿实事外,赵玉峰他们几个男的则一会儿摇晃摇晃袁励武的推板,一会儿活动活动袁励武的胳膊,嘴里说着:"男子汉大丈夫宁可站着死决不躺着生,砍头不过碗大的疤,这点儿痛算什么,你别装熊快站起来我们还要报仇呢。"李进宝甚至嚷着:"你干脆先拆掉左臂上的绷带,咱哥儿几个玩儿把牌解解闷吧。"见他们如此胡闹,医生进来把他们几个全给轰走了。

看着他们,袁励武心里涌起了阵阵暖意。

袁励武心里清楚,他内心真正希望来探望他的人是不会来的了。

教研室里本来安排同事轮流值班照看袁励武,过了一段时间后,袁励武感到自己的腿脚能活动了,就坚决不让他们来了,一是大家也忙,二是袁励武是个宁可自己爬着走也不想让别人扶着的主。他不想给组织添麻烦,更不希望以组织的名义安排同事来照顾自己,关系好的同事多来照看几次那另当别论。

毕竟袁励武的体质好,加上年轻恢复得快,半个多月后,袁励武试着可以自己下床解决个人问题了。他左手挂着拐,左脚轻轻触地,一瘸一拐地上洗手间,喝水吃饭自己也完全能够自理了。

一天,袁励武竟然自己扔掉拐杖去开水房打水,当他提着暖水瓶走到半道突然感到不能再走而进退两难时,一双手轻轻地托住了他的左臂扶住了他。

袁励武回头一看,是一个同样穿着病衣的姑娘在帮助他。他冲她感激地笑着说:"谢谢,我没事的,你忙吧。"

姑娘也笑了笑说:"我也没事,我住内科病房,和你一层楼,你叫袁励武吧?"

袁励武惊讶地问:"是啊,你怎么知道我的名字?"

姑娘咯咯笑了起来:"我不仅知道你的名字,我还知道你是一个军校的教官,会写诗,会写文章,听听我说啊。'河畔边独行的我,迎面着陌生的过客,那是今天的他,却也是曾经的我。我想喊回过去的我,但前行的他浑然不觉,尽管我们曾是一体,却在时间的冲泡中分裂。曾经的丢失与懦弱,能否在重逢中拾得?我不能确信,因为改变的只是岁月。我知道找不回过去,过去却能对面碰过,我不用追赶过去,过去又在今天相逢和错过。'这是不是你写的啊？"

袁励武脸上一红,微笑着说:"那是去年在《银海点帆》上发表的一首散文诗,名字叫《错过的我》,绕来绕去地乱编,水平差得我都脸红,怎么,你还背过了？"

姑娘脸也微微一红,害羞地说:"我当时读着觉得挺好,就背下来了。对了,我叫肖星,在本市实验小学当老师,患了肺病来住院。"她顿了顿,又说:"不过不要紧,不传染的。"

袁励武这才认真打量起这个叫肖星的女孩子,一种久违的亲切感涌上他的心头,肖星的某些相貌特征让袁励武感觉很熟悉,但这种感觉来自哪里他不确定。肖星很漂亮,但她的漂亮属于另外一种类型的,既无吴淑倩般的练达,亦无舒琴般的奔放,更无侯玉英般的艳丽,那是女孩子应有的清澈、人见人怜的简单型漂亮,精致的五官准确地镶嵌在洁白的面庞上。由于身穿肥大的病衣,所以看不出她身材的匀称;由于住院多日,她的脸色略显苍白,但更平添了几分娇怜。袁励武甚至还想,这才是我理想的配偶相貌。

肖星把袁励武扶到他的病房,并帮他打来开水,给袁励武倒上水后,嘱咐他伤筋动骨不可乱动,要听医生的。末了,肖星羞涩地对袁励武表示,自己病情稳定不用住院观察了,在单位已请了长假,从明天起每天只是到门诊来打打针治疗一下就可以了,这样顺便也能来照顾他一下。袁励武心中自然高兴,嘴上半推半就,就算认可了。

肖星走后,袁励武隐隐感到自己将来可能要和这个女孩发生点儿什么,自己的生命旅途中又迎来了一位神秘女性,像一位天使飘然而至,毫无前奏和征兆,是迎接还是逃避呢？带着这个问题,袁励武一个晚上都没有睡好。不过,袁励武从心眼里喜欢这个女孩子,一笑一颦看起来那么顺眼那么舒服,为什么还那么熟悉呢？突然,他想起来了,在某些方面她像失联多年的左晓梅！想到这里,袁励武忘记了伤痛,又开始回忆与左晓梅交往的一些片段,左晓梅不声不响地消失了,舒琴又莫名其妙把自己当成了仇敌,两段苦涩的经历让袁励武的心在发颤。接下来,与这个女孩子交往又会给自己的生活带来什么呢？袁励武用手按了按太阳穴,他不想往下想了,他挺羡慕王进军的,不声不响地就迎来了自己的幸福,一点儿都不折腾。

其实,被袁励武羡慕着的王进军,正在与曹金秀吵架,也说不清楚这已经是第几次了，理由居然是王进军给曹金秀买的衣服是地摊货！

国庆节回家探亲期间，王进军实在拗不过父母的意，被迫与自己的初中同学曹金秀建立起恋爱关系。曹金秀从卫生学校中专毕业后，在王进军老家的乡镇医院里面当医生，机缘巧合，王进军有一次陪母亲去看病，值班医生正是曹金秀，老同学见面后聊了几句，在一边的王进军母亲却对这个稳重的姑娘产生了好感，极力撺掇王进军去追求曹金秀。

其实王进军与曹金秀彼此间并不来电，确立恋爱关系完全是对现实的屈服。相比较而言，曹金秀对王进军的追求更主动一些，主要原因是与王进军结婚后可以随军到龙海市，这对已经厌倦了乡村生活渴望成为大城市人的曹金秀而言具有相当大的诱惑力；王进军则是被他母亲的唠叨和眼泪给打败了，满腹的爱情理论在残酷的现实面前不堪一击，无能为力。

没有太多爱情基础的交往自然是乏善可陈，由于缺乏对另一方爱慕的纽带，俩人一有分歧便毫无掩饰地争吵起来，这是再正常不过的事情了。王进军不舍得在曹金秀身上进行太多的感情投资，这使曹金秀很恼火，自己好不容易来龙海一次，回去还穿着从地摊上淘来的衣服，这让她在同事面前颜面何存？而王进军则对这种虚荣嗤之以鼻，心想一个乡下丫头，穿再高档的衣服也抹不掉身上的土腥气。面对曹金秀的数落，他干脆两眼一闭默不作声了。

首先屈服的是曹金秀，她发完脾气后向王进军解释说："我理解你手头不宽裕，为了将来结婚省吃俭用，可我这是第一次来龙海看你，你也是第一次给我买衣服，具有纪念意义，怎么可以如此糊弄我！买地摊货，咱老家不有的是地摊货！"

而此时的王进军却在想：我如果有袁励武那样的福气，与一个城市女孩拍拖，别说买件高档衣服，就是倾家荡产我也乐意！哼，袁励武这小子！

15

　　自从打了袁励武一耳光后，舒琴隐隐觉得自己好像做错了什么，在心理上又不能说服自己彻底忘掉袁励武，情绪处于烦乱的困扰中，工作老是静不下心来。市团代会要在明年年初召开，会议筹备工作恰好需要一批优秀基层干部来帮忙，经厂领导推荐和团市委领导考察，舒琴暂时到市团代会筹备组工作，时间一个月。舒琴正好也想暂时离开工厂一段时间，借机整理一下自己纷乱的心情。

　　在团市委工作期间，舒琴接触到了很多有才华的男青年，但心里还是想着袁励武，想着袁励武帮助自己筹备工厂会议的情形。她心里偷偷把最近接触到的这些男青年与袁励武进行比较，才能方面各有千秋；但她总感觉这些人身上缺少了点儿什么东西，要么恃才傲物，要么矫情造作，她感觉还是袁励武平时待人接物和工作作风更踏实一些。但这么踏实的一个人，为什么在对待感情问题上会如此轻浮呢？这是舒琴无论如何也想不明白的。当然，这期间也有向舒琴抛出橄榄枝的风流才子，都被舒琴一笑婉拒了。

　　岳奉秦这段时间也没闲着，幸灾乐祸的同时，他认为趁着舒琴与袁励武关系出现问题的时候，向舒琴再次发动进攻是最佳时机。但是自从舒琴调到团市委工作后，见她一面也成了奢望；好不容易在她家门口附近能堵着她，她的态度依然不咸不淡，岳奉秦从她这里依然获取不到丝毫自己想要的回应，这令他倍感失望。

　　恰好此时钱有朋厂长为他牵线介绍了市商业局副局长的女儿黄晓岚，初次见面，岳奉秦感觉黄晓岚尽管出身于高干家庭，但从长相到学识都比舒琴差了一截子，他对此事犹豫不决。此时，钱有朋给他做工作了："小岳，我知道你的心思，青年人当以事业为重，舒琴对你将来的事业发展帮助能有多大？她父亲毕竟死了那么多年了，你成为黄副局长的女婿后那就不一样了，婚姻嘛，也是事业的铺垫。"略加思考，岳奉秦很快就转变了态度，决定追求黄晓岚。

其实黄晓岚长相还算过得去，也没有高干千金那些嫌贫爱富、动不动就耍小姐脾气的坏毛病。黄晓岚家里有两个哥哥，作为黄副局长唯一的女儿，她自小在家娇生惯养那是自然的，因此学习成绩差，最后草草地读了个职业中专，如今在一家银行上班。与当时追求时髦的女青年一样，她也渴望成为文艺青年，无奈禀赋所限，只能充当文艺看客。当她见到分头白脸加上会几句文学用语的岳奉秦之后，自以为找到了心中的白马王子；加之岳奉秦对其甜言蜜语殷勤有加，还动不动就卖弄一下自己的男中音，黄晓岚很快就被岳奉秦俘虏了。

侯玉英得知此事后，找到岳奉秦当面质问他当初对自己的承诺怎么兑现。岳奉秦知道侯玉英的性格，就反唇相讥："你真落伍，时代发展到今天了还要以烈女自居吗？"侯玉英威胁他要在黄晓岚面前揭发他的丑恶嘴脸，岳奉秦反过来威胁她说："如果觉得脸上缺两个窟窿那就告发吧，别的不敢说，给人破个相断个腿这类事还是可以做到的，反正黑社会跟咱熟。"吓得侯玉英告发他的计划最终没有付诸实施。

其实岳奉秦也没向侯玉英承诺过什么，只是有一次二人在鬼混时，岳奉秦刚要解开侯玉英的衣扣，侯玉英突然杏眼圆睁，拨开岳奉秦不规矩的手，质问道："岳奉秦，我们这算怎么回事？你为什么还在死死地追求舒琴，这总得给我个说法吧？"岳奉秦笑着说："放心，我追舒琴是因为气不过，我不能输给袁励武这个穷小子，我追舒琴纯属是故意给袁励武看的，就是气气他。舒琴哪像你对我这么好，我会对你负责的，我要娶你；即使娶不了你，我也一定会给你补偿的。"

很明显这些话岳奉秦只是用来敷衍侯玉英的，没想到侯玉英却当真了。跟岳奉秦结婚她压根没想过，但岳奉秦的补偿是必须要有的，他夺走了自己的贞操，玷污了自己的名声，毁坏了自己的青春，给点儿青春损失费还是合情合理的。

女人往往拿男人的假话当真话，和男人在这一点上截然不同。

如今，她落了个竹篮打水一场空，还与岳奉秦合伙坑了袁励武一把，那可是她的心上人啊！她知道，即使拆散袁励武和舒琴，好事也轮不到自己头上。有好几次，侯玉英都想当着舒琴的面将照片事情的真相说清楚，但最后都因勇气不足而作罢。她独自在家时，曾经狠命地揪着自己的头发哭，有时还扇自己耳光，这都是在恨自己的懦弱。她一辈子也不会忘记，自己的懦弱造成的悲剧起始于一个炎热夏季的傍晚,岳奉秦的手解开了她的衣裤她没有抗拒,岳奉秦的手伸向了她的私处她乖乖地顺从了,从此,她整个人异乎从前。

她下定决心,她要报复岳奉秦。她知道,以岳奉秦的心性,即使结了婚也还会到她这里来偷腥的,她暂时还不能拒绝,她要把有关岳奉秦的丑事以某种形式记录下来,瞅准时机发布出去,哪怕是身败名裂也在所不惜。反正自己已经是众所周知的"狐狸精"了,人格再低还能低到哪里去!

正当外面的世界上演着一幕幕悲喜剧的时候,医院里袁励武与肖星的心灵距离也在一步步拉近。

肖星出院后第二天果然穿戴整齐地来到了袁励武的病房,这让袁励武看到了脱掉病衣换上新装后的肖星是多么的迷人,圆润的脸庞上露出甜美的微笑,挺拔得体的身段显得凹凸有致婀娜多姿,还有好听的说话嗓音以及银铃般的笑声,一时间他都发呆了。随即,肖星也逐渐将袁励武心头的疑云打开:她的一位闺蜜是晶泰化工厂的女工,一次无意中说起袁励武作为军官在她厂里帮助开展政教工作的事。听到袁励武的名字肖星很是吃惊,因为她读过袁励武发表的诗。袁励武第一次在厂里授课时,肖星就和她的这位闺蜜女工一起来听课,随即被袁励武渊博的知识和高超的授课水平所吸引,真是诗如其人,人如其诗。自此以后,袁励武在厂里的授课,肖星是雷打不动的忠实听众。她的这位闺蜜也似乎看出了点儿什么,袁励武受伤住院的事也是她的这位闺蜜来探望肖星时向她说的,恰巧二人住同一所医院的同一层楼。

肖星讲的这番奇遇让袁励武略微感到吃惊,他没有想到在自己身边还悄然潜伏着一个默默的关注者。

"这算不算缘分呢?"肖星边给袁励武削着苹果边问,漂亮的眼睛忽闪忽闪的。

"我想应该是吧,但如果不主动把握缘分就会失去了;主动把握了,我们就从偶然到必然地认识了,否则茫茫人海中我们就是陌路人,也就没有今天。"袁励武笑着回答,他感到在肖星面前说话一点儿都不用拘束,轻松得很。

肖星微笑着点了点头,同时脸红了。看着她的神情,袁励武的心荡漾起来,他想顺着缘分这个话题往下继续说点儿什么,嘴巴刚张开又觉得不妥,"啊"了一声又收回去了,一时间面有窘色。此时肖星恰到好处地将削好的苹果递过来,巧妙地转移话题说:"吃吧,多吃苹果可以补充身体的维生素。"

通过跟肖星的交谈，袁励武了解到她的母亲付敏曾经是首批下乡的知青，下乡时已二十出头。为了向组织表现"扎根农村"的决心，付敏下乡后的第二年便和当地的一名农村社员，也就是肖星的父亲肖怀振结婚了。肖星出生后第五年，父亲肖怀振在一次修建水利工程中不幸殉职。肖星对父亲的记忆仅仅停留在对其个头的认识上，她只记得父亲的个子很高，就像袁励武的个头。肖星的童年时代基本上是在农村度过的，孤儿寡母的生活其艰难程度可想而知，缺乏父爱保护的她对外界的恐惧和对良善的追求是一体的，忧郁和质朴是童年经历留在她性格里最深刻的印记。二十世纪八十年代初，母亲付敏经过种种努力终于携肖星回到龙海市，出于种种考虑，年纪轻轻的付敏拒绝了很多人的追求，没有再婚，而是凭借着自己坚强的臂膀一个人供应肖星读完师范学校，直到肖星进入学校工作，而付敏四十岁出头已是霜染两鬓。

袁励武默默地听着肖星的经历，不由得握紧了她的双手。肖星没有拒绝，她的手是柔软而冰凉的，被袁励武的手握住，她感觉一股热流传到她的身上，那感觉就像自己记忆中那年冬天父亲用手暖和自己的手一样。她羞涩地低下了头，双眼顿时充满泪花。

不知不觉傍晚来临，肖星临走前给袁励武买好饭，同时嘱咐他休息好不要熬夜看书。送走肖星后，晚上心灵独处时，袁励武悄悄地拿肖星与舒琴做比较，跟舒琴相处了较长时间，袁励武内心对她还是有点儿割舍不下的，尽管她如此对待自己。但凭感觉袁励武更喜欢肖星，如果舒琴与肖星同时第一次出现在自己眼前的话，他会选择肖星，肖星才是他这么多年想象的配偶标准的定型版。他告诉自己一定要抓住这个机会。

肖星几乎每天在门诊打完针后就来到袁励武的病房，要么是带营养品来，要么是带书来，袁励武笑着称其为物质食粮和精神食粮俱全。肖星善解人意的程度是袁励武想象不到的，她每次来帮袁励武做的都是袁励武需要做但做起来有困难的事情，而只能袁励武自己做不希望别人代替做的事情，肖星会恰到好处地回避开，也就是说她会在袁励武最需要她的时候到来做她该做的事情，既尽可能照顾到了袁励武的生活，又体察到了他的内心，恰当地维护了他的某种尊严。在袁励武看来，一个女孩子的这点灵性比漂亮更为难得，因为这灵性中所包含的不仅是聪慧，还有善良、爱心以及生活的经验积累，何况肖星是灵性与漂亮兼得。想到这里，看着窗外迷人的冬日阳光暖洋洋地洒到病床上，袁励武感到无比惬意，他开始感谢自己的这次受伤，感谢命运的安排，他心里甚至还感谢舒琴对自己的抛弃。

终于有一天，在病房里只有他和肖星的时候，他鼓足勇气说："肖星，我们做朋友吧。"说完，用期待的目光看着肖星。

肖星并没有袁励武想象的那样激动，只是低头羞涩地说："其实我们早就是了呢。"

肖星的回答让袁励武一直低落的心重新飞扬起来，袁励武又一次感到了生活的美好，而且感觉这一次比上一次来得更美好！

他又紧紧地握住了肖星的手，一句话也没说。肖星脸上浮现出娇美的红晕，任凭一只手被袁励武握着，她慢慢抬起头，用另一只手轻轻整理着袁励武额前的头发，眼睛里充满深情与欣喜。

此时的舒琴也在想着袁励武。她恨袁励武，但又不甘心袁励武就这么从自己身边消失了，尽管是她绝情地赶走了袁励武，从内心讲她此时真希望袁励武再次来到她身边向她解释点儿什么，她不会像之前那样粗暴地对待他，她现在需要听他解释。同时，舒琴也逐渐认识到了自己性格中固执的一面，当时怎么就那么不管不顾地拒绝他的解释呢？甚至还打了他一耳光！现在想耐下性子听他解释了，结果他又不出现了。冷静下来想，舒琴认为袁励武不应该是那种轻浮浅薄的人，他应该不会和侯玉英这种人有什么感情瓜葛，可照片又是怎么回事呢？她感觉其中迷雾重重。

在肖星的悉心照料下，袁励武的伤势恢复得很快，经过医生的许可，他和肖星可以一起到病房外面散步了。龙海市属于冬暖夏凉的城市，冬日的户外同样迷人。冬青树丛骄傲地在光秃秃的高大杨树群下展示着自己的生命力，湛蓝色的天空中没有一丝云彩，无风的冬日阳光显得格外绚丽，肖星的面庞在阳光映衬下显得更加圆润而富有光泽，亭亭玉立的身段依在高大魁梧的袁励武旁边显得那么得体。二人手挽着手，袁励武在说着什么，肖星只是在静静地听，不时点点头。

袁励武要出院了，他没有告诉任何同事，只和肖星一起离开了这个让他们的爱情之花绽放的地方，他反倒留恋起医院这个地方了，连刺鼻的来苏水味道也不那么难闻了。已经临近腊月了，天越来越冷，肖星即使穿得厚厚的也不时打冷战，袁励武则把自己的军大衣披在肖星身上，办完出院手续后二人在医院门口叫了辆黄色面的,将他们拉到了学院大门口。

"这就是我们学院,过来认认门吧!"袁励武下车后帮肖星打开车门后说。

肖星下车后用崇敬的眼光看着学院大门口那庄严的军徽,怯怯地说:"我能进去吗?"

"能啊,怎么不能!"袁励武帮肖星提着包,好像出院的是肖星而不是袁励武。

往宿舍区走的一路上,肖星对军营里的一切都充满了好奇。她幽幽地说:"我从小就崇拜军人,就想当兵,但没有机会实现这个愿望。今天我第一次正式看到了军营,而且还有一个军人男朋友,我好喜欢这里。"

"哈哈,那就尽情地喜欢吧!这里就是你将来的家,这个军营就是咱家大院!"袁励武看着肖星打趣道。

今天是周末,两人到达袁励武的宿舍后发现楼道里很冷清,只有王进军在用酒精炉煮面条,见到袁励武后面居然还跟着一个女孩子,他吃了一惊,赶忙过来打招呼,袁励武将肖星向王进军做了介绍,王进军只是嘿嘿笑着说"你们先忙"。

袁励武的宿舍已经有一个多月没人住了,布局虽然不乱但桌面上和床面上盖上了一层灰尘,空气流通不畅导致房间里有一股发霉的味道。袁励武和肖星放下行李后,以最快的速度将宿舍打扫了一番,一个整洁亮堂的房间又呈现在面前。

袁励武让肖星在宿舍里休息,自己则亲自下厨为肖星做饭。饭做好后,袁励武邀请王进军一起吃,王进军婉拒了。肖星对袁励武的厨艺赞不绝口,这是二人一起吃的第一顿饭。

午饭后袁励武送肖星回家后回到宿舍,王进军在楼道里塞给他几封老家的来信让他赶紧写回信,袁励武问起曹金秀并向他们表示感谢。王进军说曹金秀回老家了,然后他眯着小眼睛问:"怎么,爱情战略转移了?住了次院就领回了个媳妇,你小子也忒花心了吧!"

袁励武冲他摆了摆手说:"一言难尽哪!晚上咱再细聊吧。"说完他回到宿舍,不顾疲劳马上掏出纸笔给家里写回信,他不能让父母和姐姐担心自己。另外,姐姐快要出嫁了,他写信表示要请假回家参加姐姐的婚礼。

他将写好的信投到院内设的绿色信箱里,回到宿舍后仰面就睡,这一觉睡得酣畅淋漓,他要恢复在医院里亏欠的体力与精力,以全新的面貌迎接新生活。

16

就在袁励武出院那天,舒琴在团市委帮助工作的任务也恰好结束,她也打了一辆黄色面的,沿着和袁励武搭乘的面的几乎相同的路线回到了厂里,在某段路上甚至还可能并行了很长一段时间,但此时车里的人彼此没有了曾经的交叉,各自沿着道路平行前进。

舒琴在家休息了一天,也顺便调理了一下自己的心绪。来到厂里后舒琴首先到李红卫办公室汇报工作,说完团市委工作的事刚要告辞,李红卫问舒琴:"小袁该出院了吧,你没去看看?"

舒琴一愣,问道:"什么出院?我不知道啊!"

李红卫吃惊地问:"怎么,你不知道小袁的事?"

舒琴吃惊地问:"袁励武怎么了?"

李红卫叹了口气说:"唉,听我家老苏说,前一阵有一段时间小袁也不知怎么了,就跟换了个人似的,整天沉默寡言,也不再说说笑笑了,精神还恍恍惚惚的。有一天我请他到我家来吃饺子,他人已经来了,突然又说买了两瓶好酒忘带了,又急匆匆地赶回宿舍把两瓶酒拿来。和我家老苏刚喝了几杯,也就三四两吧,吃了几个饺子,就醉了。要知道,平时小袁喝这种酒一斤都没事!我就问他是不是和你闹别扭了,他铁着脸一言不发。我想,男女谈恋爱闹点儿别扭很正常,过两天就好了,就没再细问。怎么,你连他住院的事都不知道?敢情你们之间出大问题了!"

舒琴嗫嚅地说:"也没有……"

"啥没有,这种事能瞒得过我的眼睛?"李红卫笑了笑说,"我可是做了多年青年思想工作的人,别看你们俩都是大学生,学历再高那心里想什么我还是门儿清的!说吧,怎么回事,我也算你们的半个媒人,没有我你俩能互相认识?你俩出啥问题我还是有权过问的。"

舒琴就把侯玉英拿出照片的事,以及侯玉英跟她说过的如何跟袁励武接触的话跟李红卫大体重复了一遍,又把一个多月前如何对待袁励武的事跟李红卫详细描述了一遍。

"天哪,你个大傻子,你让姓侯的小妖精给骗了!你冤枉人家小袁了!简直特大冤案!"李红卫瞪大了双眼,直嚷道。

"李姐,怎么回事?"舒琴看到李红卫的表情就意识到自己可能犯下大错了,急忙问。

"那侯玉英就是个'花痴',见男的就往上蹭,她以为全世界的男人都在追她,她有权利和任何男的结婚。"李红卫气得说话跟蹦豆子似的,"你怎么连她的话也信呢,难怪人说恋爱中的人脑子都不好使!"说完拍了一下舒琴的大腿。

"李姐,详细说说到底是怎么回事,快说说!"舒琴急切地追问。

"还能怎么回事,你被侯玉英套圈儿里了呗!我问你,侯玉英告诉你她和小袁是什么时间去挂龙山游玩并照相的?"李红卫问。

舒琴连想都没想就说:"她说是十月三号,在国庆假期里,我那时刚去省团校学习了,天还热着,合影照片上俩人都还穿着短袖呢!"

"胡扯!小袁十月三号和他们单位的几个同事在我家,上午十点在我家打牌玩,中午开始喝酒一直喝到下午三点多,那是国庆节放假最后一天,不可能到挂龙山!再说了,十月三号那天下雨,我记得很清楚。"

舒琴一惊:"那怎么……"

"我的傻妹子,你记不记得今年九月份,他们教研室组织了一次到挂龙山的集体旅游活动,当时邀请我们厂部分人参加,军民共建单位嘛,你因为母亲身体不舒服没有参加?"李红卫给舒琴倒了一杯水,接着问。

"记得啊,好像是在九月初吧?"舒琴喝了一口水,压了压自己的情绪,回答道。

"对呀!那次活动马厂长决定派部分车间以上领导干部和部分党员代表去参加,毕竟是和部队的人接触嘛,觉悟够够!本来侯玉英没有资格去呀,但这小狐狸精非得要求去,说是必须有基层代表参加,她是宣传处宣传员,也算是基层代表了,必须让她参加,还说摄影的事她包圆了。"

"那马厂长最后怎么定的？"舒琴问。

"马厂长考虑到她的平时表现，本来不同意她去。谁知这小妖精撒起泼来了，说马厂长重男轻女，宣传处摄影的小江是个男的能去，她为什么不能去！说马厂长对她了解不够，看人下菜碟，她要去找钱副厂长求情。马厂长拗不过她，只好同意她去了，但叮嘱她要和宣传科的小江一起负责摄影，少和部队的人接触。那小妖精一口答应了，谁知玩儿的时候，全是小江摄影，她拉住部队的人照起来没完，小江倒成了专门给她拍照的了！当时我发现她看小袁的眼神就不对，非要拉着小袁照合影，见小袁为难，还说什么看袁励武魁梧高挑，模样俊俏，胆子像猫，观念封建。小袁没办法只好答应了，她倒好，拉着小袁让小江噼里啪啦拍了好几张合影，弄得小江直怨马厂长怎么让这么一位'奶奶'来了。你要看她和人家部队的人的合影，我可以让小江马上给你洗出二百张来！"李红卫忿忿地说，"让这么个货去，我以为只是丢人，没想到还害人！"

"那袁励武脖子上有侯玉英红色唇印的照片是怎么回事呢？"舒琴想从李红卫这里把问题彻底弄清楚。

"你记得那天小袁托我向你解释关于侯玉英为给他照相而引起了你误会的事吗？小袁当时看见你误会后脑子也懵了，口红的事他没跟我说，可能是觉得不好说出口。但我猜，肯定是侯玉英在给他整理衣服时勾住袁励武脖子后故意在他脖子上蹭的唇印，在袁励武后来脑子发懵的时候趁机用相机拍下来的，这也是她早就预谋好了的。再说了，男女之间哪有不吻脸去吻脖子的，要吻的话也不应该只有一个唇印哪！"李红卫瞪着眼睛继续说道。

"那岳奉秦也跟我说过他亲眼见过袁励武与侯玉英过从甚密啊。"舒琴显然还是没有彻底承认自己错了的勇气和心理准备。

"你简直傻透了！岳奉秦的话你能信吗，他巴不得你和袁励武快点儿分手，他好追你呢！你不会不知道吧，岳奉秦与侯玉英二人早就有不正当关系，这事在厂里根本不是什么秘密。我不知道实情啊，但我可以肯定，在侯玉英向你造袁励武的谣这件事上，岳奉秦肯定起作用了。你可倒好，人家给你个圈儿你就往里钻，人家说什么你就信什么，唯独不听小袁的解释。前因后果，是非曲直，你好好想想吧！"李红卫一口气把话全说完了。

舒琴脑子轰的一下，袁励武一个多月前哄她、求她、讨好她的场景迅速在她眼前浮现,那清脆的耳光声仿佛就在耳边,她似乎明白了一切,一场侯玉英和岳奉秦精心编造的骗局被李红卫几句话马上给点破了,而自己正傻乎乎地沿着二人挖好的陷阱往下滑,眼看到底了。

"那,那袁励武他现在怎么样了?"舒琴几乎是用哭腔在问李红卫。

"怎么,你一直不知道吗?俗话说福无双至祸不单行哪,前一阵这小袁情绪不好,听我们家老苏说,恰巧小袁老家来电报说他妈又病了,他赶回老家去安顿好他妈住院,陪了一周床后回来人都瘦成猴儿了,好在家里有父亲和姐姐轮流着陪床,才没有耽搁他的工作。谁知,上个月他们学院组织篮球赛,听我们家老苏说小袁上场后没多长时间就摔倒受伤了,当时惨哪,整个右脚都快倒过来了,好像胳膊也伤了,头也碰地了,送医院时小袁痛得大冬天浑身冒汗,人都痛昏啦!"

舒琴没法冷静了,一个劲儿催李红卫说:"快说,在哪个医院?"

"听我们家老苏说先在他们学院门诊部简单处理了一下,然后就转到解放军四〇七医院了,"李红卫双眼一瞪接着说,"怎么,你怎么什么都不知道,我告诉你,小袁住院期间,我去看他时,吴副厂长也在,还坐在他床前给他削苹果喂饭呢!对了,听说侯玉英也去了。你说你这个女朋友当的,啧啧。"

舒琴现在什么也顾不上了,她没想到在她被骗局蒙蔽的短短一个多月内,袁励武经历了这么多磨难,那是她心爱的人哪!自己却跟没事人似的置身度外,不但没有帮他一点儿忙,反而还恶毒地想象他,诅咒他。她现在顾不得恨侯玉英,她只能先恨自己,恨自己的愚蠢和固执。她腾地站起身说:"李姐,我请个假,马上去医院!"

舒琴将自行车骑得飞快,她要尽快地赶到医院伺候他,补偿他,求得他的谅解。她不允许其他的女人在她心爱的人面前献殷勤,伺候袁励武是她舒琴的专利,不允许其他任何女人分享。一路上她不仅超越了多辆自行车,甚至还差点儿追上了一辆摩托车,平时四十多分钟的车程她仅用了不到三十分钟就赶到了。好在当时马路上机动车辆不多,很多骑车者都被她这不要命的骑法惊得张大了嘴巴。

赶到四〇七医院骨科住院部,小跑着的舒琴差点儿和一个端着医用托盘的小护士撞在一起,她急冲冲地问:"这里有没有一个叫袁励武的病人住院?"

小护士本来就对差点儿被撞倒的事情很恼火,见这姑娘说话又不太礼貌,干脆就没好气地回答:"这里病人多了,找人去医生办公室问去!"

舒琴三步并作两步跑到医生办公室,见到一个五十多岁的穿白大褂戴着眼镜的男人,估计应该是医生,她缓了一口气,轻声问:"请问,您这里有一个叫袁励武的病人吗,海军学院的?"

医生不紧不慢地拿出病人登记单,又慢条斯理地逐个查着,约三分钟过去了,他问:"知道啥时候住的院,啥病吗?"

舒琴哭笑不得,只得耐心地说:"上个月,可能是右脚脚踝骨折。"因为她听李红卫说当时袁励武的右脚都倒过来了。

两分钟后,医生又不紧不慢地说:"是有一个叫袁励武的,但他是左脚脚踝骨折和左臂挠骨骨折,并有轻微脑震荡呀!"

"对对对,就是他!请问他在几号病房?"舒琴忙不迭地问。

"他前天刚出院了。"医生依旧不紧不慢地说。

舒琴脑子嗡的一声,整个人跟虚脱了一样。她不知道自己是怎么走出住院部大门的,一篮子苹果忘在了医生办公室,平时难闻的来苏水味是怎么从她嗅觉中消失的她都记不得了。

舒琴现在满脑子都是袁励武的面部影像,在扇了他一耳光前那可憎的面庞在她脑海中已经转换成了那熟悉的英俊面庞;袁励武向她道歉向她解释的表情也不再让她有丝毫恶心的感觉,那是多么无辜的一种表情啊,委曲求全,忍辱负重。是啊,人家是尊重自己,尊重这份感情才这么做啊,可自己都做了些什么?舒琴愧疚得不敢再往下想了。

袁励武,你在哪里啊!她的心飞到了袁励武身边,恨不得身体随着那颗心同时到达。见到袁励武,先故作不理睬状,等袁励武再次向她解释时自己顺水推舟,嗔怪一下,然后破涕为笑,接受他的拥抱……

问题是,现在连袁励武的影子都找不到,还能有见到袁励武的机会吗?上哪儿接受他的拥抱啊!

舒琴从医院出来,推着自行车,像丢了魂似的漫无边际地走着。街道未扫净的枯叶在自行车轮下和她脚下发出嚓嚓破碎声,她的心似乎也在破碎。冬日的寒风飕飕吹来,舒琴打了个寒战,此时她多么希望袁励武站在他面前,从他魁梧的身上脱下大衣给她披上,抚着她的肩膀与她并肩散步,如同《上海滩》中多次出现的许文强与冯程程并肩走的镜头。

"袁励武会原谅我吗?"舒琴想。她抬头看了看天,太阳躲在黯淡的云层后面无力地射出枯黄色的光,她讨厌这种不阴不阳的怪天气,今天尤其讨厌!

"他应该还在单位,或者宿舍里!"舒琴突然想到这点,于是骑车飞也似的又赶到了袁励武所在的学院门口。

在学院大门口,从卫兵那里得到的消息是学院教职员工已经放寒假;到袁励武宿舍门口,那辆熟悉的"大金鹿"牌自行车不在,他的宿舍门上着锁。隔壁王进军的宿舍也上着锁,看到有人经过宿舍门口并用奇怪的眼光瞅她,她低下了头,默默地下楼走了。

"也许他已经回老家过年了!"舒琴在心里想。

其实,袁励武就在学院旁边的群众公园和肖星在一起。

凉风吹过,他见肖星瘦削的身躯颤了一下,就脱下大衣,用舒琴刚才想象中渴望的动作给肖星披上了。肖星也顺势挽住了袁励武的胳膊,两人肩并肩走了一会儿,在一条木排椅上坐下了。

公园里很静,只听见枫树和杨树枝上残留的树叶沙沙轻响。这时,附近不知谁带的录音机里传来齐秦忧郁的歌声——《大约在冬季》,袁励武禁不住也跟着哼唱起来,肖星把头靠向了袁励武的肩上。

"这歌写得真好,齐秦唱得也棒!"袁励武哼毕,对肖星说。肖星点了点头说:"是的,写得真好。'没有你的日子里,我会更加珍惜自己;没有我的岁月里,你要保重你自己。'你能做到吗?"

袁励武拢紧了肖星说:"你我这不是在一起吗?现在是冬季了,按照歌词的意思,我们相遇了,我们在一起了。"

"是大约在冬季,说不定我们的重逢不在冬季。"肖星淡淡地说。

袁励武摸了摸肖星的头发,说:"肖星,你太多愁善感了。我们已经相识相知,便可长相守,不要分别,何来重逢。"

"但愿吧,励武,我有点儿冷,抱紧我……"肖星边说边往袁励武的怀里扎。

袁励武张开双臂,胳膊穿过大衣将肖星的腰部轻轻拢住。肖星洁白无瑕的面庞和无可挑剔的五官布局完整地展现在袁励武眼前,她羞涩地低下了头,姑娘身上迷人的气味和细软的呼吸令袁励武不由自主地闭上了眼睛。他没有看见,肖星眼睛里涌出了一滴泪珠。

"轻轻地,我将离开你,请将眼角的泪拭去……"悠扬的旋律依然在回荡。

　　学院放寒假了,袁励武却暂时还没有回老家,因为几天前姐姐结婚自己刚回家,返回单位后没几天就放寒假了,他想在年前多陪陪肖星。不知怎的,他感到肖星对他越来越依恋,他对肖星也有同样的感觉,亲不够,爱不够,尽管他俩还处于拉个手顶多半拥抱的亲密状态,但心跳都和对方合上了拍。

　　是赵玉峰把袁励武还没回老家的消息告诉了舒琴。腊月二十四那天,舒琴正在准备晶泰化工厂迎新春联欢会。过去袁励武在时,他有创意,节目一大把一大把的,现在舒琴瞅着报上来的几个有限的节目发呆,他又想起袁励武了。

　　赵玉峰笑嘻嘻地凑过来说:"嘿,舒大主席,没节目了吧,兄弟几个给你凑个三句半怎么样?不是马上新年了吗,听着,就这:新年全厂大发展,人人脸上笑开颜,工资随着产量走,翻番!怎么样?"

　　"去去去,哪儿凉快哪儿待着去,烦着呢!"舒琴没好气地说。

　　"现在哪儿都凉快,就你这里热着呢!"赵玉峰边说边把手放在炉子上烤了烤,又搓了搓,"需不需要请外援?对了,昨天我还看见袁励武那小子在市场买菜呢,要不请他来演个节目?这家伙,他一人至少能演仨!怎么很长时间没见他来找你了?"

　　舒琴身子一震:"怎么,我听说他们学院放寒假了,他还没回老家?"

　　"没有,不过回家也应该是这几天的事了。人家真好,还有寒暑假,哪像我们啥也没有!我还答应他春节前请他和弟兄们一起凑凑呢!这样吧,就腊月二十七上午演完节目吧,你们领导不是要会餐吗,下午不是放假吗,我们基层群众也积极响应会餐!把袁励武那小子弄来,先演节目累死他,然后兄弟几个再灌死他!我就不信了,这酒桌上的仇还报不了了!"赵玉峰抽出一支烟点上了。

"出去抽去！"舒琴呵斥了他一句，然后站起来说："我给你一个任务，这几天你务必把袁励武给我留住，腊月二十七上午邀请他，不，是命令他务必参加厂里的联欢会，至少准备两个节目，就说这是马厂长的死命令。如果他还认自己曾经在这里待过，就这么说，明白了吗？"

"得嘞！"赵玉峰起身要走。

"站住！我告诉你，千万不要跟他说是我说的，一定要说是马厂长说的，明白吗？否则，再别来这里见我！"舒琴又特意嘱咐了一句。

"明白明白，你一个丫头片子的话只有我听，袁励武他能听你的？人家很长时间没来找你了吧？我跟你说，别看你俩都是大学生，你欠一点！"怕舒琴抢白他，赵玉峰说完嬉皮笑脸地出去了。

舒琴一下子来了精神，一个精心策划的计划在她大脑中飞快形成。

晚上回到家里，舒琴顾不得一天的劳累，随便扒了几口饭就到自己卧室里面，她要把对袁励武的歉意和思念写下来，等袁励武来那天当面交给袁励武，让他回家后慢慢看，慢慢理解她的苦衷，这比贸然跟袁励武面谈更能避免尴尬。

一个女孩子给一个男的袒露心迹，又是道歉又是思念，多难为情啊！舒琴心里想，为了爱情，豁出去了！

一向下笔千言的舒琴写这封信开头就为难了，不知如何下笔，就像几个月前袁励武给远在省城的舒琴写第一封信时一样的感受。稿纸被撕了一张又一张，除了称呼外，第一段还没有一个句号。

思路理顺后就好多了，文字随着心中感情的抒发嚓嚓落到纸面上，两个多小时后，一封书信终于在第九页纸的右下角落下了日期。舒琴又反复读了两遍，里面情节的描述不简不繁，感情的抒发不藏不露，歉意的表达不卑不亢，文笔的风格不平不华。舒琴很满意，感觉这是自己近几年少有的书信佳作。

"冤家呀，谁让我给你吃委屈了呢！"躺在床上的舒琴在睡梦中喃喃自语。

……

腊月二十七上午，虽然依旧是阴冷天，但晶泰化工厂内却张灯结彩，一片喜气。今年产量超计划完成，市化工局点名表扬了晶泰化工厂，马厂长下令年底职工福利丰厚发放，迎春晚会要搞得热热闹闹，为夺取明年高产激舞士气。在职工俱乐部礼堂里，工人们早早就按照划定的位置就座了。

最前排座位自然是为厂级领导安排的,座位前的桌子上都有姓名牌,袁励武作为军队特邀代表自然也要坐在第一排,演节目前再到幕后准备,演完后再回来就坐,坐在第一排的都要参加厂领导的中午会餐。舒琴在安排座位次序时颇用了点儿脑筋,她把吴淑倩的姓名牌和袁励武的姓名牌隔得较远,而把袁励武的姓名牌放在从右边走道起第三的位置,自己则在靠右边走道第一的位置便于来回组织安排节目,二人中间隔着一个老工程师,这样既不紧挨着显尴尬,又能让袁励武随时注意到自己的一举一动,而袁励武的面庞自己随时可以看得清清楚楚。

赵玉峰拿着马厂长的令箭和弟兄们的感情来请袁励武参加联欢会的时候,他果然没有抬出舒琴来,舒琴的话对赵玉峰有天然的威慑力。袁励武本来由于舒琴的缘故是不想去参加晚会的,但又一想自己和肖星已经恋爱了,与她舒琴无关了。如果不去反而让舒琴感觉是因为她而不去的,显得自己太在乎她了。加上赵玉峰的软磨硬泡和恩威并施,再加上自己对晶泰化工厂确实有感情,他就答应来了。但袁励武同时告诉赵玉峰,中午弟兄们的酒是喝不了了,因为下午他要陪同一位领导去参加一个军民共建会,会后领导的司机将领导送回老家过年,袁励武老家和领导的老家相距不远,司机将袁励武也顺道捎回老家。

"来了再说,来了再说。"赵玉峰对能圆满完成舒琴交给他的任务而非常得意。在他心里,舒琴还是那个女神。

因为下午要和领导参加一个公务活动,袁励武是穿着军装来的,来之前袁励武特意将刚发的呢料冬装熨烫了一遍,加之自己较好的身材,冬季军装穿在身上显得相当得体,人显得非常有精神,进入礼堂时引起了一些骚动。

"袁教官来了!"不少听过他讲课的人都起立鼓掌。

袁励武顺着一个临时扮演引导员的引导来到了第一排,找到自己座位牌后坐下了。他来得还不算晚,坐下后看了一下座位牌的安排,皱了一下眉头。这时,马厂长和吴淑倩一起步入礼堂,袁励武赶紧站起来向马厂长敬了个礼,吴淑倩则笑吟吟地握住了袁励武的手,盯着他的脸心疼地说:"哎呀,袁教官,瘦了瘦了,伤应该没事了吧?"

从袁励武进场的那一刻起,舒琴装作是在忙杂事,实际上在频频偷看袁励武。他的确瘦了一些,但面庞显得更成熟了。当袁励武的眼光偶尔转向她这边时,她就慌忙将脸转向另一边,手却不由自主地去握裤袋里的那封信,生怕信飞了。

看到袁励武与吴淑倩座位相隔那么远还频频隔座交谈，舒琴的心缩了一下子。

赵玉峰则在那边领着一群车间的哥们儿狂喊："袁大教官，过来，到哥们这里来！"李进宝更是直接："俩月没见，怎么钻到领导堆里了，快过来，让我们揍一顿！"

袁励武转身向那边拱了拱手，那边叫得更欢了。

演出节目开始了。因为没有请专业团队指导，节目显得平淡无奇，但职工情绪颇高，笑声、尖叫声此起彼伏，厂领导对此也是司空见惯了。赵玉峰组织的三句半演出甚至由于李进宝的突然忘词而闹了一个大花脸，在职工们的哄笑声中不得不提前退场，在台后赵玉峰还踹了李进宝一脚以示惩戒。

快轮到袁励武的节目了，他准备的是最近热播的两部电视剧的主题歌：电视剧《一剪梅》的主题歌《一剪梅》和电视剧《雪山飞狐》的主题歌《雪中情》，这都是当时很流行的港台歌曲，他要先到台后去准备伴奏带，途经舒琴的座位时舒琴主动站起来给他让开空间，他眼皮连抬都没抬。他把自己带的盒式磁带交给后台操作音响的人，并嘱咐音响操作员自己在表演前要先说几句话，说完后给操作员一个手势他再按下录音机播放键，里面有这两首歌的伴奏带。

随着报幕员报幕完毕，袁励武健步走上台，先给全场敬了一个非常帅的标准军礼，然后缓缓说道："尊敬的各位厂领导，亲爱的工人朋友们，因工作需要我在咱们厂待了几个月，收获了很多，有欢笑，有汗水，有友谊，有真情！"他知道自己不能说"爱情"这两个字，"在我心里，咱们厂就是我家，不管大家是否愿意，我愿意做咱们晶泰化工厂的一员！"顿了顿，他又缓声说道："时光飞快，转眼又是冬天，春节马上到了，我唱两首与冬天有关的歌。冬天到了，春天也就不远了，愿在座的各位春节更喜庆，来年的春天多欢庆！"

场下掌声一片。

音乐缓缓响起，袁励武随着音乐的节拍开始了演唱，很快他进入了状态，抒情婉转，高低衔接做得非常到位，在唱《一剪梅》的过程中，他想起了肖星美丽的面庞，如同在冬雪中绽放的红梅，"爱我所爱，无怨无悔，此情长留心间"。当他以悠扬的男中音唱完最后一个字，台下不再有嘈杂声，连听惯了样板戏和激昂的革命歌曲、对新涌进的港台歌曲颇有看法的年长者都频频颔首，小青年们更是报以热烈的掌声，没有尖叫。在唱《雪中情》时，他想起了在公园里抱着肖星时的冬景，以及肖星身上芬芳的气息,他感觉自己越抱越紧,歌声也越来越空灵生动,与伴奏音乐节拍的结合严丝合缝,他感到不是嗓子在唱歌,是自己的心在唱歌,这歌只唱给一个人,只能唱给肖星一个人。他脑海里显现出自己和肖星像电视剧里的男女主人公一样在无垠的雪地中行走,行走,任积雪没过膝盖……"雪中行,雪中行,雪中莫独行,挥尽多少英雄豪情,唯有与你同行,与你同行,才能把梦追寻。"随着"追寻"两个字的音节往上撇,音乐戛然而止,台下一片寂静,转而爆发出更热烈的掌声,经久不息。

多少年后,袁励武也搞不清楚自己是怎么走下台来的,只看见舒琴的座位空着,吴淑倩则用手帕在擦拭眼睛,还有台下黑压压的一片。舒琴躲在台后一个没人的地方,她听出了袁励武这歌似乎是唱给一个人的,这个人是不是她?随着袁励武歌声的推进,她越来越没有自信。因为在和她交往的几个月里,她听过他唱这两首歌,只是跟着旋律唱,绝对没有今天的演唱状态,莫非……她不敢往下想了,只是拼命地忍住自己的泪水不滚落下来。

赵玉峰若干年后一直说,哥们儿那天唱出了超专业的水准;袁励武后来也一直觉得,自己那天的确像被无形的力牵引着演唱完的,这股力量就像自己的未来一样无法掌控。

演出结束了。马厂长要求所有第一排就座人员到大食堂雅间参加中午的会餐,职工们则发放免费餐券,可以在大厅内自由组合会餐,每桌八个人,四冷八热外加四瓶五十二度"龙春特曲",特别强调不许喝醉,更不许酒后闹事,中午上班不能参加会餐的工人则每人发放三十元补贴。赵玉峰和李进宝四处寻找袁励武,当得知他被马厂长拉到雅间去的时候,李进宝恨恨地说:"赵哥,君子报仇,十年不晚,春节后咱再收拾他。"

马厂长招呼大家在雅间落座后,简单地说了几句开场白就端起酒杯敬酒。今天马厂长的兴致很高,敬酒词说完后二两一杯的五十二度"龙春特曲"白酒一饮而尽,在他的情绪带动和感染下,大家都喝出了兴致。唯独袁励武坐在那里很别扭,对面坐着舒琴,他的眼光向那瞟也不是不瞟也不是,他发现舒琴也不太拿正眼看他,但目光明显比前些天柔和多了。袁励武不知道这中间发生过什么,还以为舒琴是为了场合需要才不对他横眉冷对的。

这样虚假的表演真累啊!袁励武心里想。考虑到下午还有活动,马厂长的第一杯敬酒他只喝掉了一点儿。

"袁教官,这样不对啊,我们马厂长都一口干掉了,为了军民共建,还为了你今天上午那动人的歌喉,来,我俩碰一下,干掉!"不知何时,吴淑倩端着酒杯来到了他的面前。

想到吴淑倩对自己的体贴,袁励武毫不犹豫地一饮而尽。接着把自己的杯子倒满,对马厂长说:"马厂长,我有句话想说一下。"

马厂长正在考虑第二杯的祝酒词,见袁励武有提议,马上说:"袁教官请讲。"

袁励武问服务员又要了一个空杯子,也倒满白酒,端起其中一杯站起来说:"我今年下半年在各位的领导下在咱们厂工作了一段时间,为此我感到很荣幸很幸福。一会儿我们部队领导的司机来接我,我要陪部队领导去参加一个公务活动,不能多喝,马上就得走。这样吧,我连干两杯表达两个意思:一是感谢各位领导的关心与厚爱,今天能来这里很高兴,愿我们友谊长存!二是祝愿各位领导新年万事如意,祝咱们厂兴隆发达,新的一年各项工作再上新台阶!"说完,先后端起两杯酒,一饮而尽。一口气喝下四两高度白酒,在座的都连声称奇:"部队作风就是硬!"

喝完后,袁励武向马厂长及其他人敬了个标准的军礼。马厂长说:"袁教官真是好样的,人才!好吧,既然有事就不强留了,有空常来做客!"吴淑倩也说:"袁教官今天的歌唱绝了,但喝酒不够意思啊!"

袁励武刚要出门,这时舒琴突然站起来说:"马厂长,为了表达对部队的感谢,我们为袁教官买了点儿礼物,让我帮袁教官提下去吧!"说完指着放在雅间门后面的一盒酒和一盒茶叶,实际上这是舒琴自己花钱买的。马厂长呵呵一笑:"对对对,还是小舒想得周到。舒琴替我们送送袁教官,两个大学生,真好!"

袁励武暗暗叫苦,一口气喝下的六两酒在肚子里翻江倒海,他酒量再大,六两高度白酒一口气喝下去胃也受不了,为了撑面子,尤其是不能在她舒琴面前出丑,他刚才强忍着不适敬了个军礼,现在胃开始难受,本来想到楼下缓冲一下,或到卫生间吐一下,没想到舒琴追到楼道中间,把他截住,眼睛直视着他,但目光不再那么仇恨,表情也不再扭曲,而是非常平静地把礼品盒交给他。袁励武低着头,目光尽量躲开舒琴双眼射来的光芒,也没说话,也没接东西。短暂的沉默后,舒琴拉过他的手,将礼品盒塞给他,同时快速从裤袋里掏出自己写的书信塞给他,目光和声音瞬间变得非常柔和:"回去再看,少喝酒,过个好年!"

袁励武迟疑地抬起头,发现舒琴的目光变得非常慈爱,好像一位母亲正在端详着自己顽皮的孩子似的。袁励武什么也没说,拿着礼品盒和书信匆匆下楼,把舒琴一个人留在楼梯上发呆。

舒琴怔怔地望着袁励武下楼的背影,心里翻江倒海:"他看完我的信后会有什么反应呢?"

18

可以说，今年的春节是舒琴过得最心事重重的一个春节。春节是她最向往的节日，爸爸在世时，她在爸妈间穿梭撒娇，通过自家楼房的阳台看花听炮，心安理得地接受爸爸妈妈的压岁钱。即使爸爸去世后，她觉得除夕夜和妈妈一起吃饺子、看春晚也是最幸福的事情，无忧无虑地嗑着瓜子，看着电视，听着鞭炮声，一年的烦扰在这个时刻化为乌有。

而今年，因为有了袁励武，舒琴的心境变得不再平静。自从将书信交给袁励武那刻起，舒琴就在想："他会马上看吗？看完后会有什么表情，微笑还是嘲笑？自己用心写的作品，字字句句能进入到他的内心吗？有些话说得是不是显得自己很下贱？他看完后会被感动吗？会不会瞧不起自己？"她甚至会愤怒地想到，袁励武看完信后，轻蔑地将信抛在一边，自己的心随着信也被晾在一边……想着想着，眼泪就不由自主地滚了出来。

"舒琴，你怎么啦？"舒琴的妈妈马原琪边吃着除夕的饺子边问，外面正噼里啪啦响着鞭炮声，时而呼啸的烟花将除夕的黑夜搞得变化莫测，正像舒琴的心情。天哪，从腊月二十七到除夕这几天是怎么过来的！

"舒琴，妈发现你这几天魂不守舍的，怎么啦，能跟妈说说吗？"马原琪问。

舒琴的眼泪再也忍不住了，她呼地冲到妈妈怀里，呜呜大哭起来。

"舒琴，别哭，慢慢说，妈听着呢！"马原琪轻轻地抚摸着舒琴的头发，慢慢拍着她的后背，安慰道。

舒琴从妈妈怀里抬起头来，将她如何和袁励武相识相知到相爱、如何产生误会以及自己知道真相后发生的事都告诉了马原琪。

马原琪思考了一下,用数学老师特有的逻辑性和条理性分析道:"第一,你选择袁励武是基本正确的,你俩都是大学生,都接受过高等教育,有共同语言,以后容易相互沟通交流;但他本人来自农村,这是你们之间潜在的隔阂,结婚前感觉不到,但将来一起生活会有很多问题……"

舒琴打断马原琪的话:"妈,这个我不在乎!"

马原琪摆了摆手:"先听我说完。但是,两相比较,综合看来袁励武还是较理想的伴侣。第二,既然认准了袁励武这个目标,目前你们之间的这点儿误会应该不算什么,他一个大男人吃不了这么点儿委屈?我想应该不会。关键问题是,在你与他没有交往的这一个多月时间里,会不会有其他女孩子乘虚而入?这个问题不能不考虑,不过我想一个多月内不应该有,即使有也不会发展那么快。因此,你应该马不停蹄地抓紧时间弥补。另外,你说的那个什么侯玉英和岳奉秦,在我看来就是一个狐狸精、一个白眼狼,以后少跟这种人接触,你被人卖了还帮人家数钱呢。"

舒琴说:"我想这一个月他也不会跟其他女孩子有恋爱关系吧。现在我放心不下的是他对我的态度,万一他对我要态度,我面子往哪儿搁?"

马原琪说:"听妈的话,在这个问题上,只要你爱他,脸皮就不要太薄。脸皮薄,是酿成爱情悲剧错过美好姻缘的重要原因。女孩子怎么啦,女孩子就不能舍下架子追求幸福了?当年我和你爸差点儿分手时,就是我苦求着你爸才挽住了他的心,我欣赏你爸的人品和才气,如果让别人占有了他我会后悔一辈子的。记住,你追求的是你一辈子的幸福,面子、架子是一时的,这个道理你应该明白。"

听到这里,舒琴破涕为笑,似乎明白了什么。她目光一扫,看到了桌上的电话,那是爸爸生前单位为他配的。爸爸去世后单位一直保留着这个号码供她们母女专用,唉,袁励武老家里能有个电话该多好!

突然,舒琴的眉头又紧了起来,自己曾经把家里的电话号码告诉了袁励武,如果袁励武有心跟自己联系的话,这几天怎么也得想方设法找个电话联系自己啊!他老家那地方不是穷乡僻壤,到邮局或县城的电话亭里完全可以打电话啊,莫非……

马原琪发现舒琴又紧锁着眉头盯着电话发呆,赶忙问:"怎么了舒琴?"

舒琴一愣:"没怎么,妈,春节晚会快开始了,打开电视吧。"心里却在电话问题上犯嘀咕。

春节联欢晚会热闹非凡，可在舒琴眼里却平淡无奇。晚会进行到新年的钟声敲响，还没完全结束，舒琴跟妈妈道了声新年好就回房间躺下了。

恍惚中，她梦见自己穿着洁白的婚纱，和西装革履的袁励武手牵着手进入教堂，奇怪的是教堂里响的不是钟声，而是鞭炮声。正当她想亲吻袁励武时，突然一声巨响，袁励武腾空而起，离自己好远……

舒琴惊叫一声醒了过来，原来是楼外正在放烟花，爆炸声掺杂进了自己梦中，不客气地把一个浪漫的梦境搅混了。

舒琴叹了口气，起身看才凌晨三点半，她知道，新的一年已经过去了三个半小时了，时不我待，新的一年里她也该为自己的终身大事好好计划计划了。

她哪知道，世上的事情计划哪有变化快啊！

……

与舒琴这几天过山车般的心情相比，袁励武的心情则要平静得多。那天陪领导参加完军民共建活动，被领导的司机送回家后已近傍晚，吃完晚饭后又陪父母聊了一会儿天。姐姐出嫁了，二位老人的孤独感又增添了一些，袁励武觉得自己所能做的也就是尽量多陪他们说说话。末了袁励武回到自己的房间，才想起打开舒琴给他的书信。对舒琴，他现在已经没有了迫不及待地了解她想法的心情，在袁励武看来，舒琴已经成为了过去。

当袁励武看完舒琴给他的书信，他苦笑着摇了摇头，再苦笑着摇了摇头……现在说这么多有什么用呢，信任是感情的基础，一声"误解了"就能修复被你亲手扯裂了的感情纽带吗？一声"对不起"就能重建被你拆掉的感情堡垒吗？世间有多少情爱是被怀疑亲手扼杀的？想到这里，袁励武还是苦笑着摇了摇头。

倒不是舒琴在多大程度上伤了袁励武的心，更重要的是通过这件事袁励武觉得自己跟舒琴之间的缘分真的很浅，而且感情基础脆弱，一两句谎言就能摧毁，这样的感情不能称之为爱情。一切都过去了，自己也没有必要跟她再说什么了，所有的爱恨情仇都随风而去吧！

想到这里，袁励武心里平静下来了，他开始思念肖星，就像此时的舒琴在思念他一样。

肖星在陪伴母亲付敏过春节的同时也在思念着袁励武，她犹豫了好几天，终于鼓起勇气把自己和袁励武的事情向付敏说了。付敏淡淡地笑了，说："其实我早看出来了,能打动我女儿心的男孩子肯定错不了。"

付敏在大年夜向肖星讲述起了她和肖怀振的往事。在那段激情岁月里,知青们的心灵被一种无可言表的冲动支配着,那就是革命理想,它值得所有人奉献出自己的一切来换取。但农村生活艰苦的现实教育了知青们,当时农村的落后面貌与知青们想象中的美好天地差距太大,这种差距渐渐导致革命激情的消退,知青们鼓得满满的心气像个被扎了孔的皮球一样慢慢泄了下来,他们不得不向现实妥协,残酷的生存环境使他们逐渐转变为只比其他农民头脑中多了一点儿知识的农民。

当然知青中也有不忘初心者,付敏就是其中之一。她有自己的精神追求,她坚持自己的做人原则,艰苦的体力劳动和粗糙的伙食在她看来不是受苦,而是修行,是改造她世界观的必要程序;而且每天无论多忙多累,她始终保持着爱美与爱干净的生活习惯,这使得她从内到外在知青中显得卓尔不群。

肖怀振高中毕业,在当时农村里算是个相当有文化的人,他本来可以干个会计或赤脚医生之类的轻快活,但因为出身不好只能"修理"地球。与其他农村青年邋邋遢遢形成对比的是,他爱干净,即使穿着带补丁的衣服也是洗过多遍的。他不爱多说话,喜欢默默地帮助别人,口琴和笛子吹得很好,这让他在农村青年中也显得与众不同。

两个有特点的人走到了一起。付敏喜欢上肖怀振的理由很简单,她希望在某天傍晚收工后,与肖怀振一起坐在在河边,他能为她吹上一首悠扬的笛子曲;肖怀振喜欢上付敏的理由也很简单,他喜欢闻付敏身上那干净的气息和清香的雪花膏味道。

付敏说,直到今天,她头脑中依然保留着这样一幅画面:乡村河边的落日下,她和他紧挨着坐在一起,晚霞映红了他俩的脸庞,肖怀振忘情地吮吸着从付敏身上传来的他渴望的气息,慢慢掏出笛子,缓缓地吹起一曲电影《五朵金花》的插曲《蝴蝶泉边》……

付敏说,她不再找对象不光是因为肖星,还有头脑中的这幅画面。

肖星静静地听着,慢慢地把头埋在付敏怀里,付敏轻轻地抚摸着肖星的黑发。窗外的烟花绚丽多彩。

肖星又开始思念袁励武,她希望能像爸爸给妈妈吹笛子一样,他也能为她写一首诗,为她唱一首歌,为她吹一曲笛子。

被两个女人同时思念着的袁励武今年的春节过得格外开心,有对父母双亲温馨的陪伴,也有对心上人甜蜜的牵挂,还有对过去一年经历的酸甜苦辣的慢慢回忆与渐渐淡忘。正月初二那天,姐姐袁励霞和姐夫田业民新婚后第一次回娘家,袁励武和姐夫痛快地喝了一场酒,他感觉姐夫挺厚道,姐姐在他家应该不会受委屈。

晶泰化工厂春节期间车间职工是轮休,厂机关是正月初八上班。从初二开始,舒琴每天早上都要骑车到袁励武宿舍楼下先看看袁励武的那辆"大金鹿"牌自行车在不在,因为她从李红卫那里知道,寒假期间离校的教职员工自行车被统一集中在警卫连旁边的车棚里,由警卫连派专人统一看管,人回来后向警卫连登记自己取走。她的连续到来,使站岗的哨兵以为她是院内的军属,便不再阻拦,结果直到初六舒琴也没见到袁励武的"大金鹿"。

袁励武正是初六回来的,只不过他的"大金鹿"已经被袁励武骑着去和肖星约会去了。一日不见如隔三秋,短暂分别后的团聚所点燃的激情之火驱散了冬日的寒冷,从公园到学校,从马路到影院,奇妙的默契使二人似乎有说不完的话道不完的情,直到晚上九点袁励武送肖星回到楼下,二人还依依不舍,最后如影随形的两颗心随着那一声道别才暂时回到了各自的躯体。

而舒琴,则在又一次的失落中独自回到了家中。

初七那天早上,舒琴带着最后的希望再次来到了袁励武的宿舍楼下,她突然眼睛一亮,那辆熟悉的"大金鹿"赫然停在楼下车棚里!她按捺住自己内心的激动,上了楼,轻轻地叩响了袁励武宿舍的门。

"谁啊?"里面传来舒琴曾经非常熟悉的声音。舒琴没有回答,只是继续叩门。

门开了,袁励武手里拿着刚换洗下来的运动服,身着崭新的鲜艳红毛衣站在舒琴面前,头上还湿漉漉的,身上还冒着热气,一股男子汉的气息直冲舒琴的鼻孔而来。原来袁励武刚锻炼完身体,回来烧了点热水到洗手间简单洗了个澡。

"励武……"舒琴怯怯地说。

"请进。"袁励武平淡地将舒琴让进屋,并转身快速地收拾屋子里杂乱的衣物,请舒琴坐下,给她倒了一杯茶。

"励武,我给你的信,你看……看了没有?"舒琴羞羞地问道。

袁励武给自己也倒了一杯茶,平静地坐下,喝了一口,悠悠地说:"看了。非常感谢你对我的理解和信任,我也接受你的道歉。"

"真的？励武，那太好了！那我们……还能像以前一样吗？"舒琴急切地问。

袁励武轻轻摇了摇头，苦笑着说："覆水难收啊！经历了这次事情，我觉得我们还是做普通朋友比较好。"

"为什么？你别，励武，你听我解释，我是真的错了，当时我的确是被蒙骗了，所以我才那样对你，我现在恨死我自己了！再给我一次补救的机会吧！"舒琴一下子难以接受这样的答复，她脑袋有点儿发晕，几乎带着哭腔在求袁励武。

袁励武叹了口气，依旧平静地说："有些事情你并没有做错，更没有必要自责，过了就让它过去吧，换作别人看到那样的照片听到那样的话，同样会生气。我是想说，我俩感情基础不深，几句骗人的话就足以摧毁，今后遇到的事情多了，这样的基础是经不住岁月冲洗和考验的。我俩缘分不够，在我最需要你的时候，你不在；同样，在你需要我说某些话的时候，我想说的恰恰不是你想听的。"

"别这样，励武，别这样，我们不能分开啊！"舒琴开始哭了。

袁励武心里一酸，心一横说："舒琴，你别这样。说实话，在我最困难的时候，一位姑娘伸手帮助了我，她现在是我女朋友，我觉得这就是缘分吧。"

舒琴的脑袋像被敲了一闷棍，她最担心的事情终于发生了，自己苦苦等待了半个月，等来的却是自己设想的最坏的结果！她说："可，可我们并没有正式说分手啊！"

袁励武依旧苦笑着说："真要那两个字说出口的时候，我们就连朋友都做不了了！当时的情形，还需要非得说出这两个字吗？"

"我不要做什么朋友！我要你做我的丈夫，明白吗？"舒琴抬起头瞪着泪眼说。

"一切都过去了，别想那么多了，好吗？今后我们还是朋友，是朋友就应该互相帮助，以后有什么事情需要我帮忙的，我还是会和从前一样帮你的。"袁励武和声劝道。

舒琴不说话了，只是大滴大滴掉泪，不时传来抽泣声。袁励武见状赶忙拿过一条干净毛巾地给她，她顺势抓住了袁励武的手说："励武，再给我一次机会吧。"

袁励武轻轻地拨开她的手说："我不能那样做，我不能让现在的女朋友伤心。"顿了顿，他又说："我不能害她。你是个好姑娘，一定会找到自己的幸福的。"

舒琴无语了，是啊，在这件事情上袁励武是没有错的，当初自己是怎么对待人家的，错全在自己！人家还心平气和地跟你解释，讲道理，再纠缠下去就显得自己素质太低了。想到这里，舒琴眼睛直盯着袁励武，平静地说："励武，既然这样，答应我一个要求,今天我在这里把我最宝贵的第一次给你,即使分手我也没有什么遗憾了!"说完靠近袁励武,就要解自己的衣扣。

袁励武大吃一惊,赶紧后退,连忙摆手道:"你别,你别,你别这样!你把我当成什么人了,我不能对不起我女朋友!"

舒琴解上衣扣子的手突然停了下来,呆呆地站在袁励武跟前,突然扑到袁励武怀里,毫无顾忌地放声大哭起来。袁励武顿时束手无措,推也不是,抱也不是,最后还是轻轻地抱住她,右手轻轻地拍她的后背,温柔地说:"别哭了,别哭了啊⋯⋯"

"不用你管!"舒琴依旧是哭声不停,并不停用手捶击着袁励武的胸膛。

约莫十多分钟,舒琴平静了下来,脑袋离开了袁励武的胸膛,抹干了眼泪说:"袁励武,我没有白认识你一场,这次错全在我。既然你有女朋友了,就好好对人家,我们以后还是朋友。"

说完,舒琴用湿毛巾将自己的眼睛擦了擦,待看不出来哭过的痕迹后刚要起身告辞,门口又传来了敲门声。袁励武开了门,七八个穿便装的小伙子站在门口,齐喊教员过年好。袁励武笑着对舒琴说:"我今天邀请了春节没有回家过年的学员到我这里来聚一聚,要不一起聚?"

舒琴本来想走,转念一想,留在这里怕什么?就说:"好啊,你们玩,我来准备菜。"袁励武说:"不用,我都准备好了,下锅就行。"其实在这种情况下,袁励武是不希望舒琴留下的,他不知道舒琴下一步会说出什么做出什么。但舒琴想留下,他也只能答应。

袁励武和舒琴在门口的煤气灶旁忙碌着,学员们则在宿舍里玩起了扑克牌,袁励武不时进屋来取点食材和餐具,有学员悄声问:"这就是未来的嫂子吧?"袁励武笑着说:"猜错了,这是我一很好的'哥们儿',不是你将来的嫂子。"舒琴在外面听到了,炒菜的手抖了一下,心头闪过一阵痛。

丰盛的菜肴很快上桌,袁励武打开酒给每个人倒满白酒,舒琴也要喝白酒,袁励武给她斟上半杯,舒琴夺过瓶子将自己杯子也倒满了,引来学员们一阵阵赞叹。袁励武挥着筷子说:"都是当兵的,不用客气,同志们,冲锋吧!"面对一桌丰盛的饭菜,学员们也毫不客气地大快朵颐,一时间,觥筹交错,豪气冲天,如此豪爽的喝法舒琴还是第一次见到,她也大受感染,加入了喝酒的行列,但立马感到自己酒量跟他们根本不是一个档次的。而袁励武论年龄和职务是他们中的老大,喝酒也是老大，任凭几个学员轮番轰炸，他应付自如，逢杯必干，丝毫没有醉意。

在第一次目睹了一场军人间的豪饮后，舒琴感觉自己也醉了，迷迷糊糊地只记得袁励武将她扶到"大金鹿"自行车后座上，嘱咐她扶住后座抓手，千万不要乱动，同时指挥一个学员骑着她的女式自行车跟在他后面将她送回家，将车子锁好后把钥匙塞进了她的上衣口袋，亲眼看见她凭借仅存的一点儿清醒意识上楼打开房门后才带领那学员离开。据悉，晚上他们几个人又是一番豪饮。

而此时的舒琴则深刻体会到了什么叫作"举杯销愁愁更愁"，失去袁励武的痛苦被刚才的气氛和酒精的麻醉掩盖了，而当她酒醒后，发现母亲走亲戚还没回来，偌大的家里只剩下自己孤零零一人，想起今天发生的一切，舒琴再次失魂落魄地大哭起来。

待母亲回到家里，发现正在哭泣的舒琴，闻到满屋的酒气，便明白发生的一切了。她叹了口气说："事已至此，你要么为他等待，要么重新结识男朋友吧，何必在一棵树上吊死。"

舒琴抬起头："我要为他等待，这一辈子就是他了，除了他我谁也不嫁。"

马原琪摇着头说："傻孩子，这段时间先静静心思，耐心等等，不考虑这方面的事情吧，因为这段时间你的目标会很盲目。"

舒琴突然想起了岳奉秦和侯玉英，是他俩联手在自己跟前演了场"双簧"把袁励武从自己身边弄走的！想到这里，舒琴心头的火噌地腾了起来，想立即去找他俩算账，但这火很快又落回去了，有什么办法呢，谁让自己乖乖地上了人家的套呢？这还真急不得恼不得，能找到侯玉英和她对骂吗？能找到岳奉秦说他是骗子吗？真是哑巴吃黄连啊！

想到这里，舒琴顿时感觉到自己真的很幼稚很无助。

19

其实,舒琴想找岳奉秦和侯玉英的机会都很少了,二人在春节后双双提出辞职,其中岳奉秦还是将辞职报告和结婚喜糖一起交给厂领导的。

岳奉秦已经和黄晓岚结婚了,只是简单地邀请了双方的至亲吃了顿饭,二人旅游结婚,元宵节过后刚从外地旅游回来。岳奉秦和岳父黄占先说了自己在厂里的情况,其实即使他不说黄占先也从钱有朋那里了解到了一些关于岳奉秦在厂内人缘不怎么样的信息。经过一番考虑,黄占先就干脆让岳奉秦从厂里辞职,在自己大儿子黄晓鹏开的鹏飞贸易公司里面负责一部分业务。其实这鹏飞贸易公司就是利用黄占先的职务便利,按照计划价从有关部门搞进家电、化工产品等,然后再以市场价高价卖出,在当时属于稳赚不赔的买卖。类似的公司黄家有三四个,黄晓鹏忙不过来,弟弟黄晓强又做不来,所以就让能说会道且心计颇多的岳奉秦来帮忙经营。

岳奉秦从厂办出来后,特意来到舒琴面前夸夸其谈,说自己婚后生活如何幸福,自己辞职后事业将如何发达等,舒琴只是拿冷眼看他,强忍着怒火一言不发。岳奉秦吹了半天,见舒琴毫无反应,就递给舒琴一张名片,上面印着"龙海市鹏飞贸易有限公司总经理"等头衔,还有座机电话及当时比较罕见的传呼机和"大哥大"号码。岳奉秦讨了个没趣离开后,舒琴一把将名片扔进了垃圾筐里。

侯玉英辞职是因为受表姐的启发准备干个体。从国营企业职工改干个体,在当时来讲需要很大的勇气,但侯玉英在厂内的名声使她对这个所谓的国营企业没有太多的眷恋,表姐凭借超前的意识在外大把捞金也刺激着侯玉英。她表姐在外承包了几个商场柜台卖衣服,她去帮助表姐看一个柜台,月薪几乎是厂内工资的三倍,超出规定的业绩部分还有可观的提成收入,巨大的物质刺激让侯玉英下定了从厂内辞职的决心。

与岳奉秦不同,侯玉英没有来和舒琴告别,一是她俩关系本来就一般,更重要的是她知道袁励武与舒琴关系破裂后觉得没脸再见舒琴。人家舒琴没找自己兴师问罪已够大度,自己再也没有勇气舔着脸去见舒琴自找不愉快了。她办完手续后就溜出了工厂大门,甚至没有回头看一眼。

失去袁励武的舒琴变得消极起来,平时工作风风火火的她变得沉默寡言,被动地应付着厂里的工作。好在近期工作不忙,李红卫建议舒琴以身体不舒服为理由,休一段时间假。舒琴没有休假,脸色苍白的她一边工作,一边疗伤,感觉自己的身体与灵魂已经剥离,身体瘦了一圈。

她开始好奇,她想知道袁励武现在的女朋友到底是谁,是个什么样的人。但自己现在跟袁励武已经没有什么关系了,怎么才能了解到呢,总不能找到袁励武当面问这个问题吧! 舒琴寻思了一段时间,终于想出了一个主意。

周末的一天,舒琴拿着一份稿件来到袁励武的宿舍,她早已设计好了:自己找袁励武修改稿件理由名正言顺,如果袁励武在宿舍,自己可以借机问问他女朋友的情况,这不算丢面子;如果袁励武不在,可以找他相邻宿舍的人打听一下他去哪儿了,就说稿件要得挺急的,需要马上找到他,说不定能探出他的一些情况。

舒琴轻轻地敲了敲袁励武的宿舍门,里面没人应答。敲门声倒是把旁边的王进军引来了,他眯着两只小眼睛,打量了一下舒琴问:"您找袁励武吗?"舒琴说她是晶泰化工厂的,有个稿件领导催得挺急,想请袁励武帮个忙修改一下。王进军挠了半天头,然后说:"你到旁边的群众公园去看看吧,他周末一般在那里。"

舒琴谢过王进军,骑车赶到群众公园。初春季节,公园里草木萧疏,人也不多,三三两两的人群在和煦的阳光下晃动。舒琴找地方停好车后就往里走,走没几步眼睛就锁定了前面的目标:前面一男一女并排散步,男的不就是袁励武嘛! 舒琴的心跳跟着加快了。二人缓缓走着,偶尔袁励武说给身边那女的一个笑话,女的随即开心地笑了,还不时用粉拳捶打袁励武一下,用手推袁励武一下以示惩罚。

舒琴心里泛起一阵醋酸,那本来是属于自己的专利啊! 她强压着内心的不平静,装作若无其事的样子跟着他俩继续往前走。眼看着袁励武和那女的走到了公园的湖堤上,并沿着湖堤继续向前走,舒琴灵机一动,沿着湖堤反方向向前走了。

舒琴沿湖堤故意低着头走,等她抬起头来,正好遇见袁励武和那女的朝自己方向走来,且双方均已进入对方的视线范围内。袁励武吃了一惊,朝舒琴打了声招呼,舒琴故作惊讶状,迎着二人走去,她看清了袁励武旁边那女孩子的脸庞,那是一张与自己相比毫不逊色的漂亮脸蛋,显得温顺且善性,个头和自己也不相上下,红色羽绒服配上蓝色牛仔裤,恰到好处地勾勒出了她优美的身段曲线。舒琴顿时感觉气势不足。

"哟,这么巧,在这儿碰上了。"舒琴嘴角硬挤出一丝笑容说,"我到附近买东西,顺便来散散步。"

说着,舒琴伸出右手,袁励武尴尬地握了握。舒琴两眼紧盯着袁励武说:"袁教官,介绍一下这位漂亮女孩吧。"袁励武连忙说:"她叫肖星,肖老师,是市实验小学的老师。"然后,他又对肖星说:"这是晶泰化工厂工会的舒琴主席,我们一起共事过。"

肖星伸过手握住舒琴,很大方地说:"你好,久闻大名。"舒琴说:"不是我夸你啊,肖老师长得可真漂亮!"肖星连忙说:"哪里,舒主席那才叫漂亮呢!"

从舒琴幽幽的眼神和袁励武躲闪的目光中,肖星似乎读出了点儿什么。

舒琴又问:"肖老师在市实验小学工作?我妈也在那里工作,教数学的马原琪马老师,不知肖老师认识不?"

"认识,当然认识,马老师是我很尊敬的老师!"肖星谦虚地说。

袁励武心中暗暗叫苦,这世界也太小了!

"不打扰你们了,既然和我妈是同事,那以后我们就是朋友了,常联系啊!"舒琴说着就告辞了。

舒琴走后,肖星问袁励武:"这大概就是你前任女朋友吧?"

袁励武刚想辩解,想了一下又点头称是,问:"你怎么知道的?"

肖星柔声说道:"女人和女人之间有一种特殊的感觉,从刚才她看你的眼神我就能感受得到。"

袁励武就把他和舒琴前段时间交往的情况简单说了一遍。肖星边走边静静地听着,待袁励武说完,肖星说:"其实你和她交往的事我多少知道一点儿,是我那闺蜜告诉我的,当然没这么详细。我感觉得到,她还是爱你的。"

袁励武摇了摇头说:"不可能了,过去的就过去吧,不管是误会,还是巧合,我只珍惜现在的结果。"袁励武说着把手搭在肖星的肩上:"但我向你保证,我们之间什么也没发生。"

肖星笑着说:"用不着保证,我相信。我想说的是,你不应该轻易地放弃这段感情。"

袁励武急切地说:"那我成什么人了,脚踏两只船?我只相信缘分,在我最困难最落魄的时候,你出现在我身边帮助我,而她不在,这就说明一切了。肖星,相信我的话。"

肖星顺势将自己的胳膊拢住袁励武的胳膊,欣慰地说:"好,我相信。我在学校里也或多或少地听说过她母亲也就是马老师家的一些事情,马老师是我敬重的老教师,同时我觉得自己与舒琴同病相怜,都是从小就没了父亲,有一种心理上的亲近感。现在对她来讲,算是失恋了,我挺同情她的,也有点自责。"

袁励武说:"嗨,你怎么那样想呢?爱情是双方的事情,你是我的选择,我放弃与她交往自然有我的理由,总不能为了她的感受让我们两人都背负痛苦吧?肖星,我爱的是你,你也爱我,这就足够了,这中间不能有其他人掺和,对吗?"

肖星用双手抱住了袁励武的腰,袁励武也用双手拢住了肖星的腰,二人久久深情对视着,彼此倾听着对方的呼吸和心跳,任阳光温煦烂漫。

但肖星的眼里很快噙满泪水。袁励武轻轻替她拭去,轻轻地拍着她的后背,将她揽入怀中。

舒琴回到家里,马上向马原琪讲述了刚才遇见袁励武和肖星的事情。马原琪听完后说:"肖星老师是我们学校的,我跟她年龄相差大,接触不多,但有些情况我还是了解的。"

马原琪顿了顿说:"肖星老师人长得漂亮,性格很好,眼光也高,很多人给她介绍对象,介绍的对象中不乏高干子弟,她连见都不见人家一面。这次她与袁励武谈上,证明她是看准目标了。她是一个很讨男孩子喜欢的女孩,尤其是对袁励武这样的男孩子。"

看着舒琴不服气的样子,马原琪又说:"你别不服气,与她相比,你在性格上是有缺陷的,缺乏一个女孩子应有的温柔与细腻。就是你这个性格,才把袁励武推到别人那里去的吧?"

舒琴辩解说:"您别哪壶不开提哪壶啊,我这不是已经知道错了嘛!"

"不过有一点我可以告诉你,你还有希望。因为我听说,肖星老师患有先天性肺部缺陷,她本人体质弱,一旦发病就相当危险。也就是说,她随时有可能出现生命危险。"马原琪看着女儿的眼睛说。

"什么?"舒琴大吃一惊说,"那她本人知道吗?"

"应该有感觉,但是不能确定。"马原琪说,"到时问题就来了:假设肖星有一天出事,不在了,你能接受一个心已经完全归属肖星了的袁励武吗?"

舒琴的脑子突然有点儿乱。是啊,自己渴望得到的是一个身体与灵魂完全归属自己的袁励武,心不在自己这里,要一个躯壳在自己眼前晃悠有什么意思?

马原琪似乎看穿了舒琴的心思,她说:"缘分这东西谁也说不清楚,或许你俩真有缘分,只不过中间需要穿插肖星这样一个与袁励武有缘无分的人进来考验一下,或者说丰富一下你俩的缘分经历。舒琴,你如果真爱袁励武,如果肖星真不幸有了那么一天,不管袁励武是否与她结婚,你愿意用你的所有爱心,再将袁励武唤回到你身边来吗?这才是你需要思考的问题。"

舒琴陷入了沉默,默默地上楼走到了自己的卧室,躺下后静静地思考了起来,时而眉头舒展,时而双眉紧蹙。

过了几天,舒琴去实验小学给马原琪送茶叶,送完刚要出校门,正好碰见肖星要出去。舒琴说:"既然你跟我妈是同事,按照年龄我应该比你大点,你就叫我姐,我就叫你肖老师吧!"肖星说好。舒琴问她干什么去,肖星说是到医院做一下检查。舒琴问肖星为什么不让袁励武陪着一起去,肖星说不想让袁励武知道,怕他担心。

俩人推着自行车,在马路边人行道的树荫下并排走着。肖星突然问:"舒琴姐,你还爱袁励武吗?"

舒琴被这个问题搞了个措手不及,只好敷衍说:"说什么呢,袁励武是你的男朋友,跟我有什么关系?"

肖星诚恳地说:"舒琴姐,你们俩过去有过一段时间交往,这我知道。我想说的是,袁励武是各方面都很优秀的一个人,我也喜欢他,爱他,我想你也忘不了他吧?"

舒琴见心事被戳破,有点儿不高兴地说:"肖老师,您别说了,都过去的事了,我现在不想说这个。"

肖星突然流下了眼泪,忧伤地说:"我感觉我的身体可能不能陪伴他很长时间。春节之前我跟他交往时感觉自己还有战胜病痛的信心,但春节以后我感到自己越来越有气无力，咳嗽得厉害，有时还咳血。我有时感觉自己很自私，我只顾及到自己的感受，完全没有考虑到他和你的感觉。"

舒琴连忙说："肖老师您别这样说，现代医学这么发达，你要鼓起勇气来面对疾病并战胜它。"

肖星摇了摇头，淡笑着说："我自己的身体我自己知道。我当时在农村出生的时候，如果早点治疗，可能还有转机，但当时农村的医疗卫生条件差，错过了。我问过医生，这种先天性的疾病拖到我这个年龄治愈的希望很小。我不怕死，我是放不下我可怜的母亲，我是她唯一的亲人；我也放不下袁励武，他是个重感情的人，我担心我走后他会伤心。有时我想，人生命中遇到某个人，尤其是你喜欢的人，这到底是缘还是劫？说不清楚。袁励武让我过了一段美好的日子，但也使我背上了歉疚的包袱，如果不遇见，我会少一个牵挂。"

舒琴的眼眶也湿润了，她一边擦眼睛一边安慰肖星："肖老师，不会的，别胡思乱想，不会的。"

肖星问舒琴："舒琴姐，你会介意我跟袁励武交往吗？我真有那么一天，你会因为袁励武跟我交往过而对他不管不顾吗？我觉得你不是那种小心眼的人。"

舒琴说："肖老师，别说了，你会好起来的。我陪你到医院检查吧，你不要害怕。"

不知不觉二人来到了医院，挂号、检查后肖星从医生办公室出来，舒琴忙问："怎么样？"肖星淡淡地说："医生建议我住院观察，我拒绝了，我不想让关心我的人担心，拿了些药回家吃一样治疗。"

舒琴急切地说："那怎么行，你这是在拿自己的生命开玩笑！听姐的话，住院吧。"肖星说："我小时候住院住怕了，闻够了医院的药水味，看见穿白大褂的就害怕，更怕看见我妈妈那张愁苦的脸，我想让生命活得有尊严有质量些。我还听说有些病只要心情好了，身体就会自动启动免疫系统，就不需要住院治疗了。舒琴姐，拜托你，千万不要让其他人知道我现在的病情，尤其是不能让我妈和袁励武知道！"

舒琴强忍着眼泪，叹了口气说："你呀，你呀！"

20

"我想要有个家，一个不需要多大的地方，在我受惊吓的时候，我会想到它……"袁励武哼着当年十分流行的潘美辰的歌，在商场里面采购物品，准备到肖星家里去。

袁励武当然不知道肖星生病的事。付敏生日这天适逢周日，这天他专门来到肖星家里祝贺，也算是正式和肖星的母亲付敏见面了。

肖星家的房间并不大，国营企业普通职工宿舍楼的格局，是付敏所在企业的公寓房。但房间布局整洁有序，家具摆放错落有致，有限的房屋空间显得通透亮彻，给人非常舒适的感觉；而且在不大的客厅房间里，还有几盆花草，给整个房间增添了几分生机。袁励武感觉房间女主人的布局设置非常符合自己的心意。

袁励武带了一束鲜花、一个生日蛋糕和几样礼品，肖星向付敏介绍了袁励武。袁励武非常礼貌地问候了付敏并祝她生日快乐，付敏对袁励武的第一印象非常好，略显沧桑的脸上带着喜爱的笑容与袁励武交谈着。由于在农村当过知青，付敏对农村生活了如指掌，这使得她和袁励武又有了另外的话题。肖星在给付敏和袁励武沏好茶后坐下来静静地听，不时也把小时候的记忆穿插进来，使得初次见面的气氛相当活跃和愉快，袁励武感觉就像在跟自己的亲人唠家常，没有丝毫拘束的感觉。

转眼到午饭时间了，肖星起身要去做饭，袁励武说："让我来吧。"付敏说："那哪行啊，你是客人，哪有让客人下厨房忙碌的道理？"肖星笑着对母亲说："小袁做饭可好吃了，比我强多了，就让他露一手吧，我来打下手。"付敏同意了。

厨房空间虽小，但厨具的归置处处显示了女主人的别具匠心，空间并不显狭窄。袁励武和肖星开始配菜，袁励武娴熟的刀功令肖星赞叹不已，肖星只能为他干点洗菜剥葱捣蒜之类的活，随着一阵阵"当当当"的切菜声，一盘盘的食材随即陈列在案板上。

随着油爆声，袁励武开始掌勺烹饪，他一边烧菜一边向肖星讲述菜理知识，令肖星大开眼界，连说佩服。袁励武笑道："佩服啥，子曰'君子远庖厨'，你是君子，不要学这些东西；我不是君子，我来做就行了。"肖星笑而不语。

一会儿工夫，一桌丰盛的饭菜摆上了桌面。在点蜡烛、吹蜡烛、许愿、唱生日歌等一系列程序结束后，付敏给袁励武切了一块大大的蛋糕，还特意打开了一瓶红酒，袁励武也没有推让，给每个人都倒了一杯，自己首先端起酒杯祝付敏生日快乐，自己一饮而尽，请两位女士随意。接着一起举筷，付敏连连夸赞袁励武的菜肴做得好，袁励武心中一阵得意，肖星依旧笑而不语。

午饭后，袁励武与付敏、肖星又聊了一会儿，袁励武提出要和肖星出去走走，付敏点头同意了。

袁励武和肖星漫步来到龙海市有名的樱花大道上，春末时节樱花已经开放但还未到绚烂时，樱花树上花团锦簇，配上绿叶繁茂，阵阵香气扑面而来，嗡嗡的蜜蜂采蜜声不绝于耳，有种人在画中游的感觉。樱花下的肖星显得格外娇美。

"你看樱花多美。"袁励武挽着肖星的手深情地说。

"可惜樱花的花期太短暂了，世界上美好的东西可能都这样吧。"肖星淡淡地说。

"唯其短暂，所以珍贵。我们应该好好珍惜樱花的花期，多出来赏赏樱花，别辜负了这大好时光。"袁励武说。

肖星考虑了一会儿，对袁励武说："我十岁前是在农村长大的，励武，咱找个时间回你老家看看吧，一是探望一下两位老人家，二是我想重新找回一些童年时的记忆，好吗？"

"这太好了！"袁励武高兴地说，"这样吧，你我都是周六下午和周日休息，最好是周六上午请个假，咱们上午早点走，周日下午返回。另外，让阿姨也请个假一起去吧！"

肖星答应了。

袁励武把肖星送回家后马上打通了老家所在镇邮局的电话，本村的一个堂叔在邮局工作，平时有什么事袁励武一般写信回家，不麻烦堂叔，但这次与肖星回家意义非同一般，他托堂叔尽快告诉父母自己的行程安排，让家里父母及早做好准备。在通讯不发达的年代，这已经是最快捷的通知方式了。

经过六天的准备，周六清晨袁励武和付敏、肖星母女二人早早地来到市长途汽车站，坐上开往袁励武老家所在县城的第一班车。那时还没有高速公路，汽车全在乡间公路上走。一路上春光送暖，景色宜人，三人的心随着汽车的轻微颠簸而荡漾。

汽车大约行驶了三个多小时，到达县城长途汽车站后，袁励武的父亲早已在出站口等候，接到三人后高兴地将他们带到自己特意花钱租的一辆黄色面包车上。当时县城里还没有正规出租车，平时出行租个三轮摩托车已属破费，租个面包车已经是相当高规格的接待了。

出租车开到家已是中午，父亲还特意嘱咐司机明天下午一点准时来接。母亲和姐姐喜气洋洋地出来迎接，听说袁励武领着城里媳妇回来探亲了，左邻右舍的也都来观看，一时间煞是热闹，连家里的狗儿也想奋力挣脱铁链的束缚而不断跳起欢吠。袁励武将双方都介绍完了之后，一起来到了房间里。

袁励武家的房子是自己上军校期间父母和姐姐省吃俭用翻盖的砖瓦房，不算气派但也不显寒碜。房间里收拾得袁励武都不敢认了：在春节大扫除基础上又重新清扫了一遍，堂屋过去空白墙壁上如今还挂了两幅临摹画，一幅牡丹图，一幅梅花图，这显然是父亲的构思；每个房间里都放置着两盆鲜花，这显然是母亲的构思；其余的应该是姐姐的构思。炕席、被罩、被面、枕巾等全部焕然一新，屋子里甚至还喷洒了香水！另外，除了拴着的狗儿外，家里饲养的家禽牲畜都不见了，肯定是被临时寄放在邻居家里了，这显然是父母和姐姐共同的构思。袁励武看到之后，会心地笑了。

孰料付敏进家门后环视了一圈就对袁励武母亲说："老姐姐，不是我说你，我们好不容易来一趟，就是为了看看现在咱们农村的面貌。你这整理得满堂不见灰尘，鸡鸭猪牛都不在，可不是我看到的真实的农村啊！我是知青，在农村待过十几年，这一切都瞒不了我。"

袁励武母亲只是握着付敏的手使劲摇晃："大妹子，不怕你笑话，农村穷，农村脏，比不了城里。"

肖星马上说："阿姨，我小时候也是在农村长大的呢，咱们这里不脏，空气和水都比城里好！"

袁励武母亲又转身握住肖星的手,说不出话来,只是慈爱地看着她,眼睛里似乎有泪光。

袁励武见状,马上把爸妈支到没人的地方,拿出一个红包对他们说:"初次见面,按风俗咱应该给人家个红包,我都替你们准备好了。"父亲哈哈一笑,从怀里掏出一个包来说:"早准备好了！"

当袁励武父母将红包给肖星时,肖星说什么也不要,袁励武柔声说:"拿着吧,老人的一点儿心意。"肖星只好收下了。

午饭特别丰盛,鸡鸭鱼肉摆了一桌子,家人为了这顿饭实在是费尽了心思,充分动用了农村里能用的所有资源,加上袁励武在饭桌上左右周旋,两家首次见面后的第一顿饭吃得非常欢畅。

饭后,袁励武陪着付敏和肖星到田野里来逛,万里碧空下,绿色的麦浪一望无际,空气中弥漫着一股迷人的麦苗和菜花的混合香味,田边地头杨树叶都已变绿,拼命地吮吸着春天的营养,各色野花在这一年最好的季节里争奇斗妍。肖星高兴地跑来跑去采摘野花,不一会儿就采了满满一大把,仿佛又回到了童年时代。

趁着肖星在远处高兴地采花,付敏向袁励武讲述着自己当年插队时的一段段经历。其实,付敏插队的地方按其地域划分就属于袁励武老家所在的县,只不过是距离这儿三十多里开外的另外一个乡镇。从某种意义上说,袁励武与肖星还是老乡呢！

"那您返城后回过插队的地方吗？"袁励武好奇地问付敏。

付敏叹了口气说:"返城后头两年还回去过,后来回去的次数就很少了。肖星的爷爷奶奶先后去世,他们家里人也没有通知我,他们以为我又成家了,基本就不联系我了。只是七八年前,肖星的姑姑托我在龙海市为她家的一个女孩子,也就是肖星的表姐,找了一个工作干,这是我与肖星父亲这边的亲戚最近的一次联系了,为此我还专门回来了一趟,从那以后就没有来过了,屈指算来也好几年了。"

"喔。"袁励武点了点头又问道,"那您近期不想回插队的地方再去看看？"

付敏摇了摇头说:"不去了,尽管那里有我美好的回忆,但伤心的回忆更多,毕竟肖星的爸爸在这边出的事。"付敏看了看远处的肖星,又说:"好在我还有肖星这么个希望,她将来能嫁给你,也算是叶落归根了。"

袁励武望着远处肖星兴奋的背影,坚定地说:"阿姨,您放心,将来我一定好好待肖星。"

肖星采花回来,拿出自己带的相机让袁励武拍了好多照片。不知不觉天近傍晚,黄昏的乡村更显魅力,站在村头水坝高处向西一望,晚霞如同一道道明艳的红丝带悬挂在西方天空,落日透出浑圆的脑袋依依不舍地向美好的一天作别;向村里一望,家家户户炊烟袅袅,不时传来狗吠声和牛哞声。肖星又兴致勃勃地让袁励武拍了一些照片,她说自己童年的回忆就是这样子的:夕阳西下,阅尽晚霞,大人收工后各自回家,炊烟四起,父母喊娃的乳名回家吃饭……

吃过晚饭,袁励武拿出自己从幼儿到现在不同时期的照片给肖星看,肖星边看边咯咯直笑。

第二天,袁励武又用肖星的相机给家人及付敏和肖星分别照了些照片,直到把胶卷照完。在家人依依不舍的目光中,袁励武和付敏、肖星母女乘坐出租车到县城,再由县城乘坐长途汽车返回了龙海市。

回到龙海市又是傍晚时分,肖星深情地说:"真怀念昨天的黄昏,像做梦一样。"袁励武说:"那咱们就常回去,享受那里的黄昏是不用花钱的。"

在农村玩儿了一天,加上旅途折腾,肖星突然感到自己的身体快吃不消了。

21

舒琴内心却极不平静。

自从那次和肖星谈过话并和她到医院做过检查后，舒琴内心就陷入矛盾之中。首先，她喜欢肖星这姑娘，真诚质朴，难怪袁励武会喜欢上她，她真不希望肖星因病出什么意外。但想到袁励武对肖星百般体贴，舒琴心中就有一股酸溜溜的感觉，那本该是属于自己的幸福啊！依舒琴的性格，凡事是不能将就着来的，感情问题更不能将就。但现实是，袁励武的心完全在肖星这边，如果肖星身体出现问题遭遇不测，袁励武的心将无处寄托，自己努力一下，他的心可能会慢慢转移到自己这边的，毕竟二人有一定的感情基础。但舒琴要的是将来对自己死心塌地，全部心思在自己身上而不是心里还有肖星影子的袁励武，这事恰恰不能将就。

问题是，肖星如果没事，袁励武爱的肯定是她，自己一点儿希望都没有；自己是爱袁励武的，要和袁励武结合，唯一的条件就是肖星身体出问题，有的时候舒琴甚至暗暗希望这一条件的实现。天哪！自己的心思怎么会这么阴暗啊！

爱情是自私的，有时甚至可以自私到某些想法背离自己的良心，达到罪恶的地步！

舒琴把自己的痛苦告诉了母亲马原琪，马原琪以其惯有的理性帮舒琴分析："在这件事情上，你只能做你该做的，因为你把握不了其他。你能让袁励武转身爱你吗？不能吧！你能治好肖星的病吗？不能吧！但你能看到事情的发展前景，那就是你还有机会与袁励武结合，你现在所做的就是准备把握这个机会吧，就是等肖星没了的时候把袁励武重新拉回到自己身边，而不要让他再转到其他女的身边，就是这个道理。当然，前提是你真的爱他。"

舒琴混乱的心理有了点眉目,是啊,是该把握住自己至爱的时候了,至于肖星身体出现什么问题,错不在自己,而在肖星的命运。

而此时,肖星感到自己的身体状况一天不如一天,胸闷得厉害,浑身乏力,学校领导根据她的身体状况不安排她上课,只安排她协助德育主任制作一些简单的德育计划和报表,这对肖星来说也是一个不小的工作量,她只能咬牙坚持。她告诉自己不能请假,因为一旦请了假母亲和袁励武都会知道自己的病情,在他们面前她只能假装坚强,以顽强的毅力保持着常态。她身体虚弱得只想躺着,过去还可以,但最近躺下一会儿就感到呼吸困难,只得又重新坐起来,夜晚睡觉时她总要比母亲晚睡,待母亲睡着后,自己在另外一个房间倚靠着摞起来的被子,身上披上一床被子迷糊过去。

她已变得瘦削不堪,有一天袁励武约她出来散步,见到她后大吃一惊,赶忙问是不是病了,她苦笑着说最近工作太忙累的,休息一下就好了。在公园里走了没几步就大汗淋漓,袁励武只好背着她走,还劝她平时要多锻炼,加强营养等等。有时她莫名地发烧,也不告诉母亲和袁励武,自己偷偷到诊所里打点儿退烧针,买点儿退烧药。

她在用自虐的方式来减少别人对她的担忧,同时决定自己该给这个世界里最亲近的人留下些话了。

作为肖星的同事,马原琪也或多或少地知道一些她的病情,有时回家跟舒琴说,舒琴正犹豫着要不要跟袁励武说,这时她就想起肖星对自己的嘱托,总觉得事情还没有到那么严重的地步,就一直没有告诉袁励武。

五月中旬,春末夏初时节,袁励武过来告诉肖星自己马上要带学员出海实习,并兴奋地告诉肖星,自己过去上的是陆军院校,从来没有乘船出过海,这次是平生第一次出海。看着袁励武那激动劲儿,肖星的心有点儿碎了。

在出发前一天下午,袁励武来找肖星,临别前,肖星扑在袁励武怀里久久不愿离去,袁励武捧起肖星的脸,替她一遍又一遍地擦干眼泪,而她的眼泪则一遍又一遍地从眼眶涌出。袁励武对肖星这种不同寻常的依恋理解为她爱得太投入了,没有往更多处想。

"亲爱的,别哭了,就一个月,我就会回来见你,很快。"袁励武抚摸着她的头发柔声劝慰道。

肖星终于把头从袁励武怀里抬起来,在袁励武的额头上深深吻了一下,伤感地说:"励武,记住我的话,记着我,你要多保重,多保重……"说完眼泪又流下来了。

若干年后,袁励武每次一回想起这个场景来就毫不吝力地扇自己两个耳光,并骂自己是天底下最愚蠢的人!

两人的面庞随着袁励武的转身离开而面向同一方向了,不再是相向而视了。肖星只能看到袁励武的后背在渐渐模糊。

随着袁励武走远,留在两个人身体中间的是一片混沌。

……

一个月后,袁励武兴冲冲地出海回来了。

这次出海是沿中国近海航行,沿途停靠几个港口,可以下舰出港逛一逛。袁励武在每个停靠的港口所在城市都买了当地的特产,并特意给肖星买了些女性化妆用品和一套漂亮连衣裙。回来后他顾不上收拾自己的宿舍,提着大包小包就往肖星家赶。

肖星家没有电话,袁励武第一次靠岸是中午,下午他利用公用电话给肖星所在学校打了个长途,接电话的人到肖星办公室看了一下,回来后说肖星不在。后面几次靠岸要么是周日,学校不上班,要么是晚上,所以一个月没听到肖星的声音了,他要让肖星突然惊喜一下。

赶到肖星家的时候已近中午,他轻轻地敲了敲门,没有反应。今天是周末,家里应该有人,袁励武想。

他又轻轻地敲了敲门,门吱呀开了,付敏那过度苍老的脸出现在门口。

"阿姨好!"袁励武放下包,高兴地握住了付敏的手说,"家里都好吧?我出海刚回来。"

付敏的脸猛地抽搐了一下,勉强地苦笑着说:"小袁呀,进来吧。"

袁励武提着包一进门,换下拖鞋一抬头,客厅里空荡荡的,方桌上放着一张放大的肖星的个人彩照。

袁励武疑惑地问:"阿姨,肖星呢?"

付敏再也忍不住了,她哇地哭了起来:"肖星……没了!"

"什么?阿姨,您说什么?您再说一遍,您说什么?"袁励武脑袋轰地像被电击了一下!差点儿没站住。

"肖星……去世了,没了……"付敏已是泣不成声。

"啊!……"袁励武顿时像傻了似的冲到肖星照片前,拿起照片端详着。他无法相信,他不能相信!他拼命地咬了咬自己的手,生痛生痛。

"阿姨,是怎么回事啊?肖星怎么没的?啊,怎么没的?"袁励武有点儿歇斯底里。

"两周前的夜里没的,突然没的,走得很安详。我早上起来叫她吃饭,她从不睡懒觉,但那天早晨叫了好几声没反应,我就到她卧室里去了……她倚在被子上,安详地闭着眼,嘴角还有微笑,没有痛苦……"付敏哭着说,"她把我这个当妈的瞒得死死的,她病得那么厉害一直没告诉我,一直瞒着我啊!"

袁励武问:"就是她得的那个肺病吗,不至于要命啊!那为什么不去医院啊?"

付敏叹了口气说:"肖星小时候得的先天性肺病,就是放到现在也未必能治愈,何况那时候在农村?所以就一直这么病着,厉害了就住院治疗一段时间。前一阵肖星病得不能动的时候,我要送她去医院,她坚决拒绝了,她跟我说她不想死在医院里,她让我这个做母亲的一定要满足她最后的这个愿望。医生也跟我说过,她这病治愈的希望很小,很小啊!第二天肖星就……"

袁励武突然回想起一月前跟肖星分别的那一幕,他拼命地抽自己耳光,心里悔死了!他终于忍不住放声大哭了起来,眼泪像决堤的河水,他感到天仿佛突然塌下来了。

哭了好大一会儿,袁励武哑着嗓子问付敏:"阿姨,肖星就这么一直瞒着我们,她得忍受着多大的痛苦啊!"

"这先天性肺病时不时就发烧,当时在农村耽误了治疗,落下了病根,时间长了不好治了,但我没想到有这么严重,有这么快啊,没想到啊!"付敏止住哭,喃喃地说。说完,她到抽屉里拿出一封信,手哆嗦着递给袁励武,说:"肖星留下的,给你的,看看吧。"

袁励武头脑稍微清醒了一下,他接过信,信是封好的,还没拆封,封面上赫然用袁励武非常熟悉的字体写着"袁励武收"的字样,那可能是肖星生前最后的笔迹。

袁励武小心翼翼地拆开信封,里面足足有五页稿纸,字如其人,仿佛肖星就在眼前跟他说话:

励武：

　　看到这封信，我想我们已经阴阳两隔。但愿在那个世界里，我依然能记得你我相处的点点滴滴，供我寂寞时回忆。

　　何时来到这个世界，我决定不了；何时离开这个世界，也是我不能决定的。我的身体告诉我，我在这个世界的时间不多了。

　　励武，原谅我的自私。因为以我的身体状况，我是没有资格去爱任何人的，更没有资格去爱你。但我控制不了自己的感情仍然去爱你，去和你交往，自己又无力保证这份爱的长久，任凭命运去掌控我在这个世界爱你的时间。这样做，可能会使你痛苦一阵子，而且随着我们交往时间的推进，我越来越肯定了这种判断。这使我在这个世界的最后时光里感觉到了幸福的喜和忧：喜的是你若痛苦说明你爱我，忧的是你若痛苦我在那边也会痛苦。这两种感觉我都是幸福的，励武。

　　与你交往的日子里，我时常会想起仓央嘉措《十诫歌》中所说的，从第一句"最好不相见，如此便可不相恋"到第十句"最好不相遇，如此便可不相聚"。这些话好像都是说给我听的。"但曾相见便相知，相见何如不见时。安得与君相诀决，免教生死作相思。"句句都是在谴责我的。我喜欢这些话，但我的自私使我完全违背了这些话，因为我爱你，即使时间短暂，即使你我痛苦。

　　我很小爸爸就去世了，是妈妈含辛茹苦把我养大的。小时候在农村被男孩子欺负，每次看见母亲为此落泪时，我好想有个爸爸或哥哥来保护我，读到你的诗，见到你的人，我就认定你就是今生那个来保护我的人，我不能错过。尽管我们相识短暂，但我已经知足了，除了母爱，我已经领略到这个世界上最宝贵的情感了。

　　我最近越来越感到自己的身体快不属于自己了，我一直没有去医院治疗，因为我心里清楚那是徒劳的。我想在我生命的最后阶段，不能让任何人再为我担心受怕。我害怕医院，我想有尊严地自己走到生命的尽头。跟你一起回老家，我重新体会到了农村的田园风光，又找回了童年时的美好记忆，心里也没有什么遗憾的了。励武，你放心，有了你我心里什么也不怕。可能我离开这个世界的时候你不在我身边,但我相信我在呼出最后一口气的时候心里仍然是甜蜜的,因为有你,因为有你的爱。

励武,我想让你答应我一件事情,那就是我不在了,你重新开始与舒琴姐的感情吧。你们之间的误会不能成为阻碍感情继续发展的障碍,如果这期间没有我的出现,你们可能早已经和好了。我一直觉得对不起舒琴姐,因为失去你她这段时间很痛苦,错在我。励武,人死不能复生,活着的人不能老想着过去,生活还要继续,舒琴姐就是与你继续前行的伴侣。一定要答应我啊励武,我在那边也会为你们祝福的。

父母的养育之恩终身难报。我有幸到你家见到了你的父母,还有你的姐姐,他们是那么的善良淳朴,不能再见到他们了我很遗憾。在与你相识之前,妈妈是我最亲近的人,现在你也是我最亲近的人了。我离开这个世界之前最牵挂的还是我亲爱的妈妈,她为了我吃尽了苦,操碎了心,我这个做女儿的对不起妈妈,该报恩时恩未报,反而给我可怜的妈妈带来痛苦。我担心我走后妈妈会因寂寞而痛苦,会因孤独而绝望。所以,励武,我最后求你件事情,偶尔去看看我妈妈,去和她说会儿话,聊会儿天。九泉之下,我亦心安了。

励武,多想与你在同一个世界里多待一会儿,让我再感受与你同在的每时每刻,如今这变成了倒计时。多想给你多留下点儿话,但我没有力气了,只能说这么多。

多想听你为我读一首你专为我写的诗啊!

爱你的肖星

1993 年 5 月 20 日夜

袁励武越读泪越多,读罢又是泪流成河。看着信末尾落款的日期,袁励武心里一震,那是他出海后的第五天。他清楚地记得那天晚上睡觉做梦时,梦见肖星流着眼泪在向他说话,然后身影渐渐模糊,面庞跟桌上摆放的彩照一模一样。莫非,梦境如实境?

付敏静静地走过来,递给袁励武一块手帕,平静地说:"小袁,肖星走了,你也不要伤心了。肖星今生能遇见你是她的造化,她觉得很幸福,她走的时候没有痛苦没有遗憾,脸上还挂着微笑。感谢你,小袁。"

袁励武扑通一声跪在了付敏面前说:"阿姨,肖星走了,从今往后我就是您的儿子,您就拿我当儿子吧!"

付敏扶起袁励武说:"小袁,好孩子,你有这心思阿姨就心满意足了。肖星走了,你的个人问题还要重新考虑啊!再找个合适的姑娘,成个家吧。"

袁励武摇了摇头说:"不,阿姨,除了肖星,我谁也不娶!"

付敏说:"傻孩子,人要往前看,活着的人不能老想着逝去的人,否则逝者也不能安息。肖星给我的信里面专门提到了这件事,肖星给你的信我没看,但我想她一定也会这样劝你。再说了,你父母还要你传宗接代呢!"

袁励武说:"阿姨,我没心思想这些问题,我现在就想给您当儿子。"看着付敏满头银发,神色憔悴,袁励武的心也是碎了。

第二天,袁励武和付敏来给肖星扫墓。在肖星的墓碑前,付敏静静地说:"孩子,我和小袁来看你了。你在那里好好的,不要记挂妈妈,妈妈挺好的。如果见到爸爸,就说妈妈想着他。"说完,又是泣不成声。

祭奠完毕,袁励武说:"阿姨,您先到陵园门口等我一下,我想和肖星说几句话。"

付敏点了点头离开后,袁励武看着墓碑上镶嵌着的肖星那俊美的照片,他缓缓走过去,轻轻抚摸着照片,深情地说:"肖星,我来看你了。我对不起你,在你最后的岁月里,我不在你身边,这是我今生最大的憾事。刚才阿姨也说了,你在那边要好好的,我一定记住你的话,我会把阿姨当我的亲妈来对待,我会常去看她,安慰她,你放心吧。"

袁励武坐了下来,缓缓地说:"肖星,你的信我看了,我听到你说话了,你不是个自私的女孩,你是个好女孩,你心里老想着别人,为了不让别人担心,你自己宁愿忍受那么大的痛苦。你很了不起,能与你相识相知相爱,我觉得今生很值,尽管短暂,我也很知足。我恨我自己,我恨我粗心大意,怎么就没有感觉出你时刻忍受着病痛呢!肖星,原谅我对你照顾得不够,等我将来到了你那边,一定好好照顾好你,不让你受半点痛苦。"袁励武擦了擦眼睛顿了顿又说:"肖星,你喜欢诗歌,我今天带了几本诗集,就放在你的墓里,寂寞时读读吧。我为你写了首诗,我现在就为你读一下。"

袁励武掏出自己写的诗,深情地读起来:

桃花映笑颜,

俗尘看云淡,

有意共谱同心曲,

无奈天妒红颜。

起身欲前行,

恐思念沉重,

经阁群书本是满纸空;

醉舞在夜宵,

况知己年少,

情欢满腔都为君袖摇。

何当邀来锦书与信鸽,

寄我清心明月,

纵隔万千重,

寻遍黄泉碧落。

见到你,

如天边的彩虹,

邂逅雨后最美的风景;

离开你,

是长夜的黑漆,

丈量不出泪眼间的距离。

别离处,

樱花铺满的小道,

幽香间传来,

你我共同的心跳。

倏忽间,

萋萋芳草中,

空留伫立与孤寂，

何日才能解得，

桃李与琼瑶？

读罢，袁励武将写满诗的纸烧掉。火苗啮咬着纸页，灰烬扑向墓碑。天昏云沉，旷野苍茫，低风呜咽。

　　祭奠完肖星回来后，袁励武陷入了巨大的悲痛中，他像换了一个人，有时脸不洗胡子不刮就去上班了，在办公室里有时一坐就是半天，沉默寡言。好在这段时间没有课，要不然连课也上不了了。同事们不知道袁励武最近发生的一切，看他脸色不好都劝他注意休息。

　　按照有关规定，如果军人的配偶等近亲属去世，军人可以有几天假期处理丧事及恢复精神，但肖星只是袁励武的恋人而非配偶，所以即使袁励武想调整一段时间也没有正当理由。最近十天袁励武只是如同行尸走肉般上班下班，吃饭睡觉。

　　同事中最早了解这个问题的是苏振德，这还是舒琴告诉李红卫，李红卫又转告苏振德的。他知道事情后，把袁励武拖到自己家里，又是一顿酒。苏振德一边给袁励武斟酒，一边以过来人的资格向他传输人生观、爱情观："男女之间就是那么回事，你如果看得太重它就重，你如果不把它当回事那它就是一堆狗屎。"此言一出李红卫从桌子底下踢了苏振德一脚。"大丈夫何患无妻，男人要拿得起放得下。你看我，跟我家老李这么多年了，有感情了吧，但如果哪天我家老李跟我掰了，或者说没了，咱也得认这个现实啊对不对，改变不了啊，男人就得打碎了牙齿和着血吞下去，那就该喝酒喝酒！"苏振德说完又挨了李红卫桌底下一脚加桌上面一拳。"重新让你嫂子再给你介绍个，你嫂子别的本事没有，保媒拉纤的本事那是相当高，当年……"这时，李红卫直接用筷子敲了苏振德脑袋。

　　这次率先钻到桌子底下去的是袁励武。苏振德的话他是一句也没听进去，只是闷着脸一杯接一杯地往肚子里灌酒，苏振德和李红卫劝也劝不住。最后袁励武的身体像一摊烂泥似的从椅子上滑下来，幸好苏振德反应快，及时用脚在桌底挡住了袁励武下滑的态势，并和李红卫一起把他扶到沙发上。

苏振德哈哈一笑："难得啊，今天终于在酒上战胜这小子了，不过有点儿胜之不武的意思。这小子，能打败他的只有他自己。"

李红卫说："小袁这样下去可不是个办法啊！"

第二天，李红卫就把袁励武最近的状态包括昨天醉酒的事告诉了舒琴，又重复说："小袁这么下去可不是个办法啊，舒琴，你得帮帮他。"

其实舒琴心里也很纠结，袁励武越消沉，说明肖星在他心里的位置越重，自己的位置就越无足轻重，那就越不应该帮他。但平心而论，她不想再失去袁励武了，袁励武越消沉她感觉越心疼。尽管袁励武因为肖星而悲痛，但不正说明他有情有义吗？现在肖星已经不在了，横亘在她和袁励武之间的障碍已经不存在了，自己凭啥不能去追求自己喜欢的人呢，况且肖星生前给她的信中也托付她照顾袁励武，其实这根本用不着托付啊！

想到这里，舒琴站了起来对李红卫说："李姐，你放心，我会尽力帮助他的。"

第二天是周日，舒琴来到了袁励武的宿舍，轻轻地敲了敲门。门敞开了，一个舒琴快认不出来了的袁励武出现在面前：脸瘦了一圈，头发蓬松杂乱，胡子拉碴，宿舍里凌乱不堪，完全没了以往的整洁有序。舒琴见此情景皱了皱眉头。

袁励武只是象征性地向舒琴点了点头，把舒琴让进房间，然后又目光呆滞地不知说什么了。

舒琴柔声责怪道："看你，都瘦成什么样子了！"见袁励武不作声，她又说："肖星离开了，我也很悲痛。她给我留了信，我读着读着就哭了。可你这样下去不是个办法啊，你这样肖星在那边也不会心安啊。"

袁励武苦笑着说："道理我也懂，可我就是说服不了自己。"

舒琴又说："换个思路思考一下吧。你和肖星之间有过一段美好的感情，这就足够了。肖星身体不好，生前为了不让她妈和你担心，也为了自己生命的尊严，宁可忍受巨大的痛苦也不去住院治疗，死亡对她而言也未尝不是一种解脱。她走得很知足，很称心，甚至说很幸福，她基本上实现了自己的愿望，人生如此，夫复何求？人都是要离开的，能够称心地离开，何必在意生命的短长呢？我们应该祝福她才是，一味消沉，是对她的误解。"

看到袁励武还是无动于衷，舒琴干脆发狠地说："你要学殉情是吧，那就跳楼吧！不殉情就好好活！你这样半死不活的,跟殉情没什么两样！"

袁励武听后,若有所思地点了点头。

舒琴又轻声说:"我相信这个坎你能过得去。"顿了顿,她又说:"别闷在屋里了,出去走走,看看明媚的阳光和湛蓝的天空,啥时想开了,可以去找我聊聊。"说完,转身而去。

第二天午饭后上班前的一段时间,舒琴又来到了袁励武宿舍,什么话也没说,眼睛偶尔瞅瞅袁励武,陪着他坐了十分钟,然后起身离开。

第三天情形依旧。

舒琴回到家里,躺在床上越想越委屈,这叫什么事啊！将一个男人的心思从另外一个已经不存在了的女孩子身边拉回来,依舒琴的心性,啥时干过这种蠢事呀！

但转念一想,要不是自己曾经冤枉过袁励武,袁励武受到了那么大委屈,哪会发生后面的事呢？这也算是对自己曾经错误的补偿吧！

想到这里,舒琴长长地叹了口气……

袁励武这几天头上掉了一堆头发,下班后就静静地躺在床上,眼睛时而眯上时而睁开。第四天上午他请了半天假,洗漱利落,穿戴整齐,骑车来到肖星墓地所在陵园,缓缓地走到肖星墓前,静静地坐下,没说话。

他想起三毛在得知荷西死讯后,也如自己般悲痛。他想起了三毛在为荷西守灵时说的话:"亲爱的,你不要害怕,一直往前走,你会看到黑暗的隧道,走过去就是白光,那是神灵来接你了。我现在还不能去,但我一定会去找你。"当时,三毛发现荷西的眼睛里居然流出了血！

这话,他也想说给肖星听。

肖星,我现在还不能同你在一起。我要认真地活每一天,品味每一天,待我见到你后把所见所闻所得都告诉你。我无法看到你眼睛里的血,但我能听到你的心跳。

肖星,我会按照你信里所说的去做,照顾好你母亲,她也是我的母亲;我会再去迎接新的生活,去和另外一个女孩恋爱、结婚,我想,这不是对你的背叛,这是你的心愿。至于和谁过一辈子,与谁白头偕老,缘定吧！但你在我心里的位置是如一的。

肖星,我不能再这样了,再这样就显得矫情了,你也会瞧不起我的。

肖星……

天降雨了,远处偶尔传来轻微的雷声,如诉如泣。

第二天，袁励武像换了一个人，精神抖擞地去上班了。同时，袁励武主动跟舒琴打电话，约她周末到海边聊聊。

两三天的降雨终于结束，周日上午碧空万里，阳光明媚，整个世界如同被清洗了一遍，清心爽目。初夏的龙海市温度适宜，大海也被柔性的天空所感染，温柔地敞开着它湛蓝宽广的胸怀与蓝天映对，整个龙海市都是蓝色的。海边游玩的人很多，也有点儿暴晒，袁励武在海边见到舒琴后，两人离开海边，来到旁边的一处森林公园，在绿荫下散步。

"舒琴，谢谢你。"袁励武首先开腔。

"谢我什么？"舒琴问道。

"谢谢你对我的开导。我这段时间确实颓废了许多，没有你，我还真走不出来了呢！"袁励武不好意思地说。

"谁遇到这种事情都会痛苦一阵子的。但人要往前看，过去的就放下吧。这也说明你是一个重情义之人。"舒琴笑着说。

袁励武突然蹒到舒琴面前，双手拉住舒琴的双手，眼睛直盯着舒琴说："舒琴，我们重新开始吧！"

舒琴吓了一跳，但马上镇静了下来，半开玩笑半认真地说："刚才还说你重情义，肖星尸骨未寒，你怎么就有这种想法？"

袁励武认真地说："这段时间我思考了很多，有些感情未必能拥有一生，有过就够了。如果不是你我之间的误会，中间也可能不会出现我和肖星之间的故事。如今肖星不在了，说明我和肖星今世缘分已尽，也说明最终你我是今世有缘人，只不过上天有意在中间安排了一场没有结果的缘分。舒琴，我不想再错过你了，我想这也是肖星的意思。"

舒琴哼了一声说："说得轻巧，当初我那么向你道歉，你心硬得像块铁疙瘩，如今你说跟我好我就得跟你好，那我成什么人了，做梦！"

袁励武说："好了，别闹了，答应我不？"

舒琴高傲地抬起头说："除非你再求我一次。"

袁励武说："好好好，我求你，我们重新开始吧！"

舒琴笑着说："那咱可说好了啊，最终是你求的我，我是被逼没办法的啊。"

袁励武问："这么说你是同意了？"

舒琴红着脸低下了头点了点,然后又抬起头问:"肖星在给我留的信中说你们之间没有发生关系,谁信呢!"

袁励武笑着反问:"这很重要吗?"

"当然重要啦,我不能稀里糊涂地嫁给一个……一个身体已经不干净了的男人啊!"舒琴也笑着回答。

"那好,我再跟你说一遍。"袁励武扳住舒琴的肩膀,眼睛看着舒琴,一字一顿地说:"我告诉过你,我要等到最好的时刻,不管对谁,明白吗?"

舒琴咯咯笑起来:"看你吓那样,我不过是随便问问,都九十年代了,谁还这么封建?"

袁励武说:"还有几个事情需要提前跟你说好了。一是今后我会定期去探望肖星的妈妈,也可能偶尔去给肖星扫扫墓,你不反对吧?"

舒琴痛快地说:"我不但不反对,还要陪你一起做。"

袁励武笑着夸奖说:"开明!还有我家是农村的,将来你不免要跟我一起回家探亲,我一直担心你能习惯农村生活吗?"

舒琴说:"嗨,农村怎么啦,我还真想体验在农村的生活呢!"

"还有,以前我没跟你说,现在我提醒你一下,军人的待遇是比较低的,要做军嫂是要有牺牲奉献精神的,这你得有心理准备。"袁励武又说。

"要发财我找你干嘛,告诉你,追我的有钱人有的是呢!"舒琴又哼了一声。

"还有,军婚受法律保护,你跟了我想要有外遇都不成,对方属于破坏军婚,是犯罪;另外,如果你想离婚但我如果不同意,法院是不能判决离婚的……"袁励武继续喋喋不休。

"去你的,胡说八道!"舒琴嗔怪地捣了袁励武一拳,开玩笑说道,"你怎么变得跟老太太似的,唠唠叨叨的?"

袁励武不作声了。舒琴的双手则顺势挽住了袁励武的右胳膊,她感到曾经的岁月又要回来了。

林荫道旁的各种树木拼命地用绿色展示着自己在这个美好季节应有的生命力,整条道路如同被一张绿色的网笼罩着,生机盎然但扑朔迷离。二人走到路的尽头,一同上了台阶,转向另一条路上。

23

赵玉峰和杨艳茹要结婚了。

一大早,赵玉峰就来给袁励武送请柬。袁励武从宿舍楼下来直接捅了赵玉峰一拳说:"杨艳茹可是个好姑娘啊,可惜一朵鲜花插在了牛粪上,你可要好好待人家呀!"赵玉峰满不在乎地说:"好吗?好在哪儿了,要不跟你换换?"袁励武又踢了他一脚。

赵玉峰将自行车支起来一本正经地说:"说真的老弟,你和我们不一样。你是个文化人,舒琴也是文化人,那文化人就得和文化人在一起,话和话之间能接上茬啊!我也曾暗地里喜欢过舒琴,可我知道那根本就是空想瞎想,别说人家不乐意,就是乐意一个大学生落我手里岂不糟蹋了?人家要跟咱谈什么文学艺术,咱得懂啊!杨艳茹就不一样了,初中毕业,跟我一样,我们在一起就没隔阂,就是谈吃喝拉撒睡,她也崇拜我。比如说月亮,你们说皎洁,我们就说锃亮;比如说上厕所,你们说去卫生间,我们就说去茅房,这交流起来多不方便啊,是不是,呵呵。"

袁励武哭笑不得地说:"这都哪儿跟哪儿啊,上卫生间和去茅房不都得过日子,不都得吃喝拉撒睡吗,谁比谁高多少?"

赵玉峰说:"我们过的那叫日子,你们过的那叫生活。得了,杨艳茹还在等着我呢,一会儿还要和她去买衣裳呢!啥时喝你和舒琴的喜酒啊?快刀斩乱麻,速战速决啊!拜拜!"说完踢开自行车支架,跨上自行车,摆摆手飞驰而去。

看着赵玉峰心满意足远去的背影,袁励武会心地笑了。他想,快放暑假了,单位里没多少事情,自己也该请个假去找舒琴聊聊了。

舒琴正忙得不可开交,各种材料、计划和报表摆得满桌子都是,见袁励武进来就说:"你来得正好,帮我把桌上的报表按照时间先后顺序整理一下,再帮我抄写一份总结,还有一会儿帮我想想这次青年思想教育的主题。"袁励武笑着回应:"敢情地球离了你就不转了,全世界的活儿都得你一个人扛,不会把一部分活分给别人干?再说了,你又不给我发工资,凭什么指使我干这个干那个的?"

舒琴没好气地说:"到底帮不帮,不帮就赶紧走人,别在这添乱,我这没工夫搭理你!"袁励武只好按部就班地帮她整理好材料,然后认真地抄写总结。舒琴又哼了一声说:"这还差不多,说,找我什么事?"

"赵玉峰和杨艳茹要结婚了你知道吗?"袁励武问。

"收到请柬了。怎么,你今天来就是为了问这事?"舒琴一边忙着一边反问道。

袁励武犹豫了一下,试探性地问:"那你看我们的事怎么办?"

"什么怎么办?"

"就是……人家都要结婚了,我们什么时候也……"袁励武支支吾吾地说。

舒琴停下手中的活,过来用双手拧住袁励武的两个耳朵,脸对脸地故意拖着官腔说:"同志,我们还年轻,要以革命工作为重,不要沉湎于男女私情,更不要有非分之想,组织上交给的工作我们还没有完成呢!"

袁励武急了,说:"别开玩笑,我是认真的!"

"我也不是马虎的,同志,你得让我对你进行充分考察得出组织结论后再考虑考虑嘛,目前你这种不顾大局的思想是对组织很不负责任的!"舒琴依旧是拖着官腔。

袁励武笑着摇了摇头,继续帮她干活,干完活后就离开了,心里带着一点儿遗憾。

下午天快要黑了舒琴才离开办公室骑车往家走,骑到一半路灯就亮起来了。在离她家不远的一段僻静巷子处,突然一个黑影挡住了她的去路。

舒琴大吃一惊,下车后定睛一看原来是岳奉秦。他满嘴酒气,平时梳得整齐的头发略显凌乱,嘴里含混地说:"舒琴,我,我等你好长一会儿了。"

舒琴笑着说:"这不是岳大经理吗,怎么,喝酒庆祝发财呀?"

"发财,那是自然的。我是想跟你说舒琴,我还爱着你,深深地爱着你,你知道吗?"岳奉秦眯着醉眼盯着舒琴。

舒琴赶忙说:"别,岳大经理,您可别乱说。您可是有妇之夫,黄局长的乘龙快婚，要让你媳妇知道你说这话恐怕连家门都不让你进了吧？"

岳奉秦突然把舒琴的自行车推倒在一边，疯狂地抱住舒琴，拿嘴唇就往舒琴脸上贴，一股难闻的酒精气味和香水味相混合的味道袭来，差点儿把舒琴熏倒。她赶忙用尽全力想推开岳奉秦，无奈岳奉秦酒后力气很大根本推不开，嘴唇在舒琴脸颊上乱蹭，一只手搂住舒琴，腾出的另一只手还在舒琴的胸前乱摸一气。

舒琴又气又恼，慌乱中她抓起岳奉秦那只乱摸的手，朝手腕处狠狠地咬了一口，岳奉秦疼得啊呀一声松开了抱住舒琴的那只手。舒琴趁势快速扶起自行车，跟跟跄跄骑上后快速赶回了家里。

上楼到家，马原琪见舒琴脸色不对，就问怎么了舒琴掩饰说累的，休息一下就好了。说完舒琴到洗手间整理了一下，胡乱扒了几口饭就回自己卧室了，留下马原琪满脸疑虑地盯着舒琴的卧室门。

第二天一大早舒琴就赶到袁励武宿舍，见面后第一句话就说："咱们都分别打结婚申请报告吧，我想结婚了！"

袁励武惊讶地看着舒琴，笑着说："怎么，组织结论出来了？不再考察考察了？"

舒琴突然扑到袁励武怀里，哭着说："励武，我们结婚吧，我不想再失去你了。"

袁励武抚摸着她的头发说："傻丫头，别多想了，我跑不了，是不是昨晚做噩梦了？"

舒琴嗯了一声。

赵玉峰和杨艳茹的婚礼节俭而又不失温馨，参加完他们的婚礼后，袁励武和舒琴就他们自己的婚礼将来如何举办的问题讨论了好几次，也争论了好几次。比较一致的观点是出去旅游，最大的分歧在于婚礼在哪里举办的问题。舒琴倾向于把所有亲朋好友召集起来找个饭店简单聚一聚，自己穿着洁白的婚纱在他们面前亮相宣布一下，然后出去旅游。对此袁励武并不反对，但考虑到自己毕竟是家里的独子，在家里为儿子风风光光地举办婚礼是父母一辈子的心愿，因此他主张在龙海简单举办完婚礼后回老家再办一次。舒琴起初不太乐意，她对在一个完全陌生环境里以新娘身份公开亮相这事有点儿恐惧，后经袁励武再三开导劝慰才勉强同意。最终，两人达成如下共识：一、婚前舒琴跟袁励武先到老家住几天以适应环境；二、婚礼先在龙海简单举办，邀请舒琴的亲戚朋友，袁励武父母先不要来参加，舒琴穿婚纱，结婚纪念日为此日；三、再按照袁励武老家风俗回袁励武老家走个过场;四、出去旅游。

"嗨,我们连结婚报告还没批下来就考虑这么多,跟签订不平等条约似的。"达成共识后袁励武笑着对舒琴说。

"哪里不平等了?告诉你,以后类似你以为不平等的事多着呢,要做好心理准备!人无远虑,必有近忧,早点儿考虑考虑有什么不好,莫非你想变卦?"舒琴威胁袁励武。

"平等平等,岂敢岂敢,能娶上你我高兴还来不及呢!好,我都依你。"袁励武讨好地哄着舒琴。

袁励武的结婚申请报告交给政治部以后,按照规定政治部要派人去晶泰化工厂对舒琴进行政审,苏振德自告奋勇承担起了这项任务,他想借此以公对公的身份显摆一下自己作为厂干部家属的水平,也可以让同行人员见识一下自己老婆在厂里的地位。第二天当他和政治部另外一位干部趾高气扬地走进厂办公楼,在接近厂领导办公室门口时,突然听见里面钱有朋正在大声地训斥自己的老婆李红卫,原因似乎是厂里的青年职工教育工作和环境卫生工作抓得都不见成效,李红卫只是默不作声地听着。苏振德突然产生了两种感觉:第一种感觉当然是没面子,毕竟和他同来的另一位政治部同事正在他旁边,肯定也听到了他老婆正在挨训;第二种感觉是带有转折性的,他突然觉得以前在很多方面对不起李红卫。

苏振德和李红卫相识于一九七〇年,正是政治运动如火如荼的年代。李红卫本名叫李洪霞,十九岁的她为了体现革命决心改名为李红卫,一个火红年代听起来响当当的名字;而且,为了表示革命到底的决心,李红卫决定实行独身主义,她认为自己的身体包括生命是属于革命而不是属于某个人的。苏振德当时在这所海军院校里当兵,有一次搞军民联欢,李红卫代表晶泰化工厂(当时叫龙海市第二化工厂)上台跳舞,伴随着《太阳最红,毛主席最亲》那优美的旋律,李红卫穿着一身艳红的舞衣在台上轻盈地旋转,如同一团红色的火焰。那一飘红色立即吸引了坐在台下的苏振德,他感觉仙女下凡了,而且是一个革命的仙女。他心跳得厉害,后面的节目他一点儿都没看进去,但红色的火焰始终在自己眼前舞动,包括梦中。在那个年代里,院校和化工厂一直就是军民共建单位,苏振德利用一切可以接触到李红卫的机会对她展开了革命式的追击,凭着英俊的外表和那一颗赤诚火热的心,终于将"革命意志坚如铁"的李红卫"俘虏"了,他也感到筋疲力尽了。

当红色的火焰最终转化为自己搂在怀里的肉体时,苏振德才发现自己之前的努力并不是那么有价值。李红卫长得并不漂亮,大鼻子小眼,脸上还有些雀斑,自己在追她时光想着台上那团红火了,怎么就没发现这些呢?更要命的是,李红卫不能生孩子。结婚后几年无论苏振德怎么努力,李红卫肚子里啥动静没有,起初苏振德还以为是自己有问题,后来经医院检查证明责任在李红卫。从此,苏振德整日以酒为伴,三天一小醉十日一大醉,酒后还时不时地对李红卫来点儿家暴。李红卫起初还针锋相对寸土不让,后来也就默默忍受下来这一切了,谁让自己是只不下蛋的母鸡呢,她觉得对不起苏振德。她多次向苏振德提出离婚,但那时苏振德刚被提拔到一个小领导岗位,事业正处于上升期,为了前途苏振德没有答应。从此,酒是他的第二个老婆,家里的事情他统统不管,还时不时酒后挑点儿事。对此李红卫也只能以冷眼相对,含泪将家里家外的一切都担起来。

如今,那团曾经让自己眩目的红色火焰正在被一个糟老头子无情训斥着,他感到一阵愤怒和心痛。他想冲过去揍钱有朋一顿,但马上又克制住了,倒是一股莫名的愧疚感涌上了自己心头。

政审回家后的当晚,苏振德突然提出要给李红卫洗脚,李红卫感觉就像西边的太阳落山后又突然冒了出来,瞪大眼睛傻傻地看着苏振德,不知道他又要折腾哪一出。

直到苏振德打来洗脚水,将李红卫拽到洗脚盆旁,按到椅子上坐下,李红卫才知道这一切都是真的。她顺从地任凭苏振德为她脱下袜子,卷起裤腿,当苏振德粗大的手指触到她的脚时,她还颤了一下。很快,一种异常舒服的感觉传遍全身,她哭了。

洗完脚,苏振德又到床上给她按摩。李红卫问他今天这是怎么了,苏振德不作声,只是按摩,憋了半天,才说:"你……你也不容易啊!"

趴着的李红卫突然坐起来,抱住苏振德,头埋在苏振德肩上大哭起来……

第二天,苏振德乐呵呵地来到袁励武办公室,向袁励武说他代表组织宣布政审通过。袁励武向苏振德表示感谢,苏振德笑呵呵地说:"感谢啥,我还得感谢你呢!"袁励武摸不着头脑地问:"感谢我啥?"苏振德笑而不答。

袁励武和舒琴抽空回了一趟袁励武老家,见了袁励武的父母和亲戚。由于肖星在袁励武父母心中已经是他们的标准儿媳妇了,因此尽管对舒琴的印象也不错,但还是念念不忘肖星,无论从接待的规格还是接待的心情上都比不了上一次接待肖星母女。尽管如此,袁励武父母还是很费了一番心思,比如除了给舒琴准备了红包外,还特意给没见过面的未来的亲家准备好了丰厚的彩礼钱,这是他们用足量的汗水和长期的节俭积攒下来的。而在舒琴看来,这是一种讨厌的陋习和一场愚昧的交易,袁励武的百般解释都无法让舒琴接受这份心意,搞得袁励武父母既尴尬又疑惑:是嫌给少了呢,还是城里人不兴这一套,或是儿子和她之间的婚事充满变数?他们在满脸赔笑的同时隐隐感觉眼前这个未来的儿媳妇不太好对付。

舒琴头脑中对于农村生活则是一片空白,初次接触的新鲜感使她暂时忽略或者说容忍了其间的几个缺陷,比如卫生差的问题,比如乡音土的问题,比如说话嗓门大的问题。"反正自己以后不在农村住,管它呢!"舒琴想。

一九九四年的冬天,袁励武和舒琴符合了结婚的一切条件,终于到民政部门领取了结婚证。袁励武抚摸着鲜红的结婚证封面,笑着对舒琴说:"亲爱的,你现在该叫我什么?"舒琴�“着嘴说:"别臭美,该叫什么还叫什么。"袁励武说:"在我们老家,你该叫我男人,或汉子。"

"什么?还有这叫法,真土!"舒琴惊讶地说。

"是啊,你也不能再叫舒琴了,别人要叫你'袁励武家的'。在我眼里,你也没名字了,就叫你'喂';有了孩子就叫你'孩子他娘',老了就叫'老东西',再老得不中用了就叫'老不死的'。"袁励武越说越来劲儿。

"唉,真没办法,我都后悔嫁给你了。"舒琴幽怨地说,顺势挎住了袁励武的胳膊,将身体慢慢靠向了袁励武。

24

人间四月天仿佛是上天为了补偿严寒酷暑给人类带来的种种不适，而专门派向人间的慰问天使，不冷不热，时而温煦和暖，时而细雨绵绵，把花草树木滋养得生机盎然，也把人的心里捉弄得暖暖的、痒痒的、酥酥的。一九九五年四月，袁励武与舒琴就在这天使的拥抱下正式举行了婚礼。

在龙海，他们的婚礼举办得很简单，就是在袁励武所在的学院招待所摆了几桌酒席，袁励武邀请了教研室的二十几个同事，舒琴邀请了晶泰化工厂的领导和她在龙海的亲戚朋友。马志浩厂长因为出差没有出席，副厂长吴淑倩收到了请柬，却因故没有来参加婚礼。

婚礼没有司仪，没有伴郎伴娘，大家落座后，新郎领着身着婚纱的新娘亮相，向大家简单致辞后婚宴就开始。新郎新娘挨桌敬酒，觥筹交错中洋溢着浓浓的祈福祝愿和无限的柔情蜜意。

袁励武和舒琴对这样的效果也非常满意，没有烦琐的礼仪，没有像木偶那样被摆弄的狼狈与尴尬，在自由和随意中宾客们都很尽兴，作为新人受宾客们的情绪感染，也很自然地与他们交流对酌。整个过程不像婚宴，倒像一场高雅别致的亲朋聚会，这也是他俩所希望的。

新房是学院分给袁励武的一套公寓房，面积约五十平方米，一楼。虽然略显局促，但经过精心装修后还是显得温馨淡雅，晚上送毕宾客，袁励武和舒琴坐到婚床上，袁励武突然疯狂地抱住舒琴，呼吸急促地就要解舒琴的衣扣。舒琴笑着推开他，嗔怪道："瞧你猴急猴急的，赶紧去洗漱一下！"

二人洗漱完毕重新回到床上时，面对舒琴红晕的脸庞和热辣辣的目光，袁励武反倒显得很局促很紧张了。舒琴轻轻地替他解开衣扣,双手搭在袁励武肩上,双唇慢慢靠近袁励武的唇边,袁励武身体颤了一下,猛地抱住舒琴深情地吻了起来。舒琴轻轻的呻吟声更燃起了袁励武积蓄已久的激情之火,在舒琴恰到好处的配合下,二人很快就融为一体了。

激情过后,袁励武不停地抚摸着舒琴光滑柔腻的胴体,贪婪地吮吸着她身上散发出的女性温馨香气;舒琴则轻轻摩挲着袁励武坚硬结实的胸肌,并把头埋在他胸前,尽情感受他猛烈的心跳。谁也没有说话,但彼此都明白,对方是上天赐给自己的珍贵礼物。

春宵一刻值千金,但袁励武还是坚持了军人早醒早起的习惯。他睁开眼睛,天已放亮,发现舒琴正偎在自己怀里熟睡,俊美的表情使袁励武又忍不住在她额头上亲吻了一下。然后轻轻将舒琴搭在自己身上的手拿开,又替她拽了下被子,然后悄悄起身下床洗漱完毕,开始做饭。他要让舒琴在新婚后的第一天早晨吃上一顿最可口的早餐。

他知道,舒琴喜欢吃海鲜鸡蛋打卤面,他从冰箱里拿出已经备好的海蛎子肉,将其切碎,然后拿两个鸡蛋在碗沿轻轻一磕,拿筷子将蛋黄蛋清轻轻地搅拌着。这时,他感觉有一双手正轻轻地抱住了他的腰部,舒琴穿着睡衣已经来到了厨房,头顶在他的后背上。

袁励武柔声说:"天还早,再睡会儿吧。"

"你个狠心的,新郎不在,你让新娘守空房啊?"舒琴用拳头敲了他后背一下说。

"乖,我这不是在为新娘子做饭嘛,不能让新娘子结婚第二天就饿肚子吧!"袁励武回过头刮了一下舒琴的鼻子说。

待舒琴洗漱完毕,袁励武已经将早餐端上饭桌。翠绿的韭菜漂浮在淡黄色的鸡蛋海鲜汤上面,透过洁净的玻璃容器显得非常诱人,当舒琴将海鲜汤浇到面条上尝了第一口之后,连声称赞美味可口,天下极品。

"是吗?那我天天给你做。"袁励武微笑着对舒琴说。看着舒琴狼吞虎咽的样子,袁励武撇撇嘴说:"完了,这才结婚后第一天,淑女风范就荡然无存了,以后岂不要向母夜叉和河东狮靠拢了?"

舒琴白了他一眼说:"哼,才知道啊,晚啦!快吃吧,吃完还要去看望妈妈呢。"

吃完饭后，袁励武和舒琴骑车来到马原琪家，快进门时舒琴伤感地说："这里已经不是我的家了。"

"对喽，嫁鸡随鸡嫁狗随狗，我那里虽然寒碜点儿，但那才是你现在的家。"袁励武有点儿幸灾乐祸。

进了家门，袁励武亲热地对马原琪叫了声妈，马原琪爽爽朗朗地答应了。坐下后马原琪说今天是你们结婚后我们家的第一顿团圆饭，我得先去厨房忙着了。袁励武赶忙说："妈，你和舒琴歇着吧，我去做饭好了。"马原琪笑着说："哪有新姑爷第一次登门就做饭的？"舒琴笑了："妈，就让他做吧，也让我们尝尝他的手艺。励武，做去吧，我跟妈有话要说呢。"

袁励武离开客厅后，马原琪悄悄地问起舒琴新婚之夜的事情，并向她交代着一些女性的常识性问题，舒琴不时羞涩地点着头回应着。

袁励武进了厨房，如此宽敞整洁的厨房袁励武还是第一次见到，尽管他之前来过舒琴家几次，但都没进厨房；今天他正式以女婿的身份使用这套厨房来掌勺，他还是很惊讶，面积几乎有一个连队厨房的一半大！做菜用料相当齐全，对一个好的厨师来说，厨房就是表演的舞台，空间越大越能施展开浑身解数；用料就是演出的道具，用料越齐全做出的菜肴味道就越丰富，袁励武对这个厨房和设施很满意。马原琪已将买好的食材分类归置好了，洗干净切好放盘就可下锅。

经过一阵弄锅翻勺烹煮炸炒，袁励武很麻利地将一桌丰盛的饭菜端上了桌，马原琪打开一瓶红酒，袁励武接过来在各自的杯子里分别倒了些酒，首先举杯向马原琪敬酒，马原琪笑着说："小袁哪，以后都是一家人了，不用这样客气。"袁励武说："妈，我和舒琴刚结婚，您把舒琴托付给了我，我一定好好照顾她，以后有什么做得不对的地方您尽管说。"舒琴斜了他一眼说，"谁托付给了你，我又不是小孩子了，用得着你照顾吗？再说了，谁照顾谁还不一定呢！是吧妈？"舒琴边往嘴里夹菜边摇头晃脑地说。

马原琪端起酒杯，顿了顿，然后说道："你们刚结婚，我这当妈的有些话还是要多交代你们几句：结婚意味着什么，意味着今后的生活不再是个人随心所欲的表演了，彼此约束与相互迁就将时刻伴随你们，你们二人的行为必须要合上对方的节拍，任何一次不合拍行为都将是对婚姻的一次伤害。所以，在对婚姻的体验中，幸福的感觉是固然的，但也会伴随着苦恼，你们要有这个心理准备。生活嘛，就是这样。"说完，抿了一口酒，不再言声。

舒琴不以为然地说："嗨，有那么严重吗？那我结婚之前您为什么不早告诉我，早知这样我就不结婚了。"

袁励武喝了一口酒笑着说："妈毕竟是过来人，体会肯定比我们深刻，我们也应该早有这方面的思想准备，免得将来猝不及防。"

舒琴将筷子往桌上一撂，叹了口气说："唉，真没劲，好好一顿饭让你们搅得一点儿胃口也没有了！"

袁励武见状赶忙将筷子送到舒琴手中，并殷勤地夹了一筷子菜放到舒琴面前的盘子里，舒琴嘟着的嘴才舒展开。

马原琪还是不作声，若有所思地静静地看着。饭后，马原琪嘱咐二人回袁励武老家补办婚礼应注意的事情，并掏出自己当年出嫁时娘家陪嫁的金戒指塞到舒琴手里，眼里含着泪花。舒琴在凄切地叫了一声"妈"后也抹起了眼泪，弄得站在旁边的袁励武鼻子直发酸。

回袁励武老家补办婚礼的经历才让舒琴见识了什么叫城乡差别，如果没有母亲马原琪和丈夫袁励武的多次提前警示，舒琴简直会感觉到那是另外一个星球里活着的一群外星人。那时县城里根本没有专门的婚庆公司和出租车公司，不可能租到车，事前袁励武通过在县城工作的同学好不容易借了一辆轿车作为婚车，是那种老旧的夏利车。那时整座县城拥有的轿车数量屈指可数，只有具备相当身份资格的人才能坐上轿车。父母从老家请的伴娘和伴郎提前到县城，袁励武安排他们在县城一个简易宾馆里住了一晚上，自己和舒琴则住进了一家稍微上档次的宾馆，毕竟是新娘子和新郎官，且宾馆权作女方临时性的象征意义上的家，总不能太寒碜了。即使这样，当舒琴住进这家在袁励武看来已经很不错了的宾馆时，紧皱的眉头一直没有舒展开。

第二天，当舒琴看到那辆脑袋上挂着红绸缎但身体已锈渍斑斑的老爷车呼哧呼哧开过来时，她明白这就是作为新娘子所能享受的最高待遇了。不巧的是，伴娘在第二天早上步行往袁励武所住宾馆赶的时候迷路了，只有伴郎气喘吁吁地赶了过来。通信设施的落后使得舒琴这个新娘子成了孤家寡人，自己孤零零地在宾馆里等待，袁励武和伴郎则分头去找伴娘，并约定好各自寻找的路线和回来会合的时间。待袁励武心急火燎地把已经转晕了的伴娘找回来时，舒琴的忍耐度已经到了极限,她铁青着脸,眼泪噗噗掉下来,冲淡了脸上化的妆,袁励武则在旁边不断地哄着她向她道歉。犯了错误的小伴娘则怯怯地站在旁边用惊奇的眼光看着他俩,一边嫂子长嫂子短地道歉,一边心想城里人就是特别,在农村哪有大老爷们对媳妇如此低三下四的,反正已经是自家婆姨了,还这么讲究,真是不可思议。

更不巧的是,让舒琴不满意的这辆老爷车在半道上颠簸了半天又趴窝了,司机下去修车,袁励武则耐心地劝慰舒琴,一个劲儿地赔不是,伴郎和伴娘则很会看脸色地下车来,时而高声说笑,时而低声窃语。待车辆修好重新启动时,家里人已经急得像炸开了锅,两次意外变故加通信设施落后使得家人以为路上出了什么意外。

更让舒琴难受的是婚车到家后的遭遇,从村头到袁励武家门口全是拥挤的人群,或蓬头垢面,或龇牙咧嘴,反正没有一个光鲜干净的。从她下车的那一刹那就感觉自己像动物园里的动物似的被这群人观赏着、指点着并评头论足着:

"啧啧,不愧是城里人,脸漂白漂白的。"

"还穿婚纱呀,扫地不用笤帚了!"

"那么细的腰,那么小的腚,能干活,能生孩子吗?"

"说啥话,人家用得着干重活吗? 你倒是腚大,生下的孩子不都瘦的跟猴似的?"

"咯咯咯咯……"

农村的妇女们用毫无顾忌的嗓门评论着、畅笑着,甚至吆喝着,这是舒琴从来没有经历过的尴尬场景,她恨不得找个地缝钻进去。仪式开始后舒琴像个木偶般面无表情地应付着各种程序,强忍着自己内心的不快。什么一拜天地二拜高堂夫妻对拜,这些庄严神圣的仪式在人们的哄笑声中显得狼狈滑稽,好在农村的婚礼过程时间短,主持人不像城里的专业司仪那样啰里啰唆,很快在众人的簇拥下袁励武就抱着舒琴进入了洞房,也暂时结束了舒琴的痛苦状态。

袁励武早已看出舒琴是在极力忍受这样的场面,尽管他事先预想到了舒琴的种种不适应,但眼前的场景还是让他内心对舒琴充满了歉意。他紧紧地拉着舒琴的手,尽可能地将这股歉意表达到舒琴那边。舒琴这边依然是面无表情,喜庆日仿佛是受难日。

酒宴是在袁励武家里举办的,房间里和院子里人声鼎沸,酒味和烟味扑鼻而来,宾客们被酒精刺激后的喊叫声和吵闹声不绝于耳。袁励武和舒琴端着杯子轮桌敬酒,袁励武介绍座上的三大爷四大叔七大姑八大姨,舒琴则被弄得头昏脑涨。正当袁励武忙着介绍亲戚时,舒琴突然意识到自己的"大姨妈"来了。

好在舒琴敬酒时已经换掉了白色的婚纱穿上红色的敬酒服,但"大姨妈"的不约而至还是令她心慌意乱。袁励武似乎感受到了舒琴的不适,他匆匆地敬完其余桌上的客人,就急忙拉着舒琴回到了新房里面。舒琴为袁励武的默契配合而感动,给了袁励武一个久违的微笑。是啊,自己嫁的是袁励武这个人,而不是他所在的农村和他的亲戚,别扭是暂时的,想到这里,舒琴脸上开始由阴转晴。

因为袁励武长期不在村里生活,跟村里的半大小子们不熟,所以晚上闹洞房的程序基本上就免掉了,晚上只有同村几个曾经做过同学的男青年过来认识了一下新娘子,袁励武招待他们喝了点酒聊了会儿天,他们就纷纷告辞了。

睡觉前,母亲把袁励武叫过去问:"舒琴今天脸色不大好看,是不是病了?"袁励武说:"没事,可能是不太习惯农村的结婚气氛。"母亲叹了口气说:"唉,也真苦了这孩子了。"舒琴在屋里听到了他们的谈话,心里又是一阵感动。

终于回到了完全属于二人的世界里了,袁励武拉起舒琴的手说:"今天真是难为你了。"舒琴白了他一眼说:"你看你们这地方的人,就跟看耍猴似的,说起话来毫无顾忌。"袁励武笑了:"他们那是看你漂亮才评论你,他们总是以一种特别的方式来赞美漂亮,农村没什么文化生活,各家的红白喜事就成了满足他们观赏需求的活动了,你不要介意。"

"大姨妈"的到来使得他们在农村版的新婚之夜里没有什么实质性活动。农村的夜晚静悄悄,舒琴在袁励武平舒的鼾声中仔细地倾听着外面的声音,除了偶尔的犬吠,被皎洁月光笼罩下的夜空一片沉寂,使舒琴感受到了不一样的气氛,安静、淳厚、质朴,总之这种感觉挺舒服。她为自己今天的浮躁略感后悔,好在没有引起不良的反应。她替袁励武披了披被角,在他脸上轻吻了一下。

第二天一大早,舒琴来到袁励武父母房间问过好之后,想帮助婆婆做点儿家务活,但她实在插不上手,只好干点剥蒜择菜之类的活。公婆则心满意足地不时嘱咐舒琴不用动手,回屋待着就行。

按照农村风俗,女儿出嫁三天后要回门。在家待的这三天舒琴过得很平静,最让舒琴尴尬的是大小便的问题。那时农村的厕所和猪圈是一个单位,舒琴第一次到这特殊的厕所方便时,袁励武嘱咐她带上一根细木棍以防止猪的袭击。舒琴照办了,当她来到猪圈时还是大吃一惊,两头胖乎乎的猪正用不友好的眼神怪怪地看着她,嘴里还直哼哼,使她无论如何都不敢脱下自己的裤子蹲下来,她担心一蹲下两头猪就会冲过来。还好,两头猪比较老实厚道,没有非分之想,可能在它们眼里这没什么了不起的,人长得再漂亮也跟它们一样要吃喝拉撒。还让舒琴别扭的就是她总觉得猪圈后墙有一双眼睛在盯着她白花花的屁股,她偷偷把这个担心告诉袁励武,袁励武哈哈一笑,说那肯定有,还有人专门拿着相机拍摄呢!舒琴吓得尽量减少如厕的次数。

三天过去了,按照风俗应该是娘家来人接,但情况特殊袁励武就直接送舒琴回龙海市,也就意味着他们的农村版婚礼的结束。在母亲的眼泪中和父亲的嘱咐声中,袁励武和舒琴踏上了归途,随后开始了期待已久的旅行。

北京、泰山、黄山、南京……在有限的婚假内二人乘坐火车把祖国的中东部几个重要景点游览了一番。一路的风尘仆仆加一路的大饱眼福,让二人的蜜月充满了疲惫、兴奋和柔情蜜意,这是袁励武和舒琴感觉最快乐最甜蜜的一段时光,快乐与甜蜜的结晶也已悄悄播下了种子。

25

与袁励武和舒琴相比，王进军和曹金秀的婚礼完全是原汁原味农村版的。大红衣裤红头饰，粗犷的喝酒与闹洞房，没完没了地走亲戚，王进军在与曹金秀相拥入眠时闻到的也是对方身上的乡土味。

就曹金秀而言内心是满意的，而就王进军来说总感到欠缺点儿什么，他略有点儿失落。

欠缺什么呢？自己当年金榜题名在十里八乡也算是小有名气，毕业后分到一个大城市里当军官这在当地也极具轰动效应，可就因为其貌不扬加经济条件所限，愣是娶不上个大城市媳妇，转来转去的还是得搂着一个老家的姑娘睡觉。想到这里，王进军心里就被刺痛一下，那双眯起的小眼眨巴了几下。

曹金秀当然猜不到王进军肚子里那点儿小心思。她是医生，对人心理活动的理解远远逊于她对人体生理结构的理解。她翻了个身，看见王进军还没睡，她用双臂拢住了王进军的肩头，隐约中看见王进军的小眼在眨巴，她以为他的心里正美着呢！

是啊，论长相，自己配他是委屈了点儿，但他心眼活泛，尤其是说话做事很会讨女孩子喜欢；自己过几年就可以随军了，就可以成为大城市的人了；男的长得差点儿不花心，没有那么多危险信号……曹金秀在默默盘点着王进军的优点，并自觉不自觉地把自己丰满的躯体紧紧地向王进军贴去。

……

袁励武和舒琴乘兴而去尽兴而归地结束了蜜月旅游，开始了正常的工作和生活。二人白天在各自岗位上工作敬业，把白天的事情处理完毕后，晚上回家也在席梦思床上敬业"工作"。袁励武把自己的每月工资如数上缴给舒琴,两人的收入虽然不高,但除去开销每月还略有结余。舒琴每月总是按时给袁励武父母寄去生活费,小两口每个周末定期回马原琪家探望。对于肖星的临终嘱托,袁励武和舒琴也是履行得非常到位,每次他俩来,付敏略显苍老的脸上总是露出难得的笑容;舒琴也不拘束,就像亲闺女一样拉着付敏的手说长道短的,使得空荡寂寞的房间里多了些难得的活力。看到这些,袁励武心里感到暖洋洋的。

生活上的稳定和谐使得二人的世界很幸福,同时有了袁励武的帮助,舒琴的工作也开展得有声有色。舒琴随后出现的妊娠反应,使得夫妻间温馨的生活又平添了一份惊喜与期待。

"我要当爸爸喽!"这是每晚睡觉前袁励武把耳朵贴近舒琴肚子听胎音时必说的一句话。

与袁励武致力于教学岗位不同,婚后的王进军开始了自己的另一个人生规划,他要参加全国律师资格考试,他要向高收入阶层迈进。

为了达到这个目的,王进军采取了近乎极端的方式,他不顾领导的反对,在大家都忙得连轴转的情况下坚决提出了减少自己教学任务量,以保证律考复习时间的要求。与袁励武不同,他虽然也已结婚,但因家属还未随军,所以还不能分到部队的公寓房,仍住单身宿舍。没有了家庭的羁绊更合他意,他把自己关进宿舍里,拼命啃那厚厚的一摞书。如同动物磨牙,他上班时间在办公室啃复习资料,下班时间再回宿舍啃,时间长了他的思维和反应能力都明显迟钝,本来眯缝的两只小眼更加迷离了,整个人胡子拉碴、邋里邋遢,宿舍里弥漫着一股难闻的腐朽气味。每隔一段时间曹金秀来看他,见他都快走火入魔的样子心痛不已,责怪他这么玩命为了啥。王进军说这是为他们的伟大爱情玩命,为他们光明的未来玩命。袁励武有时也过来看看他,见他如此执着也只能轻叹了口气。

功夫也负有心人,这半年几乎全豁出去了的王进军在十月份的全国律师资格考试中还是铩羽而归。

知道分数那天,王进军几乎沉默了一天,袁励武到宿舍来看他的时候,他一言不发,只是大把大把地掉眼泪。

袁励武走过来轻轻地拍了拍他的肩膀,安慰他说:"老王你这是干啥,有啥大不了的,男儿有泪不轻弹,不就是考试没通过吗,再使把劲明年咱考过了不就行了？"

王进军慢慢抬起头来,对袁励武说:"兄弟求你件事呗？"袁励武说:"啥事尽管说！"王进军说:"下周咱俩一起去找一下领导,我还要请求削减我的授课任务量,争取明年考试通过,只差十几分,我不甘心呐！你跟领导承诺一下,替我分担一部分课时量怎么样？"

闻听此言袁励武也很为难,他知道舒琴明年年初就要分娩了,自己现在几乎也是在超负荷运转,再加上王进军的课,哪有时间来照顾舒琴呢？但当他看见王进军期盼的目光时,心肠一软,犹豫了一下就答应了下来。

袁励武没有想到,为这件事差点儿引发了他和舒琴婚后的第一次争吵。

晚饭后袁励武洗完碗筷,和舒琴并排坐在沙发上,他顺口说起了自己答应王进军的事情,并解释说自己完全可以在百忙中抽出时间来照顾她,谁知舒琴刚才还舒展着的脸突然板了起来,她冷冷地对袁励武说:"你自己看着办吧,我不知道在你心里我和腹中的孩子还有什么位置。"

袁励武大吃一惊,他惊奇地问:"你怎么能这样说呢,你和孩子当然占据重要地位了。"过了一会儿,他又换了一种缓和的口气说:"不过人家既然提出来了,又不是什么大不了的事,这点儿忙还是要帮的,不影响照顾你嘛！来,把脸转过来,笑一个。"

舒琴依旧没有笑脸,她严肃地说:"你应该清楚,现在你已经结婚了,而且很快就要当父亲了,角色转换不应止于身份上和口头上,更应该是心理上对丈夫和爸爸身份的认同。你不再是单身时那个想干啥就干啥没有任何约束的人了,你的任何决定都应当建立在为整个家庭考虑的基础之上。"

袁励武连忙赔笑说:"下不为例,下不为例啊！"舒琴哼了一声,没有再理他。

袁励武心里想,原来婚后生活也是很麻烦的。

为了弥补自己的过失,袁励武工作之余几乎推掉了所有的应酬,每天变着法儿地给舒琴增加营养,家务活基本不用舒琴插手。他甚至担心晶泰化工厂食堂中午的伙食营养不够,经常牺牲中午休息时间亲自烹调好饭菜用保温饭盒直接给舒琴送去,在博得晶泰化工厂的同事啧啧羡慕声的同时,舒琴则心安理得地享受着袁励武的伺候,偶尔悠闲地抚摸着自己微微隆起的肚子。

就在袁励武为工作和后代依旧忙碌,王进军为将来的律师职业继续拼命的时候,婚后的赵玉峰却碰到了一件大事。

一天,赵玉峰乘坐公交车给也已怀孕的杨艳茹买点营养品。车上人不多,赵玉峰坐在靠车窗位置上,坐在他前排靠窗的一位老太太说车内太闷,她推车窗把手根本推不动,就回头让坐在后排的赵玉峰把车窗开点儿缝。赵玉峰将窗把手用力向前推,结果车窗纹丝未动。他加大了点儿力度,只听嘎巴一声,窗把手断了。赵玉峰用劲儿的手来不及收回,只听噔的一声,断了的窗把手直接碰到了坐在车窗旁边的老太太的后脑勺,老太太哼了一声就昏了过去。

又是一件意想不到的大事情。

老太太被送医院后确诊为因突然外力撞击而造成的脑震荡,引发颅内出血,住院期间又伴有其他并发症,经过抢救治疗一个多月后出院,医疗费花了两万多元。老太太的家属要求赵玉峰出这部分钱,赵玉峰极力辩解说是应老太太的要求才开窗,加上公交车的窗把手质量不合格才出事的,但醒来后的老太太却一口否认了自己让赵玉峰帮忙开窗这茬事。监控录像在当时还是个新鲜名词,这事就成了一笔糊涂账。老人人的家属不依不饶,天天到晶泰化工厂闹腾,最后达成三方协议,赵玉峰和公交公司各赔付一半,事情才算有了个了结。赵玉峰也就接下了这一万多块钱的冤枉债。

一万多元在当时可是个不小的数目,赵玉峰东拼西凑还有缺口,还有杨艳茹孕期的花费也不少,看着挺着大肚子的妻子和自己一样忧心忡忡,赵玉峰心都碎了。

当舒琴将这个消息告诉袁励武时,袁励武毫不犹豫地说这事我们得帮忙。袁励武搜集了家里所有的积蓄总共才不到五千元,舒琴也毫不犹豫地从母亲马原琪那里拿了点儿凑够了五千元,全给赵玉峰送去了。完事后袁励武捧着舒琴的脸亲了半天,说她就是个女侠,舒琴则叹口气说女侠现在饿了,女侠肚子里的孩子也得补补了,可家里已经没钱买营养品了,怎么办?

袁励武和舒琴的雪中送炭使得赵玉峰两口子暂时摆脱了经济危机,但他们也面临着和袁励武夫妻同样的问题,那就是生活拮据。赵玉峰来找袁励武商量,说两个大老爷们儿不能光靠死工资养活全家,在工作之余能不能搞点儿副业。

那时市场经济已春潮涌动,面对这片汪洋大海每个人都跃跃欲试,体制内的人停薪留职下海经商的不在少数。面对赵玉峰的提议,袁励武显得有些犯难,他问赵玉峰："那我们准备干点什么？"

赵玉峰说："我爷爷有一门炸油条和做豆腐脑的手艺，解放前他老人家就从农村来到龙海市干这个，解放后在国营饭店也干这个，后来我父亲和我虽然都当了工人没继承这门营生，但多少都掌握点儿技术。这么着，咱们租个小门脸，早餐我父亲负责做豆腐脑，我负责炸油条，你负责算账收钱端端盘子，咱只负责早餐和晚餐，只要起得早不耽搁咱们正常上班，咱们上班后我父亲接着经营点午餐水饺面条什么的，晚上下班后你也过来端端盘子算算账，晚饭就在我这里吃，啥都不耽搁，怎么样？"

见袁励武面有难色，赵玉峰拍了拍他的肩膀说："兄弟，事都是干出来的，我知道你一个大军官抹不开面子，其实这有什么呀，合法经营，劳动吃饭，不丢人！"

赵玉峰的话一下子开导了袁励武，袁励武怕的不是吃苦而是放不下架子，听赵玉峰这么一说，袁励武抬头说："行，那我回家跟舒琴商量一下。"

袁励武回家后跟舒琴商量这事，遭到了舒琴的强烈反对，她无法理解袁励武怎么会有这种想法，甚至明确表示，如果袁励武胆敢答应赵玉峰，两人就离婚。袁励武好说歹说，才把舒琴那愤怒的情绪给平息掉。

袁励武只好歉意地回复了赵玉峰，赵玉峰则笑吟吟地拍着袁励武的肩膀说："意料之中，知识分子就是抹不开面子，又是一个妻管严啊。"杨艳茹则依旧羞涩地嗔怪道："你多学学人家，知道啥事跟老婆商量，你可倒好，事都定下来了我还不知道呢。"赵玉峰马上过去摸摸杨艳茹的肚子说："这不是怕你担心嘛，没事，你只管放心大胆地生孩子，其余的事你不用操心。"

经过了两次惹舒琴不高兴的事情，袁励武领教到了舒琴脾气中倔强的一面，也感到二人之间确实存在着不少观念上的罅隙需要填补。

观念上的填补是以后的事，眼下要紧的是舒琴的肚子越来越大了，袁励武在繁忙的工作之余更加无微不至地伺候着舒琴，小心翼翼地照顾着舒琴的情绪，在饮食上舒琴想吃什么他就做什么，有规律地陪舒琴在学院营区马路上散步，马原琪偶尔也过来看一下舒琴，共同呵护着这条小生命。

不知不觉又是一年的春天到来了，舒琴腹中的小生命也已蠢蠢欲动，百忙中的袁励武破例请了几天假，陪舒琴静等这条小生命的降临。在医院里，他看见舒琴强忍着分娩前的阵痛，尽管是大冬天她依然大汗淋漓，袁励武大受感动，感觉到母亲的不易与伟大,他恨不得替舒琴分担这份疼痛,恨不得生孩子的是他自己。

在春暖花开的季节里,这条小生命呱呱坠地,是个男孩。舒琴被从产房推出的时候,袁励武急忙扑到她跟前,看见舒琴苍白的脸上露出了幸福的笑容,他急忙安顿好病床,扶舒琴上床。待护士将清洗完的小生命抱来放在床上,袁励武迫不及待地与儿子进行了第一眼交流,结果大失所望:孩子没有想象的白白净净,而是脸皮皱皱巴巴像个小老头,蜷缩在襁褓中,头上基本还是秃的,眼珠还不太会转动,嘴里的舌头不时外吐着,嘴角时而咧开着,发出清晰的哭声。

"他怎么长这样呢?"袁励武问躺在床上的舒琴。

舒琴有气无力地回答:"傻瓜,孩子刚出生都那样,你出生时那模样还不如他呢,长长就好了。"

邻床的大婶被逗乐了:"哈哈,你见过你老公出生时的模样啊!"

舒琴哼了一声:"谁让他少见多怪胡说八道的。"

袁励武的眼睛就一直没有离开过孩子,他心里涌起阵阵暖流,这可是他生命的延续,是他血脉的传承,是他精神的寄托,更是爱情的结晶啊。

看着袁励武呆痴的样子,舒琴扑哧一声乐了:"别傻看了,快给孩子起个名字吧,医生还等着开出生证明呢。"

袁励武说:"生孩子你的功劳最大,名字还是你来起吧。"

舒琴笑着说:"我早就想好了,就叫袁世凯吧,好歹当过几天皇帝,这是你祖上的荣耀。"

袁励武一边给舒琴搅着米汤一边接着打趣说:"这孩子脑袋不小,我看就叫袁大头吧,咱有钱花了。"

恰好马原琪赶到,笑着说:"真没见过你们这样当父母的,孩子刚出生就拿孩子开涮,开玩笑也不分分场合!"

袁励武忙说:"妈,您给孩子起个名字吧。"

马原琪略一沉思,然后说:"就叫袁志远吧,志向远大,怎么样?"

袁励武一拍大腿说:"好名字!就叫袁志远。"

舒琴吃完饭,恢复了精神,她坐起来抱起孩子说:"袁志远,妈妈给你喂奶喽!"这个刚被取名为"袁世凯""袁大头"最后被定名为袁志远的小家伙脑袋埋进舒琴的胸膛,嘴里含着妈妈的乳头贪婪地吮吸着,嘴里还不时发出哼哼声。

看着这场景,袁励武陶醉了。

而那边,赵玉峰与杨艳茹的孩子刚过完满月,赵玉峰又开始了炸油条与当工人相结合的道路,而且干得得心应手;李进宝则在拼命地追求一个美女,岂料被美女的男友知道了给揍了一顿,身心俱伤;苏振德与李红卫的蜜月似乎刚刚开始,二人世界使得他们有足够的时间和精力享受彼此恩爱的生活;王进军还是为了律师的事在加油苦读,偶尔跟人说句话出口就是法律用语,基本不会说人话了;岳奉秦在生意越做越大的同时,在外面沾花惹草的事也越来越多,当然偶尔也沾惹一下侯玉英,任黄晓岚怎样苦劝都无济于事,二人的婚姻名存实亡;侯玉英经营表姐的卖衣摊位也赚了不少钱,在与岳奉秦搞点儿地下活动的同时内心始终有想见到袁励武的渴望……

在变革的时代里,人们都在为命运和欲望而奋斗,只有袁励武在全神贯注地应对着这个刚出生的婴儿——他的儿子袁志远,仿佛世界上的一切都与他无关了,任庭外花开花落,天上云卷云舒。

26

但孩子的照料问题可不都似闲庭信步。

舒琴出院了，袁励武和马原琪都要上班，按照老规矩，袁励武的母亲从老家过来伺候舒琴坐月子。

儿子出生的喜悦心情刚过，袁励武就开始担忧起来了，对于母亲能否照顾好舒琴，袁励武心里是没底的。他多次跟舒琴谈起自己的担忧，嘱咐舒琴要多担待着点儿，舒琴不置可否，只说有那么严重吗，难道还能天天吵架不成？

袁励武的母亲早就盼着来看大孙子了，儿子给她添了个大孙子乐得她和老伴好几天睡不着觉，在村里逢人就报喜。在舒琴出院后的第二天，她就迫不及待地拉着老伴和袁励霞来到了龙海市，一路风尘仆仆见到大孙子之后，她没顾得上洗手就把孩子抱起来了，还用手不停地撩拨他的小脸儿。

舒琴惊叫一声，天知道婆婆手上有多少细菌！她没办法，只好眼瞪着袁励武。袁励武知道舒琴的心思，马上从母亲手里接过孩子，掩饰着说："妈，你们一路辛苦了，快去洗洗手，咱们一会儿吃饭。"

袁母不高兴地说："我还没看够大孙子呢，你夺过去干什么？"袁励霞则拖着母亲来到了洗手间，嘱咐了她几句，袁励武的父亲看了看孙子后只在一旁呵呵地笑着。

袁励武送走了父亲和姐姐后回到家里，母亲和媳妇俩人已经都冷着脸互相不说话了，袁励武借口父亲临走时有事要告诉母亲，急忙把母亲拉到门外嘱咐道："妈，舒琴她现在正在月子里，您就将就着点儿，如果搞得她心情不好，奶水不够，那还不影响您孙子长大呀！"袁母埋怨道："我这看看我孙子她就那么小心，我坐月子时根本没那么娇气，洗手洗手，手长在身上就那么脏啊？"

袁励武说："妈，不是我说您，您这卫生习惯一定得改改，不能老像在家里那样了。"袁母叹了口气说："好吧，我尽量将就就是，好不容易熬成婆，这到老了还得受子女的管束。"

晚上，袁励武又单独劝慰了舒琴一番，好不容易将舒琴的脸安抚晴了，母亲那边因为初来乍到气候不适又感冒了，袁励武又赶紧将母亲送进医院，挂完吊瓶后回来已经夜里一点多了。他蹑手蹑脚地躺下，刚要迷糊过去，孩子又哇地哭了起来，见舒琴没有动静他只好不顾寒冷起来给他换上纸尿片，待孩子睡着后他赶紧迷糊了一阵。冬天昼短夜长，已经早晨六点多了天还黑着，闹钟一响袁励武赶紧起来关上闹钟，好让舒琴和孩子多睡会儿，自己披衣做饭，一份产妇的月子饭，一份母亲的病号饭，自己则凑合着吃了点儿充饥。待他吃完后，分别把母亲和舒琴的饭送到各自跟前，嘱咐母亲吃完饭后吃药，自己就匆匆上班去了。

袁励武现在才知道舒琴为什么对自己替王进军上那么多课而抱怨他了。今天连他自己加王进军的课一共六节，上午满满当当安排了四节课，不巧又赶上领导听课，袁励武忍着疲惫强打精神坚持上完最后一节课，当看着学员列队向食堂走去时，几乎虚脱的他突然想起家里还有很重要的事情需要他做。

袁母本来想带病为舒琴母子做饭，可舒琴怕她把感冒病菌传染给孩子，所以坚持必须要等到袁励武回来做，袁励武早就预料到这一点了。当他心急如焚地小跑回家时，果然发现一家老小还在大眼瞪小眼地等饭吃。他马上麻利地烧水切菜炖汤蒸饭，看着儿子忙碌的样子，袁母叹了口气说："我病得真不是时候，本来是来伺候月子的，这下可好……"

吸取了早上的教训，袁励武快速吃完午饭后把晚饭的食材都备好了，然后又去上下午的课。下午课结束后本想喘口气，学院又组织开会搞政治教育，领导在主席台上念稿件，浑然不知坐在下面的袁励武已是心急火燎。散会后天色已经完全黑了，袁励武又一路小跑赶回家，情形和中午几乎一样，只不过舒琴的脸色比中午更加难看了。

袁励武陪母亲说了几句话又赶紧过来稳定舒琴的情绪，接着又是生火做饭，眼见家里食材快用完了，他脑子里盘算明天抽什么时间出去采购物资。饭后，袁励武见母亲的病还没好利索就又陪她去医院挂了吊瓶，留下舒琴守着孩子在家里抹起了眼泪。

　　等袁励武忙完回到卧室,见舒琴还没睡就悄声对舒琴又是一番安慰,舒琴抱怨说袁母连个煤气灶都不会用,白天烧水还是自己挣扎着下去烧的,这样下去怎么伺候月子,光去伺候她了。袁励武叹了口气,没有说话。

　　躺下后,袁励武心想这一天就是累死人的节奏,以后这种日子还长着呢,想着想着鼾声就起来了。他太累了。

　　第二天,母亲的病好了,袁励武本以为终于可以松口气去上班了,可中午下班回来看见母亲和舒琴的脸色都不好看,知道婆媳二人肯定又闹矛盾了。待袁励武赔着笑周旋着吃完午饭后,他先进了母亲卧室,悄声问又是怎么回事,母亲用衣角抹了一下眼睛,开始诉苦:"上午给舒琴端鱼汤时,舒琴说碗洗得不干净,死活不喝;我又重新洗了个碗盛上,她还是说不干净,最后劝了半天才勉强喝了一点点。这样下去怎么得了,守着好东西大人孩子都挨饿,我的罪过可就大了!"袁励武劝妈不要多想,以后碗由他来洗,她现在月子里尽量依着她吧。

　　劝完母亲,他又回到自己卧室,舒琴拉长着个脸说:"挺孝顺呀,先到母亲屋子里嘘寒问暖,眼里还有我们母子吗?是不是守着你告我状了,你怎么不先问问我事情的真相?"

　　袁励武说:"哪里哪里,妈这不刚来没几天嘛,你先将就将就,她做不好的事我来做好不好?"

　　舒琴说:"不是我故意找事,上午妈烧的鱼汤,我本来想喝几口,但看见妈端过来时汤盛得太满,妈端着时拇指都浸到汤里面去了,我差点儿都吐了,还哪有胃口喝呀!第二碗还是那样,我忍着恶心喝了两口不想喝了,妈的脸色就不好看了。"

　　袁励武说:"我看还是沟通出了问题,有什么你就直接跟妈说,憋在心里对谁都不好。再说了,你们俩老这么别扭着,我夹在中间确实不好做人哪!"

　　舒琴说:"有话你去直说,我可不敢说,落下个不孝媳妇的罪名。"

　　袁励武于是又到母亲房间去,索性将舒琴不喝鱼汤的原因说了一下,并说她就是凡事爱干净,没有别的意思,又再一次嘱咐母亲一定要注意卫生。

　　袁励武的斡旋似乎起到了作用,晚上下班回家看见母亲和媳妇能说上话了,他终于舒了一口气,颇为得意。

然而，说上话并不意味着没有矛盾，没过几天，舒琴就在袁励武面前说起袁母的种种生活陋习，除了依旧对卫生不满意外，还有吃陈汤剩饭，买东西抠抠搜搜，喜欢与邻居东家长西家短地闲聊；袁母则抱怨舒琴太娇气太不会过日子，不懂得敬老，不会当儿媳妇……袁励武只好赔着笑两边解释，尽力维系着婆媳关系。

　　舒琴出了月子，歇完产假回单位上班，孩子就由袁母一个人在家照料了，对此舒琴显得很不放心：饮食卫生上过关吗，孩子会不会受委屈，会不会磕着碰着，突然生病了怎么办，这一切都令舒琴牵挂不已。有一次她下班回来发现儿子发烧了婆婆竟然浑然不知，她很恼怒地埋怨婆婆不够上心。作为长辈的袁母心中自然不平，争辩说在农村孩子发烧不算个事，多喝点儿水就过去了。

　　"那是在农村，这是在城市里！"针对婆婆的争辩舒琴也很不客气地回复道。婆婆不再作声，她感到窝囊，自己多年的媳妇终于熬成婆，可熬成婆了反倒受媳妇的气，这城里人还不如农村人讲规矩。她内心希望自己的儿子能够替她主持公道，但袁励武总是两边讨好互不得罪，真是娶了媳妇忘了娘呐！

　　舒琴上班后两个月发生了几次类似的事情，她越来越觉得这样下去肯定不行，和袁励武一合计，干脆拿出家里所有积蓄在家里装上部电话，随时掌握家里的情况。袁励武同意了。

　　那时候电话还是稀罕物，除了高干家庭和利用电话经营业务的家庭，一般家庭安装电话是件挺奢侈的事情，光初装费就好几千，还不算每月的通话费开支。

　　在装电话这个问题上婆媳二人终于爆发了明火执仗的争吵。袁母不理解两人为啥舍得拿出几千块钱安装那么一个玩意儿，在农村这可是两年辛苦劳作的收入啊，真是败家哪！还有，这不是对我不放心吗，看个孩子还要用个电话来监督！还有一个原因，她从来没用过电话，也不会用电话，她担心拿起那玩意儿放在耳朵上一不小心就会被电死！

　　来安装电话的工程人员走后，第二天电话开通了，看着舒琴喜滋滋地拿着电话跟母亲马原琪通话，袁母就开始为这事唠叨。起初舒琴还不太放在心上，后来见老太太唠叨起来没完没了了，舒琴不耐烦了，就说："妈，您就少说两句吧，安个电话不就是为了方便吗，再说了也不用您花钱。您在农村没有什么事当然用不着电话，可这是城市，城市没有电话就跟人没有耳朵一样。"

　　这句话一下子激怒了袁母，她气呼呼地说："农村怎么了，农村人没有电话就

172

不能活了？我知道你瞧不起农村人，那怎么还嫁给农村人？"

其实舒琴话的意思里并没有瞧不起农村人的意思，只是想说城乡的消费观念不同，但袁母哪里理解得了这么多？面对袁母的挑衅，舒琴也开始拿话回击了。

袁励武下午下班刚进家门，就听见婆媳二人在你一言我一语地吵架，话越说声音越大，越说越难听，孩子还在一边哇哇地哭。

袁励武急忙赶到母亲房间劝慰母亲："装电话是我的主意，孩子有什么事也好及时处理，不是对您看孩子不放心，花点儿钱没什么，钱挣来不就是要花的吗？孩子还小，又不急着攒钱娶媳妇。"待袁母情绪平息后，袁励武又赶紧回到自己卧室，劝舒琴说："你一个大学生跟一个农村老太太较什么劲，千错万错她毕竟是长辈，少说两句话吃不了多大亏。"

舒琴一把推开袁励武，指着袁励武的鼻子说："你少在这里给我装好人！我算看透了你，每天总是先到你妈那里去汇报工作，眼里根本就没有我们母子两个。你们农村人真是不可理喻，狭隘自私愚昧落后！"

袁励武被顶得一愣，他刚要发作，扭头看见哇哇直哭的儿子他又强忍住了自己的情绪，一声不响地去厨房做饭去了。

"电话风波"持续了一段时间，婆媳间一直僵着，后来还是马原琪来看外孙，才给婆媳之间提供了互相说话的机会。袁励武继续每天像个古代小媳妇似的小心翼翼地揣摩着婆媳二人的心思，竭尽平衡之能事，努力维持这种非战状态，如同手里战战兢兢地捧着一个稀世珍宝，生怕哪一天失手摔碎。

袁励武每天要承担繁重的工作任务，回家后除了做家务，维持婆媳关系，晚上还要起来给孩子换尿布，日渐消瘦起来。袁母和舒琴看着也都心疼，但一生气就不管不顾了，要么互相赌气给对方脸色看，要么直接拌嘴开战，弄得袁励武夹在中间痛苦不迭。

"电话风波"过去后，婆媳间依旧别别扭扭，时间的推移并没有磨合她们之间的罅隙，袁励武则痛苦地当着夹心饼干，两头受气。

暑假到了，袁励武让母亲回老家清闲一段时间，自己和岳母马原琪利用假期轮流照看孩子。袁母不在身边了，舒琴的烦恼相对也少了一些，但不知怎的，她无论如何也找不到过去跟袁励武相处的感觉了，总觉得在他们中间隔了一层东西。

赵玉峰的饭馆有声有色地开着。袁励武偶尔经过赵玉峰的店门口时，看见赵玉峰带着几个伙计早上挥汗如雨地炸油条卖豆腐脑，有时晚上经过时看见赵玉峰和一个女服务员正忙忙碌碌地端盘子招呼客人，老爹显然是在后厨忙，杨艳茹则在收钱算账，平时羞涩的脸上多了几分笑意，看着他们心满意足的神情，袁励武笑了。

这天袁励武独自来看望付敏，付敏一见他就说他变瘦了，袁励武笑着说是伺候孩子折腾的。付敏家里茶几上还摆着糖果，屋里还有一股女性留下的淡淡清香。付敏说："肖星的表姐刚来过，说起来她还是你老乡呢，她是肖星的姑家表姐，前几年从你们老家来龙海的。"一提起肖星，袁励武身子震了一下，他默默走到案桌前，对着肖星的遗像看了一会儿，和付敏说了一会儿话就离开了。他骑上自行车，来到肖星墓旁，什么也没说，坐了足足半个小时就起身离去了。

回家后舒琴心急火燎地问他干啥去了，袁励武说去付敏家了，舒琴哼了一声说孩子便秘好几天了你这当爹的就一点儿没有察觉，还顾得上缅怀过去？袁励武被将了一下，铁着脸没作声，抱着孩子就去了医院。

在医院，恰好碰见曹金秀抱着孩子在看病，挂号排队急得满头大汗，孩子还在她怀里哇哇直哭。袁励武过来问王进军干什么去了，曹金秀整理了一下额前凌乱的头发说他正拼命冲刺律考呢。本来觉得他暑假有时间了，曹金秀就带着孩子从老家过来团圆一下，没想到来第二天孩子就感冒了。

袁励武说："这老王也太不是东西了，不能为了律考连老婆孩子都不顾了呀！"

曹金秀笑着说："那没什么，只要他能考上，我多吃点儿苦没什么。男人嘛，哪能整天围着老婆孩子锅台转悠。"

袁励武脸上一红，心想自己现在在老婆孩子锅台前还没转悠明白呢！

可有时抱着儿子到公园里玩耍，看见儿子肉嘟嘟的小脸蛋儿甜津津地笑，袁励武又感觉自己是幸福的，有成就感的。

暑假过后，母亲又从老家回来了，短暂分别后的婆媳关系依旧不咸不淡，小的言语冲突时有发生，袁励武又重新开始了受夹板气的生活，他始终担心有一天这种小冲突会积攒成大爆炸。

他看得出，暑假回来后母亲在很多方面已经开始改了，比如卫生问题，已经基本满足舒琴的要求了，消费观念也有了一定程度的变化。但他知道，母亲性子急心眼小,小事可以忍,碰到大事就不一定了。

他的担心还是发生了。

孩子吃奶半年多了,舒琴为了让奶水充足在饮食上也是拼命地补充营养,结果身体略有发胖,她担心长此下去身材恢复不过来了,就下决心给孩子断奶。没想到此举引起了袁母的强烈反对,因为按照袁励武老家风俗,如果不是母亲奶水缺失,至少要喂满孩子一年的母乳,中途无故断奶是不吉利的。如今舒琴乳汁正盛,整天胀得乳房痛,正是最好的哺乳期,怎么说断奶就断奶呢?

当袁母把这个意思转达给舒琴时,舒琴心想又是你们农村的规矩,农村哪来那么多规矩?看着自己腹部的赘肉,舒琴连想都没想就拒绝了婆婆的意思。

"那我不帮你们断奶!"袁母生气地说,"不要光为了自己好看就不顾孩子了,在老家里没喂完一年奶孩子就缺半个娘,有奶的话就不能随便断奶。"

舒琴眼皮连抬都没抬,周五下午直接把孩子抱到母亲马原琪家了,然后狠狠心一跺脚离开了。得知这个事情后袁母虽然没有说话,但气得脸色苍白,她不明白儿媳妇怎么什么事都要跟自己对着干;自己年轻时在婆婆面前低眉顺眼逆来顺受,现在自己当婆婆了反而对儿媳妇说不得碰不得,自己的儿子又不是配不上你,这城里人也太没有规矩了。回到家后的舒琴心神不宁,一天三个电话向母亲询问孩子的情况,得知第一天孩子哭得凶时,她的心也碎了。

而此时袁母又在一边唠叨这事,袁励武对此也无可奈何,看到舒琴脸色不好看他只好劝母亲少说几句,说孩子早晚要断奶的,早断早利索。

"你懂什么,你小的时候吃了我一年半的奶,这才长成今天这高大样的,要不怎么能考上大学?"袁母训斥道。

舒琴忍不住了,说:"照你这么说,没有母乳的孩子长大后就是个矬子或者傻子了?"

"你,你怎么能这么说话,从小父母是这么教你说话的吗?"袁母被呛了一口,说话也急了。

舒琴的火气腾地上来了:"我有父母,还用不着你来教训我怎么说话,倒是你那么大年纪了话都不会说!"

"我不会说话,你可以不听。可你不顾孩子,光想着自己,还好意思说我不会说话?"袁母依旧不依不饶。

"孩子是我的又不是你的,你不要把你怎么养孩子那一套搬到我这里来,我不稀罕!"舒琴反唇相讥。

眼见二人语气越来越凶,说话内容也越来越偏离初衷而借题发挥,其严重程度远远超过上次的"电话风波"。袁励武从来没有处理过如此复杂的冲突场面,他惊呆了!他知道从表面上看吵架是因为断奶的事,但其实是婆媳矛盾长期积累的必然结果,不是偶然是必然,这里面包含着城乡的差异、观念的冲突、女性的狭隘,当然还有亲情与爱情位置的争夺,只不过没想到来得这么迅速这么猛烈。他长这么大第一次见到母亲如此凶悍,因为在家里吵架时父亲往往争辩两句就哑巴了,母亲的辩才如同拳头打到棉花包上根本无法施展;他也第一次看见舒琴跟个街头泼妇似的吞枪吐弹寸土不让,而她这一潜能发挥针对的对象竟然是自己的母亲!一边是自己的母亲,一边是自己的妻子,袁励武此时脑海里突然蹦出不知道哪位心理阴暗至极的人出的那一道题:母亲和妻子同时落水,你先救谁?

袁励武这么有学问的人对这个问题也是一筹莫展,自己先是努力劝阻但没有丝毫效果,眼见两个至亲没有丝毫停歇争吵的意思,袁励武突然想到了一个答案,那就是自己跳水淹死,以死来逃避道德谴责。长期维持二人关系平衡的艰辛与心力交瘁使他突然垮了,他咕咚一声跪在了地面上说:"求求你们别吵了,给我留点儿面子行吧!"

他的这一举动如同交战双方约定的停战钟声响起,刚才还万炮齐鸣惊天动地的场面刹那间恢复了平静,袁母首先冲过去拉起袁励武,哭着说:"我的孩子,你这是干什么,你是大学生,是个大军官,怎么这么作践自己,快起来,快起来!"

与袁母的反应速度相比,舒琴的反应稍慢了点儿,她只好看着袁母将袁励武慢慢拉起来,脑子里突然一片空白,不知如何应对这一场面。她冷冷地看着这一切。

随后,袁励武默默地做饭,然后三口人默默地吃饭,饭后袁励武默默地收拾碗筷婆媳二人默默地回到了各自房间,整个屋里死一般的寂静,只有厨房里传来袁励武洗刷碗筷的声音。

洗刷完碗筷,袁励武第一次没有到母亲房间里面去问候,他觉得自己刚才的举动已经失去了作为一个男人的尊严,自己的人生已经失败了!他感觉自己像一个失去灵魂的躯壳在走动。回到卧室他一句话也不说,躺下就睡。

舒琴迷惑了，在她眼里袁励武从来都坚强乐观，她不理解袁励武为什么会突然下跪，这一跪没有换来她的怜悯和同情，反而使得他在她心中的形象骤然变得矮小、猥琐。

这一跪，袁励武感到的是莫大的屈辱，舒琴感到的则是无尽的悲哀。

她不明白的是，母子情和夫妻情都是人间最美好的情感，但如果二者掐起来，为何足以使当事者崩溃到下跪？明明是他的母亲不讲理，自己是他的妻子，就不能支持一下自己吗？

舒琴翻来覆去睡不着了，临近十点钟她起来想给母亲打个电话问问孩子情况顺便诉诉委屈，转念一想又算了。看着熟睡的袁励武，总感觉他面部某些地方那么像下午刚刚跟自己吵架的婆婆。当然像了，人家是他妈身上掉下的一块肉，是吃了婆婆一年半的奶水长大的。看着看着，舒琴顿时觉得袁励武身上也散发着一股土腥味，鼻腔里呼出的也是这种味道，甚至连骨缝里都渗透出这股令她难以接受的气味。她无法想象，与她同床共枕的他会变得陌生起来，丈夫与婆婆之间是天然的血缘关系，而自己跟丈夫之间只是靠薄弱的感情纽带来维持的，自己第一次感到他和她之间是有距离的。想到白天婆婆说过的伤害自己的话，她恨不得拿锤子将袁励武的脑袋敲碎来解恨！想到这里，连舒琴自己都哆嗦了一下。

看来在人类的情感中不光有爱屋及乌这回事，也有恨屋及乌这一说。

而此时的袁励武正在睡梦中，他梦见自己的母亲变成了骷髅，他又害怕又悲痛，抱着骷髅在哭。他又梦见舒琴变成了披头散发的长舌鬼，正抱着骷髅在啃……

他一下子惊醒了，猛地坐起来，看见舒琴正在自己抹眼泪，看也不看他。想起下午的情景，他什么也没说，又翻身睡过去了。

第二天，沉默依旧笼罩着这个家庭，袁母和舒琴各自干各自的事情，袁励武则颓丧地躺在床上发愣，这可是他从来没有过的习惯。

孩子成功断奶后很长一段时间，婆媳二人没有说过一句话，后来虽然偶尔有只言片语的交流，那都是因为生活需要非说不可的话，多余的话一句也没有。有时，孩子也露出奇怪的眼光，当然以他的年龄根本无法理解这是为什么。自从袁励武教会母亲用电话后，袁母偶尔在舒琴上班时间给她打个电话说说孩子的情况，舒琴有时担心孩子也偶尔在上班时间往家里打个电话向袁母问问，但自从"断奶风波"发生后，二人间的电话交流也中断了。

有时我们看影视剧中描写两个人由发生尖锐矛盾到和好如初是那么的简单，但实际情况并非如此，站在自己的视角和立场上看问题分析问题是任何人都无法克服的一个弱点，以自己正确为前提是绝大多数人的逻辑思维方式，所谓完全和解只是一种理想状态，有些冲突一经发生，在当事人心头产生的对对方的印象甚至是一生都改变不了的，有的时候甚至是对方无心说出的一句难听的话也会产生这样的效果。

"断奶风波"给婆媳间造成的隔阂几乎是无法弥补的。袁励武也感受到了这一点，尽管他还是尽力在中间调解，但事实上已经没有什么收效了。他明显感觉母亲越来越苍老消瘦了，而舒琴看自己的眼光也越来越不是那么回事了，这都让他心痛。

日子在婆媳的半僵持状态中一天天过去，看得出，双方都在克制，都在忍耐。中间马原琪来过几次，出于礼节，袁母还和她说上几句。马原琪的眼睛何其明亮，她来了两次就看出了婆媳间有积怨，而且不浅。有时舒琴回娘家时她也开导过舒琴，效果也不大，她了解女儿的执拗脾气，知道多说无益，也就不再说。

春节快要到了，袁励武放寒假有时间带孩子了，袁母就回家过春节去了。春节后袁母说什么也不来了，这下可急坏了袁励武，眼见寒假即将结束他急得团团转，好在隔壁的热心大婶出面解决了难题。大婶是学院一位男军官的母亲，她的孙女和袁志远年龄相仿，现在俩小孩都会走路不用再抱着了，反正一个也是带两个也是看，俩孩子在一块儿还能玩起来。大婶主动找上门来跟袁励武说自己免费帮袁励武带孩子，袁励武和舒琴感谢了半天要求给大婶报酬，被大婶哈哈一笑谢绝了。

袁励武终于从夹心饼干的角色中走了出来，"断奶风波"给自己造成的心理屈辱也在渐渐消解，他的心理逐渐迎来了光明，同时，他也深深体会到：婚姻、家庭带给生活的不都是美丽的花环和甜蜜的浆液，还有扎人的荆棘和苦涩的汤药。品尝过后再来品味，品尝的过程是修道，品味过后则是提升，他觉得自己慢慢变成熟，变坚强。在庆祝王进军律考通过的酒席上，他借酒劲对王进军说："你小子幸福啊，结婚了还当着快乐的单身汉。你可知道你老婆带孩子的艰辛，你可知道婆媳关系有多么难相处？"

王进军依然眯着小眼说："什么人什么命，我快乐的代价是没捞上一个大城市姑娘当媳妇,你娶了大城市姑娘当媳妇的代价就是不快乐不自在。"

袁励武问:"两者就不能兼得?"

王进军信心满满地说:"一定可以兼得。"

婆婆不在身边了,舒琴也感到了清净,这清净中又掺杂着一丝悔歉之意,想想自己对婆婆是不是也太不客气了?她毕竟是个老人,是自己的长辈,有时自己是不是做得太过分了?随着时间的推移,婆婆带给自己的不快慢慢淡化了,她记忆里也开始慢慢积攒起婆婆的优点了,她把这丝歉悔慢慢转移到了袁励武身上,对他也渐渐好了起来。

27

一场国企改革的大潮席卷而来。

对于这场改革,各地的做法并不一样,有的是合并同类项缩减同类企业数量,有的是将国有资产折股再吸引社会资金入股实行公司制,有的是将国有企业改制为股份制或者私有化运营……但在广大工人看来,各地仿佛都遵循了一个固定模式,那就是裁员,无论是合并的还是搞股份制的,统统裁员。这样,一个代表时代的新名词诞生了,那就是"下岗"。当然,根据下岗的方式不同,有的叫"停薪留职",有的叫"厂内待业",有的叫"放长假",这些下岗工人基本上都还和原企业保持劳动关系,还能定期领取点基本生活费;有的直接关门的企业,政府以买断工龄的方式给下岗工人一定的补偿之后,他们也就基本上失去了组织的关怀。

尽管在调整分流之前各企业采取了严格的保密措施,但工人们还是嗅出了不祥的味道,留谁不留谁一时间成为焦点的话题。宣传教育活动搞得铺天盖地,厂领导的嗓子都说哑了喊破了,反复强调:这是计划经济向市场经济转轨过程中的必然反应,这是在现有国情下改革和发展过程中不可逾越的阶段,是不以人的意志为转移的客观现实,从长远看有利于建立现代企业制度,促进社会进步。可是工人们对这套高调言论并不买账,自己家里的柴米油盐能否得到保障才是他们最关心的。这些国有企业的工人们像在动物园里被圈养惯了的动物,没有经过野外生存训练就直接被赶到了弱肉强食的大自然中,原来不断顿的生活保障自此充满着不确定性。

晶泰化工厂面临的问题是既要改制,又要搬迁。首先,老厂区占据的位于龙海市区的土地将被用于房地产开发,开发商在取得土地使用权后负责在郊区购买一块新地皮建设一个新厂区。同时，企业将改制为国家控股私人经营的生产方式，利用新加入的私人资本实现技术设备的升级换代。于是，不仅原先厂领导班子要大换血，厂内原先一些非生产营利性机构如舒琴所在的部门等，都要面临着裁员。因为实现了技术与设备的更新换代，厂内原先的技术骨干成了香饽饽，改制后都会加薪；而新厂位于劳动力资源丰富的郊区，新招来的农村廉价劳动力稍加培训就可取代原先厂内那些从事体力工作的普通工人。将要被取代的这些人的生活基础和家庭关系大都在龙海城区，在不加薪和交通不便的情况下他们大都不愿意抛家舍口地到郊区去上班。

任何改革都有得益者和受损者，毫无疑问，舒琴、赵玉峰、李进宝等一批人就成了晶泰化工厂改制的受损者。但新厂的经营者是私人代表，他们不可能再像过去那样养着一支庞大的队伍过日子，他们需要建设的是高效精干具有强大营利能力的组织，这就是市场经济。

当龙海市化工局领导代表政府宣布这一消息后，厂里顿时炸了锅。愕然、愤怒、焦虑等情绪顿时弥漫在整个厂区，骂娘的、痛哭的、打架的、准备集体找领导理论的，甚至要跟领导拼命的都有，厂子里乱成了一锅粥，厂保卫科一时也难以招架，马志浩厂长只能扯着嘶哑的嗓子在广播里反复强调这是上边定下来的事情，厂领导说了不算；钱有朋则慢条斯理地强调思想要稳定，觉悟要提高，要体现出工人阶级作为主人翁的责任感来……话音未落，一块砖头就扔向了挂在电线杆上的广播喇叭，并伴随着集体嘈杂的骂声。

安置方案很快就下来了，厂级领导年满五十岁的一律退休，享受政府人员退休待遇，不满五十岁的由政府部门重新分配工作。非厂级领导人员愿意到新厂址工作的按照新厂给予的待遇执行，不愿意到新厂址工作的人员按照工龄发放一次性补助后自谋职业，与工厂就没有任何关系了。

按照这个方案，马志浩、钱有朋等厂级领导干部因年龄均过五十，享受政府人员退休待遇；李红卫也属于厂级领导干部，虽然还不到五十岁，但身体状况不佳，加上是军属，最后也享受退休待遇；吴淑倩等几个不愿意去新厂址工作的副厂长由政府重新分配工作。最尴尬的是舒琴，如果不去新厂工作，原则上只能享受一次性补助的待遇。去新厂工作是断然不可能的，她可是领教过农村的人和事了；再说了，去新厂上班，在厂里干什么？母亲怎么办？孩子谁照顾？她的工龄比较短，加之安置标准不高,这就意味着她这个当年被誉为天之骄子的女大学生,领取两万多元的补助后将面临失业!

舒琴接受不了这样的现实,她心里开始发慌了。虽说她工作得心应手,可一旦离开工厂这个平台让她重新开辟一块阵地,她还是无所适从的。安置方案公布后,舒琴和赵玉峰等人跑到厂领导办公室去理论,钱有朋的办公室早就关门大吉了,看来老头子是想当甩手掌柜,彻底回家享清福了。本来安抚职工的情绪是厂领导的职责,但他始终不露面,工人们只好到马志浩办公室里去理论了。

厂长办公室的门依旧是敞开的,马厂长也在里面平静地坐着,见舒琴和赵玉峰等人进来,马厂长招呼他们坐下,略显激动地说:"我理解你们的心情,可我也无能为力啊。我从市工业局调任咱们厂快二十年了,要说有感情,我最有感情,这说搬走就搬走了,全是上级决定的,只是通知了我一声,连征求意见都是钱厂长去的。钱厂长掌握的情况比我多,可如今他始终不露面,我也没法跟你们多说什么。如今我的退休文件马上就到,如果你们还认我这个老领导,记住我的一句话,无论将来到哪里,无论将来干什么,都不能给咱工人阶级抹黑,不能给晶泰化工厂丢脸。过去是国家养着咱,养习惯了,现在国家有困难需要咱们自力更生,你们都还年轻,怎么就不能自己养活自己?说实话,作为你们曾经的领导,眼下这光景我也接受不了。我以后也就靠这点退休金生活了,儿子如今也下岗了,我也难呀。但再难也要咬牙挺住,只要想办法,肯吃苦,天下就没有过不去的坎儿。"

看着白发苍苍的老领导这样说,本来准备了一肚子的不满、委屈和牢骚也只能都憋回去了,舒琴和赵玉峰几个人也就默默地退出办公室了。

返回的路上,赵玉峰对舒琴开玩笑说:"也好,从此咱就安安心心地经营咱的小饭馆,我这里还缺个女服务员,要不您屈尊一下,过来试试?"

舒琴白了他一眼,没有说话。看见舒琴脸色难看,赵玉峰吐了吐舌头,没敢再说什么。

关于晶泰化工厂和舒琴的事情,袁励武早已知晓,傍晚舒琴回到家里还没开口说话,袁励武就抱着孩子凑过来安慰她说:"你们厂的事我都听说了,不要紧,车到山前必有路,咱慢慢想办法。正好你先在家看着儿子,我来养活你们。"

舒琴叹了口气没有说话,趴在床上呜呜地哭了起来,她怎么也想不通,曾经风光无限的大学生怎么就沦落到这步田地了呢?当初如果听母亲的话进了公安系统也不会这样啊!

见舒琴哭得伤心,袁励武赶忙放下孩子,过来拍着她的肩膀劝慰她。孩子见妈妈哭了,不明就里,也跟着大哭起来。

工厂搬迁工作进展得很快,补偿方案下发一周后,厂房里的设备就开始搬迁,清空厂房。马厂长带着原厂领导班子和部分工人来到厂里。现场一片狼藉,车间里再也没有了机器轰鸣和人声鼎沸,拆剩的螺丝、遗弃的机器零件、破旧的布条和手套乱七八糟地散了一地,水泥地上油渍斑斑。萧条了,衰败了,无可挽回了,曾经所有的一切,连同几百号工人都将彻底离开这里。不久,这里将建起高档住宅小区和商贸娱乐大厦,原有的烟囱管道、墙壁走廊和花草树木都将荡然无存。看到眼前的景象,不少人失声痛哭,将泪水洒在脚下这片自己曾经流汗奋斗过的土地上,这里曾经给予每个人的业绩荣耀和衣食保障都将不再延续。他们见证了一座工厂的倒闭,见证了千百万工人再次为国分忧甘于接受国家安排的壮举,也见证了一个时代的嬗变。

中国的工人是伟大的,为国家贡献出了青春和汗水后,在被推向社会、推向市场的时候默默地接受了祖国的安排,听从了国家的号召。以后的日子里,这些人开始了艰难的再创业过程,有摆地摊的、开出租车的、办小饭店的、倒腾服装鞋袜的、当清洁工建筑工的……后来,有些人取得了事业和人生的成功风光了起来,大多数人依旧平淡度日算计着柴米油盐酱醋茶,当然也有极少部分人误入歧途,走进了人生的弯道。

赵玉峰拉上李进宝,开始专心经营他的小饭馆。因为祖传的手艺地道,诚信经营,加上作为帮手的李进宝嘴巴甜手脚快,所以饭馆规模虽小,但经营得有声有色,两人的收入比在化工厂高多了,赵玉峰称是"因祸得福",李进宝则说是"走进新时代"。

李进宝丝毫不掩饰自己的好色本性,被揍的伤疤还没好利索,又偷偷摸摸把赵玉峰店里招的一名女服务员的肚子搞出了动静。

这名女服务员叫于倩,来自龙海市郊区,长相顺眼耐看,面相白净敦实,但绝非李进宝理想中的美人,出了这档子事只不过是双方精神寂寞空虚寻求刺激的结果,爱情的成分并不多。此事一出李进宝就想赖账,岂料于倩的父母找上门来要说法,本来想让李进宝出点儿血,后来赵玉峰出面一说和,竟然成就了一桩美事,李进宝和于倩干脆到民政局领了结婚证，算是向世人宣告当时的结合是情之所至难以自控，属于爱情爆发而非耻事。

在李进宝的婚宴上，袁励武和舒琴过来给李进宝道喜，李进宝指着肚子略显隆起的于倩说："哥们今年不是本命年啊，事咋这么多，离开工厂进饭馆，娶了老婆要当爹，都在今年完成。"袁励武则打趣道："这才是标志着你走进新时代的一年。"

结婚后的李进宝在赵玉峰的帮助下，也在自家附近开办了一个小饭馆，也当起了个体小老板。小两口的饭馆经营得也是风生水起，腰包日渐鼓起来；而令李进宝更加惬意的是，于倩不仅给他奉献了个大胖小子，而且让李进宝感受到了女人的温存和家庭的温馨，让他这颗躁动的心暂时得以安分守己。

与其他下岗工人不同的是，舒琴始终放不下自己的架子去从事她认为上不了台面的工作。袁励武劝她先不用急着找工作，正好利用这段时间在家带带孩子，同时思考一下自己未来的发展方向。这样一来，单靠袁励武的工资收入这一家三口经济上就逐渐显得拮据起来，尤其是孩子的开销就占据了一大部分，好在有马原琪偶尔接济一下，日子才过得不至于过分艰苦。

这种日子显然不是舒琴喜欢的，她一个堂堂的大学生不能甘心就这么当一个整天围着孩子和锅台转的角色。在安心当了十几天家庭主妇之后，舒琴终于耐不住性子了，有一天借着一点儿小事和袁励武大吵了一架就扔下孩子回娘家住去了。

到了马原琪家，马原琪问清了事情的缘由后，先是批评了舒琴的冒失与浮躁，质问她抛下袁励武上班后孩子怎么办，同时马原琪也犹豫了半天才告诉她，市里要进行住房制度改革，现在她住的这套公房要出售给个人，买下来需要十一万多，她自己凑够了四万多，希望舒琴两口子在两年内也能帮助凑七万。舒琴知道母亲已经竭尽全力了，她答应把那两万元下岗补贴算上，这样算来两年之内她和袁励武必须还要凑够五万元才行，否则这居住了二十多年的房子就要转让给别人，单位只能照顾安排套小房子临时租住了。

这是件大事。这套房子舒琴自有记忆时就居住在这里，舒琴感觉它就像自己的至亲一样不可分离，无论如何得买下来。为了端足架子，她没有马上回家，而是希望袁励武来求他回去，谁知袁励武迟迟不露面，在马原琪家住了一个晚上后她发慌了,第二天午饭后就告别了马原琪,匆匆赶回家和袁励武就凑钱的问题商量对策。

舒琴把孩子撂给袁励武令他首尾不能相顾,好在袁励武会料理孩子,头天晚上在给孩子喂完奶粉哄他睡觉后,他正利用这难得的空闲时间静静地备课,突然有人轻轻地敲门。袁励武以为是舒琴回来了,也没问是谁就开门了,只见姐姐袁励霞和姐夫田业民领着外甥女雯雯正怯生生地站在门口看着他,

袁励武大吃一惊,马上招呼他们快进门,赶忙问怎么来的,发生了什么事,吃饭了没有。姐姐袁励霞将从老家带来的花生和绿豆放下,用手抹了一把脸说:"不用担心,没啥事,就是雯雯最近老是感觉肚子不舒服,老家的医院诊断不出什么毛病来,医生建议到大医院再检查检查,别耽搁了。我和你姐夫寻思了一下就到龙海市的大医院看看吧。妈告诉了我们你住的地方,我们到了车站后不太熟悉路,上次怎么来的我也忘了,好不容易才打听到你这里来。弟妹呢?"

袁励武松了一口气说:"嗨,吓我一跳,这样吧,明天请半天假我带雯雯去医院看看。她回娘家了,今晚不回来。"

袁励霞警觉地问:"你们不会是吵架了吧?"

袁励武微微一笑说:"不用担心,没事,她就那脾气,妈知道。"

看见姐夫田业民木讷地站在旁边满脸歉疚的样子,袁励武赶忙招呼他们快坐下,简单做了点热乎饭招呼他们,姐姐一家坚持要去住招待所,被袁励武阻止了。他对袁励霞说:"正好今晚你和两个孩子睡大卧室,小卧室里有一个床垫子和一床被子,姐夫就凑合一下吧,我睡沙发。房间小,将就一下吧。"

袁励霞说:"那好吧,晚上我来照顾孩子,你安心睡吧。"

姐姐和姐夫分别在狭小的洗手间里洗了半天澡,姐姐又让雯雯也洗了澡,然后就各自关灯睡觉了。袁励武知道,在老家农民平时是不经常洗澡的,因为忙碌、劳累和用水不方便,他们已经习惯了睡前不洗漱的生活,今天洗澡是因为怕主人嫌脏。半夜里,袁励武还听见姐姐起来给袁志远喂奶粉的声音。

第二天上午,袁励武让姐姐在家看着袁志远,自己和姐夫去医院给雯雯看病。经检查雯雯没有什么大毛病,医生嘱咐以后注意饮食,给雯雯做了一会儿理疗并开了点儿药。他们离开了医院回家,袁励霞已经把家收拾得干干净净,孩子吃完奶后正在地上乱跑,雯雯过去和袁志远开心地玩了起来。得知雯雯没事后袁励霞也

松了一口气,说下午就乘长途车回去。袁励武说:"那么着急回去干什么,好不容易来一趟,下午你们再出去转转,住一晚上再走也不迟,正好帮我照看儿子,我要去上班了。"然后又将脸贴近儿子的脸轻声问道:"儿子,下午姑姑和姐姐带你出去玩,好不好呀?"儿子用不太清楚的口音回答:"好。"袁励武又问:"你喜不喜欢姐姐呀?"儿子回答:"喜反(欢)。"弄得大家都乐了。

就在袁励武去上班后不久,舒琴回家了,看见屋里的景象大吃一惊。一个陌生小女孩正和儿子袁志远坐在卧室的床上玩,床上被弄得乱七八糟;另一间卧室里面传来了一个男人的呼噜声,她推门一看,一个陌生男子躺在地上的床垫上呼呼大睡;另一间厨房里有哗啦哗啦的水声和洗碗声,她以为走错门了,但儿子是自己的啊!这时袁励霞推开厨房门看见舒琴,心里一阵惊慌,跟做贼似的说:"弟妹啊,你回来了……我们昨天晚上来的,给孩子看病,孩子没事。你不在家,励武上班去了,我收拾一下,马上回家。"

舒琴也认出了是袁励霞,有两年多没见面了,她赶忙说:"没事,姐姐,你们来了怎么也不提前打个招呼?"

袁励霞忙说:"这不是打电话不方便嘛,乡下不像城里,电话少。"说完赶忙把田业民叫醒,再把雯雯拉下床说:"雯雯,快叫舅妈。"雯雯叫了一声,舒琴光忙着想怎么应对这个场面了,就简单答应了一声。袁励霞赶紧给雯雯穿戴整齐,正玩得兴起的袁志远则拖着雯雯的衣角哭着不让她走,田业民则怯怯地站在那里不敢说话。

这时舒琴的心绪才从刚才的混乱中走出来,她赶忙拦住袁励霞说:"姐,这么着急走干什么,你这一着急走,励武回来会怪我的。"

这时田业民赶紧说:"不会的不会的,弟妹,我们家里还有急事,耽搁不得。"说完,拉着袁励霞和雯雯就赶紧离开。

舒琴赶过去,掏出一卷钱给袁励霞当路费,袁励霞赶忙塞回她手里,嘱咐了几句,说那绿豆得用火熬透才好吃,孩子的小衣服都洗干净了晒在外面,然后就离开了。

舒琴呆呆地看着他们远去的背影,突然听到儿子在屋里的哭声,马上赶回房间。袁志远见刚才跟自己玩的小姐姐没再回来,哭得更厉害了。舒琴正心烦意乱,大声呵斥了儿子一声,儿子的哭声顿时响彻了整个楼道。

见儿子哭得更起劲儿,舒琴索性不理他,把所有怨恨都积攒到了袁励武一个人身上，谁让他自作主张让外人住家里的？孩子来看病，得了什么病？会不会把农村的病菌带到家里来，会不会传染给儿子？她越想越怕，赶紧拿出消毒液朝家里的每个角落都喷洒起来，一股浓重的消毒水味道顿时在所有房间里弥漫。

下午下班，袁励武提着大包小包的菜和学习用品回家了，姐姐一家这是第一次来，他打算今晚一定要好好招待招待他们，同时给马上上学的外甥女买了点儿学习用品。当他兴冲冲地赶回家时，消毒水的味道首先将他熏了个半死，然后是姐姐一家已经无影无踪，只有舒琴铁青着个脸在沙发上坐着，儿子还在房间里呜呜地哭着。

一看这场景，袁励武马上想象出了下午可能发生了什么，他虎着脸问："我姐他们呢？"舒琴则反问："我还要问你呢，你把我当成什么了？"

袁励武厉声问："是不是你把他们赶走的？"

舒琴冷笑了一声说："他们自己非要走，我有什么办法？"

"你怎么能这么做？那是我姐，我知道你看不起农村人，但我告诉你，那是我姐！"袁励武咆哮着。儿子见状停止了哭声，瞪大眼睛惊恐地看着如同两只暴兽一样的父亲母亲——两位自己最亲近的人。

"哼，难不成我还要跪着求他们伺候他们？我留他们了，可他们非要走，我有什么办法？你们农村人不大方，见不得世面，这你不知道吗？"舒琴反唇相讥。

"你，我告诉你，你现在还不如个农村人呢，农村人靠自己的劳动打出粮食养活自己贡献国家，你现在还在摆什么架子瞧不起农村人！"袁励武声音提高了八度说。

人的想象力可以诞生伟大的作品，也可以制造惨痛的悲剧。正在气头上的袁励武按照自己的理解将下午发生的事想象得无比黑暗无比绝情，他甚至想象出姐姐下午是含着眼泪走的。盛怒之下，嘴里吐出的话就偏离了本真，越发恶毒。

舒琴的身体战栗了一下，袁励武的话直接刺中了她心底最脆弱的环节，她眼泪夺眶而出，用指尖指着袁励武，歇斯底里地说："好，袁励武，你终于说出你的心里话了！我对不起你，这段时间我让你养活了，拖累你了，我感谢你！我是个吃干饭的，我还不如个农民，我不用你养活了，我走，咱们离婚！我再说一遍，离婚！"舒琴实在是太委屈了，自己下午并没有做错什么，很多事情也是自己无法控制的，没想到招来袁励武这么狠毒的报复。

袁励武也为刚才自己言语的过激而略感后悔，眼见舒琴起身收拾行李准备再次离开,他顾不上又重新号啕大哭起来的儿子,赶忙拦住她说:"对不起对不起,我说错话了……"舒琴用手狠命甩开袁励武说:"滚开!"接着继续收拾衣服,眼泪扑簌扑簌往下掉。

袁励武用手紧紧拖着舒琴的手不让她收拾东西,舒琴抽出另一只手来,狠狠地抽了袁励武一记耳光,如同当年俩人恋爱时的那记耳光一样,再次把袁励武打蒙了,打傻了。

眼见着舒琴提起包裹夺门而去,袁励武呆呆地站在屋里。下午自己买的菜散落一地,孩子的哭声响彻云天……

28

正当袁励武焦头烂额的时候,吴淑倩第二天打电话来让袁励武到她办公室一趟,说有事要请他帮忙。

自工厂改制后,因吴淑倩属于政府编制人员,被安置在某文化部门任副主任。她打电话是让袁励武帮她筹划一个精神文明建设规划稿的起草工作,这是她进入新单位以来独立开展的第一项重大活动。职业直觉告诉她,她的家庭背景比较深厚,再适时崭露一下工作能力非常有必要,这次就是领导对她个人能力的一次重要考察,直接关系到她下一步的事业前程,她告诉自己,只许成功,不许失败。

舒琴的再次出走使袁励武没法照顾孩子了,第二天一早他硬着头皮敲开了隔壁大婶家的门,将儿子交给大婶照看一下,并将奶粉等用具也拿过去。隔壁大婶爽快地说:"没问题,我孙女和你儿子一起玩得很好,你儿子不在这几天她还哭着要找他呢!"末了大婶又嘱咐说:"两口子吵架可以,但不要守着孩子吵,对孩子影响不好。听说你对象工作没了,她心里肯定不好受,你得多体谅体谅。"袁励武很感激地点了点头,然后俯下身子吻了吻儿子的额头,眼睛一阵湿润,这孩子昨天哭得嗓子都哑了,今天又像个孤儿一样交给别人照看,自己这个当爹的真是没用!他含泪向孩子说再见,孩子也懂事地跟他摆摆手说:"该(再)见。"

袁励武到单位刚上完课,十点钟的时候回到办公室就接到了两个电话:一个是吴淑倩打电话让他中午到她办公室来一趟,说有事需要他帮忙,并把事情简单说了一下;另一个是姐姐袁励霞打来的,袁励霞在电话里告诉他昨天晚上他们已经回家了,一直担心袁励武会因此事误会舒琴,就赶紧一早到镇上邮局给袁励武打电话,把昨天下午的情形说了一遍。袁励武听后脸上一阵发烧,感到非常懊悔,自己不该朝舒琴发那么大的火,说那么狠心的话。

现在袁励武需要做两件事:一是到吴淑倩办公室去谈工作,二是到马原琪家给舒琴赔不是。袁励武在心里掂量了一下孰轻孰重,本着工作第一的原则他决定先去吴淑倩那里。在下班前的这段时间里他拟定好了要跟吴淑倩谈的内容,也想好了跟舒琴道歉的话该怎么说。

袁励武利用中午休息时间赶到吴淑倩办公室,没有过多客套话。吴淑倩开门见山地将自己目前的情况以及这项活动的意义简要地说明了一下,并说自己干宣传工作是外行,抓精神文明建设更是心虚,对此很是发愁。

袁励武显然是有备而来,他说:"不要发愁,再难的事情,只要立足点和切入点正确了就可做到事半功倍。你这项工程的立足点在哪里呢?一个字,实!文化从概念上看虚的成分多,导致很多地方文化建设就是在做虚头巴脑的事情,脱离实际是我见到的很多部门的通病,规划和实际需要两张皮!这么说吧,你这个规划设计要成功,必须要搭对本区的文化之脉,从而搭通文化建设与实际需要的这座桥梁,那就必须和本区的阴晴雨雪结合起来,和本区老百姓的喜怒哀乐结合起来,和本区的花草树木结合起来,一切文化最终都沉淀为人格,因此最终要落实到人的精神风貌的准确表征与切实改变上。切入点在哪里呢?概括起来就是:先考虑如何对内找准特色对外提供借鉴,并立即分片进行专题调研。我参阅过一些关于精神文明建设的规划方案,缺的就是这两样,要么特色找得不准找得不深,要么是孤芳自赏闭门造车,自己看着志得意满,在别人看来却价值不大,曲高和寡。特色是什么?就是我独有而他人无法复制的东西;如何提供借鉴?就是我的思维方法能使人茅塞顿开,我的建议中肯到位,能使别人受益。《哈姆雷特》只有一篇,但却使人文主义遍地开花,这就是特色,这就是借鉴,这就是经典。"袁励武一边帮吴淑倩分析一边从包里掏出一个火烧和一包榨菜,冲吴淑倩歉意地说:"饿了啊,先补充一下能量。"说完,大口吃了起来。

吴淑倩看着心酸了,劈手夺下袁励武手里的火烧嗔怪地说:"午餐就这么对付啊?太不会照顾自己了!你等一下啊。"说毕急忙出去,十几分钟后变戏法似的给他端来了一大碗热腾腾香喷喷的面条,上面还卧着两个鸡蛋。

"刚通知食堂煮的面,快吃吧!唉,看你变瘦了,真不知道舒琴怎么管理你的。"吴淑倩笑着说。

袁励武也不客气,呼哧呼哧就把面条连汤带水吃了个干干净净,一抹嘴巴说:"习惯了,物质文明的标准就是吃饱就行。好了,物质文明解决了,接着解决精神文明问题。你出去的这十几分钟我又思考了一下,咱们区的特色是什么?一、地理位置在老城区,它集中了龙海市几乎所有的城市传统与民俗风情,精华与糟粕并存;二、经济定位是工业区,正处于经济转型期的风口浪尖上,如何实现传统精神的创造性转化,以起到对未来发展升级的引领作用至关重要;三、……"袁励武一口气滔滔不绝地说了七八条,最后聚拢起一个核心主题,以达到形散神不散的效果。随后,袁励武又就调研的内容和方法等问题列出了条条框框。

吴淑倩一边听着一边点头还一边记录着,袁励武的观点有些是她想到过的,有些观点对她而言是全新的发现。更重要的是,自己所发愁的提炼核心主题的事被袁励武一语点破,袁励武结结实实给自己上了一课。

待袁励武说完,吴淑倩笑着说:"真有你的,你快转业到我这里来吧,我给你当下手,天知道你一个军校教员对地方工作的理解比我们地方的都深。"袁励武也笑着说:"哪能呢!你是天生的领导材料,我就是个干活的命。你整天忙于事务性工作,整天操心费力,没有太多时间思考;而我空闲时间多,胡思乱想惯了。微不足道的建议,仅供参考啊!"

吴淑倩摊摊手说:"你这一胡思乱想不要紧,把我们单位的精神文明建设向前推动了一大截。欢迎你继续胡思乱想!"

袁励武在与吴淑倩谈完工作后马上赶到学院上班,下班后他到隔壁大婶那里接上儿子,买了点儿礼物直接来到了马原琪家。

袁励武轻轻敲了一下门,里面舒琴问是谁,袁励武让儿子回答。听到儿子奶声奶气叫妈妈,舒琴马上开门,一把夺过儿子,同时砰地把门关上,将袁励武拒之门外。马原琪刚下班正在厨房做饭,听见动静后出来看见舒琴正抱着孩子在哭,她知道是袁励武来了,赶忙把门打开。

袁励武提着礼物在门口怯怯地叫了声妈,马原琪脸上微微笑了一下说:"小袁啊,进来吧。"

袁励武进屋后,舒琴抱着儿子坐在沙发上,脸别向墙壁不理袁励武。马原琪招呼袁励武坐下,自己也坐下说:"还记得不,几年前你们结婚时我就跟你们说过,两口子过日子不是每天都亲亲热热的,要互相磨合,吵架不要紧,要清楚为什么吵架,以后怎么避免吵架！孩子这么小,你们吵架对他的心灵会产生什么影响,想过没有啊？"

袁励武诚恳地说:"妈,这次吵架是我错了,我不该瞎猜想,更不该对舒琴说那么重的话。上午我姐给我来电话了,我了解了事情的真相,是我不对。"

马原琪叹了口气说:"小袁啊,不是妈说你,两口子之间要相互理解相互信任,不要乱猜疑。舒琴现在下岗了,她心情不好,你就该多让着她点儿,谁让你是男的呢？你说那样的话是戳她心窝子,记住妈一句话,人不要在愤怒的时候朝别人发火,很多过头的话和过头的事都是这么说出来做出来的。"

袁励武点头称是。

马原琪头又转向舒琴问道:"你说你错在哪里了？"见舒琴不作声,她说:"你错在沟通上,你如果把昨天下午的情况和小袁说明白了,他会发那么大火吗？你没有兄弟姐妹你不理解姐弟间的感情,有时候甚至超过对父母对伴侣的感情！还有,你是不是当着孩子的面打了小袁一巴掌？真是能耐大了,敢打自己丈夫的耳光！"

舒琴哼了一声说:"活该！"

袁励武笑着说:"妈,真对不起,让您操心了。没事,我这人脸皮厚,打着没感觉。"舒琴听后扑哧一声也笑了。

晚饭后,马原琪说:"小两口没有隔夜仇,快回家吧。"袁励武想提起舒琴的包,被舒琴哼了一声给夺了过去。这样舒琴骑车在前面,袁励武骑车带着孩子在后面,一会儿工夫赶到了家。

回家后,袁励武心情大好,在儿子睡觉前先给他讲了个故事,待哄孩子睡着后,他又过来哄舒琴说:"你也不要得便宜卖乖把脸拉得八丈长了,到目前为止你已经扇了我两个耳光了,我还没动过你一个手指头呢,这太不公平,这账还记着呢,找时候一定讨回来！"舒琴回了声"该,扇轻了！"就脱衣准备睡觉,两人熄灯后激情澎湃地亲热了一场,彼此算是给对方的补偿。

激情过后,舒琴把马原琪要凑七万元钱的事告诉了袁励武。袁励武刚欢畅起来的心又低落了下去,七万元在那时绝对算得上是个天文数字,袁励武那时月工资不足六百元钱,如今舒琴又下岗在家,袁励武同意把舒琴刚发的下岗补贴两万元先给马原琪,还剩下五万元令袁励武发愁了。

舒琴推了他一把说:"你倒是说话呀！"

袁励武叹了口气说："你看啊，我一个月这点工资应付家里的开支都很困难，根本攒不下钱，两年内怎么凑够五万元呢？"

舒琴说："去借呀！"

袁励武说："大家都不富裕，问谁借去呀？"

舒琴又生气地说："你没有办法了是吧？我工作的事你解决不了，让你借钱你又抹不开面子，那你能帮我干点儿什么呀！一个大老爷们儿整天看孩子洗尿布，一到关键问题就卡壳，真没劲！"

"你……"这句话伤着袁励武了，他顿了顿，没有说话。舒琴说完把一个脊梁背留给了袁励武，径自睡了。

有了昨天晚上的波折，第二天早上起床后俩人对视了一眼，各有心事，谁也没说话，各自忙各自的事情了。

其实袁励武不是不想借，最大的障碍是他的面子。在他的印象里，无论家里有多穷，父母似乎从来没有向别人借过钱，这一下子要借这么多钱对袁励武来说真比砍了他一刀还难受，有好几次他拿起单位电话准备联系朋友借钱，想了想又放下了。到了晚上回家，见袁励武没有带来丝毫关于五万元钱的消息，舒琴也不搭理他。袁励武顾不上这些，马上就要进行中级职称资格评审了，他还要忙着准备各种材料，职称和级别待遇挂钩，他不能不全力以赴。

俩人又重新陷入了冷战状态。

有的时候袁励武自己也感到委屈，他觉得在夫妻关系中自己忍让得已经够多的了，可舒琴那不依不饶的劲头令他身心疲惫，有时只能通过努力工作才能转移注意力，使他暂时忘掉家庭矛盾带来的种种不快。他逐渐感到，只有在课堂上面对自己的学员才是最幸福的时刻。他给他们讲解各种道理，描绘未来美好的蓝图，那时候的袁励武似乎沉浸在美好的梦境里，他的授课得到了学员的好评。但一回到家里面对舒琴不冷不热的态度，他又回到了现实，回到了产生无尽烦恼的家里面。

这难道就是年少时自己梦寐以求的爱情生活吗？袁励武在心里问自己，爱情去哪儿了？

跟舒琴的家庭关系还没有掰扯明白，袁励武的事业也碰上了拦路虎，他的中级职称评审出了问题。

本来,袁励武对自己晋升中级职称相当有自信,心理上并没有将其列入应担心的事项之列。因为他的教学质量和学术研究诸方面在年轻教员中都是出类拔萃的,在学院也有一定的知名度;加上他为人谦逊朴实,群众口碑非常好。他曾试探性地问本教研室担任此次评委的一位老教授自己这次晋升职称的可能性有多大,老教授用高深莫测的表情告诉他"不好说",袁励武对此理解为可能是老教授的态度严谨,不随便打包票。

但最终的结果是,袁励武出人意料地被淘汰了!

袁励武得到这个消息是在他刚风风火火地从讲台上回到办公室后,口干舌燥的他来不及喝一口水就被政治部主任叫到了办公室,袁励武急匆匆但又信心满满地来到主任办公室,本以为主任会告诉他一个满意的消息,但当他看见主任那张严肃的脸上冲他硬挤出一点笑意时,袁励武预感到了事情不妙。果然,主任告诉他职称评审没通过,就差一票,相当可惜。

袁励武脑袋嗡的一声,几乎不敢相信这是真的。担任评委的几个老教授他都认识,而且在听过袁励武的课后都对袁励武的授课效果大为满意。袁励武在学院组织的授课考评中成绩历来是响当当的,是学院公认的明星教员;学术研究上也没的说,光在核心期刊上就发表论文好几篇,自己怎么会落选呢?

袁励武从主任那里得知,落选的原因是工程技术类院校在职称评审时原则上向专业技术岗位倾斜,而且专业技术岗位的教员科研项目多,发表论文的机会也多,在同等竞争条件下政治理论教员自然不占优势。即使这样,袁励武仍然获得了部分钟爱他的评委们的选票,他只差一票。

接着主任语重心长地说:"没有评上,也不要有太大的心理包袱,公平竞争,需要我们在政治理论岗位上继续苦练内功,拿出更多过硬的成果来才行啊!"

袁励武腾地站了起来,情绪激动地说:"主任,政治工作是我军一切工作的生命线,职称评审时怎么就体现不出来了呢?"他看见主任的脸色有点儿尴尬,改变语气说:"主任,对不起,我不是冲您,但我认为您应该向学院首长反映一下,为我们这些从事政治理论教学的说句公道话。"

主任笑着说:"不要急躁,小袁,不是我说了就能管用的,关键看你自己的修为,你还年轻,机会有的是,要往前看。一句话,埋下头苦练内功,一切都会水到渠成。"

此时的袁励武自然没有心思去深刻理解主任的话,他沮丧地走出主任办公室。按照政策，初级职称每年只能按照一比三的比例晋升中级职称，而且取得中级职称资格的干部可以直接调整为技术副营级别，所以竞争很激烈。袁励武这次评审落选意味着他将比同期评审成功的人至少晚一年晋级。落后一步则十步难赶，以后的职称晋升和级别调整都可能会受影响，当然也会影响到工资待遇，所以袁励武得知此消息后，不解、无奈、焦虑情绪一齐向他袭来，整个下午都头昏脑涨的。下班后他本想直接回家，突然想起舒琴曾交代过他孩子的奶粉和纸尿布告急了，他只好出门口转向附近的一家大超市。

来到超市，袁励武才发现奶粉和纸尿布是那么贵，而自己手里的钱是那么少，他只好在自己手头现金许可的范围内反复地挑选价格合适的。超市里一位胖婶导购员向他喋喋不休地推荐那些贵的婴儿用品，袁励武却一样也没有购买，这引起了胖婶导购员的鄙夷和不满。看到袁励武一时半刻没有停下来的意思，这位胖婶服务员不耐烦地嚷道："你有完没完啊，都像你这样挑法我们的货架还不乱套了？没钱就到小超市去买，那里便宜啊！"袁励武心头的火苗忽地蹿高了八度，他犀利的目光迅速地盯住这位胖婶，刚要发作，胖婶见势不妙，溜之大吉。

带着屈辱与怒火买完奶粉和纸尿布，袁励武口袋里的钱已经所剩无几，他只好提着一大包奶粉和纸尿布来到了喧闹嘈杂的街道，拒绝了好几辆主动停靠在他身旁的出租车，乘坐公交车回家。

公交车像一个被塞满草的麻袋包，在极有限的空间夹缝里也不时会塞进几个人来。尽管司机大声喊叫着下一班车马上到、不要再上这班车了，但想上车的人根本不理会，中国人都信奉一步赶不上就意味着步步赶不上的道理，谁知道下一班车猴年马月来？让你等着是推卸责任者最好的托词，对此人们深知宁可信其无不可信其有的奥秘，凭什么让我等？公交司机似乎也在发泄着情绪，不时粗声呵斥站在身边的人往后走，并用恶毒的语言骂着窗外的车辆行驶不守规矩。公交车开得惊心动魄，猛起步急刹车使得拥挤的人群如同装在一个晃动的玻璃瓶子里的液体那样身不由己。车里的人摩肩接踵，每个人的目光里都透露出怨恨和冷漠，每个人都尽可能地支撑着自己的空间，对身边的试图越界者和换位者均报以仇视和警示的目光。坐在座位上的人则有一股把牢底坐穿的气势，使得让座成为一件根本不可能发生的事，个别乘客起身下车留下的空座早就被旁边觊觎已久的站立者迫不及待地抢占去。整个车厢里弥漫着令人窒息的愤懑和烦躁。

突然一群建筑工人硬挤上了公交车，身上散发出汗酸和腥臭相混合的味道。他们一上车就开始兴高采烈地用家乡方言高声谈论着城里的奇闻逸事，全然不顾他人皱着眉头捂着鼻子看他们的厌恶目光。他们似乎永远高兴，永远乐观，似乎他们才是这个时代变化最大的受益者。

袁励武就是这样被夹在车厢中间动弹不得，他的心情糟透了。为职称的事刚才差点儿跟领导顶起来，舒琴的工作问题又没有着落，刚才在商场买奶粉又遭到了导购员的一顿抢白，如今夹在三教九流的人群中使他真切地感受到了自己已经坠入了社会的最底层。

回到家里，孩子已经饿得哇哇直哭，大嗓门哭得袁励武既心痛又烦乱，舒琴嫌头发凌乱，正随意用皮筋拢起散发着汗油味的头发，拉着脸一个劲儿地埋怨他为什么才买回来奶粉，儿子都饿得哭了那么长时间了。看着舒琴满脸汗珠的焦躁面庞，袁励武本来想争辩几句的欲望也被强压下去了。

儿子见到奶瓶立马停止哭啼，一边吸奶一边还委屈地直哼哼。半瓶奶下肚后，他又开始快乐地手舞足蹈了。

看着儿子，袁励武心头激起了一股暖流。他走过去，轻轻拿开儿子含在嘴里的手，用自己的手轻轻地揉搓着儿子细嫩的皮肤，开始陪着儿子玩。他一会儿跟儿子玩"单杠"，自己手臂平伸让儿子抓住，自己再把手臂抬起来，把儿子悬起来以锻炼他的臂力；一会儿把家里的小塑料板凳当足球用脚来回拨弄，让儿子去抢，板凳位置的变化莫测激起了袁志远极大的兴趣，他来回前后奔跑，不一会儿工夫就跑累了。反正是在一楼，怎么折腾都无所谓，袁励武想。

看着儿子明亮的瞳仁在满头大汗中闪烁，袁励武一天的疲劳和不快也慢慢消散了。舒琴则无精打采地打量着爷俩儿，心想真是没心没肺，工作和购房款都没有着落，怎么办呢？

29

吴淑倩结婚了。她嫁给了龙海市姓陈的一个很有背景的企业家,一个比自己大近二十岁的丧偶男人。陈先生因为是经历过婚姻的人且心理上对亡妻尚有牵挂,所以曾小心翼翼地征询吴淑倩的意见,意思是能否不大张旗鼓地举办婚礼,只在至亲好友小范围内搞个见面会作为象征性的结婚仪式。他对吴淑倩的态度心里没底,毕竟人家是黄花闺女头一回出嫁,没想到吴淑倩很爽快地答应了,感动得陈先生紧紧拥抱了她一分多钟。

在跟袁励武就工作的事交流后,吴淑倩根据袁励武的建议加上自己的想法,制订了一个较为详细的工作计划,接着马不停蹄地开始行动。她带领几个人展开了艰苦细致的调查研究工作和材料撰写工作,遇有疑难问题她就去找袁励武,而袁励武总能提出恰到好处的建议。如果说在晶泰化工厂袁励武对吴淑倩的工作能力还只是有所耳闻的话,如今袁励武亲自见识了吴淑倩的能力——她领悟能力很强,对事物的预见和判断很准确,一旦认准了的事情她会马上拍板并立即付诸实施,并能在情况变化中适时地调整工作思路,拿出解决问题的最佳措施。同时,吴淑倩的工作效率与工作作风也令袁励武吃惊,在协调关系时灵活多变,但需要坚持原则的时候她绝不含糊,对参与工作的人包括袁励武这样外单位帮忙的人,要求完成任务的标准和时间不打折扣,令行禁止。袁励武有时也被她毫不客气地训导,理由是你既然答应帮我,就不能缺斤少两。每及此时,袁励武总是撇撇嘴吐吐舌头默默地想:"啧啧,天生一工作狂,哪有点儿女人味道?"

两个多月的辛苦劳作终于结出了丰硕的果实,吴淑倩主持起草的规划意见得到了领导的高度评价,经上级部门推荐,在省级简报上转发,引起了不小的轰动。

吴淑倩工作一出手便博得了满堂彩，加之她前几年在晶泰化工厂的出色表现，名气不小且人脉很广，她的正科级已满三年，所以不仅很快在新单位站稳了脚跟，而且还是晋升的热门人选。

吴淑倩的事业玩得转了，但这种满足感不能填充她在情感世界里的失落。她的那位陈先生已经是快五十岁的人了，体力和精力都已经走下坡路，雄厚的财力也无法弥补他这方面的缺憾。新婚蜜月期间可能是因为新鲜感，陈先生还像个初婚的小伙子一样积极主动，但很快就疲态毕现；本该享受青春激情滋润的吴淑倩每天晚上被一个半大老头搂在怀里，自然是兴味索然。陈先生非常希望吴淑倩为他再生个一男半女，所以除了每月的那几天外，几乎每天晚上都缠着吴淑倩要求她履行做妻子的义务，每次吴淑倩还没有来得及体会到夫妻生活的快感，陈先生就已经鸣金收兵，搞得吴淑倩苦不堪言。

奇怪的是，陈先生的不懈努力并没有换来吴淑倩生理上的任何变化，"大姨妈"每月都如期而至。几个月后，陈先生对此提出了疑问，因为他和前妻所生的那个已经在国外读书的儿子证明了自己的身体是没有问题的，难道问题出在她身上？对此，吴淑倩并不上心，她的兴趣点不在这上面。

疑问归疑问，在对吴淑倩的事业支持上，陈先生可谓不遗余力。婚后的吴淑倩工作越发出色，加上包括陈先生在内的各种力量的推动，不出一年工夫她晋升了一级，事业蒸蒸日上。

一天，吴淑倩给袁励武打电话，说有一个理论宣传方面的事情需要他指点一下，同时向他引荐几个朋友，请他到接近市郊的鸿雁酒店来一趟。

鸿雁酒店是本市非常普通的一家餐饮旅游酒店，位置较偏，袁励武到达后，发现单间里只有吴淑倩一个人，袁励武惊讶地问："怎么，就我们两个？"吴淑倩笑着问："怎么，就我们两个排场不够，委屈你了？"袁励武也笑着回答："岂敢岂敢，只是您这位日理万机的领导亲自作陪，我顿感诚惶诚恐。是关于什么主题的理论宣传啊？"吴淑倩说："今天晚上没有什么领导，也不谈工作，只有一个主题，就是叙旧。"

落座后，袁励武才发现吴淑倩今天的穿着一改以前干练风格，显得楚楚动人。酒菜上桌后，吴淑倩倒满两杯红酒，递给袁励武一杯，并端起另一杯酒在袁励武眼前一晃，动情地说："来，感谢你长时间的帮助，我敬你一杯！"

袁励武也端起酒杯说："嗨，客气啥呢，能给你提供点儿微弱的帮助我也很感激你，至少证明我还不是一个废物。"

"说什么呢，别作践自己！"吴淑倩嗔怪道，同时将杯中红酒一饮而尽。袁励武见状赶忙劝阻道："别喝那么快，红酒后劲大。再说了，你这不逼着我也喝光吗，你要知道，我喝大了可是什么事都干得出来啊！"

吴淑倩苦笑一声说："对你我还是比较了解的，你能干出点儿什么来呀？我真羡慕舒琴，你是一个让人放心的人。还记得那年国庆联欢会我们一起合练的事吗？你有才，知道谦让、踏实，不和我抢风头，我当时就觉得啥事有你在，我心里就有底。"

袁励武忙说："过奖了过奖了，我这人可不禁夸，一夸就翘尾巴。对了，我还没祝你新婚快乐呢！你也没有摆酒宴，来，干一杯，算是我迟到的祝福吧。"

吴淑倩的目光黯淡下来，随即抬起眼皮看着袁励武，缓缓地说："没啥可祝福的，婚姻在我的生活里是没有太多位置的。你可能对我的婚姻颇有微词，甚至感觉我是一个借婚姻提升自己事业的人，这没错，我需要在事业的关口有助我上升的人。励武，你知道吗，就生活而言，我的理想人生伴侣是你，这一点我内心一直没有怀疑过。但就事业而言，你有帮助我做好工作的智力资源，却没有让我事业发展的社会资源。你也知道工作出色和职务晋升不是完全画等号的，机关里的事情不是简单的一加一等于二，能力是前提，但不是最终的推动力。既然命运把我安排到了这么一个岗位，那我只能义无反顾地向前发展，所以我也就一直压抑着对你的感情了。不错，从法律意义上讲我是结婚了，但我的心依然在婚姻外漂泊。我先生有他的事业和交际圈子，他的私生活我基本不管不问；同样，我的个人生活也是相对独立的，这样的夫妻生活挺适合我。关键是，他为我的事业发展提供了某种资源。"

袁励武只是呆呆地听着，没有说话。

吴淑倩喝了口酒说："在感情方面人就是这么自私，我不能和你结婚，但也不希望你和别的女人结婚，甚至还暗暗希望你为我守候，尽管这是不可能的事情。励武，你明白吗？"

袁励武摇摇头说："我不太明白。真正喜欢一个人干吗要将感情隐藏起来呢，那样多累呀？再说了，婚姻对事业真的有那么大的影响吗？"

吴淑倩说："你还无法体会我的感受，我一直在想找一个合适的机会对你说这些话。你要知道，我是没有资格享受真正的感情生活的，我对你的感情先是停留在欣赏层面上,再由欣赏发展为喜欢。我也是个女人,也想跟一位与自己年龄相仿的心仪男子一起生活,但在随后的岁月里我马上就打消了这种念想,因为我不想过一种嫁鸡随鸡嫁狗随狗的生活。事业在我的生命中是最重要的,在我眼里,爱情应该是生命的调剂品而非主料,婚姻应该是事业的助推剂,而非我生活的全部。"

吴淑倩又喝了口酒继续说:"酒是好东西啊!你知道吗,得知你结婚的消息,我足足喝了一斤白酒,醉得不省人事,第二天胃里难受得几乎要跳楼。但这是我想要的效果,我在转移自己的痛苦,将精神上的痛苦转化为肉体上的痛苦。当双重痛苦一起向我压来的时候,我挺住了。第二天,当醉酒的痛苦消除后,精神上的痛苦也随之减轻了许多,我又开始工作了。"

袁励武听着,没有说话,他跟吴淑倩碰了一下杯子,猛地将一满杯红酒一饮而尽。

吴淑倩幽幽地说:"有了你这杯酒,我也就知足了。我知道,你并不讨厌我,只是我们的目标指向不一样,婚恋观念也不尽相同,你能帮我,说明在你心里的某个角落我也多少有点儿位置。"

袁励武说:"感谢你跟我说这么多,我尊重你的价值判断,也尊重你在感情生活方面的选择。我心里一直认为我们之间应该是超越普通异性朋友的感情,但我们不能强拗命运。因为命运给我们安排的社会角色有差距,这种差距直接影响到我们对未来生活的追求,也理所当然地影响甚至决定了我们的感情归宿。不知道我这样说是否正确,这是我的心里话,这一点我们得认命。对了,有个事情想麻烦你一下,就是看能否给舒琴介绍个工作,她赋闲在家快憋出毛病来了。"

吴淑倩认真地听着,对袁励武后面突然转换的话题,她答应了。

两人喝完一瓶红酒后,吴淑倩说:"不喝酒了,楼上有我的一个休息间,不介意的话就上去喝杯茶,我还有一个小时的自由支配时间,八点半司机来接我,我要到机场去接一位领导。"

袁励武犹豫了一下,跟着吴淑倩上去了。房间布置很雅致,粉红色的装饰基调衬托出撩人的氛围。吴淑倩给袁励武倒了一杯热茶,说这家酒店的老板是她中学时的闺蜜,这房间是专门为她预留的。

趁袁励武喝茶的工夫,吴淑倩轻轻坐到了袁励武身边,面色绯红,她双手轻轻搭在袁励武肩上,语调温柔地说:"这一个小时是完全属于我俩的。"然后,她坐到了袁励武的腿上，身子倚靠在袁励武的怀里，袁励武腿上顿时感到柔软温热，女性的臀部在他大腿上扭动所传递过来的诱惑几乎令他窒息。

袁励武的身体哆嗦了一下，心跳骤然加快，血液直往上涌。吴淑倩慢慢闭上眼睛，双唇渐渐向袁励武嘴边靠近。袁励武胸部感到有一个酥软的带着女性芬芳的躯体贴近，他不由自主地一只手托住了吴淑倩的后背，另一只手轻轻解开吴淑倩的一个上衣扣子。他感到吴淑倩的胸部因急促呼吸而激烈起伏着，腿上感觉她的臀部扭动更加强烈了，她的眼睛渐渐睁开，满怀渴望的眼神渐渐舒缓下来，一会儿工夫眼睛又慢慢闭上了。袁励武用手轻轻抚摸着她的头发，嘴唇轻吻着她的额头、耳根、脖颈，在他将自己的嘴唇迎接到吴淑倩嘴唇的一刹那，他突然清醒了。他躲开了吴淑倩的嘴唇，用手轻轻擦去吴淑倩脸上刚流出的两滴眼泪，并轻轻将吴淑倩刚解开的上衣扣子扣上，在吴淑倩光滑的脸颊又轻轻吻了一下，柔柔地拍了拍吴淑倩的后背，将她抱起放在沙发上，转身下楼离开了。

房间内，吴淑倩静静地半躺在沙发上，任由泪水洗面。

袁励武出来后，又在附近的酒馆里找了个座位，一杯接一杯地往肚子里灌酒。当他满身酒气跟跟踉踉跄地回到自己家里，正在轻拍着儿子进入梦乡的舒琴没有和他说话，只是用狐疑的眼光看着袁励武的不正常表现，女人的第六感觉使她似乎觉察到了什么，她轻轻叹了口气。

袁励武突然觉得对不起舒琴，她下岗在家带孩子，自己则刚与别的女人进行了一场差点儿就出格了的约会，他惭愧地对舒琴说："对不起啊，心情不好，跟朋友多喝了几杯。"他没有提吴淑倩，怕引起舒琴的误会。舒琴冷笑了一声，说："我这里都火烧眉毛了，你还有心思跟人家喝酒鬼混！"袁励武听到舒琴的话里带刺，他默默地洗漱睡觉了。

没过几天，吴淑倩帮忙给舒琴找了个工作，在市工人文化宫担任管理人员，待遇参照事业编制人员，工作比较清闲。袁励武兴冲冲地将这个消息告诉舒琴，哪知舒琴不但没有太兴奋的感觉，反而警觉地问："吴淑倩帮忙介绍工作为什么不直接跟我说，反而通过你来张罗？怎么说我们过去也是一个单位的，难道你一个外单位的跟她还有什么特殊的关系？"

袁励武一愣，随即赔着笑说："你想哪里去了，这不是前两天她有个稿件需要我帮忙修改，我一想毕竟曾经在你们厂待过几个月，这点儿忙不能不帮啊。帮完忙后我顺便提起你工作上的事,她说不用我提她也会主动帮助你的,事情就是这样。"袁励武有点儿心虚,不太会撒谎,编完这几句谎话已是满脸通红。

"那是她介绍的工作,我不去!"舒琴态度坚决。

袁励武说:"怎么能不去呢?这可是好不容易找到的机会啊。工作不累,工资参照事业单位职工发放,好歹是旱涝保收,我看这工作挺合适的。再说了,你老这么在家闲着也不是个事啊!正好再过半个多月咱儿子就上幼儿园了,就在我们学院附属幼儿园上吧,来回接送我来负责。这不,妈马上放暑假了,她也可以帮咱们照看一下孩子,你就放心去工作吧。"

其实舒琴在心里已经接受这份工作了,但嘴上依然强硬地说:"不去,说过几遍了,我不去!"

袁励武急了,他大声说道:"你以为现在找个工作容易啊?放下你的架子吧,要不是我求爷爷告奶奶四处张罗,哪有这机会?你可倒好,不知道珍惜。"

舒琴也火了:"谁稀罕你跑啊,告诉你我能养活自己!到目前为止我还没靠你养活着,这万一靠你养活了那还不得把我吃了?别的本事没有,就在家里跟我横!"

袁励武再次看到了舒琴那张扭曲变形的脸,气得脖子上的青筋都凸出来了,他刚要发作,孩子看着他们在吵架,哇地哭了。袁励武赶忙把嘴闭上,抱起孩子慢慢哄着。

舒琴摔门而去。

　　王进军最近也烦透了。他与袁励武同时评审中级职称，在这一年里他的主要精力都放在律师资格考试上面了，自然也没成功。与袁励武不同，王进军心里有一本"小九九"，他想如果评上中级职称，就可以为配偶和孩子办理随军手续，这样曹金秀和孩子落户到龙海市后王进军就可以转业落户龙海市了，否则按照政策转业只能回原籍。经过一年的努力王进军终于考取了律师资格证书，他要尽快地从事律师行业赚大钱，显然部队在这方面不能给他提供平台，转业是他下一步的必然选择。如今，一切计划和设想因为职称评审没通过的事而泡汤。

　　由于王进军将随军的美好前景过早透露给了曹金秀，导致曹金秀对随军到龙海市期待满满，自己辛辛苦苦在家带孩子不就盼着这样一个结果吗！结果当她抱着孩子兴冲冲地打探消息时，王进军告诉她今年随军计划泡汤，曹金秀在失望之余冲王进军唠叨了几句，王进军一句"俗不可耐"就打发了曹金秀，并将她和孩子赶回了老家，自己则气呼呼地躺在床上怨天尤人。

　　为了达到评上中级职称的目的，王进军可谓费尽了心思，他一方面给教务部门做工作，在教务部门下发的课程表中凡是袁励武上的课，"任课教员"一栏里都填上他和袁励武两个人的名字，课是袁励武上，课时量算俩人的；同时，袁励武今年发表的几篇论文里，有两篇论文后面也挂了王进军的名字，将他作为第二作者。对此，袁励武毫不计较，反正他的课时量评职称绰绰有余，多余的匀给王进军一些也无所谓。

　　袁励武如此努力工作都因一票之差没有评上中级职称，王进军这种朝秦暮楚的工作作风只能是惨败，评委们的眼光是雪亮的，他的得票数少得可怜。对袁励武的人情也欠了，结果是竹篮打水一场空，无论从哪方面讲王进军总觉得亏欠袁励武的。职称评审结束后，王进军请袁励武喝酒，喝高了后就向袁励武说了许多肝胆相照的话，并透露了自己要转业做律师的计划，还请袁励武继续帮助自己实现计划。袁励武毫不犹豫地答应了，大家同事加战友一场，他不在乎那么多。

真正令他在乎的还是舒琴的情绪。因为舒琴工作的问题，袁励武和舒琴又闹了几天别扭，眼见舒琴就是不答应，他心里烦透了，怎么跟吴淑倩解释呢？他把这个烦恼告诉了吴淑倩，吴淑倩笑着说："没事，我约舒琴谈谈，这事你就不用操心了。"

舒琴晚上回来依旧拉着个脸，袁励武知道吴淑倩约舒琴谈工作的事，赶忙问："工作的事考虑得怎么样了？"

舒琴酸溜溜地说："你们都定好了，一个是国家干部，一个是军队干部，惺惺相惜，我还敢不去？我去总行了吧？下周一就去报到。真是长能耐了，还搬出个神仙来压我，在你们俩眼里，我简直就是个傀儡！"

袁励武一怔，他知道吴淑倩在舒琴面前绝不会说出太出格的话，看来是劝说成功了，至于舒琴说的话，纯粹是给自己之前的坚决态度找台阶下。他没有再说什么，只是说："这不都是在帮咱嘛！"

"我用她帮？看那副神态，话说得看似诚恳，实则居高临下，好像要显摆她目前多风光似的，谁稀罕！没办法，谁让我现在寄人篱下了呢？"舒琴依旧用这副腔调说着。

袁励武压根没想到舒琴会变得这么刻薄这么没有涵养，他忍了忍没有发作。

第二天早上舒琴依然保持着鼻子不是鼻子脸不是脸的状态，饭也懒得做，袁励武忙完家务上班后，教研室里通知全军有一个政治理论集训班在袁励武的母校开班，要求教研室出一个人参加，为期十天。袁励武一盘算，舒琴下周一去报到上班，而下周一岳母放假了可以照看孩子，自己正好也想出去换换心情充充电，又是回母校看看，一举多得，他报上名并获批准了。

晚上袁励武回家把这个消息告诉舒琴，舒琴不冷不热地说："那就去吧，正好可以逃避借钱的事，可以不用整天听我的话烦你！"袁励武知道，近期舒琴对自己的态度生硬主要原因还是在那五万元钱上，他还是没说什么，只是嘱咐她准备一下去工人文化宫工作的事。

火车的拥挤和汽车的颠簸并没有磨掉袁励武那颗似游子归乡般的心，不错，在某种程度上，母校也是自己的家乡，无论学子们身处何方，飘荡的心一头连着故乡和亲人，一头连着母校，母校也随时会用宽广的胸怀来接纳她疲惫乃至受伤的学子。袁励武来到母校大门口，庄严的军徽依然矗立在那里，舒展的五角星如同张开的臂膀，把他吸纳到镶嵌着"八一"字样的胸膛。毕业八九年了，这是第一次返回母校，袁励武百感交集，他眼睛湿润了，向着军徽敬了一个标准的军礼。

袁励武到招待所安顿好后，就来到了曾经学习、生活和拼搏奋斗了四年的校园。校园布局变化不大，除了在操场左侧新盖了一栋六层白楼之外，一切跟他毕业时似乎没什么两样，曾经的碧绿色、曾经的蝉鸣声、曾经的青草味都原封不动地还原到了几年前，似乎袁励武都不曾离开过这里。袁励武深深地吸了一口气，似乎要把这几年没吸过的气息都补偿回来。马路上不时有路过的士兵和学员向他这位海军上尉敬礼，他微笑着还礼，心头平添了几分自豪，跟舒琴闹别扭的不快感觉顿时烟消云散。

正当袁励武自我陶醉时，突然一声清脆的"嗨"把他惊醒了，眼前一个身材苗条的女军官正笑嘻嘻地看着他。

袁励武一怔，突然大喊了一声"张萍"，同时快步赶上前去紧紧握住了女军官的手。是她，当年戏言要嫁给他把他闹红了脸的女同学张萍，几年不见，依然是短发和翘嘴唇，依然是那样的假小子气，秀丽的脸上依然带着俏皮劲。

"我当是谁呢，原来是袁大才子荣归母校了！哟，上尉了，领花还带铁锚的，快，让我瞧瞧，让我瞧瞧，哎哟，变了变了哈……"张萍用手捏住袁励武的脸就叽喳起来，几乎是当年的翻版。

袁励武哭笑不得，赶忙拿开她的手，对她认真端详了半天，然后说："你看，还是当年的假小子，一点儿都没改！"

"怎么，黏豆包呢还是回锅肉？"张萍笑着问。黏豆包和回锅肉是两个玩笑性的术语：从院校毕业后留校工作或者分配出去又调回来任职的人叫"黏豆包"，意味着恋恋不舍；毕业后过来短训的人叫"回锅肉"，意味着不长待，简单地回个锅。

"当然是回锅肉啦，哪像你这黏豆包，粘在这里死死的。"袁励武也笑着打趣道。张萍毕业后留校了，现在是政治部干部处干事。

"哎呀！烦死了，待够了，我也想调换个地方，你看你们海军，多神气啊！我要到你们海军去！"张萍忙不迭地抱怨道。

"海军有啥好神气的呀，在陆军老大哥老大姐面前神气啥呀！"袁励武继续

205

调侃。

"好了好了,不说没用的了,我在干部处工作,你们这一批短训班学员还是我负责组织的呢。好几批了,每批都有咱们班的同学,这批报上来的名单里我一看有你,就知道你死定了!"张萍得意地说。

"死定了? 为什么?"袁励武不解地问。

"你想啊,我是你们的组织者和管理者,也就是你的班主任,你这个学生落到我这个班主任手里岂不是死定了? 今后有你好看的! 你也有今天,还反了你了!"张萍"威胁"道。

"完了完了,落你手里那彻底死定了。"袁励武嘟囔道。

"好了,本班主任不跟你废话了,晚上六点,南门口旁边陈阿婆麻辣锅,我请客,本班主任先让你尝尝麻辣滋味,给你个下马威,让你懂点儿规矩,这是本班主任的第一道命令!"张萍离开前说。

"喳!"袁励武答道,把张萍逗乐了。

晚饭前所有短训班人员均已到齐,列好队后临时队干部简单讲了几句,接着张萍精神抖擞地站到队伍中间面向大家代表政治部机关和学院讲话。假小子刹那间变成了成熟稳重的指挥官,她先是向大家干净利落地敬了个标准的军礼,接着有条不紊又简明扼要地把集训的目的、意义及要求等事项讲得清清楚楚,俨然是班主任在向学生训话,内容具体翔实又有高度,听得包括袁励武在内的所有集训学员肃然起敬。袁励武想起当年那个风风火火的假小子,又看到如今一本正经的"班主任",他不禁哑然失笑。

解散后,很多学员并没有去食堂就餐,而是三三两两地参加战友聚会了,临时队干部对此也司空见惯,军官短训班报到第一天和周末等时间可以接受战友的活动邀请,学院对此也放开了口子。

张萍则直接和袁励武到了南门口边的饭店。这家南门口的饭店袁励武没毕业时就有,只不过当时就是几个小吃部,如今重新合并修缮,起名为陈阿婆麻辣锅,主营四川菜。里面环境相当不错,装修是以红辣椒为主题的红色基调,大厅的音响里反复播放着时下流行的歌曲。张萍似乎是这里的常客,她要了大厅里屏风后的一处优雅安静的座位,示意袁励武坐下。

"怎么样,敢不敢吃辣呀,袁大才子?"张萍拿起菜单一边翻一边问。

"这么跟你说吧,吃辣子我还没找到过对手呢!"袁励武笑着接话。

"好,每个人要为自己的吹牛付出代价。"张萍边说边熟练地点着菜,同时要了两瓶白酒。

"白酒?你喝白酒?我记得当时你们几个淑女滴酒不沾的。"袁励武吃惊地说。

"别瞪那么大眼珠子看我好不好,进化论懂不懂,猴子都能变成人,淑女就不能变酒鬼了?告诉你,你这大老爷们能不能喝得过我还两说着呢!"张萍不屑地说。

袁励武笑着摇了摇头,吐了吐舌头。

酒菜上齐后,张萍挽起袖子给袁励武和自己的杯子倒满酒,举杯往袁励武的杯子上一碰说:"为老同学老战友情谊,为我现在是你的班主任你是我的兵,为我是统治阶级你是被统治阶级,干了!"说完一饮而尽。

袁励武自然毫不示弱,一饮而尽。他吃了一口菜,为刚才自己的吹牛而后悔,酒的浓烈加上菜的酷辣,烧得袁励武的嗓子直冒烟。张萍则笑嘻嘻地看着他,大口大口地吃着拌有红彤彤辣椒的菜,若无其事,袁励武不由得瞪大了眼睛。

两人边喝酒边聊天,回忆着过去的军校生活,话题自然而然地就转向了各自的婚姻家庭方面。袁励武把自己的情况简要介绍了一下,也顺便把自己目前的苦恼透露了一些,张萍听着,只是怪怪地微笑着。

"班主任同志,说说你的幸福生活吧!"袁励武笑着说。

张萍喝了一口酒,慢悠悠地说:"我刚离了。"

袁励武脸上的笑容突然僵在了那里。过了一会儿,见张萍的眼里似乎有泪珠在转动,他低声说:"对不起啊,我确实不知道。"然后又问:"能说说吗?"

"没什么。我的那位是精密仪器厂的一位机械师,研究生学历,人长得很清秀很斯文,收入也高,在别人看来很优秀。恋爱时我们相处得还可以,尽管发觉他有点迂,但我觉得知识分子都这样,相处时间长了我可能会影响他。但事情就是这么怪,结婚后和他相处的感觉突然消失得无影无踪了,我们俩始终处于需求错位当中,他总是在我不需要什么的时候阴差阳错地给我送来了,又在我需要什么的时候恰到好处地给我拿走了;他总是在我需要他出现的时候莫名其妙地消失了,又在我希望他离我远远的时候不合时宜地来到我面前;他总是出现在碍我事的地方,总是出现在扎我眼的时候。只有满足他人需要的付出才是有效付出,他的付出恰恰是我所不需要的,而他理所当然地对我也是这样的感觉。"张萍说着眼泪已经在眼眶里打转。

"在公众场合中,我最担心他说什么话时,他肯定会不失时机地把我担心的话说出来;我希望他严肃的时候他却嬉皮笑脸,我认为该风平浪静的时候他却雷霆大发;我饥肠辘辘回家的时候肯定是冷锅冷灶,我没有胃口的时候他却大献殷勤地准备好了一大桌子菜;在我疲惫不堪对房事没有任何兴趣的时候他兴致大发,我希望他主动亲热时他却呼呼大睡了;就连我俩是牌局搭档时,他出的每一张牌也都是我所不希望的。他不抽烟不喝酒没有不良嗜好,在别人看来绝对是模范丈夫,而我却被这种没有丝毫心灵默契的婚姻搞疯了。我感觉他在努力着,但越努力越糟糕,当我决意离婚的话出口的时候,他竟然呜呜地哭了,说我是铁石心肠,不是个女人,他的这么多付出竟得不到我的丝毫好感和温柔。这不,又是在我希望他像个男子汉那样面对这一重大问题的时候,他却像个孩子似的被击垮了,这哭声显然无法挽回我的决心。可能我上辈子得罪了老天爷,上天专门让我玩错位,本来我是一个女孩子却长得男孩子气,这又变着法儿折腾我的婚姻。"张萍说着眼泪已经掉下来了。

袁励武赶忙劝道:"别迷信,这都哪儿跟哪儿呢!可能你对他要求太高了,太在意自己的感受而忽视了他的感觉,难道他就没有一次合你节拍的表现?"

张萍摇摇头说:"几乎没有。累,实在是太累,我简直被他打败了。有好几次我都几乎相信他是故意违着我的心思做事的,但我明确知道他不是故意的,他就是上天派来折腾我的。我们不吵架不闹腾,家里从表面上看风平浪静,实际上是一潭死水,这就是命。好在没有孩子,离了对双方都是一种解脱吧。"

袁励武问:"那下一步你准备怎么办呢?"

张萍摇了摇头苦笑着说:"先冷静一段时间再说。爱情是什么,两人在一起感觉不累那就是爱情,除此之外我没有别的奢求。"顿了顿她又说:"刚才你也说了你的苦恼,站在女人的角度说,谁都希望自己的丈夫是一个替她遮风避雨的港湾,这当然也包括经济方面。军人现在的收入作为女的来讲没有什么,因为她可以找一个经济收入比她高的丈夫作为家庭的经济靠山,但作为男的你这点儿收入确实太低。你媳妇的抱怨很正常,你既不能给她提供有效的经济帮助,在她职业发展上又无能为力,甚至连帮她找一个工作都做得不如意,她抱怨你几句又怎么了,她能跟你一起过下去本身就说明她已经很高尚了。"

袁励武默默听着，似有所悟。

张萍突然破涕为笑："你看，我们教育起对方来都一套一套的，自己的日子却一团糟，人是不是都这样啊？"

袁励武说："可能是吧。感谢你对我说的这一番话，我应对婚姻的经验不足，你的有些话提醒了我。对了，你到底向往什么样的夫妻生活？"

张萍又狠狠地夹了一块辣椒放自己碗里，说："曾经喜欢火辣辣的生活，一想起日子如果像温吞的白开水一般就感觉很没劲，爱就爱个死去活来，吵就吵个天翻地覆，通透！哪怕对方是十二月党人我也毫不犹豫地陪他奔赴西伯利亚吃苦受冻。可这一场失败的婚姻让我明白了，爱情就是要接受平淡日子的考验，接受生活一点一滴的考验。因此，我想开了，继续自己喜欢的生活方式，如今我是一人吃饱全家不饿，少了很多牵挂，我现在心理上已经排斥婚姻了。你知道吗，我参加了本市的'单身女性俱乐部'，单身的姐妹们相约做美容、购物旅游、聚会喝酒，这种生活方式我很喜欢，刺激、简单、率性。"

"那你父母对此什么态度？"袁励武突然问。

"哈哈，我父母在我上军校时就离了，所以他们也理解我的选择。我父亲是银行高级会计师，也快退休了；母亲是大学教师，在外人看来是多好的组合啊，为了我的学业，他们一直忍到我高中毕业上了军校才离。父母离婚十多年了都未再婚，也无复合的迹象，我游离于两人之间，他们好像都觉得对不起我，都想着法儿地给我提供着经济帮助，我现在过着优哉游哉、神仙般的日子。"张萍说。

不知不觉两瓶白酒被两人喝得干干净净，似乎谁都没有醉意，张萍想再来一瓶被袁励武拦住了，说点到为止，刚来报到不好喝得太多，并直夸张萍的酒量了得，今天的训话也极有水平，张萍哼了一声道："不要以为就你们男的能喝，没有个一斤八两的量还敢混？"

送走张萍，袁励武见时间还不到八点，天刚下黑，不算太晚，就赶忙到附近的小卖部找个电话给舒琴打了个传呼，连打了三遍也没见回。

袁励武想，她在岳母家住，打电话应该很方便，大概是太忙了，或者是生气了故意不回吧。

31

舒琴接到袁励武打来的传呼时正好碰见岳奉秦。

舒琴和岳奉秦的生活轨迹本来已经成为两条平行的直线，她在工厂上她的班，他开公司发他的财，她做袁励武的妻，他做黄局长的婿，互不相干。但既然同在一个城市，致命的邂逅总是不可避免的。

袁励武出差了，家里柴米油盐酱醋茶和孩子奶粉尿片的事自然就落到了舒琴头上，平时励武承包了其中的大部分工作量，如今舒琴一人承担起来才感觉有点儿吃不消。趁着到工人文化宫上班前还有几天空闲时间，舒琴让马原琪在家照看着孩子，她出去买了一大包的婴儿用品和家庭用品，一直到七点钟天快黑了她才从商场出来，到公交车站等公交车。

她提着一大包东西足足等了半个小时公交车也没等到，中间本来想拦出租车又犹豫了没拦，现在想打出租车了结果出租车一辆空的也没有了。她在公交站牌前焦急地等待，空气中热浪翻滚，舒琴身上已是大汗淋漓，腹内饥肠辘辘，初启的路灯映照出她流汗的焦急面颊。这时一辆黑色锃亮奥迪车嘎地停在了她眼前，浅墨色的车窗玻璃被缓缓摇下后，一个头发梳得油光发亮的脑袋和满脸带笑的面庞在路灯的映照下映入舒琴的眼帘，是岳奉秦。

"这不是舒大领导袁夫人吗，到哪儿去啊？来，我送你吧！"岳奉秦依然是那副志得意满的口气。

舒琴听出了话里面的嘲讽意味，也回敬道："岳大经理啊，晚上不在家陪老婆出来转悠啥啊？"

在语言上没占着便宜，岳奉秦只好笑了笑说："上来吧，到哪儿我送你。天黑了。"

舒琴犹豫了一下还是上了车，岳奉秦先是拿起大哥大给员工说了些指示，说自己晚点儿回去，会议推迟半个小时，大哥大里传来叽哩哇啦的声音，岳奉秦只是"嗯""啊"地应答着，最后说等他回去后再决定，就挂机了。

这时舒琴腰间的传呼机突然滴滴响了，舒琴一看电话是外地的，就断定是袁励武打来的。岳奉秦把大哥大递给舒琴说用这个打吧，舒琴说不用浪费电话费了，是她妈打来的，一会儿就到家了。令舒琴恼恨的是传呼竟然连响了三遍，她干脆关掉了传呼。

车启动后舒琴先是说："对不起，耽误你开会了。"接着恭维了岳奉秦一下："又是车又是大哥的，光凭着这进口车就可以看出如今是无限风光啊！"岳奉秦只是说发点儿小财，并简单问了一下舒琴的近况，当舒琴告诉他袁励武出去学习了，她自己马上要到工人文化宫上班时，岳奉秦说："去那儿干吗，一个清汤寡水的单位，如果你愿意我给你介绍个单位，收入至少是那里的五倍。"

舒琴笑着说："感谢了。不过我以前一直在厂里工作，你们生意场上那一套我又不懂，我去能干什么呀！"

岳奉秦说："都什么时代了，还抱守着老一套不放那怎么行，换换脑筋吧，没什么难的，以你的智商两天就能学会。"

到马原琪家的路线岳奉秦是再熟悉不过了，车子很快就到了马原琪家楼下，舒琴下车后说："过去你就老送我回家，也没让你上去坐坐，今天到家了，不上去坐坐？"

岳奉秦说："伯母在家吧？今天就算了，我还得回公司开会，改日吧。"说完他向舒琴要了马原琪家的电话号码，说近期和舒琴再联系，就开车离去了。

舒琴呆呆地望着远处的轿车，心里突然涌上了一种说不出的感觉。

邂逅舒琴，这让岳奉秦感觉很兴奋很躁热。把舒琴送回家后，岳奉秦先是回到单位简单处理了一下事情，接着又驱车来找侯玉英。"很长时间没见到这个小妖精了。"岳奉秦心想，要不是今天偶遇舒琴，他还真忘了已经跟侯玉英有很长一段时间没有亲热了。

侯玉英还没有结婚，单身的她不愁吃不愁穿，也完全不去顾及那些在背后对她的私生活指手画脚的亲戚朋友们，包括她的父母。侯玉英的服装生意做得挺好，她主要的社交圈子就是那些生意上的合作者,其中也不乏借谈生意之机揩她油的好色男子,对此,她感觉不讨厌的也就顺水推舟,既对生意有利也排遣了自己的寂寞,岳奉秦来不来对侯玉英来说真的无所谓。

当岳奉秦敲开侯玉英的房门时,侯玉英正穿着单薄的吊带衫和短裤在房间看电视纳凉。她拉开门看见岳奉秦就拉下个脸不理会他,岳奉秦则嬉皮笑脸地就往侯玉英的胸脯和屁股处乱摸,侯玉英甩开他的纠缠,生气地说:"今天这是哪服药吃错了,走错门了吧?"

"就是来找你的。"岳奉秦将她拉到自己对面,用嘴在她脸上亲了一口说,"宝贝,寂寞了吧,想我了吧,今天我是专程来给你解闷的。"

"去去去,几个月了连个人影也不见,电话也没有,想来就来想走就走,我在你心里算是占了个什么位置?"侯玉英推开岳奉秦,生气地说。

"这不是忙嘛,我这百忙当中想着你,抽空来看看你,你呢却不领情。"岳奉秦说着猛地抱起她,把她扔到了床上。

"少在我这里发骚……"侯玉英话还没说出口,岳奉秦已经将她的吊带和短裤扯掉,然后自己也脱光衣服就扑到她身上去。侯玉英尖叫着挣扎着却动弹不得。岳奉秦近乎疯狂地发泄着,脑海里却幻想着下面躺着的是舒琴。

而此时侯玉英脑海里却显现出自己第一次被岳奉秦占有时的情景,那也是在一个闷热的夏日夜晚,也是一具赤裸的身体死死地将自己压在身下,也是面对一个性欲尽情发泄的灵魂……

夏日夜晚的闷热中,两人大汗淋漓地进行完了不知重复了多少遍的程序,可这一次岳奉秦的激情投入超过以往,侯玉英还真有几分相信这或许是因为他是真想自己了。

外面响起了一声闷雷,接着又一个闪电照在床上躺着的两个赤裸裸的躯体上,侯玉英突然说:"要下雨了,今晚你别回家了,就住在我这里吧。"岳奉秦坐起来说:"哪能呢,住在你这里我那黄脸婆还不跟我拼命?她也会找你拼命的!"岳奉秦拿话威胁侯玉英,而且是一用一个准,这么多年他已经吃透了她,他知道她最想听什么,也最怕什么。

见侯玉英不作声了,岳奉秦穿好衣服站起来说:"你猜我今天遇到谁了?舒琴!好些日子没有音信了,嫁给袁励武那穷小子后她过得并不好,日子紧巴巴的。"

赤身躺在床上的侯玉英听到袁励武的名字后身体哆嗦了一下，她冷冷地看着岳奉秦转身走出房门，同时明白了他今晚来这里的原因。

岳奉秦的身体挤出房门，门刚关上，侯玉英突然起身拿起床下的拖鞋使劲向房门扔去，嘴里喊了一声"滚"！

与侯玉英喊出那声"滚"差不多同时，从舒琴喉咙里也冒出了一声"滚"，那是她对着电话里的大学同学喊的，而且声音是亲昵的带有玩笑性质的。舒琴的大学就是在龙海市读的，生源主要来自本市及郊区几个县，所以毕业后同学大都在龙海市及周边地区工作。在手机还没有普及的年代，同学间缺乏互相沟通的平台，联系起来比较困难，但给舒琴打电话的这位同学一直与舒琴保持着联系。她是舒琴大学同宿舍的一位闺蜜，叫姚丽，此时的她正张罗着搞一次同学聚会，说毕业都八九年了光小聚没意思，也该把大家全划拉过来大聚一次了；还在电话里戏谑地说当年在大学里追求舒琴的瘦小子杨展光如今出息了，在本市一家大型国企的关键部门任副主管，这次聚会还有一个意思就是让舒琴和他好好叙叙旧，他一直惦念着舒琴。听到对方在电话里越说越没谱了，所以舒琴才喊出了那声"滚"。

舒琴知道，这个姚丽之所以要张罗着搞同学聚会，目的就是借此机会炫耀一下自己的富有。姚丽人生得俏，皮肤嫩得能掐出水来，除了有点点爱慕虚荣外，作为姐们儿交往还是很够意思的。她嫁给了一个叫柳岩林的开个体牙科诊所的牙科医生，治疗牙病直到今天也属于暴利性行业，在当时的收入几乎是普通工薪阶层的十多倍。姚丽和老公柳岩林早早地买上了房买上了车，小康生活的目标早早就实现了。舒琴跟她一直保持着联系，她多次约舒琴出来吃饭购物，但舒琴基本上都拒绝了，作为同窗兼闺蜜，舒琴在经济上没法跟她比，出于面子考虑索性就回避。

舒琴想，以自己目前这种状况，是没有心境参加什么同学聚会的，但电话那边姚丽却是不依不饶："你可是当年班里的团支书，你如果不来我们的聚会就失去政治方向了。再说了，杨展光那小子可是对你念念不忘啊，做人要大度点儿，别让人觉得你是因为他而不敢来的。来吧来吧，费用我全包，不用你掏一分钱，我的大美女，求求你了！"

舒琴最听不得她的哆声哆气，在她的软磨硬泡下终于屈服了："好好好，我去我去，但咱可说好了，就是同学叙旧，没有其他乱七八糟的东西。"电话那边传来姚丽得意的笑声："我说嘛，我姚丽搞个聚会姐姐怎么也得给我这个面子。"

舒琴放下电话苦笑了一下，她想起大学时苦苦追求自己的杨展光，一个瘦瘦的奶油气十足，甚至还有点儿娘娘腔的小男孩，白净的脸上是一对小眼睛，上面罩着一副小眼镜，一看就是没有大气派大格局的人。他追求舒琴的方式很有意思，她知道舒琴喜欢吃巧克力，可那时候这东西是高档紧俏物品，凭票供应，他就想方设法搞几张票，利用可能的机会也不说话直接塞到舒琴手里，有时搞得舒琴莫名其妙。舒琴不喜欢他，他太奶油太甜腻了！舒琴就以其人之道还治其人之身，用零存整取的方式以同样的手段塞给他。刚开始杨展光以为送巧克力票属于物质馈赠，太不上层次，于是就改为向舒琴塞电影票，谁知舒琴更决绝，收到电影票后人却不去，空留可怜的小男孩在电影院门口苦等。杨展光也是个脸皮薄的主儿，被舒琴这么一折腾据说还哭了一场，从此再也不理舒琴了，直到大学毕业后，彼此间也没有联系。

想到这里舒琴叹了口气，她开始考虑同学聚会该穿什么衣服该怎么化妆，她甚至考虑是否应该像莫泊桑笔下的路瓦栽夫人那样去借一条名贵项链戴上，她感觉自己与小说中的人物和情节都有某些相似之处了。

十天的培训结束，袁励武回家了，同时得知自己和王进军的第二次中级职称评审都已经通过了，舒琴也去工人文化宫上班了，袁励武的心情大好。同时，与张萍的谈话使他对夫妻感情有了更深一层的认识，面对舒琴那忽晴忽阴的情绪他尽量迁就容忍，家务活能多干就多干点儿，在军队养成整理内务的习惯，干这点儿活根本累不着。

儿子上幼儿园了，舒琴也终于去工人文化宫上班了。工人文化宫的工作倒是不累，但舒琴从进去的那天起就对这份工作没有好印象，在里面上班的大都是些临近退休的或退休返聘回来的老头老太太，每天喝茶看报死气沉沉，工作节奏缓慢，还整天倚老卖老，关系不好协调，想想自己今后的工作就是要和这么一拨老人在一起混，舒琴就不寒而栗。好在工人文化宫归宣传部门管，舒琴可以参与一些文化活动的组织与创作，这或多或少地激起了她的一点儿兴趣。

先这么干着吧，谁让自己时运不济呢！闲时舒琴经常皱着眉头这样想，以此来安慰那颗不平衡的心。

儿子上幼儿园的费用也是一笔不小的开支，家里困难的经济状况并没有因为舒琴重新工作而缓解多少。

缺钱,让生活失去了应有的光泽。

看着舒琴整天不得舒展的脸,袁励武心里也不好受。他知道,作为丈夫和父亲,他不能让妻子孩子过上富足的生活,自己在这一点上是不称职的。但眼见自己每月的工资条上就写着那么小的一个数字,他对此也无可奈何。

有时,他也想过与其在经济上如此拮据还真不如转业到地方闯一闯,可这个念头马上就被压下去了。自己从高中毕业就进了军队院校接受教育,十几年的军旅生涯已经将自己的心深深地种在了军队这块土壤里,这里就是自己的根哪!

时间在清汤寡水的生活中穿行,转眼又快到春节了,结婚这么多年了袁励武都没有在家陪父母过除夕,只是在年后或空闲时回家看一下父母,舒琴和孩子则没有回来过。袁励武向舒琴提出今年春节能否全家回老家过年,结婚这么多年了因为孩子小一直没有回家过年,现在孩子大点了也该与爷爷奶奶一起过个年,让老人们享受一下天伦之乐。起初舒琴是不同意的,理由无非就是农村条件差,万一把孩子折腾出病来怎么办?袁励武说没事的,儿子都快五周岁了,身体应该能扛得住了。舒琴还不放心马原琪一个人在家过年,想起这么多年了自己都在母亲身边过年,对跟袁励武回老家过年舒琴显得很犹豫。马原琪知道后劝舒琴听袁励武的,正好舒琴的小姨因为儿子全家出国了过年不回来,马原琪准备到舒琴小姨家过年,老姐俩在一起彼此都不会孤单。同时,马原琪还嘱咐舒琴,要和婆婆搞好关系,作为儿媳妇结婚这么多年也没有到婆婆家过个年,有点儿过分了。舒琴勉强答应了。

当袁励武带着舒琴和儿子一起踏进家门的时候,袁父袁母高兴得流下了眼泪,尤其是袁父,抱着大孙子用满是皱纹的脸在袁志远圆润的脸蛋上蹭来蹭去,逗得袁志远咯咯直笑;舒琴见到袁母尽管心里还是疙疙瘩瘩的,但也大大方方地叫了声"妈",袁母也欢欢喜喜地答应了。袁励武将带来的年货拿出来,看着两位老人高兴的样子,他长松了一口气。

欢乐劲儿还没过去,舒琴又对家里的卫生状况担忧起来了。首先她总觉得农村的空气里弥漫着一股牛粪味,厨房里乱糟糟脏兮兮的陈设还是令自己不放心;虽然厕所已经改造过了,但里面的气味还是令人作呕。舒琴最不放心的是水质问题,水都是从地下压出来的,总有一股咸咸的味道,这能喝吗?想到这里,她皱起了眉头。

舒琴让袁励武到附近的超市里买了十几瓶矿泉水,烧水时单独烧开矿泉水供自己和儿子喝，吃饭不仅自己吃得很少，还让儿子也少吃，饭后吃饼干充饥。但袁志远对奶奶家的饭菜似乎很有胃口，每次当他吃得津津有味时被母亲夺下筷子总是要嘟囔几句。为了将就舒琴，其他人都没有说什么。

大年三十这天，按照风俗袁父和袁励武领着袁志远去给祖辈们上坟，坟地里鞭炮齐鸣烟花轰响，热闹的场面令袁志远兴奋不已，他开心地来回跑着。上完坟后袁志远又兴致勃勃地帮爷爷和爸爸贴春联，一切都那么好奇新鲜，玩得满头大汗。

除夕夜里一家人其乐融融地坐在一起吃年夜饭，袁励武陪着袁父喝了几杯酒，袁父则乐呵呵地将压岁钱塞到了袁志远手里。看春节联欢晚会时袁励武发现袁志远有点儿流鼻涕，他没太在意。

春节一大早拜年的来了，袁励武热情地招待着他们，舒琴阴着脸过来把袁励武叫出去，说儿子感冒发高烧了。袁励武大吃一惊，赶忙过去摸了摸儿子的额头，确实有点儿烫，一量体温三十八度七，袁励武说："快到村里诊所去看看吧。"舒琴说："亏你想得出！不行，村里诊所我不放心。"

袁励武说："那我带他到镇上卫生院看看吧。"

舒琴眼睛一横，然后说："你想什么呢，农村的镇上卫生院啥货色我还不清楚？咱儿子不能去那里看病！"

袁励武问："那怎么办啊？"

"马上回去，到龙海市的医院去治疗！"舒琴的语气斩钉截铁。

"这大过年的说走就走，不太好吧？"袁励武低声跟舒琴商量道，"镇上医院的水平跟龙海市差不多，再说，不就是个感冒吗，不用这么兴师动众的吧？"

"你这是什么话，感冒不注意可能会发展成大病。我告诉你，我怀疑儿子的病不光是感冒，与这几天饮食不健康也有关系！"舒琴声音提高了八度。

"你……"袁励武又被呛了一口，但他随即低声问："非得今天走吗，先到镇卫生院去看看再说好吧？"

"没商量！"舒琴的口气极度强硬。

袁励武将脸凑近儿子的脸问："儿子，想回去吗？"

袁志远慢悠悠地说："我不想回去。"

"你别拿儿子当挡箭牌，他年龄这么小懂什么！你不走，我带儿子走！"舒琴忿忿地说。

袁励武叹了口气，出去跟袁父袁母商量，袁母正忙乎着准备饭菜招待来拜年的亲朋好友中午一起吃饭，毕竟袁励武好几年没有回家过年了，今年难得回家一趟大家一起聚聚也是早计划好了的。听到这个消息后袁母大惊失色，赶忙过来跟舒琴商量，舒琴沉着脸说："不行，还是回去看看吧，万一有什么其他毛病耽搁了怎么办？"

袁父倒开通地说："回去吧，看病要紧，你们放心回去吧，不用挂念家里。"

袁励武知道，舒琴坚持要走不光是因为儿子的病，看得出这几天她一直在熬着。在舒琴的坚持下，袁励武给儿子吃了两片随身带的感冒药，打点好行李，与亲朋好友告别后就抱着儿子来到了村头公路上的车站牌前，袁父和袁母一路送过来。

这里每天都有几班跑龙海的长途车经过，今天是春节，车要少很多。几个人在寒风中等了半天好不容易等来了一辆长途车，与父母话别时看着父母苍老的面庞和略显失望的表情，看着被寒风吹得头发凌乱的袁母正用衣角擦着眼泪，袁励武的心一阵发酸。

在长途车上，刚吃过药的儿子恢复了精神，跟袁励武说："爸爸，我好了，咱们回爷爷奶奶家吧。"袁励武抚摸了一下儿子的脸蛋，笑笑没有说话。

舒琴看着他俩，也没有说话。

到家后，袁励武和舒琴马上带儿子到医院检查，袁志远患的就是普通感冒，吊瓶也没挂，医生开了点儿普通的感冒药说回家吃两次就好了。

从医院回家后舒琴问大过年的一家人吃点儿什么，袁励武没有说话，他感觉累了。今天舒琴的表现有点儿过分了，但大过年的他不想跟舒琴吵，他感到，舒琴在某些方面，变得已经让自己不认识了。

有时袁励武在想，我们俩到底谁变了呢？

32

王进军这个年也没过好。

自从取得律师资格后，王进军就一门心思地想做专职律师赚大钱，为此他心里头开始酝酿转业的事情，反正自己现在中级职称也解决了，家属也随军落户了，过年一回到老家就跟曹金秀商量起转业这事。

曹金秀和孩子落户到了龙海市，为此，曹金秀不得不辞掉了在老家的医生工作，但在龙海市又没有找到相应的工作，所以只好先在老家开了个诊所维持生计，这样一来随军手续是办了，但还得继续过着两地分居的生活。所不同的是，由于办理了随军手续，王进军也分到了一套营职公寓房，他在一个更宽敞的房间里继续过着他的逍遥日子，高兴了就回老家一次履行一下做丈夫和父亲的职责。还是苦了曹金秀，她一边拉扯着孩子一边应对着诊所的日常事务。

王进军服役时间短，部队一般不会批准其转业，如果本人坚持要走那就取消干部身份；况且，干部转业一般情况下都会被安置在事业单位，也无法做专职律师。最后王进军小眼睛一转，决定转业争取进高校任教，高校教师不用天天坐班，可以做兼职律师。但要转业到高校任教的必要条件是具有研究生学历，因此在折腾完律师资格考试后，王进军必须马上接着准备研究生考试。

没想到这个王进军自以为很宏伟的人生规划遭到了曹金秀的强烈反对。她无法理解丈夫：为什么不要军官身份，偏偏要去做什么律师，你以为法院是你家开的，律师的钱就那么好赚？自己带着孩子再苦再累头上好歹顶着个军官家属的光环，自己辞掉在老家当医生的工作随军来到龙海市，还指望下一步依靠军嫂的身份找个好工作呢，现在玩儿这一出算什么呀？王进军反复跟曹金秀解释，说军官名头不能当饭吃，即使不是军嫂也能找到工作，对此曹金秀一概不信，她对自己小眼睛丈夫那两片厚嘴唇中间吐出来的话有多少是真的深表怀疑，恋爱和婚后自己为此已经吃了不少亏了。

王进军恼羞成怒，直骂曹金秀不可理喻，曹金秀则搬出王进军的父母来压他，王进军的父亲闻听此事甚至要拿鞋底揍他，王进军在亲戚朋友的谴责声中郁闷地过了一个春节。

节后开学，王进军就在单位里磨起了洋工，整天一门心思地复习考研究生，教研室领导多次找他谈话，他都无动于衷。最后还是袁励武找到了他的命门，他帮王进军分析形势："你如果不好好表现，即使你复习得再好领导不批准你考研究生怎么办？还有，在转业问题上你别犯傻，更别想什么转业去当大学老师，你以为大学就那么好进去？你现在就开始混日子，怎么可能转业去高校呢？"

王进军眨巴着小眼睛，若有所思地点了点头。袁励武的话还真是立竿见影，第二天起王进军就尽心尽职地上班了。

王进军的思想工作做通了，可舒琴因为参加同学聚会而结成的心结就不是袁励武那么容易解开的了。

姚丽组织的同学聚会在拖延了好长时间后终于举行了，地点在龙海市一家四星级酒店举行。说是聚会，节目只有两个，一个是吃饭，一个是唱歌。姚丽包下了酒店餐厅里最大的房间，分为就餐区和娱乐区两个部分，面积足足有二百多平方米，装修豪华。位于就餐区的一张硕大的圆桌足足可以容纳二十多人入座，圆桌中央摆放着翠叶簇拥下的灿烂鲜花，娱乐区的大电视屏幕上循环播放着《同桌的你》《睡在上铺的兄弟》等怀旧校园歌曲的录像，气氛温馨而热烈。

参加聚会的老同学陆陆续续到来，先来的与后来的相互拥抱的拥抱，握手的握手，彼此寒暄着，谈笑着。为了组织这次聚会姚丽也真是费了不少力气，联系到了好几个在郊区工作的同学，他们也早早赶过来，毕业后他们与在市内工作的同学几乎没有见过面，所以一见面就惊喜万状、亲热万分。舒琴是踩着约定的时间点来的，她的到来引起了不小的轰动，被姚丽安排在主宾的位置上，大家纷纷称赞她还是那么漂亮没怎么变。看来，虽然毕业多年，舒琴在同学们的心目中还是很有分量的，想到这里她心里不免闪过一丝得意。她用目光环顾了一下四周，就像当年她站在讲台上面对全班同学宣布事情或布置任务一样，有众星捧月的感觉。她微笑着向老同学招呼致意,同时她的眼光也扫到了坐在她斜对面的杨展光,他依旧是那么高瘦,脸上架着一副金丝眼镜更显其含蓄文静,他也向舒琴点了一下头表示致意。当舒琴坐下后发现来参会的同学大都配备了手机,各种名片也一张张地向自己发过来,什么"董事长""总经理""处长"等名头令她眼花缭乱。而当别人向她索要名片或联系方式时,她只好拒绝,心想一个下岗职工还需要配备什么名片,更别说几千元的手机;再想想包里那小小的传呼机,她的脸开始红了。

落座后,姚丽的老公,长得帅帅的牙科医生柳岩林首先举杯,代表姚丽,代表全家祝福在座的各位事业有成、家庭幸福,然后很优雅地一饮而尽后说自己那边还有应酬,望各位玩得开心、玩得尽兴。姚丽则小鸟依人般坐在丈夫旁边,一脸的满足与幸福。待柳岩林离开后,姚丽毫不客气地坐在了主座位置上,正式拉开了同学聚会的序幕,也开始了她极富煽情的演讲:

"亲爱的同学们,时光荏苒,岁月如梭,不知不觉之间,我们已经分别了太久太久,屈指一算整整九年了。想当初,进入大学校园的我们风华正茂意气风发,我们同窗苦读,朝夕相处,拼搏过,探索过,迷惘过,逐渐长大成熟,今天回想起来,那学生时代生活的一幕幕、一桩桩仍然历历在目,让人激动不已!如今,我们已各奔前程为人妻为人夫为人母为人父,但这场缘分这份情谊是永远难以割舍的,让我们在这重逢的短暂时间里,坦诚相待,真心面对,更多地说说心里话!让我们抛开种种的顾虑,放下所有的恩恩怨怨,倾情交谈,共诉衷肠,传递真诚,过去没有说完的话,想说又不敢说的话,今天就统统说出来吧!"

在众人的喝彩声中,姚丽结束了她的激情演说。舒琴笑了一下,她感觉姚丽的演说词是抄袭别人并背诵过的,她知道姚丽不可能有那么丰富的词汇和流畅的临场表达能力。

接下来的程序是每人介绍自己的工作和家庭情况,并敬一杯酒说一句话,从舒琴开始轮流着来。舒琴犹豫了一下端起酒杯站起来说:"不好意思我来迟了点儿,让同学们久等了。我现在工人文化宫工作,老公是个军人,儿子五岁了。愿曾经的岁月酿就的同学情谊如我杯中的甘醇一般,历久弥香,祝愿同学们前程似锦!"说完将满杯的红酒一饮而尽。"哇哦,军嫂啊!"顿时举桌振奋,大家纷纷让她谈谈当军嫂的感受,舒琴红着脸坐下了,没有回答。

敬酒活动继续进行着接力,接下来的敬酒词里除了温馨的身体健康问候和家庭幸福祝福外，"财源广进""生意红火""日进斗金"等带有浓厚商业气息的话和"平步青云""官运亨通""步步高升"等带有浓厚官场气息的话越来越多，不是升官就是发财，而舒琴感觉这两样跟自己和自己老公根本扯不上边，她竟然感觉有些失落。

前面的祝酒词里还或多或少地讲点儿母校情、同窗谊，后面的自由祝酒活动几乎成为商场、官场经验交流会和经贸洽谈会，男的兴奋异常地谈着自己的事业，女的则拐弯抹角地夸赞着自己的老公，有的甚至还借此机会初步谈成了一笔笔生意。舒琴本来挺喜欢这样的场面，但通过互相敬酒她知道了很多同学过得都很滋润，有房有车的不在少数，心理就有点儿失衡。渐渐地舒琴失去了跟他们继续敬酒的兴趣，他人的发达反衬出自己的落寞，她还得在同学们面前尽量掩饰自己的不如意，装出很富足的样子，她怕自己已经失衡的心更加不平衡。

有好大一会工夫，她坐在那里呆呆地看着其他人满面红光地左右穿梭，这时杨展光端着酒杯过来给舒琴敬酒，语调里还是有点儿腼腆，娘娘腔并没有改多少，但说话语气比上学时坚定自信多了，话语中同时还略带着点关心："其实这些年我一直在留意着你的消息，听说你与一位很优秀的军官结婚了，祝福你，这是我的名片，有事联系我。"在当年的追求者面前，舒琴依然保持着矜持与高傲，她用杯子轻轻碰了一下杨展光的杯子回敬道："谢谢，愿你一切如愿吧。"杨展光走开后，她看了一下名片，呵，这个当年的娘娘腔如今竟然是中石化龙海分公司的人事部副经理。想起当年他看自己的怯怯眼神，舒琴心里总感觉不是个滋味。

杂乱的敬酒场面还在继续，舒琴则由失落逐渐变为怨恨，看着眼前这一群衣着光鲜踌躇满志的不是混得好就是嫁得好的男男女女，再对比一下自己，她越发想找个地缝钻进去。

酒还没有喝完有人就迫不及待地开始了唱歌程序。喝了酒的男女似乎在性别上有些错位，男人不像是男人女人不像是女人，男人嗲声嗲气地唱女声，女人则豪放无忌地唱男声并朗声大笑。酒精的刺激加上没有另一半的监督，上学期间没有抒发的情感在这里得到了释放，重新演绎了一把旧情复燃和过把瘾就死的鲜活一幕，《迟来的爱》《心雨》等反映有情人不成眷属的男女二重唱被唱得如泣如诉，听那意思好像在座的每个女人出嫁那天心里都还盛着一个男的，但却不是对面的新郎。有的女同学则把胳膊搭在一位男同学肩上，醉眼迷离地将酒杯送到那男同学的嘴唇边；有的男同学则手揽着女同学的腰，亲亲热热地与女同学喝起了交杯酒，做东的姚丽则四处招呼左右逢源，将整个场面安排得热烈而有序。

"这个姚丽，上学时就是个爱吃零食头脑简单的丫头片子，每次考试都是磕磕绊绊勉强及格，可如今因为嫁得好，整个人都变得似乎高人一等了，还不是因为有钱！"舒琴冷冷地看着，心里想。

舒琴心有不甘，当年班里公认的美女怎么在毕业后几年就如此自惭形秽了呢？舒琴明白，原因也只有一个，那就是钱。有了钱，丑小鸭也可以变为白天鹅；没有钱，曾经再风光的人也就是平阳之虎、浅滩之龙。

利用别人唱歌的间隙，她和几位同学聊了会儿天，她惊奇地获悉同学中大部分人都在好地段购买了商品房，有的还买了车。看着当年的同学一个个眉飞色舞兴高采烈的样子，舒琴心中的不平衡感愈加强烈，越想越不舒服，她实在熬不下去了，趁着乱哄哄的场面起身离开了。

刚出酒店门口，杨展光追了出来，连忙说："你要回去啊，我送你吧，我开单位的车来的。"

"不用了，谢谢你啊，"舒琴转过身来说，"老同学，看得出你混得相当不错，浑身上下很有派头。"

杨展光笑着说："哪里啊，我毕业后本来是在市教育局坐办公室的，去了以后发现我的直接领导居然是中学时对我特别严厉的班主任老师，他调到教育局来了，那个别扭劲儿就别提了。我中学时被他训斥了三年，中间好不容易缓了口气，以为可以摆脱他的魔掌了，以为这种命运可以一去不复返了，哪知转了一圈后，我又转到了他手下，不知道又要被他'统治'多少年，这太可怕了！于是我坚决辞掉了教育局的工作，想办法调到了中石化在本市的分公司，感觉比在教育局舒坦多了。你看，老同学见面，有很多话要说，还是我开车送你吧，咱们边走边聊。"

舒琴仍然是一个劲儿拒绝，见舒琴态度坚决，杨展光拦了辆出租车，待舒琴快要上车时对她说："那好吧，路上小心。听说你们厂改制了，有什么需要我帮忙的打我名片上的电话。"末了，他又说："有事就说话，别太苦了自己。"

舒琴说了声谢谢，冲杨展光微笑了一下，摆了摆手，就坐上了出租车。

灯火辉煌的都市大道在出租车面前延伸开来，霓虹灯在街道两边高高的建筑上令人眼花缭乱地闪烁着，透露出无尽繁华与种种诱惑。身为龙海人，舒琴对龙海市这几年发生的变化还是暗暗吃惊。新建的高楼鳞次栉比，购物和娱乐场所也如雨后春笋般钻了出来。这几年，大家都在铆着劲地赚钱，把腰包赚鼓后拼命享受、消费和炫富，自己都干什么了？她感到自己已经落后于时代了，连当年自己根本瞧不上的杨展光如今都人五人六地站在高处跟自己说话。

出租车驶进了一片黑暗破旧的城区，这里跟刚才的地方简直是两个世界。几座破旧的楼房像风烛残年的老人一样刺进了舒琴的眼帘，她知道自己到家了，从霓虹闪烁中又回到了现实，她的心也随之低落下来。

打开房门，舒琴发现孩子已经睡着了，袁励武正在备课，幽暗的灯光笼罩着他弯曲的脊背。

"回来了？同学聚会搞得怎么样啊？"袁励武站起来说，"还给你热着牛奶，趁热喝了吧，解酒解乏。"

舒琴没有说话，把包扔在沙发上，端起杯子咕咚咕咚喝了几口水，过了一会儿问："那五万元的事解决得怎么样了？"

袁励武一怔，然后说："最近上级要来检查，光忙着整理材料了，把这事给放一边去了。你放心，到时我肯定帮你解决。"

舒琴哼了一声说："看来这事指望不上你了，你说你整天搞这个课题那个论文有啥用啊，累死累活就那么点儿工资，要不干脆转业算了。"

袁励武笑了，过去挨着舒琴坐着，闻出她嘴里有一股淡淡的酒气，他抚摸着她的头发说："媳妇，理解一下我吧，我不想转业。我觉得我从事的是一项很崇高的事业，尽管收入不高但很充实很上进。做人不要太浮躁太急功近利，我坚信付出就有回报，尽管我们经济上暂时困难些，人还是应该有点儿精神的，我们应当看到希望，你作为军人家属也要有这个觉悟。"

"希望？整天为了柴米油盐精打细算的日子我能看到什么希望！觉悟？凭什么他们可以大把捞钱，军人家属就得受苦受穷！你这些道理在你的课堂上讲学员都未必相信，太苍白！现在的社会什么是精神，能赚到钱才是当今社会的精神！"舒琴猛地用手拨开袁励武放在自己头发上的手，突然用一种近乎歇斯底里的语气冲着袁励武质问道。骤然提高的声音似乎惊扰了孩子的梦境，他哼了一声翻了个身。

袁励武赶忙低声说："好了别嚷，快洗洗睡吧，明天还要上班呢！"

上床熄灯后，袁励武主动拥抱了舒琴，试图缓解尴尬的气氛，无奈舒琴的身体僵硬得像根木头，只把一个后背留给了袁励武。

　　盛夏的热浪笼罩着龙海的夜晚,水泥地面拼命地将吸收了一天的热量释放出来。轻拂的海风无法驱散满城的燥热,华灯下的夜空飘浮着一层氤氲,站在高楼上往下看,蜿蜒的立交桥像一条巨龙延伸到远端,匍匐于其上的汽车灯光如同龙体上闪亮的鳞片在晃动着,汽车的喇叭声变幻着节奏鸣叫。空气中的热浪夹杂着此起彼伏的喧嚣声,整个城市跳动着亢奋与躁动的音符。

　　走下楼来穿街过巷,随处可见飘着青烟和诱人香气的烧烤摊。在大热天的晚上,卸去了一天的疲劳与烦扰,人们三五成群地聚在一起喝着泛着泡沫的扎啤,吃着滋滋冒油的肉串,吆五喝六地谈论着上到国际局势下到柴米油盐的人间百事,这就是市民夜生活的模样。赵玉峰的饭店门口也摆起了烧烤摊,伙计在通红的炭火炉边挥汗如雨地摆弄着肉串,或穿着背心或光着膀子的食客们大口吞着扎啤嚼着烤肉,喝得红彤彤的脸上露出真实或不真实的表情,或豪情万丈或称兄道弟或倾诉衷肠,世间万象浓缩在这烟火弥漫的烧烤摊前。

　　赵玉峰正招呼客人、收钱记账,忙得不亦乐乎,看见袁励武来了赶忙把他让进了有空调的里间,杨艳茹忙不迭地给袁励武安排好座位。袁励武说:"不用忙活,就是路过,听说你的饭店搬新地方了顺道过来看看。"赵玉峰说:"那哪行,今天不能走,咱喝两杯!"接着吩咐伙计烤肉串,让杨艳茹亲自下厨炒俩菜,袁励武推辞不过,笑着说:"你看,我这一来耽搁你赚钱了。"赵玉峰说:"哪里话,平时请都请不到你,今天你自投罗网了,我把李进宝这小子也叫来,咱们好好喝一通!"说着拿出手机就给李进宝打电话。

　　李进宝在自家饭店里的表现跟赵玉峰不一样,他完全就是个甩手掌柜,像个领导干部似的来回巡视着，只有于倩忙前忙后地指挥伙计烧烤炒菜记账，李进宝则叼着根烟优哉游哉，不时和女服务员打情骂俏，于倩对此也是爱理不理。接到赵玉峰电话李进宝说了声"得嘞"，就开着自己新买的桑塔纳一溜烟过来了。

袁励武见到李进宝就说："行啊伙计，混上车了。"李进宝抱抱拳说："全托各位的福。"赵玉峰捅了他一拳说："说这话还算你小子有点良心，烧包一个，前年不是老子替你摆平那事，你小子如今就缺胳膊少腿了，赚了钱不先感谢我倒先买上车自己享受起来了。"李进宝不好意思地说："赵哥，俗话说打人不打脸揭人不揭短，你怎么老揪住这点儿事不放？"赵玉峰用指关节敲着他的头说："这是让你时刻记住教训，不要好了伤疤忘了痛！废话少说，倒酒！"

三人人手一个容量为半斤的扎啤杯子，分别倒上了泡沫满满的扎啤，赵玉峰提议逢杯必干，清凉的扎啤猛地喝下去再吃着香气扑鼻的烤肉，真是人间一大快事！三人推杯换盏，不一会儿十几斤啤酒清空了。袁励武笑着对赵玉峰说："这么喝法恐怕要将你的店喝穷了。"赵玉峰说："这才到哪儿，进入夏天以来我的店里每天要喝掉一千多斤啤酒，不是跟你吹啊，每天营业额都得这个数。"他打了个酒嗝伸出两个手指头说："接近两万！"李进宝也说："我那里也差不多，哎呀，这多亏了化工厂把我们赶出来了，要不然还得拿着那点儿死工资活受罪！"

赵玉峰斜了李进宝一眼说："说什么呢，我倒挺怀念化工厂那段日子的，简单充实有规律，现在挣钱不少，但老觉得心里不踏实！"

李进宝顿了一顿后说："哥们今天喝上酒了，又说到化工厂了，使我想起了一件事，不知道该说不该说。"赵玉峰说："你卖哪门子关子啊，说！"

李进宝喝了口酒说："袁大军官听了后可别生气啊！"袁励武一愣，连忙说："怎么还和我有关系呢？"

李进宝将杯中酒一饮而尽，面带怒气地说："前些天中午，大概快要下班的时候吧，我开车到工人文化宫附近办事，将车停到文化宫停车场时，看见你家舒琴刚从岳奉秦的车里面出来。这小子居然混上了奥迪，你说气人不气人！"

袁励武脑袋嗡的一声，忙问："这是真的？"赵玉峰也问："你看清楚了吗，没看清楚别在这里胡说八道！"

"绝对真的，就那小子，扒了皮我也认得出！"李进宝拍着胸脯说。

袁励武脸色难看起来，赵玉峰赶忙说："老弟，别往心里去，毕竟都曾经在化工厂共过事,肯定是偶遇然后顺道送回来,没有什么大惊小怪的,我相信舒琴不会被那小子迷惑,凭我对舒琴的了解可以保证。"

袁励武渐渐地心乱如麻了,哪有心思继续喝酒,后面的酒他简单喝了几口就告辞回家了。

回到家里舒琴恼怒地说:"真行啊,又喝得醉醺醺的,凑钱的事就一点儿也不上心?真是没心没肺!"

袁励武刚要就李进宝说的事质问舒琴,他忍住了,他要亲眼看见实情才能问舒琴。

从第二天中午开始,袁励武就提前半小时离开办公室,换上便装骑车来到工人文化宫附近开始了他的盯梢活动,他特别留意有无四个圈的奥迪车标。第一次没有发现任何情况,结果第二次盯梢就得到了答案,一切正如李进宝所说,一辆黑色奥迪轿车开进了文化宫停车场。一会儿舒琴从文化宫出来来到车旁,岳奉秦顶着油光发亮的脑袋从车里钻出来迎接,舒琴坐到了副驾驶位置上,轿车疾驰而去,只留下躲在十几米外墙角处呆若木鸡的袁励武。

其实舒琴也没有做什么事情,这几天都是岳奉秦对舒琴大献殷勤,他是请舒琴到他的公司参观,好为他后面计划的实施铺路。起初舒琴不同意去,经不住岳奉秦在电话里死磨硬泡,加上午饭后也无事可做,她就勉强答应了,没想到让袁励武看了个正着。下班回家后,袁励武见到舒琴后开门见山直接问道:"中午我有事去找你,怎么看见岳奉秦开车把你拉走了?你们干什么去了?"

舒琴吃了一惊,但她马上镇静了下来,解释说:"怎么,还跟踪起我来了,有什么事电话里不能说呀?我们工人文化宫要从他那里买点儿器材不行啊,我去他那里看看你至于这么泛酸吗?"

袁励武怒视着舒琴问:"你怎么跟他混到一起去了?"

舒琴冷笑着说:"你说话怎么那么难听?岳奉秦怎么了,好歹当年也同事过一场,怎么就不能交往了?再说了,我们之间也没什么嘛,就是公对公,你的心理怎么这么阴暗?"

袁励武语调急促地说:"我心理阴暗?我……"想到前一阵子姐姐一家来因为自己的胡乱猜想导致的家庭矛盾,袁励武再次忍住了,他看了看儿子,没有再作声。

"好了好了!"舒琴却不耐烦地打断了袁励武的话,转身钻进了卧室。她已经失去了与袁励武就一个具体问题展开争论的耐心,需要她考虑的事还有很多。

首先是母亲住的公房购买款的问题。剩下的五万元缺口怎么来弥补呢?眼看着缴款的日期越来越近,面对巨大的款项缺口,袁励武这边已经无计可施了,自己这里也基本上黔驴技穷,一想到这些,舒琴心里烦透了。

再就是自己的工作问题,工人文化宫与它的名字极不相符,如今不少工人都下岗了,谁还有心思到这里来享受文化生活?如今社会文化娱乐场所满大街都是,内容丰富又时尚,谁还会到这里来消遣?单位只好对外出租场地,用赚取来的租金添置点儿文化用品。如今这里开了国际象棋辅导班、舞蹈强化班、乐器培训班……

一到上班时间,工人文化宫的房间里一会儿传来"一哒哒,二哒哒,三哒哒……"的舞蹈口令声,一会儿传出弹得别别扭扭的钢琴曲声,一会儿又传出几种乐器混杂的声音。舒琴在这里一天到晚也就是负责开个门和关个门,检查一下卫生状况和安全设施,领着微薄的工资。就这点儿工资,猴年马月能攒够买房子的钱?难道自己的后半生就被拴在这里了?她想想就发愁。

舒琴脑海里冒出一个念头:问岳奉秦借钱不可以吗?但她很快就否定了自己的想法,先是面子上就过不去,当初岳奉秦死追自己的时候,自己是一点儿机会都没给他,如今不能让他看出自己生活的窘迫来,再就是袁励武那里也通不过呀!但是怎么凑足这五万元钱呢,她所依靠的袁励武如今也是束手无策。过去她认为袁励武无所不能,现在她觉得袁励武真没用,实在没用,"百无一用是书生"这句话放在他身上再恰当不过了。都这样了,他还有脸吃岳奉秦的醋,岳奉秦再不济,他有经济实力,如今有经济实力就是硬道理。

袁励武隐约意识到舒琴与岳奉秦交往可能与那五万块钱有关,他暗自责备自己在这事上懈怠了。其实袁励武并不是一点儿办法没有,只是他的自尊心强得不是时候,许多可借钱的渠道都是因为自尊心作怪而没有充分利用起来。现在他看见事情正朝着他预想不到的方向发展,他不能无所作为了,决定放下架子,拓宽借钱的渠道,这里三千那里五千的,很快就能凑够五万元了。他给张萍打了个电话,在电话里袁励武支支吾吾地说了想借五千块钱买房的事,张萍毫不犹豫地答应借给他一万元。赵玉峰这家伙如今饭店开展得红红火火,袁励武也毫不客气地向他借了一万元。

每向人开一次口，袁励武脸上就发烧一次，情绪上就自卑一次。几天后，待各方承诺的数额已经达到五万元的时候，袁励武感到自己的自尊已经被一层层地剥掉了，身体突然坍塌了下来，百感交集。

　　谁知岳奉秦早就走在了袁励武前面，也就是袁励武开始向别人借钱的当天，岳奉秦突然驱车来到工人文化宫，将厚厚的五沓百元大钞排在了舒琴面前。

　　"什么意思？"舒琴见此情景吃惊地问。

　　"明知故问，别硬撑着了，你购买你家那套公房不是还差五万元钱吗？这钱你先拿着用。"岳奉秦不紧不慢地说，同时注意观察舒琴的表情变化。

　　"你怎么知道的？"舒琴感到心头一热，同时又夹杂点儿带有愧疚的说不清道不明的情绪。

　　"你别管我是怎么知道的，反正我知道你现在需要这笔钱，对不对？"岳奉秦渐渐有点儿居高临下的态势。

　　舒琴捧起这五沓钱，沉默了一会儿说："怎么好用你的钱呢，我自己的事我自己会解决好的。"

　　岳奉秦将钱硬塞进她的包里，大方地说："还嘴硬，就你和他的那点儿工资，再攒个三五年也凑不够，跟我你还客气啥呀！"

　　舒琴讪讪地说："那好吧，我一定会尽快还给你的。"

　　"客气了不是，还钱那是后话。要报答我，不如赏光中午一起吃个饭？"岳奉秦眯起眼睛盯着舒琴问。

　　如果放在从前，吃饭的事舒琴毫不犹豫地就会拒绝，但现在受了岳奉秦这么大的恩惠，人家提出这么点儿要求如果拒绝的话就太不近情理了。她小心翼翼地将钱揣进包里，像被岳奉秦牵引着一样跟在他后面，来到了一家饭店。

　　落座后，岳奉秦点了几个价格昂贵的菜，还要了一瓶昂贵的红葡萄酒。舒琴心想，这顿饭快顶我半个月工资的了。

　　岳奉秦似乎看透了舒琴的心思，笑着说："多少年没跟你一起就餐了，想起我们在化工厂一起吃饭的事情我还很有感触呢。我记得这些都是你爱吃的菜，来，别客气。"

　　舒琴心头又是一热，自己和袁励武已经很久没有花钱出来吃饭了。她拿起筷子很拘谨地吃着，岳奉秦则慢慢呷着葡萄酒，用意味深长的眼光看着她。

吃完饭后,岳奉秦开车送舒琴到银行将钱存到了房管局指定的账户上,又将舒琴送回工人文化宫。舒琴对岳奉秦说:"谢谢你啊,你帮了我大忙了,钱我一定尽快还你。"

岳奉秦笑笑说:"这是给你的无期无息无担保贷款,你呀,应该从目前的角色中走出来,去迎接全新的生活,整天窝在这么一个地方你甘心啊!人生的好时光不长,趁着还年轻,应该多享受享受生活。"舒琴没有说话,只是默默地走进工人文化宫上班去了。

自此舒琴隔三差五地接到岳奉秦请她出来吃饭的电话,尽管她再三推辞,但架不住岳奉秦的软磨硬泡,况且岳奉秦玩起这一套来那是如鱼得水令人难以抗拒,加上有借钱这档子事,在请吃饭问题上舒琴最后只能乖乖就范。次数一多,舒琴反而习惯了这种被请吃的生活,有时岳奉秦长时间不联系她,她内心反而有点儿莫名的失落感。

当袁励武将同样的五沓人民币捧到舒琴面前时,舒琴淡淡地说:"不用了,钱我已经交上去了。"

袁励武大吃一惊,好几天没跟舒琴说话了,好不容易凑够钱取得了跟她说话的资格,她一下子又不需要了!

袁励武问:"你从哪里借的这么多钱呀?"

舒琴冷冷地说:"这你不用管了,你不是说借不到吗?你借不到那我能有什么办法,硬着头皮去借呗!等你借来钱,黄花菜都凉了。"

"要不你用我借的这些钱,把你借的钱先还给人家吧!"袁励武低声跟她商量。

"你什么意思,嫌这钱来路不明?有本事你自己早拿出钱来啊,没这本事就不要瞎想。你有你借钱的道儿,我也有我的道儿,这是给我妈买的房子,就用不着你操那心了。"舒琴冷笑着说。

袁励武叹了口气,没再说什么。其实他一开始就有七分怀疑可能是岳奉秦借给她的。袁励武刚想开口问但话到嘴边马上就咽回去了,他知道不管是不是岳奉秦借给舒琴的,如果这样问肯定会引起又一次暴风骤雨般的吵架,看着儿子因担心父母吵架而满怀恐惧的小眼睛,他不再问了,生活的重压已经让他顾不得计较那么多了。

他默默地抱起儿子,强装笑脸托起他的双臂玩了一会儿升降,又抱着他转了一会儿圈,儿子这才转忧为喜安然入睡了。

转身面对舒琴,袁励武又锁紧了眉头,他再次跟舒琴商量:"钱我都借来了,我看还是拿这些钱还你借的钱吧。"

舒琴没有再说强硬的话,她问:"你这些钱是从哪里借的?"袁励武说:"主要是跟同学和同事借的,还有一万是从赵玉峰那里借的,他的饭店经营得很好。"

舒琴说:"这样吧,赵玉峰这一万元先不用还他,我用来还我借的,毕竟咱当年也帮过他,他现在手头宽裕;其余的都还给人家吧,你同学和同事的经济情况估计比你也好不到哪里去。"

袁励武一听也有道理,而且通过舒琴的话他认为她也像自己一样是通过七拼八凑借来的,心里的石头才稍稍落地。

而舒琴心里盘算的是先还给岳奉秦一部分,这样可以稍微减轻一点儿心头对岳奉秦的亏欠。她拿起厚厚的一沓钱揣进了包里,其余的四沓钱她推给了袁励武。没想到舒琴心头仅存的一丝清高又随着侯玉英的出现消解掉了。

一天舒琴到商场给儿子买童装,正低头挑选时突然迎面传来了一声惊呼:"哎呀,舒琴哪,这么长时间不见了,一点儿不见老,忙活什么呢?"舒琴闻声一抬头,侯玉英用着满腔的热情向自己招呼着。舒琴虽然讨厌侯玉英,但双方关系还没有发展到撕破脸的地步,尽管侯玉英有过编造袁励武与她单独出去游玩合影的事情,但此时的袁励武在舒琴心头已经没有当初那么珍贵神圣,所以对这档子事也就释怀了。尽管如此,她还是不愿意见到侯玉英,但躲避已经来不及了,只好硬着头皮接受侯玉英首先抛过来的问候,强装笑脸和侯玉英象征性地握了一下手。

原来,舒琴挑选童装所属的这个柜台全是侯玉英经营的,舒琴为此叫苦不迭,怎么这么巧呢!侯玉英先让导购员挑两套高档童装包起来,然后直接塞到舒琴的包里,舒琴坚决不要,侯玉英故作生气地说:"你再这样我可就生气了啊,咱们姐们儿一场就这么生分,就算是我送给大侄子的礼物,不好吗?"舒琴坚持要掏钱,侯玉英按住她的手说进价没几个钱,你再这样就是不给面子了,然后笑盈盈地硬拉着舒琴来到柜台僻静处坐下聊天。

坐下后舒琴才发现侯玉英保养得很好,比起在工厂里的妖媚模样,现在更显白净大气,刚才侯玉英奉承自己不见老那是言不由衷,这几年自己舍不得拿出钱来保养,跟侯玉英比起来自己已经略显沧桑了。

通过交谈，舒琴得知侯玉英一直未婚，经营的几个服装摊位每月可以轻轻松松地赚取两三万元。她的心理再一次失衡，现在自己不仅跟大学同学比不了，还不如在化工厂时自己最瞧不上眼的侯玉英，大学毕业十多年了，怎么就混成这样了！

舒琴记不清自己是怎么离开侯玉英的了，只记得侯玉英说过："人不能老守着尊严活着，这个世界有钱就是尊严……"恍惚回家后她发现包里除了有两套价值好几百块钱的耐克童装外，还多了一双价格不菲的童鞋！

　　尽管最近有好几次舒琴拒绝了自己的邀请，但岳奉秦心里明白，此时的舒琴，已经不再是以前那个高不可攀凛然不可侵犯的女神了，物质生活的窘迫已经磨掉了她的一些锐气，欠钱所造成的心理愧疚也使她在自己面前弱了三分。因此岳奉秦确信舒琴已经是他的掌上之物，让她乖乖就范只是时间早晚问题，他有的是时间来消磨她，就像一只被毒蛇咬伤了的老鼠，徒劳的逃窜根本改变不了最终的命运。岳奉秦明显地感觉到最近他和舒琴间的关系正在悄然发生改变，前几天舒琴给自己递水的时候，自己顺势摸了一下她的手，她的手微颤了一下但没有反感。想到这里，岳奉秦脸上透出了一丝得意的淫笑。

　　舒琴心里矛盾极了：对岳奉秦得寸进尺的举动她不是没有看透其中所包含的个人欲望，但她从未想过自己要从身体上背叛袁励武，对婚外越轨行为舒琴一向是鄙夷的，每次看到岳奉秦，那五摞厚厚的人民币就在眼前晃悠。欠债对她来讲不仅是经济上的负担，更是精神上的折磨。面对岳奉秦越来越逼近的不良企图，她感到自己就像个被追赶的逃跑者进了死胡同，只能缩在墙角束手就擒了。

　　既然是死胡同，必无可逃之路。终于有一天，舒琴最终彻底放弃了抵抗。

　　那是一个雨天，舒琴拿着赵玉峰的一万元钱加上全家省吃俭用攒下的五千元钱来找岳奉秦，计划先还给他这一万五千元，她觉得钱还一点儿心理上的负担就减轻一点。岳奉秦正在办公室里悠然地看着外面的雨景，突然发现舒琴骑自行车进入自己公司的院子，他心想机会终于来了，他慢慢关上了办公室的门。

　　两分钟后，轻轻的敲门声响起，他故意问了声"谁啊"，舒琴应答了声"是我"。岳奉秦故意慢腾腾地打开门，舒琴那张被湿漉漉的头发遮住了半边的脸映现在岳奉秦面前,身上还散发着一股淡淡的清香。

"哎呀哎呀,真是的,大雨天有什么事给我打个电话,我去接你就行了,还亲自跑一趟,看被雨淋成落汤鸡了!"岳奉秦假装歉意地说,同时把门关上。

舒琴放下雨伞说:"知道你忙就没敢提前告诉你。我攒了一万五千块钱,先还你一部分,剩下的再慢慢还。"舒琴说着从包里掏出一个信封。

"打我脸不是?我说过,钱不用急着还,赶紧收起来,收起来!"岳奉秦说道。见舒琴坚持把信封放桌子上,他干脆拿起来硬塞到舒琴包里,脸上显出生气的样子。

"那怎么好,那怎么好……"舒琴连声说。几番推让,最后任凭岳奉秦把钱塞进自己包里。

岳奉秦给舒琴倒了一杯热水,舒琴端起来刚要喝,突然打了一个喷嚏。

"你看看,感冒了不是!快到隔壁房间里换换衣服暖和一下。"岳奉秦几乎是用命令的口气跟舒琴说,并从桌旁的橱柜里拿出一件还未拆包的白色女式衬衣递给她。

刚才的雨确实浇得舒琴感觉有点儿凉,她犹豫着说:"不用,就不麻烦了吧。"

岳奉秦把衬衣拆开包,边拆着衣服上的大头针边说:"麻烦啥,这是我们单位女职工的工作服,我这里有的是,这件就送你了,快去换吧。"

舒琴接过还保留着熨烫痕迹的白衬衣犹豫着进了隔壁的卧室,并顺势将转式锁钮按下。岳奉秦则快速把办公室的门里面的锁扣扭上,然后掏出隔壁卧室的钥匙开门钻了进去。

舒琴惊叫了一声,她刚脱了上衣,只剩下一副吊带遮着双乳。岳奉秦靠近舒琴,猛地把她抱住,慢条斯理而又十分娴熟地抹掉了舒琴上身的吊带,接着又开始解舒琴的腰带。舒琴拼命反抗着又不敢高声喊叫,只能用拳头敲打着岳奉秦,岳奉秦毫不理会,只是我行我素地朝自己的目标推进。眼见舒琴的拳头越打越没力量,最后她干脆顺从地举起双手,任凭岳奉秦解开裤带,褪下内裤。她知道,自己早晚得有这么一天。

面对着舒琴洁白的裸体,岳奉秦惊呆了,他像狼一样扑向多年来梦寐以求的猎物。

岳奉秦贪婪地享受着这一切,他等这一天等得太久了,十几年前他就在等,尽管来得有点儿迟,但他不介意。舒琴三十出头,正是女人最有风韵的年龄,洁白的肌肤、曼妙的身姿,都令他销魂。他一边享受一边庆幸,同时也充满着对袁励武的嫉妒与报复。舒琴则慢慢闭上眼睛，脑海里一片空白。

激情过后，舒琴睁开眼睛，身体突然打了一个冷战，心理上的屈辱感卷土重来。"天哪！自己刚才干了什么？"她突然感到对不起袁励武和孩子，眼前浮现出袁励武抱着儿子左哄右哄在灯光下给儿子喂奶的情景，霎时眼泪盈眶。她猛地推开企图再次非礼她的岳奉秦，立起身来迅速穿好衣服拿起包夺门而逃，雨伞忘在岳奉秦办公室某个角落里都不知道，雨中的她骑上自行车一路狂奔。直到筋疲力尽，浑身再次被雨水打透，她才在一处僻巷屋檐避雨处停下，脸上分不出哪是雨水，哪是泪水。

她哭着，接着又笑了，然后又哭了，最后开始发呆。她慢慢地掏出了那个装钱的信封，拼命地亲吻着。

晚饭后，舒琴精心洗漱了一番，以近期少见的主动与袁励武在被窝里轰轰烈烈地折腾了一番。袁励武很长时间没有见到舒琴如此疯狂热烈了，他带着疑问积极配合着，直到筋疲力尽，暂时忘却了眼前的一个个烦恼。

第二天，舒琴发起高烧，卧床不起。袁励武吓坏了，他将儿子送到幼儿园之后，赶紧请假回来照看舒琴。

舒琴似乎很烦躁，她对袁励武说："你不用管我，我没事，想自己静一静。"

袁励武给她端来熬好的粥，扶她起来，柔声说："媳妇，我是你老公，发生什么事了吗？你跟我说，我是你老公啊！前几天我的脾气不好，惹你生气了，真对不起啊，我给你道歉。"

舒琴脸色苍白，慢慢地说："没事，可能是最近操心的事比较多，昨天又让雨给浇着了。没关系，吃点儿药休息休息就好了。我就不打电话请假了，你去我单位帮我请个假吧。"

袁励武把药和温开水放在床前，嘱咐了舒琴几句，就去舒琴单位请假了。舒琴一个人躺在床上，整个素颜毫不躲避地接受着太阳光的照射，两眼直盯着天花板发呆。少顷，她把眼光从天花板上挪开，落到了墙壁上挂着的结婚照，还有儿子那可爱的满月照。

她又哭了。

"人的尊严到底值多少钱？"舒琴喃喃地自言自语。突然，她对着墙壁大喊："值多少钱？！"

她知道，为了几万块钱自己把做人原则放弃了，自己的人生已经开始走向转折，走向失败；既然失败，就要败中求胜，败中求变，她一定要在败局中挽回点儿什么。她慢慢站起来，从抽屉里拿出相册，有自己的靓照，有她和袁励武的合影，有全家福照，还有儿子嘬着嘴的萌照。她亲吻着所有的照片，眼泪簌簌地落下来。

她又莫名其妙地笑了。

岳奉秦也没闲着，他知道这种事情一旦有了第一次，下一次是顺理成章的。他正策划着和舒琴的第二次、第三次。那天舒琴完事后的表现在他看来再正常不过了，她对抵抗失败的心理准备不足，原因还是放不下架子抹不开面子，只要再努努力，就可以使她更加顺从！

想到这里，岳奉秦踌躇满志地点了点头。

令岳奉秦想不到的是，他与舒琴的第二次来得那样快，舒琴主动打电话约他在某宾馆包房见个面。

"我想换个工作，托你生意上的朋友帮个忙吧。"舒琴一见到岳奉秦就开门见山地说。

"约我来就这事啊，我还以为你要兴师问罪呢！说，想换个什么工作？"岳奉秦嬉皮笑脸地问，趁机用手去摸舒琴的头发。

舒琴拨开他的手说："工资高点儿的，我在工人文化宫待够了，想辞职。"

岳奉秦故意挠了一下头说："不好办哪，你这么高素质的人往哪里放都让我费脑筋，你总得让我考虑考虑嘛！"说着，身体又凑向了舒琴，手在她胸前摩挲起来。

这一次舒琴没有丝毫反抗，她非常顺从地解开了自己的衣裤，并帮岳奉秦解开了衣带，把他拖到床上。当岳奉秦的手在她的身上肆无忌惮地游走时，她也没有丝毫的战栗。

而岳奉秦这一次的感觉不如第一次那么刺激，第一次是征服后的满足感和胜利感，如同吃第一顿饺子，而这次感觉是吃连顿的饺子，滋味要差一些。在他看来，在这种事上稍作反抗的舒琴比服帖顺从的舒琴更有味道更显高傲，而不反抗一味配合就跟他接触过的其他女子没有太大区别。等他精疲力尽后，发现舒琴身体也不是曼妙无瑕，甚至还有赘肉。

看着岳奉秦的眼睛在自己毫无遮拦的身体上扫描，舒琴用热辣辣的眼睛盯着他问:"怎么,想再来一次?"岳奉秦摇摇头笑着说:"饶了我吧,雄风不再了。要是在七八年前别说再来一次,十次八次都不在话下。"说完得意地笑了,嘴里那颗镶上去的银灰色的牙也跟着露了出来。他抬起手腕伸到舒琴面前,晃了晃说:"你看,这是当年你咬我的牙印,依然清晰可见。"

"该!谁让你那时候不老实的,刚结婚喝醉了酒还想占我便宜。"舒琴坐起来穿好衣服,接着问:"别打岔,你准备怎么给我安排工作?"

岳奉秦稍一考虑说:"我看这样吧,你也不用工作了,我养着你,每月给你一万块钱,是你现在工资的六七倍吧,你就整天什么也不用干,定时过来陪陪我就行。"

舒琴马上杏眼圆睁,大声说:"你把我当成什么人了,我可不是被你包养的情妇!"岳奉秦赶忙制止住她:"小点声,姑奶奶。这样吧,你到我下面的物资调运部当个副经理吧,先慢慢跟着那里的经理学习,我再慢慢把你提拔成正的。底薪是八千,每月还有提成。"

舒琴说:"正的副的无所谓,我只要干得舒心就行。对了,你到底经营哪方面生意?"

岳奉秦笑着说:"这么跟你说吧,什么赚钱我就干什么,电器、汽车、化工材料、日用百货都有,还捎带开发房地产,反正有银行贷款顶着,放心大胆地干就是了。"

"奉秦,过去我确实没有发现你这么能干。"舒琴赞许道。这是她第一次这么暧昧地称呼他,过去要么叫他"老岳",要么直呼其名。

"哟,你这么叫我还是第一次啊,我可否理解为这标志着咱俩的关系进入了一个崭新的发展阶段呢?要不这样吧,我跟黄晓岚把婚离了,你也干脆跟袁励武那个穷鬼离了算了。我们结婚吧。"岳奉秦笑嘻嘻地说。

舒琴马上变了脸色,正色说道:"不许你这么说袁励武,我已经对不起他了,无论如何我是不会跟他离婚的。"说完,气呼呼地收拾东西就要离开。

岳奉秦马上过来赔笑说:"干吗干吗,开个玩笑嘛,真生气了?近期去你单位办一下离职手续,尽快到我这里来上班吧。"

一提到工作,舒琴的气马上消了一半。

晚上舒琴回家并没有把换工作的事告诉袁励武,她知道如果告诉他肯定又要起争执。她想一切就绪后再说,等生米煮成熟饭,他不同意也没办法了。

看着袁励武忙碌地操持家务照顾孩子的背影,舒琴鼻子一阵发酸,她主动接过袁励武手中的活帮他干了起来。

舒琴多日不冷不热的态度使袁励武心理上快要垮了，他不明白他们夫妻之间到底出现了什么问题，现在舒琴主动和好的姿态令他大受感动。伺候孩子睡熟后，舒琴主动地拥抱着袁励武，又主动地引导着袁励武过了一次夫妻生活。

舒琴在心里承诺，以后每跟岳奉秦出轨一次，回家后就要补偿袁励武一次，这样也算对得起他了。

袁励武哪里知道其中的一切，激情过后他悄悄地对舒琴说："跟你说个好事情，我的副教授职称评审通过了，提前晋了级，最近单位可能要涨一次工资，虽然不多，但也值得期待，能补上好几千块钱呢，钱咱们慢慢攒，一点一点地还给人家。放心，现在虽然苦点，日子会慢慢好起来的。"

舒琴听后没说什么，只是说会好起来的。

按照岳奉秦的安排，舒琴很麻利地办理了从工人文化宫离职的手续，在岳奉秦的带领下来到了其公司下属的物资调运部。物资调运部位于市区边上靠近近郊的一处开阔地，面积不小，院门口还拴着一条大狼狗，斜吊的双眼恶狠狠地盯着进出的人。进了院门，迎面是一栋两层办公楼，两排仓库分列两边矗立，不时有大货车进出拉货或卸货。

岳奉秦带着舒琴到了二楼，径直进了经理办公室。经理是个胖墩墩的中年人，有点儿秃顶，见到岳奉秦他急忙站起来迎接，并亲自泡茶。岳奉秦把他叫过来向舒琴做了介绍，经理叫程世轩，介绍完后他马上握了握舒琴的手，连说欢迎欢迎。岳奉秦说舒副经理就交给你了，具体工作你交代一下，然后就开车走了。

岳奉秦走后，程世轩带着舒琴来到副经理办公室，里面设施齐全，装饰讲究，舒琴很满意。接着程世轩又开始向舒琴介绍物资调运部的基本情况，副经理一共两位，一位管理收发货，一位管理运输。舒琴的工作是从事运输管理，陆海空三种运输方式都需要舒琴来负责，当然主要是联系货运汽车。

听完介绍，舒琴问程世轩："那目前我们跟哪些部门建立了联系呢？我们自己没有车队吗？"

程世轩说："我们自己车队有几辆货车，但运力远远不够，大宗货物的进出就需要和汽车运输公司、火车站、飞机场，甚至海运公司打交道了。"他顿了顿，然后又说："在我们这里要绝对服从岳总的命令，让干什么就干什么，不要问得太多，你的前任就是因为不太明白这个道理被岳总解聘了。"听到这里，舒琴有点儿不寒而栗。

"人生需要平台啊！前些年岳总搭上了他老丈人和晶泰化工厂钱厂长的平台才有了今天的成就，今天你搭上了岳总这个平台是很幸运的，外人刚来都是从最底层开始干起来，哪有一来就做副经理的？你是头一个！要好好珍惜啊。"程世轩眯起眼睛语重心长地说。

接着，程世轩又安排一个叫周晓静的女孩做舒琴的助手。别看这个瘦高的女孩子不满三十岁，但对运输管理业务相当娴熟。她向舒琴介绍了公司运输管理的流程和细节把控问题，同时把已经整理好的相关单位的信息交给舒琴让她先熟悉一下，接着她带舒琴下楼参观了仓库和车队。物资调运部就是收拢各地进来的货物，再把货物运到遍布各地的网点进行销售。参观完毕后，周晓静对舒琴说，晚上程世轩经理将带她俩一起请相关单位领导吃饭，同时把舒琴介绍给他们认识。

舒琴很快就对自己眼下的工作产生了浓厚兴趣，她感觉这才是自己真正想要的工作感觉，忙得充实忙得有成就感；可以和各个部门的人打交道，能接触到许多领域的人物，这是她喜欢做的。

正当舒琴坐在办公室椅子上翻看相关单位信息时，周晓静拿过一个鼓鼓囊囊的信封来交给她，说这是她本月的薪酬共八千元，提成月底发，舒琴压抑住内心的激动，故作平静地将信封放到了一边。接着，周晓静又拿过一部红色翻盖手机，说这是公司为她配备的，号码贴在机身背面。舒琴心中又是一阵狂喜，这是自己喜欢而又舍不得买的那种款式！她故作漫不经心地拿起手机摆弄着。

原来自己长期艳羡的奢侈品可以这么轻而易举地得到！在周晓静离开后，舒琴甚至咬了一下自己的手背，生疼生疼的，不是在做梦。

她用刚属于自己的手机给母亲马原琪打了个电话，直接告诉她自己换工作了，单位还给配了手机。电话那边马原琪沉默了一会儿没说什么。接着，舒琴又给袁励武打了个电话，没有说换单位的事情，只是说晚上有应酬不回家吃饭了，让他照顾孩子。

带着满身的兴奋和激情，舒琴下午就开始了在新单位的工作。舒琴开始调度着车队的车辆去火车站或码头拉货，然后又根据本市或附近各网点的取货要求调度着车辆将仓库货物运往目的地。一天的工作进展情况很快通过电话或者报表传到她这里来,周晓静汇总后做好统计请舒琴签上字再报程世轩,再由程世轩上报公司。整个下午忙而有序,在忙碌中舒琴很快找到了工作的感觉。

晚上,当舒琴身着得体的女式裙装出现在宴席上时,引起了其他宾客的一阵好奇和骚动,程世轩将她一一介绍给来宾,舒琴也见识了这些商界大佬们。

席间,舒琴左右逢源应对自如,她优雅得体地展示着自身的魅力,在与众宾客的周旋中,她有点儿飘飘然的感觉。

　　王进军终于为自己的工作不努力付出了代价。袁励武晋升为副教授提前晋级，他却名落孙山；袁励武分到了一套更大的房子，而他只能还蜗居在那套小房子里。

　　他下定决心转业。

　　他把这个想法透露给了袁励武，袁励武说："树挪死人挪活，既然你心已不在这里，那就干脆转业吧，真希望你将来在律师界大展宏图。"

　　王进军突然张开双臂拥抱着袁励武说："老袁，你真是我的好弟兄。按说我们两个是同一年份来的，在很多利益问题上存在着竞争关系，但你却处处给了我帮助，我真的很感谢你。"

　　袁励武笑着拍了拍王进军的肩头说："又肉麻了不是，你也给了我很多帮助，比如在恋爱时处处给我出主意。"

　　王进军突然正色对袁励武说："老袁，以我对你婚姻情况的了解，你的婚姻可能还会经历更大的考验，希望你能经得住考验。"

　　袁励武笑了一下说："能有什么考验啊，结婚快十年了，七年之痒已经结束了，最难熬的阶段也过去了，老夫老妻都看开了还有什么坎儿过不去啊？"

　　王进军说："那我不多说，你好自为之。"

　　世界上的事情就是这样，用一个道理劝别人很容易，当同一个道理轮到自己头上时就不是那么回事了。袁励武对王进军转业的事情是支持加鼓励，美其名曰"树挪死，人挪活"，但是当他知道舒琴从工人文化宫辞职的事情后，理所当然地与舒琴发生了争执。

舒琴知道，自己当面锣对面鼓地和袁励武谈换工作的事情肯定会争吵，她觉得在有马原琪在场的情况下说出来效果可能会不一样。在她换工作后的第一个周末，她和袁励武带着儿子一起来到了马原琪家，坐下后没说几句，马原琪果然就主动地把话题引到了舒琴的工作上来："换了工作感觉怎么样？到一个新单位要记住一点，你的收入与你所承担的责任是对等的。"

"换工作？谁换工作？"袁励武闻听此言大吃一惊。

马原琪突然意识到原来袁励武还不知道这事，她马上明白了舒琴的用意，她接着说："前天我托关系帮舒琴找了个新工作，事情急没来得及跟你商量也没马上告诉你，怕你误会。这个新工作收入高，也符合舒琴的性格。这事主要怪妈，是我不让她告诉你的。"

舒琴没有说话，她暗暗佩服母亲的智慧，顿感母爱的伟大，一下子把所有的问题揽到了自己身上。

袁励武抬起头看着马原琪，马原琪把目光躲闪开。袁励武似乎明白了什么，然后说："是这样啊，那起码也得让我知道个大概啊！"

舒琴这才开口说话："这不是考虑到你自尊心强心眼小才这么做的吗？"

"我心眼小？我……"袁励武一时语塞，当着马原琪的面，他把下面的话压了下去。

舒琴简单地把新工作的情况讲一下，唯独避开了说这是岳奉秦的公司，然后从包里拿出一款新手机，冲袁励武说："刚发了工资给你买的，快把你那个传呼机扔了吧。"而袁励武一听，马上明白了一切，他把新手机又放进了舒琴的包里。

午饭后，舒琴对儿子说："志远，今晚在姥姥家住下吧，姥姥帮你辅导功课，妈妈和爸爸回去还有点儿事，好吗？"

袁志远懂事地点了点头。

在返回的公交车上，两人一言不发，但谁都知道这是一场争吵前的酝酿阶段，俩人都在思考着吵架的措辞。

回到家后，袁励武单刀直入："我问你，你去的是不是岳奉秦的公司？"

"是又怎么样？"舒琴对此显然早有准备。

"我跟你说过，不要和这样的人打交道，人品不好，你会吃大亏的。"袁励武说。

"人品写在脸上了？你不要抱着过去的成见来看现在的人，我现在的工资加提成是以前的十倍，傻子才会认为吃亏呢。你跟钱有仇，我跟钱可没仇。"舒琴不知不觉声音又提高了。

"人活着不能光看钱，你考察过公司的来历和状况吗？作为商人，他不可能无缘无故地给你那么高的工资待遇，这里面一定有问题。"袁励武的声音也提高了不少。

舒琴忽然把声音降下来了，用蔑视的眼光看着袁励武，停了一两秒钟说："说你迂腐吧是真没看错你，说你小心眼吧你还不高兴，当年他是追过我，可如今我还高攀不上人家呢！人家帮我，你就把这两件事扯在一块儿想？你有本事也给我找个类似的工作，我立马辞职！你看你通过吴淑倩给我安排的那个工作，什么玩意儿，整天跟一群老人待在一起，领那点儿扳着指头就能数过来的工资，你想过我的感受吗？我最烦你这一点，守着那点儿清高当饭吃，还逼着别人跟你一起穷乐。告诉你，下一步我要住上大房子，要让儿子过上好日子，我要好好保养，没钱拿什么买化妆品？没钱怎么让儿子过上好日子？"

袁励武被噎着了，他急着回了一句："俗不可耐！只要你肯静下心来学习，机会一定会有的，知识就是最好的化妆品！"

舒琴用一种奇怪的强调说："是啊，我俗，全世界就你雅，真是不可理喻！"说完，从包里拿出给袁励武买的新手机扔在沙发上，趾高气扬地说："这是个俗物，爱用不用！"说完进卧室休息了。

袁励武呆呆地坐在沙发上，陷入了深深的思考。

晚上，袁励武做了几个拿手菜，主动走进卧室将舒琴哄出来按到餐桌旁的椅子上，开了一瓶酒给舒琴倒上半杯，自己也倒满酒。他端起酒杯诚恳地说："媳妇，很长时间没有单独跟你好好谈谈了，你愿意听我说几句吗？"

"你想说什么就说嘛，谁也没堵着你的嘴！"舒琴没好气地说。

袁励武说："我们结婚快十年了，按理说磨合得也差不多了，但为什么感觉分歧还那么多呢？除了观念有差异外，我觉得还是沟通不够、理解不够。"

"你什么意思？"舒琴问。

袁励武端起酒来一饮而尽，然后说："在经济上我给这个家的答卷是不合格的，既然这样对你的选择我也不再坚持什么了，顺着你的感觉来吧。但有一点，希望你能把持住自己，因为这个工作环境完全不同于你以往所经历的，换句话说，它太险恶，太黑。"

舒琴愣了一下，有一种私密被发现的感觉，她装作轻松地说："哪有你说的那么严重，正常的工作正常的收入，又不是黑社会打家劫舍，哪来那么多江湖道道？我主要是考虑到人生苦短，趁着还不太老想多奋斗几年免得遗憾。"

袁励武点头说："你的想法是对的，可能是我多心了吧。对了，王进军提出转业了，做律师。现在的收入太低了，留不住人。关于我将来的前途问题，我近期也思考一下。"

舒琴说："你的事我不干涉，不过依你的性格还是留下比较好，就你现在的观念到了地方上几乎寸步难行，怎么饿死的都不知道。不是我说你，性格决定命运，你的性格也就是个温饱的命。"

袁励武紧绷着脸，没有再说话，两人同时陷入了沉默……

苏振德和李红卫都退休了，没有子女的拖累使得两口子有充足的时间育花弄草、养性怡情，尽情寻找恋爱时的感觉。苏振德在家里练习起了书法，孜孜不倦练了大半年，写出来的字还是丑陋不堪。李红卫是他唯一的粉丝，每当泄气时只要李红卫一夸赞他，他就立马又打起精神勤耕不辍，为此家里挂起了一幅幅他认为得意的作品，但怎么看都像小学生作业展览。

又到周末，苏振德让李红卫在家里准备了一桌丰盛的饭菜，他打电话把袁励武叫来，心想这小子很久没有跟自己对酌了。

袁励武从家里带了两瓶好酒，一会儿工夫两人三杯入肚，话匣子就打开了。袁励武说起舒琴换工作的事，同时透露出因收入太低自己也有转业的想法，哪知苏振德一听这话陡然变色，劈头盖脸地教训起袁励武来："你小子胡思乱想些什么，趁早打消这个念头！不客气地说，你是我看着长大的，我对你的了解比你自己还清楚，你就适合待在部队里，市场的钱不是那么好赚的！"

袁励武争辩道："可如今的收入也太低了……"

苏振德打断了袁励武的话，毫不客气地说："多少算多？多少算少？耽搁你吃了还是耽搁你喝了？你不要只看眼前不看长远，只顾金钱不管发展。"

"我是觉得趁着年轻出去闯荡闯荡……"袁励武继续争辩道。

"闯荡闯荡？你以为这是在家里，闯荡了半天没结果就回家？这是开弓没有回头箭的事。从政还是经商？你都不是那块料，你没长那心眼！老老实实地搞你的学问，踏踏实实地教你的课，功夫下到家了，一切都会水到渠成，不要整天想三想四，在这一点上，老哥比你看得远，看得准！"苏振德依然毫不客气地训斥道。

李红卫也说："是啊小袁，不要把地方想得太好，不要听信这个说那个说的，你没经历过不知道地方的复杂，部队再怎么着也相对正规单纯，地方可不一样。"

见老婆站在自己立场上说话，苏振德更加来劲了："你在部队里已经有基础了，到了地方你要从头开始，你要改变你的一切包括做人原则。我在部队这么多年虽然没有什么成就，但却有一个最大的收获，那就是越来越体会到部队确实是个大熔炉，在部队不能好好干的人到了地方同样好不到哪里去，听我一句话，你留在部队，绝对没错！"他喝了一口酒，接着说："困难是暂时的。你在部队应该明确自己的发展方向，下一步可以发挥一下你的强项，专心搞理论研究和授课，盯住理论前沿，盯住时事热点，研究有成果了可以写论文，可以申请到地方授课，也能解决一下经济问题，多高尚的事情！"

李红卫也说："对呀，当年你不就是在晶泰化工厂工作过一段时间嘛，这事你可以找吴淑倩帮忙啊。"

一席话令袁励武茅塞顿开，他端起酒杯对苏振德和李红卫说："我想通了，多亏了您的点拨和提醒，我不考虑转业了，就在部队里干！"说完袁励武一饮而尽。

苏振德得意地说："这就对了，知道思想政治工作的作用有多大了吧？这是你的阵地，这是你的使命，是你终生的信仰！"

舒琴出差去了，袁励武在苏振德那里喝完酒就直接到马原琪家接儿子了。马原琪向袁励武说出了自己的担忧。

因为工作问题，马原琪最近罕见地与舒琴产生了分歧。她多少了解岳奉秦这个人，在一个曾经追求过自己女儿且品行不太好的商人开设的公司里上班，以马原琪的智商不可能猜不到其中可能存在的某种交易。为了女儿的利益她可以替她在袁励武面前打马虎眼，但她始终感觉这里面的事没有舒琴说的那么简单、那么顺理成章，她隐隐感觉到女儿可能向自己隐瞒了什么。在试探性地问了舒琴几次之后，舒琴终于不耐烦了，冲母亲吼了几句。她不允许任何人识破她和岳奉秦之间那点儿不可告人的私事，包括她的母亲。

舒琴的发火在某种程度上证实了马原琪的猜测。她了解自己的女儿，她们母女之间几乎没有过言语上的冲突，有的只是相濡以沫的温馨和对事情冷静的推理，舒琴这是第一次以这种方式同自己说话。作为母亲，出于维护女儿家庭关系的考虑,对这种事情她自然应该掩饰;但从长远考虑,为了不让女儿陷得太深,她又不得不以委婉的方式提醒女婿,尽管她也知道女婿的话对自己女儿而言就是耳旁风。

"多说说舒琴,一个女孩子家的不要整天为了钱,就跟一帮大老爷们儿喝酒应酬、出差跑业务,就去学一些见风使舵趋红踩黑的事。这孩子让我惯坏了,现在我也说不了她了。"马原琪只能这样对女婿说了。

袁励武安慰马原琪说:"没事的妈,舒琴愿意就让她去做吧,我相信她有自控能力的。"

马原琪用慈柔的眼光看着眼前的女婿和外孙,她不能再说什么了。

带着儿子从马原琪家出来,袁励武想很长时间没去付敏家探望了,就顺便带着儿子去了付敏家。付敏亲热地招待了他们父子两个,袁励武让儿子去旁边看动画片,自己跟付敏聊天。他说了自己会坚持在部队干下去的想法,同时也含混地说了他和舒琴之间在婚姻中存在的种种矛盾,付敏只是默默地听着。

待袁励武说完,付敏说:"小袁啊,我觉得你坚守住自己的信念是对的,要相信朝着一个方向努力将来肯定会有成就。至于你和舒琴之间,我不能多说什么,夫妻之间相互理解相互信任最重要,作为丈夫你要学会观察,学会包容,学会担当。如今社会诱惑太多,很多人云亦云的东西干扰着我们的价值判断,导致我们定不下心来好好思考自己到底想要什么、该做什么,在这一点上你应该跟舒琴多沟通交流;夫妻之间不能谁改变谁,只能做到谁影响谁。具体我也没法跟你说太多,你自己把握吧。"

说话中付敏不时咳嗽,袁励武知道她患有哮喘,答应过几天抄个治疗哮喘的偏方带过来,让付敏注意休息,就带着儿子告辞了。

回到家里,袁励武开始辅导儿子功课。令他欣慰的是,儿子继承了自己当年的聪慧与上进,父子之间越交流越欢畅。袁励武干脆提议晚饭去肯德基解决,袁志远高兴地跳起来搂住了老爸的脖子。

晚饭后袁励武伺候好儿子睡觉后,自己躺在床上开始琢磨白天听到的劝告,他越琢磨越感到自己的人生前程简洁明朗,而对舒琴的了解则开始模糊难测。说真的,袁励武不是没有怀疑过舒琴和岳奉秦之间可能有不正当关系,但以他对舒琴这么多年的了解,他认为尽管舒琴现在跟过去比有变化,但还不至于发展到为了利益出卖身体、出卖灵魂的地步。

他又想起了马原琪说过的夫妻之间不要乱猜疑的话，就不再往下想了，翻身睡着了。

第二天，袁励武上班后就自己想到地方进行理论宣讲的事跟政治部主任请示，主任对此表示支持，但同时强调了注意影响和保守军事秘密的问题，提出教案要经过政治部审查后方能宣讲，袁励武向主任保证了这一点。得到领导的支持后，袁励武兴冲冲地给吴淑倩打电话，把自己的想法告诉她，希望得到她的帮助，吴淑倩让他下午到办公室面谈。

到了吴淑倩办公室，吴淑倩亲自忙乎着给他准备茶水，袁励武发现吴淑倩更加意气风发神采奕奕，袁励武奉承道："你气色不错，精神焕发啊！"吴淑倩笑着说："你可是又瘦了啊，怎么，为谁消得人憔悴啊？"袁励武说："为生活呀，这不，找你帮忙来了。"

吴淑倩倒完水坐下后说："不是你找我帮忙，而是我要找你帮忙。其实你不来找我，我也会去找你的，理论宣讲工作我们前些年就展开了，现在各地都在做，我想把龙海市的理论宣讲做成一个品牌，正需要你的帮助。之所以一直没去找你是因为宣讲团的成员要求必须是副教授以上职称的，我听说你已经晋升为副教授了，刚准备联系你，你就主动来了。"

接着两人就理论宣讲的问题谈了起来，谈得全面透彻，而且越谈兴致越高，不知不觉快要下班了。谈话结束后起身告辞前，袁励武犹豫了一下，不好意思地把舒琴辞职的事情告诉了吴淑倩，同时表达了歉意，吴淑倩笑着表示没有关系。

一提到舒琴，袁励武刚才兴致勃勃的心情又黯淡了下来。

　　舒琴这里则是另一番景象,她是和岳奉秦一起出的差。

　　在如何处理和岳奉秦的关系上,舒琴是费了一番脑筋的。她明白,岳奉秦不可能娶她,因为他不可能与黄晓岚离婚,只要这个婚姻维系着,他就是黄家女婿,他还得靠着黄家这棵大树,尽管这个婚姻已经没有太多实质性内容。她知道岳奉秦对她有好感,但自己不能让他随心所欲地频繁得手,男人的新鲜感一旦过去了,自己在公司的前途命运也就不掌握在自己手里了;但对岳奉秦又不能太抗拒,自己毕竟是在他的公司里混,要时不时地吊吊他的胃口。舒琴就像一位精算师一样精准地计算着与岳奉秦的亲热周期安排。

　　岳奉秦也不是没有脑子,自从攻克了舒琴这个堡垒之后,为掩人耳目他也尽量地减少与舒琴接触的机会,毕竟她是军人家属,破坏军婚罪可不是闹着玩的。舒琴这次出差是岳奉秦精心策划的,他已在外地多日,舒琴只知道自己出差,哪知她刚刚在目的城市的宾馆落脚后,简单洗漱了一下还没来得及喘息,就听见有人敲门,她打开房门,发现岳奉秦笑嘻嘻地站在门口。

　　舒琴吃了一惊,接着便明白了一切。岳奉秦关上门后二话不说就将舒琴扑倒在床上,舒琴惊叫了一声就开始反抗,一见舒琴反抗岳奉秦更来了兴致。他开始动手脱舒琴的衣服,舒琴反抗了几下后干脆配合着岳奉秦把后面的事情解决利索了。

　　接下来岳奉秦带舒琴到本地的高档饭店就餐,到高档商场购物,到高档娱乐场所疯玩,到附近旅游景点游览。岳奉秦会玩,敢玩,有资本玩,足足让舒琴过了一把从来没有体验过的高端消费的瘾!舒琴一边享受一边暗想,原来生活可以这样潇洒,自己过去过的那叫什么日子!

晚上回到宾馆，岳奉秦就向舒琴吹嘘公司的美好前景，表达自己对舒琴的真情。岳奉秦说得天花乱坠，舒琴听得如醉如痴，几天下来舒琴迷迷瞪瞪地就把岳奉秦当作自己心目中的丈夫了。

岳奉秦则以舒琴为假想新娘，为自己重新打造了一次蜜月，以弥补心理上的某种亏失，同时他要改变舒琴、征服舒琴，渐渐让舒琴习惯于或沉湎于一种与过去完全不同的生活。

舒琴出差回到家里，仿佛从梦境回到了现实，看一切都不顺眼，脾气也自然见长。这次她破例没有给袁励武补偿，她感觉自己与袁励武之间的分歧越来越大，她对袁励武累死累活地安守着这点儿死工资还心满意足的心态十分不理解，这样的人只配受穷！

袁励武管不了那么多，面对舒琴日益骄矜的态度，他以沉默应对，只是安心做好自己的工作，悉心抚育好儿子。舒琴则是应酬越来越多，有时甚至醉酒，她觉得把家务活撂给不能挣大钱的袁励武是天经地义的事情。对此，袁励武没有怨言，但已经懂事的儿子对母亲的表现则是相当不满了，有几次因不服母亲的教育还反唇相讥，说先管好你自己再说。

舒琴被噎得够呛，只好将矛头指向袁励武，说袁励武没把孩子教育好，将来也是个只会耍嘴皮子不会赚钱的料。面对无理挑衅，袁励武则笑着摇了摇头，对舒琴的变化他已学会了"观赏"。

其实袁励武已经开始了自己事业的上升期，因各方面表现突出他刚被任命为教研室主任，在地方的理论宣讲工作起步顺利反响不错，在职硕士研究生论文答辩已经通过，马上可以获得学位了。本来他想把这些好消息拿来与舒琴分享，但看到舒琴目前这种日益浮躁的状态，他也就没有向她透露。

按说现在袁励武的各种收入提高了不少，跟过去比家境也宽裕多了，还按揭买了一套面积不小、位置不错的商品房。可不知怎的，舒琴总是嗤之以鼻，她一如既往地对袁励武不满意。

袁励武想，前些年吵架是因为穷，现在不穷了，怎么还是吵架闹别扭呢？随着时间推移，他渐渐明白了，根源在于舒琴收入高于自己导致的家庭关系不平衡。

其实这正是岳奉秦希望看到的结果。

是的，安排舒琴到自己公司来上班，岳奉秦是有长远考虑的；他知道舒琴绝不是那种靠脸蛋吃白饭的花瓶女人，她有工作能力，尤其是沟通交际能力，比起那个前任强多了。岳奉秦是个精明的商人，从商业价值来看，用舒琴绝对物超所值。当然岳奉秦用舒琴还有更深一层用意，那就是他要报复袁励武，因为以他对袁励武和舒琴的了解，袁励武一定会对舒琴在自己公司里面任职心存芥蒂，而舒琴的高薪导致的夫妻收入不平衡必然会引发家庭矛盾。尽管岳奉秦根本没有打算与黄晓岚离婚与舒琴结婚，但能把袁励武的家庭关系搞失衡甚至搞破碎，那是他再高兴不过的事情了。

自从为了工作问题跟母亲争吵以后，舒琴时不时地买礼物到马原琪家。看着女儿心高气傲的样子马原琪也不好说什么，她也不追问什么免得舒琴尴尬，只是不断地告诫她要现实一点，有家有孩子的女人应该守好本分不张扬。透过母亲的话，舒琴隐隐觉得母亲好像察觉到了什么。

天下没有不透风的墙，舒琴和岳奉秦的事情还是被袁励武知道了。

舒琴总是严格地按照自己的生理周期安排着跟岳奉秦发生关系的时间，可有时岳奉秦来情绪了也会不管不顾，遇到这种情况舒琴就及时吃避孕药或找地方打避孕针。原先舒琴在心里做出的补偿袁励武的承诺随着心态的变化早已停止实施了，这样肚子里一旦出问题事情肯定会败露，在这一点上舒琴格外注意。

但女人的生理周期也有不准确的时候，舒琴不小心怀上了。

"大姨妈"到期没来令舒琴开始担忧，但她坚信跟岳奉秦的那一次是在自己的安全期，所以想再等等看。结果过了十多天"大姨妈"还是不露面。舒琴开始着急了，自己到医院检查，当医生高兴地告诉她怀孕了的时候，她的脸色已经开始发白了。

她急忙打电话将这个消息告诉岳奉秦希望他想想办法，哪知岳奉秦笑着说："好啊，生下来吧，就算是他袁励武的。"舒琴恼怒地说："都什么时候了还开这种玩笑，我跟他都好几个月没同床了，他要知道了那可怎么办？"岳奉秦依然笑着说："好办啊，离婚呗！"

"岳奉秦我告诉你，你要再这么说我就破罐子破摔把这事捅出去，一旦让他知道了，你可是破坏军婚罪！"舒琴急了。

这一句话点到了岳奉秦的命脉上，他说还是按照出差模式来处理吧，以出差的名义骗过袁励武，到外地流产。

岳奉秦接到舒琴电话的时候正跟侯玉英在一起。

自从舒琴到他公司上班后,侯玉英每次见到他就挖苦地问他跟舒琴上了几次床了。岳奉秦知道他跟舒琴好上了的事情根本瞒不过侯玉英这个小妖精,于是干脆就在侯玉英面前承认了这事。今天刚跟侯玉英磨叽完舒琴的电话就来了,岳奉秦见来电显示是舒琴,觉得在侯玉英面前也没必要掩饰,就接通了。侯玉英发现岳奉秦一句话还没说脸色就变了,接着跑到了卫生间关上门偷接电话了。

侯玉英何等聪明,她悄悄支起耳朵,透过卫生间门缝里传来的"袁励武""生下来""流产""出差"等反复出现的字眼,就琢磨出了个事情的大概。

对舒琴和岳奉秦之间发生苟且之事,侯玉英的心情是复杂的:首先是恨,恨岳奉秦的花心;其次是鄙视,鄙视舒琴的无德;再次是心痛,心痛袁励武看人走眼。综合起来就是愤怒,两个狗男女联合起来不仅把自己架空了,还给自己心爱的人戴绿帽子,她早想向袁励武揭露此事了,但出于各种考虑而作罢。如今,事情到了是可忍孰不可忍的地步,她就再也不能无动于衷了。

岳奉秦接完电话说有急事匆匆离开了,侯玉英心中的主意也拿定了。

为避免夜长梦多,岳奉秦安排舒琴尽早出差。舒琴没有把怀孕的事情告诉马原琪,在临走的前一天,怀着痛苦而又悔恨的心情,她破天荒地在家里做了几个菜跟袁励武和儿子一起吃个团圆饭,态度相当谦和平静。袁励武心情大好,心想舒琴终于有所改变了,就把自己最近当上教研室主任、在地方进行理论宣讲、拿到硕士学位等取得的成就一一跟舒琴说了。舒琴苦笑了一下表示祝贺,还在儿子的脸上亲了一口,眼泪竟然流下来了。

就在袁励武感到舒琴有些反常的时候,舒琴突然感到恶心起来,她强忍着快速跑到洗手间吐起来。袁励武赶忙跑去问怎么回事,舒琴慌乱地强装笑颜说没事,这几天一直就这样,可能是太累了。

看着舒琴慌张的样子,袁励武满腹狐疑。

舒琴走后,一封匿名的信件寄到了袁励武的手中。在通讯日渐发达的时代,纸质书信早已经成为稀罕物了,信封上只写了邮递的目的地,显然寄信人不希望透露自己的信息。袁励武打开信封一看,是一行打印的宋体字:"你老婆怀孕了,她最近可能出去做流产而不是出差。你的朋友。"

怀孕了?想到很长时间舒琴没跟自己有肌肤之亲了,袁励武这下没法镇静了,他就预感到这几天要出事,没想到是此种大事!他腾地从椅子上站起来,快速在办公室里转了两圈,但他马上又镇定了下来。他知道自己现在是教研室主任,不能在单位里乱了方寸,不能把不良情绪带到工作中来,况且来信内容的真实性也还没确定。他理了一下紊乱的思路,迅速制定了几条行动措施。

他首先迅速赶到舒琴单位,这是他第一次到这里来。在这里他见到了经理程世轩,那胖胖的身材和脸蛋给他留下了深刻印象。袁励武自我介绍说是舒琴的丈夫,因舒琴出差走得急也没说到哪里出差了,打她手机已经关机了,可能在飞机上;正好单位组织一批人出去调研,今天就要上报调研的地点,如果知道舒琴出差的地点,那么袁励武也申请到舒琴出差的那个地方或离她比较近的地方去调研,可能的话跟她会合一下。

程世轩知道舒琴的老公是个军官,今天这个穿着军服器宇轩昂的军官应该不会有假,他还特意看了一下袁励武的军官证。舒琴外出做流产手术的事对外只有岳奉秦知道,程世轩根本不知内情。见袁励武态度恳切,应该没有什么大问题,程世轩就把周晓静叫过来问给舒琴订的飞往哪里的机票,周晓静说没有订机票啊,订的是火车票啊,就到本省的 W 市,很近的。

"你看,很多时候她出差都是总公司定下来的,连我这个当经理的都不知道。"程世轩摊开手歉意地说。

袁励武说了声谢谢就起身告辞了。此时他脑袋彻底大了,因为那天吃晚饭时舒琴曾说过她是乘飞机去很远的一个地方,这种欺骗性的搪塞使匿名信内容的真实性又增加了几分!

袁励武的一个军校同学在 W 市军分区医院当政治处副主任,他联系上该同学后,请他帮忙到市妇幼保健院或几家大医院查一查有没有叫舒琴的妇科病人,毕竟 W 市大医院也没有几家。同学并不知道舒琴是谁,还在电话里开玩笑问袁励武是不是犯错误了,搞得人家女孩偷偷出来看妇科。

袁励武顾不上开玩笑,他简单应付了几句说尽快查吧,那是我表妹。挂了电话,袁励武一边等消息一边思考下一个问题:如果是真的,要不要告诉马原琪?她是否早已知晓此事而故意不告诉他?

快要下班了的时候,W 市的同学来电话了,说昨天在 W 市妇幼保健院确实有一个叫舒琴的在妇产科挂号做流产手术,有一个男的陪护,病房号和住院床号都查清了。

袁励武一下子瘫倒在椅子上,脸上的青筋暴起,过了一会儿他站起来拉开门想冲出去干点儿什么,但刚到走廊又回来了。"我能去干什么呢?我该干什么呢?"袁励武暴躁地回到办公室,在办公室里转圈,然后攥起拳头恨恨地捶打着桌子,手生疼了却浑然不觉。

　　他把办公室门反锁上,电话响了也不接,只是呆呆地坐着,脑子里思绪开始渐渐理顺:信的内容是真的,舒琴肚子里的孩子肯定是岳奉秦的,那个陪护的人毫无疑问是岳奉秦,自己这么长时间竟然麻木不仁!舒琴是什么时候开始出轨?应该是从那五万元开始,那五万元铁定是从岳奉秦那里借的!那写匿名信的人又是谁?该不该告诉马原琪?他的脑子又开始乱了,他忽地站起来,掏出舒琴给他买的手机,狠狠地摔在了地板上,随着一声清脆的响声。机壳和电池脱离了机身,袁励武的心也破碎了。

　　不知过了多久,他抬起头,发现天早就黑了,他忽然想起儿子放学还没接呢!袁励武暗暗告诫自己,一定不要乱,绝对不能让儿子看出什么来。他慢慢地捡起被自己摔掉电池的手机,又拼装起来,打电话试试,还能正常使用,看来手机质量不错。

　　袁励武到了学校,传达室大爷告诉他确实有个男孩子在这里留置过,还用传达室电话对外打了几个电话,后来一个老年妇女把他接走了,说是他姥姥。

　　袁励武舒了口气,回到出租车上他狠狠地抽了自己两个耳光,司机好奇地问:"您这是怎么了?"袁励武勉强地笑了笑说:"没什么,麻烦你了。"

　　来到马原琪家,袁励武看见儿子在写作业,激动地一把抱起儿子亲个没完,马原琪生气地说:"今天怎么回事,志远给你打电话也不接,后来干脆无法接通了。"袁励武含混地应对了一下。

　　马原琪已经做好晚饭了,袁励武就和儿子在马原琪家吃晚饭。吃饭中间马原琪说:"小袁,你脸色不好看,是不是病了?"袁励武说没事。通过对马原琪表情的观察,袁励武感觉马原琪可能不知道舒琴流产的事,他确信舒琴也不可能跟母亲说。

　　饭后袁励武带儿子回家,安顿好儿子后,他也早早躺下了。黑暗里他重新开始了沸腾的心理活动,他想到了要去告岳奉秦破坏军婚罪,转念一想这样做自己是出了口恶气,但家丑外扬,舒琴也身败名裂了,毕竟一日夫妻百日恩,再就是儿子怎么办?他也开始反思自己在这个过程中的责任:如果自己早就去借这五万元,怎么会让岳奉秦钻了空子?如果自己当时不是耳根子软,舒琴不会到今天这一步……他辗转反侧地想，天快亮时他才迷糊过去，依稀梦见母亲正在抚摸他的头，满脸慈爱。

第二天是周末，袁励武决定长痛不如短痛，干脆把这事告诉马原琪。他把儿子单独留在家里嘱咐了几句，赶到马原琪家里，哪知路上准备了一肚子话到马原琪家里反而说不出来了。看着袁励武欲言又止的样子和红红的眼圈，马原琪猜测到可能有什么大事要发生。当袁励武吞吞吐吐地把舒琴的事情说出来后，马原琪脸色苍白，呼吸急促，袁励武吓坏了，刚要打电话叫救护车，马原琪摆了摆手，拿出速效救心丸吃了两粒情况才有所好转。她缓过神来，流下了眼泪，拉着袁励武的手说："小袁哪，舒琴对不起你，我也对不起你，她把这事瞒得死死的。前一阵子我有所察觉，但没有证实，她出了这事我这当妈的有责任哪！下一步你怎么打算的？"

袁励武说："妈，您觉得我还能跟舒琴过下去吗？我心里过不去这个坎儿，搁谁身上也过不去啊！"

马原琪攥紧了袁励武的手说："我不多说什么，你应该为孩子想想，为将来想想啊！"

袁励武说："妈，我知道您通情达理，是个好母亲，是志远的好姥姥。您先注意身体，一切等舒琴回来后再说，好吗？"

马原琪叹了口气，松开手，反复地说："真是作孽，作孽啊！"

看着袁励武离开的背影，马原琪感到天要塌下来了。

　　而袁励武这边的天是真塌下来了,他一回家就接到姐姐电话,姐姐在电话里哭着说母亲因突发脑溢血没抢救过来,去世了!

　　犹如一记晴天霹雳打在袁励武脑袋上,他身体晃了晃,马上扶住桌子,顿时感到世界是倾斜的,而后又旋转起来,他蓦地大叫一声:"啊!"

　　儿子吓坏了,赶忙跑过来问:"爸爸,你怎么了?"

　　袁励武突然哭了出来:"你奶奶没了……"

　　儿子从来没有见过爸爸这样哭过,他吓傻了,呆呆地站在那里,随即大滴的眼泪也沿着面颊流了下来。

　　袁励武迅速为自己和儿子办好请假手续,带着儿子火速赶到了老家,一到家门口映入眼帘的是白色的挽幅挂在门楣上!他三步并作两步走,哭着跑进了房间内,冲到了母亲遗体前。

　　穿好寿衣的母亲静静地躺在炕上,袁励武伏在她身上痛哭不止,袁志远也喊着奶奶跑过去跟着爸爸哭起来。

　　袁励霞把袁励武拉起来,看着也已哭成泪人的姐姐和老泪纵横的父亲,袁励武问了一下母亲的发病情况,袁励霞说母亲是突发性脑溢血,送到医院人就不行了,走之前没受多大罪。袁励武又回头看了看母亲,母亲安详的脸上似乎没有痛苦的表情。

　　在大家的帮助下,袁母的丧事按照农村的仪式有条不紊地进行着。头一天晚上袁励武要守灵,他让袁志远回家跟爷爷睡觉去,袁志远坚持和爸爸一起守灵,说爸爸不睡他就不睡,袁励武摸着儿子的头答应了。

晚上守灵时身着重孝的袁励武和同样身着重孝的儿子一起静静地守着,袁志远忽闪着眼睛看着满脸泪痕的爸爸,突然说:"妈妈太过分了,她也应该来。"

袁励武心里一颤,摸着儿子的头说:"你妈妈忙。"

"要不等妈妈回来,咱再这样摆放着奶奶的照片,给妈妈补一次?"袁志远提议。

"傻孩子,明天奶奶就要安葬了,她的灵魂就可以安息了,再摆一次会惊扰她,奶奶不希望这样。"袁励武淡淡地说。

"爸爸,人死后有灵魂吗?"袁志远又问。

"那你希望有还是没有?"袁励武反问道。

"当然是有啦,这样每个人即使死了,还可以见到家人,到哪里都还是一家人。"袁志远说。

袁励武沉默了一会儿,无奈地说:"很多事情将来你会明白的。"

父子就这样聊着,半夜过后,袁志远不知不觉在父亲怀里睡着了。袁励武轻轻把他抱到炕上去盖上被子,自己又回到母亲灵前。

他不由得又想起了舒琴。他觉得母亲和舒琴仿佛是自己身上两个不相融但相依的物件,在一起时不和谐,连在送终这样的事上老天都不给她俩缘分,而折腾起自己来俩人却是联手一致。他记得十几年前因舒琴误会自己而使自己陷入痛苦时,恰逢母亲发病,而这次,自己的痛苦来自于舒琴的背叛,而母亲则干脆选择了对儿子的抛弃!

母亲是在用生命来消解舒琴带给儿子的苦,也同时化解了儿子对舒琴的恨。袁励武突然觉得妻子背叛与母亲离世带给自己的痛苦不是一加一的加法,而是减法,守在母亲遗像前,他渐渐忘记了舒琴,对舒琴他产生了一种情感上的冲淡和一股心理上的释然。

这个人,今后不会再是自己感情的皈依,无论她忏悔与否,也无论她如何忏悔,他拿定了主意。同时,对于岳母,对于儿子,他也做了安排。

母亲的安葬仪式庄严而隆重,由于袁家在村里声望好,很多乡亲们自发地为袁母送行,整个葬礼庄严肃穆,情悲气怆。

将母亲埋葬后,袁励武抬起头远望着家乡的田野,多少次母亲曾带着自己在这里劳作、玩耍,他顿时感觉一股巨大的悲痛从脚下扩散到全身,再慢慢向旷野蔓延。如果说对肖星离世的悲痛是怀着香消玉殒的伤感从心里迸发出来的话，那么对母亲逝去的悲痛则是载着从童年至今的点滴记忆从骨缝里钻出来的。

他想起了前几天晚上梦见母亲的情景，自己这个当儿子的，不但没能让母亲过上幸福生活，甚至连为母亲尽孝都没有做到，自己与母亲见的最后一面居然是在梦里！想到这里，袁励武的眼泪禁不住再次夺眶而出。

他跪下来，向新隆起的母亲的坟头磕了三个头。

处理完母亲的后事袁励武带着儿子回到家里，舒琴还没有回来，在办丧事期间，舒琴打给袁励武三个电话，袁励武都没接。

经过反复思考，袁励武觉得纸是包不住火的，长痛不如短痛，他决定不再向儿子隐瞒什么，他要把事情向儿子说清楚。

第二天晚上袁志远写完作业，袁励武将他拉到沙发上坐下，对儿子说："儿子，你愿意做一个坚强的男子汉吗？"

袁志远拍着胸脯说："当然愿意了！"

袁励武说："男子汉可不是那么容易当的，男子汉的坚强不仅来自体力上的，更是来自心理上的，他必须能够适应各种变化，比如说，你很喜欢的一位老师突然说不教你们了，你会难过吗？"

袁志远说："肯定会，但过一段时间就好了。"

袁励武又问："假设你一直考第一，现在你第一名的位置被别人抢走了，你难过吗？"

袁志远说："不难过，我再抢回来就是了。爸爸，你到底要说什么呀？"

袁励武说："今后我们家的生活可能会发生一些变化，今后爸爸还是你爸爸，妈妈还是你妈妈，爸爸和妈妈都会像以前那样爱你，不同的是今后爸爸和妈妈爱你的时候不能在一起。"

袁志远眨巴着眼睛问："你是说……你们要离婚？"

袁励武重重地点了点头。

袁志远的目光顿时黯淡了下去，过了一会儿，两滴眼泪沿着两边腮部流了下来，他慢慢低下了头，一会儿他抬头乞求爸爸："爸，你们能不离吗？"

袁励武一阵心酸，他也慢慢地蹲下，替儿子擦去泪水，轻声说："儿子，你现在还小，还不能完全理解大人之间的事情。你是个男子汉了，有些事情也该让你知道了,这么跟你说吧,你妈妈在外面做了对不起你的事情,当然也对不起我,她这几天出去不是出差,是处理这个事情的。明白了吗?"

袁志远脸上显出惊奇的表情,他沉默了一会儿说:"爸,我明白,妈妈在外面跟别人好了。可,可你就不能原谅她吗?"

袁励武说:"爸爸不是小气的人,有些事是可以原谅的,有些事不是原谅就能解决的。比如,你妈妈喝醉了酒我可以原谅她,她不参加奶奶的葬礼我也可以原谅她,但这件事情就不行。你不要记恨你妈妈,她为了生你养你也付出了很多,只不过她是为了多赚钱而做了错事的。你的爱一点儿都没有丢失,你可以随便选择跟谁一起生活,如果你愿意跟爸爸,你想妈妈和姥姥了也可以随时去找她们,爸爸也会经常去看望姥姥,我和你妈妈离婚不会让你姥姥知道。记住,不管怎样,爸爸和妈妈之间不是仇人,只不过就是不住在一起了,明白吗?"

袁志远情绪还是很低落,他没有作声。

袁励武接着说:"将来无论你跟着谁,爸爸都没有意见,你可以随时找爸爸,也可以随时找妈妈。"

袁志远含着眼泪应了一声。

夜深了,袁励武还是睡不着,他听见睡在旁边的儿子在说梦话,喃喃的梦话中夹杂着断续的哭声。袁励武的心碎了,他离婚的决定有点儿动摇,他在黑暗中自言自语:"儿子,爸爸对不起你!"

而在 W 市做完人流手术准备返回的舒琴,也似乎感觉到了不妙。因为程世轩前几天打电话向她说起袁励武来单位询问她出差的事,她就隐约感到袁励武似乎发现了什么蛛丝马迹;她给袁励武打电话也没人接,这使她有点儿心慌。但在事情没有完全败露之前她依旧怀着侥幸心理来对待,这是她进入公司后练就的一套本领。她在思考面对袁励武的疑问该如何措辞,才能做到逻辑上严丝合缝。

岳奉秦在舒琴做完人流后的第二天就离开了 W 市,对他而言这只是一个小麻烦,孩子做掉整个事情就与他毫无牵连。舒琴做的是高价的无痛人流,对人体的损害比较轻微,临走前他给了舒琴一万元钱,让她多住几天院,同时加强营养。舒琴并没有拒绝,但他多么希望岳奉秦能多照顾她几天,接钱的同时她感到了心底的一丝冰凉。

她决定,今后断绝与岳奉秦的不正当交往,踏踏实实地与袁励武过日子。

几天后,舒琴回来了,她没有直接回家,而是从车站直接来到了母亲马原琪家探探口风。见到女儿,马原琪问:"出差这么长时间干什么去了?"

　　舒琴一怔,看见母亲脸色不好,她故作镇静地说:"还能干什么,忙呗!"说着掏出一件新买的红色唐装上衣给马原琪。"给您买的,穿上试试。"

　　马原琪猛地夺过舒琴递来的衣服向舒琴扔去,生气地说:"你真是本事大了,撒谎都不眨眼皮了!告诉你,你做了什么,小袁什么都知道了,什么都跟我说了!"说着失声哭了起来。

　　"什么?"舒琴惊叫了一声,脸色一下子变了,瘫倒在沙发上,她最担心的事情终于发生了。

　　过了好一会儿,舒琴带着哭腔问马原琪:"妈,你说我该怎么办哪?"那情景与十几年前她因误会袁励武而造成的不知所措如出一辙。

　　马原琪叹了口气说:"小袁和孩子好几天都没有来了,我打电话他也不接,看来事情已经无可挽回了。"顿了顿,马原琪说:"你啊你,怎么变成这个样子了?当年你爸在一个废弃的采石场的山洞里,我半夜带着药带着饭骑自行车赶过去陪他,在黑咕隆咚中找到了你爸,那是拿命换来的感情啊!可是你,一点儿苦日子就受不了,为了钱居然在外面乱搞男女关系。岳奉秦是什么人你不知道啊,你是有丈夫有孩子的人了,你说你还有没有点儿廉耻!"

　　舒琴惊呆了,从小到大母亲还没有用这么重的语气跟自己说过话,她哭着说:"妈,我知道错了,我一定不再跟岳奉秦有瓜葛了。该怎么办,您给想个办法啊!"

　　马原琪没有作声,过了一会儿她慢悠悠地说:"其实这事我也有责任,如果不是为了购买这房子,哪会出这事?现在唯一的办法就是我豁出这张老脸去,多拿孩子说事,去劝袁励武不和你离婚。"

　　舒琴说:"那怎么行?他愿意离就离吧,反正我错了,不必强求,再说我也不用他养活。"

　　马原琪的眼睛瞪着她说:"你说得轻巧,离了孩子怎么办,都这个时候了怎么还光想着自己!"

　　这时门铃突然响起了。

　　马原琪跑到门口,慌忙地问:"谁啊?"门外传来袁励武的声音:"妈,是我啊。"

　　马原琪大惊失色,赶忙示意舒琴躲避一下,而舒琴已经方寸大乱,躲也不是站也不是,她镇静了一下,干脆说:"事到如今,不用躲避了,开门吧。"

是袁励武一个人来的,当他第一眼看见舒琴时,脸上并没有多少惊奇的表情,他明白了一切。

马原琪尴尬地站在门口,舒琴将脸别到一边不看袁励武,袁励武缓缓地走到沙发边坐下,一时间屋子里静得掉下根针都能听到响声。

过了一会儿,袁励武问:"身体恢复得怎么样?"

舒琴故作奇怪地问:"什么怎么样,你说什么呢,不着边际的,我出差刚回来。"

马原琪大吃一惊,急忙说:"舒琴,你……"

袁励武说:"妈,没事,我知道她肯定会这么说,这几年我比您了解她。"

舒琴依然不肯放弃最后的希望,狡辩道:"我承认什么,你了解我什么,我怎么了,你这东一榔头西一棒槌的,有病吧?"

"你才有病!"袁励武蹭地站起来,指着舒琴大声吼道。他看了看马原琪,又缓缓坐了下来,对舒琴说:"有事回家说吧,好吗?"说完他起身要走。

马原琪赶忙拦住袁励武说:"小袁哪,有话在这里说就行了,这里也是你的家呀!看在我的面子上,有话好好说。"

袁励武又重新坐下来,忍着怒气说:"刚才见到你,我还怀着最后一丝希望,希望你能坦诚地告诉我一切,现在看来连这丝希望也保留不住了。那我来告诉你,你根本没有出差,你是去 W 市做流产了,对吧?妇幼保健院,病房号床号我这里都有,不用再跟你重复一遍了吧?"

舒琴面色发白,没有说话。

袁励武接着说:"当着妈的面,我敞开说。我是个男人,发生这种事对一个男人意味着什么全社会都知道!我不算是个傻子,也知道点儿尊严,说一千道一万,老婆怀着别人的孩子瞒着丈夫出去流产了,回来还面不改色心不跳地跟他丈夫说出差去了,哪怕你面对的是个傻子也不能忍心这么说啊,但你说了,你也做了,结婚这么多年敢情在你心里我连个傻子都不如!本来我想报案,追究岳奉秦破坏军婚罪的刑事责任,但转念一想我不能那么做,一是为了我儿子,如果传出去让别人知道他有这样一个母亲,对他的影响不好,家丑不可外扬;二是我觉得不值得,不值得为岳奉秦这样一个寡廉鲜耻的人兴师动众;三是为了我自己,我不想出门被人指指点点,说我被戴绿帽子了。"

马原琪想插话被袁励武制止了，他接着说："这几天儿子睡觉老说梦话老在哭，我心里很难过，就在今天早上我还在犹豫，你回来后为了儿子是否跟你说出离婚这两个字，今天看到你的表现我不再犹豫了，因为至今你对这个问题还没有半点认识。"

话已至此，舒琴已是羞得满脸通红，只是耷拉着脑袋不说话。马原琪说："小袁哪，看在孩子的份上，总要为了孩子想想吧？"

袁励武依旧平静地说："妈，孩子大了懂事了，能理解也能承受这一切了，让他生活在这样一个家庭里对他将来也不好。他是个男人，他应该懂得尊严比苟且重要，否则他的将来就有可能重复我的现在。"

袁励武接着说："妈，我非常感谢您，以后我会常过来看您，您是志远的姥姥这一点永远不会改变。我也有责任，那就是作为一个男人我赚不到足够的钱来维持好一个家庭，但我依然坚守我的工作岗位，尽管这个工作不能给我带来大富大贵，我不后悔。"

马原琪说："小袁，是不是也该考虑一下志远爷爷奶奶的意见啊？"

袁励武面部突然抽搐了一下，他忍住了，平静地说："志远的奶奶刚去世了，前几天我和志远刚回家办完丧事。"

舒琴猛地抬起了头，她和马原琪同时"啊"了一声，双双瘫倒在沙发上。

38

一个阳光明媚的上午，袁励武和舒琴走进了婚姻登记处，当钢印重重地盖在离婚证上时，袁励武的心颤了一下，舒琴直接就哭了。

舒琴虽然曾一度陷入和岳奉秦的不正当关系不能自拔，虽然心理上渐渐地不太将袁励武当回事了，但她从来没有想过和袁励武解除婚姻关系。她每次抱着侥幸心理和岳奉秦进行的玩火行为更多的是建立在利益交换基础之上的，当与袁励武离婚的这一天真正到来时，她是没有任何思想准备的。

这几天她曾经求过袁励武，这是这么多年来她第一次在袁励武面前放下架子，她倒非常希望袁励武吼她一顿甚至揍她一顿，说明他还在乎她，但袁励武的态度冷静而坚决："你的这些话我可以理解为你对婚姻还是在乎的，但你觉得我们之间还有这个可能吗？"

是啊，自己已伤他太深，舒琴知道，世界上没有一样东西是可以被无限透支的，特别是两个人之间的感情。自结婚那天起，再往后说就是自从袁母来伺候月子那时起，自己就没有以一种正常的心态来对待自己的丈夫和婆婆，感情和亲情已经被自己透支了，自己在这件事情上是有责任的。如今，两者都弃自己而去，连补偿的机会都没有，想到这里，她心头隐隐发痛。

她又试图搬出儿子来挽留这段婚姻，当她试图把儿子拥入怀中哭泣时，儿子却猛地推开她，用仇视的眼光看着她，并明确表示他要和爸爸在一起。

她也跟袁励武提出过儿子的监护权归她，否则就不同意离婚，袁励武依旧平淡地说："看来你已经掌握了商业谈判讨价还价这一套，难道你还真想将这点儿家丑闹到法院去？儿子的监护权归属问题你去问儿子吧，他有选择权，法律也尊重他的选择权。同时,你再问一下自己的内心,配不配?"

袁励武不冷不热的话句句刺在舒琴心上,他理性得让她害怕,看来他心理上已经有了充分的准备。没办法,舒琴又哭着再去找母亲想办法,已经被这个事情折磨得病了的马原琪躺在床上用更加理性的语气说:"算了,已经无法挽回了,你自己负责吧。过去你不珍惜已经拥有的,伤害了袁励武和他的家人,最终受损失的还是你,这也是对你的惩罚。我不知道你到底想要什么,现在看来你这个快四十的人还是不靠谱,游移不定的生活目标最终让你前功尽弃、一无所获,还是你自己面对吧,妈不能守你一辈子。"

舒琴终于体会到了什么叫作众叛亲离,她感到了空前的无助,半夜里起来哭了几次,她甚至想到了自杀,但又没有足够的勇气,她还是心有不甘。

她再次找袁励武谈,袁励武依旧出奇地冷静:"有什么话你就说吧。"

舒琴说:"我知道我对不起你,对不起孩子,但我这样做是为了这个家,为了我们活得更好一些,你这么看我、你这么对我都是不公平的。"

袁励武强压着愤怒说:"那你出轨了我还得感谢你呀,这个家并没有让你缺衣少食吧,请你不要以此为借口来说事。至于儿子怎么想我管不着,但我相信儿子有基本的判断力。"

舒琴说:"你的要求也太低了,不缺衣少食就满足了?你看看外面谁不在为了自己的后半生,为了自己的后代大把地捞钱?"

袁励武看了她一眼,轻蔑地说:"看来你这几天还是没有什么认识,我没说赚钱有错,但我要说的是,社会无论如何发展,个人无论出于什么理由,都应遵循最基本的道德准则和做人原则,你不会连这一点都不明白吧?"

说完,袁励武把草拟好的离婚协议给舒琴,协议上明确离婚后袁励武住公寓房,新购买的商品房归舒琴;家里的存款大部分也归了舒琴,儿子由袁励武抚养,舒琴可以随时探视,不用支付抚养费。

看着冷冰冰的白纸黑字的离婚协议书,舒琴明白,现在这个男人已经彻底将自己从心里移除了,再次的挽留将会带来更大的屈辱。最后,舒琴提出每个月给儿子支付两千元抚养费,也被袁励武拒绝了。

事已至此,无可奈何花落去,舒琴含泪在离婚协议上签了字。扭头看见在床上熟睡的儿子,她猛地扑到儿子身上大哭了起来。

儿子被惊醒了，他茫然地看着正在灯光下哭泣的妈妈和黑暗中静立的爸爸。

　　从民政大厅里出来，舒琴对袁励武说："袁励武，你记得我们在这里领结婚证的情景吗？感觉就像在昨天。你我之间就这样了，不过我想请你满足我一个心愿，我想和你一起到晶泰化工厂那块场地上去看看。"

　　袁励武点头答应了。

　　这是袁励武和舒琴播下爱情种子的地方，如今已经荒废了，成为一片杂草丛生的瓦砾地，如同袁励武和舒琴的感情现状，荒芜而凄清。

　　看着这一切，袁励武和舒琴心里更不好受，俩人沉默了一会儿，袁励武说："说来也怪，企业都搬走好几年了，这块地也闲置了很长时间了，怎么还是老样子？"

　　舒琴说："听说是当初审批程序出了点儿问题，原先的开发商资金链又断裂了，如今这块地是个烫手山芋，没人敢接。"

　　舒琴接着说："如今物是人非啊！袁励武，你我是在这里认识的，守着这片土地，我郑重地跟你说，是我对不起你，是我毁掉了一切。我不仅伤害了你，也对不起你妈，也就是我的婆婆，我不是一个合格的妻子，更不是一个称职的儿媳妇，希望她老人家在九泉之下能够原谅我。"说完舒琴又哽咽了起来。

　　袁励武依旧淡淡地说："一切都过去了。你我本是空气中两个互不相干的颗粒，因偶然的机会碰到了一起，如今的分散你我之间也没有谁对不起谁，离婚后我们也不是仇人，你曾经给过我幸福给过我爱，这已经足够了。我相信，当初嫁给我你是愿意的，或者说你是爱我的，只是随着时间推移我没有能力留住这份爱。人都是要变化的，当初的你和今天的你已经不同了，这既是你的变化，也是时代的变化，就如同这片地，谁能想到会从当初的机器轰鸣变成今天的冷冷清清？真正的爱情应该是人变情不变，在这一点上你我都没有做到。我们的爱情只是停留于年轻时男女欢愉层面上而没有深入发展，这样的爱情是经不起时间考验的。结果是，我们最初的爱情最终被裹挟于城乡差别、物质利益、尊严面子等许多外部因素中，而失去了本真。所以今天我们之间的结束，你有责任，我也有责任，我过不了心理上的这道关口，因为我们之间的爱情还没有深刻到不受裹挟的程度。也许我们更适合做普通朋友吧。"

　　舒琴伤感地说："看来你已经修炼到一定境界了，这几年我没有观察到你的变化、你的进步，但我感觉到你是在上升的，或许我这一生最不该失去的就是你。"

袁励武转开话题问："下一步你打算怎么办？"

舒琴说："让自己先冷静一下吧，好好反思一下自己。连你我都失去了，生活上我不想再跟谁有什么瓜葛了。"

袁励武说："不是我有成见啊，我总感觉你现在的工作存在着一些不确定的因素，江湖险恶，有时不可率性莽撞，你应具备起码的对环境的观察能力，希望今后你多用心观察，凡事三思而后行。"

舒琴说："看来你对我现在的工作还是有成见，我知道为了这个工作我付出的代价太大了，但我觉得没有你说得那么凶险。"

袁励武接着说："好，现在没有必要再为这个问题争论了。关于儿子你放心，我会慢慢让他消除对你的看法，今后我也会常带儿子去看望妈的，我发现最近妈的身体越来越差了。"

舒琴喃喃自语："都怪我，一切都是我的错。"她突然拉过袁励武的胳膊，深情地说："能再抱抱我吗？"

袁励武没有说什么，伸出双臂拢住了舒琴的背部，轻轻地抱住了她。舒琴也顺势将头伏在袁励武的肩上，久久不愿抬起。

两个历经一波三折终成眷属的人，两个经历了婚姻的甜蜜与苦涩的人，在最后的仪式中结束了彼此间的配偶角色。

刚才明媚的天空渐渐地被阴霾所笼罩，过了一会儿起风了，空气里凝聚起扬尘的味道，旁边工地上高高的塔吊正伸着长长的"臂膀"摆送着建筑材料，被裹在脚手架和绿色帷幔中的机器设备在高楼里不时发出吱吱的叫声，两旁街道的汽车喇叭在伴奏着，这个城市依旧像个大工地永不消停，这个城市的现代化步伐不可阻挡，车水马龙催生着聚散离合，高楼林立伴随着尘埃滚滚。

在这个城市现代化旋风的激荡下，原本抱在一起的袁励武和舒琴像两粒被风吹散的尘埃，各奔西东。

……

离开了袁励武父子的舒琴第一次体会到了彻骨的孤独感，尽管在此之前因为应酬或出差原因经常性地撇开他们父子两个，有时甚至一撇就是十几天也没有什么感觉，但是当真正的失去来临时她才感觉到自己以前对亲情的麻木已经到了何种程度。有一天早上她实在忍不住了就给袁励武打电话，说晚上想见见儿子，袁励武答应了。

下午舒琴怀着忐忑的心情早早地来到儿子就读的学校,终于见到了放学的儿子。出乎她的意料,儿子并没有自己预想的那样抗拒,只是一言不发地站在自己眼前,舒琴知道,这肯定是袁励武早上反复嘱咐的结果。她摸着儿子的脑袋,当着众人的面亲儿子的脑门,儿子则像块木头,任凭母亲摆布而无动于衷。

舒琴拉开车门让袁志远坐在副驾驶的位置上,自己一边开车一边询问儿子的学习情况,袁志远目光看着窗外有一句没一句地回答着。回到家里,她做了很多好吃的,但儿子只是草草地吃了几口就做作业了,她奇怪地问:"儿子,你平时就吃这么少吗?"儿子头也不回地回答:"你做不出爸爸做的味道。"

是啊,很长时间没有给儿子做顿饭了,儿子喜欢吃什么口味的饭,自己真说不准了。舒琴一边想着,一边默默地收拾着碗筷。

舒琴在儿子这里没有解除失落感,却在姚丽那里找到了心理平衡。

第二天当舒琴悻悻地将儿子送回学校的时候手机响了,是姚丽打来的,她在电话里约舒琴马上见面。舒琴本想拒绝,可电话那边姚丽突然哭了,说自己马上就要死了,临死前要见舒琴最后一面。

舒琴大吃一惊,先打电话给周晓静说自己晚去公司一会儿,然后驱车直接到姚丽说的龙湖公园门口。姚丽早来了,她一溜烟儿钻进舒琴的车里,二话不说,伏在驾驶座位背后就哭。

舒琴问:"我的姑奶奶,这是怎么啦,寻死觅活的?"

姚丽抬起头,舒琴透过后视镜看到了一个披头散发且满脸泪痕的女人,她边哭边说:"柳岩林那王八蛋不要我了!"

"求求你就别哭了,快说说这到底是怎么回事?"舒琴急切地问。

姚丽抹了一下脸,带着哭腔说:"本来日子过得好好的,突然有一天我有一颗牙齿不好了,想让他帮我堵堵,他让我还是找别的牙医来做吧,我说他脑子有毛病啊,老公有这手艺不用却花钱找别人做?他就给我做了,天杀的自那以后他就再也不碰我了,好像我是那瘟神似的,对我的态度也日渐冷淡起来,后来他在外面竟然有了小三!"

舒琴问:"他在给你看牙之前有过这种表现吗?"

姚丽摇了摇头说:"没有。"

舒琴说："傻丫头,你就不该让他给你看牙。牙龈是人的私密部分,也是人最丑陋的部分之一,你像个牲口似的把整个牙龈还有病变的部分全暴露给他了,就相当于你把五脏六腑全给他看了,你在他面前就没有任何私密可言了。女人的私密始终是男人的诱惑,现在他一看到你马上想到你的牙龈部分,不躲开你才怪呢!"

姚丽说："那照你这么说男外科医生就不能给自己媳妇开刀做手术,男妇科医生就不能给自己媳妇接生了?"

舒琴说："基本如此。一旦那样做了,他对自己媳妇基本上就没有什么太大兴趣了,除非他和媳妇间有更高层次的精神交流,你和柳岩林之间的精神交流能高到哪里去?"

姚丽说："我真傻呀,为了省那千八百块钱将自己的幸福都搭进去了。我也怀疑是这个原因,男人就那德行,只喜欢女人那一身皮囊,都是贱骨头!"

舒琴问："你找我就是为了说这事?"

姚丽说："这事还小啊,刚才我犹豫再三准备跳龙湖,后来想想得先见见你,听听你的意见再跳湖。"

舒琴乐了："跳什么跳,你不是想听我的意见吗?那我告诉你,好好活着,跟他提离婚,反正再这样下去你们不会像以前那样幸福了,我估计他肯定乐意离婚,然后在财产上做做文章。你年龄不小了,没有物质保障将来会很惨的。"

姚丽说："咱俩想到一起去了,你真是我的好姐们!对了,你最近怎么样?"

舒琴犹豫了一下说："我离婚了,就在前几天。"

姚丽突然破涕为笑,激动地说："真的?那太好了,那我们姐俩儿今后可以患难与共了!"说完,隔着头发在舒琴后脑勺上亲了一下。

舒琴说："去去去,你变态吧?听见我离婚把你高兴成这样,谁跟你患难与共啊,你现在还是有夫之妇呢!"

姚丽说："啥有夫之妇,我早就跟他离了,上个月吧,我得到了一套房子和大部分的存款,也算姐这十几年的青春没有白白浪费!"

接着,她用手拢住舒琴的脖子说："妹子,晚上我请你吃饭,海鲜巨无霸,咱两个幸福的女人好好唠唠,拜拜!"说完,又亲了舒琴头发一下,然后下车。

不知怎的,跟姚丽见面后,舒琴内心竟然有一种说不出的愉快和轻松,工作时的心情也顺畅了许多。程世轩经理出差了,临走前向仓库交代出货单由舒琴代签,舒琴前几天心情不好就以自己是负责运输联络的,对出货明细这块业务不熟悉为理由拒绝签字,今天她特意让周晓静把出货单拿来简单审核一下就签上了字,保证了货物的流通。

晚上,舒琴和姚丽两个女人喝得昏天黑地,互相搀扶着到舒琴的房子里过了一夜。第二天,舒琴头昏脑涨地醒来,发现呕吐的秽物遍地都是,她皱了皱眉,推了推正在呼呼大睡的姚丽。姚丽睁眼看见舒琴,满嘴酒气地对舒琴说:"这叫一个痛快,兴他们男人翻天,就不许我们女人胡闹?"接着姚丽趴下又睡过去了。

就在舒琴接儿子回家的那天晚上,袁励武自己做了几个菜,开了一瓶酒,自斟自饮,思绪万千,他要慢慢消化这一切。

39

一辆豪华别克轿车嘎地停在袁励武所住的公寓房前。王进军踌躇满志地从驾驶位钻出来,头发梳得整齐,皮鞋擦得发亮,一副墨镜遮住了小眼睛,他敲响了袁励武的家门。

袁励武开门把他迎进来,打量了一下说:"好家伙,我当是谁呢,王大律师啊,这派头,简直是跨国公司老板嘛!怎么样,一看就混得不错吧?"王进军摆了摆手说:"一般般,也就是挣俩小钱,人家吃肉咱跟着喝点儿汤而已。"

袁励武将他按倒在沙发上坐下,高兴地说:"今天到我这里来,中午我炒几个菜,咱哥俩儿喝几杯。"

王进军说:"算了吧,中午我还有应酬,今天来是想求你办件事。"

袁励武笑着说:"我能帮你做什么事,什么事还有你王大律师摆不平的?"

王进军说:"这么多年你一直帮我,我拿你当哥们儿,我琢磨着这件事还得你帮我。直说吧,我要和曹金秀离婚,但她死活不同意,麻烦你帮我劝劝她,你有离婚的经验,她能听你的。"

袁励武捅了他一拳说:"你小子就作死吧,亏你想得出这馊主意,我成什么人了?人家都是宁拆一座庙不毁一桩婚,这忙我帮不了!"

王进军笑嘻嘻地掏出一个红包说:"这是给大侄子的压岁钱,请笑纳。"

袁励武又捅了王进军一拳,一边将红包塞回他手里一边说:"你别来这一套啊,敢情你做律师就是靠这个开路吗?说说,为什么不想跟你老婆过了。"

王进军喝了口水说:"咱俩之间说话我就不遮遮掩掩了。我不甘心哪,你说咱们当年好不容易从老家考出来到城市是为了啥,不就是脱离农村享受城市生活吗,你小子身在福中不知福娶了个城市媳妇还不跟人家过了,可我条件差,转了一圈还是跟一个老家的女人睡一个被窝子,这一睡就是十几年,这喘出来的气说出来的话还是老家味,这哪能受得了,完全不符合咱现在的身份嘛!过去咱穷没办法,可现在经济条件好了,想和一个真正的城里女人睡在一起又怎么了?自己连这点儿愿望都实现不了,那你说活着还有什么劲?再说了,我把新买的房子也给她,她的生活费加孩子的抚养费每月我也给,不算亏待她吧?这就是我的真实想法,你看着办吧。"

袁励武被气乐了:"这倒是竹筒里倒豆子直来直去。你呀,就是一个陈世美,你图自个儿舒服了,考虑过老婆孩子吗?那你当初结婚干什么?"

王进军反问:"那你离婚时考虑过这些吗,还说我呢。"

袁励武说:"不愧是律师,很会倒打一耙。我离婚是因为舒琴嫌我收入低,配不上她。"关于袁励武和舒琴离婚的真正原因,他的同事们并不知晓。

王进军接着说:"对呀,你老婆可以抛弃你,你也能接受,为什么我就不能有这想法?这忙到底帮不帮,给句痛快话,谁让你前面帮过我那么多,又帮我代课,又帮我出主意转业,我有今天这想法也多少与你有点儿关系,你脱不了干系,认命吧。"

袁励武哈哈大笑:"这就开始耍流氓无赖了?好好,我试试看啊,但有没有效果我不敢说。"

王进军马上站起来,拉住袁励武的手说:"对嘛,这才是我的好哥们儿,走,中午请你!"

袁励武问:"你中午不是有应酬吗?"

王进军摘下墨镜眯起俩小眼说:"还搞哲学呢,事物都是在不断发展变化的,懂不懂?咱俩边吃边聊,我顺便教教你怎么跟她说。"

第二天是周末,袁励武按照王进军的指示来找曹金秀,见面后刚要开口,哪知曹金秀摆了摆手说:"你不用说了,我知道你来的目的,算上他七大姑八大姨你已经是第九个来劝我离婚的了,他王进军那点儿小心思我也很清楚,麻烦你告诉他一声,要想离婚,除非我死了!"

袁励武说:"你误会了,我不是这个意思,我想跟你说的是,他为什么要跟你离婚?这么多年了他变化很大,而你却为了照顾家照顾孩子没有多大变化,根源就在这里。王进军如今春风得意,面对的诱惑多了,你如果还是甘做家庭主妇没有自己的事业,这段婚姻即使维持着那不也是名存实亡吗?所以,现在你有时间了,完全可以干点儿自己的事业,你会活出不一样的天地,到时情况可能会有所改变。"

曹金秀沉默了一会儿,开口说:"袁教官,谢谢你,只有你的话才真正说到了点子上,最近我也考虑到了这个问题,今天你的话坚定了我的信心。医师资格证我刚考出来,我豁出去了,就在附近小区里开一个诊所。"

袁励武说:"那太好了,我在地方授课时认识一些卫生系统的人,你在跑手续时可能会帮上忙。"

袁励武又来探望付敏。付敏是刚知道袁励武和舒琴离婚的事,她先是安慰了袁励武一番,然后说自己有个外甥女,也就是肖星的表姐,年龄和袁励武差不多,一直未婚,是否可以考虑一下,袁励武以自己目前还没有这方面的想法为由婉拒了。

从付敏家出来,袁励武照例骑车来到了肖星的墓前,依旧是默默地坐了一会儿,他想自己应该没有辜负肖星的嘱托,肖星应该理解他的选择。过了半个多小时,他站了起来,从包里掏出三支玫瑰花,放在肖星的墓前,转身离开了。

儿子今天到马原琪家里了,袁励武独自在家刚想休息一会儿,赵玉峰的电话来了,说李进宝出事了,让袁励武过来看看。

和于敏结婚后,李进宝酒店的生意非常红火,腰包渐渐鼓起来的同时他的好色本性又暴露出来了,有钱了追求美色的气魄也大了起来,拈花惹草成了家常便饭,对美人一掷千金的事情也发生过。最近又迷上了通过网络认识的一个叫婷婷的美术专业大学生,两人见了两次面就开房了,见婷婷长得漂亮他就隔三岔五地约人家。这于敏也不是个省油的灯,她表面上对李进宝的所作所为不闻不问,但暗中掌握了他的情况后就开始钓鱼。最近她说想回娘家待两天,李进宝满口答应,心想儿子在寄宿制的私立学校上学晚上不回家,老婆也不在家,这样就可以放心大胆地和婷婷在家里快活一番了。他总觉得在外面开房不如在家里踏实,在宾馆的房间里快活万一有警察冲进来也不是不可能的事。

为了保险起见,他亲自开车把于敏送回郊区老家,放下后借口照看饭店马上开车返回了龙海市,哪知于敏早就看穿了他心里的那点儿小九九,半夜里杀了个回马枪,将赤条条躺在床上相拥而眠的李进宝和婷婷来了个捉奸拿双,并用手机咔嚓咔嚓连拍了十几张照片,一看就是有备而来。从睡梦中惊醒的女大学生"啊"的一声大叫着刚要穿衣,被于敏从床上拽下来赤身裸体地扔到了地上,李进宝则当场吓尿了床。

此时的于敏一改当初跟李进宝偷情时的娇羞和事情败露后以身相许的宽宏大度，任凭李进宝怎么苦苦哀求，铁青着脸的于敏只有一句话："离婚，你给我净身滚蛋，否则这照片咱就网上见！"然后对着披头散发的女大学生换了个说法："小妖精，给我十万，否则咱就网上见这照片！"

"这娘们太阴险了，十几年的夫妻了，一点儿情面都不讲，她这是吃人连骨头渣都不吐啊！我哪里知道她早有预谋？她平时对我外面的事根本就不管不顾，没想到这次来了个绝的呀！"在赵玉峰家里，守着袁励武及赵玉峰杨艳茹两口子，李进宝哭丧着个脸说。

"该！人家这叫算总账，早晚你得毁在女人身上，上一次的苦还没有吃够啊！"赵玉峰挖苦她说。

"还说呢，上一次就是你把这个蛇蝎心肠的女人撮合给我，才让我遭此大难。这下可好，不仅毁了我，还连累了婷婷。"李进宝说着眼圈居然发红了，把在一边一直没有说话的杨艳茹给逗得扑哧一声笑了。

袁励武哭笑不得地说："你真是个活宝，都什么时候了，还惦记着那个婷婷！"

"怎么不惦记？咱是男人，错在咱们，得负责任，我还准备用小金库把婷婷的十万也给堵上呢。袁大教官，你可不能见死不救，得给哥们儿想个办法呀！"李进宝说。

袁励武说："首先你得认识到在这件事上你错在先，人家讹你并不是一点儿道理没有，不过手段狠了点。好，看在你对人家女孩子这么重情重义的分上，我帮你分析分析。我不了解你老婆，但我了解农村人，她无非就是手里抓着你的短处来诈你的钱，我给你两句话就能解决问题，一是光脚的不怕穿鞋的，二是以其人之道还治其人之身。"

李进宝催促："哎呀，你就别卖关子了，快说吧！"

袁励武慢条斯理地说："第一句话，她瞅准了你害怕她把照片发到网上去的心理。现在你是穿鞋的，怕她这不管不顾的光脚的主儿；但你反过来想想，你脱了鞋也光着脚，让她发，她敢发吗？一发到网上你也就没有任何顾忌了，她拿什么要挟你？因此，你如果不答应她的条件，她未必敢发。"

"可万一把她逼急了真要发呢？哥们儿的玉体要是在网上'展览'了，这脸还要不要了？"李进宝仍旧顾虑重重。

旁边的杨艳茹直接笑出了声，赵玉峰呸了一声说："就你那副脏下水还叫玉体？就你干的那事还要脸？"

袁励武接着说："这就是第二句，以其人之道还治其人之身。她不是要婷婷也掏十万元吗，你就安排婷婷跟她谈一次，当面谈和电话里谈都行，话题就是商量此事的价码，然后悄悄录下音，拿着这个录音后再跟她谈，事情就了结了。因为你和婷婷之间的那点儿事虽然不道德，但基本上还构不成违法。但你老婆借此向婷婷索要十万元钱的行为则是涉嫌敲诈勒索，这是严重的违法；再就是如果她将照片发到网上去就涉嫌非法传播淫秽物品，而且始作俑者就是她，你就拿这个跟她谈。"

"对呀，我咋没想到呢？"李进宝一拍大腿，沮丧的表情突然振奋了起来。

赵玉峰一边推李进宝一边说："快去办吧，考虑一下今后怎么办，还在不在一起过。"

李进宝板着脸说："还一起过？！你愿意跟一个想要剥你的皮抽你的筋的女妖怪一起过？"说完他做了个鬼脸，起身走了。

袁励武又嘱咐了一句："记住，一定要把她手机里的照片搞到手销毁，或者逼着她当场删掉，以免后患。"

李进宝走后，赵玉峰拍着袁励武的肩膀说："怎么哥们儿，听说不过了？"

袁励武点了点头："嗯，不过了。"

赵玉峰竖起大拇指对袁励武说："原因我也知道一些，哥们儿佩服你，这事搁哪个男的身上都得急，你处理得不错。"

一直没有说话的杨艳茹也接上话茬说："我不该多说啊，但我觉得这事舒琴做过分了，岳奉秦是什么东西她又不是不知道，为了钱就可以将自己出卖给这种人，说到底她爱的还是钱而不是你这个人。真没想到她舒琴变成这样。"

赵玉峰接着说："没错，她是变了。不瞒你们说，在化工厂时咱虽然高攀不上人家，但我心里还是很佩服甚至暗暗喜欢过舒琴，人正直仗义有品质，谁想到她会变化这么大呢？但话又说回来，在这世界上，能保持自己本色不为世俗影响的世外高人能有几个呢，我开了几年饭店后渐渐体会到，人在诱惑小的时候保持本色容易，但当他越来越了解这个世界，见过越来越多的金钱权力诱惑时，能甘于清贫压制欲望做原来的自己的人，不多啊！你别误会，我在这里不是替舒琴说话。但凡事都有个度,女人爱慕虚荣这一点都能理解,我最不能理解的是她为了满足虚荣居然和岳奉秦之间有不正当关系,要不是有人告诉我,打死我也不信。"

袁励武摆了摆手说:"一切都过去了,不谈这个了,对了,是谁告诉的你我离婚的事?"

赵玉峰犹豫了一下说:"本来我不该跟你说出这个人来,但说了就说了吧,是侯玉英。她前一阵子来我这里吃饭顺便说的,还不让我告诉别人。"

"侯玉英?她怎么会知道这些?"袁励武纳闷了。

赵玉峰说:"那还用问,岳奉秦告诉她的呗。她和岳奉秦之间一直有不正当关系,这么跟你说吧,岳奉秦这家伙就是玩弄女性的高手。当年侯玉英中专毕业来到化工厂,整个一美人胚子,人还单纯,岳奉秦仗着在劳资科分派工作的权力就把人家小姑娘给糟蹋了。没办法呀,岳奉秦是钱有朋的人,钱有朋对岳奉秦就跟亲爹对儿子一样,侯玉英只能忍气吞声,后来岳奉秦帮她从车间直接调进了厂宣传科。当时厂里流言四起,压得她从此抬不起头来,从此就干脆堕落了,一个本分姑娘后来就变得骚气十足。不过,最近见到她,我总感觉跟以前比她变化了不少。"

杨艳茹也说:"是啊,我也觉得她挺可怜的,当初刚分到厂里时和我在一个车间,多好的一个女孩,就是干活没力气,干一点儿重活就累得掉眼泪,岳奉秦就是抓住她这一点才把人家欺负了。"

听着他们的话,袁励武则陷入了沉思:莫非那封匿名信是她写的?

见袁励武正在发愣,赵玉峰说:"不说这个了,说说儿子吧。这小子让我操碎心了,跟你儿子在一个学校,你儿子排前几名,我这小子每次都是后几名,气死我了。"

袁励武笑着说:"孩子还小,急什么。"

一周后,李进宝打电话请袁励武到酒店里来喝酒,赵玉峰也在。见面后,李进宝如释重负地说:"哥们儿的事情终于解决了!感谢两位相助。"

袁励武问:"怎么解决的?"

李进宝得意地说:"一是你的办法确实管用,二是咱安排调度得当,啪啪几句话那娘们儿的气焰一下子就下去了。这不,照片也删了,离婚手续也办了,孩子归她,房子一人一套,酒店归我,我给她一百万补偿,儿子每月我再支付点抚养费,妥了!唉,多年的经营好不容易攒下点积蓄,全打水漂了!也好,破财免灾,和这样的女人在一起,早晚是个祸害。哥们儿今后洗心革面重新做人,坚决不再在女人手里栽跟头。"

赵玉峰问："狗改得了吃屎？你傻呀，她不会把照片拷到电脑上去备份一份？"

李进宝更加得意地说："要不说咱哥们儿聪明呢，我用了好几部手机录了她的音，当着她的面删掉了其中一部手机的录音，录音原件复制件咱都有，怕她什么，她敢玩这幺蛾子，老子送她进监狱。"

袁励武撇撇嘴说："这两口子斗智斗勇真是半斤八两，服了。"

赵玉峰说："以后记着生活作风检点一点儿！"

40

宾馆里有时的确不安全,岳奉秦在宾馆里嫖娼被派出所民警逮了个正着。

当他和一位做小姐的妙龄女郎赤身裸体地躺在宾馆被窝里的时候,宾馆的服务员带着警察毫不客气地打开了他的房门。起初岳奉秦还在辩解,说这不是嫖娼时,警察问他躺在同一被窝里的女郎姓名、年龄、籍贯等信息时,他一无所知;警察又从他放在床边的手机短信中翻出若干类似招妓信息及服务价位的短信,并获知他是多次嫖娼,岳奉秦的身体已经瘫软了,脸色惨白。他明白,自己肯定是遭人盯梢,踩点并举报了。

不错,这一切都是侯玉英干的,她要报复。自从占有了舒琴以后,岳奉秦拿侯玉英越来越不当回事了,如果说过去岳奉秦愿意碰侯玉英是因为怀旧,或者说有点晶泰化工厂情结的话,如今在岳奉秦心里这点儿所谓的情结已经完全转移到舒琴这边来了,舒琴已经完全取代了侯玉英过去的位置。对此侯玉英恨舒琴,更恨岳奉秦,她摸清了岳奉秦"采野花"的地点和活动规律后马上报警,一切都顺理成章地发生了。

侯玉英这样做,并不是对岳奉秦在外的嫖宿行为不能容忍,以她对岳奉秦的了解,岳奉秦有这种事不奇怪,没有这种事倒令人难以置信;同时她知道岳奉秦就是为了满足自己的性欲,玩多少也不会对自己的位置产生多大威胁。但舒琴进入这个圈子就不一样了,眼见岳奉秦接触自己的次数和时间日渐减少,她要惩罚岳奉秦的花心,同时她还要让舒琴明白岳奉秦是个什么货色,离他远点儿。举报岳奉秦嫖娼,可谓一箭双雕。

还有,在她的内心深处也始终有一种想报复岳奉秦的冲动,尽管多少次她非常顺从地为岳奉秦宽衣解带任他摆布，但她知道那绝不是因为爱情。起初跟他苟且是因为自己有求于他，接着就是自己的自甘堕落，后来就是因为他们都在厂里声名不佳同病相怜的缘故，再后来就是金钱利益交换关系，最后就连她自己也说不清楚为什么一次次地上岳奉秦的床了，惯性使然？对，可能是因为习惯。随着年龄增长和阅历及财富的增加，侯玉英感觉到自己的观念在发生某种微妙的变化，她开始渴望尊严，尊重善良。尊严意味着自己的位置不能随便被别人取代，哪怕这是个不太光彩的女人所占有的不太光彩的位置。她不甘心就这么轻而易举地被抛弃，就像被弃掉的一块破抹布一样，所以她要采取一切手段让舒琴主动从岳奉秦身边走开；而尊重善良促使她毫无理由地报复一切肮脏的东西，在她眼里，岳奉秦就是第一肮脏之人，让岳奉秦倒霉也就是对一切肮脏东西的惩罚，自己的肮脏需要自己去救赎，她认为对这种肮脏人物的报复也就是对自己灵魂的救赎。

她渐渐变成了一个越来越复杂的女人，但有一点她心里清楚，她爱袁励武，袁励武的脸庞一直在她脑海里浮现，那才是代表美好的东西。她也恨舒琴，自己心中的袁励武最终归属了她不说，更不可容忍的是舒琴竟然不知道珍惜，自己朝思暮想的人就这么被她戏弄、背叛了。当她知道舒琴投入到岳奉秦怀抱后，心里对舒琴既愤恨又鄙夷，她也要报复舒琴，举报岳奉秦也是她报复舒琴计划的一部分，先让她知道，别以为岳奉秦对她又是搂搂抱抱又是安排工作那就是真爱她，待谎言戳穿真相大白后先让她痛苦一阵子再说。

侯玉英脑海里曾多少次产生过和袁励武在一起生活的臆想，其实她不是一个金钱至上的女人，她也曾经渴望和一个光明伟岸的男子一起生活，哪怕是清汤寡水粗茶淡饭的日子她也不嫌弃。但是，她知道自己在袁励武心中根本没有任何位置，自己无论如何有钱，在袁励武面前还是抬不起头来。在工厂里由于自己认识的扭曲，她曾经以为所有的男人都喜欢她那种黏糊糊的表现，事实证明了自己的无知。

她是什么时候由一个风华正茂充满理想的少女开始一步步堕落的呢？她也记不清楚了，反正在岳奉秦面前第一次把衣服脱光了的时候，她就开始了自暴自弃的下滑之路，想到这里，她掩面而思，泪水不觉流了出来。

岳奉秦被行政拘留五天后出来了，先在家里闷了几天，然后来到了办公室。好事不出门，坏事传千里，尽管他百般掩饰自己这几天失踪的真相，但自己因为嫖娼被拘留的消息还是被传得满天飞。更为要命的是，外面都传他嫖过的女子不下一百，他气得都抓狂了，但他始终不知道是谁举报的他，是谁第一个传播消息的。

实际上这是同一个人所为。

尽管岳奉秦与黄晓岚依旧是夫妻，但早就没有夫妻关系的实质性内容了，只是由于利益瓜葛岳奉秦才没有与黄晓岚离婚。黄晓岚也明白，婚姻有时是因为爱情而产生，有时也会因为利益需要而存在。岳奉秦从拘留所出来后回到家里，黄晓岚并没有与他吵闹，而是告诉他要注意点儿，最近的反腐风声很紧，上面正在秘密调查官商勾结、商业贿赂、违法经营等事情，再这么明目张胆地纵欲就是找死。

舒琴知道岳奉秦嫖娼的消息后如同吃了一只苍蝇，每次岳奉秦在跟自己腻歪的时候都信誓旦旦地向她保证没有沾染过其他女人，从今往后自己就是他的唯一，自己真傻到了以为两个人光着身子贴到一起确实是产生了某种与爱有关的东西，毕竟岳奉秦曾经那么疯狂地追求过自己，现在又舍得为自己花钱。事到如今舒琴才明白过来，岳奉秦跟自己亲热就是为了满足他的肉欲，除此之外没有别的理由可以解释，有时连舒琴也不明白，都四十多岁的人了怎么还对这种事如饥似渴。原来自己与他以前玩过的众多女性没有什么不同，一阵巨大的屈辱感涌上了她的心头。

今天是物资调运部的休息日，舒琴接到周晓静打来的电话说是公司要派人来物资调运部检查，因经理程世轩出差在外，舒琴作为副经理应该过来陪同检查。舒琴到办公室刚坐下，岳奉秦就跟着过来了，舒琴把头别到一边不看他。岳奉秦并没有说自己嫖娼的事，先问舒琴和袁励武离婚后怎么打算，舒琴冷笑着说："能怎么打算，反正又不是跟你过。倒是你，还抽空出去找小姐，恶心不恶心？"

岳奉秦依旧嬉皮笑脸地说："这不是因为这么长时间没有你，心里感到孤单了嘛。"说完就往舒琴身边凑。

舒琴厌恶地推开了岳奉秦说："一边去，你孤单吗，整天美女陪伴，我算看透了，在你眼里我就是填补空虚的工具。今天不是检查吗，怎么就你一个人？"

岳奉秦依旧用玩世不恭的表情说："哪能呢，你想哪里去了？我就是来检查的，专门检查你的，我想你了，想疯了。"说完他又要往前蹭。

舒琴柳眉倒竖，指着岳奉秦说："你再不规矩，我要喊人了，刚嫖完妓女又在我这里发骚，我嫌你身上脏！"

挨了舒琴骂的岳奉秦恼羞成怒，他不顾一切地向舒琴扑过去，把舒琴拖过来按在沙发上。舒琴拼命挣扎，腾出手来抓住岳奉秦的头发用力往下扯，岳奉秦哎呀了一声，同时松开了手。舒琴趁机整理了一下扯开了的衣领和凌乱的头发。

没有得手的岳奉秦像一只斗败了的公鸡瘫坐在沙发上，恶狠狠地说："没错，男人需要女人，因为男人缺乏一个性伴侣，缺乏一个排遣寂寞的工具；女人需要男人，也是因为缺乏一个抚慰身体的人，一个赚取钱财的渠道，一个外在的满足虚荣的材料。你我之间不就是这样吗？还装什么正经？"

舒琴回了一句："无耻，下流！"

岳奉秦喊了一声说："无耻？下流？在这个世界上谁比谁高尚多少？不错，在化工厂里我追过你，你起初还对我还算客气，可自从那个袁励武出现后一切都变了，我不能输给袁励武这个农村来的穷小子，他处处使我难堪，我要让他加倍偿还！如今，我什么都有了，连你都是我的了，让袁励武这穷小子难受去吧！你呢，跟着袁励武过穷日子过够了，这不也跑到我这里来淘金揩油了，你说你比我高尚多少？"

舒琴气得浑身发抖，指着他说："你太狭隘太自私太可怕了！"她抓起包，风一般地冲了出去。

她没有开车，只身小跑着出了大门口，沿着柏油马路快步走着，偶尔有一两辆货车在她身后鸣喇叭她也不躲闪，任汽车从她身边呼啸而过扬起一团尘土。少顷，她冷静了下来，走路的步伐也慢了下来。这条路她不能再往下走了，她突然感到尊严的重要，她做出了决定——离开岳奉秦，离开他的公司。

舒琴在岳奉秦公司里干了好几年，有了一定的财力，也积蓄了一定的人脉，再加上她不凡的工作能力，离开岳奉秦在朋友圈里再谋一份工作是不成问题的。不过，她现在特别渴望安静，渴望亲情，短时间内发生了太多的事情，她渴望停下来好好思考一下，她需要理理心绪。

晚上她将儿子接到母亲家里，算是一个小团聚。自从舒琴和袁励武离婚以后，马原琪就再也没有真正笑过，身体愈加虚弱，脸色消瘦而苍老，也没有跟舒琴好好说过话。有时舒琴回来陪她，她也是长吁短叹，有时自己一个人在家就整夜睡不着觉，半夜里拿出舒琴父亲的照片默默地看着。

儿子上初中了，对舒琴的态度依旧是不冷不热，基本上是舒琴问一句他就回答一句，倒是对姥姥挺照顾，吃饭时不时给姥姥夹菜，饭后扶着姥姥回卧室休息，还向姥姥请教作业题,当然不是他不会,而是为了给姥姥解闷。

看着一天天长大的儿子,舒琴越发觉得惭愧,她忽然发现儿子的眉宇间透露着跟袁励武年轻时一样的英武之气,她不由得一阵心痛。

舒琴打电话给出差在外的程世轩,奇怪的是程世轩出差后手机一直联系不上,她只好打电话问周晓静,周晓静也说不知道原因。她想给岳奉秦打电话直接向他辞职,想起他那副嘴脸舒琴又悻悻地作罢。

舒琴第二天还是来到了办公室,职业责任告诉她即使辞职也要做好移交工作,她开始整理这几年来的工作资料,并逐渐地将安排运输这部分业务交给周晓静来处理,对周晓静送来的需要舒琴代签的单据她也懒得审查,草签了事。

袁励武这边的事业则开始蒸蒸日上。

作为教研室主任,由他牵头组织完成的为基层部队服务的一个社科类课题获得了全军级的大奖,教研室的其他各项工作开展得有声有色,他在地方的理论宣讲也是成绩斐然,各单位邀请不断,袁励武本人在地方也是名声鹊起。

他已经从丧母的悲痛和离婚的阴影中走出,实现了人生的又一次升华。

与此同时,王进军在地方的律师业务也是做得顺风顺水,更重要的是,他遇到了一个他认为值得疯狂去爱的城市女子。

那天王进军接的是一个离婚案件,女方名字叫徐璐璐,他是女方的代理人。当他从主任那里接过这个案子听到这个名字后就感到心里痒痒,这一看就是城市女孩子的名字,清纯又不失雅致,哪像自己屋里那位,曹金秀,光听名字就土里土气、俗不可耐。他在电话里约她会见的时间和地点,听到徐璐璐那清灵与娇媚的说话声音时,他就开始想象对方的容颜,他故意把会见时间安排在周末,律师事务所里没有其他人。当他在接待室里第一眼见到徐璐璐时,还是被震了一下,这是一个名字、声音与容貌完美结合的女子,在王进军看来这是一个城市女子的标准版,是自己想象的城市美女的现实版。

"王律师,为了我的事周末还要麻烦您加班,真过意不去。"还未等王进军说话,徐璐璐一见面就说起了客套话。

"哪里,为这么漂亮的女士服务不仅是我的职责,也使我这个周末过得相当有意义。"王进军眯着眼微笑着说,用表面的平静按捺住内心的翻腾。

"哈哈,王律师可真会说话。"徐璐璐坐下后一边打量着王进军一边说。

寒暄完毕，接下来开始谈案情。徐璐璐用半忧伤半愤恨的语气描述着丈夫对她的不忠。原来，她与丈夫结婚六年了，生下一个男孩，现在五岁了，刚开始日子过得有滋有味，丈夫经营他的广告公司，效益很可观。她本来是一家公司的文员，孩子出生后就辞职在家做全职太太。如同很多俗套的电视剧里描绘的那样，为了老公和孩子辞掉工作后的她在丈夫眼里逐渐失去了魅力，丈夫有了外遇，向她提出离婚。而她也像很多同样命运的女人一样，坚决捍卫自己的婚姻和家庭，不能让可恶的第三者占领了自己的阵地。无奈，丈夫提起了离婚诉讼。

"除了他在外面与其他女的非法同居外，你老公有无下列行为，比如虐待你、遗弃你或者有赌博吸毒等恶习屡教不改？"王进军问。

"他是个好老公，别说打骂，在我面前几乎连脏话都没说过；至于你说的恶习，他不抽烟，几乎没有醉过酒的记录，更别说赌博吸毒了。唯一令我伤心的就是他对我越来越上不上心了，我这才慢慢看出了问题，他外面有相好的了。"徐璐璐说着开始抹起了眼泪。

徐璐璐的丈夫名叫罗炳浩，徐璐璐所说那个"相好的"其实是他业务上的一个客户，叫齐芳芳，名字挺俗气，年龄比罗炳浩还大几岁。物质上的充裕使她有足够的财力来保养身体上的任何一个部位，也有足够的底气来进行傲慢表情训练，这使得她长相比实际年龄小，同时又有一股冷美人的气质。罗炳浩一接触她就被征服了，随即拜倒在她的石榴裙下。

"男人都是贱骨头！家里笑脸相迎他不珍惜，偏偏喜欢一个冷冰冰的玩意儿！"徐璐璐愤愤地说。

王进军笑了一下说："徐女士可是一棍子打倒一大片啊！不过男人有的时候确实有那么点儿没出息，真不知你老公怎么想的，在我看来，你的笑容胜过千娇百媚，只能怪他鬼迷心窍了。"

徐璐璐脸红着低下了头，更显楚楚动人了。

出于某种奇怪的目的，王进军是希望徐璐璐和罗炳浩离婚的，但问题是现在徐璐璐的要求是不离婚，作为她的代理人，还必须站在她的立场上替她维护这桩婚姻，王进军心里有些矛盾。他眉头一皱眼珠一转说："法律上以夫妻感情是否确已破裂作为是否离婚的标准，现在你老公不顾自己的丑行败露，就是要拿出他和齐芳芳的事情作为你们俩感情破裂的证据，我们也是没有办法的。从司法实践来看,即使法院第一次判决不准离婚,六个月后你老公可以再次起诉离婚,这时法院一般就以感情确已破裂为理由而判离了。也就是说,如果你老公铁了心要离婚,法院判决离婚是早晚的事。"

"这么说来这桩婚姻就没救了?"徐璐璐带着哭腔问。

"如果你老公一意孤行,肯定是没救了。我倒有一个与法律无关的但站在律师角度上可以给你提的建议:既然最终结局无可挽回,最现实的做法就是尽量从财产上做文章,这一点我可以保证帮你做到财产获益最大化。同时,你应树立这样一种做人准则,那就是爱那些珍惜你的人,不珍惜你的人不值得你去爱,这就是女人的尊严,也算是给你老公一个教训,让他看到离开他你活得更好,让他因为失去你而后悔和痛苦,这比委屈自己挽留一段名存实亡的婚姻更加有价值,不知我说得对不对。"王进军边说边观察徐璐璐的脸色,他感觉徐璐璐似乎被他说动了。

"王律师,我回去考虑考虑再联系您。"徐璐璐起身告辞。王进军送她下楼,目光呆呆地看着她的背影远去。

"哥们儿活了这么多年这是第一次有怦然心动的感觉!怎么办?再给哥们儿出个主意,哥们儿就是倾其所有也要实现理想。"王进军像个初恋的孩子般一边向袁励武倾诉一边央求袁励武。

袁励武没好气地说:"都是钱烧的,让你衣不蔽体食不果腹,我看你还有没有花花肠子,家里放着好好的媳妇不要,非得在外面招腥惹臊。"

"还说呢,上次让你劝曹金秀离婚,结果她的态度更坚决了,非得耗死我,我都怀疑你小子跟她说什么了?"王进军不满地说。

袁励武说:"人不可貌相,你不要小看曹金秀,她的那股倔劲能保证她做成任何事情。"

"那我的倔劲也能保证把徐璐璐追到手。"王进军握起拳头在袁励武眼前一晃。

这时袁励武的电话响了,听着电话袁励武脸色变了。

41

电话是赵玉峰打来的,杨艳茹出车祸了。

当袁励武赶到医院时,赵玉峰正在抢救室外跺着脚来回转悠焦急地等待着,见到袁励武简单说了一下情况后就看见医生出来了,赵玉峰像见到了救星一样快速迎了上去,医生告诉他病人身体的其他部位受伤倒没什么,关键是头部由于严重脑震荡一直昏迷不醒,不排除有成为植物人的可能。赵玉峰听完后就要往抢救室里闯,被医生拦住了。

待杨艳茹从抢救室被推到病房后,赵玉峰和袁励武紧跟着进去了,杨艳茹戴着氧气罩,安静地躺在病床上,以往红润的面庞被一层苍白之色覆盖。与其他身上缠满绷带的车祸受害人不同,除了头部受伤导致昏迷外,杨艳茹始终保持她整洁干净的形象,像一个睡着了的美丽天使,静静地躺在病床上。

赵玉峰趴在她的床边,握着她的手,眼泪大把大把地掉下来,袁励武站在旁边,心里一阵阵难受。这时,亲朋好友纷纷赶来,袁励武抽空对赵玉峰说:"你也多保重,有啥需要帮忙的随时联系我。"说完他就离开了。

舒琴并不知道杨艳茹出车祸的事情,决定要辞职的她一边清理自己的工作一边等待程世轩出差回来,在这个过程中,她渐渐了解到了岳奉秦这个公司的一些基本状况。虽然在此之前她也有所耳闻但都没有太放在心上,毕竟自己只管理运输调配这一摊,加上岳奉秦不允许她插手其他事务,她也就懒得过问,不过这次她在清理过程中发现曾经的耳闻并非空穴来风。

岳奉秦注册的"飞达商贸有限公司"成立已经十几年了,公司既没有固定经营理念,也没有长远战略规划,更别说什么企业文化建设和社会责任认知了。公司成立初期主要就是沾了计划经济的光,靠岳父的关系低价买进高价卖出赚取差价获取了第一桶金,以后经营摊子越铺越大。至于公司的效益如何谁也不清楚,反正公司的高管个个薪水丰厚、派头十足,员工工资也不低。但实际情况是,别看岳奉秦表面风光,他挥霍掉的和发给员工的钱大部分是银行贷款,他进货的钱很多是拖欠的,他所赚的利润大都用来打点关系了,总之,他就是一个完全的"空手道",一个地地道道的"负翁"!无论经营好坏,孝敬领导的钱一分不能少,下属的福利一分不能减,他要把他们统统捆绑在自己这辆战车上生死与共。岳奉秦知道,脱离了监管,他就可以为所欲为;有了银行贷款,他就可以如鱼得水;摆平了下属,他就可以发号施令。岳奉秦有一套基本信念,一是没有花钱办不成的事,二是宁赠个人毋予国家,三是没有永恒的朋友只有永恒的利益,四是有仇必报……全是满满的负能量。

舒琴惊呆了,她越来越感到袁励武告诫她的话并非没有道理,她不能等了,决定马上抽身。她电话联系了岳奉秦,约好到他办公室见面,见到岳奉秦后,岳奉秦笑着问:"怎么,今天这是主动投怀送抱了?"

舒琴没有跟他废话,直接将辞职报告交给了他,岳奉秦刚才充满笑容的脸一下子僵住了,缓缓地说:"怎么,这就把我给抛弃了?"

舒琴说:"我也从来没有得到过你,何谈抛弃?"

"说说原因吧。"岳奉秦依旧不紧不慢地说。

舒琴说:"那好,我就说说。第一,我不能再寄你篱下了;第二,我对公司的认识不够,我觉得公司的经营理念、文化支撑和社会责任感都不够。"

岳奉秦嗨了一声说:"还寄人篱下,我们俩谁跟谁啊?是不是想离开我这里去跟袁励武复婚啊?"

舒琴怒视着他说:"你少扯那些没用的。"

"那好,咱就说点儿有用的。你现在收入比过去高多了吧,你不满意吗?什么社会责任,什么文化支撑,哪来那么多虚的?能赚钱能发工资就行了,你从我这里领取高工资的时候还想过社会责任、社会良知吗?看来你在我这里干了这么长时间思想上一点儿进步都没有。社会是什么,国家又是什么,赚到钱起码能让你我舒服,为社会为国家贡献了能捞什么好?"岳奉秦哼了一声说。

舒琴知道跟他继续谈这些也没有什么结果,她站起来说:"好了,我已经决定了,你看着办吧。"

望着舒琴离去的身影,岳奉秦脸上阴云密布。

舒琴回到家里,她想给袁励武打个电话告诉他自己辞职的事,想了想又把电话收起来了。她不知道袁励武现在正在做什么。

袁励武正赶过来探望杨艳茹,他来时病房里只有赵玉峰一个人静静地守在杨艳茹身边,杨艳茹还是戴着氧气罩,身上插着管子,情况与受伤那天无异。见袁励武过来,赵玉峰拉他坐下,眼圈红红的,难过地说:"医生说醒过来的可能性很小,除非出现奇迹。"袁励武心里一揪,焦急地说:"那你打算怎么办?"

赵玉峰咬着牙,脸上两块颧骨凸起,沉默了一会儿说:"我要等待奇迹出现。她从十七岁就跟在我身边干活,已经成了我身体的一部分,我要留住她的命。"

袁励武说:"那你的饭店怎么办,孩子如何打算?"

赵玉峰说:"饭店可以找人帮我打理,我偶尔回去看看就可以了,就是苦了孩子了。"

袁励武沉思了一下说:"要不这样吧,你儿子就住我家吧,反正我现在也是带着志远过,就让志远和你们家赵小鹏住在一起。他俩一起学习,一日三餐接接送送的事你就不用操心了,你安心做你的事情吧。"

赵玉峰眼睛一亮,他站起来,双手紧紧抓住袁励武的肩膀,感激地说:"好弟兄,啥也不说了,儿子在你那里,我放心,你是我一辈子的兄弟。"

袁励武嘱咐说:"除了医生嘱咐的多翻身多擦洗之外,记得多跟她说说话,反复地说。电视上报道过,有很多昏迷者就这样被唤醒了,我相信,精诚所至,金石为开。"

下午放学后袁励武就把袁志远和赵小鹏一起带回了家,到家后他郑重其事地对两人说:"你们的母亲暂时都不在身边,从今天起你们两个人就要住在一起学习了,要相互团结相互帮助。"

两个孩子平时在学校里关系就挺好,现在住在一起也没有什么不适应,赵小鹏很快就熟悉了这个新家的环境。

这边刚刚安排妥当,那边一个爆炸性新闻令袁励武大吃一惊:以原龙海市某领导为首的一个特大贪污腐败集团被端掉,连晶泰化工厂已退休的钱有朋和岳奉秦的岳父黄占先,都被牵扯进去了。

随着调查工作的深入展开,一个令晶泰化工厂职工愤怒的谜底也被揭开了:

当年晶泰化工厂在改制过程中存在国有资产大量流失的问题,当时下岗职工的补偿款也是大大缩水,有相当一部分补偿款流入了私人腰包。而且,晶泰化工厂改制中出现的腐败问题只是这个集团违法犯罪行为的一部分!

"真是一帮敲骨吸髓的魔鬼,一帮侵蚀人民利益的蛀虫,一帮践踏党纪国法的败类!"听到这个消息,袁励武恨恨地想。

很快,司法机关查扣追缴了部分赃款赃物,扣除被转移和挥霍的部分,光余款数目就令人瞠目结舌。没过多长时间,有关部门通知原晶泰化工厂的下岗职工前去领取被非法侵占的补偿款,并利用赃款的一部分为下岗职工购买了养老保险。

领取补偿款的当天,现场锣鼓喧天鞭炮齐鸣,这些过去为国家出力流汗的工人们,如今大都是四五十岁的中年人了,他们也如同学聚会一样,见面后喜悦地拥抱,只不过多了些愤怒的咒骂和激情的感慨:"这帮孙子,真得拉出来挨个枪毙!""真没姓错啊,姓钱,就知道捞钱,还一本正经地整天跟我们讲这个讲那个。""苍天在上,老天开眼哪!"

每个人脸上都洋溢着欣喜的笑容,他们已经离开晶泰化工厂十年多了,岁月的沧桑已经刻在了他们的脸上。面对迟来的正义,他们没有抱怨,而是感恩戴德有说有笑,现场成了一片欢乐的海洋。

舒琴、赵玉峰和李进宝他们也去现场领钱了,直到这时,舒琴才从李进宝嘴里知道了杨艳茹的情况,而赵玉峰对她态度相当冷淡,这是过去从来没有过的。舒琴知道,隔阂已经产生,化工厂时代的感情难以恢复了。

而此时传来更加让舒琴心惊的消息,岳奉秦的公司被查封了,岳奉秦本人也失踪了。

听到这个消息后的舒琴坐立不安,到底发生了什么事情?会不会牵扯到自己?她马上打电话给周晓静询问情况,可一直没人接听电话。

凭直觉,舒琴感到事情不妙,她调动大脑里一切可以调动的资源搜寻自己在公司这三年多所做的事情,左想右想也没想出什么太出格的:自己负责物资运输,做的最出格的事无非就是托关系解决一下车辆超载的处罚问题,除此之外还能有什么呢?

她赶紧去询问交往过的朋友,终于有一个知情人告诉她,岳奉秦的公司涉嫌销售伪劣产品、销售假药劣药、销售有毒有害食品、走私等多项罪名,随着调查的深入还有洗钱、虚开增值税专用发票等罪名，甚至还涉黑！

事实上，岳奉秦这个"飞达商贸有限公司"的进货渠道相当复杂，仅以所购进的花生油为例，地沟油就不在少数，仅舒琴所供职的物资调运部里被查扣的花生油就有一多半是地下黑作坊加工的地沟油，其他不符合标准的产品和有毒有害物品不计其数。另外，岳奉秦还指派人不定期地去威胁恐吓那些不销售自己库存货物的网点，有些不配合的网点的确发生过陌生人进去非法闹事的事情。

舒琴在苦苦思索自己是否做过其他违规的事情，突然她想到了，在程世轩出差后的一段日子里，她曾经代签过一批出仓的货物，这批货物里面百分之百有违禁涉案物品！想到这里，舒琴一下子惊呆了，她感觉自己被装进了一个巨大的圈套，已无力自拔了。

没错，而且这个圈套还是岳奉秦亲自设计的。

在岳奉秦嫖娼被抓之前，他凭感觉意识到公司可能要出问题，他首先让跟随了他多年的程世轩借出差之名外出，选择几个藏身之地以备不测，而后让舒琴代签出仓的货单，这样把舒琴也绑到了这架破车上。

自从舒琴流产回来后，岳奉秦几次约舒琴都遭到了拒绝，他明白舒琴是改变想法了，后来的事实也证明了这一点。尽管在岳奉秦眼里舒琴已经不像当初那么珍贵了，但是他对舒琴的变心还是非常恼火，这么多年来他不容许任何一个女人背叛他，侯玉英虽然暗地里让岳奉秦吃过哑巴亏，但在表面上她绝对让岳奉秦看不出来，舒琴在这方面的修炼要比侯玉英差不少。

既然你无情，那就休怪我无义！岳奉秦恨恨地想。

岳父黄占先出事后，岳奉秦也随之结束了与黄晓岚这段有名无实的婚姻。出乎岳奉秦的意料，黄晓岚的反应并没有他想象的那样激烈。这么多年来因为岳奉秦的生活作风问题她吵过闹过，但在公开场合她始终维护着岳奉秦的面子，从某种程度上说她是个好妻子，家丑从不外扬，连她的父母兄弟都不知道她和岳奉秦之间糟糕的婚姻状况。她太了解岳奉秦了，在他的人生字典里根本找不到爱情这两个字，自己和岳奉秦之间的婚姻主要靠父亲的那点儿权势和关系维持着，如今父亲倒台了，离婚是自然而然的事了。岳奉秦也觉得这么多年来愧对自己的结发妻子，他选择离婚也是为了让她不受太多的牵连，同时将一大笔现金存在她知道的某个秘密地点。黄晓岚认为这是岳奉秦唯一的温暖之处，可能与爱情有关。

处理完家事,岳奉秦开始动用各种关系做最后一搏。此时他也深刻认识到什么叫世态炎凉,那些过去将岳奉秦孝敬的钱大把大把往腰包里装的家伙,如今出于自保都成了"正人君子",当然他们自身都难保。岳奉秦知道在劫难逃,他不打算被警察堵在窝里,于是联系上已在外选好藏身地点的程世轩,先出去躲避一下,然后找机会出国逃难。

前一阵子被端掉的龙海市腐败集团正是岳奉秦的保护伞,保护伞没了,司法机关很快就开始立案侦查岳奉秦公司的问题了。岳奉秦没有想到暴风雨会来得这样快,连财产处理和出国手续都没有办好,自己已经被列为网上逃犯了。事已至此,他知道自己通过正常途径已经逃不到国外去,只能先在国内过着东躲西藏的日子,再伺机外逃了。之所以没有及时出国,主要是为了转移一大笔资金而耗费了时间,如今资金被封,人也被困,想到这里,岳奉秦气得开始扇自己的嘴巴。

他没有跟侯玉英告别,更没有跟舒琴告别,甚至都没有跟黄晓岚告别。在他看来,女人如衣服,有时就是累赘,他甩掉了所有累赘,神秘地从龙海市消失了。

正当舒琴坐卧不安、岳奉秦逃之夭夭的时候,袁励武正在讲台上就反腐败问题进行授课,他没有一味地否定这些腐败分子,而是指出在一段时期内这些人客观上也为国家的经济发展和市场繁荣做出过贡献,但这不能成为他们违法乱纪的理由。同时他还讲到市场必须是法治市场和品德市场,作为市场经济的参与者,个人必须要具备资格。这个资格不光是各种各样的证书证件,其基本的内在要求应该是"厚德载物",只有品德高尚的人才配得上千金之财,才能有资格到市场经济这片大洋中游泳徜徉,否则不仅坏了游泳的秩序,还有被呛死的危险。因此,制度设置固然重要,"人"的准备不足更是重要的方面,"市场人"准备不足就要为之付出补课费……

他的观点立刻引起了热议。

　　舒琴是在家里被警察带走的。

　　当一男一女两个身着警服的人威严地站在舒琴面前宣布她被刑事拘留时,舒琴知道自己多日的担心终于变成了现实。当冰冷的手铐将她的手腕铐住时,她神情麻木脑子里一片空白,任凭警察将自己推进警车。这是电影电视里才有的场景,如今真实地降临到自己头上了,她感觉是在做梦。

　　办理拘留手续时,警察问她家属的联系方式,她犹豫了半天说出了袁励武的电话而没有说母亲马原琪的电话,她担心母亲受不了这突如其来的打击,同时她相信袁励武会替她安排好一切。

　　舒琴的手机、电脑等一切通信设备随之被一同扣押,她感到自己已经坠落到了地狱,以往的喧嚣尘世统统与自己隔绝。母亲怎么样了?孩子怎么样了?他怎么样了?一切的疑问和焦虑都没有答案。两个警察对她进行了简单讯问之后似乎把她给忘了,将她撂在一个封闭的房间里不闻不问,其间只有一位女民警给她端来了一碗稀饭、一个馒头和一点咸菜。她简单吃了两口,随即四周又陷入了死一般的沉寂。

　　房间是封闭的,她不知道外面是白天还是黑夜,是刮风还是下雨。父亲生前是警察,自己是警察子女,可自己对派出所的一切情况都不了解。她感到压抑而恐惧,她多么希望能离开这个地方。她迷迷糊糊睡着了,梦见袁励武带着儿子喜盈盈地向自己走来,一家三口甜蜜地相拥在一起,温暖的脸庞彼此紧贴着。醒来四周一片死寂,现实与梦境的差别让她绝望地哭了。

　　不知过了多长时间,还是一男一女两个警察对她进行讯问。这次讯问是正式切入主题了,每一个问题问得都特别细致,当警察对她的回答不满意的时候,会就这个问题反复地问许多遍。当然,警察也问到了有她签字的那批出货单的事,她回答说仅仅是代签,至于如何进货,她一无所知。警察显然将她的回答视为逃避责任,让她想清楚了再回答。

通过讯问,她多少察觉出岳奉秦通过程世轩给自己设计了圈套,她愤怒而绝望,完全推翻了自己对岳奉秦的一切幻想,彻底否定了自己当初做出的决定。审讯结束后,身心的疲惫让她一下子瘫倒在座椅上。

接着一个女警察拿着一沓材料让她签字按手印,她像个木偶一样一边签一边按;接着警察又拿出一摞印有很多人头像的材料让她指认,她也机械地指认了,这里面就有岳奉秦和程世轩;接着她被女警察带到墙边,另外一个男警察拿起照相机咔嚓咔嚓拍了照片,在强烈的闪光中她感到后悔而无助。

一切程序结束后,舒琴被重新戴上手铐从封闭的房间走出来,外面正下着蒙蒙细雨。她抬头看了一下灰暗的天空,随即被推到警车上去,两个警察威严地将她夹在后排座中间位置,警车呼啸着疾驰而去。

到了龙海市看守所,舒琴换上囚衣,被女警察带进监室,监室里还有三个女子,一个看上去年近五十,另外一个和她年龄相仿长相一般,还有一个戴着眼镜的像个大学生,长得很好看,但用不太友好的眼光看着她,看得她心里直发麻。

她开始强烈地思念袁励武和孩子,挂念母亲,她感到过去跟袁励武在一起的时光是多么美好和珍贵。可惜,一切悔之晚矣。

接到警察电话的袁励武心急如焚,他马上联系王进军寻求对策。王进军为他介绍了一个姓乔的专做刑事辩护案件的资深律师,尽管收费不菲但袁励武二话没说直接答应了。

袁励武请求乔律师尽快同舒琴会见以宽慰她的情绪,同时开始考虑如何将舒琴被抓的事瞒住岳母和儿子。

乔律师即刻与办案警察取得联系,在依法了解了舒琴的基本情况后第一时间到看守所会见了舒琴。见到律师后的舒琴如同见到了大救星,泪如雨下地讲述了发生的一切。乔律师向她转达了袁励武的问候,并告诉她在里面照顾好自己,不用担心母亲和儿子,外面的一切袁励武会承担起来。舒琴默默地听着,眼泪不住地往下流。

会见结束后乔律师向公安机关申请取保候审,公安机关表示目前岳奉秦和程世轩均未到案,为防止串供对舒琴不宜采取取保候审措施。得知这个消息后袁励武发愁了,看来舒琴不知道啥时候能出来,在岳母和儿子面前想长期瞒住这事就比较困难了。

岳奉秦和程世轩何时到案不是自己能决定的,自己所能做的就是安抚岳母和儿子的情绪了。马原琪何其聪明,她本来就对岳奉秦不放心,最近袁励武老往她这里跑而始终不见女儿的面,她就意识到可能出事了。当袁励武来给她送药时,她逼问袁励武舒琴到底怎么了,袁励武见实在瞒不过了,就说舒琴被公安机关叫去调查了解情况,马原琪明白了一切,登时昏了过去。

袁励武顿时慌了手脚,赶忙将马原琪送到医院抢救,人是醒过来了,但却站不起来了,她瘫痪了!

袁励武伺候了一天,天快黑了,他赶忙联系好医院的护工照顾马原琪的起居,自己回家做饭。等到袁志远和赵小鹏放学回家吃完晚饭后,袁励武把儿子单独叫到自己房间,拍着儿子的肩膀问:"儿子,考验你这个男子汉的时候到了,能不能行?"袁志远瞪着眼睛问爸爸怎么了。袁励武干脆就把舒琴被抓、马原琪瘫痪的事情告诉了儿子。

袁志远瞪大了眼睛,他不相信家里一下子发生了这么多事情,神情一下子沮丧起来。尽管他对妈妈有意见,但妈妈遭此厄运他不可能无动于衷,毕竟她是自己的亲妈妈。他难过地流下了眼泪,过了一会儿他问:"爸爸,你不会不管妈妈和姥姥了吧?"

袁励武给他擦了眼泪说:"儿子,相信爸爸,爸爸一定要管到底。告诉你这些,就是让你知道,一个男子汉要承受住生命中遇到的一切意外和一切困难,不逃避、不许哭、不许垮,要勇敢地面对生活中的一切,明白吗?"

袁志远说:"你都能扛住了,我也行!需要我做什么?"

看着自己的儿子,袁励武说:"爸爸和你分一下工吧,你的任务就是不受影响好好学习,不要让我因你而分心;我的任务就是忙你妈妈的事、照顾好姥姥,怎么样,能做到吗?"

袁志远点了点头。

儿子这边看来暂时没有什么大事,袁励武松了口气,接着就带着饭盒到医院给马原琪送饭去了。到医院后袁励武扶着马原琪艰难地坐起来,马原琪含着眼泪对袁励武说:"小袁哪,真难为你了。"袁励武说:"妈,看您说的,您永远是我妈,照顾您是应该的。"他叫过来护工,给了她一个月的报酬,嘱咐她一定要照顾好病人,然后转身对马原琪说:"妈,这段时间我要忙舒琴的事,可能过来看望您的次数要少一些,您多保重,舒琴的事您就放心,包在我身上。"

从医院回家后,袁励武立即联系乔律师询问案件的进展。乔律师告诉袁励武,现在的当务之急是要在一个月内抓到岳奉秦和程世轩,证明舒琴的清白。

这下袁励武束手无策了,尽管他告诫自己一定要冷静再冷静,脑子里还是乱糟糟的。尽管舒琴完全是咎由自取,也给自己戴了那么大一顶绿帽子,但他却怎么也恨不起来了,想到马原琪和儿子那期盼的眼神,他拍了拍自己的脑袋,决定亲自联系一下警方。

他找到案件负责人,一再表示舒琴是在不知情的情况下签字的,希望公安机关重视这一点。对方表示公安机关既有义务搜集证明嫌疑人有罪的证据,也有义务搜集证明嫌疑人罪轻或无罪的证据,会在合法的前提下给予足够重视,尽快抓到岳奉秦和程世轩。

一连几天没有什么新消息,袁励武表面平静内心却焦灼无比,马原琪的精神日渐消沉,人已瘦得皮包骨头了。袁励武跟儿子的班主任沟通过,得知儿子最近学习成绩有下滑趋势,单位里繁忙的工作压得他喘不过气来,劳心加劳力,早上起来他发现自己的白头发又多了一些。

就在袁励武苦苦挣扎的时候,王进军这边却开始品尝他的甜蜜。

自从接了徐璐璐的离婚案子后,王进军跟徐璐璐的接触也多了起来,面对徐璐璐优美的身段、靓丽的容颜和柔和的嗓音,他总感到心里有一股难以抑制的冲动。为了弥补自己外在形象的不足,他在发型和衣着上做足了功夫,每次跟徐璐璐见面都是红光满面衣冠楚楚,配上特制的墨色眼镜,整个人显得酷酷的,一定程度上弥补了先天形象的不足。

徐璐璐岂能看不出王进军的心思?起初她根本就没有往这方面想,但随着丈夫罗炳浩与那个冷面姐姐齐芳芳的交往越来越深,以及对离婚问题的步步紧逼,她逐渐产生了报复丈夫的念头。眼前的这个王律师在外在形象上虽然难以令人中意,但职业上档次、收入可观,且很会琢磨女人心思、体贴人、心眼活泛,几次接触后她发现这个王律师也并不招人讨厌,除了个头矮点儿、形象差点儿,其实他身上还有很多优点,于是徐璐璐跟王进军说话的语调也越来越暧昧了。

徐璐璐的变化令王进军喜出望外,他不失时机地给予徐璐璐生活上的帮助,并不时用他的幽默哄徐璐璐开心。

"我就是那个珍惜你的人。"终于有一天,徐璐璐再一次向她哭诉罗炳浩如何辜负她的时候,王进军握住徐璐璐的手柔声说。

徐璐璐故作惊惶道:"王律师,你……"

王进军趁热打铁,干脆吐露心声:"你丈夫如果真正深爱你,他会自觉约束自己的行为,抵挡一切诱惑,他出轨的前提是,他已放弃了这段感情。我不知道我说得对不对啊,像你这么好的女人他都不懂得珍惜,那么他的智商也高不到哪里去。"

徐璐璐脸上显出一抹红晕,她娇羞地低下了头。

见时机已到,王进军将早已准备好的礼物从包里拿出来递给徐璐璐,满心欢喜地说:"给你买的,前几天看你心情不好没好意思拿出来。"

徐璐璐接过来打开一看,是一条价格昂贵的坠着钻石的金项链,她一下子喜欢上了。她感激地问:"你怎么知道我喜欢这种款式的?"

"你有几次跟我说起你喜欢这样款式的项链,但你老公却一直没有给你买,我给你补上。"王进军得意地说,"来,我给你带上。"说完他小心翼翼地将项链挂在徐璐璐颀长的脖颈上,并顺势揽住了徐璐璐的身体,徐璐璐身体软绵绵地倒在了王进军的怀里。

后面的事情顺理成章地发生了。完事后,王进军搂着徐璐璐,感觉她真是个人间尤物,每个毛孔散发出的幽香沁人心脾,光滑的身体如同去皮的山药细腻丝滑,不像自家那位闻不到一丝细腻的味道。王进军贪婪地抚摸着徐璐璐身体的每一个部位,任她的身体在自己怀里扭动,心想这才是真正的城里女人,这才是自己多年苦苦追求所想要的结果。此时他都有点儿怀疑徐璐璐丈夫的智商,有这么令人销魂的女人陪着,怎么还会去和一个半老徐娘勾勾搭搭?

而躺在王进军怀里的徐璐璐则有另外一套想法,她这么做就是为了报复,顺便沾点儿物质上的便宜,她不可能和身边这位矮个子律师有什么结果。

王进军似乎陶醉了,他幸福地闭上了眼睛,尽情想象着美好的未来。

43

"17号，出来！提审！"女看守喊道。

舒琴喊了一声"到"，从马扎上站起来走出监室门口。女看守将冰冷的手铐铐在她的手上，带着她穿过长长的监室走廊，来到了指定的讯问室，还是一男一女两个警察隔着钢筋窗坐在她对面。舒琴坐到讯问椅子上，椅子上的挡板"咔"地被锁死，她的身体被夹在椅子中间。

这次警察的讯问明显侧重于舒琴是否知道经调运部转运的物资为违法物资的问题，舒琴还是坚持自己只负责运输方面的调配，根本不知道调运部物资的实情，至于有几批货物是由她签字后才出仓，那是因为程世轩出差而指定自己代签，自己根本没有亲自检验货物就签字了，属于业务上的疏忽。警察重点讯问了她到岳奉秦公司工作的前因后果以及她和岳奉秦之间的关系，对此舒琴做了保留性回答，她只承认与岳奉秦之间是过去的同事关系，而没有将她和岳奉秦之间的其他关系和盘托出，这是她心头永远无法愈合的伤口，她不想再揭开它，哪怕自己将要承担一个不如实交代的法律后果。

在时间的流失中袁励武一点点地丧失着希望，他的嘴里都起泡了，每天还要强装笑颜照顾和安慰马原琪，以坚强自信的面孔面对工作和儿子。好在儿子和赵小鹏比较让自己省心，一个大男人和两个小男人组成的家庭在不幸中坚守着。

赵玉峰则每天在杨艳茹的床边陪她说话，回忆过去展望未来，从父母说到儿子，从工厂说到饭店，他把前半辈子没说的话全都补偿在了这里。

袁励武抽空去看了一次付敏，得知舒琴的遭遇付敏很是同情，她鼓励袁励武在帮助舒琴这个问题上坚持到底不要放弃，同时暗示袁励武应该趁着年轻再开始一段新的感情。

袁励武苦笑着说,如今都火烧眉毛了,哪有这个心思。

从付敏家出来袁励武又顺便到曹金秀开的诊所去看看。在拒绝了王进军离婚的要求后,曹金秀开始了艰苦的持家和创业过程。由于王进军基本上和徐璐璐泡在一起,除了每月给曹金秀娘俩一点儿生活费之外,做律师的收入大都花在徐璐璐身上了,曹金秀只好回老家东拼西凑借了些钱作为开诊所的初期成本,但在老家她绝口不提王进军出轨的事,只说他忙抽不开身。

她之前咬着牙考出了医师资格证,在袁励武的帮助下办好了行医执照,又张罗租店铺、采购设备和药品。王进军的变心使她失去了依靠,同时也让她迸发出了巨大的能量。为了节省成本,诊所刚一开张她医生护士一个人干,虽然忙得不可开交,但服务态度和服务质量不打折扣,在进药用药上绝对讲良心,慢慢地附近来就医的居民越来越多,曹金秀算是站住了脚。

这中间吃了多少苦只有她自己知道,当初为了考医师资格证她累得差点儿吐血,后来为了办执照她几乎跑断了腿;为了降低房租她求爷爷告奶奶,为了进到所需药品她差点儿给人家下跪,她将父亲接过来照顾孩子,自己吃住几乎都在门诊部;她将手机号贴在门前,做到二十四小时出诊。有心人天不负,她的事业开始兴旺起来了。

袁励武来到诊所,发现曹金秀已经不是孤军奋战了,她雇了个护士负责治疗,雇了个药剂师负责取药收款,自己专职诊断开药。正赶上流感高发,前来就诊的人挺多,吊瓶林立,房间显得很拥挤,三个人忙得不可开交。见此情景,袁励武心里一阵欣慰,他同曹金秀说了两句话就告辞了。在回家的公交车上,袁励武因过度劳累不知不觉迷糊过去了,醒来后发现前面道路堵车厉害,自己所乘坐的公交车和另外一辆公交车处于并行状态,道路堵车使两辆车行进缓慢,透过这辆车的车窗可以清楚地看到另外一辆车里的乘客或焦急或漠然的面孔。

突然,坐在对面公交车后排靠窗座位的一位男乘客揭开了包在脸上的围巾想透口气,袁励武不经意地看了一眼突然打了一个激灵,这不是程世轩吗?袁励武赶忙用手将自己的半边脸遮住以防止对方认出自己,同时用鹰一般的眼光再一次迅速地将对方的脸扫了一遍,没错,就是他!那胖乎乎的面庞第一次见面就给袁励武留下了深刻印象,尽管袁励武只见过他一次。

他不是潜逃了吗,怎么会在公交车上?袁励武心里充满了疑问,但他顾不上这些疑问,赶忙拿起手机拨打了110,低声向公安机关报告了程世轩的位置。由于程世轩根本没有注意到袁励武,没有做出任何防备措施,不一会儿警察拦停他所乘坐的公交车后,很顺利地将程世轩抓获了。

袁励武亲眼目睹了这一切,心里既激动又兴奋,抓到了程世轩意味着距离岳奉秦落网的日子也就不远了,事情终于有了转机!他先是第一时间给乔律师打电话通报了情况,接着赶到医院悄声将此事告诉了马原琪,马原琪用哆嗦的手握住袁励武的手,激动得说不出话来。

回到家里,袁励武兴奋地对两个孩子说:"今晚咱们出去吃,吃油焖大虾!"在两个孩子的欢呼声中他们品尝了一顿大餐,袁励武还喝了点儿酒。

晚饭后袁志远问袁励武:"爸爸,你今天为什么这么高兴,是不是妈妈没事了?"

看着目光急切的儿子,袁励武笑着拍拍他的肩膀说:"快了,儿子,而且你老爸今天还帮助警察抓住了一个坏蛋,不对,是两个。"

袁励武说得没错,程世轩供述,公司里只有他和岳奉秦等极少的几个人知道进货内幕,这里面不包括舒琴;同时根据程世轩的交代,警察很快也将在外藏匿的岳奉秦抓捕归案了。但正如舒琴在看守所里所担心的那样,被抓后的岳奉秦一口咬定舒琴是知道所有事情的,是自己告诉她一切后她才来公司上班的,进货单上的签字只是凭证之一。

岳奉秦之所以做出对舒琴不利的供述主要是出于报复,报复舒琴对他的不忠与背弃。他的理念很简单:既然拿了我的钱,就应该为我殉葬,想半路逃跑,天下没有那么便宜的事情!

除非能提供一份令人信服的证据,否则岳奉秦一口咬死了舒琴知道进货内幕并参与了进货的事,进货单上有签名的舒琴将难逃干系,毕竟岳奉秦是总经理,从证据学的角度讲,他提供的情况的证明力要高于程世轩所供述的。

从乔律师口中得知案件进展后,袁励武已经轻松了好几天的心情一下子又紧张了起来,愤怒得脸上青筋暴突,他恨不得拿刀亲自剁了岳奉秦这条毒蛇。但他随即马上冷静了下来,他知道这样的愤怒毫无意义,现在能做的还是等待时机,等待奇迹的出现。

但马原琪却等不及了，前几天袁励武告诉她程世轩被抓的消息使得她满怀希望，精神也好了许多，但眼见又是好几天过去了女儿丝毫没有出来的迹象，她开始怀疑袁励武是为了安慰她而撒的谎。尽管袁励武再三宽慰她事情快有眉目了，但始终驱散不了她心头的疑云，身体也变得越来越差。

"小袁，你跟我说实话，舒琴的事情能不能解决，我要听实话。"终于有一天，马原琪逼迫起袁励武来。

袁励武说："妈，您别乱想了，真的很有希望，您尽管放心。"

"那为什么她还不能出来，再瞒我我可真生气了！"马原琪步步紧逼。

袁励武没有办法，只好将岳奉秦咬住舒琴不放导致案子陷入僵局的事情原原本本地告诉了马原琪。

马原琪突然浑身颤抖起来，她猛地坐了起来，发青的嘴唇哆嗦着，身体颤抖着，嘴里连续说着："他，他……"然后就昏了过去。

袁励武大惊失色，赶忙喊医生，一番紧急抢救后，医生出来告诉袁励武："对不起，我们尽力了。"

袁励武猛地冲进抢救室，马原琪已经闭上双眼没有任何生命迹象了。看着马原琪憋得铁青的脸和临终前留下的并不平静的表情，袁励武就像面对自己的亲生母亲去世一样，再一次大哭起来。

他对马原琪的感情跟亲妈没有什么两样，她做人严谨、通情达理，多年的相处使他越来越敬重马原琪，尽管现在他跟舒琴离婚了，但在他心里马原琪是永远的母亲。自从跟舒琴离婚后，袁励武隔三岔五地带着儿子来看望马原琪，他知道马原琪想外孙，他也不希望因为离婚而失去这位母亲。儿子袁志远对外婆也有很深的感情，有时舒琴忙于工作应酬多日见不到袁志远，是马原琪将母爱隔辈传给了自己的外孙。

"可怜的儿子啊，外婆走了，你妈的事还没有着落，你将再次面临心理上的创伤。"袁励武心里想。

袁志远在得知消息后先是瞪大了眼睛，半天没有说话，随后呜呜大哭起来。见此情景袁励武没有说话，只是摸了摸他的头就走开了。儿子是个小男子汉了，要给他机会勇敢地独自面对一切突发的变故，这是生活的必修课。

过了好一会儿，袁志远过来跟袁励武说："爸，我想看姥姥最后一眼。"

袁励武点了点头，带着儿子来到了医院。在医院太平间里，袁志远没有掉眼泪，他只是用手轻轻抚摸了一下姥姥的面庞，并把粘在她脸上的一点儿白线轻轻择掉。

　　看着儿子，袁励武心里一阵发颤。他过去面对着袁志远说："这事怪爸爸，爸爸答应你照顾好姥姥，爸爸食言了。你放心，另一件事爸爸一定不会让你失望。"

　　袁志远看着爸爸，过了好大一会儿才说："另一件事不做也罢，我恨她！"此言一出，袁励武吓了一跳，他赶忙跟儿子说："儿子，你不能这样想，她是你妈妈。你妈妈即使犯错误了，但她还是你妈妈！"看到袁志远脸上的表情由漠然转向扭曲，袁励武没有继续劝下去。

　　办完马原琪的丧事，袁励武的心思又重新回到了舒琴的案子上面，他打电话问乔律师，需要什么样的证据才能有效地推翻岳奉秦的供词。乔律师思考了一会儿，告诉袁励武：除了有相关的证人证言外，如果能有岳奉秦说的与其供述内容相反的谈话录音，那是最好的了。

　　周晓静也被刑事拘留，乔律师答应与周晓静的辩护律师沟通，以便在会见周晓静时从她那里获取对舒琴有利的证言；至于乔律师说的岳奉秦的谈话录音，袁励武认为是绝对不可能得到的，这上哪儿找去？自己对岳奉秦的交际圈子一无所知，再说了，谁会专门给他的谈话录音？如果找不到这方面的证据，让岳奉秦改口，无异于与虎谋皮。

　　袁励武心里烦透了，他给儿子承诺过的两件事，如今已经有一件做砸了，另一件如果做不成功的话，他将无颜面对自己的儿子袁志远。

　　正在这时，王进军打电话请袁励武出来喝酒，此时的袁励武哪有心思喝酒？他本想拒绝，转念一想毕竟是王进军给介绍的律师，不能抹他的面子，于是就答应了。

　　来到约定的酒馆，两人对酌了起来。看见袁励武无精打采的样子，王进军笑着说："得了老袁，别垂头丧气的了，你说你至于吗？为了你前妻的事情绞尽脑汁值得吗？人要潇洒，要放得开。你看我，还没有离婚，该怎么活就怎么活，该怎么玩就怎么玩！"

　　袁励武瞥了他一眼说："我真是服了你了，老婆孩子在家里什么情况你居然不管不问不上心，在这一点上我学不来你。"

王进军说："人哪，累就累在一个情字上，感情、亲情像包袱似的压着我们，甩开了不也就那么回事吗？参不透这一点，就得累一辈子。"

他喝了口酒，接着说："我们出身农民，农村的各种观念把我们束缚惨了，你和舒琴为什么离婚我不清楚，但我觉得根本原因肯定是城乡观念的差异，比如生活方式，你身上沉淀着十几年的农民性格，不是你过几年的城市生活就能一下子消除掉的，她看不惯。打个比方，同是十块钱，在你眼里那就是你的父母面朝黄土背朝天种出的半袋子小麦换来的；而在她眼里，她父母随时就可以变戏法似的从口袋里面掏出一摞十块钱来，你说能一样吗？由此衍生的消费观念、卫生习惯、处事方式等差别，足以摧毁许多城乡结合的婚姻。"

袁励武说："听你那口气，你在观念上已然融入城市了？"

王进军得意地说："逐渐学习嘛！我现在看开了，人的年轻岁月就那么短时间，干吗过得那么辛苦？抛开旧观念，追求新生活，有错吗？男人有老婆孩子怎么了，就应该对美色拒之千里吗？亲戚朋友怎么了，他们的困难我一定要帮到底吗？我过得舒服点儿怎么了，你们不眼红能死吗？"说完，他狠狠地放了一个响屁。

袁励武哭笑不得地看着他大放厥词，慢慢呷着酒。

话题自然而然地转向了舒琴的案子上，王进军听完袁励武的情况介绍后皱起了眉头，他顿了顿说："感情上的事还得靠感情来解决，这个岳奉秦的嘴也不是铁板一块，在有些场合下肯定会有说漏嘴说偏话的时候，尤其是面对女人的时候。"

听到这话，袁励武突然脑子里灵光一现，他马上想到了一个人，想到了一个他一直认为是个谜的人，在那里他可能会有意外发现。

44

没错,这个人就是侯玉英。

舒琴到岳奉秦的公司上班后,侯玉英就岳奉秦聘用舒琴的事责问他。侯玉英猜测,岳奉秦十有八九是在舒琴身上得手了,因为她太了解岳奉秦了,此人从来不做亏本的买卖。为了证明自己对侯玉英的忠心,岳奉秦对侯玉英说:"别看舒琴在调配部任副经理,其实就是个拿着工资干活的人,实质性的东西她一无所知,我也不会告诉她的,这个你放心。再说了,我怎么可能告诉她呢,我的事情知道的人越少沾惹的麻烦就越小,小东西,你也不要知道太多,好奇可能害死猫哟!"他还告诉侯玉英,舒琴只负责"出"的环节,"进"的环节一概不用她沾手。在"出"的环节中,她更多的是负责联络车辆的调配,这也是唯一的一个没有涉及违法行为的环节。出于女性的特殊心思,侯玉英有好几次故意将岳奉秦引向这个话题,并偷偷用手机录音了,她想找个合适机会将录音放给舒琴听。

自从袁励武接到关于舒琴借出差名义到外地流产的匿名信后,袁励武就开始猜测信到底是谁写的。他把这个疑惑告诉赵玉峰,赵玉峰想了半天,眯起眼睛说:"你的猜测不是没有道理,在化工厂我就听说侯玉英对你有点儿意思。"

"她,对我有意思?"袁励武瞪大眼睛惊愕地问。在他心里,侯玉英和自己根本不是一路人,她应该属于那种思想开放、迷恋金钱的女人,和喜欢自己根本扯不上边。

"这女人很复杂,她什么心思很难说。不过,她既然和岳奉秦之间有不正当关系,她不可能不知道这中间又插了一个舒琴。岳奉秦为了摆平她,很可能会向她说起舒琴的一些事情,说不定其中就有你想要的内容。别忘了,你为啥离婚的事还是她告诉我的。"赵玉峰一边给杨艳茹轻轻翻着身子一边分析道。

赵玉峰提供了侯玉英的手机号,可袁励武犯了难:打还是不打这个电话?如果打电话请侯玉英帮忙,一来自己跟她没有很深的交往,人家凭什么帮你,一句话就可以把自己噎回去;二来这样势必会揭开她和岳奉秦之间的不正当关系,哪个女人愿意在一个男子面前袒露这一切,况且这个男子还是自己的心上人?但舒琴这边案情实在不等人,任何可能的线索都不应该放过。

袁励武经过反复斟酌,最后他咬了一下牙,试探性地拨通了侯玉英的电话。当袁励武说明自己是谁后,电话那边"啊"了一声,沉默了许久,接着说了一句让袁励武意想不到的话:"我知道你为什么事找我了。"说完她又沉默起来。

袁励武急切地说:"先不要管什么事了,现在我能见你一面吗?"电话那边的侯玉英沉默了半天才说:"好吧,一个小时后你就来这个地址找我吧,地址我马上发给你。"说完她就挂了电话。一分钟后,袁励武的手机上显示出了侯玉英提供的一处地址。

看着地址,袁励武愣了半天神,用手掐了一下自己的脸,仿佛刚才的一切是场梦,根本不曾发生过,但现实要求他必须在一个小时之内赶到一个连他自己都不知道会发生什么事情的地方。他来不及多想,出门打了辆车就出发了。

侯玉英提供的地址是一处高档住宅小区,环境优雅安静。找到相应的楼座和房号后,袁励武心里扑腾扑腾的。他轻轻地敲了敲门,就听一个轻盈的脚步声由远及近,同时传来一声女性柔柔的声音:"谁啊?"袁励武回答了一声:"是我,袁励武。"

门倏然被打开,侯玉英穿一身橙色紧身休闲装出现在袁励武面前,脸上挂着似笑非笑的表情,屋内一股清雅的香水味随之而来。袁励武尴尬地笑了笑说:"真是不好意思,打扰您了。"

侯玉英没有说话,转身把一个后背留给了袁励武。袁励武换好拖鞋后跟在她后面走进客厅,同时发现裹在紧身衣里的侯玉英身材曼妙、婀娜动人。来到客厅,袁励武发现房间面积很大,他怔怔地站在那里,侯玉英示意他坐下,袁励武像被遥控似的坐在了沙发上,侯玉英将早已准备好了的茶水倒在杯子里放到袁励武眼前,客气地说:"请喝水。"袁励武说了声"谢谢",并没有喝。

"喝吧,里面没有毒药!"侯玉英用眼睛瞅着袁励武说。袁励武只好端起茶水来轻轻地喝了一小口。

侯玉英也面对着袁励武坐了下来，乌黑的长发整齐地梳在脑后扎成一个长长的马尾，光洁的额头上几乎看不见岁月留下的细纹，她保养得很好。侯玉英穿的衣服领口很低，乳沟轮廓清晰可见，袁励武的眼睛赶忙避开，用喝茶来掩饰局促的表情。

侯玉英笑了笑，给袁励武的茶杯里续上水，盯着袁励武问："是不是因为舒琴的事来找我？"

袁励武一愣，红着脸点了点头。

"袁励武，我恨你！"侯玉英突然冒出这样一句话，袁励武大吃一惊，他张大了嘴巴，惊愕地看着她。

侯玉英此时眼睛里已经有了泪花，她说："你就光想着救你那个欺骗了你背叛了你无数次的前妻，你就不想想这样做给我带来多大的屈辱？在你眼里，我是不是连一棵草都不如？公园里的草坪你还不忍心随意去踩，而对我，你是不是连这点儿起码的尊重都没有？"

袁励武低下头，然后抬起头诚恳地说："实事求是地讲，我想过。首先，我是尊重你的，因为我对你的过去不了解，现在了解了一些情况，我开始改变我对你最初的看法。再就是舒琴这事确实很紧急，不是万不得已我不会用揭开你伤疤的残酷方式来请你帮忙的。不错，舒琴是背叛过我，可她毕竟是孩子的母亲，我们毕竟一起生活了十多年，就是作为朋友看见她误入歧途也应该伸手帮帮啊。说实话，给你打这个电话，我犹豫再三，鼓了很大的勇气才这样做的。"

侯玉英叹了口气说："我相信你说的话。我想说的是，我只是一个平凡女子，女孩子身上有的弱点我都有，怕吃苦、胆小、爱慕虚荣。过去我在不知不觉地降低着自己的做人底线，不知不觉地违背自己的良心做事，直至堕落。好与坏之间其实只是一纸之隔，当我开始背弃初始的做人原则而甘做利益的仆佣时，在不知不觉中已经完成了角色的转换。在这个过程中我根本无暇顾及，也不会想到将会为这点儿蝇头小利付出怎样的代价，最后我因此失去了自己。我的历程我最清楚，我恨我自己没有勇气回头，我怕世俗的眼光，怕众人的口舌。"

袁励武看着侯玉英说："每个人身上都有缺点，只要不伤害到别人，每个人选择的生活方式都应该得到尊重，这对你同样适用。所以，我不认为你是堕落，你只是缺乏勇气改变自己。"

侯玉英瞪大眼睛说:"你真是这么认为的?"

袁励武点点头说:"我一直这么认为。这个社会上确实存在着一些庸俗之人,别有用心地盯着别人的私生活不放,到处指指点点评头论足,有的人因受不了这种世俗的非议而改变了自己的人生坚守和方向。我们不是生活在真空里,也不能捂着耳朵过日子,我们都有被社会认同的权利和愿望,我们应该相信社会的主流不会是那些流言蜚语和肆意评论,如果我们的生活被这些东西所裹挟,那还要我们的独立思考干什么?从这个意义上说,有些时候人生的改变错在社会,也错在自己,错在自己不够坚强,不够勇敢。"

侯玉英低下头思考了一会儿,面颊绯红,柔声地说:"袁教官,不是我夸你,你有学识有见解,像你这样的男人在我们周围真是不多见了。这么多年来,我一直觉得你我之间有一道不可逾越的鸿沟,在你眼里我什么都不是,谢谢你跟我说这些话。"

她顿了顿又说:"有一件事我想告诉你,当年舒琴因为你和我在挂龙山合影的事跟你闹过别扭,你还记得吗?那是我做的,出于一个女性的嫉妒吧。"

袁励武微笑了一下说:"没什么,这事后来舒琴跟我说过。说起来这事我还得感谢你,因为这事让我经历了一段难忘的人生片段。对了,还有一件事,就是告诉我舒琴到外地流产的那封匿名信,我想也是你写的吧?"

侯玉英也笑了笑说:"我知道你说的难忘的人生片段是什么意思了,我听赵玉峰说起过,是一段值得回忆一辈子的爱。"她端起杯子喝了一口茶,接着说:"给舒琴看照片的事当时是岳奉秦出的主意,他这个人我太了解了,他当时在追求舒琴,为达目的不择手段,写匿名信是当时我能想到的让你不再被蒙在鼓里的唯一办法。我不绕弯子,我手机里确实有一些录音,关于岳奉秦跟我谈论舒琴的事情,包括舒琴工作的分配以及他如何将舒琴骗进圈套的事情,录音里面都有涉及,这都是在他说话时我偷偷录的,我本来想找个时间放给舒琴听,让她识破岳奉秦的真面目,可是一直没有来得及,没想到现在用上了。"

袁励武眼睛一亮,他急切地对侯玉英说:"真的?现在能拿出来听听吗?"

突然侯玉英神情黯淡了,她低下头,又抬起头,悠悠地说:"我就知道,你只想着那个录音,只想着救舒琴。一旦拿到录音,我也就失去价值了,对不对?"

尽管袁励武对侯玉英性格上的古怪精灵有所领教，但对她刚才突然的情绪变化，还是吃了一惊。他调整了一下思绪，平静地说："你有些误会了，我确实想尽快拿到录音为舒琴洗清罪责，同时我也希望借此事情让误解你的人都知道你本来是一个善良正直的人。这么多年来，岳奉秦就像一个附体的魔鬼纠缠着你，把一些不该由你来承受的世俗压力都放在了你的肩上，这对你不公平；摆脱这一切的最好办法就是尽早解脱，尽早实现自我救赎，尽早将世俗的眼光用事实纠正过来，而不是背着负罪感过一辈子。把录音提交给公安机关，相关内容公安机关会保密的；当然，这可能会泄露你的一些生活隐私，但你这是牺牲自己搭救别人，不是耻辱而是光荣，至少在我心里永远这样认为。至于你担心岳奉秦将来会报复你，我可以负责任地告诉你，他的所作所为按照现行法律，其结果很可能是在监狱里面待一辈子。"

侯玉英不说话了，她缓缓站了起来，轻轻地走到橱柜边，拉开抽屉，从里面拿出一部白色手机，开机，找出录音，里面传来了她和岳奉秦的对话：

"……你现在把心思都用到舒琴那里去了吧？这么长时间了也不来看我？"

"嘻嘻，哪能呢？忙啊！"

"拉倒吧，谁信啊！"

"跟你说实话吧，舒琴永远进不了公司业务的核心圈，我也不可能让她知道我太多的事情，更不能让她插手！……"

侯玉英又换了一段录音：

"……世界上哪有那么便宜的事，拿着我的高薪，说我没有社会责任感，我要让她付出代价！"

"怎么算付出代价？"

"哼，让她进套太简单啦！随便让她替程世轩签个字就可以把她拽进来了。小宝贝，这么多年来，你还是经得住考验的，从不背叛我……"

"你可真够阴损的……"

类似的录音有七八段，袁励武咬着牙听完了录音，他过去握着侯玉英的手说："有这些，足够了。玉英，谢谢你！"

　　侯玉英听到"玉英"这样一个亲昵的称呼从袁励武嘴里吐出来，她身子一震，顺势倾倒在了袁励武的怀里，嘴里喃喃地说："你能抱我吗？"

　　袁励武顿时手足无措了，他将两只胳膊抬起，不好落下。他礼貌性地抱紧了侯玉英，抱紧了这个在他看来始终谜一样的女人。

　　说真的，他今天来对拿到录音的希望不大，现在看来，得偿所愿。

　　过了好大一会儿，侯玉英松开了双臂，幽幽地问："舒琴出来后，你们会复婚吗？"

　　袁励武没有正面回答，只是苦笑着问："你觉得呢？"

　　侯玉英盯着袁励武问："从当年故意给舒琴看你和我的合影，到给你写匿名信，到今天答应把录音给你，袁励武，你知道我的苦心吗？"

　　袁励武依旧苦笑着回答："懂一点儿，但不完全认同。我认为你对我可能是暂时的好感，但未必经受得住平凡日子的磨损，我和舒琴就是前车之鉴。经历了这一次，我已有所清醒，我们都不年轻了，该知道生活的真相了。"

　　侯玉英声音开始颤抖，动情地说着内心的矛盾："站在你的角度你不明白我的感受。是的，二十多年前我稀里糊涂地被岳奉秦利用和玩弄，我知道以我的修为是没有资格跟你提'爱'这个字的，但请你相信，你确实是我多年的追求。我渴望得到你的关注、你的重视，甚至是你的爱，我更渴望与你一起生活，尽管我明明知道这一切是不可能的，但我又不甘心放弃。同时，我又无法摆脱岳奉秦，是他填补了我那颗因为没有你而空虚的心灵，我这样说你可能会鄙视我，但这的确是我的实话。我恨我自己，我有时感觉我是个分裂的女人，分裂到爱与恨的界限都不清楚了。我说这些，你，能理解吗？"

　　袁励武看着侯玉英说："起初不理解，到了这个年龄上我开始慢慢理解一些过去不能理解的事情了。每个人都有表达自己情感和维护自尊的权利，你是个有自尊的人，你在用另外一种方式来维护你的自尊。我也感谢你对我有这份心，你这份心我也能够体会到，否则你不会写匿名信告诉我舒琴和岳奉秦之间的事情真相，你也不会偷录岳奉秦陷害舒琴的话并把录音交给我，就凭这一点，我理解你也佩服你。至于你对我的感情问题，我想说的是，这里面想象的成分多于现实，我和舒琴之间失败的婚姻让我明白了很多，重要的一点就是人根本把握不住别人的变化，有的时候甚至都把握不住自己的变化，靠单纯的想象和短暂的好感来维系的感情是脆弱的。应该说你我是行走在两条不同轨道上的人，想法、爱好和追求很难拧到一块去，更别说把握未来彼此的变化了。你我之间的关系定位在彼此尊重、彼此理解与彼此欣赏的朋友关系是比较恰当的，我的话，你能接受吗？"

侯玉英的眼泪始终没有停下来。袁励武怔怔地站在那里，看着泪如雨下的侯玉英而不知所措。

过了好大一会儿，侯玉英缓缓地对袁励武说："你，走吧。"

袁励武怀着复杂的心情带着载有录音的手机回到家里，将录音拷到电脑后刻录成光盘，将录音内容整理成文字材料，并在第一时间通知了乔律师。乔律师闻讯赶来听了录音，自信地说："有了这录音，岳奉秦就会松口，事情也就可能发生根本性变化。"

送走了乔律师，袁励武突然感到前所未有的轻松。他突然想起儿子的生日快要到了，他想起付敏向他介绍过一家糕点铺，据说物美价廉，袁励武决定给儿子订制一个精美的大蛋糕，让这个承受了许多压力的小男子汉好好享受一下。

袁励武哼着小曲来到了这家叫"一剪梅糕点中心"的蛋糕店。店铺位置并不是在闹市区而是在休闲区，店面外观很普通，商标图案是一枝素梅下大大的蛋糕，洋溢着浓烈的亲情味。店内装饰很优雅，糕点的香甜味弥漫四周，袁励武按照糕点师的推荐选择了一个奶油蛋糕，开好票后就离开了。

袁励武刚走出店门，手机响了，一看是张萍打来的，是关于筹备毕业二十周年同学聚会的事情。接完电话，袁励武不由得仰天长叹了一声，毕业都快二十年啦，自己把这事忘得死死的！正所谓否极泰来，舒琴的事情终于有眉目了，儿子马上要过生日，毕业二十年聚会在即，好事接踵而至，焦头烂额的日子总算要过去了！他一转身，又到刚才的糕点店里买了些面包和糕点。

回到家里，袁励武顿时感到无比的疲惫，他扑倒在床上一下子昏睡了过去，各色各样的梦硬挤进他的脑海中，悲喜兼具、忧乐并存，鼾声满屋。

袁励武这一觉睡得酣畅淋漓。等醒来时天已经快黑了，他一个猛子坐起来揉了揉眼睛，发现袁志远和赵小鹏已经放学回来了，两个小男子汉居然在厨房里捣鼓起晚饭来了。

袁励武走进厨房，两个孩子在烟雾中手忙脚乱，赵小鹏在煮面条，由于水放少了，面条在锅里几乎粘成了一大坨面糊糊。袁志远根本不理会赵小鹏，他在专心致志而又小心翼翼地切西红柿，准备要做一个西红柿鸡蛋汤。

见此场景，袁励武笑着说："好啊，今晚我就吃现成的了啊！"

一会儿工夫，赵小鹏将三碗更像是面糊糊的面条摆在了桌上，袁志远则捧出了一汤碗西红柿鸡蛋汤。袁励武笑眯眯地吃了一口面，又尝了一口汤，那汤咸得直呛喉咙，他得意地说："不错不错，这面煮得比我煮的烂，这汤做得比我做的咸，值得表扬！看来还是我的目光长远早有准备。"看着两个孩子惭愧的表情，袁励武变戏法般地从包里取出了面包和糕点，用开水冲好了三杯豆奶粉，又从冰箱里拿出火腿肠切了一盘，手一挥说："今晚吃西餐。"

袁励武兴致勃勃地吃饭时，忽然发现两个小男子汉沉默寡言，平时常见的俏皮斗嘴也没有了，偶尔的目光交集也都迅速地躲开，似乎彼此都有心事。袁励武插话道："期中考试结束了，成绩怎么样啊？"两人依旧没有说话，见他们将沉默进行到底的表情，袁励武心里想："俩小兔崽子，知道玩深沉了。"

45

袁志远和赵小鹏的情绪变化,居然是因为爱情。

这是一起老套得几乎掉牙,但却是处于豆蔻年华的男女中学生多次上演的感情纠葛。班上有一名叫齐若萱的女孩子暗恋着袁志远,袁志远对她的印象也不错,两人就正常交往了起来。碰巧的是,赵小鹏也暗恋上了齐若萱,而女孩子的虚荣心也使齐若萱乐意享受赵小鹏不时献来的殷勤,她巧妙地周旋于袁志远与赵小鹏之间。袁志远对赵小鹏在齐若萱面前的积极表现没有太放在心上,他有充分的自信,但赵小鹏看到齐若萱与袁志远之间打得火热,心里就不平静了。

袁志远与赵小鹏性格上的差异并不妨碍他俩长期和谐相处,与赵小鹏的好动相比,袁志远更显沉稳。一般情况下当赵小鹏遇到问题时,袁志远都能帮其冷静地分析并拿出主意,而赵小鹏动手能力强的特点也帮了袁志远不少忙,两人建立起了男人世界里的友谊。但是在同一个异性面前,这份友谊正面临着前所未有的挑战。

赵小鹏的心思是极敏感的,母亲长期卧床不醒已经在他的心灵蒙上了阴影,在袁励武家里长住又使他有一种寄人篱下的感觉,而在学习成绩上他又远远不及袁志远,这一切使赵小鹏的性格渐渐地发生着变化,由孩提时的大大咧咧逐渐变得固执而脆弱,遇事爱钻牛角尖。与他朝夕相处的袁志远也慢慢地发现了这一点,袁志远经常拿自己来宽慰赵小鹏:"你好歹还有一个完整的家,而我的爸妈离婚了,只有一半的家。"起初赵小鹏还对袁志远的劝慰心存感激,但现在他越来越觉得袁志远说这话是一种怜悯,加上自己喜欢的女孩子又跑到了袁志远身边,赵小鹏的心没法淡定下去了,他开始憎恨袁志远,这种憎恨很快从心理上反应到言行上,终于有一次他对袁志远恶语相向了,眼睛里充满着愤怒与仇恨。

对于赵小鹏的转变，袁志远起初疑惑不解，但聪明细心的他很快看出了门道。平心而论，齐若萱在袁志远心里并没有多么不可割舍，但赵小鹏的挑衅反而激怒了袁志远，他与齐若萱的交往更加频繁了，而且故意将这种关系暴露在赵小鹏的眼皮底下。

赵小鹏的心态越发失衡，少年的敏感与自尊令他经常夜不能寐。对此，睡梦中的袁志远毫无察觉，而被舒琴的事情搞得团团转的袁励武更是一无所知。

好在期中考试将问题暴露在了袁励武眼前，本来学习成绩慢慢提升的赵小鹏此次成绩又迅速下滑。马上要中考了，袁励武感觉必须要腾出时间和精力来关注这两个孩子的学习问题了。为了了解赵小鹏成绩下滑的原因，他和袁志远单独聊了一次，经过反复追问，袁志远说出了事情的缘由。

袁励武陷入了沉思，经过一晚上的考虑，第二天他又单独对袁志远说："你停止和那个女孩子交往吧，听我的。"

"为什么呀？"袁志远一脸惊愕地说，"公平竞争嘛，凭什么要让我退出？"

袁励武笑了，他摸了摸儿子的脑袋说："你们的年龄还不适合恋爱，再说爱情不是竞争，竞争也得不来真正的爱情。你们该安心备考，相信老爸说的，没错。"

袁志远没有再说什么，抿着嘴唇走了。袁励武知道，儿子想开了，知子莫如父嘛！

暂时缓解了孩子们之间的感情危机，袁励武接到了糕点店师傅的电话，说是蛋糕做好了，让他去取。

袁励武又来到了那家糕点店，依然是扑鼻的香气，依然是忙碌的店员，所不同的是，他面前多了一位女郎。上次负责登记的店员笑吟吟地介绍道："袁先生，这是我们店长，想见见您。"

"您是袁励武吧？"这位面点店的女老板问。

袁励武闻声抬起头，惊奇地看着这位女老板，年龄和自己相当，高挑的身材，面部保养很到位，一身得体的女式西装，头发绾成一个发髻，眼光明亮，面带微笑，处处显示出成熟女性的干练与风韵。

"你怎么知道我叫袁励武的？"袁励武惊奇地问，同时眼睛直盯着对方面庞，脑海里在拼命地搜索相关信息，面孔好熟啊，但又不好乱猜，难道……对方的眼神从袁励武直盯的目光中移开，轻声说："请到我办公室来一趟，好吗？"

袁励武迟疑了一下,满怀疑惑地跟着她来到了楼上一间面积狭小装饰淡雅的办公房间,坐在沙发上。

"怎么,不认识了?"女老板给袁励武倒了一杯水,递到他面前说,"往前想,想到二十年前,中学时期。"

"左晓梅?!你真是左晓梅吗?"袁励武不敢相信自己的眼睛,他身体战栗了一下,失声喊了出来。

"是啊,我就是左晓梅,没想到在这里见面吧?"相对于袁励武的惊喜万分,这个叫左晓梅的女老板倒显得很平静。

"你,你怎么会在这里?"袁励武话一出口就后悔了,就像当年在公园第一次跟左晓梅约会时说出那句冒失话一样。

"许你在这里就不许我在这里?这龙海市是你家开的?告诉你,我在龙海的时间比你长,这里是我的地盘!"左晓梅笑着说,眯着眼睛看着袁励武。

"快说说,这么多年你的情况怎么样?"袁励武面色激动地问,"结婚了没有,孩子多大了?"

"你说呢?"左晓梅反问道。

"我怎么知道啊!"袁励武奇怪地问。

"你应该知道!"左晓梅依旧平静地说,"我没有结婚,一直没有结婚。"

"那,为什么啊?我看你这店面发展得不错,事业上小有成就了,个人问题怎么还没解决呢?"袁励武急切地问。

"为了你!"左晓梅声音突然提高了八度。

袁励武张大了嘴:"为了我?"他用手指着自己的胸口问道。

"就是为了你。"左晓梅再也控制不住自己了,她站起来冲到袁励武面前,用手指着袁励武说。

其实二十多年前左晓梅转学是有原因的。

原来,肖星的父亲肖怀振是左晓梅的舅舅,肖星是左晓梅的表妹,比左晓梅小一岁。左晓梅的妈妈叫肖怀莉,也就是肖星的亲姑姑,当年与下乡进行蹲点服务的公社农技站技术员左传军,也就是左晓梅的父亲,建立了恋爱关系并结婚,生下左晓梅后左传军调到县农委工作,就把母女二人也带到了县城生活,肖怀莉随后在县商业局下设的一个供销社工作,此后再没有生育。就在左晓梅上初二那年,父亲患急病去世，母女二人一下子失去了重要的经济来源，仅靠肖怀莉在供销社工作的那点儿工资度日，日子过得比较艰难。

这时一个男人闯入了肖怀莉的生活，他就是后来成为左晓梅继父的牛培胜。牛培胜在县电力局工作，在电工技术上是一把好手，他与前妻离婚了，离婚原因是前妻受不了牛培胜的酗酒和好色。牛培胜看上了容貌姣好的肖怀莉，经常有事没事地到肖怀莉所在的供销社转悠，还经常有一搭无一搭地与肖怀莉扯闲篇，肖怀莉虽然耳闻他的风流韵事，但对他并无恶感，而且觉得他能说会道，很会讨女人喜欢，有点儿小本事。左传军去世后，牛培胜在经济上经常帮助肖怀莉，每当肖怀莉为经济发愁的时候，他总是知风知雨地将援助及时送来；加上他不失时机地在耳边送上甜言蜜语，渐渐地肖怀莉就被他俘虏了，与牛培胜领了结婚证，带着快要上高一的左晓梅与他住到了一起。

谁知婚后牛培胜酗酒加好色的本性暴露无遗，曾经酒后当着左晓梅的面打过肖怀莉，吓得左晓梅直哭。更要命的是，牛培胜后来竟然打起了左晓梅的坏主意。

当左晓梅哭着把这一切告诉肖怀莉时，一向懦弱的肖怀莉此刻变成了一只暴怒的雄狮，她拿起菜刀满屋子追着牛培胜要剁了他，牛培胜夺门而逃后母女二人抱头痛哭。事后肖怀莉坚定地说："孩子，你不要上学了，必须离开这个地方。"左晓梅起初不同意，一是她放心不下自己的母亲，二是她还不想这么早就辍学，况且这里面还有一段与袁励武割舍不断的感情。但肖怀莉以死相逼，坚持左晓梅必须离开这座县城，刚满十六岁的左晓梅只好遵从母命。

经过一晚上的思考，第二天，肖怀莉就带着左晓梅来到龙海市投奔舅妈付敏，经过一番周折终于找到付敏家。当时付敏也是生存艰难，但当她听到肖怀莉的诉说后毫不犹豫地接纳了左晓梅，让她先和肖星住在一起，然后给她联系学校。但左晓梅告诉舅妈自己真不是上学的料，也不想再上学了，付敏就给她联系了一个售货员的工作，肖怀莉临走前感动得差点儿给付敏跪下了。

十六岁的左晓梅就这样结束了求学生涯，在这个陌生的城市里开始踏入社会。她先是在商店里当售货员，又到一家酒店里当服务员，再到面点店里当学徒工，最后自己开了一家面点店。

令左晓梅欣慰的是，这个新家庭给予了她充分的温暖与幸福，使她没有丝毫外人的感觉。肖星与表姐相处得十分融洽，那时肖星刚刚考上师范学校，左晓梅也经常借肖星的书来看,使她在艰辛工作之余也获得了精神的滋养。令左晓梅奇怪的是,自己工作后在学习方面似乎突然开窍了,上学时没有弄明白的很多知识在读了肖星的教科书后居然豁然开朗。当袁励武在军校拼搏学习的时候,左晓梅利用业余时间也通过了中文专业的专科自学考试。

考虑到付敏家不算宽敞,左晓梅在酒店做服务员期间就一直住在店里了。尽管左晓梅偶尔也来探望付敏,但奇怪的是她始终没有与袁励武碰过面。肖星没有将她和袁励武之间的事情告诉左晓梅,也没有告诉袁励武她有一个叫左晓梅的表姐,袁励武和左晓梅多次相见的机会都鬼使神差般地从指间溜走。

"多亏那时我们谁都不知道彼此近距离的存在,可能上天就是要让我表妹独享你的感情,容不得任何人介入。我要感谢命运,如果我当时知道了和表妹在恋爱的是你,我会矛盾死的。"左晓梅笑着说,"那我可就真的陷入两难境地了,亲情与爱情会把我折磨疯的。感谢命运,没有这样安排。"

袁励武问:"那你是什么时候知道你表妹的男朋友就是我的呢?"

左晓梅叹了口气说:"表妹去世后,丧事是我帮助舅母料理的,那时你不在,我当然无从知道你就是表妹的男友。丧事料理完毕后,有一天舅母叹着气对我说等表妹的男友回来后不知道会伤心成啥样,当时我压根也没想到那个人会是你。那时我只想着如何在精神上安抚舅母了,根本没有顾及到关于表妹男友的丝毫信息。后来我听说表妹的男友已经结婚了,有一天下午你来探望我舅母,恰巧那天晚上我也来了,我来时你刚好离开这里,你在桌子上留下了一张字条,字条上写着治疗舅母哮喘病的偏方。我发现字条上的字体竟然那么熟悉,我就问起舅母来。当你的名字从舅母嘴里说出的时候,我差点儿昏厥过去,真是造化弄人啊!有一段时间我很消沉,甚至很绝望。过了好长一段时间我终于平静下来了,也想开了。既然你已经结婚了,说明我们缘分还没到,我还需要继续等待;如果你能和舒琴白头偕老,说明你我这一辈子有缘无分,那我心甘情愿守候一辈子。"

袁励武问:"那你知道了我的情况后,为什么不主动联系我呢?"

"我不想去打扰你的生活,更不想破坏你的家庭。说真的,能够知道你的信息我已经很知足了,根本不敢奢望上天再给我接近你的机会。一切随缘吧,我想,只要是有缘,不用刻意安排,终究会见面的。"左晓梅依旧淡淡地说。

"可你这么做的代价是将我们重逢的时间推迟了整整十年哪,万一我和舒琴没有离婚呢？你这是在用一生做赌注！"袁励武失声喊了出来。

左晓梅笑了："你急什么，如果我告诉了你，可能会造成你我双方的痛苦，我不过代替你承担了这十年的痛苦罢了。如果我过早现身了，我真不知道你会怎么想，做何取舍。也可能你还记得我并因此而产生烦恼，这是我不希望看到的；也可能你把我当作生命中一个普通的过客一笑而过，那更是我不希望看到的；所以，我在逃避，以时光流逝为代价来欺骗、麻痹自己。我现在依然坚信我不联系你的决定是正确的，尽管我经历了很多泪湿枕头的夜晚。现在我知道了你和舒琴间发生的一切，这一切更加证明了我当初做出不见你的决定是绝对正确的，因为当时你和舒琴间的夫妻关系面临危机，我若出现那绝对是不合时宜的。至于你和舒琴离婚的事我也是一无所知，因为舅妈根本不知道我和你之间的事情，所以关于你和舒琴之间的事情她也从未向我讲过，这么多年来我一直以为你们很幸福地过着。"

"那你知道我已经结婚了，你怎么不找个人结婚呢？"袁励武急着问。

左晓梅说："那是你对你我之间感情的理解，以一方结婚为这段感情结束的标志；但我不是这么理解的，我要让这段感情永生。我不是碰不到更好的，但是因为已经有了你，我就觉得没必要再对其他人动心。我不是不会爱上别人，而是我懂得更加珍惜你，因为你是我的原始爱情。爱情是什么，爱情就是坚守，爱情就是，在你喜欢上一个异性后，无论以后出现什么样的诱惑，也无论对方如何变化，你心中保留的只有最初的那种感觉，这就是所谓'人生若只如初见'。再大的诱惑也战胜不了这种感觉，对方的变化也推翻不了这种感觉，而且爱屋及乌，这种美好的感觉会让你对对方的家人有足够的接纳，对对方的短板有足够的容忍。有一种爱情叫作忠诚守候，叫作痴情。"

"那你是什么时候知道我和舒琴离婚了的事情呢？"袁励武接着问。

"三个月前才知道，听我舅母说的。说真的，我听到这消息后没有多少惊奇，因为我知道，我才是这个世界上最爱你的人，这样的结果不出我的意料。这两天舅母还张罗着要撮合我们两个，她哪知道我们俩的过去啊！我劝舅母不要刻意安排，有情人自成眷属。对了，是舅母鼓动你来我店里买蛋糕的吧？"左晓梅说。

袁励武点了点头，才明白付敏为什么竭力推荐这家糕点店，他也庆幸自己听从了付敏的推荐。听着左晓梅对往事的叙述，袁励武吃惊地张大了嘴。显然，命运的安排使他俩分开了二十多年！又是命运的安排，通过一个偶然的机会终结了二十多年的人生平行状态,又一次实现了人生轨迹的交叉。

左晓梅是他的初恋,和肖星有表姐妹的血缘关系,二十几年保持单身苦等着他,想到这里,一种异样的感觉顿时涌上袁励武心头。他突然感到生活的奇妙和命运的诡谲,在他对爱情和婚姻几乎已经参透的情境下,左晓梅的突然现身立即推翻了他已经建立起来的单身信念,麻木了的心突然受到强力撞击,干涸了的情感顿时受到汩汩甘泉的滋润。他不由自主地抓起左晓梅的手,激动地说:"晓梅,我们跑回二十年前吧,我们,结婚吧!"

出乎袁励武意料之外,左晓梅依旧平淡地说:"我早就知道这一天肯定会到来呢!"语气和表情一如当年肖星答应自己一样,真是有着血缘关系的表姊妹啊!袁励武从左晓梅脸上似乎看到了当年肖星的影子。他顿时激动起来,抓起了左晓梅的手紧紧地攥着,生怕她再飞走了。袁励武甚至觉得,幸福像掉到沙发下面的一粒纽扣,你专心找却怎么也找不到,等你快要将它淡忘了,不知道幸福为何物时,它自己居然滴溜溜滚出来了。

他知道,真正属于自己的幸福还是来了。

左晓梅用手轻轻地抚摸着袁励武的脸,从这张脸上她还能找到当年那个帅气腼腆少年的影子,还能捕捉到两人通过作业本交流感情的记忆,还能想起自己被迫休学离开他的凄惨与无奈,更能想起十几年来明知心上人近在眼前却不能相见相认的克制与忍耐。那是怎样的思念与煎熬,那是她用生命来呵护的一份感情,人生最美好的青春时光就在这思念与煎熬中溜过。刹那间,左晓梅的眼泪夺眶而出,她再也忍不住了,伏在袁励武的肩头痛哭了起来。

袁励武没有说话,只是紧紧地抱着她,任泪水润湿自己的肩头。他为自己一生遇到了这样一位奇女子而感到幸运,也为遇到了这样一段奇缘而骄傲。人这一生,情缘至此,夫复何求!袁励武知道,这段情缘才是他今生遇到的最大的福气。

左晓梅抬起头,嘴唇贴近袁励武,两人忘情地吻了起来。袁励武闭上眼睛,尽情享受着爱情的甘甜,他感到自己很久没有如此激情了;左晓梅则任泪水流淌,二十多年的煎熬化作了眼睛里溢出的滚滚热浪……

46

在侯玉英提供的录音证据面前,起初岳奉秦百般否认,说当时跟侯玉英说的话是为了敷衍,不是真的。但当办案警察将程世轩和周晓静的证言搬出并警告岳奉秦不说实情将会构成诬告陷害罪时,岳奉秦终于松口,他承认舒琴是在不知情的情况下在进货单上签的字;警方通过对侯玉英的询问,证实了录音的话是岳奉秦在正常状态下说出的。这样,在规定的提请逮捕期限到达前,舒琴的案件最终被公安机关撤销,她终于可以走出看守所的大门了。

当乔律师将这个消息告诉袁励武时,袁志远生日的蜡烛刚刚吹灭,他正闭上眼睛许愿。对他来说,需要满足的心愿应该很多,祝福在天堂的奶奶和姥姥,祝愿自己考一个好的高中,当然也祝愿妈妈早日获得自由,尽管她给自己带来了巨大的心灵伤害……餐桌旁的袁励武和赵小鹏齐声唱着生日歌,从赵小鹏柔和的目光中,袁励武知道两个小男子汉之间的问题已经解决了。

乔律师的电话又为这样一个温馨的场景增添了一分欢乐气氛,当袁励武接完电话兴冲冲地宣布这一好消息时,赵小鹏激动地叫了起来,但袁志远没有想象中的兴奋,只是嘴角微微向上翘了一下,然后淡淡地说:"看来我的许愿起了作用。"

是袁励武一个人去看守所接的舒琴。袁志远对妈妈被释放的消息反应冷淡,这在袁励武的意料之中,当袁励武提出要和他一起去接舒琴时,袁志远只淡淡地说了一句:"我还要准备中考呢,没时间。"袁励武再三要求他去接一下妈妈,算是给妈妈一个安慰,袁志远冷冷地说:"前面我刚答应了你的一个要求,请你不要再次勉强我。"

袁励武叹了口气,他理解儿子为何如此心硬。与同龄人相比,儿子遇事出奇地冷静、理性和有主见,这都是长期生活磨炼的结果,也都与舒琴这个当妈妈的有关。

袁励武与乔律师一起来到看守所,在办理了相关手续后,袁励武终于见到了舒琴。尽管对舒琴的变化袁励武有充分的心理准备,但看到舒琴还是令他大吃一惊。舒琴脸色苍白瘦削,头发凌乱,双目呆滞无神。尽管有乔律师在场,但舒琴见到袁励武后还是情不自禁地扑在他怀里痛哭起来,袁励武没有说什么,只是任凭她哭。

过了一会儿,舒琴抬起头,抹了一把泪眼问道:"妈妈身体怎么样,志远怎么没来,他是不是恨死我这个当妈的了?"

袁励武心里一酸,忙递给她一方手帕掩饰自己的情绪,解释说:"是我没让他来,他正在忙着备战中考。"

在回去的车上,舒琴问了好几次马原琪的情况,都被袁励武巧妙地将话题岔开了。打开马原琪家的房门,墙上挂着的马原琪的照片蓦地映入舒琴的眼帘,她一下子惊呆了,尖声高叫起来:"妈妈,妈妈她她怎么啦?"

袁励武强忍着泪水说:"妈妈,她……去了。"

舒琴愣住了,这是她无论如何也想不到的残酷现实,与她朝夕相处了几十年的母亲竟然不辞而别,而且是永远的别离!她扑倒母亲照片前"哇"地一声哭了出来,墙上挂着的马原琪照片目光里透射着慈爱和威严。

见舒琴哭得上气不接下气,袁励武赶忙将她扶到床上,用湿毛巾擦拭着她的脸,并用劝慰的语气将马原琪去世的经过简单叙述了一遍,特意说明马原琪是在没有遭受煎熬的情况下猝然去世的。

舒琴的眼光突然变得凶狠异常,嘴里蹦出几个字来:"岳奉秦,你不得好死!"

袁励武强装笑脸说:"别伤心了,人死不能复生,你看,现在我们都成没娘的孩子了。"

舒琴突然抱住袁励武说:"我罪孽深重,不知道该向你说什么。我对不起你的妈妈,对不起我的妈妈,对不起儿子,更对不起你。我活得很失败,在我身陷绝境时,是你帮了我,我都知道,我不知道怎样报答,我不知道啊!"

袁励武没有拒绝舒琴的拥抱,他拍了拍舒琴的肩膀说:"报答什么,记住我的一句话,即使是深陷十八层地狱,也要努力爬向第十七层,不要滑向第十九层,这就是生活的真谛。"

舒琴抬起头,若有所思,她凄然一笑说:"晚上我想独自陪陪妈妈,明天再去见见儿子,好吗?"

袁励武说:"儿子很好,这你放心,明天我保证你见到他,你节哀顺变。"说完就离开了。

袁励武回到家里,向袁志远提出明天一起去见舒琴,袁志远当即拒绝了。袁励武没有再说什么,晚饭后,待袁志远和赵小鹏写完作业,袁励武把袁志远单独叫到自己房间,郑重地对他说:"儿子,你应该去见你妈妈。"

袁志远皱起了眉头说:"又来了,我说过,不去!我需要辅导功课时她在哪儿?你下班后忙着给我做饭时她在哪儿?奶奶和姥姥去世时她又在哪儿?"

袁励武说:"你妈妈现在很惨,刚摆脱牢狱之灾,母亲去世了,你这个当儿子的可不能再在她的伤口上撒盐了。即使面对一个有如此遭遇的陌生人,我们都应该给予同情和关爱,何况她是你的妈妈,生你养你的亲妈妈。"

袁志远还要争辩,这时赵小鹏突然进来了,对袁志远说:"我觉得你应该去看看你妈妈,和她说说话。我倒想和我妈妈说说话,可是很可能永远都没有这个机会了。"

袁励武听到这里,鼻子一酸,眼泪差点儿掉下来。袁志远没有再说什么,双唇紧闭,牙齿咬得咯咯响,颧骨凸起,袁励武感觉这模样像极了年轻时的自己。

他笑了,也知道儿子在这个问题上心理已经有所转变。

第二天,袁励武领着儿子来到了舒琴面前。舒琴一夜未眠,她在母亲的照片前坐了整整一夜,面色苍白憔悴,瘦削的身材被黯淡的光晕笼罩着,整个形象显得单薄而模糊。见到袁志远,她身体一颤,像疯了似的一把抱住袁志远,儿子比她都高了。舒琴的手不停地抚摸着他的头发,眼泪像断了线的珠子似的滴落在袁志远的衣领上。

袁志远神情麻木地接受着母亲的抚摸。他感到母亲的手在颤抖,面对这个失去了母亲的母亲,怜悯战胜了先前的怨恨,他也不由自主地抱住了母亲。

此情此景,袁励武站在旁边,已是百感交集。

舒琴松开袁志远,袁志远面部又恢复了以往的冷峻,舒琴不知道说什么好,从包里拿出一些钱硬往袁志远手里塞,袁志远厌恶地皱了皱眉头,推开她的手说:"这是干什么,您都混成这样了,这钱还是自己拿着用吧,我要去复习准备中考了。"说完转身要走。

袁励武拦住他说："妈妈给你的，你就拿着吧。你先别走，咱们一起吃顿团圆饭吧。"

袁志远冷笑了一声："团圆？你们都离婚了还叫团圆？"说完，抽身而去。

舒琴呆呆地拿着钱，一脸茫然，她彻底明白自己在儿子心中到底是什么位置了。

袁励武安慰她说："儿子大了，正处在叛逆期，我的话他也常不听。对了，儿子很优秀，学习成绩很棒。"

舒琴喃喃地说："在儿子身上，你吃苦了，看你都有白头发了。我这当妈的心里有愧，儿子这么对我，我是罪有应得。"

袁励武说："过去的就让它过去吧，不要老是自责。"这时，手机铃响，原来是苏振德打来的，他和李红卫听说舒琴回来了，要过来看一看。

一会儿，苏振德和李红卫来了，两个人虽然都六十多岁了，但精神矍铄，尤其是苏振德，依然红光满面声音洪亮，依然是严厉中透着顽皮。

舒琴扑在李红卫的肩头又哭了半天，李红卫反复安慰她："妹子，人这一生没有过不去的坎儿，过去了就好，要往前看。"

苏振德却在一本正经地批评道："关键是要认识到自己错在哪里。我看就是浮躁，不知道自己几斤几两。人哪，一定要注意修身养性。"说完，他又得意地夸奖起自己来："你看我，这把年纪了还在练字，字越写越飘逸，性情就越来越超脱，就越能看透人间的功名利禄……"

李红卫毫不客气地打断了他的话："你少说两句吧，还好意思吹呢，字都练了好几年了，是越写越丑陋，还恬不知耻地整天让我指点。这不，今天给你们俩还一人写了一幅字，这字我看着都头晕，你们将就着看，能忍受就要，实在忍不了就扔到垃圾筐里面去！"说着，李红卫拿出两卷纸来展开，一张上写着"宁静致远"，一张上写着"闻过则喜"。说真的，字写得确实不怎么样，稚拙中透露着生硬。

袁励武故作夸张地叫起来："呀，您这字真是赛过王羲之，压倒颜真卿，羡煞柳公权，气死赵孟頫。"

苏振德得意地说："听见没有，看来真有识货的。字嘛，一个人一个写法，根本没有高下之分，我看那些书法家的字也不怎么样嘛！"

少顷，他把袁励武支到旁边，悄声问道："怎么样，有没有复婚的想法？如果有，让我们家老李说合说合？"

袁励武嘴里吐出了四个字："断无可能。"

苏振德叹了口气说："是啊，无论摊在谁身上，心里也过不去这个坎儿啊！"

袁励武此刻想的却是，儿子能同意我和左晓梅结婚吗？他要等到儿子中考结束后，再把这个问题提出来。

这边，李红卫也在征询着舒琴的意见。听到这个话题，舒琴眼睛一亮，枯黄的脸庞上难得地见到了一丝光晕，但很快又黯淡下去了，过了一会儿她说："就是我同意，袁励武也未必同意，一是我伤他太深，二是如今我一无所有，而他已经功成名就。"

李红卫说道："小袁不是那种心胸狭窄之人，这段时间他为了你的事操碎了心，这说明你在他心里还有位置，何况你们还有一个孩子呢！"

舒琴叹了口气说："一切顺其自然吧，说心里话，我是没脸向他提这个事了。"

将舒琴这边安顿下来，袁励武约了左晓梅共同来到付敏家。对于两人的一同前来，付敏惊奇地睁大了眼睛，而后苍老的脸上露出了激动的笑容，而当她了解到袁励武和左晓梅的过去经历后，则更是连连称奇。

从付敏家出来后，袁励武建议左晓梅一起到附近的公园里走走，左晓梅答应了。

龙海市的春天胜似天堂，太阳暖洋洋地洒在万物身上，公园里的花草树木吐露着最青春的颜色，整个公园里弥漫着一股浓厚的花草的香气。公园里人不多，袁励武和左晓梅来到一座亭子里坐下，贪婪地呼吸着公园里爽洌到骨髓的新鲜空气。

袁励武端详着左晓梅的脸，不由自主地笑了。

"你笑啥？"左晓梅被端详得不好意思，红着脸嗔怪道。

"你还记得我们第一次单独约会时的场景吗？也是在公园里，不过那是在深秋。"袁励武深情地说。

左晓梅略带揶揄地说："是啊，一晃二十多年了！用今天的话来讲，你那时是学霸，我是个学渣，学渣能够单独和学霸约会，多荣幸的事情啊！可我记得你就跟个呆子似的，没说几句话。"

袁励武抚摸着左晓梅的头发说："我们交往得好好的，可你突然就消失了，消失得让我毫无防备。我没有坚持等下去，我欠了你一生。"

　　左晓梅嫣然一笑说："说啥呢，人和人不一样，对爱情的理解也不一样。爱情有很多种形式，有一种爱情叫作苦等。我没有权利阻止你跟谁结婚，但我有能力站在你婚姻的尽头等着你，用我的爱来抚慰你，让你有勇气继续爱下去。我不知道你未来的婚姻是怎样的，但既然我爱你，我就要自始至终爱到底。我不知道你将来选择的人是不是对的，但是当你在婚姻中跌倒时，如果你愿意，我给你继续婚姻生活的鼓励和信心。在你看来，我可能只是你生命中的一个过客；在我看来，你却是我生命里的唯一。"

　　袁励武身体一震，这话怎么这么熟悉啊！他想起来了，自己在给舒琴写第一封信的时候，不就是说的这句话吗？想到这里，袁励武的脸唰地红了，他感到自己的脸在发烫，他感到自己虽然是一个五尺男儿，对爱情的理解和实践比起左晓梅这个弱女子来差了一大截子。一句话，左晓梅是用一辈子来坚守爱情，而自己在这个问题上显然是受到了什么东西的裹挟，无法做到义无反顾，无法全然豁出去。

　　就拿现在来说，对舒琴给自己造成的伤害，袁励武在内心是不能原谅的；自己之所以为舒琴的案子奔波，更多的是在兑现对儿子的承诺，并非完全出于感情。左晓梅的出现，使得自己兑现当初在信中对舒琴的承诺变得更加渺茫了。

　　看来，就大多数人来说，爱情是不能承诺的。

　　见袁励武不作声，左晓梅问："你在想什么呢？"

　　袁励武看着左晓梅，诚恳地说："说实话，对爱情的理解我没有你深刻，更别说对爱情的坚守了。我和舒琴的这段婚姻经历告诉我，爱情首先要经受人性的考验。人都是自私的，人的自私无处不在、无时不在，它会在漫长的岁月中每时每刻随时随地与爱情争夺着精神领地，而爱情恰恰是需要无私的。贫贱夫妻百事哀，久病床前无孝子，说的就是自私的人性对人类美好情感的侵蚀和吞噬。而外部环境是引发自私本性的诱饵，功名利禄、亲情友情、身体状况等都可能将人的自私本性毫不留情地牵引出来，从而引发与爱情的直接较量。所以，对爱情，我不自信；或者说，我相信生活中有爱，有感情，但未必有一生的爱情；或者说，有，但可能抓不住。"

　　左晓梅看着袁励武，突然咯咯地笑了，两个浅浅的酒窝恰到好处地随着笑声出现，她说："没那么严重吧，我没有经历过婚姻，但我经历过比婚姻更为深刻的煎熬，那就是孤独地等待。这么说吧，能够熬过那段孤独经历的人，对婚姻的理解比经历过婚姻的人可能要更加深刻。"

袁励武好奇地问："是吗？愿闻其详。"

左晓梅接着说："爱情不是生长在真空里，它要经过婚姻这个被称作爱情坟墓或爱情杀手的淬炼。爱情之所以较难保持，很大程度上因为它不是靠一个人的努力就能实现的，它如同两只旋转而又互相吻合的齿轮，只要两人不能变成一个人，矛盾和冲突就会存在，而矛盾和冲突就会给爱情造成裂痕。从这个意义上说，这个世界上没有绝对意义上的爱情，只有相对意义上的爱情，因为爱情的生存空间不是真空，爱情的主体也不会是一个人。所以，任何对爱情理想化的追求固然值得赞美，但却是不现实的。而婚姻就像一个迷宫，柴米油盐的琐碎平淡、亲戚朋友的干预烦扰和对方的利益计较等，这些因素的交织如果处理不好，可能会使爱情走入死胡同。但如果排除了这些干扰和裹挟，爱情会不会浴火重生呢？"

袁励武看着左晓梅，双手一摊说："有道理，接着说。"

左晓梅顿了顿说："结论是，爱情是动态的而不是静态的，人体只有不断制造新鲜血液才能生存下去，同样，爱情只有不断更新内容才不会枯萎。怎么更新内容呢？靠生活，靠冲突，靠斗争。你只看到了双方的矛盾和冲突对爱情的伤害，你也应该看到矛盾和冲突之后对爱情所产生的升华作用。只要这种冲突没有超过限度，只要你不是一个斤斤计较睚眦必报的人，就应该体会到，在夫妻磕磕绊绊中产生的是爱情，而不是怨恨。"

袁励武像一个学习痴迷的小学生，索性打破砂锅问到底："那么，冲突的限度在哪里呢？"

左晓梅则像一位老师再反问学生："那你说呢？在这方面你有发言权，你的婚姻可是因为突破了限度而破裂的呢！"

袁励武笑着说："那如果将来我们之间的冲突突破了限度呢？"

左晓梅的眼睛直盯着袁励武说："我是不会突破的。你要是突破了，那就等死吧，我会让你死得很难看。"说完，双手掐住了袁励武的脖子。

袁励武一边挣扎一边吐着舌头："真是最毒莫过妇人心。"

一番折腾后,左晓梅松开手,一本正经地说:"说正事啊,在我们结婚这个事情上目前有两个问题需要解决,一是如果舒琴提出复婚怎么办?二是你儿子不同意怎么办?"

袁励武担心的两个问题一下子被左晓梅点破了,他又抓起她的手说:"你放心,我和前妻的缘分已尽,这段感情已经无法修补,即使她提出复婚我也不可能同意,何况现在有了你。至于儿子那边,等他中考结束我马上就跟他谈一谈,凭我对儿子的了解,应该问题不大,只是难为你了,又要等一段时间。"

"二十多年我都等了,还在乎这几天?"左晓梅柔声说道。

俩人都不说话,左晓梅偎依在袁励武身边,不觉日沉西山,晚霞绚烂,一阵萨克斯乐曲声音飘来,婉转而悠长。

47

结束了中考的两个孩子如同脱了缰的野马疯玩了几天后，袁励武觉得有必要找他们谈一谈了。

袁励武首先找的是赵小鹏，还没等袁励武开口，赵小鹏就说："谢谢袁叔叔这么多年的照顾，我今年十六岁了，应该有自己的生活了。"

袁励武摸着赵小鹏的脑袋说："说啥呢，我还得感谢你给袁志远做了这么多年的伙伴呢！说说，报考的哪所高中？"

赵小鹏说："我和志远不一样，他学习成绩好，将来可以上个好大学，而我学习不好，对上大学不感兴趣，所以我就不打算读普通高中了，我志愿填的是职业高中，烹饪学校，将来准备接我爸的班，将饭店开到底。"

袁励武思考了一下说："也好，我支持你的选择，你爸知道吗？"

赵小鹏说："我征求了他的意见，他没说什么。叔叔，感谢你和志远，使我在缺少父母照顾的情况下完成了学业，没有变成坏孩子，我很感动。"

袁励武依旧笑了笑说："上了烹饪学校以后，还和袁志远住一起吧，你们还继续做哥们儿。"

赵小鹏摇了摇头："不，我想回家住，学习压力小了，我想拿出更多时间来陪我妈妈，尽管她还没有清醒。万一有一天妈妈停止呼吸了，我会遗憾的。"

袁励武欣慰地对赵小鹏说："小鹏，你是个好孩子，我为你感到骄傲，无论你将来干什么，就凭你这颗善良正直的心，叔叔相信你一定不会错。你爸爸了不起啊，几年来对你妈妈不离不弃，但愿奇迹能够发生在你妈妈身上。你已经是个男子汉了，无论发生什么要敢于担当，敢于承受。"

说完，袁励武掏出一个银行卡塞给赵小鹏，说："这是叔叔给你将来用的，也不多，一万块钱，密码是你出生日期。"

尽管赵小鹏百般拒收，袁励武还是把卡硬塞给了赵小鹏。

与赵小鹏谈完，袁励武又开始考虑如何与儿子谈自己和左晓梅的事情了，但还没等过儿子这关，舒琴那里就先出问题了。

其实从看守所出来后，舒琴心头决定的第一件事就是找袁励武请求复婚，即使背负再大的屈辱，哪怕是下跪求情，她也要把自己的这份感情放到应有的位置上。

人在对很多事情的认知上还不如动物，对明知不可挽回的结局，哪怕还有百分之一的希望都是心理安慰。与袁励武离婚后舒琴并没有觉得彻底失去他，只要袁励武没有再婚，她侥幸地感觉袁励武还是她的。客观地讲，这一次袁励武帮助舒琴逃离牢狱之灾固然有念及夫妻情分的因素，但更多的是为了兑现对儿子的承诺，但这一切却被舒琴误解为袁励武对自己旧情未泯。所以，从看守所里出来舒琴认为自己不仅获得了人身自由，与袁励武的这份感情也应该同时获得了新生，只是需要一个恰当的表达机会。如今母亲不在了，舒琴感觉自己就像漂泊在汪洋中的一条小船，在心理上自然而然地将袁励武父子当作安全的港湾，她甚至坚信袁励武不遗余力地帮助自己就是为了复婚，因为他是一个男人，心胸应该足够宽大，应该能够原谅前妻过去所犯的错误。

至于经济上的差距，舒琴想当然地认为这也不是问题，自己虽然失掉了工作，但凭着在岳奉秦公司工作期间积累起来的人脉和工作经验，找一份收入不菲的工作也不成问题，说不定他袁励武将来还要在经济上仰仗自己呢。

但舒琴很快就发现自己想得太简单了。过去那些与自己觥筹交错的人，对于舒琴的要求要么用各种理由搪塞，要么直接冷嘲热讽地拒绝，让舒琴彻底体会到了什么是世态炎凉。

舒琴明白，在自己的工作没有解决之前不好向袁励武开口提复婚。她想到一个人，她觉得这个人可能会帮自己解决工作问题。

这个人就是杨展光，他现在是中石化龙海分公司的高管，舒琴感觉他有能力，也有义务为自己解决工作问题。

舒琴因为工作关系与杨展光有过一次接触，她隐隐感觉杨展光对自己还有点儿那方面的意思,他现在依然单身,舒琴甚至侥幸地认为杨展光是因为她而至今未娶。

舒琴向杨展光提出自己的要求时,杨展光的反应似乎也证实了这种判断,杨展光首先祝贺她无罪释放,然后笑着问:"我给你安排工作不成问题,你能给我什么回报呢?"

舒琴微笑着问他:"你看我如今这个境况,能给你什么回报呢?要不我请你吃饭吧!"

杨展光也微笑着说:"吃饭那是必须的,但我想要的是一份迟到的感情,你能给吗?"

舒琴依旧微笑着回答:"这有点儿乘人之危的意思啊,一个没有工作的人是没有资格谈感情的,你先赏赐给我一份工作再说吧!"

杨展光眼睛盯了舒琴一会儿,哈哈大笑起来,随后为舒琴安排妥当了工作——负责龙海市某片区的加油站油气调度工作。

时隔几个月后,舒琴又回到了让她感觉如鱼得水的工作岗位,工作中的她感到生命之花再一次绽放,生活充实带来的精神愉悦使她感觉自己在逆生长,自己慢慢变年轻,她确信,以自己目前的状态完全有向袁励武提出复婚的资本。

舒琴实施着与袁励武复婚的计划,而袁励武则在拉近着左晓梅与儿子袁志远之间的感情距离。他明白,他和左晓梅之间的事情绕不开袁志远这一关,既然绕不开,那就索性提早闯关。

出乎袁励武意料之外,当袁志远听到爸爸吞吞吐吐地把再婚的意思表达出来后,他没有一丝过激的反应,反而对袁励武的小心拘谨感到奇怪。尤其是当听完自己的爸爸是如何和这位叫左晓梅的未来妈妈建立初恋关系,以及跨越二十多年后如何再次相遇的经历后,他吃惊地睁大了眼睛,连连劝自己的老爸千万不要错过机缘。

一块压在袁励武心头很长时间的石头,因为儿子的开通豁达被轻而易举地移开了。袁励武恨不得将儿子按住狠狠地亲一顿,但他只用男人间最普通的礼节表达了对儿子的赞赏与感激,他拽了拽儿子的耳朵,在儿子的后背拍了两下。

随后,袁励武将左晓梅请到家里来与袁志远见面。奇怪的是儿子对左晓梅没有一点儿陌生的感觉,与她交谈时眼睛里洋溢着热情的光芒,与对自己亲妈的那般冷漠表情相比简直判若两人。而且,两人就一些话题非常聊得来,如刚刚时兴的网络游戏、微信、名车,以及电子产品的型号等,聊起来一套接着一套,听得袁励武目瞪口呆。

"我没事干的时候,净研究这些了。"当袁励武在送左晓梅回去的路上,惊奇地问她怎么那么懂年轻人时,左晓梅得意地说。

袁励武叹了口气说:"我落伍了,'out'了。"

左晓梅笑着说:"老同志,知道会用'out'这个词证明你还不'out',在研究学问的同时要学会接受新鲜事物,随时保持心理年轻,否则会被时代淘汰的。"

袁励武带着大好心情回到家里。还没等开口说话,袁志远就连连称赞老爸好眼力。听到这些,袁励武心情愉快得几乎要飞了起来。

舒琴这边也没闲着,在工作问题解决后,她就开始实施与袁励武的复婚计划。她心里还是不踏实,感觉心烦意乱,就联系了姚丽出来一起喝茶。打扮得珠光宝气的姚丽一见舒琴,马上抱住她又吻又亲,嘴里不住地说:"你个天杀的,吓死我了,知道你进去了,我几天没吃好饭睡好觉。"

舒琴从姚丽的搂抱中解脱出来说:"行了行了,别虚情假意了,说,是不是又傍上哪个大款了?"

姚丽得意地说:"妹妹刚嫁了一个搞房地产的,离过两次婚,妹妹我也不亏呀,咱不也是离过一次嘛!唉,老公虽说年龄大了点,有钱就行呗!比起那个破牙医柳岩林来强多了,刚给我买了辆宝马;看这包包,三万多;每月再给我五万元的零花钱,我的任务就是再给他生个孩子,老东西不行了,蔫得快,一年多了,肚子一直没什么动静。"

舒琴笑着说:"行啊,你这一辈子啊,真是没有白活。"

姚丽掩饰不住内心的骄傲说:"妹妹我算是看透了这个世界,我要做一个彻底的物质主义者,什么感情什么爱情,全都是胡扯!趁着我们还没衰老还有点儿模样,抓紧时间利用这点儿资源享受,为后半生攒足资本,这样才算不枉此生。行了,不说我了,说说你吧。"

舒琴吞吞吐吐地把自己的想法告诉了姚丽。姚丽一听尖叫了起来:"姑奶奶你疯了?姑且不论你前夫同不同意,就是同意你也不要吃回头草,妹妹我刚才的话你白听了?什么感情不感情的,要是换了我,趁着人还不老,直接奔有钱人去!我觉得,现在适合你的是杨展光,至今未婚,绝对的钻石王老五,他在大学里曾经那么疯狂地追求你,现在还保持单身,为什么呀?这可是再续前缘的绝佳时机啊!"

舒琴苦笑了一下,她知道以姚丽目前的世界观是无法和她在这件事上进一步沟通了。

舒琴思前想后,觉得这件事最好是由李红卫和苏振德夫妇来撮合,无奈他们夫妻带来的消息是袁励武不同意复婚,这在舒琴的意料之中,她知道袁励武是不会那么痛快答应的。但凭着她与袁励武十几年的夫妻相处,她太了解袁励武心软的性格了,只要拿夫妻感情和儿子这两件事情来做复婚的理由,袁励武是经不起她死缠硬磨的,她要充分利用好自己手头的这两个资源。

同时,为了防止夜长梦多,行动落实要快,一旦袁励武那边有新情况,事情就麻烦了。

除了苏振德夫妻之外,舒琴认为再能做袁励武工作的就是付敏了。自从和袁励武离婚后,舒琴就没有再来过付敏的家,一是感觉没脸见付敏,二是当时的她认为既然和袁励武没有夫妻关系了,自然也就和付敏没有关系了。现在,为了自己的目标,她不得不硬着头皮来找付敏说情。

对于舒琴的到来,付敏保持了适当的热情,既不让舒琴看出自己内心的不悦,又收敛起了过去的一些亲热。舒琴也感觉到了付敏不咸不淡的态度,她耐心地对付敏问长问短,并不断地检讨着自己的过失。

在谈话中,付敏渐渐明白了舒琴的来意,她吃了一惊,因为这涉及外甥女左晓梅将来的幸福,态度也逐渐冷淡了下来。就在舒琴喋喋不休地讲述时,付敏用略带鄙夷的语气将袁励武和左晓梅之间的事情说了出来,一下子就把舒琴给噎住了。

付敏的话如同给了舒琴当头一棒,当她知道自己的位置已经被别人稳稳当当地占据了以后,心头连接着希望的那根唯一的细丝忽然断了,她顿时呆住了。她不知道自己是怎么离开付敏家的,回家后,她坐在母亲遗像边发呆,想起了过去发生的一切一切,她扑到床上号啕大哭。她明白,她已彻底失去了袁励武。

舒琴最近所经历的一切,袁励武当然一无所知。在打通了儿子这一关后,他根本就没有考虑舒琴这方面的因素,一个与自己没有任何关系了的人,自然无需为她考虑那么多。因此,很长时间他都没有与舒琴联系过。

该去看看杨艳茹了,顺便把自己的想法跟铁哥们儿赵玉峰说说,袁励武心里想。

袁励武来到医院,赵玉峰正在小心翼翼地给杨艳茹翻身,防止长期一个姿势卧床造成褥疮。见到袁励武,赵玉峰略带疲惫的脸上挤出了一丝笑容说:"赵小鹏的事情我都知道了,谢谢你啊!"

袁励武拍了拍他的肩膀说:"跟我客气啥?"

赵玉峰叹了口气说:"这世界上的人都像你老弟这么厚道就好了。李进宝这杂种,又栽在女人手里了。"

袁励武一惊连忙问:"又发生了什么事?"

赵玉峰说:"这刚老实了一阵子,又泡上一个美女,开车载着人家玩什么近郊游,结果车翻沟里了,他也在这家医院躺着,一会儿我带你看看他去。关键是那女的,伤得不轻,这次李进宝把饭店卖了都未必能够赔医疗费的。"

袁励武和赵玉峰来到李进宝住的病房,只见他整张脸除了眼睛和嘴巴露出来以外,其余部位全部缠满绷带,一条腿还夹着夹板。见到袁励武和赵玉峰,他嘴唇上的两片肉动了一下,挤出了两个字:"来啦?"

见此情景,袁励武又气又笑说:"怎么了哥们儿,咱这是为了美女壮烈负伤啊!"

李进宝外露的小眼睛眨了眨,那两片肉继续向外挤字:"这叫能在花下死,做鬼也风流。琳琳怎么样了啊?"

赵玉峰啐了他一口:"得了吧,我替你说吧。人家现在比你精神,要让你赔偿!行车记录仪都显示了,你小子把车子开那么快,你那只手还不老实,去胡乱摸人家,结果一个狗啃屎,就这样了。"

李进宝的腿摇晃了两下,表示了不好意思。然后嘴唇上那两片肉继续挤字:"哥们儿拜托点儿事,我和琳琳都投了意外伤害险,找个人帮我跑跑保险这事。"

袁励武说:"嗯,这才是正事。"说完,他当即联系了王进军,让他作为全权代理人处理保险金赔付事宜。好在李进宝和他说的那个琳琳两人的右手都还能写自己的名字,王进军一会儿过来把相关委托代理手续办好了。

袁励武单独和赵玉峰聊了一会儿,走出医院后,王进军眯着两个小眼睛说:"我就够爱美女的了,没想到这哥们儿更胜我一筹,我甘拜下风。"

袁励武笑着说:"你们就作吧,早晚要折腾出事来!"

话音未落,袁励武的手机响了,是一个陌生女子打来的。袁励武一听脸色就变了,真是有人折腾出事来了。

48

打来电话的是姚丽,折腾出事来的是舒琴。舒琴服用了大量安眠药,正在医院里抢救!

袁励武马上从这家医院赶到舒琴正在接受治疗的那家医院。

原来,上午姚丽约舒琴购物,怎么打电话舒琴也不接,她索性就赶到了舒琴家,敲门门不开,打电话只听见里面有手机铃声响,就是没人接。她使劲儿敲门也没人应答,大声喊也无济于事,姚丽预感事情不妙,就拨打了110。

很快警察破门而入,发现舒琴静静地躺在床上,床头柜上放着两个安眠药的空瓶子,舒琴还有气息。很快救护车赶来,医护人员七手八脚地将舒琴抬上救护车送到医院。

当袁励武赶到医院,舒琴还在抢救室。守在门口的姚丽看着急忙赶来的袁励武,对他说:"您就是袁教官吧?是我给您打的电话,哎呀,可吓死我了!"袁励武向姚丽表示了感谢,姚丽递给袁励武一张纸条说:"这是在安眠药瓶子底下发现的。"

袁励武接过来一看,是舒琴的笔迹,上面写着:"不复婚,毋宁死。"袁励武的心紧缩了一下,他压根就没有想到此时的舒琴会有如此的想法。

其实,舒琴服用的安眠药剂量并不大,她耍了一个心眼儿,摆出服用了两瓶安眠药的架势,实际上只服用了半瓶多一点儿。她上网查阅过安眠药的剂量要求,当然也不能确定这半瓶多一点儿的剂量会不会要自己的命,她决定冒一次险,既要有沉沉昏睡的效果,又能保全自己的性命。毕竟,她还不想为复婚的事轻易放弃生命。

为此,舒琴做了两次实验,确定好了达到自己想要的效果的安眠药剂量,恰巧头一天晚上姚丽约她第二天去购物,她毫不犹豫地答应了,她得需要一个第一个到达现场的人。

舒琴的表演达到了预期效果,很快她就被抢救过来。袁励武第一个进入了抢救室,躺在病床上的舒琴故意把脸别向一边不看他,袁励武小心翼翼地走到病床前,轻声问道:"感觉怎么样,好点了吗?"

舒琴还是没有理他。

袁励武又说:"你傻呀,有什么事想不开,怎么会做出这样的事情?"

过了一会儿,舒琴说:"如果不能让志远有一个完整的家,我还会这样做的。这次没死成,下次我会换一种方法。"

袁励武惊呆了,他没有想到事情会发展成这样。他现在爱的是左晓梅,是发自内心的爱;对于舒琴,他更多的是在进行力所能及的帮助,尽管他已经没有提供这种帮助的义务,与舒琴复婚的事他压根没有想过。但目前舒琴因为复婚的事要豁出命去,这对袁励武不能不说是个极大的触动。

袁励武曾经深爱过的肖星去世,在袁励武心理上留下了难以抹平的伤疤,他极不希望看到在他生命中出现的女人再发生非正常死亡的现象。此时的他突然认为,生命比爱情重要,如果因为自己和左晓梅的爱情而造成舒琴生命消逝,那么他后半生也将不得安宁,即使他拥有了最满意的爱情。

想到这里,袁励武痛苦地低下了头,将手深深地插进头发中,颓然坐在了凳子上。

看到这些,舒琴心中浮起了一丝得意,一丝她也说不清楚来自于哪里的得意。

杨展光得知舒琴自杀未遂的消息后马上赶到医院,他先是找到主治医生了解了一下情况,接着来到舒琴的病房,简单安慰了她几句就离开了。在舒琴看来,自己的行为可能深深刺激了杨展光,或许杨展光对自己真的还有感情。

就在杨展光向主治医生了解舒琴的病情时,侯玉英刚好来探望舒琴,听到杨展光和医生在谈话后她愣住了,迟疑了一下,接着扭头就走了。

左晓梅和袁志远也很快就知道了舒琴自杀未遂的事情。当左晓梅见到袁励武后,一下子就读懂了袁励武的面部表情,她没有说话,只是抿紧了嘴唇,而后又紧咬着嘴唇,待走出袁励武的视线后,她的眼泪止不住地流下来了。

袁志远对母亲的行为没有表现出应有的惊慌,他也来看过舒琴,舒琴见到儿子后两眼放光,伸出手来试图和儿子拉手,那是她的亲骨肉,也是实现和袁励武复婚的希望所在。袁志远依旧和以前一样冷漠,任凭母亲的手在自己的手上摩挲而毫无反应。

探望母亲回家后,袁志远突然问袁励武:"爸爸,你不会因为妈妈的事而不和左阿姨结婚了吧?"

袁励武一怔,叹了口气说:"这事以后再说吧!"

袁志远说:"你那样做对左阿姨是不公平的。"

袁励武说:"万一你妈妈再想不开自杀了呢?还有,你也需要有一个完整的家啊!"

袁志远说:"不要考虑我。你跟妈妈没有离婚时,我就有一个完整的家了吗?你和妈妈复婚能幸福吗?"

袁励武说:"有些事情你还无法理解,人在很多时候并不是完全按照自己希望的方式活着,尤其是作为一个男的,这叫责任。"

袁志远反问道:"你对左阿姨就没有责任吗?人家等了你那么多年,你就这样对人家?"

闻听此言,袁励武脑袋突然灵光了一下,他突然觉得深陷矛盾漩涡中的自己,考虑问题的水平还不如眼前这个未谙世事的男孩!

恰在此时,赵玉峰打来电话询问舒琴的事情,顺便问及袁励武的打算,听到袁励武含糊其辞的态度,赵玉峰在电话那头毫不客气地说:"你这种委曲求全、优柔寡断的做法只会害人害己,实在不是个爷们儿。"

袁励武心里烦透了,他感到自己脑子一片混沌,没有目标没有方向,最初的想法受到后来想法的掣肘,后来想法又被最初想法死死拽住。他需要找出自己内心真实想法是什么,自己到底想要什么。

首先,自己是爱左晓梅的,他知道这是自己真实的爱;其次,经过了这么多事,自己对舒琴曾经的爱已经消退;第三,自己和舒琴复婚,肯定不会幸福到哪里去;第四,自己和左晓梅结婚,幸福是必然的……这一切都是肯定的。

但是,如果和左晓梅结婚,舒琴这边知道消息后如果想不开再干傻事,那可是一条性命啊!牺牲自己将来的幸福来换取一条性命,这值得考虑;而这样做,左晓梅的幸福又将失去,这样就牺牲了两个人的幸福来换取一条性命……这一切都需要权衡,自己的确是放不下啊!

毕业二十周年聚会在即,袁励武决定回母校参加毕业聚会,顺便出去清醒一下,暂时摆脱一下目前烦乱的局面。

临出发前,他去找左晓梅。左晓梅这几天明显地消瘦了,袁励武当然不知道其中的原因,还一再嘱咐她别太累了注意休息。左晓梅则强装笑颜,临分别时她对袁励武说:"关于我们之间的事,你不要太为难了,无论你做出什么选择我都能接受。"

袁励武一惊,说:"你说什么呢?别胡思乱想,等着我回来!"

舒琴很快就出院了,她首先约姚丽出来,感谢姚丽的"救命之恩"。两人一见面姚丽就嚷嚷开了:"姐姐你傻帽儿到家了!"

舒琴意味深长地笑着看着她,没有说话。

接着姚丽告诉舒琴,杨展光最近曾经问过她关于舒琴的情况。同时,姚丽抱怨舒琴为什么不去追杨展光,反而为了要跟袁励武复婚而豁出性命,这样一来反而堵住了与杨展光进一步发展的道路,太可惜。

舒琴知道姚丽根本无法理解自己的举动,只是一个劲儿地埋怨姚丽不该告诉杨展光太多关于她的消息。临分别前,姚丽突然说了一句:"不是妹妹我说你啊,我总觉得在这件事情上你做得有点儿过。"

与姚丽会面后,舒琴隐约觉得杨展光会找自己谈谈,他感觉这么多年来在杨展光身上一直存在着一个谜,而这个谜一直未得到揭晓。或许,他时刻在关注着自己。

果然,就在舒琴和姚丽会面后的第二天中午,杨展光约舒琴到一家茶馆会面。茶馆里环境布置很优雅,装饰是淡黄色的基调,桌椅都是古朴的样式,茶馆里面弥漫着淡淡的香薰味道,苏州评弹轻轻地循环播放。

见面点好茶后,杨展光先是询问她身体情况,舒琴矜持地表示感谢,随后他点燃了一支烟,也递给舒琴一支。舒琴说:"谢谢,我不吸。"

杨展光吸了一口烟,意味深长地看着舒琴,并不说话。舒琴被看得不知所措了,嗔怪地说:"说话呀,你约我出来干吗?不会就是抽烟看着我打哑语吧?"

杨展光的脑袋在烟雾缭绕中晃了晃,少顷,他慢慢地说:"你的事情我通过同学的渠道了解了一些,我知道,你是为逼袁励武和你复婚而吃安眠药的,对吧?"

舒琴不高兴地看了他一眼,没有说话。

杨展光将烟灰弹进烟灰缸,继续说:"你知道,从上大学起我就在追你,我一直未婚也是因为你;直到在你吃安眠药之前,你在我心里一直都有位置。"

舒琴先前的判断似乎得到了证实,她微微一笑,问:"那现在呢?是因为我想和袁励武复婚,你放弃这个想法了吗?"

杨展光摇了摇头说:"原因不是因为你想复婚而导致我没有希望了,在你和袁励武没离婚前你也一直在我心里,但这次因为你和袁励武复婚的想法以及做法,使我开始改变对你的看法。"

此言一出,舒琴感到一头雾水,她喝了一口茶,问道:"怎么解释?"

杨展光说:"从大学认识你开始,你就是我的女神,我曾经追过你但没有成功,这很正常,因为我自身条件不够,也缺乏继续追求你的勇气;当我具备这个勇气的时候,你跟袁励武结婚了。这没什么,我听说过袁励武这个人,我为我的女神能嫁给这样一个人而感到高兴,虽然经济上他不能给你带来大富大贵,但他的确是一块宝,从品质到能力都是男人中的佼佼者。后来你因为岳奉秦而与袁励武离婚了,我感到惋惜,但这没有损害你在我心目中的地位,因为你是被蒙蔽、被欺骗的,是一时失足,后来也证明你对此是后悔的。但你出来后的所作所为大大降低了你在我心目中的形象,尤其是这次吃药事件,而不是自杀事件。"

这话如同一根针扎向了舒琴身体,她颤抖了一下,故作镇静地问:"我不明白你说的到底是什么意思?"

杨展光苦笑着说:"简单说吧,这次你利用了袁励武善良的本性,抓住了他性格上的弱点。我问过医生,你服的安眠药剂量可致昏睡,但不致命,明白了吗?"

舒琴脸上顿时红一阵白一阵,她羞愧难当,恨不得找个地缝钻进去。但她知道,此时的自己必须要镇静下来。她没有说话,只是呷了一口茶,眼睛直看着杨展光的脸。

杨展光接着说:"我下面的话可能说得重一些,但无论是作为老同学还是暗恋过你多年的追求者,我是诚心诚意地在劝你,不要一错再错下去了!袁励武这个人我没有跟他接触过,但我敬佩他。就是这样一个人你作为妻子时伤害了他,没想到他帮助你走出困境后你对他的伤害还在继续,于心何忍?就这件事我要说的有三点:一是他能帮助你走出牢狱说明他是一个了不起的人,你吃药后他还想着是否放弃自己的幸福来成全你,这更说明他是一个了不起的人;二是他没有义务帮你,但他的确帮了你,你不但将这种帮助看作天经地义,而且还以变本加厉的方式索取他的帮助,这叫感情透支;三是假设他和你复婚了,你认为他能幸福吗?这样一个人因为你而屡遭伤害,你不能以全部的爱来对他,却希望继续得到他的爱,你认为你这是爱吗?"

舒琴冷笑了一声问:"这和你有关系吗?再说,我是爱他的,我的行为要符合我的内心冲动!"

杨展光的声音也提高了:"我无法评价你到底爱不爱他,我想说的是,行为符合内心冲动本身没错,但必须是建立在不伤害他人的基础上。的确,这跟我没关系,但我看不下去。你不理解一个男人对另一个男人的欣赏,这是完全发自内心的一种纯粹男人间的感情,用朋友、哥们儿这些词都不能准确表达出来,与这种感情相比,男欢女爱属于低层次的。虽然这是个物质社会、功利社会,但一切财产、名誉、地位终归都只是人的外在表象,德行才是人的根本,千金财富必定是千金人才,厚德才能载物,袁励武就是基本上接近了这样一个标准的人,能力强、品行好,关键是能担当。作为老同学,我不愿意看到你在错误的道路上越走越远;作为男人,我更不忍心看到这样一个优秀的男子因为你而继续上演悲剧命运,这种感觉就像我们小时候看电影特别不希望悲剧结局出现一样。我不知道你是否真正理解这些话。"

舒琴惊愕地看着杨展光,他已经不再是那个油头粉面、说话娘娘腔的杨展光了,岁月和经历已经让他蜕掉了这一切,他的话砸中了自己的要害,穿透了自己人性中的阴暗,她感到浑身难受、如坐针毡。但她知道此时自己不能一走了之,愤然离席只会证明自己的懦弱,她要为自己争辩下去。她喝了一会儿茶缓解了一下情绪,然后缓缓地问:"你约我出来,就是想使我难堪,对吗?"

杨展光说:"无论从哪个角度讲,我都不会以让你难堪作为我的快事。我是怀着很沉重的心情来跟你说这些的,因为现在的你,需要悬崖勒马,需要自我救赎。"

舒琴反问:"何为救赎,如何救赎?"

杨展光回答:"打消与袁励武复婚的想法,给他将来的幸福。"

舒琴又冷笑道："看不出，在这件事上你还想打抱不平、替天行道，凭什么？"

杨展光不紧不慢地说："你也许感到很奇怪，替袁励武说话的竟然是一个与他没有任何来往的人，但事情让我遇见了我就得说，因为我不觉得这事与我毫无关系。你现在也认识到了袁励武是一个值得你去托付终生的人了吧？但是这怪你以前没有好好珍惜他，现在你去找他托付终生，不仅不道德而且荒唐，要知道，有些东西一旦失去就不会再来，特别是与爱情有关的东西。"

舒琴突然问道："如果我现在不想和袁励武复婚了，你会和我结婚吗？"说完，眼睛直勾勾地盯着杨展光。

杨展光对这个问题显然是成竹在胸，他将烟蒂掐灭在烟灰缸里，说："我刚才说过，在你服用安眠药之前，我听到这话后会毫不犹豫地答应你，但现在，不会了。除非你彻底破除心魔，因为以你现在的心智已不可能再是我心目中的女神了。"

"既然你不能给我归宿，那你凭什么站在道德的制高点上对我说三道四？还轮不到你来教育我吧？就凭你给我安排了工作？告诉你，我辞职，辞职！"舒琴歇斯底里地说。

杨展光似乎没有受到舒琴情绪的影响，依然慢条斯理地说："归宿都不是别人给的，更不能将自己的归宿建立在他人的不幸福之上，何况这个人还是爱过你、有恩于你的人。这件事说明了你还没有达到用生命来爱袁励武的程度，那恕我直言，即使袁励武和你复婚了，状况会跟你们离婚前差不多。不是我打击你啊，这么多年来，经历了这么多事，你的情商和智商基本上还停留在原地，你还没有学会如何去爱。真正的爱情是一场修行，是一场能把人逼傻逼疯然后幡然醒悟回归平淡的心灵修炼过程，有的人醒悟得快，而有的人可能终生未得其要领，目前看来你仍属于后者。"

见舒琴没有说话，杨展光接着说："我们每个人要警惕人性中的阴暗面，人性中最大的阴暗面就是誓死为自己辩护，这是其他人不能质疑的禁忌和不能挑战的权威。我知道，你可能从未有意放弃你的做人原则和道德底线，但当你的社会角色处于服从者的地位时，这种角色可能会悄悄地瓦解你曾经的信念，直到有一天你发现自己变得连自己都不认识了，但人性决定了你还在捍卫你的精神领地和利益阵地。你想想，对袁励武，对爱情，甚至对袁励武的亲人，你的所作所为符合你的本真吗?你必须付出巨大的努力,才能实现救赎。你努力的第一步,就是先思考如何处理和袁励武今后的关系。"

随着与杨展光谈话的继续,舒琴感觉自己像被一层层剥光了衣服,最后赤裸裸地站在杨展光面前,灵魂已经毫无保留地暴露在阳光下,暴露在他的眼皮底下。她此时想的只有逃离,逃离杨展光的视线,逃离认识她的所有人的视线,逃离这座城市。

她只有一个选择,落荒而逃,遁身于谁也不认识她的角落。

49

袁励武暂时逃离了这座城市，又一次来到了母校。

为了保留传统，母校大门没有什么变化，庄严的军徽，依旧站得笔挺的卫兵；营区的变化比袁励武想象中的要大，漂亮的训练模拟大楼、新图书馆楼、学员宿舍楼等建筑拔地而起，校园规划得更加错落有致，绿化得更加生气勃勃。看到这些，袁励武的眼睛有些湿润。

无论学子们走向哪里，母校永远是学子们魂牵梦绕的地方；无论学子们来自于哪里，母校永远以她宽广的胸怀拥抱她的孩子们。

聚会在温馨热烈的气氛中进行，当年的同窗加战友如今都已人到中年，在军内也有一定级别。白天他们畅谈时政新闻，交流工作经验和中年感悟，晚上觥筹交错、开怀畅饮，仿佛又回到了二十年前那激情燃烧的岁月。

张萍如今已是政治学院某系的政委了，依然是单身，依然是那样的男孩子气，喝酒时依然豪气冲天，怎么看还像个新兵。当年预测袁励武婚姻多磨难的师兄，居然被灌得话都讲不清楚了，最后被扶回宾馆。

都是老同学，话说得透彻，酒喝得也痛快，在这种气氛中，袁励武暂时忘却了烦恼，暂时摆脱了无法做出抉择的痛苦。席间，他曾单独向张萍倾诉了自己当前的苦恼，张萍用了两个反问句回答他："你不欠别人的，为什么要以后半生的幸福来偿还？你已人到中年，难道还要违背自己的内心活着？"问得袁励武哑口无言。

当然，既然是同学聚会，其间就少不了乱点鸳鸯谱的非恶意游戏，有人说袁励武和张萍既然都单身，就起哄撮合他们俩，直逼得张萍不得不宣布在她心里婚姻已死，袁励武也不得不承认自己回去就实施的再婚计划。而此时，他的手机上显示了一条来自侯玉英的短信："舒琴的服药量致昏不致死,这是她事先安排的。去爱你所爱的人吧,不必有顾虑。"

袁励武吃了一惊,赶忙回复："你怎么知道的？"一会儿侯玉英回复："你相信一个不惜出卖自己隐私来拯救舒琴的女人会有兴致诬陷她吗？"此后,无论袁励武再怎么询问,这个在袁励武心头像谜一样的女人再也没有回复。

袁励武似乎明白了什么,但他不知道的是,杨展光向医生询问舒琴服用安眠药剂量的谈话,恰好被来探望舒琴的侯玉英听了个真真切切,听完后她吭了一声,转身就走了。

母校终归是母校,袁励武从母校尽兴而归,一扫心头的阴霾,也带回了他今后生活的答案。

从母校聚会结束回到龙海,周围发生的一切事情却让袁励武猝不及防。

杨艳茹终于走了。从出车祸导致深度昏迷到呼吸停止,先后三年多时间,这也算医学上的奇迹了,这与赵玉峰不离不弃的陪伴和精心照顾不无关系。最后出现大面积的器官衰竭,这也是外力所不可控的,最后她的心电图在赵玉峰和赵小鹏绝望的眼神中逐渐拉成了一条直线。杨艳茹生前是安静美丽的,呼吸停止后脸上依旧保持着安详宁静的神态,这个世界她悄悄地来过,怕惊扰了这个世界她又悄悄地走了。

袁励武和儿子袁志远在杨艳茹的遗像前三鞠躬,分别献上香。看着眼圈发红的赵玉峰和赵小鹏父子,袁励武一阵心酸,他拍了拍赵玉峰的肩膀,说："赵哥,生死有命富贵在天,节哀顺变。"说完又拍了拍赵小鹏的肩膀。孩子大了,不好再摸脑袋了。

舒琴没有来吊唁,在杨艳茹离开这个世界的当天,舒琴也去了一个没有人认识她的世界。正在袁励武纳闷她去哪儿了的时候,他收到舒琴发来的短信："珍惜真正爱你的人吧,我去寻找我的未来。"见到短信,袁励武隐约觉得,在这件事情上,自己想明白了,舒琴似乎也想明白了。

但他始终不知道最终促使舒琴想明白的人是谁。

其实,舒琴在离开前特意到袁励武老家去了一趟,她直接来到村里的墓地,在林立的墓碑群中她找到了袁励武的母亲,也就是她曾经的婆婆的坟墓。她在墓前跪了下来,摆好祭品,点起烧纸,恭恭敬敬地磕了三个头,眼泪止不住地流。

她将在龙海的房子带家具长期租了出去，将母亲的遗像包裹起来带在身上。临行前，她办理了一张以儿子的出生日期作为密码的银行卡，将自己的大部分积蓄存了进去，然后委托姚丽将卡交给袁励武。

　　姚丽抱着舒琴呜呜大哭，问舒琴要到哪里去。舒琴忍着眼泪强装笑颜，嘱咐姚丽不用为她担心，她已经为未来的生活准备好了行囊。

　　本来她还想去见见儿子，但害怕到时候控制不住自己的情绪，也害怕儿子冷淡的态度引起的尴尬再一次刺伤自己的心，她强忍住了这种想法，任凭心如刀绞。

　　姚丽将银行卡交给袁励武的时候，袁励武向姚丽追问舒琴的去向，姚丽摇摇头，说自己一无所知，末了，她噙着眼泪说："或许，这样是她最好的选择了。"

　　舒琴的电话号码已经换掉，她谜一样地消失了，留在袁励武心头的也是一股说不出的痛。

　　对于妈妈的出走，袁志远动心了，他怯怯地问爸爸："妈妈去哪儿了？她会不会死？"说完，他竟然罕见地泪满双眼。袁励武肯定地告诉他："经过了这一次，妈妈肯定不会再想到死，她要到外面去静一静，你放心，我一定会替你找到她。"

　　让袁励武担心的是左晓梅，在聚会期间，袁励武给她打了几次电话都没有打通，发短信她也没有回，袁励武心头开始发毛。回来后，他第一时间赶到"一剪梅糕点中心"，服务员告诉他老板外出了，具体去哪里谁也不知道。他又问付敏，付敏对此也不清楚。

　　又是一个不知所踪，袁励武真是急坏了，自己也没有向她说什么啊！难道她看穿了自己当时的心思？袁励武疯狂地给她打电话，电话里传来的是一成不变的"您拨的号码无法接通，请稍后再拨"的回复音。

　　一连几天都是如此，袁励武几乎要崩溃了，她会去哪里呢？

　　眼看暑假快要结束了，袁励武决定先把这些事情放一放，带着儿子回老家看一看。

　　袁励武的父亲见到孙子，高兴得不得了，苍老的面庞绽放出开心的笑容，他拉着袁志远的手，细细地端详着。看着白发苍苍的父亲，想起已经去世的母亲，袁励武一阵心酸。

　　姐姐袁励霞和姐夫田业民接到电话后带着两个孩子来到了父亲家，家里顿时热闹了起来。袁励武听说外甥女收到了某重点大学的录取通知书，十分高兴，当即拿出三千块钱作为贺礼;他又摸了摸上小学二年级的外甥的脑袋,掏出三百块钱给袁励霞,说给外甥买文具。

袁励霞笑着说:"家里不缺钱,我和你姐夫利用农闲时间给人家搞室内装修,每年也能挣个十万八万的,过两年我们也准备在县城里买一套楼房住。"

袁励武说:"你们也别太累着了,你看姐夫白头发都那么多了。"田业民只是憨憨地笑着说:"不累,如今种地都机械化了,在家闲着还不如出去找点儿事做。"

丰盛的饭菜,香醇的美酒,袁励武和姐夫陪着父亲喝得很是尽兴,席间袁志远也敬爷爷酒,一两多的白酒一饮而尽。袁励武的父亲脸上乐开了花,说:"酒量肯定超过你爸,你爸是高中毕业才开始喝酒的。"

袁励霞端上最后一道菜,对田业民说:"慢点喝,多吃菜。"落座后她对袁励武说:"奇怪啊,前天我经过妈的坟前,看见有人刚给咱妈烧过纸的痕迹,坟前有被雨水泡过的纸灰呢,会是谁呢?"

袁励武一愣,他没有想到是舒琴,那会是谁呢,难道是她?这一下子点醒了袁励武,凭感觉,他认为左晓梅可能会在老家。

袁励武和左晓梅重逢后,左晓梅也曾经对袁励武说过母亲肖怀莉的情况。自从当年继父牛培胜欺侮左晓梅的事情败露,肖怀莉将女儿送到龙海后,铁了心要和牛培胜离婚,任凭牛培胜如何求情都不改初衷。离婚后的肖怀莉独自一人艰难地生活着,左晓梅提出将她接到龙海来一起居住,肖怀莉始终没有同意,左晓梅只能定期从龙海回来探望母亲。如今,肖怀莉已年近七旬,她原先居住的平房也已拆迁,左晓梅曾经说过拆迁后建成了一个叫"陶然居"的小区,但没有说具体的居室。想到这里,袁励武决定到小区门口守候。

第二天烈日炎炎,袁励武一大早就驱车来到"陶然居"小区门口,将车停在小区门口,在车内观察来往的每一个人。他从上午八点一直守候到十一点多,眼睛盯得发酸了也没有见到左晓梅的踪影。他叹了口气,调转车头,来到了县一中,也就是他和左晓梅的中学母校,在母校门口停了一会儿,然后又来到了距离学校不远的城东公园,二十多年前他就是和左晓梅在这里进行了第一次约会,他想再缅怀一下过去。

当年的城东公园如今改名叫"城市文化公园",仍然是开放式公园,但公园面貌已经焕然一新,里面芳草萋萋、绿树成荫,蝉鸣声伴着潺潺的流水声。门口那棵古树还在，像一个驼背的老人弯曲着身子伏在那里，见证着岁月的变迁。

盛夏的中午，天气很热，公园门口没有几个人。袁励武下车缓步走到古树旁，用手拍了拍树身，然后在古树的绿荫下转了几圈站住了。他在树下抬头望了望天空，天还是那个天，二十多年，对于一个人来说几乎是生命的三分之一，足以青丝变白发；对于这棵树来说也蜕掉了一层皮又重新长上了一层皮，也能看出枝叶从繁茂到残败的痕迹；而对于长天苍穹来说则没有丝毫变化，依旧是遥不可测。

突然，袁励武的第六感觉告诉他背后有人，他猛一回头，左晓梅举着一把伞，正在微笑着看他。

袁励武揉了揉眼睛，这似乎是幻觉，但又是真的：穿一身洁白衣服的左晓梅在白色光晕中亭亭玉立，脸上带着调皮的微笑，依旧是洁白的衬衣扎腰进乳白色的长裤，头上居然还是两个俏皮的蝴蝶结，一如二十多年前的左晓梅。

袁励武继续揉着眼睛，左晓梅走过来，歪着脑袋问："怎么，眼睛里进沙子了？"

袁励武摇了摇头，他笑了，一把拉过左晓梅狂吻起来。左晓梅吃了一惊，很快她也配合起袁励武，忘却了烈日炙晒，忘却了汗雨淋淋，任凭偶尔经过的路人惊奇地看着这对已经不算年轻的男女依然像热恋中的年轻人⋯⋯

激情过后，袁励武和左晓梅对视着，会心地笑了。

袁励武诧异地问左晓梅为什么知道他在这里？左晓梅说："今早晨练回来在小区门口我看见你的车了，也看见你在车里了，我退回街上去了。"

袁励武问："那你怎么知道我来公园这儿了？"

左晓梅得意地说："我退回街上后打了个出租车回到了小区里面，我安顿好妈妈后就上了我的车，你没有看见吧？我可一直在车里看着你呢，等了我三个多小时对吧？然后又去了一中门口对吧？然后又来这儿了对吧？"

袁励武嗯了一声，然后说："你是个做侦探的材料，说说，这么长时间了为什么躲起来，电话也打不通？"

左晓梅说："你别说，我还真具有侦探的天赋，尤其是看人，特准。舒琴服药后我从你的脸上就看出你已心怀恻隐，在结婚与复婚之间产生了两难的选择，对吧？后来你为了图清净先一走了之的，对吧？"

袁励武说："我那是为了参加毕业聚会，聚会期间我给你打了很多电话都无法接通。"

左晓梅说："我那是为了让你安心地聚会，安静地思考。我不想为难你，如果你做出了和舒琴复婚的决定，我也能理解。"

袁励武说："哪能呢，你等了我二十多年，我哪能这么没有良心？舒琴离开龙海市了，去了哪里了谁也不知道，或许，她这样做是正确的选择。说实话，经历了一段彻底失败的婚姻，我在心理上很难再接受她了，当时只是因为怕她再做傻事而犹豫，现在好了，她想开了。"

左晓梅说："我挺佩服她的，为此能舍弃自己的生命，如果我也以死来威胁你和我结婚，你会怎么选择？"

袁励武笑着说："咱不要设计这么极端的灭绝人性的题目好不好？我知道，你不会这么做的，因为你不会这么残酷地逼我。"

左晓梅逼问："我怎么就不能这么做？快说，我要真这么做了，你怎么办？"

袁励武拉起左晓梅的手放在胸前，郑重地说："因为我了解你，就凭你等了我二十多年，我也坚信这一点，那就是你和她不一样，你不会陷我于不义，你不会让我为难让我痛苦，你会站在我的立场上而不是完全站在自己的立场上考虑问题，这也是你跟她的区别。遇见了你，是我今生最大的造化；选择了你，是我今生最大的赢局。"

左晓梅只是说："那也得找到她呀，志远不能没有妈妈啊！"

在回小区的车上，袁励武把舒琴吃安眠药的事情真相简单说了一下，左晓梅沉默了一会儿，只说了一句话："真是个用心的人哪！"

两人驱车回到小区，见到肖怀莉，出人意料的是，付敏也刚从龙海过来，这真是一个大大的惊喜。付敏见到两人，也是一惊，笑着说："前两天小袁还急着到我那里找你，最近我想了想，你可能回老家来了，于是就过来看看，碰巧你俩又在一块儿了，真是缘分哪。"

袁励武第一次见到肖怀莉。老太太精神挺好，戴着眼镜，她高兴地拉着袁励武的手说："你的事梅梅她舅母都告诉我了，小袁哪，梅梅以后可就交给你了。这么多年了，可解决了我的一桩心事。"袁励武一个劲儿地回答："伯母您就放心吧，放心吧。"

左晓梅噘着嘴说："为啥把我当心事，我又不白吃您的白喝您的。"

肖怀莉是左晓梅的母亲、肖星的姑姑；付敏又是左晓梅的舅母、肖星的母亲，浓浓的亲情使得袁励武在两位老人面前没有什么拘束感，他落落大方地和她们谈论着各种话题，还不时跟她们开着玩笑，逗得两位老人哈哈大笑。左晓梅则在一边用温柔的眼光看着袁励武，抿嘴偷笑。

左晓梅和袁励武一起见了袁励武的父亲、姐姐，以及其他亲戚，袁励武的父亲高兴得合不拢嘴。左晓梅提出要接他到龙海去住，袁励武的父亲也同样拒绝了，他舍不得这个家，舍不得把老伴一个人孤零零地留在墓地里，为了这个他也不能离开。

回到了龙海市，袁励武和左晓梅开始忙着筹办婚事。袁励武提出要正式举办一场颇具规模的婚礼，毕竟这是左晓梅人生的第一次，但这个提议被左晓梅拒绝了。她知道袁励武是为了顾及她的感受，但她要为袁励武着想，也为袁志远和尚不知道在哪里的舒琴着想。

左晓梅的这个想法，其实恰恰化解了袁励武心头的顾虑，于是袁励武便不再坚持，只是轻轻拂了一下她的头发说："真是委屈你了，我袁励武今生欠你的，下辈子当牛做马也要还上。"

左晓梅嗔怪地看了他一眼，得意地说："你还得清吗？告诉你，做人最大的痛苦是欠别人的却无法还清而背上良心债，我要让你永远欠我的，永远还不清，永远痛苦。"

袁励武吐了吐舌头说："你这也太歹毒了，我还以为你是菩萨，原来是包藏祸心，看来以后得多加小心。"

两人一致商定分批次小范围地请亲朋好友们吃个饭，宣布一下就算结婚了，在圈定受邀者名单时，袁励武没有将吴淑倩列入其中，原因是她现在日理万机，邀请了人家可能会影响工作。如果吴淑倩来了，袁励武还真不知道将她安排在哪一桌上比较合适。当然袁励武不请吴淑倩，还有一个只能意会不可言传的原因，那就是怕到时万一拿捏不好力道会出现尴尬的局面。基于这个考虑，袁励武决定婚后单独向她汇报一下比较妥当。

岂料，吴淑倩不知从谁那里得到的消息，一个电话就打到袁励武这里来了，劈头盖脸地就把袁励武说了一顿，而且明确表示自己一定要来，就安排在晶泰化工厂那桌，训得袁励武连连赔不是。

吴淑倩这边刚应付完，又一个让袁励武拿不准的女人侯玉英也来电话了，明确表示要来，而且与吴淑倩的要求如出一辙，就是安排在晶泰化工厂那一桌上，这又令袁励武捏了一把汗。

　　就在袁励武开始考虑自己同事加战友的受邀者名单时,他突然想到:将王进军与曹金秀放在一起请,合适不合适?说合适吧,但两人的婚姻目前已经是名存实亡;说不合适吧,但两人毕竟还是法律上的夫妻。

　　正在袁励武为难的时候,突然接到曹金秀的电话,她语调低沉地说:"王进军出事了,他精神出问题了。"

　　袁励武急切地问:"到底怎么回事?你快说!"

　　纸终究是包不住火的。正当王进军沉湎于温柔乡的时候,徐璐璐的老公罗炳浩看出了事情的蛛丝马迹,他抓住了王进军和徐璐璐幽会的时间和地点规律,神不知鬼不觉地将两人捉奸在床。

　　罗炳浩不愧是开广告公司的,其策划能力远超王进军的想象,当一对光着屁股的男女从被窝里被揪出的时候,其惊慌失措的穿衣场面被两台早已准备好的高清摄像机拍摄了下来。罗炳浩是一个外表看起来很斯文的人,但被一个其貌不扬的人戴上绿帽子的愤怒使他无法淡定。

　　此时的徐璐璐痛哭流涕地跪在罗炳浩面前,说自己是非常爱他的,死也不想离婚,这才请律师来帮助挽救这段婚姻,哪里想到该律师居心不良,用灌醉酒的方式诱骗自己的身体,自己也是受害人哪!

　　听到这话,蹲在墙角的王进军一下子瘫倒在地,浑身抽搐。

　　他编织的与徐璐璐相亲相爱的美梦,被毫不留情地戳穿了,城市姑娘的爱情伪装被剥得一干二净。接着,他大病了一场,高烧不退,时常从睡梦中惊醒而狂呼,意识模糊不清。更多的时候,他是一个人坐在一个固定的地方发呆,半天不挪窝。

有时他嘴里莫名其妙地发出点嘿嘿的笑声,听着瘆人。

一个曾经对恋爱和婚姻洞若观火的明白人,一个袁励武曾经多次向他请教婚姻爱情的专家,如今被这个问题弄糊涂了,搞疯了。

当王进军见到曹金秀后,猛地将她抱住,死死不松手,嘴里直呼:"老婆,我爱你!"然后眼睛直愣愣地盯着曹金秀。曹金秀厌恶地把他从身边拨开,他又抱住直呼:"老婆,我爱你!"如此反复,直叫得曹金秀心里发酸,她一把将他的脑袋揽在怀里,哭了起来。

是啊,你没有认错人,我曹金秀就是你的老婆!

曹金秀将王进军带回家,王进军完全变成了一个乖孩子,每天坐在凳子上不说话,目光呆呆地看着曹金秀忙来忙去,就像一个两岁的孩子看着自己的母亲一样。儿子放学回来看他这个样子,骂了他一句,他也没有任何反应。曹金秀拦住儿子说:"他是你爹啊,不许这样,来,帮我把他裤子脱下来,该小便了。"

袁励武赶了过来,王进军见到袁励武后只是咧了一下嘴,嘿嘿笑了起来,仿佛不认识袁励武。袁励武蹲在王进军面前,拉起他的手说:"老王,我是袁励武啊,怎么,不认识我了?"

蓬头垢面的王进军依旧是嘿嘿笑了一声,小眼睛眯成了一条线,突然袁励武闻到一股恶臭扑面而来,王进军拉了。

曹金秀惊叫一声,让就诊的病人先等一会儿,自己马上赶过来给王进军脱裤解带,在袁励武的帮助下,终于解决了这场大便危机。

看着嘴角流口水、目光呆滞的王进军,袁励武的心逐渐沉重,曾经朝夕相处的同事加战友,如今怎么变成这个样子了?他一遍一遍地提示王进军,王进军依旧不认识他,只是天真地乖笑。

待曹金秀有点儿难得的闲暇,袁励武问她:"老王怎么会变成这样了?"

曹金秀没好气地说:"作孽,自己作的!"

沉默了一会儿,袁励武问:"那你今后打算怎么办?"

曹金秀边啜泣边说:"这就是我的命,他得意的时候把我像块破抹布一样扔掉了,如今我不能再像抹布一样扔掉他吧?他残了,可我们的婚姻还在,他和孩子的血缘关系还在,我认了。"

袁励武说:"这就意味着你必须要以德报怨,意味着你要以更大的耐心和包容心来应对将来的工作和生活,也意味着你刚刚走向正轨的事业与生活又将受到严重影响,你做好准备了吗?"

曹金秀说:"我虽然不强大,但也没那么弱,生活磨砺了我,我再也不是那个靠自我消沉来挽留婚姻的女人了,走出婚姻,我找到了更好的活法,发现了更好的自己。这一切,是他给我的机会,也是被他逼出来的。如果在老家农村,我是达不到这种境界的,这是我感谢他的地方,也是支撑我照顾他到底的动力。除此之外,没有其他感情因素可以激励我这样做。"

袁励武问:"这也是爱的一种方式,可以这样理解吗?"

曹金秀淡淡地笑着说:"算是吧,虽然有些牵强。"

王进军则像个天真懂事的孩子,两个小眼睛瞪得溜圆,坐在板凳上,两手放在膝盖上,似懂非懂地听着袁励武和曹金秀的谈话,时不时咧嘴笑一下。

探望王进军回来,袁励武唏嘘不已,左晓梅递给他一杯茶,温柔地说:"别难过了,你呀,就是心太重,其实精神病人是最幸福的了,没有忧伤没有痛苦,痛苦的是清醒的人。"

袁励武说:"我是感叹命运的无常,在纯粹的偶然性随机事件面前,所谓的人生规律和经验显得那么不堪一击,他没转业时我还给他设计过未来的发展方向,有谁想到他会落到今天这步田地呢?"

左晓梅说:"偶然中有必然,这个道理你一个堂堂的教授不会不懂吧?尽管被裹挟在外界因素中,但爱情毕竟还是相对独立的,对爱情的忠诚度在某种程度上决定着一个人的运势。以你周围的人为例,能不能证明这个道理?凡是背叛爱情的,结局都怎么样?"

袁励武若有所思地点了点头,然后开玩笑地问:"那如果我也背叛了你,下场会怎样?"

左晓梅揪起袁励武的耳朵说:"那就不是一般惨,而是相当惨了。"袁励武疼得咧着嘴连连求饶。

一个阳光明媚的上午,袁励武和左晓梅各自捧着一本红色的结婚证从婚姻登记处出来,脸上洋溢着幸福的笑容。袁励武凑近左晓梅的耳朵,悄声问:"老婆,现在可以住在一起了吧?"左晓梅推开他,红着脸地说:"美的你,各回各家,各找各妈!"此言一出,她赶忙掩口。

回到左晓梅的住处，袁励武迫不及待地抱住了左晓梅，左晓梅顿时呼吸急促，一番激吻后，左晓梅的身体逐渐酥软下来，袁励武将她抱到床上。他轻轻解开她白衬衣的纽扣，长期的良好保养加上未婚未育，她的胴体更像是二十多岁的姑娘。

这个人，二十多年了一直装在自己心里，如今她毫无遮拦地展现在自己面前，需要自己去爱抚，去拥抱，去传递爱的信息。情之所至，随着左晓梅一声轻轻的呻吟，两人开始融为一体。

袁励武脑海里浮现出了高中时的考场传答案、公园第一次约会的场景，左晓梅此时想的几乎跟袁励武一样，不同的是，她还想起了无数个日子里的孤独等待与泪洒枕边。高潮结束后，左晓梅的眼角流出了泪水。

袁励武躺到了左晓梅的一侧，手还在轻轻抚摸着左晓梅，蓦地，他发现了左晓梅下身处床单上有一抹殷红，他身体战栗了一下，随即像一个孩子一样整张脸都趴在了她的胸部，泪水顺着左晓梅的肌肤一侧流下来。左晓梅则用手轻轻地抚摸着他的头发，像母亲在哄着自己的孩子……

袁励武和左晓梅按照计划分别宴请了亲朋好友，最后一桌是晶泰化工厂的老朋友，请的都是当年没有参加过袁励武和舒琴婚宴的原晶泰化工厂的人，当然，赵玉峰等人是第二次参加袁励武的婚宴了。吴淑倩是第一个到的，袁励武半开玩笑半认真地说："欢迎吴大领导到来，真是蓬荜生辉啊！你也来越漂亮了。"吴淑倩白了他一眼说："少贫嘴，快介绍一下新娘子吧！"

袁励武向吴淑倩介绍左晓梅，左晓梅落落大方地向吴淑倩问好。吴淑倩直夸左晓梅漂亮，接着将红包塞到左晓梅手里，贴在她身边说悄悄话："妹子，姐告诉你一个婚姻秘方，养好自己的脸蛋，管好老公的钱袋，就这么简单。"

过了一会儿工夫，老厂长马志浩以及李红卫、赵玉峰、崔庆礼等人都来了，包间里顿时热闹了起来，李进宝还躺在病床上来不了，委托赵玉峰将红包带来了。马志浩坚持让吴淑倩坐在主座位置上，吴淑倩笑着将老厂长按在主座上说："还是按照晶泰化工厂的规矩来。"大家一致赞同。马志浩笑着说："那我就再倚老卖老一次。"大家落座后，袁励武说："今天还有一个人要来，那就是侯玉英。"大家听后，都不作声了。

袁励武将前一阵子侯玉英如何提供关键证据帮助舒琴的事情简单说了一下，

然后诚恳地说:"我觉得我们不能把一个简单的概念套在一个活生生的人的头上,并以此来定义一个人,侯玉英确实曾经误入歧途,在厂内有不好的名声,但现在的她跟以前确实不一样了。我想,咱们都是晶泰化工厂的人,她也是,咱晶泰人不会容不下一个侯玉英吧。"说完,袁励武转头问马志浩:"马厂长,您说呢?"

已是满头白发的马志浩动情地说:"说起侯玉英,唉,本来是一个挺不错的姑娘,后来的改变,责任也不能完全在她,厂里都传她的外号叫'狐狸精',这很难听!当时她年轻,缺乏经验,也缺乏帮助,索性破罐子破摔了,说起来,我这个当厂长的也有责任啊!"

吴淑倩接着说:"这么多年了,很多人站在道德的制高点上来批评她甚至鄙视她,其实她并没有妨碍到别人的生活啊!年轻时谁都会有点儿虚荣心,谁也会犯错误,我们不能以此就否认她,她后来的行为也证明,她还是晶泰人,我们没有权利抛弃任何一个晶泰人,只要她能知错就改。"

大家都点头称是。正说着,侯玉英来了,她带着怯怯的眼神跟大家打招呼,说真的,她今天来其实做好了受冷遇的准备,但她还是要来,必须要来,她要挺起腰杆儿证明自己也是晶泰化工厂的人。令她意想不到的是,无论是过去的厂领导还是同事,都对她非常客气、亲密,没有丝毫的距离感,过去老对她板着脸的马志浩厂长,居然第一个站起来,爽朗地说:"来来,小侯,快请坐!"她始终认为高不可攀的吴淑倩,也满面春风地招呼她坐到自己身边来。就连过去在厂子里根本不拿正眼瞧她的赵玉峰,也跟她开起了玩笑:"漂亮得晃眼啊!这不知道的还以为袁老弟今天要娶俩媳妇呢!"

赵玉峰的话引起了大家的哄笑,这是侯玉英从来没有过的感觉,李红卫将她拉到自己身边的座位上,她犹豫着坐下了。

宴席开始了,袁励武和左晓梅一起首先致感谢辞,马志浩和吴淑倩也分别进行了热情洋溢的致辞,随后轮流敬酒、回忆过去、畅叙家常,气氛温馨而热烈,酒也喝得醺然。

侯玉英从这种气氛中感受到了从未有过的尊重和满足,酒也喝得没有了拘束,她喝着喝着突然就哭了起来,众人赶忙过来安抚她,她摆了摆手说没事,然后斟满一杯白酒,站起来说:"这么多年了,我一直盼望着有这么一天,能和化工厂的同事们平等地坐在一起,感谢今天的婚宴给了我这个机会。借着这个机会,我要把我想说的说出来：一、左晓梅女士好福气，不瞒你们说，我也曾经喜欢过袁励武，但他始终不给我这个机会，我也知道我们之间的差距，今天说出来，我也舒坦了，我的祝福是衷心的；二、往事不堪回首，希望大家忘掉过去的我，从今天起我叫侯玉英，不再是过去的'狐狸精'了；三、我也要结婚了，对方是我外地的一个贸易伙伴，婚宴就不在龙海市摆了，结婚后我也要离开龙海市了，这杯酒也算我的告别酒吧，希望大家还能记得我这个曾经在晶泰化工厂工作过的人，到哪里我也是晶泰人，我在这里先感谢大家了！"说完，一杯白酒一饮而尽。

桌上的人都没有说话，好几个人的眼圈都红了，大家默默地把杯子里的酒一饮而尽，一时间桌上气氛有点儿沉闷。袁励武见状，赶忙又倒满酒举起酒杯说："这是好事啊！来，庆祝一下，我看在龙海也摆几桌吧，别人可以不请，化工厂的总得请吧，我们都去！"说完，又将杯中酒一饮而尽。

大家一齐附和，纷纷向侯玉英表示祝贺，说了很多肝胆相照的话。慢慢地，侯玉英喝醉了，迷离的双眼盯着袁励武，拉住袁励武的手迟迟不松开。

赵玉峰则喝着闷酒，仿佛陷入了沉思。

此时的舒琴，悄悄地回了龙海一趟，她先是到母亲的墓碑前烧了点儿纸，傍晚放学时分，她到儿子上学的高中门口躲在一边，眼睛搜寻着鱼贯而出的学生们。学生们的校服千篇一律，她还是从学生们的脸上挨个搜寻着自己的儿子。突然，一个面庞清秀的瘦高个学生走了出来，没错，是儿子！她叫了起来，差一点儿扑过去，但她克制住了，只能看见儿子的身影慢慢走远，逐渐消失在自己的视线中，她的泪水逐渐浸满双眼。

舒琴回到了宾馆里，晚上休息前她打开宾馆房间的电视，在切换频道过程中突然看到龙海电视台正在播放袁励武的授课录像。她贪婪地从荧屏里的面庞上寻找一切回忆，这张自己曾经那么熟悉的脸，甚至熟悉到毛孔的位置和发根的颜色。他的双鬓已经有些发白，但身板挺直硬朗，面庞坚毅，目光深邃而炯炯有神，慢条斯理地阐释着理论概念，对一个个理论问题娓娓道来，腹中似乎有无穷无尽的知识，授课仿佛是在拉家常，家常中又蕴含着丰富的哲理和严密的逻辑推理，显示着一位中年男性知识分子应有的学识、气质与素养。舒琴知道，走出不幸后的这个男人更加成熟沉稳，更加富有魅力了，历尽波折后的这个男人现在任何困难都压不倒他了，这个具有丰富生活阅历和良好内涵修养的男人才是这个时代的骄子，才是这个时代的胜利者,他也理应成为这个时代的胜利者。

舒琴还意识到,历经劫难后的自己已然大彻大悟,她明白了自己和这个男人之间的距离,明白了自己今生最想要的应该是什么。可惜,由于自己的糟践,本来属于自己的一切都已经无法挽回地丢失了,连曾经的拥有回忆起来都那么的不堪与痛苦。登时,泪水又一次不知不觉地噙满了她的双眼。

　　白雪覆盖了龙海市的大街小巷,楼顶上、树枝上、车窗上,一夜之间全白了。朝霞映红了天边,一轮红日喷薄而出,阳光斜照在积雪上反射出荧荧之光。大街上穿着橘红色工作服的环卫工人正在清扫积雪, 刷刷的扫雪声与沙沙的铲雪声交集在一起。冷风掠过,天地冻得通透彻底,只有一片片冬青树在严冬中还散放着点点绿意。

　　袁励武将车停在曹金秀的诊所门口,拔出车钥匙,从车里钻出来,嘴里呼出一阵阵白气。他拉开车后门,腹部微微隆起的左晓梅和袁志远也从车里走了出来,袁志远下车后赶紧扶着左晓梅防止她滑倒。今天是周末,袁励武一家人计划先去看望王进军,再去参加赵玉峰组织的火锅宴。

　　曹金秀的诊所里因感冒而挂吊瓶的人很多,曹金秀正忙碌地看病开药,见袁励武一家人来了赶忙停下手中的活儿迎接他们, 袁励武摆摆手示意她先忙着,自己径直走到王进军房间。曹金秀单独给王进军隔出了一个五六平米的房间,好在王进军只是呆傻,并不闹腾,有时候一两个小时坐着一动不动,曹金秀就抽空扶他到室外晒晒太阳。同时,曹金秀还跨专业学了点儿中医的针灸技术,每天给王进军做一次针灸治疗。

　　见到曹金秀,袁励武先询问了一下王进军的病情,然后嘱咐曹金秀,进行针灸治疗要小心,千万别扎到要命的地方,否则得不偿失。曹金秀笑着说:“我是学医的,下手有数。再说了,就他现在这个样子,即使扎到要命的地方,还能坏到哪里去？”袁励武进去见到了坐在椅子上发呆的王进军,王进军的脸色比过去好看多了,满脸的胡子也刮了,意识跟过去比也清醒了一些,每当要大小便时会大声吆喝两声,不再像过去那样毫无征兆。他的食指哆嗦着指向袁励武,嘴里似乎在嘟囔着什么,脸上显示出兴奋的表情。

袁励武蹲在他面前说:"老王,我是袁励武啊,还认得我吗?"其实袁励武每次来第一句话都这样说,意在恢复王进军的记忆力。不过这一次效果似乎更明显了些,这从王进军见到袁励武后强烈的面部表情就能够看出来,显然他的病情在向好的方向转化。

袁励武从口袋里面拿出一块巧克力塞到王进军的嘴里,王进军乐滋滋地嚼了起来,脸上充满了笑意。袁励武也冲着他笑,并一遍又一边地说着过去同事的名字,叙述着过去发生的事情,然后就不断地问王进军问题,问完就对着王进军笑。阳光从窗外射入,恰好照在两个男人的笑脸上,暖洋洋的。

从王进军家出来已近中午,袁励武一家又赶往赵玉峰的酒店。站在店门口的赵小鹏第一眼就看到了袁励武的车开过来了,他招了招手,等人从车里出来后,他先是分别问了袁励武和左晓梅叔叔阿姨好,然后冲着袁志远胸口就是一拳,袁志远毫不客气地回了一拳,两人便开始打闹起来。

两个孩子的个头都过一米七了,打闹完后他们又各自掏出手机,似乎在互相欣赏对方下载的游戏和明星图片。赵玉峰迎过来,笑眯眯地说:"欢迎四位到来啊!"

"四位?"袁励武不解,突然他看见左晓梅的腹部,大笑着说:"说不定是五位或六位呢,今天来吃死你!"突然,李进宝走了出来说:"还有我哩!"

袁励武笑道:"怎么,好利索了?"李进宝晃了晃身子,抬了下腿,得意地说:"反正不影响继续泡妞。"袁励武撇了撇嘴。

赵玉峰找了个靠窗的雅间,将窗户稍微开了开,然后说:"今天天冷,我们吃火锅,红红火火。老弟,说好了,回去时让弟妹开车,你得陪我喝酒!"说完吩咐服务员安排材料。一会儿,一个大鸳鸯锅里的水就开始沸腾起来,清汤锅底泛着乳白色的浪,红油锅底泛着椒红色的浪,煞是诱人,羊肉片、牛肉片、海鲜以及各种菜蔬摆了满满当当一桌子。

袁励武笑着说:"哎呀,我最喜欢吃火锅了,这下不得把你吃穷了呀!"

赵玉峰说:"不是白吃啊,一会儿走的时候按照你家五口人的标准结账哈!"说完,将牛羊肉和海鲜类的食材放入锅内,刚才翻滚的锅汤顿时沉寂了。一会儿工夫,锅汤重新翻滚,牛羊肉浮了上来,赵玉峰大手一挥:"开吃!"桌上六个人纷纷举筷，大快朵颐。

窗外地冻天寒，屋内热气腾腾，令人食欲大增。赵玉峰端起一杯白酒，与袁励武、李进宝先后碰杯后一饮而尽。

酒过三杯，李进宝说："哎呀，这世界真是太不公平了，我这么好的人，就因为一点点小外遇，被前老婆整得差点儿破了产；可你们知道吗，就岳奉秦那个乌龟王八蛋，在外面乱搞了多少女人，他前妻黄晓岚居然积极赔偿损失，期望岳奉秦能被从轻处罚。我听说啊，本来这孙子该判得更重的，就因为黄晓岚的积极配合，数罪并罚后改判了二十年。

赵玉峰说："二十年也可以了，等出来都老头子了，也没有力气再去祸害人了。"

李进宝撇了撇嘴说："就这种人，死在里面才好哩！对了，侯玉英到底没有在龙海摆婚宴，悄无声息地就离开了龙海。当年多好的小姑娘，就是被这孙子给糟蹋的，还有舒琴……"他突然想到袁励武父子在场，赶忙捂住了嘴。

赵玉峰狠狠地瞪了他一眼，李进宝赶忙把嘴闭住。赵玉峰猛地将杯中的白酒喝完，对袁励武说："袁老弟，哥们儿有个想法，跟儿子商量过，儿子说没意见；现在想跟你们商量一下，又不好意思说出来。"

还没等袁励武说话，李进宝抢上话头说："有啥不好意思的，是不是耐不住寂寞了，想再娶一个？嗨，这有啥不好意思的！"

左晓梅也说："是啊，大哥还年轻，今后的日子还长着呢，以后有人照顾你了，小鹏将来干工作也放心啊！"

赵玉峰说："这事我想了很长时间，一直难以启齿。刚才这家伙说到这里了，话赶话，干脆，今天说了吧！我要找到舒琴，我要向她求婚！"

除了赵小鹏，桌上的其他人几乎都惊叫了起来。袁励武更是脸色突变，眼睛直盯向了赵玉峰，桌上气氛突然沉闷了。李进宝先说话了："赵哥，这想法你可从来没跟我提过啊，这太突然了！"

赵玉峰说："就你那破嘴，我怕说了你很快会传出去。"见袁励武和袁志远脸色都变了，赵玉峰说："我知道，这事你们心里都挺忌讳的，舒琴是谁？袁老弟的前妻，志远的妈妈，但她也是咱们晶泰化工厂的人，侯玉英我们都接纳了，为什么还让一个舒琴在外飘零？晶泰化工厂有义务找到她，也有义务帮助她！说句实话，我当年也曾喜欢过舒琴，只是咱自身条件配不上，而小鹏她妈对我又一往情深，所以我们就搭伙过日子了。小鹏她妈去世后，我曾想这一辈子就一个人过算了，但吴淑倩在婚宴上说的一句话触动了我，那就是我们没有权利抛弃任何一个晶泰人，只要她能知错就改。不知怎么的，自那以后，一想到舒琴，我心里就发颤，逐渐就产生了这个想法。"

沉默了半天的袁励武突然问袁志远："儿子，你的意见呢？"袁志远毫不犹豫地说："我支持赵叔叔的想法，我也想尽快找到妈妈。过去我一直不喜欢妈妈，但自从妈妈走后，我还一直想她。"

左晓梅接着说："这事我本不该插嘴啊，但既然赵哥开诚布公地把自己的想法掏出来，我也就没有遮掩自己观点的必要了。从某种程度上讲，舒琴姐是为了成全我和励武而出走的，在这一点上我有些内疚。我要说的是，人的心胸要豁达一些，赵哥的胸襟令我敬佩，因为他有勇气冲破狭义的朋友界限而追求爱情。何况，夫妻离婚了照样还是朋友，是朋友就应该为她的幸福着想，为她的未来着想，而不应该单纯站在自己的立场上顾及太多。刚才志远的话让我感动，谁希望自己的亲妈妈长年在外四处飘零呢？舒琴姐之所以远离我们，是因为她觉得在我们中间没有她的位置，现在好了，赵哥就是她的位置，我觉得舒琴姐跟赵哥结婚，一定会幸福，这是一个不需要解释很多的事情。励武，你说呢？"

袁励武突然一拍桌子说："说得好！我咋就没想到这一点呢？其实当年在化工厂我也看出来了你喜欢舒琴。今天媳妇在场我也不避讳，这半年我也一直牵挂着她，她毕竟是志远的母亲，她没有一个好的归宿我就始终放不下这颗心，今天好啦，赵哥，你就是她最好的归宿。如果你和她成了，志远有你这样一个父亲，志远和小鹏也成了名正言顺的兄弟，这是再好不过的事情了，这就是最好的归宿！"

顿了顿，袁励武又说："我们是达成共识了，但还有两个关键问题没有解决，一是舒琴到底在哪里，二是舒琴能否答应你的求婚，而第二个问题的结果更难预料。"

赵玉峰说："精诚所至，金石为开，撒开网找，厚着脸皮来求。"

袁励武说："盲目地找肯定不行，得找一个突破口。我曾经问过她的一个叫姚丽的同学，她也不知道舒琴的联系方式，还说舒琴的房子也都长期出租了。不过，有一次我去给志远的姥姥扫墓，发现墓碑前有烧过纸的痕迹，那肯定是舒琴去过，这至少说明她离龙海并不远。"

李进宝捅了赵玉峰一拳，笑着问："怎么样，老哥，有没有在陵园守株待兔的想法啊？"

赵玉峰岔开话题："算了，这事急不得，得慢慢来，今天我们的任务就是吃饱喝足，来，干杯！"

回到家里，袁励武才开始重新梳理今天的话题。他才开始感觉到这个世界越来越奇妙，越来越不可思议了，曾经是自己的铁哥们儿，可能就要和自己的前妻结婚，成为自己儿子的继父，这在伦理上多少有点儿急转弯。就在他为此发愣的时候，左晓梅端着一杯热茶走过来递给他，关切地问："发什么呆啊，是不是对今天的事心里还扭不过弯来？"

袁励武微笑着说："什么都瞒不过你。"

左晓梅坐下来拿起一个苹果边削边说："这没有什么奇怪的，就像这苹果，过去带皮吃，现在削皮吃，道理很简单，就是一个习惯。你的思维还停留在传统阶段，稍微有点儿异乎寻常的事情就感到惊讶，这已经跟不上时代了。况且感情这东西，最可能演绎出惊世骇俗的事情了。"

袁励武说："我的思想还不至于太落伍，但对眼前的事还是有点儿难以置信，感觉像在做梦。"

左晓梅说："这有什么，根据我的推测，赵玉峰在化工厂真正爱的是舒琴，从内心深处讲，他爱舒琴胜过爱杨艳茹，自身的学历条件加上一点点自尊，他没有勇气主动追求舒琴，他害怕被拒绝，而是选择了条件相仿且不会拒绝自己的杨艳茹。"

袁励武说："我不太认同你的看法，杨艳茹出车祸深度昏迷后，赵玉峰可是在病床前不离不弃地守候了她三年多啊，这不是爱情是什么？"

左晓梅笑着说："不能否认，赵玉峰是爱杨艳茹的，而且这份爱是真挚的。但在赵玉峰心里确实还存在着一个舒琴，在条件具备的时候，他对舒琴的这份感情就会被激活。"

袁励武点了下头说："嗯，有道理，你就是我心里那个被激活的。"

左晓梅妩媚地笑着说："是吗？在你心里恐怕等着被激活的不止我一个吧？"

袁励武摇着头说："算啦，我们不谈论这个话题了，爱情经不起复杂的人性的拷问，爱情始终被裹挟在复杂的人性中，结婚是男人和女人的结合，不是圣人与圣人的结合。"

左晓梅说："说得对,但也没必要那么悲观,其实只要你能够替对方着想了,这里面就有爱情的因素了,如果不爱一个人,你的行事是不会考虑对方感受的。在这一点上,大多数的男人都需要检讨,很多时候光考虑到自己的快活而忽视了女人的感受,以男人不拘小节为理由开脱责任显然是牵强的,其实是缺乏爱的表现。你看你周围的人,李进宝、王进军,包括那个岳奉秦,是不是都是这类货色?相比较而言,赵玉峰就伟岸得多,他现在能想到舒琴的不如意,说明他对舒琴是有真爱的。"

袁励武问:"那么我是哪类货色呢?"

左晓梅拍了拍袁励武的腮帮子,故意拖着长音说:"同志,不要把自己想得太好,你好好反思一下自己的表现,自己到底是哪类货色呢?"

左晓梅因为是高龄产妇,所以袁励武对她的照顾格外小心谨慎,每天晚饭后的散步是雷打不动的项目。冬天的傍晚,学院家属区行人稀少,左晓梅身上裹着一件红色的羽绒服,余晖洒在她身上红得格外晃眼,光线映射在两个人的脸上,则显得格外生动。

走了一会儿,左晓梅突然对袁励武说:"这红色真绚烂啊,对了,下周末我们到附近的赤岩山玩去吧,听说那里的岩石在阳光的照射下都能变成红色。"

袁励武笑着说:"赤岩山我曾经去过,景色还可以,我担心的是你怀孕都快四个月了,能爬山吗?"

左晓梅说:"没事的,我没那么娇气,这段时间就得多出去晒晒太阳,多活动活动,对腹中的宝宝有好处;还有,我特别喜欢冬天山里面万物肃杀后的苍凉和安静,还能看到那一大片红色,我心情愉悦了,肚子里的宝宝也就健康了。"

袁励武点头答应了。

两人继续在枯叶满地的路上漫步,依稀看见迎面急匆匆走近一个人,原来是苏振德。袁励武向他打招呼后问他去哪里,苏振德搓了搓手,满面沮丧地说:"别提了,我们家老李,前一阵子听信了一家投资公司的宣传,把我们老两口子大半辈子攒下的钱都投了进去,结果人家跑路了。这不,急出毛病来了,住院了!"

袁励武急切地问:"要紧吗?在哪家医院?"

苏振德说:"没事,就是急火攻心引发的急性心脏病,在市立医院,医生说住院观察两天就好了。"说完跟他们道别后他就匆匆离去了。

回家安顿好左晓梅，袁励武接着赶到医院去探望李红卫。李红卫住单人病房，是苏振德好不容易争取到的。袁励武到达病房时苏振德正扶李红卫坐起来给她捶背，灯光下的苏振德前曲着身子，那小心翼翼的样子像是在守护一个婴儿。见到袁励武，李红卫示意苏振德不要捶了，向袁励武打了个招呼，并埋怨苏振德不该让袁励武知道这事，还得麻烦袁励武大老远来看她。

袁励武笑着说："这话怎么说的，大姐生病了我来看看还不应该，感觉怎么样了？"

李红卫说："没什么事了，当时就是感觉喘不上气来，现在好多了。唉，都怪我财迷心窍，相信了他们的鬼话，把我和老苏一辈子的老本全搭进去了，我这死了的心都有啊。"

苏振德说："说啥呢，咱们不是还有退休金嘛，放心，饿不着我们！没儿没女，要那么多钱干什么，我感觉这次是破财免灾，如果没有这事顶着，说不定还有更大的祸事降临呢！你身体没啥事比什么都强，说明这场祸事咱躲过去了。"

袁励武安慰道："说得对，钱乃身外之物，身体才是自己的。听说那家公司骗了很多人，很多家庭为此倾家荡产。好在咱们有退休金，生活不受影响，有好多下岗职工家庭，那日子比咱们难过多了！公安机关正在追查此事，肯定能挽回部分损失。"

李红卫竟然流下了眼泪，连声说道真是作孽。苏振德赶忙拿毛巾递给她擦眼泪。袁励武笑了，打趣说："大姐真幸福啊，这个年龄了还在享受爱情。"

苏振德得意地说："那是，现在的年轻人口口声声赞美爱情、追求爱情、模仿爱情，但模仿时却偷工减料，放弃最关键的环节，只学到了皮毛。不瞒你说，我们从来不提这俩字，看见了没有，这俩字无处不在。"

李红卫白了他一眼，嫌弃地说："老不正经的，钱都被人骗光了还这么开心！"

接下来的话题自然聊到了舒琴，袁励武向李红卫询问舒琴的去向，李红卫说她也不知道，只是有一次接到舒琴的电话，说她回来给母亲扫墓了，马上就离开了，来无影去无踪的，具体在哪里谁也不知道。

见袁励武没说话，李红卫接着说："小袁啊，舒琴现在挺可怜的，不管她过去做了什么，咱们也应该找到她，老在外面漂着可不是事儿。"

袁励武说："一定会的。"

苏振德叹了口气说:"上次帮助她迷途知返已经够难为小袁的了,这找不着了还得小袁来负责?毕竟还得考虑到人家现在妻子的感受吧?"

李红卫笑着说:"你说的也不是完全没有道理,这个问题是得注意。"

袁励武摆了摆手说:"这个你们放心,我现在的这位还是很开通的。"

苏振德又开始了他的长篇大论:"一些肤浅的爱情故事往往只描述结婚前的状态,对结婚后情感的发展走向描述得很少,这分明是害人嘛,这就很让人感到婚姻是爱情的坟墓。梁山伯与祝英台,还有罗密欧与朱丽叶,假如结婚一起过日子,未必幸福;牛郎织女倒是婚后幸福的典型,但两人毕竟前世是神仙,前半生的幸福是注定了的,后半生的分离也是注定了的。现如今这些年轻人,不知道什么是生活,整天搂搂抱抱情啊爱的,结婚后就傻了吧!你看现在,离婚的都排长队了。小袁啊,我看你现在的媳妇挺好,比过去那个强多了,要好好过日子。"

李红卫又白了他一眼,没好气地说:"一边去,什么道理从你嘴里说出来就像抹口唾沫贴对联——站(粘)不住。"

赤岩山距离龙海市约二百公里,地理位置较为偏远。由于长期的采石破坏,山上原有的植被荡然无存,只有一片片的岩石张牙舞爪地裸露着。由于特殊的地质构造,裸露的岩石经过日晒雨淋,竟然风化成一片片淡红色的大小石块,淡红色连成一片,在太阳的照射下,就形成了绮丽壮观的红色长廊。近几年,政府规定禁止在此采伐山石,由于赤岩山上的植被恢复较慢,当地人干脆就利用了它的色彩价值搞起了旅游业。夏天新长起来的绿色植被点缀在红色山体上,形成了红绿相间的独有风景;冬天植被荒芜,只剩下逼人的红色,居然吸引了不少游客前来观光。

周末天公也作美,是个难得的冬日暖和天气,袁励武带着左晓梅驱车前往赤岩山,兴致勃勃地游览了一番,并品尝了山里的农家宴。乘兴而来,尽兴而归,袁励武在弯曲的盘山公路上小心翼翼地开着车,左晓梅坐在后排座位上闭目养神。袁励武发现仪表盘上显示的油料不是很充足,他记得来时在盘山公路边上有一家加油站,于是他渐渐地加快了车速,将车驶进了加油站。

前面的二号加油台有人在加油,袁励武将车停在了后面的一号加油台,为了保持车内温度,熄火后他将副驾驶座位旁车窗下降到一半的位置,对着赶来的加油员说:"93号汽油,加满。"说完又将车窗关闭。

蓦地,袁励武突然发现前面二号加油台的女加油员背影那么熟悉,待她侧过身子来取加油枪时,袁励武看到了她的侧脸,居然是舒琴!他的心跳马上加快了,但他瞬间冷静了下来,迅速用羽绒服的帽子遮住了自己的脸。袁励武知道,如果此时相见,尴尬还在其次,很可能将舒琴逼入再次逃离的境地。他强忍着自己的情绪，直到舒琴放下加油枪转身进入休息间，他才将双手从嘴边拿开。

车子加满油，袁励武将加油卡给坐在后排的左晓梅说："麻烦去缴一下费，我就不下去了，注意一点儿啊。"左晓梅疑惑地看了袁励武一眼，接过加油卡下车走向收费室，还与迎面从休息室出来的舒琴打了个照面，舒琴还客气地向左晓梅微笑了一下，左晓梅也礼貌地点了一下头示意。袁励武的两任妻子彼此间并不认识，却在这样一种场合邂逅了。

袁励武赶紧捂住脸，只露出两只眼睛端详着迎面走来的舒琴，舒琴似乎没有注意到他。快一年了，舒琴面庞没有发生什么变化，得体的工作服穿在她身上依然是那么合适和匀称，就像当年穿着工作服在化工厂一样；她的一举一动还是干净利索而优雅，只是面部表情比过去平静而自信，安详而从容。

袁励武不敢往下看了，左晓梅上车后，他快速发动车子离开了加油站。汽车驶离加油站的刹那，舒琴似乎觉察到了什么，突然转身向袁励武的汽车深深地瞥了一眼。

在车上，左晓梅问袁励武："怎么了，把脸捂起来，还不敢下去缴费，是不是遇到什么不想见的人了？"

袁励武缓了一会儿说："什么事都瞒不过你，我跟你说，在我们前面加油的那个加油员，就是舒琴。"

左晓梅啊了一声，急切地问："那你为什么故意不见她呢？"

袁励武说："你想啊，如果今天跟她相见了，一是气氛肯定会很尴尬，二是她的平静生活瞬间会被打破，她可能会再次选择离开。看得出，她现在过得很安静，很自我。"

左晓梅问："那是否将这件事情告诉赵哥呢？"

袁励武说："我也在犯难，但现在还是决定告诉他，舒琴不能一辈子过这种生活，也不能让赵哥苦等一辈子。当然，再次改变生活需要勇气，又要经历一段阵痛，但愿结果是我们所希望的。对了，回去后也不要告诉志远，这孩子心重，会影响学习。"

左晓梅叹了一口气说："这算怎么回事啊，亲骨肉不得相见，有情人不能成为眷属，绕那么多弯干什么呀！"

袁励武则一边开车一边想："她怎么会到这个地方来呢？"

舒琴之所以能到这个地方来,居然还是因为杨展光。

舒琴因为杨展光的羞辱而想到离开龙海市,但到哪里去呢?虽然身上有点儿钱,但一个女人到一个举目无亲的地方闯生活,在没有任何社会根基和资源的条件下能否生存下去,舒琴心里还是没有底的。此时,杨展光来了一个篇幅不短的短信息:

> 舒琴,原谅我把话说得那么重,但这是我必须要做的,我义无反顾,因为我不希望看到我曾经喜欢的人在道德的斜坡上再往下滑了。你说要辞职,我知道你是想找个地方安静一下,如果你有这个想法,那我给你推荐个地方吧,不需要辞职,这个地方具有特殊的意义,那是毕业后我求你而不得,尤其是得知你已结婚,因此无法安心工作而主动要求去的一个地方,三年面壁一朝破壁,在那里,我心里虽没忘记你却已放下你。如今那里条件好多了,待遇你不用担心,我都打好招呼了,你去直接报到就可以。这个地方就是中石化下属的某某加油站。

看着杨展光发来的短信,舒琴陷入了矛盾之中。她冷静下来想,凭她对杨展光的了解,他不是那种对别人落井下石的人,那天他对自己说的话绝对不是恶意而为,那是在用一种近乎极端的方式来点化迷途中的自己。同时,舒琴也感到很奇怪,尽管杨展光对她说了那么重的话,令自己那么难堪,但自己现在心里并不记恨他,反而对他产生了一种说不清道不明的依赖心理。

舒琴思忖再三,决定到杨展光所说的加油站工作,她给杨展光回了短信:"我不把你那天的话理解为伤害,我按照你说的办,记着不要告诉任何人我的去处。"

当通往山里的唯一一趟长途公交车载着舒琴来到杨展光曾经"面壁"的地方,她一下子就喜欢上了这里。这也正是她理想中的栖身地,四面环山,虽然地处偏远但风景宜人。整个加油站算她在内一共五个人,其中有一对中年夫妻常驻此地,还有两位年龄都在五十岁左右的大姐,性格都很开通柔和。舒琴一到来,两位大姐就忙着张罗安顿住处。公司专门在加油站附近的村落给员工盖了个三层宿舍楼,舒琴一来就住进了一个三居室,屋内装修质朴典雅,推开窗子,迎面就是山间的一个小型水库,山清水秀。虽然地处偏僻,但居室内居然有闭路电视和宽带,这让舒琴惊奇不已。厨房内灶具齐全,可到附近的山村里购买食材,绝对绿色食品。出于安全考虑,宿舍楼的院落里配备了两只大狼狗,忠诚而勇武,极通人性。为方便出行,这里还有公司配备的两辆轿车,足够五人调配使用。

舒琴对这里实在是太满意了!第二天她的手机短信提示,所发的工资并不比在城里原单位少,看来杨展光所言不虚,她不由得感激起他来。

舒琴由此开始了她远离城市的生活,工作时间为来往车辆加油服务,休息时间欣赏自然风光,远离了尘世喧嚣,躲开了是非纠葛,过起了神仙般的日子。

刚来这里的时候,有时夜里她会想起母亲,看到挂在墙上的母亲照片她会流泪;她会想起儿子,不时从抽屉里拿出儿子的照片流着眼泪轻轻抚摸着;她会想起袁励武,回忆与他在一起的点点滴滴,心头闪过一阵阵痛。她有时会想起交际场上的美酒珍馐,也会想起看守所里的苦痛煎熬。

随着时间的流逝,舒琴心中的伤痛也开始慢慢愈合。她利用空闲时间翻阅了大量书籍,她诧异于以前的迷失,对这么多精神营养居然无福享受!她贪婪地享受着书籍给她带来的精神愉悦,心境也渐渐地发生了变化。有时,她独自在山间曲径边的石头上坐下,捧着一本书,一读就是半天,与山间的花卉虫鸟为友,与路边的芳草绿树为伴。

是啊,这里真是个修身养性的好去处,舒琴觉得,自己从来没有如此放松过。尽管有时她也想过自己曾经的叱咤与辉煌,也不甘心就此度过余生;但有时想起自己曾经的暴戾与屈辱,她的心又安静了下来。

她的手机换了号码,龙海市没有任何人能够打扰到她。偶尔她会驱车到附近的城市里逛逛街,感受一下城市的气息,甚至会在那里住宿,面对没有任何人认识自己的环境,她很坦然、很放心;偶尔她也会偷偷潜回龙海,给母亲扫扫墓,到儿子学校门口看一眼,但绝对不会让任何认识她的人发现。

当然,她的世界并非完全与世隔绝,大约在她来这里第三个月的月末,杨展光来看过她一次,关心地询问她的生活工作情况,还给她带来了一些生活必需品。他忠诚地履行了对舒琴的承诺,没有把舒琴的情况和联系方式告诉任何人。

对杨展光的到来,舒琴表现出了相当的淡漠与从容,既没有表示感谢也没有表示欢迎,杨展光提出到她的住处看看,她拒绝了;杨展光提出请她吃饭,她拒绝了;杨展光提出跟她聊会儿天,她拒绝了;杨展光将所带的必需品送给她,她也拒绝了。看到杨展光还想磨叽，舒琴说："杨大经理，这么跟你说吧，就是全世界的男人都死光了，我也不会跟你结婚，尽管你在工作上帮助了我。"

杨展光大度地双手一摊，笑着说："别这样啊，咱俩的事情是小事，何必要以全天下的男人都死光为假设条件啊，别人可没招你惹你啊！"

舒琴被他逗乐了，但依然态度坚决，她像对付一个陌生人那样将杨展光打发走了。

杨展光叹了口气，临走前对舒琴说："现在的你又成了大学时代的你。我的心你是懂的，你可以随时回到我的身边，我也愿意随时在你身边。"

舒琴除了冷笑了一下外，没有丝毫反应。她知道自己没有再播种爱情的资格了，更何况，这是一个没法占据自己内心的人；还有，他曾经那么残忍地剥下了自己灵魂的最后一块遮羞布，面对着他，舒琴都感觉难堪，谈何感情！但舒琴相信，在这个问题上杨展光绝对不会勉强自己，更不会拿帮助自己的事相要挟，这就是同学感情加恋人感情，不存在利益交换。

如今，舒琴精心构筑的世外桃源因为一个神秘造访者的偶然到来，即将面临被破坏的危险。对此，舒琴似有感知。那天袁励武的车在加油，她就感觉这个加油的顾客哪个地方不对，但哪里不对她又说不上来……

这边，正当袁励武一边开车一边思考着如何处理这件事情时，左晓梅说："励武，俗话说，解铃还需系铃人，舒琴姐躲着我们，根源还在你这里。你想过没有，如果你告诉了赵玉峰，赵玉峰贸然造访，搞不好舒琴姐还会躲到另一个我们所不知道的地方去，那样你就不会再有这么好的运气碰到她了。"

袁励武深吸了一口气，然后问："有道理，那你认为该怎么办？"

左晓梅说："回去后先不要告诉赵哥，先把这事告诉志远，下周末我们带志远一起来，母子相见后，跟她好好谈谈，劝她回去；即使她不想回去，也不会东躲西藏了，因为她不可能不想儿子，她心里肯定放不下儿子。"说完，左晓梅的眼圈也红了。

袁励武沉默了一会儿，接着说："你真是有心，你说我现在娶了你，心里还挂记着舒琴的事，你就一点儿也不吃醋？"

左晓梅笑着说："吃醋又能怎么样，我选择了你，就得接纳你的一切，后悔也来不及了。没听说过一句话吗，自己选择的路，跪着也要走到底。"

袁励武打趣说："为了表示补偿，这样吧，你现在可以爱上一个帅哥，然后也整出点儿乱七八糟的事情来，我来帮你解决，否则的话，我心里不安啊，老觉得欠你的。"

左晓梅不服气地说："咱不是没有帅哥追过，将来也不是没有这个可能。"

袁励武笑着问："追你的帅哥如今在哪里，我要和他见个面，请他喝酒。"左晓梅从手机里找出一组图片，伸手递到袁励武面前，没好气地说："喏，都在这里，你看看，够档次吧？"袁励武放慢车速，侧眼一看，原来是周润发、刘德华、梁朝伟等人的头像，他吐了一下舌头，笑着说："嗯，档次不低，他们的事我摆不平。"

当袁志远听到母亲的消息后，眼睛顿时闪出了亮光，态度坚决地想见到妈妈。袁励武拍拍他的肩膀说："不要急，下周末，我们一起去，记着先不要告诉你赵伯伯。"

那个"赵伯伯"如今正和陵园较上了劲，他事先把舒琴的照片放大后放在陵园的看门大爷那里，隔三岔五地就带着两瓶酒或几盒烟去陵园找看门大爷，探听舒琴来没来过，结果搭上数不清的烟酒，连舒琴的半点儿音讯也没有捞到。

而当舒琴提着包从宿舍走过来准备上班，恍惚间看见儿子从车上下来，向自己跑来的时候，她脸色都白了，呼吸瞬间急促，手里的物件吧嗒一声掉在了地上。这似乎是梦境，她揉了揉眼睛，这是真的！她再也没法淡定了，本能地扑向儿子，将比自己还高半头的儿子紧紧地揽住，生怕他跑了。袁志远凄切地叫了声"妈"，对母亲的怨恨似乎也在这声"妈"中得到了化解，这是他懂事后第一次主动叫舒琴"妈"，第一次主动与母亲进行这样的近距离接触。他知道母亲滴在自己肩头的眼泪是真实的，是这个女人把自己生下来，用乳汁把自己养大，给自己穿衣喂饭，无论以前发生了什么，这一点是永远改变不了的。

半年多的隐居修炼，舒琴已变得心静如水，很少流眼泪了，但儿子的出现改变了这一切。看着一个中年妇女抱着一个大小伙子在哭，无论是加油站的工友还是来加油的车辆司机，都惊呆了。另一个加油的大姐赶忙过来，对舒琴说："妹子，你家里有事，我今天替你，活不多，你办你的事情去吧。"

舒琴松开儿子，感激地冲大姐看了一眼，点了下头。随后她急切地问儿子："你怎么知道我在这里？谁带你来的？"

袁志远向后面一指，袁励武和左晓梅从车上下来，微笑着向舒琴走来。没错,是他！那个日思夜想又不敢见到的他,正真实地向自己走来。舒琴使劲揉了揉眼睛,呆呆地看着。袁志远说:"妈,没错,是我爸!"

袁励武和左晓梅走近舒琴,左晓梅首先大大方方地拉住了舒琴的手,叫了声"舒琴姐"。袁励武介绍了一下左晓梅,舒琴顾不上看袁励武了,她端详着左晓梅:这个取代了自己位置的妹子,无论长相还是气质丝毫都不输给自己。她心中闪过一丝失落。突然,她指着左晓梅微微隆起的肚子说:"你,你前两天是不是来过啊?"

袁励武哈哈一笑说:"还真来过,要不怎么能找到你呢！别让我们站在这里了,去你住的地方坐坐吧！"舒琴抹了一把眼泪,答应了。

在路上,袁励武向舒琴说了一周前的事情,舒琴没有作声。来到舒琴的住处,袁励武说:"怪不得你不愿意回龙海呢,让我住这么好的地方我也不想回去了。"舒琴简单说了一下自己的情况,落座后,她再一次端详着儿子,满脸的窘相,不知道说什么好。

左晓梅似乎看出了什么,她先开腔了:"舒琴姐,志远你就放心吧,在学校各方面表现都很突出。自从你离开后,他一直很想你,他经常跟我们说要见到妈妈,这次你们好不容易团聚,你可不要再乱跑了,要不以后志远上哪儿找你去?跟我们回龙海吧,这样志远可以经常见到你。"

舒琴已变得沉默寡言,她摇了摇头,表情又恢复了平静,并没有说话。见此情景,袁励武说:"看见你的生活条件,我也放心了。不过这里毕竟太过封闭,时间久了能受得了吗?还是回去吧！"

沉默了半天的舒琴说:"往事不堪回首,我不愿意看到过去的人,想起过去的事。"

左晓梅说:"不要这么想,所有的过去都以今天为终点,所有的将来都以今天为起点,过去的就让它过去吧,把后半生寄托在对前半生的追忆悔悟上,这样的生活肯定无法幸福,未来的生活需要向前看。"

舒琴说:"每个人都有自己的生活逻辑和心路历程,在这个问题上就不要勉强了,如果有一天我想明白了,自然就回去了。"

袁志远一直没有说话,只是静静地听他们说。袁励武说:"儿子,劝劝你妈,回去吧。"袁志远说:"我尊重妈妈的选择,无论在哪里,我都会来看妈妈的。"

四个人陷入了沉默。过了一会儿,左晓梅说:"舒琴姐,有件事我想了半天,觉得还是应该跟你说一下，你也有个思想准备。"

舒琴诧异地问："什么事？"袁励武接过话头说："我来跟你说吧。赵玉峰，他对你，有那个意思。"

舒琴脸上瞬间泛起了一丝红晕，稍纵即逝。袁励武接着说："其实你也应该看得出来，在化工厂的时候他就喜欢你，只是他不敢高攀你这个大学生。我们在这个年龄上应该看开了，什么学历、地位、财富等都是身外之物，平和的生活比什么都重要，赵玉峰这个人跟我们相处这么多年了，你应该了解吧，优点多多，我觉得你们是有感情基础的。"

左晓梅也说："是啊，舒琴姐，之所以提前告诉你，就是让你好好考虑一下，有个思想准备。"

舒琴对此没有丝毫的回应，却岔开话题说："妹子，高龄产妇不容易，一定要注意，不要感冒，不要剧烈运动，保好胎。"

至此无话，就此告别。袁励武嘱咐袁志远走在最后跟母亲道别，自己和左晓梅先上车了。袁志远很自然地跟舒琴说："妈，你多保重，我会常来看你，想回去了你就回去吧。"看着儿子瘦高的个头和酷似袁励武的面庞，听着儿子已经变声的嗓音，舒琴的眼泪又流了下来。她冲儿子挥了挥手，目送着儿子背影的远去，她忽然想起了刚读过的龙应台的一句话："所谓父女母子一场，只不过意味着，你和他的缘分就是今生今世不断地在目送他的背影渐行渐远。"

　　初春的一天早上,舒琴起床洗漱完毕,突然听到门口的两只狼狗狂吠不止,她赶忙披了件羽绒服出来察看。推开大门,发现站在门口的是赵玉峰,他没有多大变化,只不过脸上少了点儿玩世不恭,多了些硬朗坚毅。对他的到来,舒琴并没有感到有多大的惊奇,她没有说话,喝退了两只狗,示意他进来。赵玉峰的两只脚踏进院落,两只狼狗眼睛还盯着他,嘴里呜呜地示威着。

　　进入舒琴的宿舍,舒琴并没有理会他,既没有让他落座,也没有给他倒水沏茶,只顾扫地拖地。赵玉峰讪讪地站了一会儿,说:"舒琴,我来接你回家。"

　　"你说什么?接我回家?莫名其妙!"舒琴头也不抬,继续拖地,嘴里却发出了一连串问题。

　　赵玉峰走到舒琴面前,夺下她的拖把,大声说:"舒琴,我喜欢你,一直喜欢你,我们……结婚吧。"

　　舒琴冷笑了一声说:"大清早的到我这里来抽什么风!听说你为杨艳茹守了三年的病床,为此我还很感动呢,如今杨艳茹尸骨未寒,你就动起了这个心思,真行啊!"

　　赵玉峰说:"过去的就过去了吧,我们都该向前看。如今我也不想隐瞒什么,在化工厂我一直想追你,可你那时候高高在上,是个大学生,我只是个普通工人,现在……"

　　舒琴将拖把往地上一戳,眼睛瞪着赵玉峰说:"现在怎么了?现在你当老板有钱了,看到我落魄了,是不是?所以你就假惺惺地来可怜我,是不是?"

　　赵玉峰显然对舒琴的这个问题应对不足,他局促地说:"不是,我,那个……"

舒琴继续瞪着赵玉峰说:"我告诉你,我现在虽然到了这步田地,这是我自己造成的,我认了!但我还没有沦落到需要别人施舍的地步,更不至于想依靠谁来改变现状。我不会回去,这里挺适合我,我已经习惯了这样的生活,我不希望别人来打扰我,你走吧!"

赵玉峰没有再说话,他低着头,把带来的生活必需品放在了桌子上,默默地推开门,脚在迈出门口之前,回头跟舒琴说:"你这个地方挺好,好不容易安顿下来,别再四处乱跑了。"说完,人就离开了。

与对待杨展光不同,舒琴没有拒收赵玉峰送来的东西,赵玉峰刚走出门口,她幽怨地看了他的背影一眼,然后透过窗子看见赵玉峰的背影离开院子,两只狼狗依然不友好地在他身后狂吠了一阵。

舒琴打开赵玉峰送来的物品包,里面有比较齐全的女性用品,还有舒琴喜欢吃的零食,甚至还有两包盐和一小桶花生油。舒琴看着这些,心头一热,禁不住眼睛又湿润了。

一个多月过去了,其间袁励武带着袁志远来看过舒琴一次,谁也没提赵玉峰的事,而赵玉峰再也没有露面,可能是打退堂鼓了。想到这里,舒琴嘴角一撇,继续恢复了她平静的生活,似乎赵玉峰就没来过。

天气逐渐暖和了起来,又是一个艳阳天,来加油的车辆不多,舒琴悠闲地在加油站门口看风景,这时一辆银灰色商务车停在了加油区,舒琴正要向前指示商务车司机开到一号加油台,从驾驶位上下来一个戴墨镜的人,正是赵玉峰。他摘下墨镜,走到舒琴面前说:"我在你这附近开了个农家宴餐厅,以后我也就住这儿了。"

舒琴依然面无表情地说:"干什么啊,赖在这里了?我跟你说,你在哪里开饭店我管不着,但是,你是你,我是我,不要把我和这事扯在一起。"赵玉峰笑笑说:"怎么会没关系呢,我就是为了你才把城里的饭店交给别人经营,自己跑到这里来与你同甘共苦的。"

舒琴挖苦道:"用不着,也不敢当,你还是该干什么干什么去吧。"赵玉峰摆摆手说:"好好好,先不说这些,我请你赏光到我这新开张的饭店里坐坐,这点儿面子总得给吧?"

舒琴说:"我还得上班呢。"赵玉峰顺势在旁边的凳子上一坐,不放弃地继续说:"好,那我在这里一边看风景一边等你下班,正好中午请你到我店里吃饭。"说完,戴上墨镜,开始闭目养神。

舒琴拿他没有办法,任由他等。到中午换班时间,舒琴办理完交接班手续刚要走,赵玉峰腾地从凳子上站起来,不由分说一把拉过舒琴就往自己车里拽,舒琴甩开赵玉峰的手,连忙说:"干什么呀!我自己走,别让别人看见。"

赵玉峰的饭店距离舒琴的住处不足五百米,是租用的一处三层小楼,里面装修清新得体,一楼是大厅,二楼三楼是雅间,三楼还有储藏间和赵玉峰的卧室,厨师和服务员都是周围山村里的村民,不需要在此住宿。小楼周围是菜地,刚种上的春季蔬菜发出了嫩芽,一派春意盎然;旁边有一个小池塘,池塘边上有一片网起来的区域,鸡、鸭、鹅在里面欢快地叫着,全然不懂自己将来的命运。

赵玉峰得意地说:"用了一个月时间,连房带地,全部搞定!一下子租了十年,怎么样,够你待的了吧?鸡鸭鱼肉,全部绿色食品,给你专供。"

舒琴不冷不热地说:"这跟我有什么关系?"赵玉峰说:"这里以后就是你的食堂,不,御膳房。喏,那个单间,专门给你留的,就是专门供你用膳的地方,皇上待遇啊!"说完,他领舒琴走进那个单间,里面已经摆好了六个菜和一瓶酒,香气四溢。

坐下后,赵玉峰边给舒琴倒酒边说:"怎么样,下午不上班,整两杯?"舒琴倒没表示反对:"你去忙你的生意吧,不用管我。"赵玉峰说:"外面的客人由服务员张罗,我的任务只有一个,那就是招待你。"说完,他端起杯子跟舒琴一碰,高兴地说:"为了化工厂的过去,也为了重逢,干一杯?"舒琴也不客气,端起杯子一饮而尽。

两杯酒下肚,赵玉峰问:"你为什么会想跑到这个地方来呢?"舒琴怒气冲冲地瞪了他一眼,筷子往桌上啪地一摔,赵玉峰立马不作声了,其震慑力如同当年在化工厂一样。见赵玉峰还想问其他事情,舒琴马上阻止住:"今天我来你这里就是吃饭,与吃饭无关的,什么也别说,来,喝酒!"说完,一杯见底。

赵玉峰噘起嘴说:"好吧,每天到了饭点,我就去接你,你那里就不用做饭了。"舒琴没有作声,继续吃喝。酒饱饭足后她拿起包,边起身边说:"还不错,下午我要看书,记着不要打扰我啊!"赵玉峰问:"那你晚上一般几点开饭呢?"舒琴说:"你的层次能不能提高点,除了吃,就没有别的追求了?"赵玉峰笑着说:"咱现在就是个开饭店的,不考虑吃还能考虑啥?"舒琴说:"那就六点吧!"

送走舒琴,赵玉峰把上午的情况一字不落地汇报给了袁励武。袁励武在电话那边笑着说:"她不拒绝你,说明你的希望是很大的,记住两点:一、继续坚持不放弃,你天天接送她吃饭,这是男追女的一种仪式,女人往往会为某种仪式而感动心软;二、留意她读什么书,你也读,没有共同的话题,她不可能答应你。"

"仪式,什么仪式?"赵玉峰问。袁励武说:"打个简单比方,男孩子给女孩子送戒指,甚至下跪求婚,这就是仪式,女孩在这种仪式的追求下一般都会防线崩溃、缴械投降。你呢,现在先用一日三餐的小仪式来慢慢打动她,平时再多关心一下她的生活,使她感到你是她生活的一部分了,待到她被感动得差不多了,你再用最隆重的下跪送戒指的炸药包式的大仪式来伺候,保准没问题。"

赵玉峰问:"还用得着那么肉麻吗?唉,当年对小鹏他妈我可是什么仪式都没用啊!"袁励武说:"所以说,人生需要你要补上这一课啊!对了,记住我的话,多读书,多读她读的书。"

赵玉峰的那股倔劲又上来了,他雷打不动地安排着舒琴的伙食,准时准点保质保量,那个专用单间自饭店开张后就没有用来接待过其他顾客;同时,赵玉峰隔三差五地给她买衣服和化妆品。渐渐地,舒琴也习惯了这种衣来伸手饭来张口的生活,被赵玉峰伺候得白白胖胖。

在读书这件事情上,赵玉峰也是豁出去了,他查清了舒琴的阅读书目后,从网上购买回来,先是硬着头皮读,有时读着读着居然打起了呼噜。突然一天夜里,赵玉峰读到了一大段与自己的心灵感悟高度吻合的文字,从此手不释卷。年轻时不爱读书,未必上了岁数就一定不爱读书。书籍就是一把钥匙,一旦开启了心灵之锁,想读书的愿望就如同沙漠里的行人对绿洲的期盼一样强烈。中年的赵玉峰渐渐进入了这样一种状态,虽然他的文化底子薄,但他脑子聪明,多年的生活积淀使他的理解力与年少时相比不可同日而语。所以,令舒琴奇怪的是,赵玉峰说话渐渐少了些贫嘴,居然多了些深沉哲理,这又让她有些不习惯。

当然,不管习惯还是不习惯,一旦赵玉峰小心翼翼地将话题转向谈婚论嫁时,舒琴会毫不犹豫地打断他,并明确告诫他不要有这方面的非分之想。

这样的生活又持续了将近两个月,舒琴这边除了体重变化了不少之外,在赵玉峰所期望的问题上,态度几乎没有什么变化。态度有变化的是院里的那两条大狼狗,这两个家伙天天接受赵玉峰大鱼大肉的馈赠,一见赵玉峰来了马上摇头晃尾,嘴里发出哼哼唧唧的声音,眼睛直盯着他手里提的包装袋,满脸的媚相。

赵玉峰有点儿沮丧了,他再次打电话向袁励武请教。袁励武思考之后说:"万事俱备,只欠东风,我的建议只有八个字,那就是'继续坚持,耐心等待'。"

袁励武所说的"东风"没过多久就来了。一天晚饭后,赵玉峰照例送舒琴回住处,刚要转身离开,就被舒琴叫住了。他发现舒琴大汗淋漓浑身抽搐,赶忙回到舒琴身边问怎么回事。舒琴顾不得矜持了,双手拢住赵玉峰的脖子,用微弱的声音说:"肚子……疼得厉害,疼死了……"

赵玉峰赶忙将舒琴抱到车上去,一路疾驰来到最近的医院,大夫一检查确诊为急性阑尾炎,需要立即住院做手术。进入手术室前,舒琴的手紧紧地攥着赵玉峰的手不松开,赵玉峰低下身子拍了拍她的手,头凑近她的脸庞安慰她:"别怕,不要紧,切除阑尾是个小手术,人家有的婴儿一出生就切除阑尾,别怕,小手术,没危险。"

手术很成功,当舒琴脸色苍白地从手术室被推出来后,赵玉峰已经通知店里的服务员将康乃馨花束、果篮和营养汤等备齐送来了。此时,在舒琴眼里,赵玉峰的笑容抵得上世间最美的风景,当赵玉峰在病房里将她慢慢搀起的时候,她嘤的一声顺势倾倒在他的怀里……

赵玉峰和舒琴谢绝了亲朋好友们的强烈要求,没有办婚宴,而是疯狂地旅游了大半个中国。在旅游途中,就各地的历史古迹和风土人情等话题,赵玉峰已经能够平等地与舒琴进行讨论甚至争论了。回来后,舒琴才惊奇地意识到"大姨妈"已经接近两个月没有光顾了。

袁励武开车带着怀孕快九个月的左晓梅来看望赵玉峰和舒琴,两个高龄孕妇在交流着各自的保胎及胎教经验,一会儿指指肚子一会儿摸摸屁股。袁励武则悄悄地问赵玉峰:"现如今孩子都怀上了,以后准备怎么打算,是回龙海呢还是继续扎在这里?"

赵玉峰说:"随她的心愿吧。说真的,我还真喜欢上了这个地方,地儿清净人淳厚,我盘算过了,如果舒琴愿意待在这里我就陪着她,龙海的酒店就交给小鹏来管理,反正他是学烹饪的,对这种事不陌生。"接着,他又笑着说:"你说命运这东西怪不怪,你和你老婆自小都是在外地农村长大的,如今扎根在了龙海城里;我和舒琴是土生土长的龙海市人,如今却扎根在了外地农村,我弄不明白这是为什么。"

袁励武说:"这有什么弄不明白的,因为爱情。"

这时曹金秀打电话来，兴奋地说王进军的精神状况好多了，能认识人了，对大小便也有意识了，看来她的针灸治疗多少起了点儿作用。袁励武说："好事啊！过两天我去看他。"接完电话，袁励武说："我的一个朋友，也是因为爱情，魔障了。"

赵玉峰说："是啊，这俩字说不清道不明，像个魔方。人的一生有两条路：一条是必须要走的路，那是你的责任；一条是愿意走的路，那是你的理想。随着年龄的增大，我发现改变世界的希望越来越小，而适应世界的愿望越来越强烈，必须走的路与愿意走的路渐渐重合了。但唯独这俩字能让你毅然决然地为了它而选择你愿意走的路，爱情能使人忘记时间，忘记年龄。"

袁励武笑着说："行啊，书没白读啊，理论还一套一套的。"赵玉峰认真地说："为了爱情而读书，书无穷，其乐亦无穷。"袁励武撇着嘴说："完了完了，距离不会说人话只有一步之遥了。"

距离会说人话只有一步之遥的是王进军。袁励武来看他的时候，他已经能够站起来了，虽然身体还有些趔趄，但红润的脸颊和微笑的面部表情显示了他日渐好转的身体和精神状况，嘴里已经能够吐出诸如"妈""爸""王"等简单字词了。见到袁励武，王进军像个领导似的首先伸出了手，袁励武上前握着他的手说："老王啊，我是袁励武，你还认识我吗？"王进军点了点头，"啊，啊"了两声。袁励武又指着曹金秀问："她是谁啊？"王进军说："饶坡（老婆）。"然后他指了指墙上挂着的婚纱照。袁励武又指着婚纱照上的王进军问："那么这是谁啊？"王进军指着自己的心口窝，清楚地回答："我。"

袁励武高兴地对曹金秀说："真不简单哪，功夫不负有心人，这样下去，不出一年，老王就能好起来。"曹金秀说："其实他心里现在很明白，已经会看书了，就是说话还不太利索。上个月我在煤气灶上炖了点儿排骨，这一忙我忘得一干二净了，等我想起来急忙赶到厨房时，发现灶火已经被他关掉了，还冲着我笑。"袁励武说："不是我奉承你啊，你真是一个很了不起的人。"

当然，袁励武心里感觉"了不起"的女人还是他的妻子左晓梅。预产期到了，左晓梅开始出现产前阵痛反应，到医院后医生却告知还不到生产日期。袁励武早就将医院的病床订好了，左晓梅就留在医院观察。眼见预产期已经过了三天了，除了一阵接一阵的让左晓梅撕心裂肺的腹痛外，还是没有生产的迹象。袁励武急得满头大汗，频频去询问医生，医生反复解释，说她是高龄产妇，又是第一次生产，所以分娩日期比预产期拖后几天很正常。看着左晓梅因忍受不时发作的腹痛而变形的脸，袁励武的心要碎了。袁志远有时间也到医院来探望，跟父亲一样，他也焦急地搓着手。

有几次，袁励武征询左晓梅的意见，说进行剖腹产手术吧，痛苦中的左晓梅坚决拒绝了："只要不是难产，一定要顺产，这是我们的孩子，我要让我们的孩子顺顺当当地生下来。"然后，她别过头去继续忍受阵痛的煎熬。

想到左晓梅多年等待自己的煎熬，看看眼前她冒着冷汗忍受疼痛的煎熬，袁励武感到震撼，他抱住了左晓梅，让左晓梅使劲掐他的肉，他说只有这样他才能好受些。左晓梅苍白的脸上露出了笑容，轻声说："我还是不舍得。"她只是紧紧地攥着袁励武的手，任身体颤抖难控。

终于预产期过后的第六天半夜里，左晓梅感到腹部如天塌地陷一般，她急促地喘着气，袁励武急忙喊来医生，快速将左晓梅推入产房。在产房外，袁励武心急如焚地守候着，心都提到嗓子眼儿上去了。约摸过了一个小时，寂静的产房走廊里传来了一声婴儿的啼哭声。

袁励武知道，他和左晓梅的爱情结晶诞生了。

尾　声

　　赵玉峰与舒琴的儿子赵舒过周岁生日那天，袁志远正好收到了 H 大学的录取通知书，他被录取为 H 大学的国防生，毕业后直接到部队工作，等于子承父业。当袁励武开车带着左晓梅、袁志远和一岁半的女儿袁梅，赶到赵玉峰在赤岩山下开的农家宴酒店时，赵舒正把酒店大厅闹得天翻地覆，满一岁，刚学会走路，正是男孩子闹腾的阶段。

　　舒琴看到袁志远的大学录取通知书，激动得再一次拥抱了儿子，同时赵玉峰宣布他和舒琴准备暂时扎在赤岩山下不回去了，扎多久看舒琴的心情而定。赵小鹏烹饪学校毕业后，先在赵玉峰在龙海的酒店里做厨师。赵玉峰按照一般的厨师给他发工资，如果干得好就可以得到提拔，干得不好照样辞退，爱去哪儿去哪儿。按赵玉峰的说法，这叫从基层干起，同时引入竞争机制，如果赵小鹏不好好干，龙海的酒店将来给了赵舒也说不准。赵玉峰说，这对赵小鹏有好处。

　　痊愈后的王进军最终还是和曹金秀办理了离婚手续。那天早上，他的意识蓦地清醒了，看到曹金秀正要拿起细长尖利的银针向自己的后背扎，他猛地跳了起来，把曹金秀吓得脸色煞白。他对罗炳浩将他和徐璐璐从被窝里赤条条提溜出来的事情还有印象，在此之后的一切都不属于他的意识范围了。当曹金秀把后面的事情向他一五一十地讲完后，王进军沉默了，一整天没有说话，这又把曹金秀吓坏了，以为他的病情出现了反复。第二天曹金秀正准备再次给他扎针时，王进军说话了："我对不起你，咱们，还是离了吧，我还是忘不了那个徐璐璐。"

　　此时的曹金秀显得异常平静，没有抱怨也没有哭闹，而是很坦然地接受了这个现实。她对袁励武说不怪王进军，他心里有他自己的感情皈依，没法勉强；在王进军精神失常后,自己出面照顾他,不是因为爱情,而是因为曾经有过的生命交织;再说了,没有王进军就没有今天的自己,或许以此为起点,自己的人生会翻开更光彩的一页。王进军则把自己几乎所有的积蓄,统统都留给了曹金秀和儿子,自己净身出户。当然,在他志得意满时徐璐璐都不曾对他产生真感情,现在徐璐璐虽然已经和罗炳浩离婚,但她还是毫不客气地将经济状况已大不如以前的王进军拒之门外。

为此,王进军差点儿再次变疯,后来又因为一次机缘,他彻底从心理阴影中走了出来,然后毅然决然地去西部支教去了。他支教的地方离龙海市很远,走得比较彻底。按照他的说法,这么做,三分之一是为了赎爱情的罪,三分之一是因为没脸再见龙海的人,三分之一是为了东山再起,寻找新的爱情。没错,他要寻找新的爱情。

杨展光依旧过着单身生活,是因为舒琴还是因为别的,答案不得而知,反正整个人保养得还是年轻光鲜、潇洒倜傥。一个响当当的钻石王老五,自然引起了不少未婚少女和寡居少妇的青睐,可他就是不为所动,依旧将单身生活过得我行我素。

李进宝又栽在美女手里了,那是一个自称正准备与演艺公司签约的演员,这次人家来了个绝的,把李进宝的大部分钱财骗到手后直接消失了,不留任何念想。当李进宝又哭丧着脸来找袁励武和赵玉峰商量对策时,俩人的意见出奇地一致,那就是建议他先补脑。

姚丽依旧依附于那个房地产商,整日逛商场、购名牌、做美容、练瑜伽,打扮得很入时。即使有人告诉她那个房地产商老公在外包养了好几个,她也不在乎。实际上,她在外面也不安分,花钱打扮自己不光是为了给那个房地产商看的。用她的话来讲,享受第一,其他的嘛,该干吗干吗去。

吴淑倩因为没有为陈先生生下个孩子,终于也离婚了,而且没有再婚的迹象。

张萍终于结束了十几年的单身状态,和一名副教授结婚了,婚后未育,副教授的女儿已经成人,她和副教授的生活不受子女的牵绊,和谐美满。

侯玉英结婚后一直未再回龙海,大家关于她的最后记忆基本停留在袁励武与左晓梅的婚宴上,凄美而又温馨。

铁窗中的岳奉秦正进行着艰苦的改造过程,偶尔他也能想起以前花天酒地的岁月,也能想起化工厂,想起前妻黄晓岚,想起侯玉英,想起与舒琴之间所发生的不知道是否属于爱情的故事。

还有需要交代的一个人，那就是袁励武在初中时期的"梦中女孩"，如今在老家养猪，因为投入过大，结果一场猪瘟赔了个底儿朝天，眼看第三个孩子的高中学费都成了问题。有一次当她看见袁励武回家探亲，就硬着头皮以小学同学的身份向袁励武借钱。出于某种说不清楚的原因，袁励武给了她五千块钱，说不用急着还，孩子上学要紧。"梦中女孩"感动得差点儿就给他跪下了，千恩万谢地接过钱，说同学里面数你最有出息，也最讲情义，钱我会尽快还清。但到目前为止，钱还是没还。

赵玉峰和舒琴似乎没有回龙海居住的打算了，而且据说赤岩山区要被开发为一个大型的旅游度假区，赵玉峰干脆就在那里买了一栋二层楼，将来继续开农家宴饭店。舒琴也似乎习惯了这里的生活，她还说，赵玉峰给了她不同于袁励武的感情生活，她很满足，尽管她还偶尔想起和袁励武的过去。

人老了就喜欢唠叨，老喜欢讲过去的事情。袁励武和左晓梅每次去探望付敏，付敏说着说着就开始讲知青下乡的事，当然也包括她和肖怀振恋爱的事——夕阳西下，付敏靠在肖怀振身旁，肖怀振拿出笛子吹，笛声悠扬。每次去看苏振德，苏振德谈着谈着就说起了祖国山河一片红，说起了过去那激情澎湃的岁月，当然也不忘了说说他当年看到的李红卫，她跳舞时像一团红色的火焰在激荡。

袁志远在大一结束的暑假里就把女朋友带回家来了，袁励武惊喜地发现，儿子的审美观念可能是遗传了自己，这女孩的形象和气质，有几分像当年的肖星。但袁志远私下里却跟袁励武说，他最喜欢的其实是这个女孩说话的声音，如莺莺夜语，婉转优雅；袁励武还说恋爱中的男人只关心自己的视觉感受，而忽视了自己的听觉感受，这是低层次的表现，容貌易改，柔音细语却持久得多。袁励武问儿子："你就因为这一点而选择了她？"儿子诡秘地笑着说："还教授呢，听说过林徽因是怎么回答梁思成这个问题的吗？她说：'答案很长，我得用一生去回答。'懂了吗，老爸？"

偶尔，袁励武和左晓梅也会到肖星的墓前扫墓，袁励武也会想起肖星那俏美的脸和甜甜的笑。他问左晓梅："我当年曾经那么深切地爱着肖星，肖星走后我又与舒琴结婚了，离婚后又跟你结婚，你不会怀疑我的人品吧？"左晓梅深情地说："有多少次我梦见表妹，她在梦中托我照顾你，何况我们还有比你认识我表妹更早的过去。至于表妹走后你和舒琴结婚的事，一是因为有表妹的临终嘱托，二是在当时特殊的情境下你也认识到了，殉情当然不是对爱情的最好解释。"袁励武没有再说话，他知道，再说就是对肖星的不尊重了。

在和赵玉峰去给杨艳茹扫墓时，袁励武也会记起赵玉峰在杨艳茹病床前的苦苦等待和声声呼唤。有时去赵玉峰那里，见到了似乎忘却了一切过去的舒琴，他也能想起与舒琴的恩与怨、聚与散。"的确，时间能够抹平很多记忆，这个曾经在自己生命里扮演了重要角色的女人，正津津有味地享受着当下，迎接着未来。在她心里，可能对自己有过爱，但未必有过真爱；她的生命中有过爱情，但未必有占据她整个生命的爱情。"袁励武这样想。

当然，对袁励武触动最大的，还是他每天回家见到左晓梅后，偶尔会想起与左晓梅的考场相识、公园相会，还有左晓梅对自己无怨无悔的苦等。正如他小时候想象的那样，如今他和左晓梅正过着才子佳人般的生活。

不错，生活中的一切，包括时间、物质、亲情、私欲等都可能裹挟爱情，使爱情步入歧途、走味，甚至由爱生恨，但一桩桩的爱情故事依然层出不穷。有时，袁励武在想，爱情在哪里呢？是在肖怀振傍晚悠扬的笛声里，还是在李红卫如火焰跳动般的舞姿里？是在王进军因爱致疯的痴狂里，还是在李进宝屡次遭殃但终不放弃的循环里？是在肖星临终前的殷殷嘱托里，还是在赵玉峰对杨艳茹不离不弃的病床陪伴里？是在袁励武与舒琴悲欢离合的过去里，还是在袁励武与左晓梅相敬如宾的现实里？

他带着这些问题问左晓梅，左晓梅嫣然一笑，柔声说道："没那么复杂，受裹挟的是被过滤在心外的爱情杂质。能享受不受裹挟的爱情的人，都是敢于为了爱情豁出去的主儿；真正不受裹挟的爱情，其实都沉淀在了心里。"